우익에 눈먼 미국

- 어느 보수주의자의 고백 -

우익에 눈먼 미국

– 어느 보수주의자의 고백 –

데이비드 브록 지음 / 한승동 옮김

나무와숲

BLINDED BY THE RIGHT

차 례

The Conscience of an Ex-Conservative

우익에 눈먼 미국
– 어느 보수주의자의 고백

역자 서문

이 책은 원제 'BLINDED BY THE RIGHT'와 그 밑에 딸린 부제 'The Conscience of an Ex-Conservative'가 압축적으로 보여주고 있듯이 보수주의, 좀더 구체적으로 말하면 미국 공화당 우파와 우익 세력의 첨병으로 활동했던 한 미국인이 자신의 과거를 되돌아보면서 회오에 찬 과오 청산을 통해 거듭나는 과정을 기록한 것이다.

고교 시절 자유주의적 성향의 젊은이가 캘리포니아 버클리 대학에 들어간 뒤 어떤 과정을 거쳐 보수주의자로 변신하고, 급기야 워싱턴 정가의 스캔들 폭로 전문 우익 작가로 출세가도를 달리다가 어떤 계기를 통해 다시 자유주의자로서의 초심으로 돌아오는지를 그린 자전적 논픽션이다. 기록과 평가는 매우 구체적이고 사실적이어서 336쪽에 이르는 결코 적지 않은 본문은 숱한 사건과 열거하기조차 힘든 다양한 인물 묘사와 행적—많은 경우 음모—들로 채워져 있다. 그것은 허구가 아니라 사실들에 대한 기록이다. 국제 문제나 미국에 관심을 가진 사람이라면 알 만한 이란-콘트라 사건, 모니카 르윈스키와 폴라 존스, 제니퍼 플라워스 성추문 사건, 화이트워터 사건, 빌 클린턴 전 대통령 탄핵, 로버트 보크와 클레어런스 토머스 대법관 지명자 상원 인준 청문회, 트루퍼게이트, 아칸소 프로젝트 등 1980년대와 1990년대 미국 사회를 뒤흔들었던 유명한 사건과 일화들이 이야기 전개의 한 뼈대를 이룬다. 등장인물들은 현 조지 부시 정권의 법무부 장관과 차관, 대법관, 백악관 고위 보좌관들을 비롯한 공화당 간부들과 부시 집권의 길을 연 저명한 이데올로그들 등 지금의 미국 사회를 이끌어가는 살아 있는 주류 군상들이다. 이들의 행적을 따라가다 보면 북한과 이란, 이라크를 '악의 축'으로 규정하고 세계를 선과 악의 도덕적 이분법으로 단순화하면서 전일적인 미국 패권을 추구하는 부시 대통령과 그 주변 인물들의 세계관이 어디에 연원을 두고 있는지 짐작할 수 있다.

지은이 데이비드 브록(David Brock)이 서문을 쓴 때는 부시 정권이 출범하고 나서 1년이 다 된 2001년 11월이었고 책이 출판된 것은 올해 초다. 이 기록이 현재의 미국 지배 그룹에 관한 분석이 될 수 있는 근거가 바로 여기에 있다. 게다가 지은이는 단순한 기록자나 관찰자가 아니라 그러한 사실들에 직·간접적으로 관여하고 때로는 그 주역을 맡았던 당사자였다. 그야말로 아주 구체적인 실제 경험에 토대를 두고 있는 것이다. 그의 비판은 기득권에 집착하는 현대 미국의 보수 내지 우익 주류 세력의 위선과 기만, 이기주의를 겨냥하고 있다. 그것은 단지 미국만의 이야기가 아니다. 주의 깊은 독자라면 그의 이야기를 통해 드러나는 미국 정치·사회의 실상이 대통령선거 시기를 통해 더욱 극적으로 표출된 한국 정치·사회 현실과 많은 점에서 얼마나 기가 막히게 닮아 있으며, 작동 기제들이 본질적으로 동일하다는 것을 새삼 느낄 수 있을 것이다. 대안을 제시하기보다는 정적 죽이기로 일관하는 정계의 네거티브 전략들이 그 전형적인 예라 할 수 있다.

　브록도 지적하고 있듯이, 현대 미국에서 이름난 보수 우익 활동가가 자유주의자로 '전향'한 경우는 드물거니와 그것을 체험적 논픽션 형식으로 다룬 책은 더더욱 드물다. 이런 점은 이 책이 내세울 수 있는 최대 장점 가운데 하나다. 올해 마흔 살로 이른바 '베이비 붐' 세대인 브록은 고교 시절 학생 신문 기자로 활동한 이래 버클리 대학 신문, 문선명 목사의 〈워싱턴 타임스〉, 보수파 정치 잡지 〈아메리칸 스펙테이터〉 등의 기자로 일했으며, 지금은 잡지 〈에스콰이어〉, 〈뉴욕〉, 〈롤링스톤〉과 〈뉴욕 타임스〉, 〈워싱턴 포스트〉 등에 기고하는 평론가요 작가다. 『애니타 힐의 진실』, 『힐러리 로뎀의 유혹』 등의 단행본도 썼다. 전향 전의 그는 잘 나가는 추문 폭로 전문 기자였다. 클레어런스 토머스 현 대법관의 상원 인준 청문회를 배경으로 워싱턴 정가의 추악한 이면 정치 현실을 다룬 『애니타 힐의 진실』은 그가 아직 '우익 앞잡이' 노릇을 하던 시기의 작품으로, 그의 베스트셀러 출세작이었으나 애초 이 책에 대해 지녔던 그의 확신은 나중에 '쓰레기'임을 자인하는 쪽으로 뒤바뀌게 된다. 같은 사건을 반대의 시각에서 다룬 다른 작가의 『이상한 정의(Strange Justice)』라는 책은 영화로도 만들어져 비디오 대여점에서 빌려 볼 수 있다.

　이 책에 나오는 수많은 이름들 가운데 닉슨, 카터, 레이건, 부시, 클린턴, 힐러리 등 유명 정치인들 외에 문선명, 박보희, 그리고 그들이 만든 〈워싱턴 타임스〉, 한국 언론에 수시로 등장하는 헤리티지 재단은 한국 일반인들에게도 낯설지 않을 것이다. 이미 많이 알려져 있지만, 레이건 정권 때 등장한 보수 우파 반공주의 신문 〈워싱턴 타임스〉에 얽힌 흥미진진한 뒷얘기들은 그 신문 기자였던 브록이 아니면 하기 어려운 것들이다.

　한편 헤리티지 재단은 주한미군 문제나 남북 관계 등 주요 한반도 안보

정세와 관련해 한국 언론들이 심심찮게 권위 있는 싱크탱크로 대접하면서 그 보고서 등을 특필하고 인용하는 미국의 대표적인 우익 연구기관이다. 철저히 미국 우파 이익에 봉사하는 이 재단 이사장 에드윈 퓰너는 얼마 전 김대중 대통령으로부터 한—미 간 우호에 기여한 공로로 훈장(수교훈장 광화장)까지 받았다. 이 책에서는 미국 공화당 우파들의 핵심적 이론 양성 기관으로 묘사된 헤리티지 재단 관계자들이 왜 한국 · 일본 등을 들락거리는지도 엿볼 수 있다. 한국은 헤리티지 재단 금고를 채워준 주요 해외 자금 제공처 가운데 하나였다.

그리고 이라크 공격 준비를 비롯한 현 부시 정권의 전지구적 규모의 패권 추구에 이론적 토대를 제공하고 있는 보수 우익 세력의 결사체 '새로운 미국의 세기를 위한 프로젝트'의 대표이사이자 그들 세력의 정치선전지 〈위클리 스탠더드〉의 발행인 윌리엄 크리스톨도 이 책에 등장한다. 그의 아버지 어빙 크리스톨은 1970년대 이후 미국 보수주의의 대부로 알려져 있으며, 얼마 전 부시 대통령으로부터 대통령상을 받기까지 했다.

이 책의 또 다른 장점 중 하나는 이런 인물과 기관들의 뒤를 받쳐주는 '돈줄'들의 정체와 그들이 미국 보수 정치와 어떻게 연결돼 있는지를 구체적 사례들을 통해 드러내준다는 점이다. 특히 스케이프 트러스트를 움직이는 억만장자들의 기행은 우리의 상상을 뛰어넘는다. 이 책이 가장 많은 부분을 할애하고 있는 보수 우익 세력의 '클린턴 죽이기'(힐러리가 주장한 '거대한 음모'), 기상천외한 숱한 섹스 스캔들 조작(물론 사실도 일부 있었다) 과정에 그들 돈줄과 공화당 우파 정치 세력이 한몸통으로 얽혀 있음을 브록은 체험을 통해 실증한다.

'냉전 붕괴 이후 적'을 상실한 채 목표를 잃어버린 공화당 우파 세력이 기득권을 유지하기 위해 반동적인 도덕 · 윤리 문제를 정적에 대한 공격 무기로 내세우면서 1960년대에 자유주의 세력이 피와 땀으로 쟁취해낸 보편적 가치들을 파괴해가는 과정에서 사실상 공화당을 장악해가는 기독교 근본주의 세력에 대한 묘사는 섬뜩할 정도다. 9·11 사태 이후 부시 정권이 선과 악의 이분법을 내세우며 "테러 세력(실은 미국 말을 고분고분 따르지 않는 모든 세력과 집단)에 대한 십자군 전쟁"을 운위한 데는 그럴 만한 배경이 있는 것이다.

이쯤 되면 우리가 귀에 박히게 들어온 미국 민주주의라는 게 과연 무엇인가, 그럴듯한 말로 포장된 미국적 가치라는 것이 무엇인가 새삼 되돌아볼 수밖에 없다. 불행하게도 미국 정계의 이면을 채우고 있는 위선과 부패와 적나라한 권력투쟁은 오늘날 한국 정계의 그것과 별로 다를 게 없어 보인다. 미국 유학파들과 그들의 사고방식이 지배하고 있는 이 나라에서 정치만은 예외이기를 바라는 것 자체가 망상일지도 모른다. 이 책에 등장하는 수많은 공화당 안팎의 우익 인사들이 실은 한국을 가장 잘 알고 돕는 것으로 많은 사람들에게 각인돼 있다. 〈워싱턴 타임스〉뿐만 아니라 〈월스트리트 저널〉 등의 미국 유력 신문, 방송, 잡지들을 움직이는 세력들과 그들의 이해를 대변하는 보도들을 무비판적으로 수용하면서 그들의 논리와 주장을 확대재생산하고 있는 한국 언론의 보도 행태가 그런 현상과 무관하지 않을 것이다.

지은이 브록은 자신이 성 정체성으로 고통받은 동성애자(게이)이기 때문에 동성애자에 대해 다른 어떤 세력보다 배타적인 공화당 우파 세력의 그런 기만적인 행태를 더욱 예민하게 느끼고 간파했을 것이다. 더욱이 그는 친부모도 모르는 입양아였다. 그가 전향하기 전 자신의 본능과는 배치되는 우익 세계 내의 출세에 그토록 목말라했던 것도 역설적으로 우익에 대한 공포와 그들로부터 인정받음으로써 공포에서 벗어나고자 했던 전도된 의식 탓이었을 것으로 짐작된다. 30대 말에 그는 자력으로 과거와 결별함으로써 마침내 그 공포로부터 탈출한다.

　이 책은 한 동성애자의 이념적 편력을 짚어볼 수 있다는 관점에서도 흥미롭지만 역자로서는 그보다 그의 편력 과정에서 생생하게 드러나는 미국 보수 우익 세력의 생각과 정치 행태, 작동 메커니즘을 구체적으로 간접체험할 수 있다는 점에 더 많은 의미를 부여했다. 미국인들을 주독자 대상으로 쓴 책이니만큼 당연하겠지만 미국인들에게나 친숙할 인물과 사건들이 장황하게 등장하는데다 미시적 접근, 어쩔 수 없는 미국인으로서의 시야의 한계, 전향 과정의 핍진성 부족 등으로 아쉬움이 남지만 다른 책들에서 쉽게 찾아볼 수 없는 많은 장점들을 이 책은 갖고 있다. 꼼꼼히 읽으면 미국을 새롭게 이해하는 데 도움이 될 방대한 정보나 그 정보와 이어진 통로가 보인다.

　원문에 충실하려 애썼으나 그런 장점들을 제대로 살리지 못하고 때로 내용 전달에 문제가 있는 부분도 적지 않을 것 같아 심히 걱정된다. 공부한다는 생각으로 초고 쓰듯 했지만 능력 부족과 함께 번역이란 역시 어려운 것이구나 하는 것을 새삼 느꼈다.

2002년 11월
한 승 동

프롤로그

이것은 고통스러운 책이다. 이것은 어떻게 거짓말이 만들어지고, 한때의 평판이 어떻게 무너지는가를 다루고 있다. 이것은 보수주의 운동과 내가 더 큰 권력을 손에 넣기 위해 남의 눈을 피해 음모를 꾸미고 법을 무시하면서 권력을 남용한 행위에 대한 기록이다.

내 이야기는 야심과 탐욕, 그리고 본능적 욕구로 점철된 저 타락한 권력에 관한 것이다. 이 책은 인간의 나약함, 불신, 그리고 감정적 불안이 어떻게 나쁜 목적을 위한 공작으로 쉽게 이어지는지를 보여준다. 뿐만 아니라 정치적 대의를 얼마나 갈망하며, 극단론이 얼마나 위험하고, 사람이 어떻게 자신만의 행동 윤리에 맹목적으로 빠져들게 되는지를 보여준다.

캘리포니아 버클리 대학의 보수주의 반항아였던 나는 1986년 워싱턴으로 갔다. 그때부터 1990년대 후반까지 나는 잘 나가는 우익 스캔들(추문) 폭로 전문 기자로서 이란-콘트라 사건, 로버트 보크 판사의 대법관 지명을 둘러싼 사건, 토머스-힐 청문회, 트루퍼게이트, 폴라 존스, 화이트워터 사건, 그리고 클린턴 대통령을 탄핵으로 몰아가기 위한 음모 등 수도 워싱턴을 뒤덮었던 수많은 스캔들을 목격했고, 또한 거기에 가담했다. 나를 키운 보수주의 문화는 썩어빠진 당파주의, 본능적인 증오, 끝간 데 없는 위선으로 가득차 있었다. 나는 대표적인 보수주의 운동 기관들인 〈워싱턴 타임스〉, 헤리티지 재단, 〈아메리칸 스펙테이터〉에서 일했다. 거기서 나는 미국을 분열시키고 미국 정치를 망가뜨린 이념과 문화 전쟁의 사악한 편에 서서 싸웠다.

정교하게 짜인 정치운동의 파열은 느리게, 그리고 고통스럽게 이뤄졌다. 그것은 어느 한때의 결정적인 순간이 아니라 한때 내 친구였던 사람들과 나 자신의 품성과 행위, 그리고 궁극적으로는 그 뒤에 도사리고 있던 광신적인 주장들에 관한 크고 작은 일련의 폭로를 통해 이뤄진 것이다. 내가 이 이야기를 할 수 있을 만큼 살아남을 수 있을지 확신이 서지 않았던 때도 여러 번 있었다.

1940년대와 1950년대에 한때 공산주의에 기울어졌던 지식인들이 공산주의와의 결별을 기록한 문학 장르를 만들어냈다. 1970년대와 1980년대에는 수많은 자유주의자들이 보수주의자로 전향하면서 '신보수주의'라는 새로운 운동이 태동했다. 그러나 나처럼 보수주의에서 자유주의로 전향한 사람들, 적어도 공개적으로 그렇게 한 사람들은 거의 없었다. 나와 같은 이념적 배신자들이 고립당하고 한때의 동료였던 사람들의 배척과 침묵에 맞닥뜨린 것은 어쩔 수 없는 일이었다. 오직 나와 그들만이 우리가 무슨 짓을 했고, 왜 그렇게 했는지 알고 있다.

이런 잘못들이 바로잡힐 수 있을지 모르겠지만 어쨌든 나는 내가 중심적인 역할을 했던 사건들의 공식 기록을 바로잡고, 권력을 쥔 보수주의 운동

속에서 내가 목격했던 위험들을 다른 사람들에게 알려주기 위해 이 책을 썼다. 일종의 양심 선언인 셈이다. 나중에야 알게 된 일이지만 결코 돼서는 안될 사람이 어떻게 대법원 판사가 되고, 돈으로 쳐바른 정치적 테러리즘과 선동 캠페인이 어떻게 대통령직을 불구로 만들었던가. 그런 사건들은 나와 달리 일반인들에게는 아마 한 세대 전에 일어난 먼 과거의 일로 생각될지 모르겠다. 그러나 그 시대가 정치에 입힌 생채기는 지금도 아물지 않고 있다. 내가 이 책에서 묘사한 사건들에서는 종종 악한 자들이 승리하며 정의가 항상 실현되진 않는다. 수많은 그때 그 세력과 그 사람들이 여전히 영향력을 행사하고 있고, 과거의 어리석은 짓들 때문에 이 시대는 지금 그 대가를 치르고 있다.

이 책을 내기 위해 온 힘을 다하고 있던 나는 과거 동료들의 활동을 조사하는 과정에서 방해를 받았다. 몇 개월 전 아마 미국 최고의 공화당 변호사로, 엄청난 논란에 휩싸였던 부시와 고어의 대통령선거 개표 공방 때 부시 세력을 변호해 그의 당선을 도왔던 시어도어 올슨이 법무부 차관에 지명됐다. 올슨은 자신에 대한 상원 인준 청문회에서 우익 억만장자 리처드 멜런 스케이프가 거금 240만 달러를 댄 추잡한 반클린턴 음모인 〈아메리칸 스펙테이터〉의 '아칸소 프로젝트'에 자신은 관여한 사실이 없다고 부인했다. 〈아메리칸 스펙테이터〉의 4년차 베테랑 기자였던 나는 청문회 법사위원회에서 올슨의 진술과는 배치되는, 그의 프로젝트상의 핵심적인 역할에 대해 직접 입수한 사실들을 이야기했다.

지난 3년 동안 『우익에 눈먼 미국』을 쓰면서 뉴스에서 멀어진 나는 정서적 안정과 균형, 그리고 10여 년에 이르는 우익 활동 기간에 잃어버렸던 품성을 되찾기 위해 노력했다. 나는 올슨의 지명에 반대할 생각도 의욕도 없었다. 다만 나에게 주어진 질문에 답했을 뿐이다. 그러나 이에 대해 대법원 판사로 인준받는 데 실패했던 로버트 보크와 전직 특별검사 케네스 스타가 언론을 통해 올슨을 변호하고 나섰다. 게다가 1990년대 초 내가 한때 〈아메리칸 스펙테이터〉 기고를 통해 흔히 그랬던 것처럼, 악의적인 우익 스캔들 날조 전문가들이 나를 구렁텅이로 몰아넣기 위해 날뛰었다. 인터넷에서 가십거리를 다루는 매트 드러지(Matt Drudge)는 번쩍번쩍하는 경보등을 띄우고 숨넘어갈 듯이 이 책의 사본을 입수했다고 떠들어댔다. "브록이 지구를 초토화할 계획을 세우다. 워싱턴 기자들의 흥망을 다룬 책. 드러지에 대해 소송을 제기하겠다고 위협하다." 드러지 기사의 문제점은 그가 이 책을 갖고 있지 않다는 것이었다.

1996년에 펴낸 나의 최근 저서 힐러리 로뎀 클린턴 전기는 1993년에 나온 나의 첫 책으로 애니타 힐에 대한 악의적인 폭로기, 『애니타 힐의 진실 (The Real Anita Hill)』처럼 악의적일 것이라고 많은 우익 인사들은 기대했다. 그러나 힐러리 전기 『힐러리 로뎀의 유혹(The Seduction of Hillary Rodham)』은 악의적인 내용이 아니었다. 우익은 격분했다. 이번에는 올슨에 대한 나의 진술에 자극받은 노라 빈센트가 나섰다. 『힐러리 로뎀의 유혹』을 낸 출판사 편집장이었던 빈센트는 〈로스앤젤레스 타임스〉 논평란에 다음과 같이 기고했다. "만약 세계가 내일 끝장나고 선과 악이 사투를 벌인다면, 데이비드 브록은 아마 악마의 용병대장이 될 것이다." 모니카 르윈스키 스캔들과 관련한 저작권 알선업자요 핵심 밀정 노릇을 한 루시안 골드버그는 나를 "조잘거리는 변절자"라며, 마치 우익이 내가 공갈치기 위해 찍은 사진들을 갖고 있는 양 암시했다.

상원의원들이 내 말을 믿었다면, 올슨이 선서를 유린하고 잘못된 거짓 증언을 한 사실이 드러났을 것이다. 변화무쌍한 내 인생 역정에도 불구하고 47명의 민주당 상원의원이 나의 증언을 대부분 받아들여 올슨 인준을 거부했다. 그럼에도 올슨은 가까스로이긴 하지만 인준 청문회를 통과했다.

그것이 내가 살아온 세상이다.

2001년 8월 〈로스앤젤레스 타임스〉는 또 다른 부시 대통령 지명자에 관한 정보를 얻기 위해 연방지법 판사로 임명된 테리 우튼을 불러냈다. 1990년대 초 『애니타 힐의 진실』을 쓰면서 나는 안젤라 라이트에 관한 연방수사국(FBI) 기밀문서를 뒤지고 있었다. 라이트는 클레어런스 토머스 판사한테 성추행을 당했다고 말했으나, 그녀에 대한 중상과 불신 조장 때문에 결국 증언대에 서지 못했다. 공화당 수석 법률고문인 우튼은 그때 내게 그 기밀문서를 건네주었다. 〈로스앤젤레스 타임스〉와의 인터뷰 때 나는 우튼이 불법적으로 문서를 유출한 사실을 밝혔고, 나아가 청문회 법사위원회에 사건의 내막이 무엇이었는지를 증언한 공술서를 제출했다. 그러나 2001년 8월 상원 인준을 받기 위해 법사위원회에 출석한 우튼은 내게 FBI 기밀문서를 넘겨준 사실을 단호하게 부인했다. 우리 둘 중 한 명은 위증죄를 범한 것이다.

몇 주 뒤인 2001년 9월 나는 우튼과 라이트에 대한 FBI 기밀문서에 관해 조사중인 FBI 요원 두 사람과 우리 집 식탁에 마주 앉았다. 나는 그 야비한 사건에 관해 내가 알고 있는 모든 것을 말해주었다. FBI는 조사 결과 내가 FBI 기밀문서를 입수하긴 했지만, 그것이 우튼에 대한 증거물로서는 확정적인 것이 못 된다는 결론을 내렸다. 그렇게 해서 우튼은 결국 인준 청문회를 통과했다. 하지만 이런 결과와 상관없이 나는 그런 사건들을 목격했으며, 올슨 청문회의 경우 정직하게만 말하고 쓴다면 간단히 유익한 것들을 얻을 수 있다고 믿고 있다.

몇 년간에 걸쳐 조성되고 이제 고통스럽게도 명백해진 국가 안보에 대한 위협과 더불어 10년에 걸친 우익의 스캔들 장사는 터무니없을 정도로 더욱 뻔뻔해졌다. (뉴욕 무역센터 빌딩 붕괴의) 비극이 정부의 역할에 대한 새로운 평가를 예고함에 따라 극우 세력의 정부 증오 프로젝트는 큰 타격을 받은 것처럼 보였다. 그러나 중대한 국가 위기에 처해서조차 일부 극우 세력은 여전히 배타적이고 증오로 가득 찬 종교적 신념을 광신적이라고 할 수 있을 정도로 신봉하고 있음을 부인할 수 없다.

보수적 논평가 앤 쿨터가 미국(정부)에게 "그들(무역센터 빌딩 테러범들)의 국가를 침략해 지도자들을 죽이고 그들을 기독교로 개종시켜 달라"고 요청하는 꼴을 보거나, 제리 폴웰과 팻 로버트슨 목사가 테러범들의 공격을 낙태 찬성자, 게이와 레즈비언 또는 미국시민자유연맹(American Civil Liberties Union) 회원들 탓이라고 비난하는 소리를 들을 때, 또 보수적 작가 마이클 레딘이 젠 체하는 보수주의자로 국방부 청사 테러 사건 때 비극적 희생자가 된 바바라 올슨의 죽음을 페미니스트 명사들 탓으로 돌릴 때나, 부시 행정부에게 이 위기를 감세와 우익 판사들 인준 관철을 위해 활용하라는 〈월스트리트 저널〉 사설의 기회주의적 권고를 읽고 있노라면 구역질이 난다.

9·11 동시 다발 테러 참사에도 불구하고, 우익의 공작과 목표를 밝혀야 할 필요성은 줄어들지 않았다. 나는 모든 것을 드러내고 화해한다는 마음으로 제시한 이 정치적 유서가 시련을 통해 깨달은 경고적 교훈담이 되기를 바란다. 타락과 황폐의 나락에 빠져 있을지라도 정치와 도덕, 그리고 궁극적으로는 정신의 새로운 전환은 가능하다.

워싱턴에서

1

보수주의자로의 전향

바비(로버트) 케네디는 나의 첫 정치적 영웅이었다. 그의 신화는 초기 나의 사회의식을 형성하는 데 영향을 주었다. 대학으로 눈을 돌리기 전에 나는 로버트 케네디의 사업을 지속하기 위해 설립된 워싱턴의 로버트 F. 케네디 기념 재단에 실습생으로 들어가고 싶었다. 그때가 1980년으로, 미국은 대통령 후보 지명 예비선거에서 격전 끝에 상원의원 에드워드 케네디를 물리친 민주당의 지미 카터 대통령과 그에게 도전한 캘리포니아 주지사 출신의 보수주의자 로널드 레이건이 격돌한 대통령선거전을 맞아 이념적 갈림길에 서 있었다. 워싱턴에서 나는 윤기 나는 소나무 바닥이 깔린 오래되고 멋진 저택에서 데이비드 해키트라는 사람 밑에서 일했다. 그는 바비 케네디의 가까운 친구로 1960년대에 케네디 행정부 법무부에서 근무했다. 50대 후반으로 마르고 건장한 체격에 친근감을 주는 사람 좋은 해키트 교수는 케네디 일가의 넘치는 이상주의와 케네디가 특유의 우쭐대는 듯한 긍지, 양면을 모두 지니고 있었다. 그는 매일 짙은 보라색 피아트 스파이더를 요란스레 몰면서 출근했다.

전국에서 모여든 일군의 언론인 지망자들과 자유주의적 공공정책 주창자들과 함께 만족스럽게 일하면서 나는 재단 프로젝트 중 하나인 학생뉴스배급 서비스(Student Press Service) 분야를 맡았다. 그것은 정부가 발표한 청년들에 관한 연방정책, 예컨대 재정지원, 아동복지, 외국어 교육, 청년 취업, 병역 문제 등에 관한 기사들을 구독 계약을 맺은 고등학교와 대학교 신문사에 발송하는 사업이었다. 워싱턴에 올라온 지 몇 개월 뒤에 나는 유권자로서의 첫 권리 행사를 지미 카터에게 투표하는 것으로 실천했지만, 카터는 재선에 실패했다. 레이건 행정부가 등장하면서 재단 분위기는 일변했다. 우리가 내세웠던 많은 정부 프로그램들은 위기에 처했다. 학생뉴스배급 서비스는 그런 프로그램들을 살리려는 민주당 쪽 노력에 동조하는 기사들을 발송했다. 기사 제목 중에는 '예산안, 학교의 인종차별 철폐 노력 저해 우려' 같은 것도 있었다. '선거법 연기가 논란 불러' 같은 경고성 제목도 달았다.

1981년 4월 말의 뉴스배급 기사 커버 스토리는 내가 작성한 것으로 극우 단체인 쿠 클럭스 클랜 청년단에 관한 폭로 기사였다. 이 '인종차별적인 보이스카우트'는 레이건 시대 초기 몇 개월 동안 남부에서 서부에 걸쳐 '준군사 조직 청년 캠프들'을 운영하고 있었다. 전화로 부르고 타자기로 기사를 치면서 우리는 자유주의 정치노선을 따랐는데, 그것은 내가 고등학교 시절 시카고 식육 가공산업의 비참한 노동 상태를 폭로한 소설가 업톤 싱클레어의 1906년 발표작 『정글(The Jungle)』을 읽은 뒤 갖게 된 언론관과 합치했다. 언론은 사회정의를 위해 여론을 환기시키는 광장이었다.

나는 1981년 가을에 캘리포니아 버클리 대학에 입학했다. 내가 버클리 대학을 택한 것은 1964년의 저 유명한 언론 자유 운동을 시작으로 1970년대 초 베트남 전쟁에 반대하는 운동이 절정에 달했던 그 학교의 오랜 자유주의적 정치행동주의 전통에 특히 호감을 갖고 있었기 때문이었다. 그러나 버클리 캠퍼스에서 생활했던 첫 1년은 내가 기대했던 것과는 딴판이었다. 버클리는 지적 관용과 학원 자유의 자유주의적 요새라기보다는—아직 적절한 용어는 만들어지지 않았지만—때로는 질식할 것만 같은 정치적 엄숙주의가 지배하는 곳이었다. 1960년대에 성년이 된 수많은 수재들이 내가 한 번도 경험해 보지 못한 비현실적 좌파 이념에 집착하고 있었다. 지나친 일반화가 되겠지만 사회학과는 사회주의자들로 채워져 있고, 철학과는 미셸 푸코의 상대론적 해체주의 신봉자들로 채워져 있는 것으로 내게는 비쳤다. 역사 분야에서는 냉전을 미국 탓이라고 비난하는 신좌파 수정주의자들 시각이 강단을 지배하는 경향이 있었다. 영문학에서는 "생명력을 잃은 백인 유럽 남성들"로 채워진 서구 고전들은 한물간 것이었다.

정치적 엄숙주의 문화는 좌익 도시 버클리 주변에 더욱 만연해 있었다. '버저클리(Berzerkeley)' 라고도 불린 그곳에서는 많은 1960년대 학생 운동가들이 정착해 임대관리위원회와 같은 영지들을 운영하고 있었다. 레이건 행정부가 중앙아메리카에서 펼친 반공정책의 폐해, 캠퍼스 내에 제3세계 대학을 설립하기 위한 캠페인 따위가 카페 로마에서 펼쳐진 끝없는 공방의 주제들이었다. 레이건 정권 등장과 함께 소련과의 군비 경쟁이 가열되면서 리버모어와 로스 앨러모스 대학에 설치된 핵무기 실험실들은 때때로 폭력적인 학생 저항 운동의 기폭제가 됐다. 그곳 연구자들에게는 '파시스트들' 이라는 딱지가 붙여졌다. 나는 기숙사의 내 방을 레이건 지지자들을 핵 대학살의 희생자들로 묘사한 포스터들로 장식했지만 좀 찜찜했다.

2학년 때 버클리 대학과 버클리시에서 널리 읽혔던 학생 신문 〈데일리 캘리포니언(Daily Californian)〉 애송이 기자로서 내가 뜻하지 않게 배당받은

〈데일리 캘리포니언〉
이 신문은 버클리 대학 재학
생들로만 운영되며 주 5일 발
행하는 독립 신문이다. 1871년
에 설립되어 서부에서는 가장
오래된 신문이며, 학생 신문으
로는 미국에서 가장 오래되었
다. 1971년에 독립학생신문사
로 등록하여 면모를 쇄신했다.
어떤 기관으로부터도 자금 지
원을 받지 않고 순수하게 자
체 운영 수익금으로만 운영한
다. 최근에는 버클리 졸업생들
이 일부 운영에 참여하고 있
으나, 전반적인 시스템은 재학
생들이 완전히 장악하고 있다.
버클리의 학풍이 그러하듯, 매
우 진보적이며 진취적인 내용
으로 지면을 장식한다.

첫 작업 가운데 하나는, 로널드 레이건 행정부의 유
엔 대사이자 엘살바도르와 니카라과에서 추진된 강
경 반공주의 정책의 설계자 진 커크패트릭의 학내
연설을 취재하는 것이었다. 연설은 그 지역 전체에
서 미국의 반공주의 동맹국들이 자행하고 있던 인
권유린 사태들을 관대하게 보아넘겼다. 짜증나고
고리타분한 여선생 같은 신보수주의 민주당원이자
전직 대학교수 커크패트릭은 제퍼슨 강의를 하게
돼 있었다. 그것은 미국 정치사상사에 관한 유명한
연례 행사였다. 거의 모든 버클리 캠퍼스 행사들처
럼 중앙 광장 게시판에 붙은 전단들을 통해 항의문
이 발표됐다.

시간에 맞춰 대강당에 갔을 때 예상했던 항의자
들의 피켓 시위 행렬은 없었다. 버클리 대학 강의실
들은 동굴 같았으며, 따스한 초가을 날씨 속에 드와
이넬리 홀은 만원이었다. 나는 조용한 강의실로 걸
어들어가 강단 가까이에 있는 앞자리에 앉았다. 기
자 취재 노트를 편 다음, 나는 다소 딱딱한 학구적
인 내용이 될 것이라고 예상되는 연설을 자세히 받아 적을 준비를 했다. 유
연한 버클리 법과대학장의 안내를 받은 커크패트릭이 흡사 새 발톱처럼 한
손으로 연설 초고를 쥐고 연단 쪽으로 갔다. 커크패트릭이 입을 열자마자,
흰 해골이 그려진 검은 옷차림의 시위자 수십 명이 자리에서 벌떡 일어나
"미국은 엘살바도르에서 철수하라", "4만 명 사망"을 계속해서 외쳐 댔다.
이 사망 얘기는 미국이 지원하는 엘살바도르 군사정권과 연계된 암살단이 자행한 정치적 학살을 가리킨다.

커크패트릭은 말을 멈추고 소동이 가라앉기를 참을성 있게 기다렸다. 그러나 커크패트릭이 다시 입을 열기만 하면 바로 구호 외치기가 시작되고, 그 소리는 되풀이될 때마다 점점 더 커졌다. 화가 치민 커크패트릭이 도움을 청하기 위해 법과대학장 쪽을 쳐다보자, 한 시위자가 무대 뒤에서 뛰쳐나와 핏빛 액체를 연단에 끼얹었다. 학장이 전혀 도와주지도 못하는 상황에서 몇 번 더 말을 하려 애쓰던 커크패트릭은 경멸하듯 입을 삐죽거리고는 휙 발길을 돌림으로써 시위대에게 항복하고 말았다.

나는 그 광경을 보고 큰 충격을 받았다. 버클리 캠퍼스 언론 자유 운동의 유산이란 것이 고작 인기 없는 연사를 끓려주는 것이었던가. 정작 학생들 자신은 온갖 정치적 주장을 학내 스프라울 광장에서 하고 다니면서 말이다. 언론의 자유는 자유주의 가치가 아니었던가. 어떻게 이런 사상 경찰이 스스로를 자유주의자로 자처할 수 있단 말인가. 동료들과 함께 수동 타자기에 걸린 꼬부라진 반쪼가리 종이에 기사를 쳐넣던 허름한 〈데일리 캘리포니언〉 사무실로 달려가는 동안 내 몸에서는 아드레날린이 솟구쳤다. 그날의 리드 기사가 무엇이 될지는 자명했다. 그 학기 나머지 기간 내내 레이건이 주지사로 있었을 때 임명한 보직 교수 몇 명이 여전히 자리를 차지하고 있던 교수이사회와 운영지도교수회는 커크패트릭의 언론 자유를 보호해 주기 위해 좀더 적절한 조처를 취했어야 하지 않았느냐는 문제를 놓고 격론을 벌였다. 거리낌없는 보수적 학부 교수들과 레이건이 임명한 지도교수 몇 명이 커크패트릭의 언론 자유권을 옹호하며 목소리를 높였다. 당시 자유주의자들은 언론 검열을 비호하는 것으로 내게는 비쳤다.

그해 말 나는 유럽과 미국 외교에 역점을 둔 역사를 전공하기로 결정했다. 커크패트릭 사건 뒤 몇 개월 간 특히 더 그랬지만, 버클리 좌파들에 의해

윌리엄 버클리
부유한 집안의 아들로 1925년에 태어났으며, 어려서부터 프랑스, 영국, 멕시코에서 학교를 다녔다. 2차 세계대전에 참전한 후, 예일 대학에 입학하면서 뛰어난 토론자로서 두각을 나타냈다. 그리고 같은 대학에서 스페인어를 가르치면서 〈일간 예일(*Daily Yale News*)〉 사장이 되었다. 1951년에 『예일에서의 신과 인간』이란 책을 내면서 정교분리론을 주장했으며, 잔인했던 매카시 선풍을 일으킨 매카시를 십자군으로 두둔하는 입장을 견지했다. 1955년 창간한 〈내셔널 리뷰〉는 그의 화려한 재능에 힘입어 오늘날 미국 보수 우익을 대표하는 기관지로 자리잡았다. 그를 미국 최고의 보수 우익 논객이라고 하는데 이의를 제기하는 사람은 거의 없다.

밀려난 나는 커크패트릭 반대 세력에 단호히 맞선 몇몇 보수주의적 교수들에게 이끌렸다. 보수적 지식인 **윌리엄 버클리**가 내던 〈내셔널 리뷰(*National Review*)〉에도 가끔 기고하던 젊고 콧수염 기른 **월터 맥두걸**과의 세미나를 포함한 학습을 통해 나는 빈틈없는 미국 방위정책을 수립할 필요가 있다는 몇 가지 초기 구상들을 정립했으며, 맥두걸의 지도 아래 강력한 반공주의적 시각을 갖게 됐다.

강의 외에 나의 정치 교육은 노먼 포드호리츠가 발행하던 월간지 〈코멘터리(*Commentary*)〉를 탐독하는 것으로 채워졌다. 그 잡지는 신보수주의자들로 불렸던 자유주의 전향자들의 선도적 거점이었다. 나는 도서관 서가에서 〈코멘터리〉 한 권을 우연히 발견한 뒤, 모피트 도서관에서 그 잡지 나머지 호들을 찾아내 며칠이고 읽어내려갔다. 〈코멘터리〉는 포드호리츠가 쓴 유명한 「현존하는 위험」과 같이 소련의 위협에 관한 놀라운 내용의 논문들을 특집으로 다뤘는데, 그 가운데 일부는 커크패트릭이 직접 썼다. 그런 글들의 지적 활기와 격렬한 논쟁들은 멋을 부리며 영국 숭배 경향을 드러낸 〈내셔널 리뷰〉나 당시 또 하나의 신보수주의 선도 잡지였던 〈아메리칸 스펙테이터 (*American Spectator*)〉보다 훨씬 매력적이었다. 〈코멘터리〉는 그 젊은 나이의 내가 강의 시간에 배우던 모든 것들—역사 공부를 하다 보면 강력한 군사력이 필요하다는 것은 너무나 명백해진다—에 대해 얘기해 주었으며, 또한 나를 고민하게 만들었던 버클리의 정치적 급진주의 전보에 대해서도 말해주었다. 아무리 읽어도 물리지 않았다.

<데일리 캘리포니언>에 글쓰는 일을 무척 좋아했던 나는 거기서 총명한 신문쟁이들과 쉽게 어울리면서 기자로서의 자질을 키워나갔다. 3학년 때는 <데일리 캘리포니언> 직원 투표를 통해 수석 뉴스 편집자 중 한 명으로 뽑혔다. 그것은 대학 부총장이 대학 재산을 자신이 따로 운영하던 회사를 위해 유용한 사실을 밝혀낸 일련의 추적 기사를 포함해 열심히 일한 덕택이었다. 그 기사 때문에 부총장은 물러나야만 했다. 나는 직원들 사이에서 존경받는 기자였으며, 부패를 폭로하는 야심만만한 젊은 언론인으로서 첫 전리품을 손에 넣었던 것이다.

그 후 논설위원이 된 나는 논평란에 기명 칼럼을 쓸 수 있게 됐다. 몇 주 동안 사설면 편집자는 나에게 국제논평란에 칼럼을 쓰게 했다. 1983년 10월

월터 맥두걸
펜실베이니아 대학 역사학과 교수이자 국제관계학 교수. 월남전 참전 용사로 1974년에 시카고 대학에서 박사학위를 받았으며, 그 뒤 버클리 대학에서 13년간 역사학과 교수로 있었다. 저서로는 『약속의 땅, 십자군의 나라』 외에도 많으며, 「천국과 지옥」이라는 논문으로 1986년에 퓰리처상을 받았다. 잡지 〈오비스〉의 편집장도 지낸 그는 브래들리 재단과 올린 재단으로부터 보수 우익의 이념을 정립하는 데 필요한 프로젝트로 상당한 액수의 자금 지원을 받았다.

미군이 마르크스주의 성향의 그레나다 정부를 전복한 미국의 그레나다 침공은 내 논쟁 기술을 갈고 닦는 데 절호의 기회가 될 듯했다. '정의의 전쟁'론에 관한 맥두걸 세미나, 그리고 정신을 바짝 차리게 만든 우익 칼럼니스트 **윌리엄 새파**

〈코멘터리〉
신보수 우익의 기관지로, 정치·역사·외교·과학·영화·종교·책·음악과 예술을 다룬다. 이 잡지의 특징은 유대인이나 이스라엘 관련 기사를 집중적으로 다룬다는 점이다. 발행인과 독자, 그리고 후견인이 모두 미국에서 성공한 유대인들이다.

이어의 〈뉴욕 타임스〉 기고 논평에 자극받은 나는 카페 로마에 들어앉아 소련 영향권으로부터 그레나다를 '해방' 시키는 것을 강력하게 지지하면서 침략에 항의하는 정당한 주장을 깔아뭉개는 글을 써댔다. 내게 그 칼럼은 일종의 학과 공부와 같은 것이었다. 나는 그것이 버클리에 정치적으로 청천벽력과 같은 충격을 주게 되리라는 생각은 꿈에도 하지 못했다. 의도적으로 앞잡이 노릇을 한 것은 아니었지만, 그 칼럼이 월요일 아침에 발표되자 난리가 났다.

1980년대 초에는 3만여 명에 이르는 버클리 학생 대다수가 초라한 1960년대의 행동주의 전통에 더 이상 관심을 보이지 않았다. 오렌지 카운티 같은 부자촌에서 온 이들은 훤칠한 멋쟁이들로, 동아리 모임에서도 맥주 파티를 벌였다. 또한 공학 책을 열심히 파고드는 학구적인 이민자 자녀들도 있었다. 이들 대부분의 학생들이 그레나다에서 벌어진 일에는 관심이 없었다. 그러나 비록 소수지만 목소리 큰 행동주의자들 사이에 그레나다 사건에 대한 평판은 아주 나빴다. 그들은 그 사건을 탐욕스런 미국 제국주의 행태의 전형적인 사례로 간주하고 거리로 뛰쳐나가 성조기를 불태우며 시위를 벌였다. 그런데 내 칼럼이 그 소동에 불을 댕겼던 것이다. 이로 인해 나는 뜻하지 않게 시위자들의 분노의 표적이 됐다.

내 칼럼에 주로 반대한 사람들은 찰리 슐츠와 같은 일부 좌파 교수들이었다. 화학자 슐츠는 항상

윌리엄 새파이어
1978년 퓰리처상을 받았으며, 닉슨 정권에서 백악관 고문과 대통령 연설문 작성하는 일을 했다. 현재 〈뉴욕 타임스〉 극우 보수 칼럼니스트로, 2002년 2월 쓴 칼럼에서 1994년 한반도 전쟁 시나리오가 미국 지배 집단 내에 부활하고 있음을 보여줬다. 미 행정부 매파들의 대변자인 새파이어는 휴전선의 북한 방사포 등을 사전에 파괴하는 등의 첨단 전술을 통해 피해를 최소화하면서 북한 체제를 무너뜨릴 수 있으며 1994년과는 상황이 다르다고 주장했다.

리버모어 무기실험실에 반대해왔으며, 공공연한 사회주의자였던 거스 뉴포트 시장과 자유주의적 민주당 국회의원 론 딜럼스와 같은 버클리시의 정치 명망가들도 비판했다. 그들의 보좌관들은 미군에게 축출당한 그레나다의 모리스 비숍 정권과 긴밀한 관계를 맺고 있었다. 물론 〈데일리 캘리포니언〉 내에도 반대자들이 있었다. 마티 랩킨이 총지배인으로 있던 〈데일리 캘리포니언〉은 대학과는 독립적으로 운영되고 있었는데, 랩킨은 버클리에 와서 눌러앉은 전형적인 1960년대 타입의 사람이었다. 자신의 사무실에서 성조기가 모독당하고 있는 거리를 내려다보던 랩킨이 화를 내며 "어떻게 그럴 수 있어?" 하고 내게 말했다.

어떻게 그럴 수 있느냐니? 나는 국기를 불태우는 데 가담하지 않았다. 랩킨을 비롯해 나를 비판하는 자들은 미국의 그레나다 정책이 엄청난 불의를 저지르고 있다며 분개했지만, 나는 커크패트릭의 정책이 살인을 눈감아주는 것이라고 믿고 있던 반커크패트릭 시위자들의 생각을 신뢰할 수 없었던 것과 마찬가지로 그들의 관점에 동의하지 않았다. 나는 좌파들이 내가 내 생각을 얘기한다는 이유로 나를 편집자 자리에서 끌어내리려는 캠페인을 벌이고 있다는 사실을 잘 알았다. 스프라울 광장에 내걸린, 나를 소환하라는 대형 갈색 청원서들을 보고 당혹스러워 얼굴을 돌리고 마음을 졸이며 급히 지나쳤던 일을 나는 기억한다.

내가 보기에 자유주의자들이 자신들 기준으로 불법적이며 부도덕하다고 간주하는 의견들에 대한 검열을 옹호하고 있다는 것은 명백하고도 의심할 여지가 없었다. 그것은 커크패트릭 사건의 재탕이었다. 그들은 150년에 걸쳐 진보적 전통을 간직해온 신문의 편집자 자리에 그런 불쾌한 주장을 펼치는 자를 앉혀둬선 안 된다고 떠들었다. 나는 전쟁광이요 파시스트, 아니 그보다 더한 자로 낙인찍혔다. 나는 버티며 싸우기로 결심했다. 나는 그것이 그레나다에 관한 것이 아니라 미국 연방 수정헌법 1조에 관련된 차원의 싸움이라고 보았기 때문에 더욱 그랬다. 따라서 그 싸움은 이념적인 것이라기보다는 도덕적인 것과 관련 있다고 보았기 때문에 나는 나를 비판하는 자들과 마찬가지로 독선적이고 완고해졌다. 나는 비판자들이 단지 틀린 것이 아니라 반미주의자들이라고 생각했다.

내가 소환 위기를 모면한 것은 오직 기술적인 문제 덕택이었다. 신문사 사규에는 편집자를 중도 퇴장시키는 조항이 없었으며, 새 편집자들이 선출되는 학기말이 되어야 사규를 개정할 수 있었던 것이다. 나는 편집자직을 유지하면서 내가 촉발시킨 논쟁을 받아들이고 이용하기까지 했다. 뿐만 아니라 아웃사이더로서의 지위를 강화할 수 있는 것이라면 기꺼이 어떤 일이든 했다. 나는 적대적인 자유주의자들을 괴롭혔으며, 사회적 약자 보호정책 프로그램을 강화하려는 운영지도교수회를 신랄하게 매도하는 글들을 발표했다. 그러나 내가 한 모든 편집상의 결정은 다수의 직원들에게는 사악한 우익의 음모에 따라 계획적으로 추진된 것으로 비쳐졌다. 나는 버클리에서 목청 큰 보수주의자로 눈길을 끌게 됐고, 나는 그것을 즐겼다. 나는 스스로를 자유주의 골리앗에 맞서 싸우는 다윗이라고 생각했다.

3학년 말 무렵 나는 기자실에서 증오의 대상, 유감스럽게도 기피 인물이 돼 있었다. 허세가 있는 패서디나 출신의 금발 한량과 침울한 히스패닉 친구가 주도하던 내부의 적들을 나는 악마로 몰아붙였다. 그 둘에 대해 나는 부당하게도 아둔한 사회적 약자 보호정책 지지 세력의 앞잡이라고 공개적으로 경멸했다. 나는 또 거짓말을 했다가 들통나는 난처한 지경에 빠졌다. 당시 그레나다 문제를 둘러싼 논쟁을 통해 나에게 푹 빠진 작은 충성파 그룹이 있었는데, 그들 중 한 명이 쓴 기사가 나간 뒤 문제가 생겼다. 나는 그때 내 권력기반을 강화할 요량으로 그 기사를 편집한 내 적들 가운데 한 명의 평판을 실추시킬 작전을 짰다. 나는 편집장에게 부총장이 그 기사에 대해 불평했다고 말했다. 편집장은 즉시 부총장에게 전화를 걸어 사실 여부를 확인했다. 부총장이 그런 말을 하지 않았음이 드러났다. 문제의 편집자와 그 일로 맞대면했을 때 나는 얼어붙어서 한마디도 하지 못하고 물러났다. 기자실에 있던 사람들 모두가 내가 거짓말했다는 것을 금방 알아차렸다. 난처해진 내 충성파 그룹은 내가 거짓말했다는 것을 알면서도 내게 표를 던졌지만, 나는 편집장 선거에서 크게 패하고 말았다. 사규 또한 직원 다수결로 편집자를 바꿀 수 있도록 해당 규정을 개정했다. 내 이름을 따 '브록 수정 조항'이 만들어진 것이다.

버클리 내의 과격파들에 대한 내 불만은 이해할 만한 것이었고, 어느 면에서는 타당하기도 했다. 그러나 그것은 그레나다 사태 논쟁과 관련한 감정적 과잉행동 때문에 왜곡됐다. 대학 내의 대다수 정치적 주장들이 그렇듯이, 그 일은 인신공격적인 측면이 있었다. 내 피해의식은 나를 좌파와 우파 사이의 합리적인 중도 노선보다는 우익 쪽으로 기울어지게 만들었다. 나를 소환하자는 캠페인이 진행되는 동안 나는 마음을 다잡기 위해 모든 것을 거부한 채 전투적인 자세를 취했으며, 좌파와 자유주의자들에 호의적인 모든 것에 대해 마음을 닫아버렸다. 더욱이 나는 정치를 칼싸움으로 보고 나를 비판하는 자들을 불구대천의 적들로 바라보게 됐다. 아직 태동기에 있던 나의 이념적 성취에는 앙심에 찬 포장이 덧씌워지게 됐다. "나는 그들에게 복수할 것이다."

그런 한편, 나는 버클리 캠퍼스 언더그라운드에서 나를 지키고 옹호하기 위해 일어선 우익 파벌에 대한 일종의 소속감과 어느 정도 컸다는 데서 오는 안도감을 느낄 수 있었다. 거기에는 역사가 월터 맥두걸 말고도 재기발랄한 정치학자 폴 시버리가 있었다. 시버리의 강의는 그가 레이건 행정부의 해외정보자문위원회 위원이라는 이유로 종종 저항을 받았다. 대머리에 안경을 낀 시버리는 담배를 피웠는데, 강의 뒤 나는 그와 마주 앉아 과격한 반미주의와 그가 "파시스트적"이라고 부른 1960년대 좌익에 대한 반발로 좌파에서 우파로 옮겨간 자신의 정치 역정에 대해 토하는 열변을 들었다. 나는 또 저명한 신보수주의 사회이론가 **아론 윌다프스키**의 연구 보조원이 됐다. 윌다프스키는 그의 책 『포위당한 대통령직(*The Beleaguered Presidency*)』에서 "민주당은 미국에서 두 번째로 큰 유권자 집단인 백인 남성 기독교도 취업자를 무시하고 있다"고 주장했다. 나는 이 교수들을 헌법적 보호와 예의, 관용의 충실한 수호자들이며, 그들이 이념적 이유 때문에 진 커크패트릭과 나를 지켜주기 위해 한번 싸움터에 뛰어들면 절대 주저하지 않을 것이라고 낭만적으로 생각하고 있었다. 나를 자신들의 날개 속에 품은 맥두걸, 시버리, 그리고 윌다프스키는 대의를 위해 날카로운 펜을 휘두르는 명민한 새 용사를 갖게 된 것을 기뻐했고, 나는 기꺼이 보수주의를 내 거처로 삼았다.

아론 윌다프스키
1940년대 버클리 대학 정치학과 교수와 캘리포니아 학술원 원장을 지냈다. 1993년에 사망한 신보수주의자인 그는 보수주의 편향의 학생들에게 브래들리 재단 장학금을 주선해주었다.

나에게 관심을 보이는 사람이라면 누구나 내 신념을 조종할 수 있는 것으로 비칠 만큼 나는 아버지의 대리인들인 이들의 주문에 쉽게 동화됐다. 나는 그들에게서 도덕적·이념적 명징성, 비판적 주장과 수용, 그리고 유약한 내 정신이 갈구하던 자기정체성에 대한 확고한 의식을 찾아냈다. 나는 전체 보수주의 운동의 일원으로 자처했고, 그것이 무엇을 의미하는지 알지 못했지만 그것은 내게 권위를 부여했다. 스무 살 나이에 우연히 그레나다 논쟁에 휘말려들어간 나는 우익 이데올로그(사실은 우익의 로봇) 역할을 하는 자로 철저히 변신했다. 나는 보수주의 궤도 위에 올라탔으며, 그것은 그 뒤 15년간 내 인생을 확고하지만 그러나 잘못된 길로 이끌어갔다.

정치와 관련된 내 첫 기억은 1976년 대통령선거 운동에 관한 것이다. 아일랜드계 가톨릭 신자였던 아버지 레이먼드는 패트릭 뷰캐넌과 같은 유형의 사람으로 존 F. 케네디 이후 민주당에 표를 찍지 않았으며, 일찍부터 로널드 레이건을 지지했다. 그는 제럴드 포드가 공화당 대통령 후보로 지명되자, 포드 지지자가 됐다. 나와 여동생 레기나를 키운 전업주부인 어머니 도로시어는 코네티컷주에서 충직하게 민주당 뉴딜 정책을 지지하는 가문에서 태어났다. 어머니는 지지 정당이 없는 부동층에 속했고 포드 후보를 놓고서는 형세를 관망했다.

당시 열네 살이었던 나는 도덕적 신념과 인간애를 자신의 정치적 토대로 삼고 있던 민주당 후보 지미 카터의 열렬한 지지자였다. 나는 우리 집 거실에 있는 커다란 콘솔 텔레비전에서 카터 진영의 선거 선전 프로그램을 녹화해 내 방의 하얀 플라스틱 카세트 레코더에 걸어놓고 몇 번이고 보고 또 보았다.

> 그는 정부에 대해 이야기하면서,
> 당신과 나를 위해,
> 그것을 얼마나 좋게 바꿀 수 있는지에 대해 말했다.

지미 카터에 대한 지지가 더 확고해진 것은 워터게이트 사건 이후 그가 한 약속, 즉 절대로 미국 국민에게 거짓말을 하지 않겠다는 약속 때문이었다. 그때 이미 나는 정치 게임을 좋아했다. 우스꽝스럽게도 나는 1972년에 닉슨에게 표를 찍은 어머니를 다시 민주당 지지자로 돌아서게 해서 표를 찍게 만들고 아버지는 투표를 하지 말도록 로비를 벌일 계획을 세웠다. 아버지는 개표가 끝난 다음날 아침 일찍 나를 조용히 깨우고는 내가 스쿨버스를 타러 가기 전에 뉴스를 전해주었다. "네 편이 이겼어." 나는 그때의 따뜻한 기분을 지금도 기억하고 있다. 정치 얘기는 그렇지 않았다면 멀어졌을 아버지와 나를 이어주었다. 정치 얘기는 내가 아버지의 관심을 끌고 그의 애정을 불러일으킬 수 있는 유일한 통로라는 생각이 들었다.

아버지는 1970년대의 토크쇼 진행자 마이크 더글러스와 흡사했다. 그는 바깥 세상일을 얘기할 때는 더글러스처럼 다정하고 겸손했다. 그는 모든 면에서 좋은 사람이었으며, 우리 가족에게 넉넉한 생활비를 대기 위해 열심히 일하는 헌신적인 남편이자 열성적인 교회 신도였다. 슬프게도 그것이 대체로 아버지가 우리에게 해줄 수 있는 전부였다. 집에서 아버지는 가족과 함께하지 않는, 정서적으로는 죽어버린 듯했던 같은 세대의 아버지들 가운데 한 사람이었다. 낮에 긴 시간을 사무실에서 일한 뒤 저녁에는 조그마한 자기 방에 틀어박혀 텔레비전 앞에서 시간을 보냈다. 나와 아버지가 단둘이 함께 시간을 보낸 경우가 거의 없었기 때문에 나는 지금도 아버지가 어느 일요일 오후에 영화 〈플린트스톤 가족〉을 보여준 일, 그리고 나를 자신의 사무실에 데리고 갔고 거기서 나는 컬러 펜으로 지도찾기를 했던 때를 엊그제처럼 기억하고 있다.

뉴저지주 저지시의 중하층민이 사는 지역에서 나고 자라서 가족 중에서는 처음으로 대학에 진학한 뒤, 이제는 파이프 담배를 즐기는 마케팅 간부로 승진해 안온한 뉴저지 교외에 정착한 아버지 레이 브록은 북동부 민주당 지지 세력에서 리처드 닉슨의 공화당 쪽으로 옮겨간 초기 이주자들 중 한 명이었다. 그의 정치 · 문화관과 종교적 신념은 열렬한 우익 쪽이었다. 그는 반공주의자요 낙태 반대자였으며, 흑백 공학을 촉진하기 위한 강제 버스 통학제 반대자, 사형제 찬성론자였다. 아버지는 1960년대의 자유주의적 개혁에 항의해 가톨릭 교회에도 발을 끊음으로써 패트릭 뷰캐넌보다 더 우익 쪽으로 나아갔다. 그는 파문당한 프랑스 대주교 마르셀 르페브르의 후원 아래 라틴식으로 일요 미사를 계속하고 있던 가톨릭 잔여 집단으로 옮겨 집에서 40마일이나 떨어진 곳에 다녔다. 아버지는 철두철미한 우익이었다.

아버지보다는 정치적 색깔이 훨씬 옅었던 어머니는 결혼하기 전 존경받는 판사의 사무실에서 일했다. 어머니는 레기나와 내가 10대로 순조롭게 성장할 때까지 자신의 직장 생활을 밀쳐놓고 대신 헌신적이고 사려 깊은 가정주부가 됐다. 이탈리아계 미국인이며 오페라광으로 여배우 올림피아 듀카키스보다 더 인상적인 배우가 될 수 있을 것 같았던 어머니는 내가 영어로 말할 수 있는 나이가 되기도 전에 아름답게 손질된 단풍나무 식탁 위의 아기 의자에 나를 앉혀놓고 이탈리아어를 가르쳤다. 가까운 친척일지라도 보모를 쓰지 않았으며, 토요일 밤마다 우리들을 잘 차려입힌 뒤 이웃의 최고급 식당에서 즐기던 아버지와의 주말 데이트에 데리고 갔다. 거기서 아버지는 맨해튼 칵테일 몇 잔, 어머니는 위스키 샤워 한 잔을 마셨고, 여동생과 나는 마라스키노 체리로 모양을 낸 진저에일 칵테일을 주문했다.

논리정연하고 박식한데다 날카로운 위트까지 겸비했던 어머니는 학문적으로 내가 두각을 나타낼 수 있도록 지도했고, 글을 쓰도록 격려했으며, 세속적 성공에 대한 열망을 내게 불어넣었다. 그것은 적어도 부분적으로는 어머니 자신이 실현하지 못한 욕망의 표출이기도 했다. 아버지처럼 어머니도 자신의 생각을 잘 드러내지 않고 정서적으로 닫혀 있었으며 자신의 배려를 다른 방식으로 표현했다. 마치 값비싼 공문서 관리자이기나 한 것처럼 어머니는 유치원 다닐 때 쓴 '개미 아치'와 초등학교 때 쓴 자서전 '데이비드의 모든 것'과 같이 내가 아주 어릴 때부터 써온 글들을 모조리 보관하고 정리해두었다. 그 자서전은 내가 받은 수많은 크리스마스와 생일 선물 하나하나를 정성껏 묘사한 내용으로 가득 차 있었으며, 웃고 있는 부모님(아버지 웃음은 자연스러웠으나 어머니 쪽은 다소 억지웃음)과 마당에서 눈처럼 흰 장난감 푸들 개 피에르를 갖고 노는 귀여운 여동생의 모습을 찍은 사진들도 곁들여져 있었다. 나는 자서전을 내가 자라서 "정치 쪽 진출 기반을 닦기 위한 변호사"가 될 것이라는 예언으로 끝맺었다. 그것은 좀 조숙하긴 하지만 비교적 만족스럽고 착실한 아이의 이야기처럼 보인다.

물론 더 많은 이야기들이 있다. 어머니는 매우 엄한 가정에서 자란 탓에 언제나 팽팽하게 긴장돼 있었고, 때로는 불안정해 보였으며, 다소 지나치게 외부에 어떻게 비칠지에 신경을 썼다. 어머니의 그러한 면모는 내가 고스란히 물려받았다. 예컨대 나는 뉴욕시 바로 인근 교외에 있는 뉴저지주 우드리지의 가톨릭 초등학교까지 매일 아침 걸어갔는데, 몇 집 건너 거리에 사는 이웃 아이 린과 늘 같이 갔다. 그때 마음을 졸이는 의식처럼 하던 일이 한 가지 있었다. 비가 올 것 같은 흐린 날, 어머니는 나더러 우리 집 현관에 서서 기다리다가 린이 우산을 갖고 오는지를 살펴보라고 일렀다. 만일 린이 우산을 갖고 오면 나도 내 우산을 갖고 가야 했다. 만일 린이 갖고 오지 않으면 내 것도 집에 두고 가야 했다. 어머니는 간단한 결정을 자기 스스로 내리거나 내가 내 맘대로 하도록 내버려두지 못했다. 나는 남이 하는 것을 보고 거기에 따라 내 행동을 맞추도록 교육을 받았던 것이다.

어머니는 또 나와 여동생이 입양아라는 사실 때문에 스트레스를 받았다. 부모님은 몇 년 동안 아이를 갖기 위해 애썼으나 실패하자, 아기였던 나를 입양했고 레기나도 그 2년 뒤 입양했다. 30년 전만 해도 아이 입양은 불명예였고, 입양 부모들은 종종 무력한 사람으로 비쳤으며, 입양은 '차선'으로 여겨졌다. 우리가 그것을 이해할 만큼 나이가 들자 곧 우리가 입양이라는 이야기를 들었지만, 어머니는 레기나와 나에게 그 사실을 가족 외의 다른 누구에게도 말하지 말라고 했다. 어머니는 강한 턱에 새까만 머리카락과 눈을 가진 내가 자신과 많이 닮았다는 말을 항상 했다. 자그마하고 맵시 있는 몸매에 담갈색 눈과 칙칙한 색의 금발을 지닌 레기나는 아버지를 닮았다고 말하도록 교육받았다. 우리가 부모가 낳은 자식이라고 속이는 작업의 하나로 나와 여동생은 모든 친구들에게 우리가 이탈리아인과 아일랜드인 피가 반씩 섞인 혼혈이라고 말했다. 어느 날, 레기나가 발레 교실을 다녀와서 어머니에게 자신이 입양아라는 사실을 엉겁결에 발레 교사에게 발설했다고 말했다. 발레 교실 전체가 그 사실을 알게 될 것이라고 생각하고 당황한 나머지 어머니는 우리 입을 막기 위한 노력을 배가했다. 비밀과 거짓을 안고 살아가면서 나는 진실을 감추고 피하며, 내면적인 질문을 절대 하지 않고 살아가는 남다른 능력을 지니게 됐다. 그런 교훈이 철저히 몸에 뱄기 때문에 나는 아버지가 내 나이 서른일곱 살에 돌아가실 때까지 가장 가까운 친구들에게조차 내가 입양아라는 얘기를 하지 않았다.

　비밀 의식과 수치감 외에 입양아로서의 내 주변 환경도 입양아의 정체성 혼란을 보여주는 전형적인 사례다. 나의 경우, 아주 어렸을 때 이따금 어머니의 친척들이 내가 유대인이라는 취지의 이야기를 하는 것을 우연히 엿들은 뒤 비밀 의식이 더욱 깊어졌다. 나는 그 이야기를 그대로 받아들였고 성인이 돼서도 내가 유대인 핏줄일 것이라고 믿었다. 세월이 지나 아버지가 돌아가신 뒤 마침내 용기를 내어 어머니에게 그에 대해 물어보았더니 어머니는 유대인 같다며 집적거리는 것은 내가 예의 바르고 조숙하며, 특히 떠들썩하고 장난치기 좋아하는 사촌들에 비해 그렇다는 것을 쉽게 설명할 때 사용하는 집안 전래의 표현 방식이라고 말해주었다. 그 친척들은 내게 또 다른 '멍청이'라는 말을 자주 사용했는데, 그 말에 걸맞게 나는 자신의 생일 케이크 먹는 것을 마다하고 대신 봉지에 든 프리첼 비스킷을 우둑우둑 씹어먹는 쪽을 더 좋아했다.

내가 유대인이면 어때 하는 생각 때문에 나는 자신이 집안의 일탈자라는 공상에 빠져들었다. 어디에 속하지 않았다는 일탈감이 먼저인지, 아니면 속하고 싶지 않다는 생각이 먼저인지는 잘 모르겠지만, 어쨌든 나는 많은 시간을 내가 현재의 평범한 인생이 아니라 그렇지 않았다면 누릴 수도 있었을 거창한 인생에 대해 공상하는 데 보냈다. 20대 초반이 돼서도 나는 내가 어디서 왔을지에 대한 공상을 스스로에게, 또 가끔은 다른 사람들에게 이야기하곤 했다.

입양이라는 사실 말고도 나는 숨겨야 할 다른 사실과 자기 평가를 두려워하고 피해야 할 이유가 있었다. 열한 살 때, 나는 인근 공원에서 이웃 아이들과 터치 풋볼 게임을 하다가 강력한 성적 흥분을 느꼈다. 집으로 돌아와 같이 놀던 아이들 가운데 한 명을 생각하면서 처음으로 오르가슴을 경험했다. 당시 '동성애'나 '게이'라는 말은 몰랐지만, 그 순간부터 내가 성적으로 남자들에게 끌린다는 사실을 알았다. 나는 옷차림에 지나치게 신경쓰는 유약한 청년이었다. 8학년을 졸업할 때 내가 아주 비싼 글렌체크 무늬의 피에르 가르댕 옷 스리피스 한 벌을 사달라고 조른 일로 나와 아버지는 말다툼을 심하게 했다. 남자들만 다니는 뉴저지주 패러머스에 있는 패러머스 가톨릭 고등학교에 갔을 때는 다르다는 이유로 외톨이가 됐으며 조롱당했다. 나랑 가장 친한 친구의 이름은 브레트였다. 그와 나는 금방 '브레트 앤드 브록'이라는 이름으로 놀림을 받았다. 동성애라는 것이 무엇인지를 알게 되면서 나는 부모, 특히 그중에서도 신앙에 열성적이었던 아버지가 그 사실을 알게 되면 내게 더 거부감을 갖게 되지 않을까 두려웠다. 나는 그 나이에 내 자신에 대해 알고 있던 가장 중요한 사실을 숨겼다.

내가 남들에게 아주 얌전하게 보였을지는 몰라도 지나치게 스트레스를 받는 아이였다는 것은 분명하다. 다섯 살인가 여섯 살 때부터 10대까지 나는 주기적으로 발병하는 습진 때문에 고생했다. 그것은 불안감이 야기한 염증성 피부병이었다. 심할 때는 손가락과 발가락이 벌개지면서 엄청나게 가렵고 진물이 흐르는 습진으로 뒤덮였다. 환부가 굳어져 딱지가 앉으면 딱딱한 껍데기들 때문에 손가락을 제대로 움직일 수조차 없었다.

1977년 고교 2학년 중반에 우리 가족은 이스트 코스트에서 아버지 회사가 있는 텍사스주 댈러스 근교의 크고, 과자 찍어내는 쿠키 틀처럼 똑같은 모양의 집들이 들어서 있는 신개발지로 옮겨갔다. 나는 당시 유행하던 공립 고등학교의 하나인 캐럴튼의 뉴먼 스미스 고등학교에 들어갔는데, 이상하게 각이 진 그 학교의 벽들은 밝은 색이 칠해져 있었고 창문들이 꽉꽉 닫혀 있어서 고약한 냄새를 풍겼다.

작고 전통적인 북동부 가톨릭계 학교(그곳에서 나는 좋은 학업 성적으로 상당한 평가를 받았으며, 비록 내성적이고 변덕스러웠지만 항상 친한 친구들이 있었고 교사들과도 마음이 아주 잘 맞았다)를 줄곧 다녔기 때문에 픽업 트럭과 멕시코 요리인 부리토가 흔한 댈러스 근교에 가서는 문화적 충격을 받았다. 나는 텍사스 지역 콧소리에 익숙하지 못해 선생님의 강의를 거의 이해할 수 없었고, 더구나 같은 반 아이들과도 사귀지 못했다. 졸지에 나는 대수학을 포기했으며, 친구가 한 명도 없었다. 작고 야위고 거무튀튀했던 모습까지 나를 또래들과 멀어지게 했다. 내가 보기에 그들은 호리호리하게 키가 큰 선천성 색소 결핍증 환자처럼 보였다. 나는 내 스리피스 정장과 그곳 텍사스 카우보이 부츠를 바꾸고 싶지 않았다. 나는 벗어나고 싶었다.

그 무렵 아버지와의 관계는 적대적으로 바뀌었다. 내가 나이가 들어감에 따라 감정적인 면을 포함한 여러 측면에서 아버지와의 소원한 관계는 형벌처럼 느껴졌다. 텍사스로 이사한 데 따른 고통을 모두 아버지 탓으로 돌리면 돌릴수록 그런 느낌은 더 강해졌다. 아버지는 텍사스로 옮기면서 승진했지만, 그가 뉴욕에서 직장을 구했더라도 그만한 데나 오히려 더 좋은 데를 구할 수 있었을 텐데 왜 그러지 않았는지 알 수 없었다. 나이가 들수록 아버지의 한계에 대한 나의 경멸은 더 심해졌으며, 그와 함께 말대꾸에서 지지 않는 열다섯 살 아들에 대한 아버지의 짜증도 늘어갔다. 텍사스에서 십자포화 같은 말의 홍수 속에 어머니는 침착성을 잃어갔고 비참해졌으며 처음으로 나와도 소원해졌다. 지독한 편두통을 앓으면서 어머니는 방 안에 틀어박혀 꼼짝하지 않았다. 나는 다른 사람들과 어울리거나 그들을 내 주변 환경에 맞게 배려하기보다는 될 수 있는 한 전투적인 심리로 무장한 채 아버지와 생경한 새 집에 대해 저항하면서 그 정반대의 길을 갔다.

반골 기질의 분출 속에 나는 내 에너지를 쇠락해가던 학생 신문 〈오디세이〉의 편집일에 쏟아부어 그 주간지를 레이건주의자들의 아성인 선벨트 지역에서 개혁적인 자유주의 신문으로 만들어 세웠다. 그 신문은 경쟁이 심했던 주 전체에서 최고의 성가를 누렸다. 그러나 금요일 풋볼 야간 경기가 신성불가침의 성역처럼 돼 있는 상황에서 지나치게 많은 학교 스포츠 예산 반대 캠페인을 벌이고 아무 일도 하지 않는 학생회를 공격함으로써 나는 학교에서 배척당하는 외톨이가 되고 말았다. 내가 아버지와 정치에 관해 토론하면서 배운 논쟁 스타일은 철저히 비타협적이고 독단적이며 흑백논리적인 것이었다. 아버지와 텍사스를 향한 나의 좌절감과 분노가 그 기사를 통해 쏟아져나왔다.

섹스는 또 다른 심리적 출구였다. 텍사스로 이사간 지 얼마 지나지 않아 나는 여자아이들과의 데이트를 시작했다. 그것은 내게는 성적인 실험이자 사회적 인습을 따르는 것이었으며, 아마 남학생만 다니던 뉴저지 고등학교보다 훨씬 더 내게 낯설게 여겨졌던, 딜리 말하면 훨씬 더 정상적이었던 학교에서 게이로서의 심리적 불편을 누그러뜨리는 일이었다. 거기서는 뉴저지 고등학교의 브레트와 같은 단짝을 찾을 수 없다. 나는 다른 곳에서 자라 텍사스로 이사온 여학생으로 나이에 비해 성숙했던 한 친구와 자주 어울렸다. 1년 남짓 뒤 나는 새로운 섹스 파트너를 만났다. 〈오디세이〉에 주는 상을 받으러 오스틴에서 열린 주 언론회의에 갔다가 검은 머리의 세련된 언론학 여교사를 만나 격렬한 사랑에 빠졌던 것이다. 20대 후반이었던 그 여자는 학교에서 따로 노는 이단아였다. 어느 날 늦은 밤, 주차해 둔 그녀의 푸른색 뷰익 차 안에서 내가 심리적 자포자기 상태와 외로운 마음을 눈물겹게 호소하는 동안 일은 시작됐다. 그녀는 한 번도 들어본 적이 없는 말을 해주면서 나를 껴안았다. 나는 쉽게 빠져들어갔다. 그 여교사와의 관계는 내가 그곳 학교를 떠나 인턴 수업을 받기 위해 워싱턴행 비행기에 몸을 실을 때까지 몇 개월 동안 계속됐다.

떠나기 전 나는 고교 신문 편집자로서 박력 있는 고별 연설을 했다. 나는 "써야 할 기사와 싸워야 할 대의"에 대해 개괄하면서 당시 대중적 관심사였던 두 가지의 자유주의적 대의, 즉 여성 평등권을 위한 법률 개정과 지역 원자력발전소 건설 반대에 대해 이야기했다. 동료들에게 신문에 관한 다음과 같은 훈계조의 말을 하면서 나는 연설을 끝냈다. "현상의 이면을 꿰뚫어보고 적극적으로 진보적 이념을 추구해가는 것이 학생 언론인의 의무다. ……언론인으로서 우리는 선도자가 돼야 한다." 졸업식날 밤 우리 집은 나의 언론성전론에 고무된 동료 학생들로 북적거렸다. 그런 공격적인 언사는 우리 집 현관 쪽 침실에서 자고 있던 두 분의 할머니를 기겁하게 만들었고, 그것은 텍사스와 그것이 대표하는 모든 것에 대한 나의 적의를 더 깊게 했다.

내가 버클리 대학을 택한 것은 그것이 아버지에게는 삼키기 쓴 약이기 때문이기도 했지만, 댈러스에서 아주 멀리 떨어져 있다고 생각했기 때문이었다. 1980년대 초 버클리에서의 생활은 생각했던 것만큼 그렇게 외롭지 않았다. 전국적으로, 특히 자유주의적 엘리트 대학들에서 자라나기 시작한 젊은 보수주의자들은 전투 대형을 갖추었지만, 무시당하는 (종종 그럴 만하기도 했지만) 소수였다. 더 큰 정치 세력이었던 좌파는 사회 문제와는 거의 무관하게 흔들리고 있었다. 캠퍼스 내에서 좌파는 기득권층이었다. 우리는 급진주의자였고 기성 체제에 저항하는 반문화에 대한 반대자들로, 대학 당국과 싸우고 권위에 도전했다. 전통적 관행을 부정하고 개혁을 주장하는 논설을 썼으며 항의 시위를 벌였다. 우리는 미국 전역의 좌익 교수들을 겨냥한 '오류 없는 대학 사회'라는 그룹까지 급조했다. 얼마 뒤 워싱턴에서 만나게 된 보수주의자 벤 하트는 동북부의 명문 대학들 가운데 하나인 자신의 학교 매사추세츠 공과대학을 비판하는 「해로운 아이비(Poison Ivy)」를 썼다. 뿐만 아니라 그는 하버드와 예일, 버클리 대학을 비판하는 글도 썼다. 1980년대 중반 이들 대학의 신성한 체하는 그 무엇은 반항하고 분노하면서 정체성 혼란을 겪고 있던 전형적인 청년기의 우리 세대 보수주의자들에게 공격의 표적이 됐다.

우리는 떼를 지어 로널드 레이건에게 표를 던졌다. 1984년 대통령선거 때 나는 레이건 지지에 앞장섰다. 그해 가장 강력한 레이건 지지 세력은 나와 같은 18~24세 정도의 젊은이들이었다. 1980년대 초 공화당 전국 청년 조직 회원은 50만 명 이상으로 불어났다. 레이건 지지자가 된다는 것은 눈에 띄는 일이었고 대학 서클에서는 욕먹는 일이었다. 아마 그런 경향은 버클리 대학이 가장 심했을 것이다. 그러나 젊은이들 사이의 이런 재편 현상 뒤에는 그 이상의 무엇이 존재했다. 거기에는 이기주의와 두려움이 깔려 있었다. 우리는 1960년대 베이비붐 세대와 1990년대 X세대 사이에 낀 세대였다. 미국이 대외적으로 지도적인 국가로 군림하고 국내적으로는 풍요로웠던 시기에 자란 베이비붐 세대와 달리, 우리는 1970년대에 미국이 봉착했던 힘의 한계를 보았다. 미국은 베트남 전쟁에서 졌고 핵무기 경쟁에서 대담한 소련의 도전에 직면해 있었다. 석유 위기로 주유소에는 값이 오르기 전에 기름을 넣으려는 자동차들이 줄지어 섰으며, 스태그플레이션이 계속됐다. 이란에서는 호메이니 혁명으로 미국인들이 인질로 붙잡혀 있었다. 우리는 여성과 급진 세력, 그리고 소수 인종들의 주목할 만한 진출이 우리의 장래를 위협하고 있다고 느낀 최초의 젊은 백인 남성 세대였다.

우리는 우리가 지지하는 쪽보다는 반대하는 쪽에 대해 더 많이 알고 있었다. 우리는 신뢰할 수 없는 민주당에 반대했다. 민주당은 유화정책을 쓰고 열심히 일하는 납세자들의 돈을 재분배했다. 우리는 공산주의, 페미니즘, 다문화주의 등 모든 주의에 반대했다. '힘을 통한 평화', '미국의 아침'과 같은 레이건의 낙천적인 수사들은 우리 귀에는 음악처럼 들렸다. 5분 안에 러시아를 폭격하겠다는 식의 조크들도 그랬다.

우리들 대다수는 '교육문제연구소(Institute for Educational Affairs)'라는 이름의 워싱턴 우익 조직이 돈을 대는 대안적인—1980년대에 '대안적'이라는 것은 보수주의를 의미했다—캠퍼스 출판 활동에 가담하고 있었다.

그 재단은 닉슨과 포드 행정부 때 재무부 장관을 지낸 **윌리엄 사이먼**과 신보수주의의 대부로 알려졌던 전 트로츠키파 지식인 **어빙 크리스톨**이 청년들을 모집하고 훈련시켜 이념의 전장에 내보내기 위해 1978년에 설립한 것이다. 좌익은 우리에게 전능한 힘을 지닌 세력으로 비쳤으나, 실은 운동을 조직하는 데 있어서 우익이 누리고 있던 돈과 훈련, 그리고 단결심이 없었다. 우익 출판물들도 같은 뜻을 가진 젊은이들 간에 강력한 네트워크를 형성하고 있었다. 시카고 대학에서는 나중에 워싱턴에서 나와 긴밀하게 협력하

윌리엄 사이먼

현대 보수 우익 운동의 기수였으며, 닉슨 행정부에서 재무부 장관을 지냈다. 불도저처럼 밀어붙이는 추진력 때문에 '다혈질 황제'라는 별명이 붙었으며, 1992년 올린 재단 이사장으로 선임되었다. 그 후 어빙 크리스톨과 함께 교육문제연구소라는 신보수주의 단체를 만들었다. 이 조직은 학생들을 뽑아 상당한 액수의 장학금과 졸업 후 신문사, 행정부, 연구소, 정치인으로 입문하는 데 적극적으로 후원해 주고 있다. 이 단체의 후원을 받아 성장한 대표적 인물이 바로 다이니쉬 드수자다. 사이먼은 클래어런스 토머스의 대법관 지명을 위한 재정후원회 회장을 맡기도 했다. 그의 모교인 로체스터 대학에 그의 이름을 붙인 윌리엄 사이먼 경영대학원이 있다. 2000년에 72세로 사망했다.

게 되는 두 젊은 보수주의자, 존 포드호리츠(노먼의 아들)와 그의 룸메이트 토드 린드버그가 보수적인 잡지 〈카운터포인트(Counterpoint)〉를 창간했다. 다트머스에서는 앞으로 내 친구가 될 벤 하트, 다이니쉬 드수자, 그리고 로라 잉그러햄이 더 전투적인 자세로 1960년대의 거친 수사와 과격한 전술을 의도적으로 흉내내면서 유명한 〈다트머스 리뷰〉를 발행했다. 〈다트머스 리뷰〉 필진들은 좌파들이 남아프리카공화국의 인종차별정책인 아파르트헤이트에 항의하기 위해 지은 상징적인 변두리 빈민촌을 난타했다. 그들은 아프리카계 미국인 다트머스 학생이라는 가공의 인물이 쓴 칼럼을 'Dis Sho' Ain't Jive, Bro.'라는 제목을 달아 내보냈다. 그런가 하면 캠퍼스의 게이와 레즈비언 연합회에 침투해 들어가 회원들을 쫓아냈다.

버클리에서 나는 게이에 대해 편견을 갖고 있던 보수주의에 합류할 생각이 전혀 없었다. 1980년대 초만 해도 게이 문제가 버클리 캠퍼스를 분열시키진 않았다. 텍사스 고교 시절 도피적인 섹스에 탐닉했음에도 불구하고, 버클리에 온 뒤로는 더 이상 내 속의 더 깊은 욕망을 외면하지 않았다. 1학년 때 약간의 망설임 끝에 어렵사리 데이트를 계속하면서 이웃 기숙사에서 다른 녀석들과 분주하게 성적인 접촉을 했다. 그리하여 그 해 말에는 자신이 게이라는 생각을 하게 됐고, 놀랍게도 그런 현실을 받아들이는 데 별 문제가 없었다. 그것은 아마 텍사스에 있을 때 내가 다르다는 생각에 익숙해져 있었기 때문이었을 것이다. 그러나 공개적인 젊은 게이로서 어떻게 살아갈 것인지에 대해서는 막막했다.

1학년 여름 버클리 캠퍼스 보수주의자들과 깊은 관계를 맺기 전에 나는 자연스럽게 캠퍼스 내의 **랠프 네이더** 지지 그룹으로 전국적인 자원 재활용 운동 기금을 모으고 있던 '캘리포니아 공공이익 연구그룹' 쪽에서 일했다. 거기서 나는 앤드류(프라이버시 때문에 가명을 쓴다)를 만났다. 금발의 푸른 눈에 브래드 피트를 닮은 앤드류는 매사추세츠 대학에서 버클리로 온 보스턴 토박이였다. 앤드류에게 관심을 갖기 시작한 어느 날, 앤드류가 몬터레이 근처에서 온 레즈비언 친구들이 모는 낡은 밴 뒷칸에서 마리화나 담배를 물고 맨발에 농부들이 입는 진 작업복만 걸친 채 허겁지겁 뛰어내렸다. 앤드류는 공개적인 게이였고 나보다 성 경험도 많았다. 그는 이미

어빙 크리스톨
1930년대에 〈공공의 이익〉이라는 우익 최초의 잡지를 만들어 종교·문화·사회적 가치에 관한 논쟁에서 뉴딜 정책을 옹호하거나 지지하는 진보주의 지식인들을 가차없이 공격했다. 그 때문에 그를 우익 진영에서는 '신보주의의 대부'라고 부른다. 뉴욕 대학교 교수를 지냈으며, 〈월스트리트 저널〉 등에 우파적 성향의 글을 많이 기고했다. 대학에서 은퇴한 뒤로는 자유주의자나 진보 성향의 지식인, 작가들을 상대로 전향을 권유하는 일을 도맡아하고 있다. 또한 미국기업연구소에도 상당히 깊숙이 관여하고 있다.

보스턴에서 남자 친구와 1년 동안이나 한집에서 살았다. 우리는 금방 친해졌으며, 나는 앤드류를 통해 게이 세계의 모든 것과 나 자신에게 어떻게 솔직해질 것인가를 배웠다. 서로 알게 된 지 10개월쯤 됐을 때, 앤드류는 학교 바깥에 있던 내 원룸 아파트로 들어와 같이 살기 시작했다. 나는 그야말로 사랑에 빠졌다. 3학년 때 우리는 샌프란시스코의 하이트애쉬버리에 있는 아파트로 이사 가서 매일 아침 폭스바겐 소형차를 몰고 즐겁게 학교를 다녔다. 내가 편집자로 선출될 그 무렵까지 나는 〈데일리 캘리포니언〉에서 공공연한 게이로 행세했지만, 그 때문에 당혹스러워하는 사람은 아무도 없었다.

1학년 여름 부모님이 텍사스에서 버클리로 나를 보러 왔을 때, 나는 몹시 경직된 반응을 보였다. 캘리포니아에 온 지 며칠 지나서 어머니가 세상 어머니들이 그렇듯 특유의 감으로 뭔가를 느끼고, 어느 날 저녁식사 때 나더러 게이냐고 물었다. 내가 그렇다고 대답하자, 어머니는 몇 분 동안 자리를 떴다. 아버지의 반응은 훨씬 더 심각했다. 그는 얼굴을 찌푸리고 먼 곳을 응시한 채 그 문제에 대해 다른 가족에게 그것을 말하지 않는다는 조건으로 그 상황을 받아들였다. 내가 아는 한 아버지는 끝내 그것을 받아들이지 않았으며, 그 일로 나와 아버지 사이는 더욱 멀어졌다. 계속된 정치 토론에서 나는 아버지 취향대로 더 우파 쪽으로 나아갔지만, 아버지는 반대로 나를 더 자극하면서 벌을 주려 했던 것 같다. 그럼에도 불구하고 나는 그때 부모님의 집을 나와 있었고 게이로서 만족스러운 상태였기 때문에 그들의 불명예는 나와는 상관없는 일이라고 스스로를 다독였다.

버클리에서 공개적으로 게이 행세를 했던 나는 내가 속해 있던 우익으로부터 손을 떼라는 경고를 받았다. 캘리포니아 대학 지도교수회 멤버였던 셸던 안델슨도 공개적인 게이였다. 그는 저명한 로스앤젤레스 은행가이자 주지사 제리 브라운이 교수회의 일원으로 임명한 민주당 활동가였다. 내가 취재해 〈데일리 캘리포니언〉에 실렸던 한 교수회의 회의가 끝난 뒤, 안델슨은 얘기 좀 하자며 나를 샌프란시스코 클리프트 호텔의 자기 특실로 초대했다. 그는 내가 보수적인 교수회의 멤버들과 친밀한 관계를 맺고 있다는 사실을 눈

랠프 네이더
1960년대 학생운동의 기수였으며, 미국 소비자운동·환경운동의 대부로서 대통령선거에도 두 차례나 출마했다. 프린스턴 대학과 하버드 법대를 졸업한 후 변호사가 됐다. 고속도로에서 겪었던 일이 계기가 되어 일생을 공공의 이익을 대변하며 살기로 결심했다. 고속도로 자동차 주행 기준법을 만들어 자동차 회사가 소비자들에게 지켜야 할 최소한의 안전기준법을 비롯해 어린이를 위한 음식물 기준법, 육가공의 안전기준법, 탄광 안전기준법, 방사선 안전기준법 등을 법제화했다. 뿐만 아니라 미국 환경안전청 설립과 소비자보호원 등의 창설을 주도했다.

치채고 있었다. 반바지로 갈아입고 기다란 침대에 올라간 안델슨은 가볍게 나를 추궁했다. "당신 레이건 패들하고 뭘 하는 거야?" 그는 성가시게 물었다. "그들이 우리 같은 사람들을 미워한다는 거 몰라?" 내 경험으로는 그의 훈계는 아무 소용이 없는 것이었다. 셸던은 세대가 달랐다. 그는 이해하지 못했다.

〈데일리 캘리포니언〉 편집자로서 소란스러운 해를 보낸 뒤인 1984년 여름에 〈버클리 리뷰〉 편집일을 해보지 않겠느냐는 교섭을 받았다. 〈버클리 리뷰〉는 자매지 〈다트머스 리뷰〉보다 한층 더 노골적인 보수 잡지였다. 내가 비록 골수 반공주의자이고 보수주의자들이 내가 핵심적인 가치라고 생각한 개인의 자유를 옹호한다고 믿었지만, 나는 결코 인종차별주의자나 동성애 공포증을 지닌 〈버클리 리뷰〉 또는 〈다트머스 리뷰〉류의 보수주의자는 아니었다. 사실 낙태와 같은 사회 문제에 대해 나는 내가 처음 버클리 대학에 갔을 때 그랬던 것처럼 여전히 자유주의자로 남아 있었다. 그리고 샌프란시스코에 사는 공개적인 젊은 게이로서 나는 결코 문화적 보수주의자가 될 수 없었다. 그 제의는 군침이 도는 매력적인 것이었지만, 〈버클리 리뷰〉는 나와 전혀 어울릴 것 같지 않았다. 나에겐 그런 비판적인 분별을 해낼 만한 힘이 있었고, 자주적으로 그런 자리를 거절하고 새로운 출발을 할 수 있을 만한 여유가 있었다. 〈데일리 캘리포니언〉 동료들 중 몇 명이 내 편을 들었다는 이유로 배척당하고 있는 데 대한 책임감 때문에 나는 또 다른 출구로서 우리가 〈버클리 저널〉이라고 이름 붙였던 품위 있는 신보수주의 주간지 창간을 도왔다. 우리는 학교가 1980년대 학생들의 주류 정치와 좀더 합치하는 목소리를 낼 필요가 있다고 보수적인 동창생들을 설득해 그들로부터 창간 기금을 모았다.

나는 워싱턴의 헤리티지 재단 이론 담당 기관지인 〈**폴리시 리뷰**(*Policy Review*)〉에 기고함으로써 처음으로 전국 차원의 출판물에 글을 실었다. 내

가 〈폴리시 리뷰〉와 인연을 맺게 된 것은 여름 학기 인턴 수업을 받기 위해
편집자 애덤 메이어슨과 인터뷰를 하면서부터였다. 30대 초반의 메이어슨
은 너무 명석해서 다른 사람들과 잘 어울릴 수 없을
것 같은 매우 불편한 사람이었다. 보수 일간지 〈월스
트리트 저널〉 사설면과 잡지 〈아메리칸 스펙테이터〉의
편집자로도 일한 적이 있는 메이어슨은 젊은 보수주의
자들에게는 **다이니쉬 드수자**처럼 유력한 배후 지도자
로 알려져 있었다. 내가 쓴 '거대한 한파—대학 언론
검열에 관한 성적표' 라는 제목의 기사는 헨리 키신저
나 캐스퍼 와인버거와 같은 보수주의 연사들이 좌익
시위자들의 고함과 야유로 말을 못하고 연단을 내

〈폴리시 리뷰〉

다이니쉬 드수자
올린 재단이 키운 우익 보수
주의 학자로, 미국기업연구소
에서 우익 보수주의 사회 실
현에 관한 연구를 하고 있다.
『번영의 미덕』이란 책에서 "현
재의 미국은 역사상 단 한 번
도 존재하지 않았던 완벽한
사회"라고 주장하는가 하면,
유색 인종 차별은 당연한 사
회질서라는 내용의 『인종차별
주의의 종말』을 펴낸 극렬 우
익 보수주의자다. 가장 고집스
러운 우익 잡지인 〈다트머스
리뷰〉를 창간하고 편집장을 지
냈다.

려와야 했던 다른 대학들의 사건들을 훑어본 내용
이다. 〈폴리시 리뷰〉에 실린 그 기사는 〈월스트리트
저널〉 논평면에 실린 '캠퍼스 마르크스주의자들과
의 격투' 라는 기명 머리 칼럼으로 이어졌다. 〈월스
트리트 저널〉의 논평면은 그때나 지금이나 출세에
급급하는 젊은 보수주의 필자들이 가장 선망하는
지면이다.

졸업할 때가 다가오면서 나는 내가 정치에 애착
을 갖고 있다는 사실을 알았다. 괜찮은 성적으로 졸
업을 했지만 〈데일리 캘리포니언〉 기사를 쓰느라
학업 부분에서는 많은 것을 포기해야 했다. 그리고
저널리즘이란 더 이상의 학교 교육을 받지 않고도
공공 업무에 참여할 수 있는 한 가지 방도라고 생각

했다. 대부분의 언론인들이 그렇듯이, 나는 내 이름이 인쇄물에 실려 있는 것을 보면 가슴이 뛰었다. 〈데일리 캘리포니언〉 시절의 쓰라린 경험 때문에 나는 보수주의 언론에서 일할 생각밖에 없었다. 내 정치관을 가지고 주류 언론에 들어가서 싸워야 할 핵심 사안은 무엇일까? 나는 뉴욕으로 가서 〈월스트리트 저널〉 편집국에서 인턴 수업을 받기로 하고 〈폴리시 리뷰〉에서의 인턴 수업을 포기했다. 〈월스트리트 저널〉 사설면이 초지일관 보수적이었기 때문에 그 신문이 전반적으로 보수주의 관점에 호의적일 것이라고 생각했던 것이다. 뉴욕에서의 일은 순조로웠고 〈월스트리트 저널〉은 관례에 따라 합격점을 받은 인턴들을 고용했다. 그러나 내가 대학을 졸업할 즈음 〈월스트리트 저널〉이 신입사원 채용을 동결하는 뜻밖의 상황과 맞닥뜨렸다. 그것이 내가 생각해뒀어야 할 주류 언론의 유일한 규칙 위반이었다.

스물두 살의 나는 싹트기 시작한 앤드류와의 교제와 더불어 내 인생의 결정적인 국면을 진전시키기 위해 보수주의 선도자들의 대열에 합류하고 싶어했다. 보수주의는 내게 모든 것을 제공해주었다. 세상을 이해하고 거기에 적응하는 법뿐 아니라, 심지어 그 뒤 몇 년 동안 의심해보지 않았던 자아상까지 가르쳐주었다. 예정됐던 〈월스트리트 저널〉 입사 길이 막히게 되자 나는 샌디에이고나 디트로이트, 아니면 댈러스에서라도 보수 언론의 사설면 편집자로 일하려고 생각했다.

그러나 〈월스트리트 저널〉에 실린 내 기고문이 **존 포드호리츠**의 눈길을 끌면서 사정이

존 포드호리츠
대학을 졸업하고 〈타임〉에서 인턴으로 일하던 중, 당시 신보수주의 운동의 메카였던 워싱턴 정계 분위기에 매료되었다. 그 후 보수적인 칼럼을 기고하여 이름을 날리기 시작했으며, 스물일곱 살 때 정계에 입문해 레이건과 부시 대통령 집권 초기까지 연설문 작성자로 일했다. 1992년 백악관을 떠난 후로는 〈워싱턴 포스트〉, 〈워싱턴 타임스〉, 〈아메리칸 스펙테이터〉에 칼럼을 기고하는 한편 방송에도 출연하여 보수 우익 이익을 적극적으로 대변하고 있다. 노먼 포드호리츠의 아들이다.

달라졌다. 포드호리츠는 그 무렵 보수주의적 〈워싱턴 타임스〉에 들어가 문선명 목사 소유 출판 재벌의 전국적인 뉴스 전문 잡지 창간 사업을 추진하고 있었다. 워싱턴에서 노먼 포드호리츠의 아들 존 밑에서 기자 활동을 하는 것도 괜찮겠다는 생각이 들었다. 존은 나를 인터뷰하기 위해 캘리포니아로 날아왔다. 앤드류와 상의하자, 별다른 취직 계획이 없던 그는 나와 함께 가기로 했다. 나는 기분 좋게 워싱턴으로 갈 채비를 서둘렀다.

2

제3세대

1986년 내가 워싱턴에 갔을 때, 로널드 레이건의 대통령 당선과 함께 도래했던 보수주의 시대는 급속히 퇴색하고 있었다. 마르크스-레닌주의 노선의 산디니스타 정권을 전복하려던 니카라과 우익 반군 게릴라들에 대한 미국의 지원을 둘러싼 논란이 다른 모든 일들에 그림자를 드리우고 있었고, 그 일로 인해 레이건 지지자들은 수세에 몰려 있었다. 베트남 전쟁 이래 미국의 대외정책에 대해 좌파가 그토록 흥분한 적이 없었다. 해가 갈수록 백악관 공화당 정권이 민주당이 지배하는 하원에서 군사원조안을 통과시키는 데 필요한 표를 얻기가 어려워졌다. 워싱턴은 분열돼 있었다. 위기에 직면하면 정쟁을 멈추는 오랜 원칙과 정치적 반대자들을 존중하던 전통은 폐기처분당했다. 전선은 명확하게 갈라졌다. 레이건의 불법적인 전쟁을 규탄하는 쪽과 공산주의 동조자들을 비난하는 쪽으로.

　스물세 살의 내가 기자가 되기 위해 창고 건물을 개조해 웅장한 대리석과 청동으로 치장한 워싱턴 근교의 〈워싱턴 타임스〉 건물 로비로 들어섰을 때, 나는 그런 뜨거운 가마솥 속으로 들어간 것이다. 〈워싱턴 스타〉의 소유주 타임사가 레이건 당선 직후인 1981년에 파산하자, 문선명 목사와 그의 신도들은 신문사를 설립해 워싱턴에서 영향력을 확보할 수 있는 절호의 기회를 포착했다. 1982년에 창간호를 찍어낸 〈워싱턴 타임스〉는 발행부수 10만 부로 80만 부나 되는 〈워싱턴 포스트〉에 비해서는 왜소했지만, 격렬한 반공주의 신문이라는 색깔 때문에 금방 레이건 행정부의 핵심적인 동맹 세력으로 부상했으며(레이건은 자신이 가장 좋아하는 신문이라고 말했다) 보수주의 운동의 강력한 대변자가 됐다.

그랬다. 우리는 그렇게 불렀다. 보수주의 운동이라고. 아니면 그냥 '운동'이라고 불렀다. 워싱턴으로 갔을 때, 나는 정치권의 완고한 이념적 정통성을 관철하기 위해 철저히 복무하는 정치조직(풍부한 자금 지원을 받고 엄격하게 운영되고 있었다)에 내가 가담하고 있다는 사실을 몰랐다. 나는 보수주의 운동의 역사에 대해 무지했다. 보수주의 운동은 1950년대 공화당 상원의원 조지프 매카시의 반공주의 빨갱이 마녀사냥에 그 뿌리를 두고 있었고, 1964년 상원의원 배리 골드워터가 대통령선거에서 패했을 때 공화당을 인수했다. 이들은 리처드 닉슨이 대통령에 당선되자 인종 편견에 뿌리를 둔 공포와 문화적 분열을 악용했으며, 세속적 반공주의와 반자유주의 진영을 당시 대두하기 시작하던 근본주의 종교 세력과 융합시킴으로써 마침내 로널드 레이건이라는 자파 세력 멤버를 대통령 자리에 앉혔다. 내가 보수주의보다는 자유주의 성향을 갖고 있었다 하더라도 1980년대에 자기 정체성에 기반을 둔 확고한 '자유주의 운동'을 찾아내기란 불가능했을 것이다. 사실 버클리에서 나를 그렇게도 괴롭혔던 좌파 용공주의 대중보다는 우파 쪽이 훨씬 더 광신적이었다. 그러나 버클리 캠퍼스 언더그라운드 보수 세력의 비호를 받으면서 나는 망설임 없이 그들 배타적인 정치적 변절자들 편에 섰다.

〈워싱턴 타임스〉의 유력자는 〈뉴스위크〉에서 수석 외신기자를 지낸 편집장 **아노드 드 보슈그레이브**였다. 아노드는 세계를 누빈 화려한 경력을 갖고 있었지만, 어쨌든 그의 말에 따르면 1970년대 말에 그의 강경 반소비에트관(반공주의)은 당시 〈뉴스위크〉 실세들과 맞지 않았다. 그는 1980년 워싱턴 포스트사가 소유하고 있던 〈뉴스위크〉를 떠났다. 자신이 "지배적 언론 문화 (DMC : dominant media culture)"라고 불렀던 주류 언론 문화를 버리고 난민이 됐던 것이다. 그는 로버트 모스와 함께 옛 소련 비밀경찰 국가보안위원회(KGB)의 미국 언론계 침투를 폭로하는 언론인을 묘사한 소설 『스파이크 (The Spike)』를 썼다. 이제 아노드는 〈워싱턴 타임스〉를 꾸려가면서 워싱턴 포스트사에서 입은 상흔들을 지울 기회를 갖게 된 것이다.

벨기에 백작의 아들인 아노드는 자신보다 훨씬 나이 어리고 고운 피부를 지닌 뛰어난 사진작가 알렉산드라와 결혼했다. 알렉산드라는 유명한 출판업자 헨리 빌라드의 증손녀이기도 했다. 아노드는 문화적으로 정통 기독교 신앙이 지배하고 있던 미국 남중부 지역의 기독교 근본주의자들과 가까웠다. 키가 작고 비행기 조종사들이 쓰는 금테 안경에 말쑥하고 깔끔하게 차려입은 그에게서는 유럽 귀족의 교양과 허영이 배어나왔다. 그는 끊임없이 이름을 팔고 다녔는데, 윈스턴을 줄담배로 피워대고 점심식사 때 포도주를 마셨다. 아침 일찍 사무실에서 속옷차림으로 팔굽혀펴기 운동을 하거나 〈워싱턴 타임스〉 건물 근처의 식물원에 반사경을 갖고 가서

아노드 드 보슈그레이브
현재 국제전략문제연구소 소장으로, 지난 30년 동안 〈뉴스위크〉 등에서 일하며 전세계 주요 사건과 국제관계를 담당했다. 스물한 살 때 브뤼셀 지사장으로 발령받으며 기자 생활을 시작한 그는 파리 지사장을 거쳐 25년 동안 수석 편집위원을 지냈다. 1985년부터 〈워싱턴 타임스〉 편집장을 지냈으나 1991년에 그만두고 〈UPI〉 사장과 이사장을 겸임했다.

일광욕을 하는 그를 가끔 볼 수 있었다. 그의 오렌지빛 피부는 언제나 반질 반질 윤기가 흘렀다. 그가 끊어지는 듯한 스타카토 음성으로 내게 처음으로 한 말은 내가 워싱턴으로 떠나기 전 니먼 마커스에서 어머니 신용카드로 사서 입은 연푸른색 넓은 깃 셔츠에 대한 칭찬이었던 것으로 기억한다. "이보게, 그 셔츠 어느 회사 제품인가?"

그래도 아노드는 〈워싱턴 타임스〉의 괴짜치고는 양호한 편이었다. 그 신문사 사장 박보희는 문선명 목사의 통일교 신도로 한국 육군 대령 출신이었다. 그는 문 목사가 자금 지원을 하는 코사 인터내셔널이란 비밀 반공 로비 조직의 책임자이기도 했는데, 그 조직은 전세계 우익 준군사 조직들에 돈을 대주고 있었다. 그는 자신의 사업에 대해 다음과 같이 말했다. "이건 전면전이다. 기본적으로 이념 전쟁이며 심리 전쟁이다. 전장은 인간의 마음이다. 거기서 싸움이 벌어지고 있다. 따라서 이 전쟁에는 다른 사람들의 마음을 사로잡기 위해 정치적 수단, 사회적 수단, 경제적 수단, 그리고 선전 수단 등 모든 것들이 다 동원된다. 바야흐로 눈앞에 다가온 제3차 세계대전이란 그런 전쟁이다." **로널드 거드윈** 박사는 바깥에 잘 드러나지 않는 〈워싱턴 타임스〉 발행인이었다. 한때 기독교 우익 조직 '도덕적 다수'라는 단체에서 **제리 폴웰** 목사의 오른팔 노릇을 했던 그를 우리는 닥터 갓볼(Dr. Godball : 신의 총알)이라고 불

〈워싱턴 타임스〉
문선명 목사가 창간한 미국 보수 우익의 원조격 일간신문사. 부시 정부 집권에 상당한 공헌을 한 것으로 알려지고 있는 문 목사는 미국의 우익 필자들을 양산하고 지원하는 사관학교 역할을 자임하고 있다. 이 신문사 직원들은 거의가 문 목사를 진심으로 존경하고 숭배한다. 문 목사의 냉전적 사고는 미국 공화당 정책들과 궤를 같이하고 있어 미국의 초강경 외교정책 등에서 공화당의 입장을 착실히 뒷받침하고 있다. 한국의 주요 일간지들은 이 신문 내용을 자주 인용 보도하고 있다.

렸다. 또 이노드의 2인자로 웨슬리 프루던이라는 사람도 있었는데, 말수가 적은 아칸소주 출신으로 그의 아버지는 백인 극우 조직인 쿠 클럭스 클랜 산하의 '아칸소 백인시민위원회'에서 예배를 주재했다.

그리고 우리가 그냥 목사라고 부른 문선명 목사가 있다. 한국에 본부를 둔 통일교 수장인 그는 자신을 진정한 구세주 예수 그리스도가 재림한 것이라고 주장하며 세계(동서 문명 모두)를 단일 신권정치 지도자(바로 그 자신) 아래 통일하는 데 몰두하고 있었다. 문 목사는 무신론적 공산주의, 특히 북한을 무너뜨리는 것을 정치와 종교를 결합하는 자신의 꿈을 이루기 위한 필수적 단계로 보고 있다는 점에서 미국 보수주의자들 눈에는 동맹 세력으로 비쳤다. 자신의 계획을 추진하기 위한 수단으로 다수의 국제적인 언론기관을 조종하고자 했던 문 목사는 가끔, 그리고 편집국이 한가해지는 주말에는 언제나 모습을 나타냈다. 그는 경영 간부들과 신문사의 전략적 요직에 박아놓은 수십 명의 교회 관계자들에게 테이블을 두드려가며 격정적으로 반공주의 훈계를 늘어놓았다.

보수주의 기독교 세력과 문 목사의 워싱턴 언론 제국 경영을 도왔던 신보수주의 유대인들 간의 동맹은 모든 측면에서 냉정하고 실용적인 관점으로 보지 않으면 이해하기 어렵다.

문 목사는 하느님이 선택한 나라라고 자신이 믿는 한국에서 1954년에 교회를 세웠다. 그는 기독교 교회들이 악마의 힘을 키워주고 있다고 설교했는데, 하느님이 이스라엘과 유대인을 벌한 것은 그들이 예수를 거부했기 때문

로널드 거드윈
1980년대 보수주의 물결을 타고 일어난 '도덕적 다수' 운동의 회장을 지냈다. 이 단체의 회원수는 한때 7백만 명을 넘었다. 레이건 대통령이 당선되는 데 상당한 기여를 했으며, 자유주의 사상을 가진 상원의원 12명을 '종교적 권리'란 이유를 들어 낙선시킨 것으로 평가받고 있다. 1987년에 〈워싱턴 타임스〉 수석 부사장으로 영입돼 12년 동안 〈워싱턴 타임스〉의 이념과 경영 방침을 재정립하고, 행정부 고위 관리와 국제 관계에 영향력 있는 정치인및 거물급 기업인들과 관계를 다지는 한편, 국제 관계 네트워크를 주도적으로 확대했다. 현재 제리 폴웰이 주관하고 있는 '제리 폴웰 신학원' 부학장으로 기독교계 배후에서 상당한 영향력을 행사하고 있다.

이라고 말했다.

　문 목사가 이끄는 종파는 통일신학, 전혀 낯모르는 사람들을 그가 점지해 짝을 맺어주는 대규모 합동 결혼식, 그리고 도덕적으로 불미스런 술책 등으로 인해 혐오감을 불러일으켰다. 고집불통의 교회 신도들을 정기적으로 세뇌한다는 얘기들이 회사 안에 돌았다. 그러나 그런 일이 내게 일어났다면 나는 그런 말을 누구에게도 하지 않았을 것이고, 누구 하나 내게 그런

제리 폴웰
이슬람교 창시자 마호메트를 "테러분자"로 매도한 미국의 대표적 우익 목사.

말을 하지도 않았을 것이다. 우리는 〈워싱턴 타임스〉에서 잘 나가고 있었기 때문에 우리의 보스들에 관한 불편한 사실들에 눈을 감았다. 나보다 몇 년이나 선배인 아노드 그리고 모르몬교도인 유타주 공화당 상원의원 오린 해치와 같은 존경받는 보수주의자들도 그러했다. 해치는 문 목사 신학을 "공산주의에 대한 종교적 대안"이라며 공산주의와 싸우는 전쟁에서는 우군을 고르고 선택할 겨를이 없다는 주장까지 했다. 한국과 일본에서 사업을 벌여 거두어들인 몇억 달러의 돈과 1930년대에 파시스트 정당을 만들었던 일본인 갑부 후원자로부터 받은 풍부한 지원금을 신문 사업에 쏟아부은 문 목사는 언제든 현금을 동원할 수 있는 큰손이었다. 적자 보는 보수주의 신문을 인수하기 위해 연간 5천만 달러를 날려도 좋다고 큰소리치는 돈줄은 문 목사 외에는 달리 없었다.

　논리적으로 〈워싱턴 타임스〉가 보수주의 신문이 아니라면 다른 신문들도 자유주의 신문이 아니었다. 〈워싱턴 타임스〉의 정치적 관점을 드러내는 것은 논설면에 한정돼 있을 터이고, 일반 뉴스들은 공평하며 편중되지 않고 또한 객관적이어야 했다. 그러나 실제로는 〈워싱턴 타임스〉는 미국 언론 관행에 따르기보다는 다양한 정치적 입장을 지면 전체에 공개적으로 집어넣는

유럽 스타일의 신문에 가까웠다. 레이건 시대에 보수주의 운동은 공화당 내부에서 영향력을 추구하면서도 당과는 무관한 듯 당 바깥에서 활동을 전개했지만, 운동의 의제, 당연히 〈워싱턴 타임스〉의 의제는 대부분 레이건이 내세운 의제들이었다. 즉 전투적인 반공주의, 기업과 부자들에게 유리한 감세, 사회적 약자 보호 조처와 사회복지 프로그램의 폐지, 규제 완화, 노동조합 파괴와 같은 것들이었다. 나는 고교 시절의 로버트 케네디 재단, 그리고 버클리 대학에 있을 때 개혁적 스타일의 언론을 따랐다. 대학에서 나는 내게 또 다른 길을 제시해줬을지도 모를 저널리즘 강의를 전혀 듣지 않았다.

문 목사는 태연하게 정치와 언론을 뒤섞었다. 그는 〈워싱턴 타임스〉를 발행하면서 동시에 레이건 지지 시민정치 로비 조직인 미국자유연합(American Freedom Coalition)도 운영했다. 의회가 니카라과 반혁명군, 즉 콘트라에 대한 지원을 삭감했을 때 아노드는 박보희가 10만 달러짜리 수표를 내놓은 〈워싱턴 타임스〉의 니카라과 자유 기금 설립 모금 운동 개시를 선언하는 논설을 썼다. 많은 편집국 기자들은 전율했지만, 아노드는 그 사설을 1면에 통단으로 싣자고 고집했다. 아노드의 그와 같은 행동은 레이건 측근인 **올리버 노스**가 그러한 기금의 설립을 촉구하는 메모를 작성한 지 두 달 뒤에 나온 것이다. 아노드가 한국에 관한 문제로 신문사 소유주들 가운데 한 사람과 상의한 뒤 한국에 대해 쓴 논설을 고치라는 지시가 떨어짐으로써 보도국의 편집 독립권이 침해당하자, 네 명의 편집자가 그를 비난하고 신문사를 떠났다. 문 목사의 탈세에 대한 중범죄 유죄 판결 기사의 통신 서비스 내용은 조작됐다. 그리고 기사를 보수적인 방향으로 고쳐 쓰는 이른바 '기사 손질'을 둘러싼 논란과 사퇴가 끝없이 이어졌다. 이런 풍토 속에서 나는 기자 훈련을 받았다.

내가 기자로 인사 발령을 받은 〈워싱턴 타임스〉의 시사주간지 〈인사이트

올리버 노스

레이건 정부에서 올리버 노스 중령은 이란에 무기를 팔아 받은 대금으로, 중남미 (반공) 게릴라에게 무기를 제공하는 일에 깊이 관여했다. 이런 사실이 밝혀져 의회에 불려가게 되자, 그는 의회에서 거짓 증언을 했다. 노스는 무기 스캔들이 터졌을 때 위증죄로 처벌받는다 하더라도 국가 안보와 관련된 사항이고 직무상 취득한 기밀이기 때문에 끝까지 말할 수 없다며 버텼다. 그의 이런 행동에 보수 우익은 환호했다.

(*Insight*)〉의 정치적 편향은 더욱 뻔뻔했다. 〈워싱턴 타임스〉와는 대조적으로 존 포드호리츠(우리는 그를 포드라고 불렀다)를 비롯한 주간지의 편집 간부진은 청년다운 열의는 갖고 있었지만, 언론에 종사한 경험이 전혀 없었다. 존의 시카고 대학 시절 룸메이트 토드 린드버그는 뉴스면을 편집했고, 고수머리를 한 리즈 크리스톨(신보수주의의 흑막 어빙 크리스톨의 딸)은 문화면을 편집했다. 그 세 사람은 '꼬마 보수주의자들'로 불렸다.

내 상급자 존은 버클리 시절 그의 잡지를 통해 내게 강한 인상을 주었고 형식과 내용면 모두 대단히 명석하고도 매혹적인 글을 썼던 노먼 포드호리츠의 아들이었기에 나는 그 일을 결코 가볍게 생각하지 않았다. 나보다 한 살이나 두 살 많았던 존은 아버지와는 반대로 매우 실망스러운 인물로 외모나 매너가 거만하고 아는 체하는 자였으며, 존 벨루쉬만큼이나 교활했다. 그는 대성한 부모의 자식들이 늘상 그러하듯 불안의 심연을 극복하려는 욕구 때문에 저주받은 듯했다. 존의 어머니 미지 덱터는 아버지 노먼만큼이나 빼어난 사상가요 작가였다. 존은 기사 배정 편집자로서 뛰어난 기술을 갖고는 있었지만, 일상적으로 우리들이 쓴 기사에 정치성을 가미했다. 더욱이 대중문화를 조야한 선동적 관점에서 해석한 그의 글은 황당했다. 미국 영화 속에서 부활한 "진정한 남자"에 대한 존의 6쪽짜리 에세이가 전형적인 예다. 그 글은 배우 실베스터 스탤론의 근육질 "가슴"과 "사흘 기른 불후의 턱수염으로 그의 남성다움을 과시한" 돈 존슨을 예찬했다.

존에 대한 내 생각이 어떻든 나는 기회주의적으로 존의 호의 속에 안주했고, 그를 통해 워싱턴의 젊은 보수주의자들 사회를 적절히 소개받았다. 나는 수염을 기르고 안경을 낀 건장한 활동가 **그로버 노퀴스트**가 초대하는 파티의 정규 멤버가 됐으며, 조지아주의 열성적인 우익 공화당 하원의원 **뉴트 깅그리치**의 상담역이 됐다. 파티는 공화당 공직에 출마하는 후보자들을 후원하기 위해 종종 열렸다. 그로버는 1970년대 하버드 대학에 다닐 때 신문 〈크림슨(*Crimson*)〉에서 평이 좋지 않은 우익적 입장을 주장해 이름이 알려졌다. 그는 캐피틀 힐 거리에 있는 자신의 집에 국회, 보수주의 로비 집단, 싱크탱크들에 속한 운동가 대중들을 끌어들였다. 〈다트머스 리뷰〉 동창생 벤 하트와 그의 아내 벳시, 레이건 대통령의 연설문 작성자 대너 로라배처(나중에 국회의원이 됨)도 있었고, 그로버의 가장 친한 친구인 〈월스트리트 저널〉 논설위원 존 펀드도 항상 끼여 있었다. 그로버는 우리보다 몇 살 위였지만 결혼하지 않았다. 그의 집은 마치 교우회 사무실 같았다. 그로버는 정치 얘기밖에 할 줄 모르는 듯했다. 저녁에 그의 집에 초대받은 사람들은 오직 정치 얘기만 하려

그로버 노퀴스트
이른바 부시 가문을 중심으로 한 극우 보수주의의 재건을 꿈꾸는 인사들을 연결하는 핵심적 인물이다. 그들의 야심찬 계획인 '부시 플랜'의 야전사령관으로 1980년부터 2040년까지 미국 내의 모든 분야에서 우익 동맹을 위한 12~15가지의 프로젝트를 10여 년 전부터 진행했거나 진행하고 있다고 알려지고 있다. 명목상의 직업은 로비스트로 마이크로소프트, 브리티쉬 정유, 에디슨 전자연구소, 인터렉티브 게이밍 등의 회사에 관여하고 있다. 조지 W. 부시 대통령의 취임식을 축하하는 한 조찬 연설에서 미국에 존재하고 있는 좌파와 유토피아를 지향하고 있는 자유주의자들을 '악의 세력'으로 규정한다고 선언한 극렬 우익 인사.

드는 그와의 이야기에 걸려들지 않도록 조심하는 게 좋았다. 주방에 있는 맥주통에서 김빠진 맥주라도 사양하지 않고 받아먹는 것도 요령이었다.

어울리지 않게 스테레오 오디오에서는 '피터 폴 앤드 매리'의 노래가 흘러나왔다. 1960년대 대중가요계의 우상이었던 이 그룹의 노래를 듣는 것은

그래도 괜찮았지만, 그럴 때 그로버는 너무나도 진지하게 이렇게 말하곤 했다. "이제 좌파는 무너지고 있어."

나는 이 모임이 만만하긴 했지만, 기본적으로 내향적인데다 내 성적인 문제를 어떻게 처리해야 할지 불안했기 때문에 늦게 갔다가 일찍 나왔다. 그때는 샌프란시스코에서 함께 워싱턴으로 온 앤드류가 아니라 〈워싱턴 타임스〉의 여자 동료와 늘 함께 다녔다. 아무리 술을 마셔도 이런 상황에서는 긴장을 풀 수 없었다. 나는 이들 보수주의자들 사이에서 그저 편안해지기를 바랐지만 그로버의 집에서 10여 일을 보낸 뒤에도 그들 중 누구 한 사람도 진정으로 믿거나 친구로 사귈 수 없었다. 나는 그 집을 얼간이처럼 넘나들었다.

존은 코네티컷 애비뉴에 있는 닉과 메리 에버슈타트의 고층 아파트에도 나를 데리고 갔다. 닉과 메리는 젊은 신보수주의자들을 위한 살롱을 운영하고 있었다. 닉은 레이건 시대의 선도적 지식인들이 모여 있던 엔터프라이즈 연구소의 학자였고, 메리는 어빙 크리스톨이 발행하던 새 외교정책 전문지 〈내셔널 인터레스트(*National Interest*)〉의 편집자였다. 그곳은 음식도 훨씬 좋은데다

뉴트 깅그리치
1994년 40년 만에 미 하원을 장악한 공화당은 당시 51세였던 뉴트 깅그리치를 하원 의장으로 선임했다. 중간선거 전만 해도 소수당인 공화당의 원내 수석부총무에 불과했던 그가 연방 하원 의장으로 뛰어오르는 행운을 거머쥔 것이다. 1984년 하원 초년생 시절 나설 자리, 안 나설 자리 가리지 않고 설쳐대는 그를 보고 당시 토머스 오닐 하원 의장이 큰 소리로 32년간의 의정 생활 중 "가장 저질스런 녀석"이라고 분통을 터뜨렸던 해프닝의 장본인이었다. 오닐 의장의 분통이 결과적으로 깅그리치를 유명 인물로 만들어, 그는 이때부터 본격적으로 민주당 의원들의 약점 후벼파기 선봉장 노릇을 하게 됐다. 민주당의 거물 짐 라이트 하원 의장과 토니 코얼호 하원의원이 깅그리치의 게릴라식 약점 파고들기 공격에 나가떨어졌다. 그는 주로 정치인의 돈 문제를 걸고 넘어져 정치인에 대한 불신을 조장했다는 비판을 받았다. 의사당 말썽꾸러기에서 9선 의원으로 성장한 깅그리치는 신보수주의를 구축하기 위해 보수 이념을 가진 젊고 똑똑한 우익 정치인들을 규합하여 "앞으로 2~3년이면 미국을 바꿔놓을 수 있다. 일주일에 7일, 하루 20시간을 일해 미국을 도덕적 사회로 복원시키고 정치 문화를 일신하겠다"는 야심에 차 있었다. 하지만 국회 예산 통과를 크게 파행시켰다가 공화당이 선거에서 패배하면서, 정계에서 은퇴했다.

유머 작가 오러크를 비롯해 더 문인다운 사람들이 모이는 곳이었다. 내게는 이 그룹이 좀더 편안했지만, 외관상 나의 동료들인 이 보수주의 문인들 사이에서도 여전히 소외감을 느꼈으며 우울했다.

〈인사이트〉는 〈타임〉과 〈뉴스위크〉를 모델로 삼았다. 나는 존의 총애를 받으려면 무엇이 필요한지 재빨리 알아챘다. 그것은 보고된 사실에 보수주의(신보수주의 쪽이 더 좋지만) 편향을 듬뿍 섞어넣어 뒤죽박죽으로 만드는 것이었다. 우리는 정부에 대한 〈인사이트〉의 이념적 편향에 개의치 않았다. 우리는 그것을 주요 시사주간지 기사들을 통해 우리를 그토록 격분케 했던 자유주의자들의 편향에 맞서 균형을 잡기 위한 것이라고 정당화했다. 그러나 내가 〈워싱턴 타임스〉에서 배운 그 애매모호한 언론관을 〈인사이트〉는 객관적 저널리즘이라며 선전했다. 그것이 독자들을 상대로 구사한 우리의 수법이었다.

당의 방침을 따르는 자들은 좋은 자리를 보장받고 높은 자리로 출세하는 것을 볼 수 있었다. 젊은 나이에 출세한 이들로는 신보수주의 칼럼니스트 벤 워턴버그의 아들 대니 워턴버그와 레이건의 콘트라 정책 수립에 동원된 전직 연설문 작성자 엘리엇 에이브럼스가 있었다. 에이브럼스는 공교롭게도 존의 동서이기도 했다. 반면에 기사에 정치적 편향성을 가미하지 않은 사람들(〈워싱턴 타임스〉와 〈인사이트〉에는 제대로 된 정통파 언론인들도 많았다)의 기사는 존에 의해 난도질당하고 꼬마 보수주의자들에 의해 한옆으로 밀려났다.

내게는 워턴버그의 타고난 재주 같은 것이 없다는 걸 잘 알고 있었지만, 그런 상투적인 수법을 어렵지 않게 간파했다. 내가 쓴 초기 기사들 가운데 하나는 레이건 독트린(반군의 대리 전쟁에 자금을 지원해 제3세계에서 소련이 획득한 성과들을 물거품으로 만든다는 구상)에 대한 열정적인 분석이었는데, 그 기사를 쓰기 위해 존의 아버지 노먼을 인터뷰했다. 노먼이 발행하던 잡지는 보수주의 정책 그룹 내에 레이건 독트린의 영향력을 강화하는 데 큰 역할을 했으며, 그의 아내 미지 덱터는 '자유의 전사(제3세계 반군)'들을 지원하자고 선동했던 매파 지식인들의 조직 '자유세계를 위한 위원회(Committee for the Free World)' 위원장직을 맡고 있었다. 노먼은 아들에게 내 질문이 언제나 날카로웠다고 말했고, 아들은 그 얘기를 다시 나에게 해주었다. 그 기사로 나는 노란 판지에 아노드가 직접 쓴 표창장인 '아노드그램'을 처음으로 받았다.

내 실적은 올라갔다. 정치적 배경 아래 나는 곧 언론계에서 나보다 30년을 더 일해온 사람들을 제치고 승진해 고참 기자가 됐다. 니카라과의 콘트라 반군 지원에 관한 의회의 논란을 취재하고 산디니스타의 잔학 행위를 현지 취재하기 위해 니카라과의 수도 마나과로도 날아갔다. 나는 또 나비 넥타이를 매고 뿔테 안경을 썼으며, 우스꽝스럽게도 파이프 담배를 피우면서 때로는 지팡이까지 드는 등 노숙한 사람으로 보이기 위해 무척 애를 썼다.

나는 니카라과에서 산디니스타가 1979년 군사 쿠데타로 정권을 장악한 이래 인권을 유린하고 민주주의적 자유를 부정하며 국민을 가난으로 몰아간 현실을 목격할 수 있었다. 실패한 혁명의 참상은 마나과의 빈민굴 도처에 드러나 있었다. 구성원 다수가 산디니스타에게 축출당한 우익 독재정권과 줄을 대고 있던 콘트라 세력은 권위주의적 성향을 지니고 있었다. 그러나 일간지 〈라 프렌사(*La Prensa*)〉의 편집자 비올레타 차모로처럼 내가 그 여행에서 만난 진정한 민주주의자들은 니카라과에 자유 선거를 실시하도록 하기 위한 방안의 하나로 그들에 대한 신중한 지원을 제안했다. 미국 내의 냉전의 전사들이 콘트라 전쟁을 맹렬하게 지원하는 상황에서 니카라과의 민주주의자들에게는 거의 선택의 여지가 없었다. 그들에게는 그 지역에서 자행된 살육을 줄일 수도 있었을 대체 전략을 추구할 힘이 없었다.

우리 세대는 군에 소집당한 적이 없었다. 우리는 그러기에는 너무 어렸다. 나에게 냉전은 멀리 있고 만져볼 수도 없는 전 지구적 체스 게임과 같은 것이었다. 멕시코 국경에서 멀지 않은 전체주의 체제 니카라과에서 비로소 냉전을 통감한 나는 내가 냉전에서 승리를 거두기 위한 나름의 자그마한 몫을 하고 있다고 생각했다. 민주당이 지배하고 있는 의회가 니카라과 반군 지원에 실패함으로써 악의 체제를 떠받쳐주고 있다는 맹신 때문에 의회에 대한 나의 경멸감은 커갔고, 그에 따라 나의 반공 의식은 감정적으로 더욱 심화됐다.

과격한 반공주의로 인해 워싱턴 주재 칠레 대사와 사귀게 된 나는 당시 자유주의자들이 악의 화신으로 여기고 있던 그 나라 군사독재자 아우구스토 피노체트와의 인터뷰라는 '세계적인 특종'을 하게 됐다. 1970년대 말 **진 커크패트릭**은 〈코멘터리〉에 기고한 일련의 논문들에서 권위주의적 독재 체제는 민주주의로 진화할 수 있지만 전체주의 체제는 그것이 불가능하다고 규정했다. 그 이론은 피노체트와 같은 제3세계의 억압적인 우익 독재 체제에 대한 미국의 지원을 정당화해주었다. 1987년 피노체트 체제에 대한 국민투표 실시가 다가오고 있을 때, 나는 방탄 조끼를 입고 피노체트와 그의 측근 장군들과 함께 칠레 대통령 전용기를 타고 칠레 해안에서 멀리 떨어진 태평양의 한 섬 이스터랜드 유세에 합류했다. 나는 칠레에 반공주의 체제를 유지하는 것이 미국에 전략적으로 얼마

진 커크패트릭
레이건 정부에서 국가안보회의 멤버였고 유엔 대표부 대사를 지냈다. 미국뿐만 아니라 전세계를 향해 극렬 보수 우익적 태도로 일관한 인물로, 지금은 브래들리 재단 수석연구원으로 있으면서 미국기업연구소 활동에도 깊이 관여하고 있다. 1990년 한 해에만 브래들리 재단에서 그에게 지원한 자금이 57만 6천 달러나 된다. 2000년부터 '소수민족 공공정책센터' 소장을 맡고 있다.

나 중요한가를 지적하는 장문의 커버스토리를 썼으며, 칠레의 자유시장경제를 예찬하는 부속 기사도 송고했다.

그 일을 기획하고 실행하면서 나는 경솔하게도 당시 나뿐만 아니라 많은 젊은 보수주의자들의 특징적 면모였던 '남보다 앞서가기' 라는 극단적인 풍조에 사로잡혀 있었다. 콘트라를 지원하는 것은 그렇다 치고, 피노체트를 옹호하는 게 과연 옳은가? 그것이 가장 핵심적인 문제였다. 정치적 반대자들을 고문하고 심지어 죽이기까지 했다는 피노체트의 이력들이 보도되면서 동요하기도 했으나, 혼란스럽고 온전하지 못한 내 판단력 때문에 나는 장문의 기사를 쓰면서 그런 문제를 조사하지 않았고 대면해보지도 않았다. 일찍 깨달았지만 오랫동안 마음에 새겨두지는 못했던 교훈은 다음과 같은 것이다. 광신도였던 나는 자기 양심의 소리를 무시하면서 오직 보이는 것만 보도록 스스로를 단련시켰다. 더 큰 선(이런 경우는 반공주의와 민주적 자본주의의 도덕적 우월)이라고 생각하는 것을 위해 싸울 때 나는 내 정치적 목적에 맞지 않는 사실들에 대해서는 눈을 감았다. 나는 자신이 무슨 짓을 하고 있는지 거의 깨닫지도 못한 채 어처구니없는 도덕적 과오를 나만의 도덕성의 잣대로 얼버무릴 수 있다는 것을 보여주었다.

보수주의 운동에 대한 맹목적인 헌신으로 나는 〈워싱턴 타임스〉 간부들의 신뢰를 받았고 그 다음 임무로 한국의 민주화, 전두환이 군사쿠데타로 권력을 장악한 이후 처음 치러지는 자유로운 대통령선거라는 민감한 사안을 취재하라는 명을 받았다. 그 취재 여행에서 나는 자유 세계의 가장 강력한 나라(미국)의 수도에 신문사를 소유하려는 문 목사의 관심이 진정으로 보수주의 이념을 강화하는 데 있는 것이 아니라 한국, 일본과 같은 곳에서 통일신학의 영향력과 위신, 신뢰도를 높이려는 데 있다는 사실을 깨닫고 낙심했다. 한국, 일본에는 미국과 달리 통일교회가 상당한 신도들, 더 쉽게 말하면 상당한 언론과 부동산, 첨단기술 분야의 대기업과 자회사들을 거느리고 있었다. 해외에서의 문 목사의 정치적 영향력을 보여주는 것 중 하나로 한국 정부 소유의 통신사 〈연합〉이 있었는데, 〈연합〉은 〈워싱턴 타임스〉를 마치 〈워싱턴 포스트〉와 같은 권위를 갖고 있는 신문인 양 정기적으로 인용했다. 수백만 명에 이르는 문 목사 신도들의 대접을 받는 이유도 거기에 있었다. 서울의 양복점에서 내 비즈니스 카드를 꺼내주자, 주인은 금방 고개를 연신 주억거리면서 소리쳤다. "아, 문 목사!"

존은 나를 〈인사이트〉의 국내 및 국제 담당 고참 편집자 자리로 승진시켰다. 일로 인한 압박감 때문에 나는 담배를 피우게 됐다. 출근할 때 사가지고 간 담배 한 갑이 비게 되면 퇴근 시간이 됐다는 것을 알았다. 곧 보스들이 무엇을 원하고 있는지를 알아채고는 스스로 알아서 기사를 썼으며, 다루기 힘든 자유주의자들을 쫓아내기 위해 공모했다. 나는 한 자유주의적 성향을 갖고 있는 여직원을 애먹이고 모욕을 주었다. 그 여직원은 눈물을 흘리며 내 사무실로 쳐들어와서는 한 아름의 조사 서류를 내 무릎에 내팽개친 뒤 그만두었다. 존과 토드는 나를 추켜세우며 좋아했다.

존은 얼마 뒤 신문사 높은 자리로 옮겨갔다. 그 때문에 〈인사이트〉에서는 주요 직책이 개편되고 선호하는 특종 기사 방향도 완전히 바뀌었다. 존이 좋아하던 기사를 썼던 기자들 사이에서는 강등당하지 않을까 하는 불안이 번져나갔다. 존 체제 하의 국제, 국내, 그리고 비즈니스 담당 핵심 기자들은 아주 멋있고 혈통 좋은 성실한 사람들이거나 나처럼 비공개 동성애자들이었다. 그러나 존이 떠나고 토드가 그 자리에 앉자, 나는 다른 자리로 승진했다.

편집 기획회의에서 토드는 자신이 "스물아홉 살의 도회지풍 재즈 팬"이라고 생각했으며, 그의 관심사는 우익 정치를 넘어 음악과 패션에까지 걸쳐 있다고 선언했다. 토드는 일하는 것을 즐겼다. 그러나 존이 떠나가자, 〈인사이트〉의 최고위급 주구들인 커크 오버펠드와 드 보슈그레이브 사이에 격렬한 세력다툼이 벌어졌다. 명목상의 〈인사이트〉 운영관리인이었던 보슈그레이브는 커크가 지니지 못했던 모든 것, 즉 빈틈없고 재주 좋고 일관성이 있었으며 적어도 겉보기에 이상적인 결혼 생활을 하고 있었다.

〈인사이트〉의 고위 경영진은 통일교회 내의 악몽과 같은 개인숭배자들이었다. 그런데 내가 그 일원이 돼 그것을 경험하게 됐다. 커크는 〈인사이트〉 편집장이었던 린다 무어라는 여자와 결혼했는데, 린다는 하도 비열하고 야비한 말을 해서 누구도 그녀와 얘기하거나 그녀를 위해 일하려 하지 않았다. 린다의 그런 성질에 학을 뗀 커크는 자신의 지위를 이용해 린다 바로 코앞에서 다른 여성 편집자에게 공개적으로 구애했다. 커크는 기혼자든 미혼자든 전형적인 우익 인사를 내게 소개했는데, 그들은 그 몇 년 뒤 보수주의 운동 최고 위층이 돼 나와 조우하게 된다. 커크에게 자신의 아내를 포함한 여자들이란 "계집년" 또는 "망할 계집년"이었다. 그는 아노드를 "불알도 안 찬 놈"이라고 욕하거나 "불알을 잘라버리겠다"고 위협했다. 커크는 자기 명령을 듣지 않는 사람들을 "새침데기", "계집 같은 놈들", "동성애자들", "개 같은 놈들" 또는 "사기꾼들"이라고 불렀다. 커크는 과음하는 습관이 있어 오후 4시나 5시가 돼서야 나타났는데, 그럴 때면 우리는 주의를 끌기 위해 이리저리 뛰면서 아노드를 속여 넘기고 따돌리기 위해 애썼다.

편집국 간부의 일원이 된 나는 중앙정보국(CIA) 윌리엄 케이시 국장과 같은 사람들과 함께 중역실 식당 점심에 초대받았다. 혼자 중얼거리듯 하는 발음으로 악명 높았던 케이시의 얘기는 전혀 알아들을 수가 없었다. 또 유리로 둘러싸인 아노드의 방에서 매주 열렸던 편집회의에도 참석했는데, 우리는 거기서 은그릇에 담겨져 나온 고급 과자를 베어 먹으면서 주류 언론 문화를 비난하는 아노드의 얘기를 들었다. 우리가 저명 인사 인터뷰가 제대로 안

돼 헤매고 있으면 아노드는 자신의 비서에게 고함쳤다. "잭 켐프 연결해줘."
그렇게 해서 우리는 필요한 말을 따곤 했다.

부자를 위한 감세 정책의 베테랑 교사였던 **잭 켐프**는 우리 영웅들 중 한 사람이었다. 켐프처럼 우리는 사상, 좀더 분명히 말해서 '사상 전쟁'을 진지하게 받아들이고 있었다. 우리는 가난한 자들을 위해 사회적 비용을 늘려봤자 실제로는 그들의 상태를 더 악화시킬 뿐이라고 주장하는 찰스 머레이의 『입지 상실(*Losing Ground*)』을 읽었다. 정치적 엄숙주의의 어리석음을 폭로한 다이니쉬 드수자의 『편협한 교육(*Illiberal Education*)』도 읽었으며, 서구의 규범을 옹호한 앨런 블룸의 『미국 지성의 종언(*The Closing of the American Mind*)』도 읽었다(존은 잡지 커버 스토리를 위해 나를 시카고로 보내 자기 스승인 블룸을 인터뷰하게 했다). 시카고에서 나는 섬세하고 상냥하며 줄담배를 피우는, 이전에 본 적이 없는 유형의 지식인을 만났다. 블룸은 책이 들어찬 자신의 아파트에서 에스프레소 커피를 마시고 단추가 두 줄로 달린 검은색 양복 위에 온통 담뱃재를 떨어뜨리면서 세 시간 동안이나 열에 들뜬 상태로 떠들었다. 나는 매혹적이고 재기 넘치는 공황증 발작과 같은 그의 강의를 들었다. 몇 년 뒤 블룸이 타계하자, 그의 친구 솔 벨로는 그가 동성애자였다고 밝혔다.

우파에게 용감하게 인습을 비웃는, 주류 문화를 뒤엎어버릴 것 같은 감정의 고조가 일었다. 그것은 내가 텍사스에 있을 때 처음 느꼈고, 버클리에 가서도 느낀 것이다. 우리는 '스타워즈'를 사랑했다. 영화 '스

잭 켐프
1996년 공화당 부통령 후보였던 인물로, 보브 돌은 그를 자신의 러닝메이트로 지명하면서 "비전을 가진 정통 미국인"이라고 추켜세운 바 있다. 기업과 은행들에게 IMF 구제금융을 해주는 것은 사회주의적 행위라고 비난했던 켐프는 특히 기업을 위한 감세 정책에 대해 해박한 지식과 지대한 관심을 갖고 있는 것으로 알려지고 있다. 레이건 행정부에서 주택도시개발부 장관을 지냈으며, 미국의 보수 우익을 대변하는 공화당의 대표적 인물 가운데 한 명이다.

타워즈'가 아니라 소련 핵 공격에 대비하는 환상적인 우주 방패 얘기다. 우리의 취향에는 톰 크루즈가 소련 미그기들을 격추시키는 불굴의 용기를 지닌 해군 전투기 파일럿으로 나오는 '탑건' 같은 영화가 걸맞았다. 우리는 매주 수요일 밤 워싱턴의 유력 우익 싱크탱크인 헤리티지 재단에서 제3세대로 불린 서른 살 미만의 보수주의자 동지들 모임에 참석했다. 배리 골드워터가 공화당을 보수주의 정당으로 바꾸고, 로널드 레이건이 집권 다수당으로 만든 데 이어, 이제 우리가 역할을 해야 할 차례였다. 집회장은 푸른 블레이저 웃옷과 골지게 짠 직물 넥타이를 맨 건강한 얼굴의 활동가들로 꽉 들어차 겨우 비집고 들어갈 수 있을 정도로 성황을 이뤘다. 그들은 우리의 이념을 위해 무장함으로써 점잖은 1세대나 2세대보다 한 걸음 앞서나갈 태세를 갖추고 있었다. 어쨌든 그대로 밀고 나갈 기세였다. 다트머스 마피아의 벤 하트 영도 아래 우리는 실제로 대통령의 부분 거부권과 같은 애매한 주제들에 대해 열변을 토하고, 헤리티지 재단 후원자 홀리 쿠어스가 내놓은 쿠어스 맥주를 잔뜩 마셨다. 윌리엄 버클리와 조지 윌 같은 작가들을 존경했던 우리는 시스팬(C-SPAN)에 갔을 때는 그들을 본받기 위해 애썼다. 토드 린드버그조차 멋지게 반쯤 기댄 모습의 버클리처럼 앉는 법을 나에게 가르쳐주었다.

이 제3세대 보수주의자들이란 노먼 포드호리츠와 그의 아들 존 간의 현격한 재능 및 업적 차이가 상징하듯, 다소 작위적인 부분이 있었다. 한때 보수주의자였던 작가 마이클 린드는 자신의 책 『보수주의를 버리다(*Up from Conservatism*)』에서 우리 그룹이 위대한 사상가나 작가를 한 명도 내지 못했고 고전이나 획기적인 기사도 쓰지 못했으며 윗세대인 버클리나 크리스톨, 그리고 포드호리츠의 뒤를 이을 만한 인물도 내놓지 못했다고 지적했다. 우리 가운데 가장 성공한 사람들로는 오스트레일리아의 우익 재계 거물 **루퍼트 머독**의 미디어 제국에서 어느 날 고위 관리로 우뚝 선 사람들이나 케이블 텔레비전 좌담 쇼 프로그램 진행자들이 고작이었다. 다른 사람들은 모두 지적 자부심을 버리고 기독교인연합의 젊은 배후 지도자 **랠프 리드**처럼 바로 정계에 뛰어들었다.

레이건 시대에 보수주의가 위세를 떨치고 있었기 때문에 우리들 대부분은 자신의 진로를 구체적으로 생각해보지도 않고 쉽게 거기에 가담했다. 우리 세대의 지도자들은 뉴욕 쪽보다는 사상이 아니라 정치의 중심이었던 워싱턴 쪽에 이끌렸다. 그러나 우리는 이름을 떨치기 위해 워싱턴으로 몰려간 지난 세대들과는 달랐다. 사회봉사라는 고결한 이상과 저널리즘은 거의 눈에 띄지 않았고, 우리보다 불행한 사람들에게 관심과 동정을 그다지 기울이지도 않았다. 우리는 큰 정부와 거대 언론을 격렬하게 성토했음에도 불구하고 우리의 이념은 보기에 따라서는 공허했으며, 정부에 관한 철학이라기보다는 하나의 마음가짐이었고 정치놀음과 같은 것이었다.

루퍼트 머독
오스트레일리아 출신의 미국 언론 재벌로 세계에서 가장 유명한 기업가. 유산으로 두 개의 신문사를 물려받아 탁월한 신문 지면과 편집 아이디어로 성공을 거두었다. 1980년대와 1990년대를 거치면서 출판, 전자출판, TV, 영화, 비디오 제작에까지 관심 분야를 넓혀왔다. 현재 〈뉴욕 포스트〉, 〈폭스 TV〉, 하퍼콜린스 출판사, 〈브리티쉬 스카이 방송〉, 〈스타 TV〉, 〈팬아시아 방송〉, 〈로스앤젤레스 다저스〉 등을 소유하고 있다. 〈워싱턴 포스트〉는 그를 가리켜 '지구촌의 정보통신부 장관'이라고 부른다. 그러나 직원들을 회사 비품 다루듯해서 냉정함을 넘어서 냉혹하다는 비판을 받고 있다. 머독은 자산가들이 대체로 그러하듯이 함부로 돈을 쓰지 않고 세 개 대륙에 호화 저택이 있기는 하지만 실제 생활은 검소하다고 한다.

그런 점에서 나는 그 그룹의 전형이었다. 나는 모든 사람들이 생각하고 있는 대로 생각하는 데 만족했다. 나는 누구를 이상화하고, 반대로 누구를 쓰레기 취급해야 할 것인지 알고 있었다. 나는 비록 민주주의적 가치를 채택한 다른 나라들을 돕겠다는 목표에 따라 순수하게 움직였지만, 근본적으로는 세상을 구하기 위해서가 아니라 버클리에서 한때 내가 사로잡혔던 좌파에 대항하는 전쟁을 계속 수행하기 위해

랠프 리드
기독교인연합 대표였던 리드는 부시
선거 유세 중 자문역을 맡아 기독교
도의 표를 모으는 데 결정적 역할을
했다. 각급 학교 내 기도권 등을 포
함한 종교의 자유를 외치면서 전국
적인 개헌 운동을 벌였다.

워싱턴에 왔다. 나를 보수주의 쪽으로 이끌었
던 버클리 교수들과 달리, 나는 결코 보수주의
이념을 깊이 이해하고 있지 못했다. 누가 내게
왜 가장 부유한 미국인들의 이익을 편들고 유
력 업체의 지령에 따라 환경보호주의자들을
제거하려는 보수주의 운동에 가담하느냐고 물
었다면, 나는 아마 당 강령에 있는 판에 박힌
문구들을 막힘없이 줄줄이 꿰었을 것이다. 그
것을 뒷받침하는 진정한 신념은 전혀 갖고 있
지 않았다. 그렇다고 특별한 재능을 가진 것도
아니었다. 영리했지만 대단한 교육을 받진 못
했다. 반성적 기질보다는 행동주의적 기질을
지니고 있었다. 또한 내 이해력과 판단력은 앞 세대의 이념적 편향 때문에
흐려져 있었다. 비록 2류, 3류급 평가자들 사이에서는 쉽게 성공을 거둘 수
있었지만, 작가로서도 대단한 축에 끼지 못했다. 그러나 열성과 끈기만은 충
분했다.

존의 무리 속을 돌아다니면서 나는 젊은 신보수주의자로 자처했다. 신
보수주의자들, 전향한 자유주의자들 또는 어빙 크리스톨의 유명한 말처럼
"현실 공부의 세례를 받은 자유주의자들"은 대부분의 시간을 자신들은 무엇
이 아니라는 부정적 정의를 내리는 데 소진한다는 얘기를 종종 들었다. 우리
는 구우파(Old Right)가 아니라 자유방임적 자본주의와 이민의 경제적·사회
적 파장을 우려하고 미국의 대외 개입 정책에 회의적인 시각을 갖고 있던 문
화적 보수주의자들이었다. 팻 뷰캐넌이 바로 그런 인물이었다. 우리는 지금
은 철통같이 뭉쳐 낙태를 반대하고 공립학교에서의 기도 행사를 지지하는

종교적 또는 기독교적 우익을 지칭하지만, 당시에는 신우파(New Right)로 알려졌던 그런 세력이 아니었다. **제시 헬름스**가 그런 세력을 대표하는 인물이었다. 또한 우리는 단지 정부가 세계 문제를 포함한 모든 것에서 손을 떼기를 바라는 자유주의자들도 아니었다.

우리는 모두 반공주의로 똘똘 뭉친 넓은 의미에서의 레이건 연합의 일원이긴 했지만, 몇몇 보수주의 언론들에서 정교하게 해부한 이런 교의상의 차이들은 중요하다. 그것이 문제가 되는 이유는 바로 그것을 통해 우리는 자신들을 그들의 일부가 아닌 존재로 파악할 수 있었기 때문이다. 1987년에 내가 프리랜서 서평자로 〈코멘터리〉에 쓴 초기 기사들 가운데 하나는 팻 뷰캐넌의 자서전 『타고난 우익(*Right from the Beginning*)』을 난도질한 서평이었다. 나는 그 서평에서 "뷰캐넌이 사용한 '종교 전쟁'이라는 말은 실제로는 타협이나 다양성의 여지를 전혀 남겨놓지 않음으로써 새로운 보수주의 연합을 위협하고 있으며, 당을 좀먹고 결국은 자기 패배로 귀결될 전쟁을 공화당 내에 촉발할지도 모른다"고 결론지었다. 그렇게 한 것은 나였지, 결코 우리들이 아니었다.

예전의 좌파 동료들과 관계를 단절함으로써 신보수주의자들은 근본적으로 속임수에 토대를 둔 문화적·정치적 권력을 장악할 수 있었다. 원래 그들은 베트남 전쟁과 자신들이 반미적이라고 간주한 것, 그리고 반전 운동의 부산물인 문화적 급진주의 문제로 좌파와 결별했다. 대학 당국이 학생운동가들의 요구를 수용했을 때 많은 사람들이 학계를 떠났다. 그러나 레이건이 권좌에 오르고 다수파를 형성하기 시작하자,

제시 헬름스
지난 10여 년간 미 상원 외교위원회 위원장으로 극우적 이념을 바탕으로 미국의 '힘의 외교'를 실천해온 인물. 동성애 혐오론자이기도 한 그는 클린턴이 서명을 끝낸 '전범 재판을 위한 상설 국제전범재판소 설치를 위한 협정'을 해외 주둔 미군이 재판을 받게 될 수도 있다며 비준을 거부해 법안 자체를 파기시켰다.

〈뉴욕 타임스〉와 같은 권위 있는 언론에 접근한 노련한 논객들인 신보수주의자들은 자유주의 진영에 있는 모든 사람들에게 자신들에 반대하는 위험한 좌익분자, 심지어 반미주의자라는 딱지를 붙였다. 신보수주의자들은 온갖 미사여구를 동원해 마치 자유주의자나 민주당원들 속에는 지조 있는 반공주의가 더 이상 존재하지 않는 것처럼 보이도록 만들었다. 크리스톨의 〈퍼블릭 인터레스트〉는 가난한 사람들을 위해 정부 프로그램을 개혁하는 최선의 방책을 논의하기 위해 1960년대에 창간됐지만, 1980년대가 되면 그런 프로그램 자체를 송두리째 파괴하려던 **찰스 머레이** 같은 작가들을 칭찬하게 된다. 애초에 린든 존슨과 휴버트 험프리의 자유주의적 시민권 전통에 대한 신보수주의자들의 지지로 출발했으나, 사회적 약자 보호정책에 대한 온갖 적대적 행위를 일삼게 된 것이다. 신보수주의자들은 '뉴욕 지식인들' 의 자랑스러운 전통의 진정하고 유일한 상속자임을 자처하면서 대학 교육의 전통적 규범을 옹호했으나 그것은 합당하고 다양한 교육과정을 '정치적 엄숙주의' 로 매도하면서 배제하고 헐뜯기 위한 장치로 전락했다. 신보수주의자들이 자유주의에 대해 순수성을 견지하고 있던 유일한 이슈는 낙태 권리였다. 대다수는 나처럼 낙태 지지자였다. 심지어 낙태 반대론자들조차 내심 낙태를 범죄

찰스 머레이
하버드 대학을 나온 정신분석가이자 재치 있고, 명망 높은 작가로 TV 토크쇼의 단골 손님이다. 현재 미국기업연구소 연구위원으로 있으며, 브래들리 재단의 자금 지원을 받고 있다. 보수 우익 이론가로 1994년 베스트셀러인 『종형 곡선(*The Bell Curve*)』에서 사람들의 IQ는 80%까지 유전된다고 주장하여 유전적 요인과 환경적 요인이 절반씩 작용한다는 통설을 뒤집어 논란을 불러일으킨 바 있다. 그의 주장 중 가장 충격적인 것은 집단으로서 흑인이 지적으로 백인들에 비해 열등하므로 사회적 약자 보호정책을 폐지해야 한다는 선언을 한 것이다. 뿐만 아니라 머레이와 이 책의 공동 집필자인 헤른스타인은 흑인과 백인 사이 IQ 차이를 보여주는 증거는 압도적이라고 말한다. 이것은 왜 많은 흑인들이 빈곤의 늪에 빠져 살아갈 수밖에 없는지를 설명해준다며, 흑인이 지적 열등감에 놓여 있는 현실을 직시해야 한다고 주장한다. 이들의 주장으로 미국 사회는 한바탕 격렬한 논쟁에 휩싸였다.

행위로 여기지는 않는 듯했다.

제3세대 보수주의자들 속에는 여성 노동자, 이혼한 독신녀, 그리고 소수 게이들까지 포함돼 있었다. 실제로 나는 내 보수주의자 여자 친구들, 심지어 공개적으로 낙태 반대 입장을 천명한 사람들조차 필요하다면 낙태 권리를 반드시 행사할 것이라는 점을 믿어 의심치 않았다. 우리 가운데 대부분은 작은 정부, 자유시장, 개인의 자유를 지지하는 것 같았다. 달리 말하면 그들— 우리—은 존 로크 철학을 신봉하는 자유주의자들이었다. 우리는 정부 조처로써 엄격한 도덕 규범을 강요하는 것을 바라지 않았다. 우리는 정부가 우리를 그냥 내버려두기를 원했다.

자신이 게이라는 이유도 일부 작용해 나는 1960년대를 혹독하게 비판하는 신보수주의자들보다는 언제나 사회적으로 자유주의적인 입장을 갖고 있었다. 당시 내게는 자유주의가 더 어울렸지만, 냉전 시대에 고립주의는 무책임하다는 생각에 사로잡혀 있었다. 또 나는 당시 권력지향적이었다. 1980년대 중반까지 레이건 자신은 대외적으로는 골드워터식의 반공주의 전통, 그리고 대내적으로는 서로 간섭하지 않고 공존하는 관대한 자유주의 전통을 지향하고 있는 듯했으나 그런 전통은 당내의 지식인들 사이에서는 거의 입지를 상실하고 있었다. 애매한 입장을 취하고 있던 워싱턴 케이토연구소 내의 자유주의자들은 기본적으로 보수주의 운동에서 이탈했다. 반면에 신보수주의자들은 레이건 정권에 아부하는 궁정 지식인들이었다. 그들은 유력한 잡지들을 운영하고 중요한 우익 재단들을 좌지우지했다.

내 신보수주의적 취향은 논조와 스타일의 문제이기도 했다. 오랫동안 노먼 포드호리츠는 자신을 중도파로 부르거나, 심지어 신자유주의자라고 말했다. 신보수주의자들은 세련되고 도회적인 지식인들이었고 종교적이기보다는 세속적이었다. 분석적인 정확성으로 뒷받침된 그들의 글에 나는 경외감을 느꼈다. 나는 그때 겉으로 드러나지 않은 채 그 밑에 깔려 있는 욕망을 보지 못했다. 노먼의 아들 존은 자기 아버지의 정치관이 '남자다움'에 집착하는 그의 관념과 깊이 얽혀 있다고 내게 말했지만, 키 작고 연약한 늙은 노먼은 유명한 신보수주의 대변지 〈브레이킹 랭크스(*Breaking Ranks*)〉에서 자기가 자유주의에서 이탈한 것은 자신의 내면 세계와는 아무 관련이 없다고 말했다. 노먼은 자신에 관해서는 아무것도 밝히지 않은 채 그의 예전 친구들(자유주의자들)의 지적 허약성, 비겁성, 성적인 실험 때문에 자신은 어쩔 수 없이 자유주의로부터 이탈할 수밖에 없었다고 주장했다.

그러나 신보수주의자들은 〈워싱턴 타임스〉에 존재하던 두 가지 유형의 신우파들(나는 그들을 전염병 대하듯 피했다)만큼 겁쟁이로 보이지는 않았다. 엄청난 풍보에 줄담배를 피우는 논설위원 샘 프랜시스는 "백인의 긍지"를 인생 철학처럼 주창하면서 자유주의 세력이 벌이는 '백인종에 대한 전쟁'에 대해 경고했다. 그런가 하면 어두운 유리로 둘러싸인 워싱턴 타임스사 건물 내부를 살금살금 걸어다니던 골수 기독교도 칼럼니스트 존 로프턴은 "동성애자들, 간통자들, 간음자들이 신문사 요직을 차지하고 있다"고 비난했다. 그들은 〈워싱턴 타임스〉에서조차 너무 거칠고 머리가 둔하다는 이유로 압력을 받고 사퇴했다.

1980년대 중반이 되면 이런 종류의 옹졸한 얘기는 우익에서도 골수 광신자들에게서나 들을 수 있었다. 나는 프랜시스와 로프턴을 내가 속해 있던 어떤 운동의 일원으로 생각하지 않았다. 레이건이 지닌 정치적 매력이라는 마술은 샘 프랜시스와 존 로프턴이 레이건을 자신들의 대통령으로 생각하고, 나 또한 그가 나의 대통령이라고 생각하고, 다수의 민주당원들 역시 그를 자신들의 대통령으로 생각하게 만들었다. 내가 레이건을 경험한 것은 그의 2기 정권 때로, "복지 여왕들(사회적 약자 보호정책의 수호자—옮긴이)"을 비웃고 진화를 의심하고 제리 폴웰 목사가 이끌던 단체 '도덕적 다수'의 초기 지원을 받던 과격한 대통령 후보 시절이 아니었다. 나는 레이건을 반공주의와 작은 정부, 개인의 자유라는 최우선 원칙들을 지키는 강력한 지도자로 보았다.

나에게는 의미있는 사실이지만, 레이건 역시 민주당원 출신이고 이혼 경험이 있으며 비종교적이었고 우익의 사회적 의제를 입법화하는 데 립 서비스 이상의 역할은 거의 하지 않는 듯한 할리우드 배우 출신이었다. 비록 우익의 지원으로 대통령이 됐지만, 레이건은 항상 제시 헬름스와 같은 부류보다는 훨씬 덜 까다로운 사람이라는 느낌을 주었다. 제시 헬름스 그룹의 정치라는 것은 낙태 반대와 시민권 반대, 게이 반대 정서를 앞세우는 것이었다. 레이건이 낙태 반대 운동을 위해 하는 일이라고는 (대통령 집무실에서 하는 대중연설 시스템을 통해) 해마다 열리는 낙태 반대 집회를 위해 연설을 하는 것이 고작이었다. 그것은 우리들에겐 공개적인 우스갯감이었다. 레이건의 도덕주의도 긍정적으로 여겨졌다. 그는 악마가 깃들이게 하지 않았다. 보수주의 핵심 세력을 "쓰고 남은 염색체 패거리"라고 조롱한 공화당 전략가 리 애트워터는 이 포용주의 철학을 "거대한 천막"이라고 불렀다. 개인의 성문제에 대해 무슨 짓을 하든 길거리에서 하지 않는 한, 그리고 말을 놀라게 하지만 않는다면 문제될 게 없다고 했다는 레이건의 얘기를 읽은 기억이 있다.

샌프란시스코에서 워싱턴으로 온 앤드류와 나는 촌스러운 애덤스 모건 지역 아파트의 자그마한 꼭대기층으로 이사갔다. 나는 곧 공화당 정치권에서 일하던 비공개 게이와 레즈비언들을 소개받았다. 레이건 행정부의 최고위 간부들이던 그 많은 비공개 게이들은 자신들을 '자유방임주의자들'이라고 불렀다. 게이 공화당원들은 도처에 있었다. 오랫동안 일종의 자유 지대로 여겨져온 워싱턴 대중 술집에서도 게이 공화당원들은 별로 쫓겨날 걱정 없이 즐길 수 있었다. 워싱턴의 게이 지역 듀폰 서클의 중심에 있는 대중 술집 제이아르에 들어갔을 때, 거기서 만난 사람들 중 두 명에 한 명은 공화당원인 듯했다. 테리 돌런도 거기서 만났는데, 그는 1980년 대통령선거에서 공화당이 상원 다수당이 되는 데 기여한 강경파 우익 전국 보수정치행동위원회 창립자였고, 그의 동생 토니는 레이건의 연설문 작성 책임자였다. 윌리엄 버클리의 가장 친한 친구 가운데 한 사람이자 대학 캠퍼스의 보수주의 단체들 간의 네트워크로 사실상 보수주의 운동 지도자들을 훈련하는 장소 역할을 하던 '자유를 위한 젊은 미국인(Young Americans for Freedom : YAF)' 창설자 **마빈 리브면**도 거기서 만났다. 어느 날 밤엔 유명한 레이건 이미지 메이커가 워싱턴 남동부에 있는 게이 댄스 클럽인 로스트 앤드 파운드에서 카우보이 부츠를 신고 내기 당구를 치고 있는 모습을 보았다. 대도시라기보다는 자그마한 남부 지역 도시와 같아, 모두가 서로 잘 알고 지낼 수는 없겠지만, 서로 상대가 어떤 사람인지에 대해서는 잘 알고 있는 워싱턴에서 그 사나이는 국회의사당이 있는 캐피틀 힐의 집에는 남자 친구를 두고 아내와 아이들은 다른 곳의 본가 저택에서 살게 하고 있다는 이야기가 있었으나 아무도 그것을 발설하지 않았다.

이 책을 쓰느라 자료를 뒤져보면서도 몇 년이 지나도

마빈 리브먼
보수 우익의 이념으로 무장한 리브먼은 낡은 보수주의 행동 양식을 접고 청년층으로 그 축을 옮겨야 한다는 신보수주의 운동의 첨병을 자임했다. 예순일곱 살 때 자신이 게이였다고 친구인 윌리엄 버클리에게 고백했다. 그의 커밍 아웃으로 보수 진영은 상당한 충격을 받았으나 게이와 레즈비언들에게는 역사적 행동으로 받아들여졌다. 리브먼은 유대인이었으나 윌리엄 버클리를 대부로 맞아 가톨릭 신자가 됐다. 1990년대 초부터 게이와 레즈비언들을 위한 정기적인 칼럼을 써오다가 1997년 사망했다.

록 내가 몰랐던 것은 내가 워싱턴의 보수주의 무대에 등장하기 몇 년 전 그들 비공개 게이 보수주의자들이 얼마나 영향력이 강했던가 하는 것이었다. 현대 보수주의에서 자유주의적 성향을 제거하고 그것을 급진적 행동주의를 위한 수단으로 전환시킨 것은 다른 누구보다도 리브먼의 공이 컸다. 윌리엄 버클리와 긴밀히 협력했던 그는 비공개 동성애자였다. 1998년 2월 자유주의 잡지 〈리즌(Reason)〉에 서평이 실렸던 책 『1960년대의 이면 : 자유를 위한 젊은 미국인과 보수주의 정치의 발흥(The Other Side of the Sixties : Young Americans for Freedom and the Rise of Conservative Politics)』에서 역사가 존 앤드류 3세는 학생들이 좌파든 우파든 1960년대에 과격해졌다고 썼다. 우익 과격 학생들은 리브먼의 YAF 그룹에 줄을 댔다. YAF는 "당시 지배적이던 자유주의에 대해 이념적·구조적 비평을 가하기 위해 등장했다. 그들은 여론 자유주의를 개혁하는 것이 아니라 거부하려 했다"고 앤드류는 지적했다. 또한 〈리즌〉의 평론가 닉 질레스피는 "윌리엄 버클리 주니어와 몇몇 다른 저명 보수주의자들(당시 〈내셔널 리뷰〉의 발행자 윌리엄 러셔, 보수 언론인 스탠턴 에번스, 그리고 공화당 자금 조달자 마빈 리브먼 포함)의 창안품인 '자유를 위한 젊은 미국인'은 드와이트 아이젠하워, 넬슨 록펠러, 그리고 리처드 닉슨이 공화당에 도입한 부드러운 중도파적 현대 공화당 정책과 싸울 목적으로 고안됐다"고 썼다. 그러면서 공산주의 위협에 대응하기 위해 YAF는 "국가 개입은 국가 안보의 이름으로 정당화될 수 있다고 주장하면서 평화시의 징병제를 지지하고 국가방위법의 의회 앞 충성 맹세 조항들을 옹호했다"고 서술했다. YAF는 국회의원 로버트 보먼(리브먼처럼 그도 몇 년 뒤 게이였음이 드러났다), 자금 조달자 리처드 비구어리, 팻 뷰캐넌, 보수주의 간부회의 공동설립자 하워드 필립스를 포함한 수십 명의 보수주의 지도자들에게 훈련 장소를 제공했다. 결국 YAF는 버클리의 친척으로 골드워터 연설문 작성자로 일했고 가장 과격한 집단을 이끌었던 브렌트 보즐이 1960년대 말 '전통적' 사회를 보호하려는 정부 정책을 뒷받침하지 못하고 베트남 전쟁에 반대했다며 공개적으로 자유주의자들을 비난하고 나서면서 분열했다.

게이 보수주의자가 됨으로써 나는 제2의 사회생활을 하게 됐는데, 그것은 존 포드호리츠가 내게 소개해준 사회생활과는 아주 다른 것이었다. 그것은 부유한 게이 로비스트들과 변호사들, 정치가들, 공화당 전국위원회 관리들, 의회 공화당 의원 최고위 보좌관들, 그리고 국회의원 한두 명의 집에서 열린 최고급 디너 파티를 맴도는 것이었다. 나는 유력한 공화당 무기생산업체 로비스트 피터 맬러테스터가 칼로라마 고급 콘도에서 주최한 만찬에 손님으로 자주 초대받았는데, 그의 어머니는 코미디언 보브 호프와 결혼했다. 당시 50대 초반의 피터는 전설적인 인물로 파티를 어떻게 열어야 하는지를 아는 뛰어난 요리사였다. 나는 피터로부터 워싱턴과 할리우드의 은밀한 곳에서 어떤 일들이 벌어지고 있는지에 대해 많은 이야기를 들었다.

맬러테스터는 이탈리아어로 '나쁜 성질'이라는 의미를 갖고 있는데, 피터는 이름에 걸맞은 사람이었다. 그는 이중 생활을 하는 특정 연배의 일부 게이들이 지니고 있는 모든 특성을 갖고 있었다. 그는 스카치 위스키 기운이 떨어질 때마다 밀려오는 비참함과 자기모멸감에 시달렸다. 앤드류와 나는 피터와 함께 팜 스프링스로 여행을 떠났다. 거기서 우리는 보브 호프의 사랑채에 머물렀는데, 그곳은 본채에서 몇 마일이나 떨어져 있었다. 앤드류와 나는 피터와 사귀는 데 한계가 있다는 사실을 금방 깨달았다. 그는 우리가 수영 팬츠 차림으로 풀장 부근을 뛰어다니다 들킬까 봐 주말 내내 안절부절못했다. 피터는 한순간 즐거움에 들떴다가도 금방 밀실공포증으로 괴로워했으며, 심술궂고 난폭하고 불경스런 울화증 환자로 변하곤 했다. 〈인사이트〉에 있는 커크 오버펠드 말고 그렇게 독설을 퍼부어대는 사람을 본 적이 없었다.

우리는 그가 또 언제 표변할지 헤아리는 데 지치고 말았다.

　피터는 그 뒤 몇 년 동안 내가 워싱턴에서 알게 된 수많은 우익 공화당원 비공개 게이 가운데 한 사람이었을 뿐이다. 아마 그들은 공화당 간부들의 눈에 들기 위해 지나치게 안달하다 보니 종종 극우 인종주의자, 성차별주의자, 반유대주의자라는 최악의 속성들을 지니게 됐을 것이다. 나는 보수적인 게이 세계라는 이질 문화 내의 숨겨진 이질 문화에 친숙했지만 기자로서 철저히 폐쇄된 울타리 안에까지는 들어가 보지 못했으며, 그렇게 되고 싶지도 않았다. 그 비밀주의는 떠들썩한 술자리, 일상적인 남창 동원 등은 말할 것도 없고 온갖 난잡한 짓들을 담보해주었다. 존 및 그 패거리들과의 교제와 같은 이런 관계들은 내 정치 인생에도 이어졌다. 내가 다른 게이들과 만난 것은 오직 이들 비공개 공화당원 게이들과 앤드류를 통해서였다. 앤드류는 희귀 도서와 인쇄물 평가인으로 밥벌이를 하고 있었는데, 정치에는 관심이 없었다. 맬러테스터와의 강렬한 체험을 거친 뒤 앤드류는 나의 게이 세계와 보수주의 정치 세계에 거의 흥미를 보이지 않았다.

　그들 외의 다른 게이 사회는 압도적으로 민주당적이고 자유주의적이라고 생각했기 때문에 나는 그들과는 아무런 사회적 관계도 맺지 않았다. 그것은 보수주의 운동권에서 활동하는 게이로서의 내 지위를 위협할 사람이 없다는 것을 의미했다. 설혹 보수주의적 의제를 제기하는 것과 게이라는 사실 간에 모순이 생긴다 하더라도 비공개 게이들과 내 주변의 여성들은 모두 그것을 인정하지 않거나 아마 침묵했을 것이다. 우리가 〈워싱턴 타임스〉에서 통일교도들에 대해 결코 왈가왈부하지 않았듯이, 어떤 골치 아픈 대립도 차단되고 합리화됐다.

　워싱턴 상경 초기 시절 앤드류를 빼고 사무실 바깥에서 교제했던 유일한 친구는 〈워싱턴 타임스〉 직원으로 큰 키에 금발머리를 한 소란스러운 여자

케이티 틴덜이었다. 그녀는 보수주의를 "개똥"으로 생각했으며, 내가 게이면서 어떻게 보수주의 운동에 몸을 담게 됐는지 도저히 이해하지 못했다. 30대 중반의 타고난 글쟁이 틴덜은 〈인사이트〉 하급직에 있던 자유주의자 가운데 한 사람이었다. 나는 케이티의 악의 없는 비아냥을 대수롭지 않게 소화하려고 애썼으며, 케이티가 '개구쟁이 데니스'라는 별명을 붙여준 앤드류와 함께 종종 긴 저녁식사를 하기도 했다. 우리 관계는 매우 유쾌해서 그렇지 않았다면 황량했을 우익 사회에서 한 줄기 햇살과도 같았다. 그러나 우리 관계는 케이티가 자신이 그리고 있던 나와 내가 하고 있던 일 사이의 모순을 찔러대는 것을 내가 참지 못해 끝나고 말았다.

나는 그때 보수파 게이가 된다는 것이 어떤 것인지에 대해 다음과 같이 자문자답하고 있었다. 보수주의자로서 우리는 겸손한 태도를 존중하며 따라서 사적인 일은 어디까지나 사적으로 처리하고, 공적인 일과 사적인 일을 동일시하는 좌파 정치와 피해망상 행동 연구 같은 시각을 거부한다. 우리는 자신들을 정치집단이나 이익집단과 같은 그룹의 일부로 보지 않고 의지와는 상관없이 어쩌다 게이가 된 개인들로 본다. 상투적인 말이지만, 그것은 우리 중 일부가 왼손잡이가 된 것은 의지와는 상관없이 우연히 그렇게 된 것과 같다. 잠자리에서의 일과 한계세율에 대한 개인의 입장이 도대체 무슨 상관 관계가 있단 말인가?

물론 레이건 정부가 에이즈 위기를 경시하고 있다는 점이 무시할 수 없는 사실로 드러나기 전인 1980년대 중반까지는 이런 입장을 견지하기가 쉬웠다. 또 비록 제리 폴웰 목사의 '도덕적 다수'가 게이에 대해 적대적이었지만, 공화당이 명확한 게이 반대 입장을 취하도록 만드는 데 훨씬 더 큰 공헌을 한 기독교연합이 창설되기 전까지는 그랬다.

공화당이 나를 싫어하지 않는다는 느낌과 함께 내가 그 속에서 적절히 처신하는 방법을 알고 있는 동안에는 은근한 도박, 즉 내가 나 자신의 성적인 정체성을 솔직히 밝히지 않는 한 환영받을 것이라는 생각으로 모험을 계속할 수가 있었다. 공화당원 게이 중에 공개적으로 그 사실을 밝힌 사람을 나는 한 사람도 본 적이 없다. 내가 알던 대다수 보수주의 게이들, 특히 나이든 축들은 자신들이 게이인 사실이 들통날까 봐 두려워 언제나 전전긍긍했다. 〈워싱턴 타임스〉의 한 동료는 내가 게이가 아닐지도 모르고, 그가 게이라는 사실을 내가 나쁜 사람에게 발설할지도 모른다는 두려움 때문에 점심시간에 나에게 그 문제를 조심스럽게 끄집어내기까지 3년 동안이나 고민했다. 우리 두 사람은 서로에게만 게이라는 사실을 밝혔다. 그 신문사의 비공개 게이들은 나보다 나이가 훨씬 많았기 때문에 노출되기가 더 쉬웠다. 그들은 나보다 지위가 낮았으므로 나는 그들이 성문제로 경영층으로부터 배척당하고 있다고 믿게 됐다. 이런 두려움 때문에 나는 더욱더 자신을 노출시키지 않으려고 애썼다.

살아남으려면 어떻게 해야 할지 알고 있었기 때문에 이것저것 생각할 것 없이 나는 본능적으로 예전에 버클리에서 했던 것과 같은 성문제의 공개적인 처리 방식을 버리고 비공개 쪽으로 후퇴해 '묻지 않고 말하지도 않는다'는 나름의 방식을 택했다. 게이가 아닌 사람이 그 문제에 대해 묻는 경우는 거의 없었고, 나는 안전하다는 확신이 들지 않는 한 그 문제를 끄집어내지 않았다. 분명히 스트레스를 받는 분열적인 행태이긴 했지만, 나는 비공개 게이로 처신하는 이유를 보수주의 정치보다는 사회 규범 탓으로 돌렸다. 어떤 길을 걷든 게이라면 그런 타협을 할 수밖에 없고, 더욱이 게이든 보통사람이든 모두가 출세를 위해 어깨 너머로 타인을 관찰하고 양다리걸치기를 하고 있는 야망과 위선의 도시 워싱턴 같은 곳에서는 그럴 수밖에 없다고 스스로를 타일렀다.

물론 게이가 아닌 우리 상대들은 우리가 게이라는 사실을 확실하게는 몰랐지만 대강은 알고 있었다. 50대에 만년 독신 남자, 괜찮은 30대이면서도 여자 친구를 사귄 적이 없는 남자, 그런 사람들이 게이임을 확인하기는 어렵지 않았다. 내 주변에 있던 대다수 보수주의자들은 그런 문제에 대해 적어도 보통 사람 이상으로 그렇게 촉각을 곤두세우고 있는 것 같지는 않았다. 그게 아니었을지라도 나는 그렇게 생각하려고 애썼다. 그 예외적인 인물이 존 포드호리츠였다. 그는 동성애 문제에 사로잡혀 있는 듯했다. 나이든 보수주의 게이들은 내가 존과 함께 일하게 됐다는 얘기를 듣고는 1980년에 존의 어머니 미지 덱터가 〈코멘터리〉에 실었다는 글에 대해 자주 내게 이야기했다. 그 글은 "해변의 아이들"로 불리는 뉴욕 파이어 아일랜드의 게이 사회를 신랄하게 매도한 동성애 혐오 내용을 담고 있었다. 그때 그 글을 읽었다면, 나는 광적인 반게이 정서가 골수 광신 집단에만 국한되지 않는다는 사실을 깨달았을 것이다. 세련돼 보이는 신보수주의 식자들은 우익의 문화적 반동들이었다. 아무튼 나는 버클리 도서관 서고에 꽂혀 있던 덱터의 그 글을 보지 못했다. 나는 그것이 내가 사귀었고 나를 키워준 사람들에 관한 유쾌하지 못한 현실을 드러내고 있을 것이라는 생각 때문에 찾아볼 생각도 하지 않았다.

어느 날 내가 취재하고 있던 기사 때문에 〈코멘터리〉의 한 필자를 인터뷰하러 사무실을 나가려고 하는데, 존이 이죽거리면서 "그 동성애자가 분명히 추근거릴 테니 조심하라"고 경고했다(그는 추근거리지 않았다). 당혹스러운 나머지 나는 아무 말도 하지 못했다. 나에 대한 존의 이런 말투는 나 역시 동성애자라는 걸 그가 알고 있었다는 얘긴가? 나중에 존과 나를 다 알고 지내던 한 보수주의자로부터 존이 내가 게이라는 사실을 알고 있던 사람들 가운데 한 사람이고, 내가 그의 신망을 받고 있었음에도 불구하고 그와 몇몇 보수주의자들이 살롱에서 자주 나를 비웃었다는 사실을 전해듣고 다시 충격을 받았고 배신감을 느꼈다. 닉이 게이 비난에 가담했고, 아마 메리도 그랬을 것이다. 메리는 곧 편집과 기사 작성 일을 그만두고 어쩌다 한 번씩 야릇한 관심사인 '동성애자의 소아에 대한 이상성욕'에 관한 긴 에세이들만 내보냈다(우리 보수주의 게이들은 존이 '티퍼니 미지슨'이라는 여성 가명으로 〈워싱턴 타임스〉에 칼럼을 쓰기 시작했을 때 존을 정신분석한 몇 가지 우스갯소리들(존 포드호리츠의 포드와 프로이트에서 따온 포든프로이트로 기자실 주변에 알려져 있었다)을 즐겼다는 사실을 인정해야겠다).

레이건 체제가 붕괴되려고 하던 순간에 내가 어디에 있었는지 기억한다. 나는 그때 〈워싱턴 타임스〉 사무실에 앉아서 미국이 이란에 무기를 판매한 대금이 비밀리에 니카라과의 콘트라 반군에게 흘러들어갔으며, 그것은 콘트라 반군에 대한 미국의 군사원조를 금지한 의회의 결정에 위배되는 것이라는 에드윈 미즈 법무부 장관의 발표를 텔레비전으로 우울하게 지켜보고 있었다. 미즈는 텍사스주 상원의원 존 타워를 위원장으로 하는 진상규명위원회 구성을 발표했다. 곧바로 특별검사 로렌스 월쉬가 대규모 수사에 착수했고 날을 세운 의회 조사도 진행됐다. 혐의 내용은 워터게이트 사건 이래 가장 심각한 것이었다. 법률 위반. 의회에 대한 위증. 증거 인멸. 위헌.

이란−콘트라 사건의 중대한 과오를 보여주는 증거에도 불구하고 우리는 그것을 그저 또 하나의 칼싸움(권력투쟁)으로만 바라봤다. 우리는 레이건의 대중적 인기와 정책 싸움에서의 패배로 좌절감을 맛본 민주당 의원들이 스캔들 정치 기술을 집대성한 것이라고 떠들어댔다. 또한 비윤리적 행위로 조사받고 있던 다수의 레이건 협력자들은 자유주의 반대자들의 부당한 비난을 받고 있는 것이라고 간주했다. 결국 그들은 특별검사법을 통과시켜 정치를 범죄자로 만드는 일을 제도화하고 행정기관을 애먹이기 위해 의회 조사위원회를 수사관들로 채웠다고 주장했다. 마치 기억상실증에 걸린 듯이, 이 모든 안전장치들이 닉슨 행정부의 권력남용이 폭로된 뒤 도입됐다는 사실에 대해서는 언급하지 않았다.

1986년 중간선거에서 민주당은 상원 다수를 장악하고 대통령까지도 넘보게 됐으며, 보수주의 운동은 포위 상태에 빠졌다. 대통령 탄핵 얘기가 나돌았다. "자유주의와 좌파가 노리는 것은 한 세대 내에 공화당 정권을 (닉슨 정권에 이어) 두 번째로 파멸시키겠다는 것"이라고 패트릭 뷰캐넌은 〈워싱턴 포스트〉 논평면 기고문에서 떠들었다. 닉슨의 연설문 작성자를 거쳐 레이건 정부 공보관으로 있던 뷰캐넌은 민주당이 1984년 대통령선거 패배로 잃어버린 것을 탈환하기 위해 스캔들이라는 대포를 배치하고 있다는 보수주의자들의 시각을 대변하고 있었다. 공화당 하원의원 뉴트 깅그리치는 쿠데타라는 망령을 불러내면서 소리쳤다. "좌파는 권력을 장악하기 위해 무차별적 전투를 시작했다. ……레이건이 신화 속의 그 레이건이 맞다면, 지금은 총을 메고 다시 '죽음의 계곡 행군'을 해야 할 때다."

반격에 나서면서 우리는 우리의 대통령직만 지키려 한 것이 아니다. 넓은 의미에서 우리는 이란-콘트라 사건을 냉전, 그리고 자유와 전체주의 사이의 분계선이라는 프리즘을 통해 바라봤다. 우리는 역사의 바른 방향 위에서 있다고 확신했다. 아무리 많은 범죄 사실이 조사를 통해 드러나더라도 우리는 10년간 유지해온 반공주의 정책이 자유주의적 민주당원들과 그들의 언론계 내 동맹 세력들 때문에 한순간에 불신받게 내버려둘 수는 없었다. 그러나 레이건과 그의 정책들을 지켜내기 위해서는 불법적인 콘트라 반군 지원 노력을 감싸고, 레이건 정권 고위 관리들의 의회 위증을 중요하지 않은 절차상의 문제로 둘러대야 했다. 레이건 반대 세력의 공세는 올리버 노스에 의해

역전됐다. 새파란 육군 중령 노스는 백악관이 주도했던 부정한 콘트라 반군 지원 작전을 수행했다. 노스는 의회 청문회에서 자신을 비열한 정치 엘리트에 대항하는 애국적인 미국 보통 국민의 대변자로 내세우는 도발적인 증언으로 언론의 주목을 끌었다. 노스는 이렇게 외치고 싶은 듯했다. '법률 위반 좀 했기로서니, 그래서 어쨌다는 거야? 중요한 것은 중앙아메리카에서 벌어지고 있는 역사적인 싸움이야.' 광신적인 노스 지지 열풍이 전국을 휩쓸었다. 노스는 우리 젊은 보수주의자들에게 최고의 진짜 영웅으로 떠올랐다(나이든 축들과 달리, 우리는 결코 무조건적으로 레이건을 좋아한 것은 아니다. 사실 우리는 대부분 소련 지도자 미하일 고르바초프에 대한 레이건의 로맨스를 노스의 굴하지 않는 반공주의와 비교하면서 마땅찮게 생각했다).

물론 모든 보수주의자들이 노스를 두둔하지는 않았다. 닉슨의 측근이었던 〈뉴욕 타임스〉 칼럼니스트 윌리엄 새파이어는 헌법을 위반한 노스를 구속해야 한다고 주장했다. 그러나 대다수 보수주의자들은 노스의 위법 행위를 더 높은 도덕적 선이라는 이름으로 옹호한 하원 법사위원회의 일리노이 주 연방 하원의원 헨리 하이드를 지지했다. 하이드는 이란-콘트라 위원회의 소수 보고서에서 다음과 같이 썼다. "우리 모두는 때때로 권리와 의무 사이의 대립, 악한 것과 덜 악한 것 중 어느 것을 선택하느냐를 둘러싼 싸움에 직면하지만, 사실이 아닌 모든 것과 모든 속임수를 불법 행위로 규정함으로써 도덕적 상상력을 충분히 발휘하지 못한다."

나는 노스와 하이드 지지 대열에 합류했다. 모든 보수주의 운동 기관들과 마찬가지로 〈워싱턴 타임스〉도 노스와 콘트라 지원 정책을 옹호(그것은 기본적으로 청문회 위증을 두둔하고 국가 안보라는 중대 사안에 관한 정의 실현을 방해하는 것이었지만)하는 전면적인 캠페인에 들어갔다. 나는 〈인사이트〉의 의회 청문회 취재를 담당했다. 스물여섯 살의 한창 나이였던 나는 나비 넥타이를 매고 처음으로 텔레비전 토크쇼에도 나가 민주당과 언론을 공산주의 동조자들로 매도함으로써 진상 은폐를 부추겼다. 그때 버클리처럼 의자에 비스듬히 기대어 폼을 잡으려다가 하마터면 굴러떨어질 뻔했다.

대중들이 정부를 지지하는 바람에 민주당은 대중의 뜻에 반해 레이건을 탄핵하려던 계획을 포기했다. 하지만 그 사건 조사로 백악관은 거의 2년 동안이나 정치적으로 마비 상태에 빠졌으며, 엘리엇 에이브럼스와 같은 동료들이 희생당했다. 에이브럼스는 의회를 기만한 두 가지 죄목에 대해 유죄를 인정했으나, 나중에 조지 부시 대통령에 의해 사면됐다. 잊혀지지 않는 인터뷰에서 에이브럼스의 아내 레이첼이 "남편 명예를 훼손한 자유주의자들을 기관총으로 갈겨버리고 싶다"고 한 것은 우리 모두가 느끼고 있던 욕구를 대변한 것이었다. 나와 나의 보수주의자 친구들에게 이란-콘트라 사건이 준 교훈은 양면적인 것이었다. 반대자들을 죄인으로 몰아가는 스캔들 정치는 엄청난 위력을 발휘했다. 그리고 법률과 헌법의 원칙에 따른 통치, 정치의 품위 등을 존중하는 보수주의는 우익의 목적을 위해서는 희생될 수도 있었다.

로버트 보크
보수 우익을 대표하는 법조계 인물로, 1987년 미국 민주당 상원의 거부로 대법관 인준을 받지 못했다. 1974년 연방 검찰총장 서리와 1977년에서 1979년까지 예일대 법대 교수, 1982년에서 1988년까지 연방고등법원 판사를 지냈다.

1987년 **로버트 보크**가 대법관에 지명된 것도 중요한 정치적 사건이었다. 우리는 노스를 사랑했지만 보크를 더 사랑했다. 노스와 달리 보크와 그의 아내 메리 엘렌은 보수주의 지식인 그룹에 속했으며, 그들의 아이들 엘렌과 보브 주니어는 제3세대 보수주의자에 속했다. 보크가 지명 인준을 받는 데 실패하고 몇 년이 지난 뒤, 나는 보크의 자녀들 가운데 한 명으로부터 그의 아버지가 좋아하는 스카치 위스키, 내 기억이 틀리지 않는다면 글렌피딕을 준비하라는 연락을 받았다. 보크는 조지타운에 있는 내 집에서 열린 만찬 뒤의 헌주 행사에 참석했다. 많은 저명 보수주의자들이 관례처럼 그런 행사를 하고 있었다.

우익에게 보크의 대법관 지명은 특별한 의미가 있었다. 그의 지명은 레이건 정권 초기 법령을 통해 전국적으로 우익적 경제·사회 아젠다를 밀고 나가려던 전략 수립에서 핵심적 위치를 점하고 있었다. 급진적 우익 법관들은 사법 보수주의(민주주의에서 법관의 역할을 축소하려는 괜찮은 아이디어)를 내팽개쳤다. 그들은 연방주의자협회라는 비밀 사법 네트워크에 참가하고 있었는데, 그 조직은 개인의 권리 및 성과 생식의 자유를 제한하고, 확장된 시민권을 과거 상태로 되돌리며, 공공 이익의 관점에서 기업을 규제하려는 정부의 권한을 축소하는 데 몰두하고 있었다. 레이건 정권 때 많은 율법가들 가운데서도 에드윈 미즈 법무부 장관과 법무부의 윌리엄 브래드포드 레이놀즈, 시어도어 올슨, **케네스 스타**, 백악관의 케네스 크립, 그리고 고용기회평등 위원회의 **클레어런스 토머스** 등을 비롯한 연방주의 율법가들은 시민권, 선거권, 환경 및 소비자 보호를 폐기하고 도시들과 지역 학교들 그리고 종교단체들의 차별적인 관행을 보호하기 위해 애썼다. 보크, 앤터닌 스캘리어, 로렌스 실버먼과 같이 레이건이 지명한 연방주의 법관들은 연방 법정에서 똑같은 일을 했다.

케네스 스타

늘 클린턴과 대칭점에 서 있던 인물로 클린턴 성추문 사건의 특별검사였다. 클린턴과 마찬가지로 고등학교 때 학생회장에 당선됐으며, 고학으로 명문 대학을 졸업하고 법률가로 자수성가했다. 클린턴의 외동딸 첼시와 스타의 큰딸 캐롤린 둘 다 스탠퍼드 대학에 다녔다. 아버지가 농촌의 기독교 원리주의자 목사였던 스타는 9학년 때 이미 리처드 닉슨 당시 대통령을 옹호하는 캠페인에 참가한 '어린 보수주의자'였다. 스타는 듀크 대학 대학원을 마친 뒤 워렌 버거 대법원장 밑에서 공직생활을 시작했으며, '일벌레', '법대로'로 이름을 떨치며 대표적인 보수주의자로 성장했다.

레이건 시절 법관 선발을 둘러싼 몇 년간에 걸친 대접전 끝에 보크를 발탁한 것은 그 뒤 몇 년간 상급 법원의 균형을 오른쪽으로 기울어지게 함으로써 수십 년간 지속돼온 자유주의적 법체계를 후퇴시키는 길을 연 것으로 보였다.

좌파는 워터게이트 사건 담당 검사 아치볼드 콕스의 목을 치라는 닉슨의 지시를 이행한, 이른바 '토요일 밤의 대학살'로 처음으로 전국적인 관심을 끌게 된 보크를 공적 1호로 지목했다. 유력한 자유주의 정치가들과 이익집단들은 보크의 법철학이 위험한 정치적 아젠다를 추진하기 위한 연막에 지나지 않는다는 점을 알리기 위해 온갖 수단, 예컨대 언론 매체 매수, 편지 보내기, 여론조사, 전화은행 등을 총동원했다. 보크가 시민권에 대해 적대적인 자세를 취한 경력이 있고 성과 생식에 관한 여성의 권리를 위협하는 존재였

클레어런스 토머스
흑인이면서 가장 보수적인 인물로, 미국 역사상 가장 요란한 인사 청문회를 거친 인물 중 한 명이다. 40대의 유일한 흑인 대법관 지명자라는 명분이 있었지만 성추문으로 엄청난 시련을 겪었다. 토머스로부터 성희롱을 당했다는 애니타 힐 교수가 등장하면서 청문회장이 성추문 조사장으로 돌변했던 것이다. 하지만 토머스는 시종일관 결백을 주장했으며, 걸프전의 승리로 국민의 신임을 받았던 조지 부시 대통령의 전폭적인 지지를 받아 상원 인준을 받는 데 성공했다.

다는 자유주의 쪽의 반대자들 주장은 맞는 얘기였다. 그러나 나는 당시 좌파가 보크를 부당하게 헐뜯고 있다(보크 지지자들은 이런 상황을 가리키는 신조어 (보크를) '보킹하다(borking)'를 만들어냈다)고 주장한 우파 노선을 따르고 있었다. 나는 보크 대법관 인준에 관한 내용을 〈인사이트〉의 주요 기사로 쓰고 편집했으며, 당파 싸움에서 압승했다. 나는 그 편싸움에서 내가 서 있는 편에 대해 의문을 갖지 않았다. 나는 보수주의 운동이 좌파를 상대로 벌이고 있는 광범위한 권력투쟁의 일부로 보크를 옹호했다. 나는 기사를 쓰면서 결

코 내 나름의 독자적인 판단을 내리지 않았으며, 내 힘으로 보크의 과거 경력들을 조사해보지도 않았다.

돌이켜보면 나의 보크 지지는 그의 사상에 대한 순수한 지지라기보다는 지향점 없는 당파 싸움의 불꽃이고 정해진 길을 따라가는 내 개인적 성향의 발로였다. 게다가 보크가 촉발시킨 문화 전쟁의 모든 현안들—학교 내에서의 공식 기도 행사 문제에서부터 포르노 규제, 특정 마약 해금, 시민권, 프라이버시 보호권, 낙태 권리 등에 이르기까지—에 대해 그때까지 내 마음속에 감추고 있던 나의 가치 기준은 보크가 자신의 대법원 판사 지명을 둘러싼 논란에 대해 쓴 책 『아메리카의 유혹(*The Tempting of America*)』에서 자신의 반대자들을 조롱하듯 묘사한 "지식 계급은……평등주의적이고 사회적으로 관용적인 것을 좋아한다"는 부분과 일치했다. 나는 보크와 그의 지지자들이 갖고 있던 문화관에 동의하지 않았다. 나는 그때 그런 균열을 적어도 막연하게나마 알아차릴 수 있었음에도, 그것을 확신하기는커녕 마음에 새겨두지도 않았다. 나는 내가 선택한 길인 보수주의 작가로서 성공하고 보수주의자들과 함께하겠다는 강한 열망 때문에 그런 구상을 혼란스럽게 만들지도 모를 다른 감정이나 가치들이 눈에 들어오지 않았으며, 보수주의 운동에 맞추기 위해 내 신념의 많은 부분을 포기했다.

대학 시절에 좌파와의 소규모 충돌들을 거치면서 상처받고 손해를 본 많은 젊은 보수주의자들처럼, 나는 보크를 좌익의 더러운 캠페인 때문에 희생당한 인물로 생각했다. 우리 제3세대에게 보크 전쟁은 개인적 상처에 대한 기억을 되살리고 악의적 충동에 다시 불을 지폈다. 그것은 공화당 정치에서 레이건식의 화사한 스타일이 종말을 고하고 있음을 의미했다. 보크 반대자들은 그를 쓰러뜨리기 위해 그를 악마로 만들고 도덕적으로 용납할 수 없는 사람으로 몰아갔다. 결국 그들은 이겼고, 보크는 길가에서 비참하게 죽어가도록 내버려졌다. 좌파가 얻어낸 강경한 보크 반대 전술의 성과는 보수주의 운동권이 그 뒤 10년간에 걸쳐 자유주의자들과 그들의 언론계 협력자들에 대해 가한 복수와 보복 캠페인에 길을 열어준 꼴이 됐고, 그것은 모두 앙갚음으로 정당화되고 합법화됐다. 1988년 뉴트 킹그리치는 좌파의 보크 반대 캠페인을 비난하는 연설에서 우리가 그것을 어떻게 보고 있었는지를 잘 집어냈다. "좌파 핵심 세력은 남북전쟁 때 그랜트 장군이 샤일로 전투 이후 그랬듯이 이것은 시민 전쟁이며, 오직 한 편만이 이기고 다른 편은 역사 속으로 밀려나게 될 것이라는 사실을 깨닫게 될 것이다. 이 전쟁은 오직 시민 전쟁에서만 볼 수 있는 규모와 기간, 그리고 야만성을 가질 수밖에 없다. 우리는 전장이 아니라 투표함 위에서 시민 전쟁을 치르는 이 나라에 사는 것을 다행스럽게 생각하지만, 그럼에도 이것은 시민 전쟁이다."

3

우익의 레닌주의자들

우리 보수주의자들은 전혀 행복하지 못했다. 보수주의 세력이 백악관을 지배한 지 10년이 지났음에도 여전히 자신들을 패배자로 생각하고 있었다. 로널드 레이건은 악의 제국을 해방하지 못했고, 그들은 여전히 우리를 위협하는 세력이었으며, 작은 정부를 만들겠다는 공약도 실현되지 못했다. 레이건이 노망이 들어 약해졌다거나, 민주당원들은 1981년 당시보다 레이건 집권 말기에 더 견고하게 의회에 웅거하면서 우리보다 훨씬 더 무자비하다고 말하는 사람들도 있었다.

그러나 레이건이 온갖 약점을 안고 있었음에도 불구하고 그를 이을 만한 사람이 없었다. 레이건이 임기를 끝내기도 전에 그의 대통령직 수행에 대한 향수와 함께 그와 같은 사람을 다시는 보지 못하게 될 것이라는 두려운 자각이 퍼지기 시작했다. 보수주의 운동에서 가장 인기있는 인물은 지난 시기의 싸움을 상징하는 올리버 노스와 보크 판사였다. 1988년 대통령 후보 지명

예비선거에서 내가 알고 있던 젊은 보수주의자들은 뉴욕주 의원 잭 켐프를 지지하거나 델러웨어 주지사 피트 듀폰을 하마평에 올리고 있었다. 그 두 사람은 모두 개인의 자유에 대한 신념과 레이건주의에 대한 치솟는 신뢰를 대표하고 있는 듯했다. 종교적 우파는 우리의 레이더 스크린에 전혀 포착되지 않았다. 나는 시카고에서 열린 공화당 청년대의원 회의에서 대통령 후보 지명전에 나선 텔레비전 선교사 팻 로버트슨이 야유를 받은 사실을 기억한다. 후보 지명전은 부통령 조지 부시와 상원 공화당 지도자 보브 돌로 압축됐다. 우리는 이 두 사람의 기성 상류층 인물들이 이념을 내세우고는 있지만 허울 뿐이라고 생각했다.

거침없는 부시 진영 선거전략가 리 애트워터와 로저 에일스는 민주당 지명자 마이클 듀카키스의 애국주의와 인종주의적 색채가 있는 선전 광고 방송을 거칠게 공격함으로써 부시가 당선되는 데 기여했다. 당시 듀카키스는 유죄 확정을 받은 흑인 강간범 윌리 호턴을 석방시키는 교도소 가석방 제도를 지지하고 있었는데, 문제의 광고 방송은 그것을 활용한 것이었다. 당시 나는 당파주의적 혈기가 왕성했지만, 돌이켜보면 듀카키스를 국가원수직에 걸맞지 않은 인물일 뿐 아니라 기본적으로 반미주의자로 몰아간 공화당의 선거 캠페인은 거대한 자금과 교묘한 선전 광고로 미국인들을 분열시킨 이른바 '쐐기 문화 현상들'이 대통령선거를 좌우하게 만든 효시였다.

일단 정권을 차지한 부시는 그때까지의 강경했던 캠페인을 사실상 부정하고 그가 말한 "좀더 친절하고 온화한" 방식으로 되돌아갔다. 우리는 부시를 낡은 냉전 시대 용어인 "쥐어짜는 자"라고 불렀으나, 그가 자신이 지지했던 정책(증세하지 않겠다)을 포기하고 사회적 약자 보호 법안에서부터 의회 다수당인 민주당이 주장해온 새로운 환경 규제에 이르기까지 일련의 자유주의적 입법을 옹호하는 것을 보면서 들끓기 시작했다. 〈내셔널 리뷰〉는 사설을 통해 "그 문제는 10년간의 레이건주의가 의미가 있었는지 아닌지, 부시가 자신의 공약들을 단지 백악관에 들어가기 위한 수단으로만 생각하고 목적을 달성했으니 마음대로 내버려도 된다고 생각하는 것인지 아닌지에 관한 것"이라고 지적했다. 의회에서 공화당 의원들을 이끌고 있던 직업적인 타협꾼들과 거간꾼들, 상원에서는 보브 돌, 그리고 하원에서는 보브 마이클이 부시보다 더 유화적이라고 우리는 생각했다.

부시의 국내 정책은 정부 지출과 증세, 연방 규제 등에 반대한 레이건 정책을 무너뜨렸다. 냉전 이후(포스트 냉전) 정치의 도래를 예고한 베를린 장벽 붕괴로 공화당 강령 가운데 내가 거의 맹신하고 있던 유일한 항목인 반공주의라는 의지할 만한 공화당의 논점도 사라졌다. 공산주의는 모조리 무너지고 있었다. 폴란드에서, 니카라과에서, 심지어 소련에서마저 그랬다. 민주당원들을 "미국을 먼저 저주하는" 어리석은 대중이라고 목청을 높인 진 커크패트릭의 비난과 같은 낡은 전장의 구호들은 졸지에 공허한 울림이 돼버렸다. 보수주의자들이 품고 있던 반공주의는 결코 승리의 십자군이 되지 못했다. 이제 우리의 정치를 떠받치던 열정은 사라져버렸다. 집결 거점 역할을 하던 반공주의의 상실로 "(보수주의자들은) 가라앉고 있는 엔진 없는 배에 버려진 자들" 신세가 됐다고 보수주의 잡지 〈크로니클스(Chronicles)〉의 편집자 토머스 플레밍은 지적했다. 정신과 의사였던 보수주의 칼럼니스트 찰스 크로서머는 다음과 같이 논평했다. "이제 우리의 인생 목적은 달성됐다, 또는 폐지됐다는 얘기가 우리 몇몇 친구들 간에는 하나의 농담처럼 돌고 있다. 특히 이(공산주의에 대한) 싸움에 가담하기 위해 정치판이나 언론판에 뛰어든 사람들은 기왕 뛰어들었으니 좀더 밀고 나가 연극 무대 장치 담당자나 됐으면 하고 바랄지 모르겠다."

냉전의 전사들 가운데 반공주의 교리가 영원불멸하리라고 믿은 자는 거

프랜시스 후쿠야마
"역사의 종말"로 세계적 선풍을 일으킨 존스홉킨스 대학의 정치학자이자 사회심리학자.

의 없었으며, 혼돈 상태가 지배했다. 우리(레이건과 그의 지지자들)는 전투적 반공주의로 20세기의 위대한 싸움에서 승리했다고 생각했지만, 패배한 적을 몹시 애석해하는 거북한 감정이 자리잡고 있었다. 신보수주의 작가 **프랜시스 후쿠야마**는 크리스톨이 발행하는 〈내셔널 인터레스트〉 기고문에서 공산주의가 붕괴하고 민주주의적 자본주의가 세계를 지배하게 된 상황을 "역사의 종말"이라고 묘사했다. 많은 보수주의자들은 그 생각에 저항감을 느꼈으며(아마 역사의 종말이라면

그건 우리의 종말을 뜻하는 것 아니냐는 생각 때문이었을 것이다), 크렘린(소련)과 동유럽에서 진행중인 변화를 부정했다. 곧 그것이 현실이 됐음에도 불구하고 그랬다. 미지 덱터의 '자유세계를 위한 위원회'가 주최한 회의(나도 말석에서 한 자리 차지하고 있었다)에서 **노먼 포드호리츠**와 어빙 크리스톨, 진 커크패트릭, 그리고 힐턴 크레이머가 "서구는 여전히 존재하는가?"라는 질문에 대해 번갈아가며 열변을 토하는 데 대해 나는 청중들과 함께 난감해했다. 그 질문은 하나마나 자명한 것이었다. 냉전은 정말로 끝났다.

회의가 끝난 직후 미지 덱터는 반공주의 지식인들의 국제적 네트워크에 보내는 서한을 통해, 1981년 설립 헌장에서 "서구 민주주의를 크게 약화시킨 혼돈과 자만, 무관심과 자기훼손"에 대해 탄식했던 '자유세계를 위한 위원회'가 졸지에 할 일이 없어졌다고

노먼 포드호리츠
과거에 진보주의자였으나 극우로 돌아선 신보수 우익의 대부 중 한 명으로 미국의 국익을 위해서는 어떤 희생이라도 치러야 한다고 믿는다. 특히 중동에 대해서는 전면적인 문명 충돌을 피할 수 없다고 주장한다. 카네기 재단, 브래들리 재단, 올린 재단으로부터 막대한 자금을 지원받았다. 1960년부터 유대인 잡지인 〈코멘터리〉 편집장을 지내다 은퇴한 그는 1995년부터 허드슨 연구소 연구위원으로 있다.

선언했다. 그 위원회에는 노먼 포드호리츠와 어빙 크리스톨, 그리고 〈뉴 크리테리언〉 편집자 힐턴 크레이머도 회원으로 참여하고 있었다. 덱터는 다음과 같이 썼다. "대학, 공영방송(PBS : Public Broadcasting System)과 같은 불합리하고 세상일에 무관심한 특정한 폐쇄 조직에 있는 사람들을 예외로 하면, 우리에게 바람직한 '더 상냥하고 더 평등하고 더 생산적인' 체제가 존재한다는 것을 믿는 사람은 이제 사실상 아무도 없다. 사람들은 또 우리가 하고 있는 일이 '사상 전쟁'을 벌이고 있는 것이라고 흔히 말했다. 그 전쟁은 적어도 생각이 있는 사람들 사이에서는 이제 끝났다. 우리는 그 전쟁에서 이겼다." 덱터는 나아가 새로운 적을 지목했다. 다름아닌 미국의 교육 체제였다. 그녀는 미국의 교육 체제가 서구 문명을 공격하고 "자만심"에 찬 이론으로 어린이들의 마음을 병들게 하고 있다고 주장했다.

보수주의 정치운동은 정치가들이 아니라 지식인들의 노력으로 시작됐다. 레이건을 대통령에 당선시키고 그의 행정부를 지탱한 정치문화의 틀을 짠 구세대 보수주의 지식인들(노먼 포드호리츠 부부, 찰스 머레이 부부, 〈월스트리트 저널〉 사설면에서 공급사이드 경제학을 설파한 이론가들)은 제 역할을 다했다. 그들의 생각을 어떻게 평가하든 그들은 진지한 사색가로, 부시 시대에는 그들을 대체할 인물들이 없었다. 지평선 위에 나타났던 밝은 점은 금방 꺼져 버렸다. 레이건 행정부 때 호전적인 교육부 장관으로 유명해졌고 부시 행정부에서 국가마약통제 정책국장이 된 윌리엄 베니트를 빼고 나면 공화당 사업가들로 구성된 부시 행정부의 돈 많은 각료들에 낀 정치운동 참여 보수주의자는 잭 켐프뿐이었다. 주택 및 도시개발부 장관이 된 켐프는 국내 빈곤과의 전쟁을 선언하고 대도시 슬럼가 투자 사업에 인센티브제를 도입함으로써 자유시장을 통한 사회 문제 해결을 시도했다. 이른바 '뉴 패러다임'을 대표하는 이 유망한 사업을 구상해낸 것은 긴 머리에 엄청 키가 큰 정책 전문가 짐 핀커튼으로, 그는 부시 행정부에서 국내 정책을 담당하고 있었다. 〈뉴 리퍼블릭(New Republic)〉은 켐프를 "골수 보수주의자"로 환영했지만, 유력 우익 싱크탱크 헤리티지 재단 창설자 가운데 한 사람인 **에드윈 퓰너**는 보수주의 신조의 수호자들이 켐프를 거부하고 있다는 점을 분명히 했다. "우리(보수주의자들)는 다른 사람의 돈으로 동정을 베푸는 걸 결코 좋아하지 않는다."

우리 세대에는 말 잘하는 정치선전가와 추진력 있는 활동가들이 있었지만, 가난한 사람들을 돕기 위한 보수주의 정책 수립에 헌신한 핀커튼 같은 창조적 사고를 하는 사람은 거의 없었다. 그런 현상의 대표적 사례로는 어빙 크리스톨의 아들 빌(윌리엄) 크리스톨과 거트루드 힘멜파브를 들 수 있다. 빌은 존슨의 '위대한 사회'의 유산을 비판적으로 점검하는 데 진력한 주요 사회정책 전문지 〈퍼블릭 인터레스트〉를 창간했다. 정평 있는 역사가 거트루드는 빅토리아적 가치를 거부함으로써 영국은 강대국으로서의 지위를 상실하게 됐다고 주장했다. 빌 크리스톨은 1970년대 초 베트남 전쟁 반대 운동이 한창일 때 하버드 대학을 다니면서 보수주의자가 됐다. 스스로 고백하듯 그가 보수주의에 처음 이끌린 것은 지적 차원에서라기보다는 기질 때문이었다. 〈뉴욕 타임스 매거진〉에 실린 글에서 그는 "당시에는 다수파에 가담하는 것보다는 소수파에 가담하는 것이 언제나 훨씬 재미있었다"고 썼다. "나는 부모

에드윈 퓰너
1977년 미국의 보수 정책을 대표하는 두뇌 집단인 헤리티지 재단 이사장이 됐다. 1989년 레이건이 미국 시민에게 수여하는 대통령상을 그에게 주며 '미국 보수주의 운동의 지도자'라고 불렀다. 미 공화당 연방하원 연구위원회 책임자와 레이건 정권 인수위원회에도 관여했으며, 수많은 국회의원들의 자문에 응했다. 후버연구소 연구위원과 국제전략문제연구소에서도 근무했으며, 영국의 에딘버러 대학에서 경제학 박사학위를 받은 뒤 런던 대학, 와튼 스쿨, 조지타운, 레지스 대학, 한국의 한양대학교 등으로부터 명예박사 학위를 받았다. 저서로 『미국의 리더십』, 『자유로의 행진』 등 다섯 권이 있다.

에게 반항하는 대신 나와 같은 세대에 내들 수 있었다." 하버드에서 자칭 "급진 보수주의자"였던 크리스톨은 〈올터너티브(*Alternative*)〉의 초기 사설 집필자 가운데 한 사람이었다. 자유주의자 때리기에 열중했던 불손한 〈올터너티브〉는 나중에 〈아메리칸 스펙테이터〉로 제호를 바꾸었다.

하버드 대학의 젊은 교수가 된 빌은 가업을 이어받을 만한 능력과 연고가 있었으며, 정치철학에 관한 학술 논문들을 썼다. 그러나 1980년대 중반에 워싱턴 진출 야망을 불태우던 그는 자신의 부모가 갖고 있던 지속적인 영향력과 같은 잠재력을 좀더 직접적인 정치권력을 얻기 위해 사용, 결국 눈에 훨씬 잘 띄는 텔레비전 토크쇼 출연자가 됐다. 거만한 학자로서의 풍모를 간직한 채 빌은 레이건 행정부 때 교육부에서 자기 아버지 밑에 있었고 다시 댄 퀘일 부통령의 참모장이 된 윌리엄 베니트 밑으로 들어갔다. 퀘일은 대체로 아둔한 사람으로 알려져 있었는데, 빌은 그다지 명예로울 것도 없는 "댄 퀘일의 브레인"이라는 별명을 얻게 됐다. 그는 자신의 상당한 지적 능력을 건설적인 보수주의 강령을 만드는 데 쏟기보다는 퀘일이 인기 좋은 텔레비전 시트콤 캐릭터 머피 브라운(성공한 커리어우먼으로, 나이든 남자 친구와 관계를 가져 임신한 뒤 결혼하지 않은 독신녀로서 아이를 낳기로 결심한다)을 공격하는 연설을 하게 하는 일 따위에 쏟았다. 빌은 정치 활동의 목표가 자유와 관용보다는 선과 사회질서라는 객관적 가치를 추구하는 것이어야 한다고 주장한 철학자 레오 스트라우스의 추종자였다. 부시 행정부 내에서 빌만이 도덕 붕괴를 확인하고 성 문제에 대한 전통적 입장을 냉전 이후 무너진 공화당 정치를 되살리기 위한 의제로 다시 강화해야 한다는 점을 일찍이 간파하고 있었다.

보수주의 운동 내에서는 그런 상황을 개인 생활 규제에 활용하기 위한 정치적 이슈를 찾아내기 위해 부심하는 세력들도 있었다. 그중 하나가 '아메리카보수주의연합(ACU : American Conservative Union)'이라는 단체였다. 골드워터가 대통령선거에서 실패한 뒤 반공주의와 경제, 전통적 도덕을 고수하는 보수주의자들을 하나의 기치 아래 통합하기 위해 결성한 이 그룹은 낙태 반대에서부터 총기 소지 권리에 이르는 보수주의적 가치를 옹호하는 세력의 이해를 대변하고 있었다. ACU 이사회에서 레이건과 켐프의 보좌관을 지낸 제프리 벨은 보수주의자들이 공산주의를 물리치고 자유시장경제를 둘러싼 논쟁에서도 승리한 지금 "남아 있는 큰 의제는 사회적 문제, 특히 낙태 문제다. 자유주의자들은 우리에게 너희들은 경제성장과 반공주의에서 이겼다, 이제 남은 유일한 문제는 대중적 지지를 얻지 못하고 있는 낙태 문제다, '왜 그걸 포기하지 않나?' 라는 소리를 하고 있다"고 주장했다. 윌리엄 버클리의 주재 아래 보수주의 운동 노선을 정한 또 다른 까다로운 수뇌 회의에서 신우파 지도자 폴 웨이리치는 보수주의자들에게 "근본적인 미국적 가치를 지키고 강화하는 역할"을 하자고 촉구했다. 한편 우리 〈워싱턴 타임스〉 소유주인 문선명 목사는 한 연설에서 다음과 같이 선언했다. "남자의 생식기는 아내의 것이다. 이건 만고불변의 진리다! 누구든 이에 동의하지 않는 자는 미친 자다!" 이 무렵 〈워싱턴 타임스〉는 지면을 통해 게이때리기(비판)를 시작했는데, 그것은 신문사 내의 비공개 게이들에 대한 경고 메시지로 받아들여져 사내의 관심사가 됐다. 나는 사설면 담당자로 승진하는 데 너무 정신이 팔려 거기에는 신경조차 쓰지 못했다.

　큰 키에 통통하게 살이 찌고 피부 색깔이 붉은 **폴 웨이리치**는 무슨 이유에선지 늘 검은 장의사 복장을 하고 있었다. 그는 언론과의 접촉을 피하고 주로 눈에 띄지 않게 일했으나, 워싱턴에서 현대 보수주의 운동의 설계자 가운데 한 사람으로 존경받고 있던 그는 내게 친숙한 인물이었다. 1970년대 초 콜로라도주의 보수파 연방 상원의원 고든 앨럿의 보좌관직을 그만둔 웨이리치는 좌파 조직에 대항하기 위한 우익 기반 조직—정치 법률단체, 연합체, 싱크탱크, 잡지, 정치행동위원회(PAC) 등—조성에 착수했다. 그런 다음 민주당의 의회 장악을 끝장내기 위해 '자유의회재단'과 그 재단의 정치행동위원회를 가동하기 시작했다. 10년이 못 돼 웨이리치의 활동은 좌파 쪽의 유사한 활동을 위축시켰으며, 그것은 나와 같은 사람들이 떼를 지어 워싱턴으로 몰려가 자리를 잡게 만들었다.

폴 웨이리치
조지 월리스의 아메리카독립당(American Independent Party)에 참여하던 시기까지 거슬러올라가는 반유대주의, 인종차별주의 관련 역사를 지니고 있는 웨이리치는 2001년에 그가 반유대주의자인지의 여부를 둘러싼 논란에 휘말려들었다. 부활절 에세이에 "그리스도는 유대인들에 의해 죽임을 당했다"고 썼던 웨이리치는 보수주의 작가 에번 가로부터 "실성한 반유대주의자"라는 비난을 받았다.

웨이리치의 조직 능력은 대단했으나 그의 보수주의적 포퓰리즘(반뉴딜, 반시민권, 반낙태, 반게이)은 나를 난처하게 만들었다. 시민권과 문화적인 문제들을 둘러싼 이견으로 남부 복음주의 기독교인들과 북동부 소수파 가톨릭교도들이 민주당에서 떨어져나가고, 그것이 공화당에 풀뿌리 군대를 공급하게 된다는 것을 일찍 간파한 보수주의자들 가운데 한 사람인 웨이리치는 1979년 제리 폴웰 목사의 신우파 그룹에 '도덕적 다수'라는 이름을 지어주었다. 내가 그 운동에 가담한 1980년대에 기독교 우파의 정치 활동은 주로 전세계 반공 게릴라들의 반란을 지원하는 데 집중돼 있었다. 무신론의 공산주의가 패배한 이제 웨이리치의 관심은 낙태권과 게이의 권리, 페미니즘, 자유주의 법관들, 포르노그라피, 다문화주의, 사회적 약자 보호, 학교 내의 성교육 등으로 집약되는 국내의 자유주의 문화를 쳐부수는 전쟁을 위해 적개심을 고취하는 쪽으로 옮겨갔다. 예컨대 웨이리치의 '자유의회재단'은 『동성애 네트워크』라는 소책자를 발간해 "확산되고 있는 동성애자들의 힘이 우리 사회를 장악하고 있다"는 무시무시한 경고를 내보냈다.

웨이리치는 예전의 언어 감각으로 보면 자신은 결코 보수주의자가 아니라고 고백했다. 그는 선언했다. "우리는 더 이상 현상유지를 위해 일하지 않는다. 우리는 현재의 이 나라 권력구조를 뒤엎기 위해 활동하는 급진주의자들이다." 웨이리치는 자신의 관점을 "마오쩌둥(모택동)주의적"이라면서 "지방을 장악하라, 그러면 수도도 결국은 손아귀에 들어올 것이다"고 말했다. 그는 규칙에 얽매이지 않는 자유자재의 전술을 주창했다. "하느님보다 더 훌륭해지기를 바라는 사람들이 많이 있다는 사실에 충격을 받았다. 성경을 읽어보면 예수는 놀라운 자선이나 베푸는 그런 연약한 사람이 아니었다." "그는 사람들을 둘로 갈랐다." 웨이리치의 조직이 펴낸 한 소책자에는 옳은 일을 위한 거짓말은 허용할 수 있는 "정신적 유보"로 간주돼야 한다는 구절이 담겨 있었다(문 목사도 "하느님의 역사"를 위해서라면 하느님께 맹세를 했더라도 거짓말이 필요할 때가 있다고 가르쳤다).

"근본 가치"를 회복하려는 웨이리치 캠페인의 첫 희생자가 공화당원이 되리라고는 아무도 예상하지 못했다. 보수적 워싱턴을 대경실색케 한 운동 과정에서 웨이리치는 상원에 출석해 부시 대통령이 국방부 장관에 지명한 텍사스주 연방 상원의원 존 타워를 술주정뱅이와 계집질하는 색마라고 증언했다. 상원에서 웨이리치는 "나는 지명자가 술취해 제정신이 아닌 상태에서 그가 결혼하지 않은 여자들과 함께 있는 것을 우연히 목격했다"고 증언했다. 운동권 내의 말로는 웨이리치가 좀더 온건한 새 행정부의 관심을 끌기 위해 힘자랑을 했고, 그러지 않았다면 그는 무시당했을 것이라는 얘기였다. 타워 자신도 웨이리치의 화를 돋구었을 가능성이 있다. 왜냐하면 그는 낙태 찬성론자였기 때문이다. 입증되지는 않았지만 그러한 주장들은 사실처럼 널리 받아들여졌고, 그때까지 미혼이었던 타워는 그 일로 지명 인준을 받는 데 실패했다.

지금은 타워 스캔들이 거의 잊혀졌지만, 게리 하트가 1988년 민주당 대통령 후보 지명 예비선거전에서 언론이 들춰낸 불륜 의혹으로 인해 중도하차한 뒤 얼마 지나지 않아 불거진 그 사건은 워싱턴에서 벌어지는 정치 싸움의 방식을 근본적으로 변화시켰으며, 공적 영역과 사적 영역 간의 경계선을 심각하게 허물어뜨렸다. 워싱턴 벨트웨이의 대다수 보수주의자들은 웨이리치의 행위에 아연실색했지만, 그는 겉으로 드러나진 않으나 문화적으로 보수적인 기독교 우파 유권자들이 공인들의 사생활을 그들의 정책관 못지않게, 아마 그 이상으로 문제삼고 있다는 것을 확인해주었다. 타워에 대한 웨이리치의 악의적인 공격은 주로 추정에 의한 개인의 행위를 토대로 정치적 반대자들의 신용을 떨어뜨리려는 섹스 정치, 근거 없는 비방, 불분명한 '판단'이나 '평판'과 관련된 사건들을 악용하는 새로운 형태의 힘이 얼마나 위력적인지를 입증했다. 섹스 매카시즘이 현대 우익 정치에 도입된 것이다.

포스트 레이건 시대에 보수주의가 얼굴을 바꾸게 되는 또 다른 징표는 워싱턴 벨트웨이 바깥에서 진행된 **러쉬 림보**의 등장이었다. 미주리주 토박이로 영향력 있는 한 공화당원 가문에서 태어난 림보는 레이건 집권 시절에 캘리포니아 새크라멘토의 지역 라디오 방송에서 매일 뉴스 시간에 허풍기 있는 과장된 우익적 논평을 늘어놓는, 자신에게 딱 어울리는 자리를 찾기까지는 이 직업 저 직업 옮겨다니는 건달과 다름없는 신세였다. 1988년 그 라디오 쇼가 전국에 방송되면서 중계 방송국 수는 58개에서 450개로 급증했고, 림보 쇼 청취자는 두 배 이상 늘었다. 그것은 보수주의자들이 좀더 선명한 색깔을 갈망하고 있었다는 것, 그리고 좌파때리기에는 엄청난 돈이 들어간다는 사실을 입증하는 것이었다.

림보는 재능 있는 쇼맨으로 원래 자신을 정치 논평가라기보다는 코미디언이나 엔터테이너로 생각하고 있었다. 그러나 그는 코미디에 대한 집착을 버리고 자신을 "가차없는 진실 추구에 매진하는 저널리스트"로 부르기 시작했다. 림보의 천부적 재능은 자유주의 언론을 끔찍히도 싫어하면서 같은 정치 성향을 지닌 방송인으로부터 나온 정보라면 가리지 않고 집어삼키는 보수주의자들 속에 광대한 시장이 존재한다는 사실을 간파해냈다는 것이다. 림보는 그것을 이렇게 설명했다. "미국인들은 주류 엘리트 언론에서 듣고 있는 단일 버전의 이벤트들을 지겨워하고 있다. 어떤 방송인—나—이 결국 수백만 명의 사람들이 평생 생각해온 것들에 대해 말하기 시작했다." 림보는 자신의 네트워크를 "탁월한 방송"이라고 불렀지만, 그것은 잘못 붙인 이름이었다. 왜냐하면 그는 사실과 증거 그리고 논리를 가장해서 사실상 잘못된 정보를 자신의 굶주린 애청자들에게 풀어놓고 있었기 때문이다. 계속 이어지는 그의 심각한 사실 오인 사례들(이란-콘트라 사건으로 실제로 기소당한 사람이 14명이나 됐지만 그는 기소된 사람은 아무도 없다고 주장했으며, 걸프 전쟁 때 상하 양원이 모두 미군 동원을 승인했음에도 그는 의회가 미 군사력 사용에 반대했음을 암시했다)은 〈뉴 리퍼블릭〉에 '러쉬 림보의 거짓말들'이라는 제목으로 실렸다. 그러나 림보는 개의치 않았다.

러쉬 림보
라디오 전문 MC로 최고 연봉을 받는 극렬 보수 우익 방송인.

사회 변화가 심했던 1960년대와 1970년대, 세계화로 경제적 불확실성이 도래했을 때, 그리고 산업 부문이 침체에 빠진 1980년대에 림보의 단순성은 많은 사람들에게 위안이 됐다. 자신을 지칭한 "미국에서 가장 위험한 남자"는 뉴스의 자그마한 변동조차 '악=자유주의자 대 선=보수주의자'라는 경직된 문맥으로 해석한 그가 '오른쪽'에 있는 사람들이 도덕적으로 우월하다는 주장을 밀어주는 낡아빠진 선동이었다. 림보는

"똑같은 판박이들"이라며 성오에 그의 라디오 쇼에 주파수를 맞추는 전국의 수백만 청취자들에게 신문을 읽는 귀찮은 짓은 하지 말라고 가르쳤다. "내가 여러분 대신 몽땅 읽고 무엇을 생각해야 할지 말해주겠다"고 그는 선언했다.

림보는 세상을 '우리'의 가치와 '그들'의 가치 사이의 전쟁, 그리고 다시 미국 자체에 적용되는 냉전의 패러다임으로 변조했으며, 그것을 위해 독설을 동원했다. 그는 레이건이 내건 의제인 작은 정부, 자유시장, 강력한 국방 등에 관심을 쏟기보다는 여성과 소수 세력, 게이들에 대한 문화적 적개심, 그리고 악마화한 주제들의 선구적 존재로서 공화당이 맞서 싸우려고 하는 성 혁명에 대한 우익의 불안감 등을 주로 다루었다. 림보는 청취자들에게 자신을 "도덕과 선의 화신이며, 모텔에서 여러분의 아내와 딸, 그리고 아들까지 함께 밤을 새우더라도 완전히 믿을 수 있는 남자"라고 소개했다. "미국인들은 비정상적이고 변태적인 것을 거부하고 점점 더 전통적 가족 가치 쪽으로 되돌아가고 있다"고 그는 말했다. 림보는 비정상적이고 변태적인 것으로 "빨갱이 여성해방운동가들", "나치당원 같은 여성해방운동가들", "환경 광신자들", 집 없는 사람들(이들에게 난소 절제 시술을 해야 한다고 그는 주장했다) 그리고 게이들을 지목했다. 그는 '다시는 이런 사랑 하지 않으리(I'll Never Love This Way Again)'를 힘주어 부르는 디온 워윅의 노래와 함께 시작하는 '게이 공동체 최신 정보'라는 코너를 진행하면서 에이즈는 오로지 게이들 탓이라고 훈계했다. 그리고 자주 비난 대상으로 삼은 공개적 게이 국회의원인 바니 프랭크를 노래 '마이 보이 롤리팝(My Boy Lollipop)'의 구절들에 빗대어 공격했다.

림보는 꼭 〈다트머스 리뷰〉(그가 '흑인 영어'로 이야기할 만한 재담을 고정란에 싣고 있었다)에서 한쪽을 따와 전국 방송망으로 내보냈다. 림보는 종종 인종차별주의자라는 비난을 받았다. "신문들에 실리는 모든 지명수배자 합성

사진(몽타쥬)이 왜 제시 잭슨 목사를 닮았는지 아십니까?"라는 질문을 방송에 내보낸 적도 있었다. 한 접속자에게는 "당신 코뼈를 빼내고 다시 전화를 걸어주세요"라고 말했다. 한 전화 접속자가 흑인들의 얘기도 들을 필요가 있다고 말하자, 림보는 재빨리 "그들은 인구의 12%다. 도대체 내가 알게 뭐요?"라며 끼어들었다. 많은 전화 접속자들(여성들은 적격 여부를 심사받기 위해 얼굴 사진을 보내야 했다)도 비슷한 편견을 드러냈다. "낙태는 페미니즘의 세례 의식이고 레즈비언은 그들의 공동체"라고 어떤 접속자는 말했다. 그런가 하면 림보는 "접속자가 얘기하는 낙태 문제"를 다뤄보자고 해놓고는 자신이 동의하지 않는 의견을 내는 접속자에 대해서는 목청을 진공청소기 소리로 바꾸면서 전화를 끊어버렸다. 음담패설은 림보의 방송 레퍼토리에서 빼놓을 수 없는 요소였다. 노래 '방랑자(The Wanderer)'의 곡조에 맞추어 흘러나오는 그의 '테드 케네디 최신 정보' 코너에는 이런 구절도 들어 있었다. "나는 케네디 가문 사람이니까/ 그래, 나는 테드 케네디야/ 오늘은 이 여자, 내일은 저 여자 마음대로 골라가며 같이 잔다네."

저명 인사 가운데 림보의 방송을 듣는 예외적인 인물이 윌리엄 베니트였는데, 그는 림보를 "아마 우리 시대의 가장 위대한 미국인······극도로 세련되고 극도로 재치있고······지적으로 매우 진지한" 사람이라고 칭송했다. 이 저명 공화당원은 림보의 판에 박힌 빤한 수법을 알아차리는 데 시간이 걸렸다. 워싱턴에서 내가 아는 사람들 중에 림보의 방송을 듣는 사람은 아무도 없었지만, 그는 정치권 바깥 청취자들의 심금을 울렸다. 나는 림보 얘기를 텍사스에서 아버지로부터 처음 들었다. 아버지는 림보가 1930년대의 반동적 라디오 선교 사제 찰스 콜린 신부 이래 전국적으로 가장 마음을 사로잡는 인물이라고 생각하고 있었다. 반면에 정치에 관심이 없던 앤드류는 그토록 광신적인 게이 반대자가 라디오 방송을 하고 있을 리 없다고 생각하면서 자동차를 몰며 가끔 림보 쇼를 듣고 싶은 충동을 억제하지 못했다.

　라디오 토크쇼 프로는 곧 우익의 강력한 정치 조직 수단으로 부상했고, 러쉬 림보는 전국적으로 우후죽순처럼 생겨난 수십 명에 이르는 인기 절정의 모방자들 가운데서 가장 유명하고 영향력이 있었다. 〈내셔널 리뷰〉 창설자로 많은 글을 쓴 윌리엄 버클리는 마침내 후계자에 의해 밀려나게 됐다. 1950년대 이래 보수주의 운동을 지도해온 버클리의 '박식하고 점잖으며 절도 있는 보수주의' 브랜드는 이제 철 지난 것이 돼버린 것이다. 그리고 버클리가 빨갱이 탄압을 일삼던 인종차별주의자 존 버치 협회(John Birch Society)를 비난하는 등 보수주의 운동에서 제거하려고 애썼던 추악한 극단주의는 새 세대의 보수주의자들 사이에서 승리하게 됐다.

　1992년 무렵 림보는 부시 대통령이 그해 11월 대통령선거에서 당을 패배로 몰아갈지도 모른다고 우려한 공화당 내 전략가들과 잘난 체하는 자들의 관심을 끌게 됐다. 우익 월간지 〈아메리칸 스펙테이터〉는 림보를 커버 스토리로 다루면서 "러쉬 림보 혁명"의 도래를 선언했다. 그 기사는 다음과 같은 말로 결론을 내렸다. "림보는 미국 보수주의를 위해 거리낌없이 얘기할 수 있었던 최후의 인물인 로널드 레이건이 떠난 정치적·문화적 빈자리를 채웠다." 곧 집안 배경이 좋은 보수주의 칼럼니스트인 로랜드 에번스와 **로버트 노벅**은 부시의 한 측근이 "부시가 배워야 할 림보이즘 내용을 담은 테이프"를 제작했다는 글을 썼다. 에번스와 노벅은 "부

로버트 노벅
1931년에 태어난 노벅은 〈CNN〉의 정치 대담 프로인 '크로스파이어'를 에반스와 공동으로 진행했으나 2001년에 에반스가 사망하고는 주진행자로 활약중이다. 노벅은 이 밖에도 150개 이상의 신문에 신디케이트 저널리스트로 활약하고 있으며, 〈다이제스트〉지에도 정기적으로 기고하고 있다. 〈월스트리트 저널〉에서 정치부 기자로 의회와 행정부를 맡으면서 워싱턴과 관계를 맺었다.

시 대통령이 러쉬 림보의 스타일을 본받기 위해 노력해야 한다"는 데 동의했다. 그 2년 뒤 공화당 의원으로서는 40년 만에 처음으로 하원 의장이 된 뉴트 깅그리치는 그의 책 『미국 쇄신을 위해(*To Renew America*)』에서 한 장을 몽땅 림보에게 바쳤는데, 그 제목은 '러쉬 림보와 그의 친구들이 왜 문제인가'였다.

1980년대 말에서 1990년대 초에 빌 크리스톨과 같은 도시인에 유대인 출신 신보수주의 유력자, 폴 웨이리치와 같은 기독교 우파 대중조직가, 그리고 러쉬 림보처럼 공화당 평당원 내의 분노한 지지 세력을 끌어모은 우익 중서부 지역 선동가들이 자신들과는 '다른' 미국인들을 악마화하고 비난하는 당파적 전략 주변에 집결하기 시작했다. 보크 판사 인준 청문회 때의 문화 전쟁이 다시 시작됐으며, 그때보다 이번 전쟁이 훨씬 더 큰 위력을 지니고 있었다. 전면에 나서서 이 문화 전쟁을 정치 전쟁으로 이끌어간 정치인은 자칭 "조직적인 혁명가"였던 뉴트 깅그리치였다. 동그란 얼굴에 숱 많은 반백의 머리를 한 깅그리치는 조지아주 출신으로 표류하는 보수주의를 의회에 정박시켰다.

우리가 깅그리치에게 끌린 이유 가운데 하나는 그가 레이건의 개인 자문단을 구성했던 캘리포니아 백만장자 기업가들과 같은 돈 많은 컨트리클럽 공화당원이 아니라는 것이었다. 우리는 전략적으로 배치된 연방주의자협회(Federalist Society) 소속 변호사들을 제외하고 부시 행정부의 백악관 요직을 대부분 장악하고 있던 얼간이 공화당원들을 경멸했다. 반면에 내가 알던 젊은 보수주의 활동가들(드수자 부부, 크리스톨 부부, 잉그러햄 부부) 대다수는 부유한 백인 앵글로색슨 신교도들(WASPs : 미국 사회의 주류)이 아니었다. 우리는 공화당 정치를 물려받지 않았거나 받았더라도 많이 받지는 않았다. 우리는 대부분 중류 계급 자식들에 민주당 지지자였다가 공화당 쪽으로 돌아선 소수파였다. 아마도 계급적 적대감 때문이었는지 우리는 자신들을 지칭할 때 거의 언제나 '공화당원' 보다는 '보수주의자' 라는 말을 썼다. 우리는 우선 보수주의 운동에 충성했고 당에 대한 충성은 그 다음이었다. 이런 점에서 깅그리치의 출신 배경은 예일대 출신에 이름 네 개를 갖지 않으면 등용될 수 없다고 이죽거리곤 했던 공화당 성골 부시의 출신 배경보다는 민주당 지지에서 공화당 지지로 돌아섰고 유레카 대학을 나온 로널드 레이건의(그리고 우리의) 출신 배경에 더 가까운 것처럼 보였다. 군인 가문의 아들 깅그리치는 가족의 전통을 깨고 1960년 조지아주에서 공화당에 입당했다.

깅그리치는 전형적인 공화당원과는 다른 이력을 갖고 있었다. 그는 튤레인 대학에서 박사학위를 따고 대학의 역사학 교수가 됐으며 윈스턴 처칠, 시어도어 루스벨트, 그리고 콘드라티에프 경기 장기파동을 거론할 정도로 박식한 국회의원으로서 공직을 찾아나섰다. 그가 제3의 물결 정보화 시대가 어떻게 개인을 해방시키고, 기업가 정신을 불러일으키며, 국가권력을 분산시킬 수 있는지를 얘기할 때는 영감을 얻을 수 있었다. 깅그리치는 역사가 토인비에서부터 SF 작가 아시모프에 이르기까지 다양한 책을 읽었을 뿐만 아니라 그들에 관한 책도 썼다. 깅그리치의 사고 폭은 컸다. 그는 원대한 포부를 갖고 있었다. 우리는 깅그리치가 레이건의 당연한 후계자, 미래를 이끌어갈 더 젊은 레이건, 더 영리하고 더 과감한 인물이라고 생각했다. 작가 존 테일러는 〈에스콰이어〉에 기고한 인물평에서 깅그리치의 연설문 한 구절을 묘사하면서 다음과 같이 평했다. "놀랍고 눈부신, 다소 현기증이 나는 124개 단어의 길지만 조리 있는 문장 구성, 이 전형적인 깅그리치 문장은 경영이론가들, 대표이사, 군사 영웅, 학술 연구, 역사 자료, 그리고 영화를 하나로 꿰뚫는 개념 속에 묶어넣었다. 거기에는 적어도 일부 청중만이라도 연설자의 퍼포먼스에서 장엄함을 느끼게 하는 무엇이 있었다. 게다가 그것은 단순히 박식한 풍모가 아니었다. 그는 현존하는 다른 어느 미국 정치인들보다도 자신이 서 있는 역사적 순간을 장악하고 있다는 느낌을 더 강하게 전달할 수 있었다."

그러나 돌이켜보면 깅그리치의 매혹적이고 예측할 수 없는 지적 호기심, 미래의 사이버 얘기, 역사 순환에 대한 명상은 결코 보수주의의 새로운 의제와 합치하는 것이 아니었다. 깅그리치는 이념가로 알려졌지만 실제로 그가 무엇을 위해 싸우는지는 아무도 몰랐다. 그의 본질이 보수주의를 권력을 얻기 위한 수단으로 이용하는 기회주의, 나아가 허무주의적인 것이 아니냐는 일부의 우려도 있었다. 1982년 중간선거에서 공화당이 국회 의석 26석을 잃고 난 뒤 깅그리치는 당시 미시시피주 연방 하원의원이었던 **트렌트 로트**, 와이오밍주 출신 딕 체니와 함께 새 하원 간부회의인 보수주의기회협회(COS : Conservative Opportunity Society)를 결성하고 공화당을 의회 다수파로 만들겠다는, 생각하기 힘든 작업에 착수했다. 그러나 그것은 공화당 단골 메뉴(균형 예산, 범죄, 복지 개혁, 스타워즈 미사일 방어)의 재탕이었으므로 COS

트렌트 로트
깅그리치 사단의 기린아며 극렬 우익 보수주의자인 공화당 상원 원내총무.

는 정부의 새 정책이라기보다는 새로운 구호로서의 성격이 더 강했다. 알려진 대로 깅그리치는 통치(집권)에는 전혀 관심이 없었다. 그는 정부 그 자체와 국방을 제외한 정부의 모든 기능을 거역하는 데 열중했다. 그것은 신보수주의 정책 전문가들이 짜낸 것, 또는 레이건 시대의 세금 및 예산 삭감론자들의 생각보다 훨씬 더 근본적이고 철저한 노선이었다. 화려한 수사 속에 웅크리고 있던 오직 하나의 이념은 매우 오래된 것이었다. 그것은 이타주의에 대한 공격과 결합된 규제 없는 자본주의였다. 존 테일러는 〈에스콰이어〉에서 "……깅그리치는 이념을 갖고 있다"고 썼다. "깅그리치는 기본적으로 19세기 말을 풍미했던 사회적 진화론의 지지자다. 그 시대는 오늘날과 매우 흡사하게도 대량 이민, 인종 간의 긴장, 정치에서의 강력한 이념적 차별성 부재 등의 현상이 현저했다. 깅그리치처럼 빅토리아기의 사회적 진화론자들도 기업가 정신을 숭배했으며, 사실상 인생의 불공정성을 예찬했다."

깅그리치는 또 큰 정부를 선호하는 자유주의적 문화를 악마화하고 그것과 맞서 싸우는 새로운 스타일의 공화당 정치를 도입했다. 보수주의는 오직 적이 있을 때만이 번창한다는 사실을 그는 알고 있었다. 그는 냉전을 본떠 이번에는 국내의 적들인 민주당과 그것이 지탱해온 "부패한 자유주의 복지 국가"에 대한 전쟁을 다시 선포했다. 깅그리치가 미국 자유주의를 세계 공산주의와 같은 것으로 대비시킴으로써 우리는 계속해서 세계를 흰 모자를 쓴 사람들과 검은 모자를 쓴 사람들로 나누고 자신의 두려움을 새로운 방향으로 배출할 수 있게 됐다. 민주당은 더 이상 단순히 반대할 대상이 아니라 파괴해야 할 대상이었다. 이런 병리적 현상에서 깅그리치는 공화당 핵심 이념가들보다 몇 년이나 앞서갔다. 빌 클린턴이 대통령에 당선된 뒤인 1993년에 가서야 어빙 크리스톨이 〈내셔널 인터레스트〉에 다음과 같은 글을 썼다. "나에겐 '냉전 이후'가 없다. 냉전이 끝난 뒤 지금까지 나의 냉전은 더 치열해졌다. 사회 각 분야는 자유주의 기풍(에토스)으로 인해 차례차례로 무참하게 부패했다. 이제 저 시대의 '냉전'은 끝났지만 (새로운) 진정한 냉전이 시작됐다. 우리는 세계 공산주의 위협을 격파했던 전쟁 때보다도 이번 냉전에서 대응 태세가 훨씬 덜 돼 있고 우리의 적에 대해 훨씬 더 취약하다."

깅그리치의 지배적인 전략은 공화당과 민주당 간의 근본적 차이를 정치적 차원이 아닌 도덕적 차원의 것으로 몰아가는 것이었다. 그것은 그 뒤 몇 년 동안이나 워싱턴에서 원없이 전개됐던 공세를 위한 수사적 기반 정비 작업이었다. 폴 웨이리치의 세미나 그룹 중 한 곳에서 훈련을 받은 깅그리치는 1978년 초 의회 선거에 처음 도전하면서 "도덕적 가치로의 복귀"를 호소했다. 그는 반대편을 부도덕하고, 심지어 사악한 존재로 묘사하기 위해 오랫동안 우익 정치 조직의 전매특허였던 과격한 비난조의 용어들을 동원했다. "나 같은 사람은 우리와 아우슈비츠 사이에 서 있는 존재"라고 깅그리치는 선언했다. "나는 매일 내 주변을 둘러싸고 있는 악을 본다"며, 민주당을 "병들고" "음산하며" "정신이상"에 "어리석고" "썩어빠지고" "반가족적"인 "매국노들"이라고 공격했다. 좌파의 '가치 구조'를 비판하면서 그는 다음과 같이 비꼬았다. "우리는 원하던 온갖 복수 파트너와의 섹스를 약속받았다. 페니실린이 있으니 걱정할 것 없다. 우리는 원하던 온갖 여가 활용 마약을 약속받았다. 그것은 위험하지도 않고 중독성도 없다. ……좌익 민주당원들은 철저한 쾌락, 철저한 노출증, 철저한 변덕, 철저한 불가사의, 그리고 훌리건들을 풀어놓기 위해 죄없는 사람들을 병신으로 만드는 철저한 권리를 주장하는 당을 대표한다." 〈에스콰이어〉에서 테일러는 다음과 같이 결론지었다. "…… 깅그리치는 병적일 정도로 당파적이고, 명백히 정직하지 못하며, 철저히 어리석어서 진지하게 받아들일 사람이 있으리라고는 자기 자신조차 기대할 수 없는 계획으로 미국적 가치의 역사를 높은 곳으로 끌어올리자고 제안하고 있다."

그러나 깅그리치는 정말로 진지하게 받아들였다. 그것은 나를 포함한 전국의 다른 우익 집단들도 마찬가지였다. 깅그리치의 호소력이 정치철학이나 이념보다 적나라한 감정에서 나온 것이라고 다른 사람에게 주장할 수는 없어도 나는 그렇게 생각하고 있다. 나는 좌파에 대한 그의 광적인 거부감에 본능적으로 동조했다. 그가 늘어놓는 험담은 속을 후련하게 했다. 1988년 대통령선거 운동에서 얻은 교훈은, 우리가 국기에 대한 경례 때 하는 국가에 대한 충성 서약 등 애국주의적 소재를 끄집어내 반대편을 전혀 다른 가치를 가진 자들이라고 몰아붙이면 승리한다는 것이었다.

우리에게 호소력을 갖지 못했던 로널드 레이건의 훈계 방식과 달리, 깅그리치는 분노한 캠퍼스 혁명과 같은 스타일을 갖고 있었기에 나는 그를 좋아했다. 나는 또한 공격적이고 호전적인 깅그리치의 입장을 취하는 것이 다른 억압된 좌절감들을 해소하는 길이 아닐까 하는 생각도 했다. 결국 나는 갇혀 있었고 나 자신으로부터 소외돼 있었으며 사회적 부적응자이기도 했다. 아무리 많은 우파적인 애기를 하고 글을 쓰고 바보 같은 나비 넥타이를 매고 으스대봤자 내가 우파라는 느낌을 가질 수 없었다. 묵시록적인 '우리 대 그들'이라는 패러다임은 만족스러웠다. 왜냐하면 그것은 내 불안감을 가라앉히고 나에게 소속감을 안겨줄 것이라는 기대를 갖게 했기 때문이다.

깅그리치 역시 나처럼 수많은 그런 악령들에 시달렸다. 테일러는 〈에스콰이어〉에서 다음과 같이 지적했다. "……깅그리치는 거부당하는 것을 참아냈을 뿐만 아니라 그것을 활용해 자신을 키우는 방법도 알고 있었다. 그도 태어난 지 며칠 만에 산부인과에서 영아들이 뒤섞이는 바람에 거의 영영 어머니를 잃어버렸고 친아버지와도 떨어지게 됐다. 의과대학에 다녔으나 돈 문제 때문에 학업을 중도 포기한 뒤 육군에 입대한 의붓아버지 보브 깅그리치는 거칠고 완고한 남자였다. 뜻을 이루지 못한 좌절감—그는 마흔아홉 살 때 육군을 제대한 뒤 경비원, 교통요금 징수원으로 일했다—때문인지 그는 조숙한 양아들에 대해 유별난 적의를 품게 된 듯하다. 아버지를 따라 이 기지 저 기지 옮겨다니면서 몇 년마다 친구를 새로 사귀어야 했던 깅그리치는 영원한 아웃사이더로 자랐다. 놀이터의 신세대 아이들처럼 그는 끝없이 소외당하는 데 대한 분노와 함께 강력한 자기표현 욕구를 갖고 있었다. 개인의 강인함에 대한 그의 숭배는 생존 전략으로 발전해갔다……."

당시에 내가 보지 못했던 것은 핵가족을 구성하고 사는 동성애자에 백인도 아니고 기독교도도 아닌 남자들의 증오 위에 구축된 정치는 논리적 귀결로서 나와 나의 것에 대해 적대적일 수밖에 없다는 사실이었다. 그러나 보수주의 운동에서 내가 들은 것과 내가 실제로 본 것 사이의 균열이 나를 멍청이로 만들었기 때문에 나는 그 사실을 보지 못했다. 나는 문화 전쟁을 심각하게 받아들이지 않았다. 왜냐하면 내 주변에서 그것을 지지하는 사람들 역시 심각하게 여기지 않는 것 같았기 때문이다. 예컨대 러쉬 림보는 일반적으로 널리 알려진 그 림보가 아니었다. 〈아메리칸 스펙테이터〉에 림보를 칭찬하는 인물평을 썼던 작가는 그를 "보수주의 전사 같지 않은 사람"이라는 껄끄러운 글을 소개하기도 했다. 림보는 정색을 하고 "라이프 스타일 자유주의"를 비난했지만 그 자신 "아이도 낳지 않고 두 번 이혼했으며……교회에도 가지 않았다."

그런데 림보와 같은 경우가 예외적이라기보다는 일반적이었다. 그 시기에 나와 함께 일했던 편집자들 가운데 〈코멘터리〉에 있던 나의 편집자(포드 호리츠가 아니다)는 내게 문장 작성법에 관해 다른 누구보다도 많은 것을 가르쳐주었다. 그는 또 정통파 신보수주의의 비타협적인 도덕 전통주의도 가르쳐주었다. 그렇기 때문에 다른 잡지에 있는 한 편집자로부터 그가 자신이 담당하는 젊은 기자들 중 한 사람과 맺은 불륜 관계를 둘러싼 뉴욕 문단 스캔들에 연루돼 있다는 얘기를 듣고 놀랍고도 착잡했다. 그 사건을 통해 나는 아직 감수성이 예민한 젊은 나이에 공적 생활과 사생활을 거의 딴판으로 꾸려가는 이중적인 생활을 해도 문제될 게 없다는 사실을 깨달았다.

나는 깅그리치와 친밀한 관계는 아니었지만, 그가 근본주의적 도덕관을 우리에게 강요할 만한 인물이 못 된다는 것을 충분히 알 만한 위치에 있었다. 그 역시 당내의 우익 세력에 적개심을 불러일으키기 위해 필요하다고 생각하면 어떠한 미사여구라도 동원하는 퇴폐적이고 헐뜯기 좋아하는 보수주의 엘리트 가운데 한 사람이라는 사실을 알고 나는 충격을 받았다. 비공개 게이 보수주의자들 세계의 연줄을 통해 나는 깅그리치가 최고급 게이 및 레즈비언 보좌관들을 고용하고 있다는 사실을 알았다. 그와 그의 아내 마리안느는 스티브 건더슨과 특히 잘 지냈는데, 스티브는 당시 의회 내의 비공개 게이 공화당 의원 가운데 한 사람이었다. 깅그리치는 도덕적 우월성을 당당하게 내세웠지만 자신이 공격했던 관용적인 문화의 생산자이기도 했다. 그는 마리화나를 피웠다는 사실을 인정했고, 베트남 전쟁 군복무를 기피했으며, 첫 번째 부인 **재키**가 암에 걸려 고생할 때 그와 이혼했다.

만약 깅그리치의 측근들이 흘려 널리 알려진 보도 내용들이 믿을 만한 것이라면, 그는 두 번째 아내 마리안느에게는 신의 없는 남편이었다. 깅그리치 측근들 사이에서는 그가 스티브 건더슨의 한 여성 보좌관과 불륜을 저질렀다는 얘기가 계속 나돌았는데, 그것은 결국 사실로 밝혀졌다.

나는 사회적 관용을 지지하는 입장에 있었으므로 깅그리치의 사생활은 그를 심판받아야 할 대상으로 생각하기보다는 인간답다는 생각을 갖게 했다. 나는 나 자신의 생활에 대해서도 똑같은 이해를 깅그리치와 다른 보수주의자들로부터 받고 싶었다. 내가 과소평가한 것은 위선(자신이 지지한다고 주장해온 자유와 작은 정부라는 이상에 정면 배치되는 우익적 정치·사회 가치를 강요하도록 정부를 몰아가기 위해 무자비한 십자군을 이끄는 한편 사생활을 자신이 원하는 대로 꾸려갈 능력을 지녔고, 자신의 비공개 게이 집단을 운용했다)을 저지를 수 있는 깅그리치의 능력이었다.

재키 깅그리치는 1980년 법원 서류에서 뉴트가 그들의 아이들 양육비를 제대로 주지 않았다고 비난하고 요금을 지불하지 못해 전기회사가 전기를 끊으려 한다고 말했다. 그녀는 결국 깅그리치에게 양육비 지불을 늘릴 것을 명하는 승소 판결을 얻어냈다.

뉴트 깅그리치는 나와 같은 젊은 보수주의자들 가운데서 충성스런 간부급 추종자 집단을 끌어냈다. 이들 가운데서도 가장 핵심적인 인물이 그로버 노퀴스트(Grover Norquist : 보수주의 운동권 내에서 그를 비방하는 사람들은 그로서 노즈트위스트(Grosser Nosetwist)라고 불렀다)였다. 그로버를 만나본 사람이라면 그가 쉴새없이 일을 부려먹는 워싱턴의 전형적인 정책광이라고 생각하겠지만, 그는 반공주의가 됐든 정부에 대한 모든 형태의 적개심이 됐든 자신의 대의를 위해 맹렬하게 헌신한다는 점에서 전형적인 정책광은 아니었다. 어렸을 때 그로버는 휘태커 챔버스가 쓴 1950년대의 보수주의 고전 『목격자(Witness)』를 읽고 큰 감명을 받았다. 1978년 그로버는 처음 워싱턴에 왔을 때 위풍당당한 연방 청사 건물들을 보고 "구역질이 났다"고 〈워싱턴 포스트〉 기고문에서 밝혔다. "그들은 저런 것들을 짓기 위해 간신히 살아가는 국민의 돈을 가져갔다. 저런 대리석 건물들을 짓기 위해 국민의 돈을 훔쳤다. ……새로운 미국 파시즘, 알베르트 스피어(독일 나치 건축가—옮긴이)가 디자인한 것 같다."

비관주의와 편집증으로 특징지어졌던 보수주의 운동의 지도자 그로버는 대단한 확신을 갖고 있었으며, 후퇴 국면에서조차 우리의 궁극적 승리에 대해 전혀 흔들림 없는 낙관주의를 견지했다. 하버드 대학을 졸업한 뒤, 그로버는 공화당 전국위원회 보조기관인 '칼리지 공화당(College Republicans)'에 취직했다. 그가 거기서 젊은 랠프 리드를 가르쳤다는 사실은 주목할 만하다. 내가 그를 만났을 무렵, 그로버는 레이건의 1986년 조세 정책에 대해 보수적인 대중들이 지지하도록 독려하기 위해 기업이 자금 지원을 하는 그룹(그는 그것을 '세제 개혁을 요구하는 미국인(Americans for Tax Reform)'이라고 불렀다)을 출범시켰다. 그로버는 그를 "공화당 혁명의 체 게바라"라고 추켜세운 〈뉴 리퍼블릭〉에 자신의 회계 보수주의는 풍요로운 매사추세츠 근교에서 자신을 길러준 부모로부터 물려받은 것이라고 밝혔다. 아이스크림을 사러 나가면 아버지는 항상 그로버의 아이스콘을 한입 베어 물고는 그때마다 "이건 물품세", "소득세", "토지세" 식으로 딱부러지게 한마디씩 했다고 한다. 워싱턴에 온 그로버는 뉴트 깅그리치에게서 정신적 동료 의식을 느꼈고, 그 둘은 종종 아침 일찍 오래 산책하면서 전략을 짰다.

급진적인 동료 보수주의자들과 마찬가지로 그로버는 정치란 또 다른 의미에서 전쟁의 연장이라고 생각했다. 깅그리치가 소련 붕괴 이후의 적을 "부패하고" "반역적인" 민주당으로 지목했다면, 그로버의 임무는 민주당을 쓰러뜨리기 위한 전투 계획을 짜는 것이었다. 그로버가 주최한 조직 회의는 매주 수요일 아침 듀폰 지구에 있는 한 오피스 빌딩에서 열렸는데, 거기에는 각기 실질적 대중 활동을 펼치고 있는 약 70개의 이익단체를 대표하는 워싱턴의 유지급 보수주의 활동가들이 참석했다. 전국납세자연맹, 전국생존권위원회, 전국라이플(총기)협회, 크리스천연합 등이 그러한 단체였다. 이른바 수요일그룹회의로 불린 이 모임에는 〈워싱턴 타임스〉나 〈내셔널 리뷰〉와 같은 보수적 언론기관들도 참석했는데, 그들은 기본적으로 보수주의 운동의 부속기관 역할을 했다.

그로버는 그토록 진지하지만 않았다면 익살맞은 인물이 됐을 것이다. 수요일그룹회의에서 그로버는 "자유주의 복지국가"를 해체하기 위해 우리는 마치 냉전이 현실적으로는 아프리카 모잠비크의 오지 마을들에서 진행됐듯이 "제국의 가장 약한 고리들"을 겨냥해야 한다고 선언했다. 그 약한 고리들이라는 게 빈곤층을 위한 법률 서비스, 예술인들을 위한 정부 지원 같은 것들이었다. 자신의 주장을 강조하려는 듯 그로버는 자신이 전투복을 입고 공격용 소총을 휘두르는 모습을 찍은 사진들을 보여주고, 반공 게릴라들과 함께 아프가니스탄과 앙골라를 다니면서 그가 언제나 입에 올리는 "다른 팀"

을 죽이기 위해 애썼다는 얘기를 늘어놓음으로써 참석자들을 즐겁게 만들어 주었다.

그로버의 단순한 반공주의, 반국가주의적 강령은 레이건주의의 정수라고 나는 당시 알고 있었다. 보수주의 운동 바깥에 있던 사람들은 그로버의 조세 반대 열정이 원칙(일반 미국인들의 세금 부담을 줄여주려는 열망)에 입각한 것이 아니라 냉소적인 당파주의에서 비롯됐다는 점을 깨닫지 못하고 있었다. 그는 종종 감세가 "좌파의 돈줄을 없애는" 방법이라고 말했다. 그로버는 정부가 커지면 민주당에 표를 찍는 정부 관료들 투표 명부도 늘어난다는 이론을 만들어냈다. 오직 권력을 얻는 데만 초점을 맞춘 그로버는 민주당 권력 구조뿐만 아니라 공화당 기득권층도 해체하려 했다. 그는 '부드러운 보수주의자'로 하원 소수파(공화당) 지도자였던 보브 마이클이 물러나야 한다고 틈만 나면 주장했다. 마이클이 매일 아침 "다른 팀에 타격을 가하겠다는 염원"을 하지 않고 잠자리에서 일어나기 때문이라는 것이 그 이유였다.

그로버의 접근 방식에는 전통적 보수주의의 면모라고는 전혀 없었다. 보수주의 운동에 확고하게 가담함에 따라 나는 급진적 의식을 받아들이도록 교육을 받았는데, 거기에는 고전적 보수주의의 긍정적 특성인 절제라든지 페어 플레이, 토리당적 정중함, 개인의 자유 존중 같은 덕목들 중 어느 한 가지도 없었다. 반대로 그로버는 레닌의 철의 헌신을 찬양했다. 그는 "총검으로 조사해서 약점을 찾아낸다"는 레닌의 신조를 곧잘 인용하는가 하면, 자신의 워싱턴 거실에는 위엄 있는 레닌의 초상화를 걸어놓았다. 그로버는 애완용 보아뱀을 길렀는데, 이름을 19~20세기 무정부주의자 라이샌더 스푸너를 따서 붙였다. 그는 이 왕뱀에게 쥐를 먹였는데, 모든 먹잇감 쥐에 목소리 큰 자유주의자로 하원 원내부총무를 맡고 있던 데이비드 보니어의 이름을 갖다 붙였다. 그는 또 이탈리아 공산당 지도자 안토니오 그람시의 저작물들도 연구했다. 그람시는 사회를 변혁하려면 정치운동이 먼저 "문화를 장악"해야 한다고 역설했다.

그로버가 인용한 지적 교사들 가운데 안토니오 그람시의 삶이 이 젊은 급진 보수주의자의 특성을 이해하는 데 아마 가장 유용할 것이다. 그람시처럼 그로버도 우수한 지적 능력을 지녔으며 호전적인 사람이었다. 그람시는 아버지로부터 홀대받았으며, 사회주의자였던 형의 영향을 받아 사회주의를 받아들였다. 그람시는 곱사등이에 150센티미터를 조금 넘었을 정도로 키가 작았다. 학창 시절 아버지가 재정 지원을 중단하면서 부자 관계는 더 악화됐으며, 그람시는 신경질환에 시달렸다. 그는 학자로서 밝은 장래가 보장됐으나 사회당 활동가가 돼 격렬한 팸플릿 필자로서의 이력을 시작한 뒤, 이탈리아 정계 전체가 평가하는 이론가가 됐다. 1917년 10월 러시아 볼셰비키 혁명의 영향을 받은 그람시는 사회당 내의 공산주의 소수파에 가담해 이탈리아 파시즘이 대두하기 직전에 이탈리아 공산당을 창건했다. 공산주의 인터내셔널 모스크바 주재 이탈리아 대표를 지낸 그람시는 이탈리아 공산당 서기장에 선출됐으나, 얼마 안 돼 로마에서 체포됐다. 그람시는 1937년 뇌일혈로 사망하기까지 10년을 교도소에서 보내면서 가장 영향력 있는 혁명 이론들을 노트북이나 편지 형식으로 써냈다. 20년 뒤 그의 저작물들은 전세계의 급진 좌파들, 특히 제3세계의 혁명운동 지도자들이 주의 깊게 연구하는 대상이 됐다. 반공주의자 그로버 노퀴스트도 그중 한 사람이었다.

깅그리치 일파는 자유주의적인 민주당 내 반대 세력을 맹렬하게 공격하면서 자신들이 혐오한다고 공언한 1960년대 급진 세력의 과장된 신조인 "필요한 모든 수단을 동원한다"는 구호를 자신들의 것으로 채택했다. 그로버는 자신도 깅그리치라는 기관사를 도와 공화당이 다수당이 되게 한 1994년 중간선거 승리에 관해 쓴 책 『하원을 흔들어라(*Rock the House*)』에서 다음과 같이 진술했다. "'나는 철로 위에 서 있고 기차는 나를 덮치려 하지만, 여러분이 해야 할 올바르고 지조 있는 행동은 우리가 지더라도 내 곁에 함께 서 있는 것이다' 라는 따위의 말을 하면서 어떻게 동맹 세력 얻기를 기대할 수 있겠는가. 내 생각에는 여러분은 기차가 오는 쪽으로 100야드를 달려가 철로를 폭파시킨 다음, 기차가 어떻게 대응하는지 지켜봐야 한다는 것이다."

그 몇 년 전 깅그리치는 레이건 행정부에서 법무부 장관을 지낸 에드윈 미즈의 윤리 문제를 물고늘어진 민주당의 비판이 미즈에게 심각한 타격을 가한 사실을 보여주는 공화당 비밀 여론조사 결과를 보고 깊은 인상을 받았다. 폴 웨이리치는 깅그리치에게 그 역시 강력한 인물을 골라 거꾸러뜨리지 않는 한 공화당 내에서 출세할 수 없다고 조언했다. 1980년대 말 깅그리치와 그로버는 하원의 민주당 다수 체제를 무너뜨리기 위해 하원 민주당 지도부를 부패한 봉건계급으로 몰아붙이는 한편, 워터게이트 사건 뒤 민주당이 1970년대에 통과시킨 좋은 정부를 위한 윤리 개혁안들을 활용하는 전략을 개발했다. 깅그리치는 하원 의장 짐 라이트가 "하원 역사상 가장 비윤리적인 의장"이라면서 사실상 하원 내 동료 의원들로부터 아무런 지원도 받지 않고 주로 개인적인 자금 거래에 초점을 맞춰 그의 윤리 관련 혐의 사실들을 눈사태처럼 쏟아부었다. 기적적으로 두 마리가 한꺼번에 걸려들었다. 깅그리치는 이를 일러 "고래를 잡은 낚시 원정대"라고 했다. 비록 워터게이트 사건이 일어나기 전 옛 규정에 비춰보더라도 라이트 의장이 실제로 나쁜 짓을 하지는 않았지만, 깅그리치는 죄없는 라이트를 공격해서 흠집을 내기 위해 새 규정을 어떻게 악용해야 할지 알고 있었다. 라이트가 텍사스에 있는 친구와 사업 협정을 맺으면서 하원의 새 규정을 위반했고, 자신의 책을 로비스트들에게 파는 형식으로 강연료 제한 규정을 피해갔다는 사실을 윤리위원회가 찾아낸 직후 라이트는 의장직을 사임했다. 그러나 라이트는 사임하기 전 깅그리치가 "무지막지한 동족 잡아먹기"를 의회에 끌어들였다며 비난했다.

"개인은 정치적이다"라는 이념이 1960년대 신좌파의 구호였지만, 보수주의자들은 오랫동안 사생활과 공적 영역 간의 구분을 엄격히 지켜왔다. 폴웨이리치와 같은 지도자들과 함께 깅그리치는 자신들의 목적을 위해 1960년대 급진 세력의 이러한 이념을 수용해서 변형시키고 자신들의 길을 방해하는 사람들을 제거하기 위해 성적인 풍자를 이용하는 등 보수주의를 전혀다른 길로 끌고 갔다. 라이트 의장이 물러난 뒤 깅그리치의 작전은 그의 후임자인 워싱턴주 출신 톰 폴리를 겨냥했다. 공화당 전국위원회(RNC) 공보관마크 굿인은 폴리의 득표 기록과 공개적 게이 국회의원 바니 프랭크의 기록을 비교한 "토머스 폴리 : 자유주의 비공개 진영의 작품"이라는 메모를 끄집어냈다. 깅그리치는 폴리에게 사과해야 했고 굿인은 사퇴할 수밖에 없었으나, 또 하나의 저열하고 부정직한 선례가 만들어졌다.

보수주의 내부에서조차 깅그리치는 배교자였다. 그는 자기 진영에 젊은돌격대원들로 구성된 간부진을 두고 있었으나, 대다수 전통적인 보수주의자들은 그의 전술에 전율했으며 그 동기가 무엇인지 의심스러워했다. 칼럼니스트 조지 윌은 깅그리치를 조지프 매카시 상원의원에 대비시켰다. 윌은 "일부 이념에 중독된 공화당원들은 민주당원들이 단지 잘못한 것이 아니라 사악하다고 생각한다. 그런 공화당원들은 지구를 불태워야 하며, 그런 다음에야 소금을 뿌리고 하늘나라를 세울 수 있다고 믿는다"고 말했다. 깅그리치의보수주의기회협회 원년 멤버인 하원의원 댄 코츠도 협회를 탈퇴하면서 "체제를 거의 다 파괴해야 그것을 다시 세울 수 있다"는 "깅그리치의 신념"은 "무시무시한 것"이라고 말했다. 상원 소수파(공화당) 지도자 보브 돌은 공화당 극렬 보수파가 깅그리치와 그의 게릴라들에 대해 갖고 있는 불만을 반영하는 다음과 같은 말을 했다. "그들은 공화당이 아니며, 앞으로도 아닐 것이다." 보브 돌은 그들('우리'가 아니다)을 "젊은 위선자들"이라고 불렀다.

그러나 시간이 지나고 깅그리치가 공화당 내에서 승진함에 따라 그런 경고들은 사라졌다. 라이트를 무너뜨림으로써 깅그리치는 스캔들 정치가 권력을 장악하기 위해 우리가 가야 할 길이라는 사실을 입증했고, 아직 공화당 지도자는 아니라 하더라도 하원 공화당원들의 비공식적 지도자가 됐다. 트렌트 로트, 톰 딜레이, 레이건과 함께 공직 생활을 시작한 텍사스주 출신의 딕 아미와 같이 하원 내의 반항 분자들은 깅그리치를 자신들과 한패라고 생각했다. 깅그리치는 또한 빌 팩슨, 빈 웨버, 그리고 권력을 갈망하고 있던 스티브 건더슨과 같은 젊은 공화당원들로부터 어느 정도 지지를 받고 있었다. 1989년 짐 라이트의 사임에 따른 하원 의장 경선에서 딕 체니가 존 타워의 국방부 장관 인준 실패 뒤 국방부 장관에 지명됨으로써 후보 자리가 비게 됐을 때, 깅그리치는 하원의원 에드 매디건과 충돌했다. 공화당 구세대인 보브 마이클과 레이건 정권 이전 공화당 간부들의 지지를 받고 있던 매디건은 두 표가 부족해 떨어졌다. "에드 매디건은 괜찮은 사람이지만, 괜찮은 사람들은 우리가 바라는 바가 아니다"라고 뉴햄프셔주 출신 하원의원 찰스 더글러스는 말했다.

레이건이 대통령에 당선된 뒤 깅그리치가 하원 지도자로 올라선 것은 현대 보수주의 운동 역사에서 가장 중요한 사건이었다. 그는 기업이 후원하는 공화당 정치행동위원회(GOPAC)와 그 산하 조직들('깅그리치의 세계'로 알려져 있었다)을 이용해 자신의 권력기반을 확대하기 위해서 재빨리 움직였다. 같은 뜻을 가진 전국의 공화당 하원 후보들에게 자금을 제공하고 훈련시켰으며, 의식적으로 공화당 간부회의를 자신의 이미지에 맞게 뜯어고쳤다. 그것은 레이건(그의 날카로운 면모는 돌과 마이클 세력에 의해 부드러워졌다)이 결코 하지 못했던 일이었다. 깅그리치는 조지아주에 있는 두 대학에서 '미국 문명의 쇄신'이라는 제목의 강좌를 열어 직접 강단에 섰으며, 그것은 위성을 통해 전국에 방송됐다. 그의 강의를 녹음한 테이프들은 정치행동위원회를 통해 공화당 신입 당원들에게 판매됐다. 한 정치행동위원회의 훈련용 테이프는 반대 세력을 묘사할 때는 "타락, 실패, 천박한, 배신자들, 감상적인, 부패한, 무능한, 병든" 등을 포함한 "차별적인 단어들"을 사용하도록 제안했다. 대학 강좌와 미국 캠페인 아카데미로 불린 또 하나의 조직(전국 20만 명의 시민 활동가들을 가동하는 것이 목표였다)은 세금 면제를 받는 두 재단의 후원으로 운용됐다. 법률상 그런 활동들은 비정치적인 것이어야 했다. 그러나 미국 캠페인 아카데미는 공화당하원신탁이 지원한 1백만 달러로 운영됐고, 깅그리치의 앞잡이인 조 게일로드는 공화당 정치행동위원회를 공화당 활동가들을 전문적으로 훈련하는 기구로 발전시키기 위한 것이라는 명분 아래 그 단체를 통해 1백만 달러를 받았다.

이런 시도들과 관련해 깅그리치 상담 책임자는 게일로드였다. 그는 1983년 깅그리치가 보수주의기회협회를 창설할 무렵 '공화당 전국의회전문위원회(NRCC : National Republican Congressional Committee)' 사무국장직을 맡고 있었다. 아이오와 출신의 게일로드는 NRCC 정치국장으로 선임자였던 에디 메이로부터 대부분의 정치 훈련을 받았다. 그로버 노퀴스트가 깅그리치 작전의 운동 분야를 대변하고 있었다면, 흰 고수머리에 날카로운 풍모를 지닌 핸섬한 남자 게일로드는 핵심적인 정치 직공이었다고 할 수 있다. 게일로드는 전국 모든 선거구의 하원의원 선거를 샅샅이 알고 있었으며, 깅그리치가 1978년 처음 하원의원에 당선됐을 때 그를 도왔다.

NRCC를 위해 민주당을 이기는 법에 관해서 쓴 팸플릿 『뒤집힌 비행(Flying Upside Down)』에서 게일로드는 후보자들에게 자주, 그리고 일찍부터 네거티브 전략으로 나가라고 권했다.

그러나 게일로드의 지도 아래 치러진 1984, 1986, 1988년 선거에서 공화당은 하원에서 신통찮은 결과밖에 얻지 못했다. 게일로드는 곧 그 자리를 그만두고 깅그리치의 공화당 정치행동위원회로 가서 후보 모집과 훈련 등을 담당하는 컨설턴트가 됐다. 깅그리치는 정치행동위원회 위원장에게 보내는 메모에 다음과 같이 썼다. "조 게일로드는 내 행동을 감독하고, 내 스케줄을 짜며, 생활과 일 모든 부문에 걸쳐 내게 조언한다. 그는 내 수석 상담역이자 가장 가까운 친구 가운데 한 사람이다." 게일로드는 정치행동위원회 간부로서 NRCC 시절의 멤버들로부터 자금 지원을 받아 깅그리치가 매디건을 물리치는 데 주도적인 역할을 했다. 그런 다음, 깅그리치 인맥들을 지도부와 하원 공화당 캠페인위원회에 포진시킴으로써 결국 하원 소수파(공화당) 지도자 보브 마이클을 몰아냈다. 깅그리치는 마이클 자리를 넘겨받아 공화당 권력 중추를 장악함으로써 그의 말대로 "옛 시절의 정치 보스"가 됐다.

4

지식인 공작

부시 행정부 중반에, 나는 올린 패밀리 석유화학 재벌이 돈을 대는 자선단체 **존 올린 재단**의 지원을 받아 헤리티지 재단에서 1년짜리 연구원 생활을 하기 위해 〈워싱턴 타임스〉 일을 그만두었다. 이 한가한 재단에서 처음으로 기자나 편집자들이 아닌 보수주의 운동 핵심 활동가들과 함께 일하면서 우익 이데올로기가 어떻게 강력한 재단들의 소규모 그룹에 의해 만들어지고 조종되는가를 지켜보았다. 올린 재단, 아돌프 쿠어스 재단, 스미스-리처드슨 재단, 스케이프 패밀리 트러스트 등이 그러한 재단으로 이들은 자신들의 목적을 위해서라면 돈을 아끼지 않았다. 완고한 보수주의자로 차입금을 이용한 기업 매수에서 타의 추종을 불허했던 고압적인 윌리엄 사이먼은 닉슨과 포드 정권 때 재무부 장관을 지낸 인물로, 1976년에 올린 재단 총재가 된 뒤 재단 지원금을 우익의 당파적 목적을 위해 활용하는 쪽으로 재조정하겠다는 의도를 숨기지 않았다. 그는 우익 대학 출판물에 돈을 대는 교육문제연구소도 설립했다. 사이먼은 "공화당을 구하는 유일한 길은…… 지식 계급에 대한 공작을 벌이는 것이다"라고 선언했다.

워터게이트 사건과 1970년대 중반에 밀어닥친 경기침체에 따라 미국 주요 기업, 특히 서부 지역 기업들은 자신들의 정치 활동을 조율하기 위해 뉴욕 월스트리트의 벤처캐피털 그룹들과 협력했다. 그들은 테리 돌런의 전국보수주의정치행동위원회, 폴 웨이리치의 자유의회정치행동위원회와 같은 보수주의 정치행동위원회들에 수천만 달러를 특정 단체 지정 헌금으로 내놓고 싱크탱크들과 이권 로비, 자유시장경제와 규제 완화 및 기업 세금 감면 등을 요구하는 출판물들을 연결한 네트워크를 통해 우익의 이데올로기를 고양시켰다. 사이먼은 1978년에 발간한 책 『진실을 위한 시간(*A Time for Truth*)』에서 기업 경영자들과 재단 간부들에게 "오늘날 만연한 무관심과 적개심 속에서 거의 고립된 개인으로 작업하고 있는, 우리 사회의 평등주의에 찬성하지 않는 학자들과 작가들에게 지적 은신처를 제공하는 데" 돈을 대라고 촉구하면서 "그들에게는 지원, 지원, 더 많은 지원을 해주고 그들은 책, 책, 더 많은 책들을 내놓아야 한다"고 주장했다.

사이먼은 보수주의 싱크탱크로 어빙 크리스톨, 로버트 보크, 진 커크패트릭, 찰스 머레이 등을 거느리고 있던 워싱턴의 **미국기업연구소** 이사로서 1970년대 말까지 그 운영 예산을 두 배로 늘렸다. 1980년대에 헤리티지 재단의 연간 수입은 1백만 달러에서 1천8백만 달

존 올린 재단

뉴욕을 근거지로 하여 군수와 화학산업으로 큰돈을 번 존 올린이 만든 재단. 헤리티지 재단, 미국기업연구소, 맨해튼 공공정책연구소, 후버 연구소와 같이 우익 정책을 지원하는 단체와 프로그램에 매년 3백만 달러 이상을 기부하는 것으로 알려져 있다. 또한 대학에서 우익 관련 연구를 하는 학생들에게도 상당한 장학금을 지급하고 있다. 사형제도의 존립을 강력히 주장하는 이 재단은 특히 하버드, 컬럼비아, 예일, 스탠퍼드, 버클리 법대에 보수 우익의 이익과 부합하는 내용의 법률안 제정과 연구에 막대한 자금을 지원해왔다. 뿐만 아니라 체스트 핀이나 찰스 머레이 등 이민법을 강화하고 사회보장제도를 폐지시키자는 우익 작가들에 대한 지원을 아끼지 않았다. 올린 재단은 세계에서 가장 큰 윈체스터 탄약회사와 유명한 윈체스터 소총회사를 소유하고 있다. 로비 단체들이 청원한 개인의 총기 소지 허용 법안이 통과되면서 이 회사는 막대한 수익을 올렸다.

러로 급증했다. 기업들의 우선적인 관심은 규제 반대, 조세 반대, 노동조합 반대를 위한 연구와 지원에 돈을 대는 데 쏠려 있었지만, 그들 중 다수는 반공주의라는 대의를 지원함으로써 해외투자 기회를 보호하고 확대할 필요성도 느끼고 있었다. 이 동맹 세력은 때때로 어려움을 겪기도 했으나 광범한 보수주의 운동 내에서 지배적 지위를 차지한 사회적 보수파인 신우파 세력은 기업들의 엄청난 돈 선물을 활용할 수 있는 좋은 환경을 만났다.

보수주의의 다양한 흐름이 집중되는 양상을 보여준 기관으로는 **헤리티지 재단**만한 데가 없었다. 이 재단은 폴 웨이리치와 에드윈 퓰너가 쿠어스 재단이 제공한 창립 자금에다 석유·가스·전자·제약 회사들이 포함된 일단의 기업 후원자들이 낸 추가 지원을 보태 설립됐다. 담배회사 레이놀즈와 대형 소비재 생산판매회사 암웨이도 주요 기부 업체들이었다. 헤리티지 재단은 멜런 은행 재벌의 상속자 리처드 멜런 스케이프, 잡화점 업계의 큰손 루이스 레어먼, 세계적인 화학회사 록타이트의 창립자 로버트 크리블 박사, 그리고 작가 미지 덱터 등을 이사로 영입했다. 에드윈 미즈나 윌리엄 베니트와 같은 인물들에게 여섯자릿수의 막대한 연구 장학금을 지급하면서 헤리티지 재단은 공격적인 반공주의, 자유방임경제, 신우파

미국기업연구소(AEI)

1943년에 설립된 이 연구소는 미국적 전통을 계승한다는 기치를 내걸고 정치 1번지인 워싱턴을 중심으로 우익 이념을 가진 지식인들을 규합했다. 한때 레이건이 "이 연구소보다 더 이상적이고, 막강한 영향력을 행사하는 연구소는 없다"고 얘기할 정도였다. 여기에는 로버트 보크, 딕 체니, 마이클 노벅, 찰리 머레이 등 내로라하는 30여 명의 우익 지식인과 현역으로 활동하고 있는 저명 인사들이 포진해 있었다. 주로 브래들리 재단이 자금을 지원하고 있으며, 스케이프 재단과 올린 재단도 막대한 후원금을 지원하고 있다.

헤리티지 재단

미국에서 가장 영향력이 큰 연구 단체 중 하나로, 공화당의 싱크탱크 역할을 하는 곳이다. 보수주의적 시각에서 정치·안보·외교 문제 등을 다루고 있으며, 감세 정책, 자유무역, 전통 가치 신장 그리고 힘을 바탕으로 하는 대소 화해의 추구, '별들의 전쟁'이라는 SDI 이론 등을 제공한 바 있다. 지난 2000년 우익을 지원하는 군수산업과 의약·화학·정유사들이 지원해주는 공개적인 기금만 3900만 달러에 이를 정도로 막강한 자금 지원을 받고 있다. 민주당의 브루킹스 연구소와 함께 미국을 이해하는 데 중요한 양대 전문 연구소 중 하나로, 연구원은 130명 정도 된다. 국회의사당 옆에 위치한 헤리티지 재단에는 한국의 내로라 하는 실력자들이 많은 돈을 기부하며 미국 권력층에 줄을 대려고 애쓰고 있다.

의 도덕적 전통주의를 고취했다.

헤리티지는 1981년에 『리더십을 위한 지침(Mandate for Leadership)』이라는 책을 첫 성과물로 내놓았다. 이 지침서는 새로 집권한 레이건 행정부의 이념적 청사진 역할을 했다. 헤리티지는 정당을 이롭게 하는 활동이나 로비에 관여하지 않는다는 조건을 충족시켜야 하는 세금 면제 재단이었다. 그러나 실제로는 '헤리티지 배경 설명지들'이라고 불린 잘 포장된 출판물을 대량생산하는, 사실상 공화당 기관 역할을 했다. 헤리티지 배경 설명지들은 당시 특별히 지정된 의회 관련 점포를 통해 의회에서 판매되고 있었다. 그 필자들은 명목상으로 독립적인 연구자들이었지만, 그로버 노퀴스트의 은어에 따르면 그들은 보수주의 운동 '팀'의 충성스런 멤버로 활동하도록 요구받았다. 기본적으로 이미 고정된 이념적 관점을 뒷받침하는 그 출판물들은 현안에 대한 조직의 입장을 결정하는 헤리티지 재단 간부들로부터 직접 지시를 받았으며, 헤리티지의 돈줄인 외부의 기업 재단들로부터는 간접적인 지령을 받고 있었다.

올린은 촉망받는 젊은 보수주의자들의 연구를 신뢰하고 돈을 대는 데 열심이었다. 지원을 받은 연구자들은 전국의 신문 논평란이나 공중파 텔레비전 방송(재단 내 스튜디오에서 연출한)들을 부추겨 학술적 겉포장을 씌운 보수주의 운동의 의제를 확산시켰다. 나는 지위가 높지는 않았으나, 의회 연구를 위한 존 올린 특별연구원이라는 거창한 직함을 얻게 됐다. 내가 그 자리에 가게 됐음을 알리는 헤리티지 재단 언론 발표문 사본을 부모에게 보냈을 때, 그들은 아마 틀림없이 감격했을 것이다. 딱딱한 기업 스타일의 이 싱크탱크에서 나는 내 정체성 문제로 〈워싱턴 타임스〉 기자로 일할 때보다 훨씬 더 힘든 시간을 보내야 했다. 매일 사무실 문을 닫아놓고 들어앉아서 지독하게 공부하는 모습을 보였고, 사실상 누구와도 개인적 관계를 맺지 않았다. 단한 사람 예외가 있긴 했다. 내 성 정체성에 관해 누구의 의심도 사지 않고 사회적 구속들을 피해가기 위해 나는 내 개인 안내원으로 사무실 건너편에 배치된 매력적인 여성 맥 헌트에 관심을 보이는 척했던 것이다. 그러나 우리의 관계는 그 선을 넘지 않았다. 그녀는 내가 완벽한 신사라고 생각했거나, 아니면 내 정체성에 대해 잘 알면서도 나와의 교제를 기꺼이 받아들였을 것이다. 그럼에도 나는 그 기만극이 어떤 결과를 초래할지 알고 있었다. 가식적인 자세를 적극적으로 취하면서 나는 워싱턴에 온 이후 처음으로 번민했고 점차 공포감을 갖게 됐다.

나는 입법 관련 분야를 맡았으나 주변으로부터 소외당하고 있다고 느껴, 그들의 금요일 아침 전략회의에 의도적으로 참석하지 않았다. 나는 곧 헤리티지 고위 경영층 내부에서 일이 어떻게 돌아가고 있는지 제대로 아는 사람이 없다는 사실을 알게 됐다. 퓰너(퓰너 박사로 불리고 있었다)는 대부분의 시간을 모금을 위해 미국과 외국을 돌아다니는 데 썼다. 헤리티지는 상당한 규모의 자금을 한국과 대만, 일본의 보수주의 기업들로부터 받아냈다. 시간이 지나면서 보수주의 운동권 내부에서조차 많은 사람들이 외국에서 거두어들인 돈이 대외정책 분야와 관련한 헤리티지의 학술 활동을 부패시키고 있다는 결론을 내렸다. 헤리티지에서 내가 분명히 알게 된 뜻밖의 사실은 그 조직이 내가 경험한 조직 가운데 가장 비효율적인 관료체제(분명히 어떤 정부 조직보다도 심했다)라는 것이었다. 내 책상 위의 램프 전구 하나를 갈아끼우는 데 말 그대로 세 번이나 요청서를 제출해야 했다.

내게 주어진 과제는 정부의 행정기관과 입법기관들 간의 적절한 관계에 관한 보수주의 정설을 재검토하는 논문을 쓰는 것이었는데, 나는 그것을 책으로 내고 싶었다. 냉전이라는 절박한 상황, 특히 제3세계 반공주의 게릴라 운동 지원 문제를 둘러싸고 논란이 일고 있는 상황에서 보수주의 쪽의 공통

된 생각은 대외정책에 의회가 개입하는 것은 행정부 권위에 대한 위헌적 침해라는 쪽으로 굳어져 있었다. 나는 냉전이 끝나고 백악관의 부시는 흐물흐물해진 상황에서 강력한 행정부를 선호하는 신조 강한 보수주의자들, 그리고 약한 의회라는 구도가 의회 내의 반항적인 보수주의자들이 보수주의 의제를 가장 잘 추진해 갈 수 있는 정치 상황을 만들어줄 것이라고 생각했다. 부시를 경멸하거나 의심하고 있던 헤리티지에서 그런 주장은 잘 먹혀들어갔을 것이다. 헤리티지 이사 벤 하트의 아내 벳시가 주재한 한 회의에 부시 머리의 복제 모형이 은쟁반에 담겨져 나온 유명한 사건도 있었다.

1990년과 1991년에 걸친 연구 기간의 상당 시간을 나는 노트에 메모를 휘갈겨 쓰거나 캐피틀 힐에 있는 대중 술집 모노클에서 맥주를 마시면서 보냈다. 모노클에서 만난 술 친구는 하원 공화당 연구위원회와 상원 운영위원회에 배속된 고참 직원들이었다. 이 두 그룹은 폴 웨이리치가 당시 하원의원 트렌트 로트와 함께 공화당 하원 간부회의를 좀더 보수주의 쪽으로 밀어붙이는 한편, 고집불통 공화당원들이 보수주의 운동을 '팔아치울' 때 응징하기 위해 결성했다. 이 과격한 활동가들은 보수주의자들이 정치체제 내 어디에서든 할 수만 있다면 권력을 모두 장악해야 한다고 믿고 있었다. 비록 그것이 헌법이 규정한 삼권분립과 확립돼 있는 기존 통치 방식들에 대한 조롱을 의미하는 것이라 하더라도 그렇게 믿었다.

헤리티지 프로젝트와 관련한 지도교수로 두 명의 악명 높은 우익 활동가를 선택한 것을 보면 내 정신구조가 어떠했는지를 알 수 있다. 데이비드 설리번은 통통하고 안경을 낀 40대 중반의 남자였는데, 그는 1980년대에 상원의원 제시 헬름스가 위원장으로 있던 상원 외교관계위원회에 근무하면서 소련과 함께 추진한 레이건 정부의 군비통제 협상을 무산시키기 위해 애썼다. '미친 개'라는 별명을 갖고 있던 설리번은 하버드 대학을 졸업한 뒤 컬럼

비아 대학에서 석사학위를 받았다. 미 해병대 예비역 중령이기도 한 그는 아마 의회 내에서 가장 능란한 훼방꾼이자, 관료적 계략과 전략적 언론 플레이(그의 표현에 따르면 적을 '엿먹이는 일')의 달인이었을 것이다. 또 한 사람의 지도교수 **마이클 필스버리**는 깅그리치를 비롯한 하원 내 우익들의 상담을 맡고 있었는데, 영화 〈양들의 침묵〉에 나오는 한니발 렉터 같았다. 필스버리 박사는 중국어가 유창하고 냉전기 미국 외교정책을 세세한 부분까지 모두 알고 있는 백과사전적 지식의 소유자였다. 그는 1986년에 소련이 지원하는 아프가니스탄 정권에 맞서 싸우던 반공 게릴라들에게 스팅어 미사일을 제공하기 위해 자신의 상급자들을 앞지르는 다소 대담한 행동을 했다가 레이건 행정부의 국방부에서 쫓겨났다. 나는 그 두 사람 모두를 존경했다.

헤리티지 연구원 생활이 끝날 무렵에 애덤 메이어슨이 내게 접근해왔다. 내가 아직 버클리 대학에 있던 1985년에 내가 쓴 글 「거대한 한파(Big Chill)」를 출판했던 메이어슨은 내게 연구 결과를 정리해 헤리티지의 영향력 있는 전문지 〈폴리시 리뷰〉에 싣자고 말했다. 나는 레이건 행정부의 이란-콘트라 정책을 옹호하면서 제시했던 강력한 행정부론을 뒤집어놓으면서 〈폴리시 리뷰〉 기고문을 마무리했다. "보수주의자들이 가장 우려하는 것이 외교정책에 대한 의회의 지나친 개입이라는 것은 말이 안 된다. 가장 우려해야 할 것은 오히려 그들의 정치 지도자들과 여론 선도자들이 행정 권력을 맹신한 채 계속 수수방관하면서 분별 없이 『연방주의자(*The Federalilst*)』 논문이나 달달 외고 정작 외교정책의 장을 의회 좌파에게 넘겨주는 것이

마이클 필스버리
미국 연방 대서양위원회 수석연구위원이며, 국방성에서 아시아 담당 특별보좌관으로 5년 동안 근무한 적도 있다. 미 상원 아프가니스탄 연구팀의 간사였던 그는 국방성 차관 보좌역으로 중단기 국방정책을 세우는 데 깊이 관여했다. UCLA 대학, 선캘리포니아 대학, 조지타운 대학에서 극동아시아 정치학을 강의했다.

다. 보수주의자들에게는 진지에 포진해 더 많은 수류탄을 던지는 것이 훨씬 더 유익하다."

헤리티지에서 보낸 시간은 내 이력에 중대한 전환점이 됐다. 버클리 시절을 돌이켜보면, 나는 그때 자신을 정치 전쟁의 한 참여자로 생각했다. 이제 보수주의가 쇠퇴하고 이념적 혼돈이 지배하는 가운데 내가 그 전쟁을 하는 당사자가 된 것이다. 올리버 노스로부터 뉴트 깅그리치, 폴 웨이리치, 매드 독 설리번에 이르기까지 모든 이들의 피에 굶주린 당파적 욕망과 음흉한 책략들이 내 마음을 사로잡았다. 나는 곧 나 자신의 충고를 받아들였다. 내 글쓰기는 수류탄 던지기 기질을 반영하기 시작했다.

나는 그 몇 년 전에 나와 같은 연배들로서는 대단하게도 〈코멘터리〉와 〈월스트리트 저널〉에 초대된 것을 고맙게 생각했다. 그런 차분한 매체들에 쓴 글들은 당의 노선을 준수하면서 지적 성실성과 기품을 갖추고 있었다. 〈코멘터리〉에는 '지금까지의 퀘일' 이라는 제목으로 그를 옹호하는 글을 썼고, 〈내셔널 인터레스트〉에서는 자유무역을 옹호('일본 두들겨패기의 이론과 실제')했으며, 〈월스트리트 저널〉에서는 스타워즈 구상(SDI)을 지지했다. 워싱턴 초기 시절의 나는 규율과 절제의 표본이기도 했다. 나는 야심만만했으나 자만심을 눌렀고 탐욕도 억제했다. 다른 모든 젊은 보수주의 작가들이 그러했듯이, 머리를 숙이고 내 일에 열중했다. 그런데 왜 내가 거기에 만족하지 못했는지 아직도 정확히는 모른다. 그러나 내가 반대 방향으로 움직이게 된 것은 결심 때문이 아니라 정서적 충동 때문이었음을 알고 있다. 아마 나는 〈코멘터리〉와 같은 지식인 취향의 출판물에서 이름을 낼 만한 능력이나 체질, 인내심이 내게 없다는 사실을 깨달았을 것이다. 나는 갇혀 있다는 느낌이 들면서 차분한 논문과 논평에 싫증을 느끼고 있었다. 나는 손에 직접 흙을 묻혀보고 싶었고, 진짜 보도 같은 걸 해보고 싶었다. 보수주의 운동의 분위기도 나를 과격하게 만들었다.

마침 그때 내 사생활도 어지러워졌다. 나와 앤드류의 관계는 항상 삐끄덕거렸다. 그것은 앤드류를 처음 만났을 때 내가 입양아라는 사실을 숨기기 위해 나의 가족 배경을 사실대로 말해주지 않은 데도 일부 원인이 있었다. 그러나 오래 함께 살면서 그는 내가 해준 얘기가 앞뒤가 맞지 않는다는 사실을 알게 됐다. 1987년 20대 중반이었던 여동생 레기나가 워싱턴에 다니러 왔다. 레기나가 앤드류와 잠시 어울리면서 내 처지가 난처해졌다. 어느 날 밤 기분이 좋지 않아 나는 잠자리에 들었으나, 그들은 저녁식사 뒤 한잔 하러 나갔다. 어머니는 1982년 나로부터 내가 게이라는 얘기를 처음 들은 뒤 아버지와 함께 그 사실을 여동생에게는 숨기기로 했다고 내게 말했다. 술을 마시면서 여동생은 앤드류에게 그와 내가 게이냐고 물었고, 그는 그렇다고 대답했다. 아마 그 사실 때문에 경계심이 풀린 듯 레기나는 자신과 내가 입양아라는 사실을 앤드류에게 말했다.

거짓말쟁이와 함께 살아왔다는 사실을 안 앤드류가 느꼈을 충격을 나는 단지 상상만 할 수 있을 뿐이다. 앤드류는 나를 사랑하고 있었으므로 그 문제로 고민하면서 우리가 안고 있던 다른 문제들과 함께 심사숙고했다. 앤드류는 몇 년이 지나도록 그 문제에 관해 내게 한마디도 하지 않았다. 당시 그 몇 개월 뒤 그는 우리가 계속 함께 살 수 있는 유일한 길은 친구로서 더 큰 집에서 따로 침실을 쓰는 것이라고 말했다. 파국 때문에 정서적 혼란에 빠진 나는 가능한 한 앤드류의 끝자락이라도 붙잡아두기 위해 이사하는 데 동의했다. 그가 나를 버렸다는 생각에 형언할 수 없는 고통을 느꼈다.

앤드류와 나는 조용하고 숲이 우거진 우들리 파크 지역에서 그가 고른 좀더 크지만 다 쓰러져가는 임대주택으로 이사갔다. 우리는 거기서 가장 가까운 친구로서 비교적 사이좋게 함께 4년을 더 살았다. 낭만적인 분위기만 빼고 모든 점에서 우리는 늘 그래 왔던 커플로서 달라진 것이 없는 것처럼 살았다. 우리는 곧 각자 다른 남자들과의 데이트를 시작했다. 물론 앤드류는 그런 변화를 시작하는 데 나보다는 훨씬 좋은 조건을 갖고 있었다. 1980년 대 말과 1990년대 초 나는 앤드류와 함께 살면서 산발적으로 몇 사람의 남 자들과 데이트를 했지만, 비공개 게이 우익 멤버로서 그것은 모험이었다. 그 런 사정은 내가 이중적인 인격체로 살아야 했던 헤리티지 연구원 생활 기간 에 더 심화됐다. 어느 날 밤엔 맥 헌트를 버지니아 교외에 있는 벤과 벳시 하 트의 집에서 열린 크리스마스 파티에 초대하고, 또 다른 밤에는 남자들과 데 이트를 하는 식이었다. 그때 젊은 건축가 케빈을 만난 것은 행운이었다. 나 는 그를 헤리티지 연구원 생활 기간과 겹치는 1991년 말까지 약 1년 동안 만 났다. 당시 내 정치적 성향은 더욱 우익 쪽으로 기울고 그것을 표출하는 방 식은 더욱더 열정적으로 변해 타락 직전 상태였다. 1991년 1월 26일 케빈과 내가 친구로서 헤어질 때 그는 알록달록한 조각물을 만들어주었는데, 그 뒷 면에 글을 새겨넣었으나 나는 10년이 지나도록 그것을 보지 못했다. 나중에 그것을 싸고 있는 틀을 떼어내자, 다음과 같은 글이 나타났다.

"공교롭게도 나는 이 크리스마스 선물을 우리가 1년 전에 만났던 바로 그날 그대에게 주게 됐다. 그대가 이 글을 읽을 때는 시간이 좀 지난 뒤일 것 이다. 아마 몇 년 뒤가 될 것이다. 나는 그대의 책들, 특히 그대의 전격적인 신보수주의로의 전향에 대해 쓴 책이 베스트셀러가 되기를 바란다. ……어 쨌든 나는 우리가 계속 친구로서 좋은 시간을 더 많이 함께 할 수 있기를 진 심으로 기원한다. 언제나 사랑하는 그대의 친구, 케빈."

나는 케빈이 이 글의 이면에 있는 것까지 모두 꿰뚫어볼 줄 아는 영혼의 소유자라고 생각했다. 그는 석사 과정을 마치기 위해 텍사스로 갔는데, 나는 금방 그가 그리워졌다. 케빈은 나의 우익적인 호언장담을 참고 들어준, 몇 안 되는 의식 있는 게이였다. 그러나 그때 나를 더욱 황폐하게 만든 것은 앤드류가 갑자기 캘리포니아로 돌아가겠다고 선언한 것이었다.

나는 워싱턴에 혼자 남게 된다는 사실에 격분하고 낙담했다. 내게는 진정한 친구도, 의미 있는 연고도 없었다. 가족, 특히 아버지와의 관계는 최고도로 냉각돼 있었다. 앤드류는 내게 전부였다. 그가 떠나자, 나는 게이 생활을 억제하고 모든 에너지를 일에 쏟았다. 뒤늦게 철이 든 덕분에 스스로를 다시 한 번 추스려 기분에 내맡기는 생활을 청산하고 고통을 집필 작업을 위한 기회로 활용해야 한다는 자각이 선명해졌다. 앤드류와 느긋하게 만찬을 즐기고 게이 바에 맥주를 마시러 가는 대신, 매일 밤 혼자 낡은 목재 책상에 앉아 내가 알던 세상은 저쪽에 있지만 다가갈 수 없다는 생각을 하면서 미친 듯이 컴퓨터 자판을 두들겼다. 미친 개, 즉 심리적 고통이 만들어낸 괴물이 고삐를 풀고 뛰쳐나오려 하고 있었다.

이런 모든 사정들이 뒤얽혀 나는 다소 돌발적으로 가차없는 당파적 공격을 통해 느낄 수 있는 정신의 전율을 추구하면서 결국 악의적인 우익 폭로 기사라는 전혀 새로운 장르 쪽으로 나아가게 됐다.

자유기고가로 뛰기 위해 〈아메리칸 스펙테이터〉에 접근하면서 나는 〈빌리지 보이스(Village Voice)〉와 〈램파츠(Ramparts)〉 잡지와 같은 출판물들이 선도한 신좌파의 주장성 저널리즘을 의식적으로 모방함으로써 보수주의의 논지를 한층 강화하려고 했다. **업톤 싱클레어**와 같은 좌파들 및 그들보다 앞서 활동한 링컨 스테펀스는 기존 저널리즘의 관행들을 버리고 자신들이 다뤘던 사건들 속에서 개혁적인 역할을 했다. 나는 싱클레어나 스테펀스와 같은 기술이나 판단력은 없었지만, 내가 일했던 〈인사이트〉보다는 더 공공연

하게 정치적인 자세를 취해도 되는 잡지에 글을 쓰기 시작했다. 〈인사이트〉
는 뉴스 잡지의 형식과 스타일을 고수했다. 주장성 저널리즘은 균형 감각을
지닌 사람들이 잘 해낼 수 있다. 그러나 균형 감각이 없는 사람에게 그것은
불행한 결과를 가져다주었다.

추문 폭로는 근엄한 보수주의 매체에게는 상궤를 벗어나는 것이었다.
성마르고 무례한 월간지에 어울리는 것은 우익이었다. 〈올터너티브〉로 불
리는 학생 잡지가 다름아닌 그러한 월간지로, 인디애
나 대학의 에미트 타이럴 2세가 1967년에 창간했다.
타이럴은 민주주의협회 산하 신좌파 운동 학생들의
멤버였던 한 학생단체장의 선출에 이의를 제기했다.
우리 세대가 캠퍼스 좌파 세력에 대항해서 들고일어
나기 20년 전에 같은 세력에 대항하는 젊은층의 모반
정신 속에 〈아메리칸 스펙테이터〉(이하 〈스펙테이터〉로
줄임)는 창간됐다. 아일랜드 가톨릭계의 시카고 토박
이 타이럴은 윌리엄 버클리나 어빙 크리스톨과 같은
구세대 보수주의자들을 양성함으로써 그 학생 잡지가
대학 쪽 입장을 추종하도록 만들었다. 다른 보수주의
주장성 잡지들처럼 〈스펙테이터〉는 재계가 적자를 보
전해주는 적자 매체였다. 버클리와 크리스톨은 섬유
업계의 거물 로저 밀리컨과 월스트리트의 벤처 자본
가 시어도어 포스트먼, 담배회사 필립 모리스와 같은
기업들, 그리고 몇몇 재단들에게 〈스펙테이터〉를 지
원해달라고 설득했다. 재단들 중에서는 특히 올린 재
단, 린드 앤드 해리 **브래들리 재단**, 스미스-리처드슨

업톤 싱클레어
미국의 소설가이자 에세이
스트, 단편 작가, 아동문학
가로 미국 사회의 부조리
를 고발하는 내용을 주제
로 많은 작품을 남겼다. 그
의 대표적 작품인 『정글』에
서 충격적인 육류 가공업
계의 부정과 부패가 소개
되자, 사회적으로 크게 문
제가 되어 시카고 정육업
계에 대한 대대적인 수사
에 착수한 적도 있다. 그의
모든 글에는 가난에 대한
사회의 관심을 환기시키려
는 사회주의적 시각이 곳
곳에 배어 있다. 그의 이런
시각은 서부나 동부에서는
그렇게 환영받지 못했지만
작품은 아직도 진보적 의
식을 가진 사람들에게 필
독서로 꼽히고 있다.

재단, **스케이프 재단**들이 그 대상이 됐다(이들 네 자매로 알려진 재단들은 헤리티지 재단도 지원했다).

〈스펙테이터〉 후원자들 가운데서도 가장 중요한 후원자는 리처드 멜런 스케이프로, 피츠버그 지역의 은행 및 석유 재벌 상속자였던 그는 좀 별난 사람이었다. 스케이프의 어머니 사라는 이 재벌가를 일으켜 세운 토머스 멜런의 손녀였다. 1960년대 중반 사라가 죽자, 그의 아들 리처드가 가계의 4개 트러스트(기업합동)에 대한 지배권을 장악했다. 리처드는 당시 싹트고 있던 보수주의 운동의 기반을 구축하는 사업에 수억 달러의 거금을 쏟아붓기 시작했다. 좌파는 스케이프와 같은 그런 헌신적인 기둥서방을 가져본 적이 없었다. 리처드는 헤리티지 재단과 같은 싱크탱크들, 랜드마크 법률재단과 같이 시민 자유론자들과 환경보호론자들에 맞서 싸우기 위한 법률재단과 소송 그룹들, 냉전기의 국가 안보 및 정보센터들의 네트워크, '언론의 정확성(Accuracy in Media)'과 같은 시민 감시 그룹을 설립하고 〈스펙테이터〉 등의 출판물들을 발행함으로써 자유주의 조직들의 성과를 보수주의 운동에 반영시키겠다는 생각을 갖고 있었다.

스케이프의 성전(그는 "미국적 가치

> **브래들리 재단**
> 자산이 7억 달러로 미국에서 가장 규모가 크고 가장 영향력이 큰 보수 우익 재단. 위스콘신주 밀워키에 본부가 있다. 헤리티지 재단 같은 보수 이념에 충실한 연구소, 공급경제학을 주도하는 지식인, 보수 우익 성향의 학생 신문, 스타워즈를 지지하는 단체, 우익 활동 프로그램을 개발하고 지원하는 메이슨 연구소 등에 막대한 자금을 후원하고 있다. 이 재단은 특히 현역 정치인과 언론계의 주요 인사, 영향력이 큰 지식인들을 연결해 자금을 지원하며, 보수 우익 성향의 우수한 학생들에게도 상당한 액수의 장학금을 주고 있다. 1988년 한 해에만 3억 달러를 보수 우익 활동에 지원했다고 밝힐 정도로 우익 단체의 돈줄이다. 린드 브래들리와 해리 브래들리 형제가 설립했는데, 형제 중 해리가 더 정치적이고 극우보수적인 시각을 가지고 있다. 해리는 당시 미국에서 가장 과격한 우익 단체였던 '존 버치 협회'에 대한 재정 지원을 비롯해, 프레드 슈워츠 목사가 이끌고 있는 '기독교반공산주의십자군'과 윌리엄 버클리의 잡지 〈내셔널 리뷰〉에도 자금을 보내주었다. 반공 이념을 바탕으로 한 자유방임주의가 정치 철학인 해리는 여성차별주의자이자, 지독한 인종차별주의자로 꼽힌다. 이들 형제는 1942년 앨런-브래들리 재단을 설립하여 주로 우익 성향의 단체에 자금을 지원하다가 1985년 앨런-브래들리 회사를 우주왕복선을 조립하는 락웰사에 매각하여 엄청난 자금이 생기자 린드 앤드 해리 브래들리 재단으로 이름을 바꿨다. 설립 자금은 2억 9천만 달러로 추정되며, 재단이 보유하고 있는 주식에서 벌어들이는 재원도 엄청난 것으로 알려지고 있다.

를 지키기 위한 전쟁"이라고 말했다)은 베리 골드워터의 1964년 대통령선거 패배의 산물이었다. 골드워터가 패배하자, 스케이프는 자유주의 세력에 맞서서 정부를 통해 사회 진보를 달성하려는 그들의 이념을 무너뜨리겠다고 굳게 결심했다. 그는 1972년 리처드 닉슨에게 1백만 달러를 주었다(증여세를 피하기 위해 334장의 수표로 지불했다). 그러나 워터게이트 사건 뒤 낙담한 스케이프는 돈을 개인보다는 조직 쪽에 집중적으로 투입하기 시작했다. 1970년대 초 스케이프는 출판 쪽에도 손을 댔다. 출판물 기록에 따르면, 스케이프는 중앙정보국 지령에 따라 '포럼 월드 피처스(Forum World Features)'라는 런던의 뉴스 서비스 기관을 지원했다. 이 기관은 전 세계의 신문들을 통해 CIA 논리를 전파하고 그 적들을 공격하는 CIA의 선전을 퍼뜨렸다. 그 기간에 포럼 월드 피처스는 선거를 보수당원들에게 유리하게 끌어가기 위해 영국 정보원들의 지시에 따라 노동당원들에 대한 조작된 개인 스캔들을 들춰냈다.

〈워싱턴 포스트〉의 계산에 따르면, 스케이프는 1974년과 1992년 사이에 정부 정책에 영향력을 미치고 요원들을 훈련하기 위해 2억 달러 이상을 보수주의 단체들에 제공했다. 스케이프는 전면에 나서지는 않았지만 현대 보수주의 운동과 보수주의 이념을 정계에 퍼뜨리는 데 가장 중요한 역할을 한 인물이었다. 뉴트 깅그리치는 헤리티지 재단의 프레지던트 클럽에서 연설하면서 "현대

리처드 멜런 스케이프와 스케이프 재단

멜론 인더스트리와 정유회사, 은행 등의 사업을 통해 막대한 수익을 올리고 있는 스케이프 재단의 이사장으로 보수 우익 운동에 연간 800만 달러 이상을 기부하고 있다. 부끄러움을 많이 타고, 원칙적이며, 일만 열심히 하는 신비스러운 인물로 알려져 있다. 원래 스케이프 가문은 카네기 재단, 앨리케니 재단, 사라 스케이프 재단을 운영했다. 한때 걸프정유사 주식을 가장 많이 갖고 있었던 스케이프는 〈포춘〉 발표에 따르면 재산이 8억 달러에 이르러 세계 38대 거부에 올랐다. 어머니 사라 스케이프로부터 2억 달러 정도의 유산을 물려받고 재단 이사장이 된 뒤로 보수 우익 지원에 적극 나서고 있는 그를 〈워싱턴 포스트〉는 "보수 우익 자금 지원의 대부"라고까지 했다. 1993년 한 해 동안 그가 각종 우익 단체에 기부한 금액은 1700만 달러에 이른다. 이 밖에도 피츠버그에 기반을 둔 〈트리뷴 리뷰〉를 통해 자신의 정치·문화적 정적을 상대하고 있다. 클린턴이 곤욕을 치렀던 아칸소 프로젝트를 주도했던 〈아메리칸 스펙테이터〉도 스케이프 재단으로부터 자금을 지원받았다.

보수주의를 실질적으로 창조해낸 딕(리처드) 스케이프와 (헤리티지 이사장) 에드 풀너"라고 두 사람에게 경의를 표했다. 그러면서 "스케이프는 오랜 세월 보수주의 이념을 떠받쳐온 핵심적 인물이며, 헤리티지 이사회에서 매우 중요한 역할을 한 사람들 가운데서도 두드러진 시민이었습니다. 또 그는 아주 긴 세월 동안 좋은 친구이자 좋은 맹우였습니다. 나는 그와 1970년대 말부터 함께 일하기 시작한 것으로 기억합니다"라고 덧붙였다. 멀찍이 뒤로 물러서 있었던 스케이프는 두 사람의 대리인을 통해 자신의 4개 재단(앨리게니, 카티지, 스케이프 패밀리, 사라 스케이프)을 운영하면서 언론에도 거의 얼굴을 내밀지 않았다. 스케이프는 〈컬럼비아 저널리스트 리뷰〉 기자가 질문을 하려고 접근하자, 욕설을 퍼부었다. "이 공산주의 갈보야, 꺼져."

스케이프는 전통적 가치를 회복하려는 전쟁에서 전략가가 되지는 못했던 듯하다. 〈워싱턴 포스트〉에 따르면, 스케이프는 첫 결혼 생활 때 몇 년 동안이나 공개적으로 여자를 따로 데리고 살았다. 그는 결국 이혼하고 오랫동안 데리고 살던 여자와 결혼했다. 그 여자는 스케이프가 그의 집 가까이 마련해준 집에서 따로 살아왔다. 스케이프는 지독한 알코올 중독자였는데, 적어도 한 번 이상 죽을 고비를 가까스로 넘겼을 정도로 심했다고 〈워싱턴 포스트〉는 전했다. 이 신문은 스케이프의 여동생 코델리어가 사라 멜런 스케이

보수주의 재단에서 자금 지원을 받아 발행되고 있는 잡지들.

프(어머니)가 "술고래였고……딕(스케이프)도 그랬고……나도 그랬다"고 말한 것으로 보도했다. 이 신문은 또 스케이프의 가족 관계가 엉망이었다고도 썼다. 스케이프는 자신의 딸 및 여동생과는 말도 하지 않았다. 여동생은 남편이 죽은 뒤 25년 동안 스케이프와 말을 끊었다. 스케이프는 여동생의 결혼을 극구 반대했다. 여동생 남편의 죽음은 사고사거나 자살인 것으로 결론이 났지만, 〈워싱턴 포스트〉는 여동생이 당시 그 죽음에 오빠가 개입한 것으로 의심하고 있었다고 보도했다.

그 뒤 1999년 스케이프는 또 다른 사망 사건에 연루됐다. 스케이프는 그때 그가 자금 지원을 하고 있던 〈스펙테이터〉가 클린턴 대통령을 권좌에서 몰아내기 위해 추진한 특별 프로젝트에서 중심적인 역할을 한 것으로 알려져 있었다. 〈워싱턴 포스트〉는 스케이프가 인터넷을 통해 자신을 정기적으로 비난하던 라스베이거스의 한 남자가 자신을 노리고 있다는 생각을 했고, 두려운 나머지 경찰을 부르는 대신 사설 탐정을 고용해 조사하게 했다고 보도했다. 그를 비방하던 남자는 결국 스케이프 사무실이 있는 피츠버그 건물에 총을 들고 나타났다. 바로 뒤 남자는 그 빌딩 남자 화장실에서 주검으로 발견됐다. 그 죽음도 자살로 결론이 났다. 스케이프 소유의 피츠버그 신문 〈트리뷴 리뷰〉와 경쟁 관계에 있던 한 피츠버그 지역 신문기자가 그 의문스런 죽음에 대해 보도하자, 〈트리뷴 리뷰〉는 그 기자가 "스케이프를 싫어한 자"라고 주장하면서 죽은 남자는 "불안정한 사람으로 제정신이 아니었으며, 딕 스케이프를 악마로 만들려는 클린턴의 백악관과 그들 일파에 가담한 자유주의자들의 사주로 정도를 넘어 스케이프를 공격했다"는 사실을 깨달았어야 했다고 비난했다.

스케이프와 같은 구세대 보수주의자들에게 우익의 〈내셔널 램푼(National Lampoon)〉과 같은 존재였던 〈스펙테이터〉는 우익이 젊은층을 잠식해 들어가고 있음을 보여주는 기분 좋은 징표로 비쳤다. **보브 타이럴**은 고약한 문체로 악명 높았던 미국 풍자 작가 멘켄을 자신의 교사로 삼고, 멘켄이 1920년대에 발행했던 〈아메리칸 머큐리〉를 모방한 〈스펙테이터〉를 처음부터 모든 이념과 의제에 대한 공격적인 회의론으로 채웠다. 초기에 〈스펙테이터〉는 민주주의적 사회주의자 시드니 후크로부터 하버드 대학의 자유주의 교수 로저 로젠블래트, 그리고 자칭 휘그당원이었던 젊은 작가 조지 윌까지도 끌어들였다. 유머 작가 오러크도 이 잡지를 통해 등단했다. 1970년대 말 〈타임〉은 타이럴(우리는 그를 보브라고 불렀다)을 "장래 미국을 이끌어갈 지도자 50명 가운데 한 사람"으로 꼽았다. 보브는 자신을 자기 세대의 버클리로 생각했다.

〈스펙테이터〉는 인디애나주 블루밍턴 중서부 대학촌 바깥의 이스태블리쉬먼트라는 허름한 농가에 있던 본사를 버지니아 교외 워싱턴 벨트웨이에 있는 여러 개의 사무실로 옮겼다. 조지 나산이 1930년대에 발행한 문예지에서 이름을 따왔고 영국 런던에서 발행된 딱딱한 신문 〈스펙테이터〉를 연상케 하는 이 잡지는 자유분방하고 개인주의적인 뿌리를 뻗어갔으며, 활력을 흡수하는 자세를 고수했다. 작은 보험회사 같았던 사무실들에는 배리 골드워터 모습을 담은 커다란 석판화가 걸려 있었으며, 복도에는 루이스 레어먼과 같은 보수파 자금 후원자들과 포즈를 취한 보브의 흑백 사진들이 늘어서 있었다. 그것은 워싱턴에 있는 허영의 벽의 보브식 변형판이었다. 보브가 보수주의 운동에서 영향력을 키우려고 애쓰면서 잡지는 더 빤히 예상할 수 있는 내용을 담아갔다. 먼저 냉전, 다음에는 문화 전쟁, 그리고 보수주의의 말 잘 듣는 합창단으로 차례차례 변해갔던 것이다. 약방의 감초 같았던 진 커크패트릭, 미지 덱터, 어빙 크리스톨 트리오도 편집위원회에 가담했다.

보브 타이럴
자기 세대에서 윌리엄 버클리를 자임했던 인물.

1988년, 버지니아 교외의 영국 조지 왕조 시대 건축물을 본뜬 맨션들 가운데 하나였던 보브의 집에서는 로널드 레이건을 위한 만찬회가 베풀어졌다. 그것은 유별났던 이스태블리쉬먼트 시절과는 전혀 달랐다. 이스태블리쉬먼트에서 보브는 우익 보헤미언처럼 살았다. 그러나 워싱턴으로 옮긴 뒤로 보브는 거드름을 피우면서 자신이 재벌가 출신이라는 인상을 주었다. 〈스펙테이터〉는 이사장인 보브가 사금고처럼 돈을 빼내 쓰던 세금 면제 비영리(그리고 이론상으로 비당파적인) 재단이 발행했다. 조세법은 그런 기관들이 세금 면제 기금을 내부자의 "사적인 효용"을 "적당히 보상"하는 용도로는 사용하지 못하도록 규제하고 있었다. 보브는 편집일을 거의 하지 않았음에도 재단은 연봉 약 20만 달러에다 그가 워싱턴 근교에 사들인 집 구입비의 3분의 1을 대주었다. 그리고 메르세데스 벤츠 500 한 대를 제공했고, 뉴욕의 어퍼 이스트 사이드에 있는 아파트 한 채를 임대해주었으며, 정기적인 런던 여행, 리무진들, 정원사들, 개인 집의 전기료 따위의 관리비, 그리고 깜짝 놀랄 정도의 술값 등을 포함한 그의 아낌없는 씀씀이를 보전해주었다.

보브는 작은 키에 장난기 어린 얼굴, 반짝이는 푸른 눈, 악명 높은 고성, 이러한 것들을 계산된 태연함으로 포장하고 양복 주머니 속에 콘돔을 넣은 가짜 호두를 갖고 다니는 익살맞은 광대짓을 했다. 그는 경쟁심에 불타고 성격이 격한 사람이었다. 그는 워싱턴 정계에서 존경받지 못했는데, 심지어 보수주의자들 사이에서도 그랬다. 젊은 작가였던 보브는 정색을 하고 좌익분자들과 논쟁하는 것은 시간 낭비라는 지론에 따라 자신의 반대자들과 논쟁하기보다는 그들을 조롱함으로써 명성을 얻었다. 그렇지만 벨트웨이에 사는 사람들에게 다음과 같은 그의 말장난은 철없는 짓거리로 비쳤다. 자유주의자들은 "허풍선이들", 페미니스트들은 "오줌싸개들", 신자유주의자들은 "어중간한 외과 수술로 마음이 바뀐 성전환자들의 공동체(코뮌)"라고 불렀던 것이다.

러쉬 림보, 뉴트 깅그리치, 리처드 멜런 스케이프처럼 보브도 공적으로 하는 말과 사적으로 하는 행동이 다른 지도적인 보수주의자 가운데 한 사람이었다. 1989년 〈워싱턴 포스트〉는 보브의 주간 칼럼을 취소함으로써 그를 심한 좌절감에 빠뜨렸다. 작가로서 글쓰기를 금지당한 그 불명예스러운 사태는 그를 괴롭혔다. 변호사인 그의 아내 주디는 새빌 로 정장에 턴불 앤드 애서 셔츠와 타이 차림으로 런던과 뉴욕 나이트클럽에서 술로 세월을 보내면서 사치스런 생활을 한 보브와 이혼했다. 그녀의 말에 따르자면, 보브는 "심리적으로 잘 갖춰진 여자들"을 물색하고 있었다. 독기 서린 이혼에 대해 보브는 "잃은 것은 가족이고 얻은 것은 나이트클럽"이라고 말했다. 보브가 여러 나라 유흥가를 돌아다니며 악동 노릇을 할 때 데리고 다닌 여자들 중 한 사람이 그리스의 우익 가십 칼럼니스트 타키 테오도라코풀로스였다. 타키는 영국에서 코카인 밀매 혐의로 유죄 판결을 받고 구속된 적이 있었다.

내게는 사회생활이라는 게 없었기 때문에 나는 보브의 공적인 도덕주의자로서의 면모는 무시하고 놀기 좋아하는 난봉꾼 면모를 받아들였다. 〈베니티 페어(Vanity Fair)〉의 비평가 제임스 월코트는 〈스펙테이터〉 집단을 "시원찮은 젊은 것들 ……트집쟁이에 모임의 흥을 깨는 자들이 모인 헐렁한 붕당"이라고 묘사했다. 이것은 뉴요커의 관점에서 보면 옳을지 몰라도, 그로버 노퀴스트와 같은 워싱턴 샌님들과 폴 웨이리치 같은 험악한 도덕주의자들의 보수주의 하위 문화권에서 보면 보브와 〈스펙테이터〉 집단은 멋있고 세련돼 보였다. 우리는 떠들어대며 마시고 즐기는 방법을 알고 있었다. 보브와 나의 관계라는 게 둘 다 좌파를 경멸하고 거만떨기를 좋아한다는 것 이상의 별다른 것이 없었지만, 워싱턴 샌님들이 천박하다고 생각한 보브의 온갖 속성들(인습 깨기, 전염성이 강한 환락 생활, 유행 감각, 술에 취해 계집질하며 돌아다니기)을 그 자신은 무척이나 즐겼다. 종종 고급스런 경마 클럽에서 벌어지는 만찬회에 가서 샴페인에 절기도 했다. 보수주의 운동에 가담한 인물 가운데 내가 긴장을 풀고 웬만큼 함께 즐길 수 있는 사람을 만난 것은 보브가 처음이었다. 나는 곧 그가 지닌 물질적 안락을 희구하게 됐다. 심지어 턴불 앤드 애서 셔츠를 사고 담배도 곽 담배에서 시가로 바꿔 보브를 모방하기 시작했다.

보브가 게이들에 대한 비방을 일삼는데도 그랬다. 게이들에 대한 그런 태도 때문에 〈스펙테이터〉는 보수주의 운동 가운데서도 내게는 낯선 곳이었고, 결국 그 때문에 거기를 떠났다. 보브는 "거리 시위나 샌프란시스코의 할로윈 밤 축제에 나다니는 동성애자들의 두개골 치수나 경험적 관찰을 통해 보건대 다수의 동성애자들 머리는 흡사 호박 모양으로 발달했다는 결론을 내렸다"고 썼다. "이제부터 동성애자들을 호박들이라고 부르자. 대학들이 호박 권리 주간을 설정하게 하자. 그리고 호박 공동체에 대해서는 그에 합당한 수준만큼 존중하자." 비록 보수주의 운동에서 성공하겠다는 일념에 안달하고 있었고, 또 그 성공에 방해가 되는 것을 수용하든 거부하든 내 능력으로는 별다른 차이를 만들어내지 못했겠지만, 〈스펙테이터〉에 글을 쓰기 시작했을 때만 해도 그 잡지의 반게이 성향을 나는 모르고 있었다. 마침내 나는 반게이 비방이 게이 개인들에 대한 것이 아니라 게이 권리 운동에 대한 것이라고 자신을 납득시켰다. 또한 그것은 다른 좌익 특수 이익집단인 페미니스트들이나 시민 권리 요구 로비 단체, 환경보호주의자들과 하등 다를 바 없는 한통속이라고 생각하도록 길들여졌다.

게다가 〈스펙테이터〉에 글을 쓰는 많은 사람들이 보수주의 비공개 게이들이어서 거기에 합류해도 되겠다는 생각을 갖게 됐다. 처음 워싱턴에 왔을 때 이곳저곳의 게이 바에서 〈스펙테이터〉 이사 한 사람과 가끔 마주치기도 했다. 또 리처드 멜런 스케이프의 고위 대리인 가운데 한 사람도 매우 거북스럽긴 했지만 게이 클럽의 멤버였다. 1980년대 말 내가 〈스펙테이터〉 프리랜서로 일하기 시작했을 무렵, 수많은 워싱턴 게이들의 휴식처인 델러웨어 리호보스 비치의 게이 바에서 스케이프의 대리인을 우연히 만난 적이 있었던 것이다. 그는 내가 〈스펙테이터〉와 관계를 맺고 있다는 사실을 알고는 바퀴벌레 보듯 외면했다. 〈스펙테이터〉와의 관계가 깊어지면서 나는 그가 내가 모르는 사실들을 알고 있는 것이 아닐까 하는 걱정을 하기 시작했다. 〈스펙테이터〉는 동성애에 대해 〈워싱턴 타임스〉보다 더 공격적이었기 때문에 나는 서서히, 그렇지만 확실하게 게이들과의 데이트를 그만두고 〈워싱턴 타임스〉 시절의 분방한 생활로부터 내밀한 비공개 세계로 되돌아갔다. 1990년대 초에 앤드류가 내 곁을 떠나면서 나는 그야말로 바퀴벌레처럼 살았다.

작가로서의 활동이 시들해지면서 보브는 〈스펙테이터〉의 경영을 자신의 대리인인 울라디 플레스친스키에게 맡겼다. 나치스 지배를 피해 미국으로 건너온 폴란드계 이민자의 아들로 30대 후반인 울라디는 20년 전 인디애나에서 이 잡지가 창간된 후 좋은 시절을 보브 밑에서 보냈다. 보브가 얼굴마담이었다면 울라디는 일꾼이었다. 표면에 나서기를 꺼렸던 그는 보스와 그 밑의 작가들이 화려한 무대 조명을 받고 있는 동안 무대 뒤에서 궂은일을 마다하지 않았다. 인간적으로 그는 보브와는 정반대로 부끄러움을 잘 타고 사교성이 없었으며 올빼미 눈 같은 검은 테 안경을 통해 세상을 응시했다. 커다란 갈색 골덴 재킷을 걸치고 투박한 구두를 신은 허름한 차림이었다. 수영 선수로 뛰었던 보브는 자기 시간의 절반을 역기를 들고 핸드볼을 하면서 보낼 정도였지만, 울라디는 바깥 연고가 전혀 없는 사람처럼 〈스펙테이터〉 사무실에 박혀 일만 하는 친근한 인간 검비(Gumby) 같았다. 울라디는 몇 가지 놀라운 자질을 갖고 있었다. 그는 신사였고, 공손했으며, 잘못에 대해 책임을 졌다. 보브가 〈스펙테이터〉의 온갖 야유와 빈정거림을 대표하는 인물이었다면 모리스 크랜턴, 케네스 린, 조지 길더, 제임스 윌슨과 같은 작가들이 쓴 수많은 기사와 논문, 서평들을 청탁하고 편집한 울라디는 그 반대의 측면을 대표했다. 그는 상당수의 젊은 작가들을 저명한 보수주의 논평가로 키워냈다. 작가들은 그를 사랑했고 나도 그때 그랬다.

그러나 젊은 〈스펙테이터〉 기고자들 가운데서도 가장 젊었던 나는 울라디보다는 더 투철한 판단력으로 나를 이끌어줄 사람이 필요했다. 울라디는 자신이 관리하는 학자들과 야심만만한 식자들을 다룰 때는 유능하고 존경할 만한 편집자였다. 내가 다른 동료들과 달랐던 점은 내가 뉴스거리를 쓰려고 했다는 것인데, 그런 방면에 대해 울라디는 아무것도 몰랐다. 나의 목표는 〈코멘터리〉, 〈내셔널 리뷰〉, 심지어 〈스펙테이터〉에서 다루는 논문이나 비평보다 더 대담하고 더 많은 모험으로 가득 찬 글을 쓰는 것이었다. 나는 그런 잡지의 글들은 단지 의견 쪽지들이거나 그와 유사한 것들이라고 생각했다. 나는 자신을 사실을 다루는 우익 기자로 생각했다. 그런 경우는 1960년대에 활동했던 **빅터 라스키** 이후 사라졌다. 나는 좌파 자유주의자들이 장악하고 있거나 빈틈없이 지키고 있다고 생각했던 뉴스 사업 독점권을 직접 공격할 계획을 세우고 있었다. 울라디처럼 나는 화려하게 세상에 등장할 만한 준비가 돼 있지 않았다.

울라디는 간접적인 삼투 방식으로 나를 다루고 내 글을 손질했다. 그는 내게 명확한 지시를 내린 적이 한 번도 없었다. 우리는 전화를 통해 많은 얘기를 했다. 울라디는 신경이 너무 예민해서 나와 통화할 때는 책상 밑에 숨어서 하

물론 라스키도 마찬가지였다. 라스키는 존 케네디, 로버트 케네디, 지미 카터와 같은 지도적 자유주의자들을 공격하기 위한 책 『인간과 신화(The Man and the Myth)』 시리즈를 썼다. 그는 또 1950년에 조지프 매카시와 반공주의 마녀사냥을 옹호하는 『반역의 씨앗(The Seeds of Treason)』, 그리고 닉슨의 워터게이트 범죄 행각을 변호한 책―1977년 베스트셀러 목록에 올랐다―도 썼다. 그의 책은 우익 진영이 아닌 저널리스트나 역사가들로부터는 평가받지 못했다.

는 게 아닌가 하는 상상을 종종 했다. 그는 안쓰러운 편집자였다. 거의 매달 잡지 전체를 도맡아 만들었다. 또 곧이곧대로 받아들이는 성격이어서 자유주의적 목표물을 공격하는 것이기만 하면 기사 내용을 거의 문제삼지 않았다. 그로버 노퀴스트처럼 울라디는 우유부단한 공화당원들에 대해 강한 의구심을 품고 있었는데다 심리적으로 '우리 대 그들' 식으로 사물을 보는 둔감한 시각을 갖고 있었지만, 그로버와는 달리 타고난 보수주의자였다. 그는 자유주의 문화(보브는 쿨투르스모그(Kultursmog)라고 불렀다)가 항상 민주당 지지자들을 잘 봐주는 대신 공화당 지지자들을 비방한다고 생각했다. 무슨 일을 하든 우리는 패배자였고 영양가 있는 논의에서는 항상 뒷전으로 밀리게 돼 있다는 확신 때문에 울라디는 적에 대한 무차별 공격을 부추겼다. 울라디는 내 글이 그의 정적들에 대해 쓴 것이라고 일단 생각하면 그 내용이 전혀 비위에 맞지 않거나 믿기 어려운 것일지라도 그냥 신뢰할 수 있는 것으로 받아들였다.

〈스펙테이터〉는 내가 나중에 훌륭한 잡지인지 아닌지를 가르는 시금석과 같은 존재라는 것을 깨닫게 된 사실 확인 전담 직원을 고용하지 않았다. 법률적 문제와 관련해 보브는 종종 명예훼손 문제 전문 변호사를 고용하고 있어서 자신에 대한 혐의를 전부 피해갈 수 있기 때문에 원하기만 하면 무슨 글을 출판해도 괜찮다고 자랑했다. 보브는 피에 굶주린 보수주의자들에게 팔 잡지들을 갖고 있었고, 그들을 위무해줄 풍부한 이념적 후원자들을 거느리고 있었다. 그는 법률적 적확성을 따지거나 하찮은 일에 신경을 쓸 시간이 없다고 생각했다. 〈워싱턴 타임스〉에서 〈아메리칸 스펙테이터〉로 옮겨간 것을 함께 일한 저널리스트들의 전문성이라는 관점에서 비교한다면 그것은 '기사 손질'에서 의도적인 배임 행위 쪽으로 옮겨간 것과 같았다. 잡지에 실렸던 글로서는 나의 첫 대작인 『애니타 힐의 진실』이 바로 그 적절한 사례였다.

5

애니타 힐의 진실

10년이 지나고 그 뒤 몇 년간 워싱턴을 뒤흔든 선정적인 섹스 스캔들이 불거진 상황에서 법학과 교수 **애니타 힐**이 상원 인준 청문회에 나가 자신의 상관이었던 연방대법원 판사 지명자 클레어런스 토머스를 성추행으로 고발했을 때 나라가 수습하기 어려울 정도로 발칵 뒤집혔다. 워싱턴에 있던 우리가 보기에 토머스-힐 청문회는 언론 구경거리 이상의 의미를 지니고 있었다. 그것은 세상을 둘로 가른 보수주의와 자유주의 간의 정치권력을 둘러싼 광범한 전쟁의 일부였다. 토머스와 힐은 그들 개인 차원을 넘어서는 훨씬 더 큰 문제들을 각기 대표하는 상황에 처하게 됐다. 자유주의자들은 토머스를 시민 권리의 적이자, 레이건의 살인청부업자 노릇을 하는 엉클 톰이요, 온갖 성추행을 자행한 성 약탈자로 간주했다. 대신 힐은 그들에게 토머스의 행패를 참아냈으나 그에 대한 고발을 진지하게 받아들이지 않는 남성 지배 하의 상원에 의해 또다시 유린당한 모든 여성의 상징이자 성추행의 **로자 팍스**였다. 그러나 우리에게 힐의 고발은 단지 토머스에 반대하는 무모한 자유주의 그룹들이 가한 전략적 정치 공세로 비쳤을 뿐이다. 우리는 페미니스트 운동권이 힐 사건을 성추문 처벌법을 강화하고 여성과 남성 간의 법률적·사회적 관계를 재규정하기 위한 자신들의 의제를 추진하는 데 이용하고 있다고 생각했다. 양쪽 모두에게 여성의 종속 문제에서부터 시민 권리 증진 정책, 낙태, 포르노그라피, 인종관, 그리고 성 정치학에 이르는 모든 것들이 갑자기 토머스-힐 논쟁의 쟁점이 됐다.

애니타 힐
클레어런스 토머스 대법관 인준 과정에서 파생되었던 스캔들의 주인공인 브렌다이스 대학 법대 교수.

로자 팍스
미국 인권운동가. 1960년대 미국에서 흑인은 버스 좌석에 앉지 못하게 되어 있던 관행에 반발, 자리를 비켜줄 것을 강요하는 백인에게 완강히 맞서다 폭행을 당해 대규모 인권 시위를 촉발시켰다. 이 일은 미국 인권운동의 기념비적 사건으로 시사주간지 〈타임〉은 최근 '금세기 영웅 100인'에 팍스 여사를 포함시켰다.

우리 앞 세대가 앨저 히스의 소련 스파이 혐의를 둘러싼 휘태커 챔버스와 앨저 히스 간의 대격돌로 상징되는 세대였다면, 우리 세대는 클레어런스 토머스와 애니타 힐의 격돌로 상징되는 세대였다. 1991년 10월 토머스가 가까스로 인준을 받아낸 것으로 마무리된 청문회가 끝난 직후 〈워싱턴 타임스〉의 내 사무실로 전화가 걸려왔다. 나는 당시 헤리티지 연구원 생활을 마치고 복귀해 있었다. 〈스펙테이터〉에서 전화를 걸어온 올라디는 엘리자베스 브래디 루리로부터 기부금을 받았다고 말했다. 괴짜로 알려진 루리는 줄담배를 피우는 재벌 여자 상속자로, 노스 캐롤라이나 변방에 살면서 폴 웨이리치 조직들 중 한 조직의 이사직을 맡고 있었다. 루리는 애니타 힐 사건에 대한 특별 조사에 돈을 대고 싶어했다. 올라디는 도박을 한번 해보지 않겠느냐며 내 의향을 물어왔다. 나는 그때까지 〈스펙테이터〉가 내세우는 유명 작가 반열에 들지 못하고 있었다. 보수주의 진영에 가담한 지 몇 년 만에 드디어 내가 문화 전쟁의 투사임을 입증할 기회를 잡게 된 것이었다.

대다수 보수주의자들 생각에는 조지 부시가 대통령이 된 뒤 한 일 가운데 평가할 만한 것은 걸프 전쟁을 빼면 그나마 클레어런스 토머스를 연방 대법원 판사에 지명한 게 고작이었다. 부시의 첫 대법원 판사 지명자인 데이비드 수터가 낙태 권리를 지지하는 의회 다수파(민주당)에 가담한 뒤 차기 대법관 지명 차례가 되자, 우익은 이번에는 토머스와 같은 보수주의자를 지명하라고 부시에게 엄청난 압력을 가했다. 인종적·성적 차별 문제를 개선하려는 모든 사회적 약자 보호정책에 대한 요란한 반대(그 자신은 그런 차별 때문에 득을 보고 있었다)로 이름을 날렸던 토머스는 낙태를 합법화하는 로 밴 웨이드의 결정을 뒤집어엎는 데 표를 던질 인물로 꼽혔다. 우익은 토머스를 사랑했다. 그는 공화당에 있어 주는 것만으로도 시민 권리를 주장하는 정책들에 대한 보수주의자들의 공격을 정당화해주는 소중한 상징이었다. 그가 레이건 대통령 시절에 고용기회평등위원회 위원장을 맡고 있을 때, 비판자들은 토머스가 차별 반대 법들을 제대로 적용하지 않는다고 비난했다.

나 자신의 토머스 지지는 보크 판사에 대한 지지가 그랬던 것처럼, 이념적 신뢰는 전혀 없었다. 토머스가 재판정에서 다루게 될 사안들에 대한 내 개인적 시각(시민권, 낙태 권리, 교회와 국가의 분리에 대한 강력한 지지)은 토머스 지지보다는 토머스 반대 연합 쪽에 더 가까웠다. 하지만 보크 판사 지명 논란 때처럼, 나는 내 입장에 역행하는 사회적 가치를 주장하는 세력 쪽에 줄을 섰다. 내가 〈스펙테이터〉의 제안을 받아들인 것은 당파주의와 기회주의적 출세주의의 산물이었다. 한 가지 사실만은 분명했다. 공화당 우파가 클레어런스 토머스에 엄청난 투자를 했다는 것이다. 워싱턴에 올라온 뒤 5년 간 그의 지명 논란만큼 우파의 격분을 촉발한 사태는 없었다. 그의 평판을 옹호한 것은 명백히 대가를 얻어내기 위한 것이었다.

부시 대통령은 두 명의 변호사로부터 조언을 듣고 토머스를 선택했다. 한 사람은 보이든 그레이로, 귀족적인 담배회사 상속자였던 그는 이커보드 크레인을 닮았으며 조지타운에 있는 맨션에서 애완용 돼지를 길렀다. 그리고 또 한 사람은 리 리버먼으로, 코카콜라 병 모양의 안경을 낀 자그마한 체구의 이 여자는 부시 대통령의 판사 선발 때 이면에서 막강한 영향력을 발휘한 탓에 **'라스푸틴'**으로 알려져 있었다. 이들 두 명은 토머스와 긴밀히 협력하면서 냉소적인 계략을 짜냈다. 강경 우익 보수주의자를 지명해 상원 인준 청문회를 통과시키려면 '흑인 표'를 택하는 수밖에 없다. 그래야 시민 권리 주장 세력에 쐐기를 박고 광범한 아프리카계 미국인 유권자들을 포함한 남부 지역의 민주당 세력으로부터 지지를 얻어낼 수 있다. 그 1년 전 토머스를 중요한 워싱턴 순회재판소 항소심 판사로 지명했던 부시가 다시 그를 연방대법원 판사직에 앉힐 만한 전국 "최고의 자질을 갖춘" 사람이라고 추켜세운 유명한 일화도 있지만, 토머스는 그레이와 리버먼이 짜낸 교묘한 인준 청문회 통과 전략에 꼭 들어맞는 유일한 인물이었다.

우리 보수주의자들은 토머스가 온건 주의자라며 비웃었지만, 법률 정책과 법관 지명 문제를 우익 변호사들 네트워크에 위임함으로써 조지 부시는 1990년대 보수주의 운동에 대한 지배력을 유지하는 데 큰 덕을 봤다. 우파들은 그 뒤 곧 행정부에서 밀려났지만, 보수주의 운동 세력은 여전히 미국 상급 법원들을 좌지우지했다. 시민권,

라스푸틴
러시아 황실 역사의 최대 스캔들에 관련된 신비에 가득 찬 인물로, 제정 러시아 니콜라스 황제의 부인 알렉산드리아의 정부였다. 황실에서는 이 사실을 알고 그에게 독약, 암살 등 온갖 방법을 동원하여 제거하려 했지만 죽지 않고 살아남았다. 지금도 그를 신처럼 숭배하는 사람들이 있다.

소유권, 행정권 남용 제한권, 출산 및 성의 자유권 등의 분야에서 수십 년 동안 지배적 지위를 차지해온 자유주의 법체계를 뒤집어놓으려는 이 사법계의 반혁명은 보수주의 변호사들과 학자들로 구성된 연방주의자법률협회, 공공정책연구소와 같은 그룹 멤버들이 주도했다. 그들은 그룹 이름을 미국 헌법 비준 촉진 논문집 『연방주의자』에 실려 있는 제임스 매디슨 대통령의 글에서 따왔다. 그 논문집은 연방체제하의 개인과 국가의 힘을 강조하고 있다. 1980년대 초 두 명의 법대 학생이 연방주의자협회를 창설했다. 부시의 법관 지명을 좌우하게 될 예일대생 리 리버먼과 장차 미시간주 상원의원과 에너지부 장관이 될 하버드대생 **스펜서 에이브러햄**이 그들이었다. 두 사람 모두 권력 분립, '엄격한 법률 해석주의', 주의나 권리와 같은 이상과 관련해 자유주의적인 교수들로부터 충분한 답을 얻어내지 못하자, 좌절감에 빠져 있었다. 연방주의자협회가 출범하자, 금세 미국 전역에 있는 대학들에서 회원이 급증했다.

새로 들어온 우익 변호사들이 워싱턴으로 옮겨감에 따라 워싱턴 차이나타운 식당에서 열린 협회의 월례 오찬회는 정치 조직과 네트워킹, '오만한' 자유주의 재판관들과 그들의 판결을 비난하는 행사가 벌어지는 소굴이 됐다. 협회는 선전물을 통해 "개인의 자유와 전통적 가치, 그리고 법치에 유리하도록 우선순위를 재조정"하라고 요구했다. 연방주의자협회와 공화당 간의 관계에 대해 공화당 변호사로 특별검사직을 맡고 있던 로렌스 월시는 그들 그룹을 "구성원들이 공산주의를 위해 활동하고 공산주의 지령에 따르면서도 공산당원은 아닌, 1940년대와 1950년대의 공산주의 전위 그룹들"에 비유했다. 월시는 이란-콘트라 사건에 관여한 레이건 행

스펜서 에이브러햄
현 부시 행정부의 에너지부 장관.

정부 관리들에게 거짓 증언과 재판 방해를 한 이유로 유죄 판결을 내렸으나, 연방주의자협회 판사들이 뒤집었던 것이다.

나는 워싱턴의 협회 회원들과 동조자들을 쉽게 알아볼 수 있었다. 그들은 제임스 매디슨의 작은 얼굴이 실루엣처럼 들어 있는 두꺼운 실크 타이를 매고 있었다. 협회 회원에는 보이든 그레이와 리 리버먼 말고도 연방 대법원 법관인 윌리엄 렌퀴스트와 앤토닌 스켈리어, 그리고 그들의 서기들이 있었다. 또 적어도 네 명의 워싱턴 순회 항소 재판소 판사들(로버트 보크, 로렌스 실버먼, 데이비드 센텔리, 그리고 부시 행정부 때 수석검사로 임명되는 케네스 스타)과 다수의 서기들, 에드윈 미즈, 상원의원 오린 해치, 워싱턴 연방주의자총회 회장이자 공화당 항소심 변호사로 레이건 행정부에서 법무부 장관을 지낸 시어도어 올슨 등이 있었다. 리처드 멜런 스케이프와 돈 많은 개인 후원자들—제임스 매디슨 클럽을 결성한 그레이, 스타, 올슨도 포함—이 그러한 조직들을 재정적으로 지원했다. 보크를 대법관에 앉히려던 노력이 실패한 뒤 토머스가 대법관에 지명되자, 또다시 자기 편 인물을 대법관 자리에 앉히려는 협회의 작전이 시작됐다. 토머스가 대법관 인준을 받게 되면 총 9명의 대법관 중 공화당 지지 성향의 대법관이 5명이 됨으로써 네 명의 민주당 성향 대법관을 누를 수 있는 결정적인 지위를 갖게 돼 있었다.

일단 토머스가 지명되자, 보수주의자들은 그의 인준을 받아내기 위한 수단을 총동원했다. '토머스 판사를 위한 여성 모임'과 같은 특수 이익집단들이 반대편인 여성 권리를 주장하는 조직들에 대항해 일어섰다. **윌리엄 크리스톨**이 '클레어런스 토머스 인준을 위한 시민위원회' 결성 아이디어를 짜냈

윌리엄 크리스톨
어빙 크리스톨의 아들로 댄 퀘일 부통령의 비서실장이었다. 브래들리 재단에서 주도하는 '브래들리 90년대 프로젝트'의 책임자로 일했으며, 이라크 공격 준비를 비롯한 현 부시 정권의 전지구적 규모의 패권 추구에 이론적 토대를 제공하고 있는 보수 우익 세력의 결사체 '새로운 미국의 세기를 위한 프로젝트'의 대표이사이자 그들 세력의 정치 선전지 〈위클리 스탠더드〉의 발행인이다.

다. 이 조직은 명백히 보크 판사 대법관 인준을 반대하는 풀뿌리 활동가 조직을 본떠 만든 것으로, 지도적인 기독교 우파 단체인 가족조사위원회를 이끌던 게리 바우어(그는 토머스의 친구로 레이건 보좌관을 지냈다)가 위원장을 맡았다. 팻 로버트슨과 랠프 리드가 1백만 달러를 들여 기독교연합의 토머스 지지 선전 캠페인을 벌이겠다고 선언했다. 1988년 부시의 대통령선거전 때 윌리 호튼 광고를 제작했던 보수주의 활동가 플로이드 브라운이 토머스에 반대하는 테드 케네디를 겨냥해 〈뉴욕 포스트〉 기사에서 뽑아낸 '테디의 섹스 놀음'이라는 제목의 광고를 만들었다. 그 기사는 플로리다주 팜비치에서 주말에 테드 케네디가 아닌 그의 조카가 강간 행각을 벌였다는 주장(그는 나중에 무죄로 방면됐다)을 담고 있었다. 가장 중요한 역할을 한 것은 전국에 걸쳐 조직된 폴 웨이리치의 낙태 반대, 포르노그라피 반대, 공립학교 내 공식 기도 행사 찬성 네트워크 활동가들이었다. 웨이리치는 자신의 워싱턴 사무실에 전투작전실을 차려놓고 토머스에 반대하는 주장이 제기되기만 하면 모조리 즉각 반격을 가했다.

'미국을 위한 사람들 모임', '전국낙태권리행동연맹', '전국여성기구'와 같은 자유주의 이익단체들 역시 아연 활기를 띠고 토머스의 대법관 지명 철회 투쟁에 진력했다. 그러나 토머스는 자신에 대한 비난의 일제사격을 요리조리 빠져나가면서 인준을 향해 나아가는 요령을 알고 있었다. 법사위원회에서 진술할 때 변명을 하지 않았던 보크와 달리, 토머스는 연방주의자협회 인준 전담팀의 코치를 받아 기술적으로는 사실일지 모르지만 의도적으로 곡해된 것 같다는 식으로 질문을 빠져나갔다. 예컨대 낙태 합법화를 주장한 로 밴 웨이드에 대한 견해를 묻는 질문에 그는 로의 어떤 논의에 대해서도 "개인적으로 관여했는지 기억할 수 없다"고 대답했다. 토머스의 여동생은 그가 자신에게 "복지 여왕"이라고 말한 적이 없다고 증언한 데 대해 반박했다. 상원 법사위원회 투표일이 임박한 시기에 오클라호마 대학 법대 교수 애니타 힐이 위원회 증언대에서 자신이 10년 전인 레이건 행정부 때의 고용기회평등위원회 상관이었던 토머스로부터 성추행을 당했다고 주장했다. 힐의 선정적인 주장이 언론에 보도되면서 토머스는 엄청난 피를 흘렸다.

　두 당사자 말고는 그 누구도 힐이 진술한 매우 구체적이고 사실적인 성적 묘사들이 사실인지 아닌지 확인할 수 없었다. 힐은 토머스가 데이트를 강요하고 음탕하게 포르노 영화 얘기를 하면서 자신을 모욕했다고 주장했다. 나는 토요일 아침에 〈워싱턴 타임스〉에서 10여 명의 보수주의 동료들과 함께 힐의 증언을 지켜봤다. 힐은 몇 시간에 걸쳐 토머스가 자신에게 한 말과 행위에 대해 구체적이고도 생생하게 증언했다. 헤드라이트 불빛에 갇힌 한 마리 사슴과 같은 모습으로 힐은 대단히 구체적인 시간과 날짜, 주변 상황들을 진술했고 토머스가 한 말까지 그대로 인용했다. 또한 토머스의 행위에 대해 당시 다른 사람들에게 했던 대화 내용까지 매우 구체적으로 증언했다. 힐의 증언이 끝났을 때, 나는 직관적으로 힐의 증언을 사실로 믿는다고 말해 동료들을 놀라게 만들었다. 나로서는 힐의 주장이 더러운 정치적 사기라는 시각이 억지주장으로 여겨졌다. 사실 힐이 증언하기 전부터 나는 이미 토머스가 로와 다른 사안들에 대해 위원회 앞에서 위증을 하고 있다는 결론을 내리고 있었다. 그때 힐의 증언 장면을 같이 본 사람들 가운데 힐이 진실을 말하고 있다고 생각했거나 그렇게 생각하는 것을 용인할 수 있었던 사람은 오직 나 혼자뿐이었다.

　초저녁에 백악관의 토머스 대법관 인준 작전 지휘자들은 힐의 주장(그것은 시간이 지남에 따라 더 구체화됐고 더 설득력을 얻어갔다)에 대한 상원의 질의를 중단하기로 결정했고, 토머스가 증언대에 앉았다. 토머스는 어떤 사안에 대해 자신에게 찬성하지 않는 사람들은 자신을 미워하는 것이라고 오랫동안 생각해왔던 만큼 그들을 미워했다. 금요일 저녁, 격분한 토머스는 "어 쨌든 감히 자기 자신 멋대로 생각하려는 시건방진 검둥이들에 대한 하이테 크 폭력"이라며 인준 청문회 절차 전체를 싸잡아 비난했다. 그는 위원회 앞 에서 전국에 텔레비전으로 방영되는 힐의 증언이 모두 뻔뻔스러운 거짓말 이거나 병적인 공상이라는 생각을 내비치면서 그 지겨운 장면을 보지 않았 다고 말했다. 그러나 버몬트주 민주당 연방 상원의원 패트릭 레이로부터 구 체적인 질문("당신은 포르노그라피를 보고 그것에 관해 어떤 여성들과 얘기를 했 나요?")을 받자, 토머스는 로에 관한 질문에 답변했던 것처럼 허점을 보이지 않는 대답을 했다. "단언하건대 나는 힐 교수와는 그런 얘기를 한 적이 없습 니다."

힐이 추가 대질신문을 위해 토요일 아침 위원회에 출석했을 때 공화당원 들은 만반의 준비를 갖추고 있었다. 연방주의자협회 팀은 힐 증언의 구체적 인 내용들을 공격하고 신빙성을 무너뜨리기 위해 밤새워 준비 작업을 했다.

힐과 관련한 가장 충격적인 일화 가운데 하나는 토머스가 자기 사무실에 서 힐을 향해 "누가 이 음모(치모)를 내 코카콜라 잔 위에 놔뒀어?"라고 말했 다는 이야기다. 영화 〈엑소시스트〉에는 음모와 한 잔의 진이 등장하는 장면 이 나온다. 상원의원 해치는 악령 추방 내용을 담은 소설책 한 권을 집어들 고 힐이 그 책의 묘사를 표절해서 증언할 때 써먹었다고 비난했다. 힐은 토 머스가 자신에게 "롱 동 실버(Long Dong Silver)"라고 말했다며 포르노 영화 에 나오는 한 인물을 예로 들었다. 연방주의자협회 변호사들은 1988년 캔사 스 지방법원에 제기된 한 애매한 성추행 사건 소송을 들춰내 또다시 힐과 그 의 "교활한 변호인들"(오린 해치는 그렇게 말했다)이 누구나 볼 수 있는 자료들 을 이것저것 조금씩 짜깁기해서 토머스를 음해하는 황당한 이야기를 만들어 냈다는 연상을 하게 만들었다. 보크 판사의 대법관 지명에 반대해 우익을 화나게 만들었던 상원의원 알렌 스펙터는 힐이 "노골적인 위증"을 했다고 비난했다. 상원의원 앨런 심슨은 자신이 "창문 칸막이 너머로" 넘겨받았다는 힐과 관련 있는 불미스런 물건이 있음을 넌지시 암시했다.

청문회는 백악관의 보이든 그레이 사무실에 설치된 공격 조직의 지원을 받은 공화당 상원의원들이 힐과 그녀의 증언단이 밝힌 10년 전의 기억들을 꼬치꼬치 캐묻는 식으로 진행됐다. 힐 교수, 토머스 판사가 롱 동 실버 얘기를 했을 때 당신은 정확하게 어디에 앉아 있었나요? 힐 교수, 당신이 토머스 판사의 행위를 친구 수전 호크너에게 알리려고 전화한 날짜는 정확하게 언제지요? 법정에서 한 구체적인 힐의 고발과 당시의 행적은 그녀의 주장을 입증하는 데 보탬이 될 만한 것들이었다. 그러나 연방주의자협회 쪽은 힐을 지원하던 변호사들과 힐 쪽 증언자들이 알고 있지 못했던 사실을 알고 있었다. 그것은 보크 판사 지명을 둘러싼 전쟁 때처럼 토머스 판사 지명을 둘러싼 전쟁도 여론이라는 법정에서 치러진다는 점이었다. 성추행 주장에 항상 따라다니게 마련인 꺼져가는 기억들과 증언들 간의 사소한 불일치들을 붙잡고 늘어지면서 힐을 거기에 묶어둠으로써 공화당원들은 전국 텔레비전 방송을 통해 힐이 거짓말쟁이처럼 보이게 하는 데 성공했다. 그 주 말까지 힐의 증언에 대해 우익이 물고늘어지면서 논쟁이 당사자 양쪽 모두에 너무 무거운 이념적 상징성이라는 부담을 지움에 따라 나의 첫인상은 후퇴하고 당파적 충성심은 나를 토머스 편에 서도록 만들었다. 나라의 절반 이상이 그러했다. 그 결과 토머스는 4표 차이로 인준 청문회를 통과했다.

이번에는 우리가 이겼다. 그러나 여전히 치러야 할 전쟁이 남아 있었다. 공화당원들은 '여성의 해'로 명명된 1992년 대통령선거철을 겁내고 있었다. 그들은 애니타 힐이 상원 청문회에서 공화당원들에게 당한 데 대한 유권자들의 반발에 직면해 있었다. 그것은 네 명의 민주당 여성 후보들을 상원의원에 당선시키고 빌 클린턴의 백악관 입성을 지원하는 데서 절정에 이르렀다. 1992년 공화당 대회 때 대의원들은 "애니타 힐 : 페미니스트 사기"라는 내용이 적힌 팻말을 흔들었는가 하면, 전국공영라디오 통신원으로 애니타 힐을 '매춘부'라고 욕하면서 비난한 니나 토텐버그를 추켜세웠다. 성추행 주장이 급증하면서 성추행 규제법이 강화됐다. 공화당 상원의원 보브 패크우드는 성추행 고발로 자리에서 밀려났다. 제2의 페미니즘 물결이 보수주의 자체를 위협하고 있었다.

토머스-힐 무용담에 대해 써달라는 울라디의 제의를 받아들인 나는 이 페미니스트 조류에 대항해서, 입증되지 않은 주장을 공공 영역에 흘리고 공개적 증언에 나서도록 만든 자유주의자들의 음모라고 우리가 생각한 그 반역 행위를 파헤쳐야겠다고 마음먹었다. 당파적 모략을 해부하고, 힐의 주장은 입증되지 않았기 때문에 토머스가 공직에 앉을 수 없다며 거부할 근거가 자유주의자들에게는 없다고 주장할 셈이었다. 기사의 틀을 짜면서 자유주의 언론 매체들을 힐 지지 세력의 일부로 보고 힐의 고발 뒤에 정치적 동기가 숨겨져 있다고 생각하는 보수주의 쪽의 뿌리 깊이 박힌 의심에 대해서도 살펴볼 작정이었다. 아노드 드 보슈그레이브는 이런 언론을 "DMC(지배적인 미디어 문화)"라고 불렀고, 보브 타이럴은 "일당 매체"라고 칭했다. 언론을 비방하거나 내부에서 침투해 들어가려고 애쓰기보다는 우회해서 통과하겠다는 것이 내 생각이었다. 우리는 우리 자신의 매체, 우리 자신의 기자들, 그리고 그 사건에 대한 우리 쪽 얘기를 끄집어낼 수단이 필요했다. "특별 조사"라고 했던 엘리자베스 루리의 수사는 내 목적과 완전히 합치했다.

공화당 상원의원들은 애니타 힐 문제를 다루면서 수도 워싱턴에서의 공론화를 위해 문턱을 최대한 낮추었는데, 나는 더욱 낮춰 그 문턱에서 내 독자적 행동을 억제하고 우파의 거대한 정치기관의 일부가 됐다. 그 일을 조사하면서 나는 처음으로 공화당 내부의 권력 핵심부에 들어갔다. 20대 말의 성급한 경험이어서인지 나는 더욱더 그들의 명령에 맹종하게 됐다. 그들 우익의 사회적 의제에 불만을 갖고 있었지만 내 작업을 위해 그것을 한쪽으로 밀쳐두고 나는 웨이리치의 조직 '자유 의회를 위한 사람들'과 한통속이 돼 움직였다. 공화당 상원의원들의 보좌관들은 우선 공개되지 않은 상원 증언들과 연방수사국(FBI) 인터뷰들, 그리고 법사위원회의 육중한 목재 문 아래로 새어들어간 추악한 소문들을 모두 내게 넘겨주었다. 놀란 나머지 내 눈은 화등잔처럼 커졌다.

성추행 소송은 피고와 원고의 진실성에 의해 좌우된다. 전국 텔레비전을 통해 공화당원들은 애니타 힐의 평판을 완전히 짓이겼지만, 그들은 선거구민들이 거기서 더 이상 나아가는 것은 허용하지 않으리라는 점을 알고 있었다. 하지만 나에게는 그런 규제가 없었다. 나는 힐과 그녀의 증언단을 완전히 파괴하기 위한 작업을 벌였다. 나는 졸지에 상원의원 심슨이 "창문 칸막이 너머로" 입수했다고 한 모든 것에 접근할 수 있었다. 그레이를 위해 일하던 백악관의 젊은 변호사 마크 파올레타는 텔레비전으로 힐의 증언을 지켜보고는 그녀가 '음란증'을 앓고 있다고 결론을 내린 한 정신과 의사로부터 진술 내용을 확보했다. 그때 유명한 '음모(치모)' 진술이 불거져나왔다. 청문회가 끝난 뒤 공화당원들은 힐에 관한 온갖 생생한 추문들을 내게 들려주었다. 그들은 그러한 소문들을 청문회 기간에 들었지만 상원의원 심슨이 힐의 "성벽"에 대해 암시한 말을 제외하면 공개적으로 발설한 적이 없다고 말했다. 심슨의 보좌관들과 백악관에서 온 파올레타를 포함한 공화당원들은 내게 그 소문들을 어떻게 파헤쳤는지 자세하게 얘기해주었고(그것은 힐 밑에서 공부했던 학생 두 명이 알려주었는데, 나는 그들의 이름도 전해들었다), 나도 그런 식으로 했다. 그들 학생 두 명 중 한 명은 힐이 자신과 친구의 시험지에 온통 음모를 흩뿌려서 돌려주었다고 주장했다. 공화당 보좌관들은 그 진술 내용을 내게 넘겼는데, 내가 그들을 직접 만났을 때 다른 학생은 앞서 시험지 얘기를 한 학생의 주장이 사실이라고 확인해주기를 거부했다. 나는 어쨌든 '음모 진술'을 공표했다.

공화당원 보좌관들이 힐을 공격하도록 나를 부추겼듯이, 토머스의 가장 가까운 친구들도 그랬다. 특히 워싱턴 순회재판소 판사 로렌스 실버먼과 토머스 밑에서 고용기회평등위원회 부위원장을 지내고 '토머스 판사 대법관 인준을 위한 여성 모임' 회장을 하고 있던 그의 아내 리키, 고용기회평등위원회에서 토머스의 보좌관을 지내고 곧 우익 라디오 토크쇼 진행자가 된 암스트롱 윌리엄스, 그리고 파올레타가 그러했다. 그들은 토머스 인준 청문회에서 비록 이겼지만, 토머스가 연방대법원 판사직에 걸맞은 지위를 확보하기 위해서는 그를 더욱 전폭적으로 옹호할 필요가 있다고 말했다. 토머스를 가장 잘 아는 이들은 이제 나의 취재원이자 친구가 됐는데, 그들은 토머스와 힐 사이에는 아무 일도 없었다고 말했다. 데이트 요구도 없었고, 더러운 얘기도 없었으며, 포르노 얘기도 없었다는 것이다. 한마디로 아무 일도 없었다는 것이다. 그들은 힐의 얘기가 기괴한 거짓이라는 사실을 천성적으로 알아차렸다며 매우 그럴듯한 생각을 얘기해주었다. 그러면서 여전히 눈에 쌍심지를 켜며 그 일에 대해 분개했다. 판사 실버먼은 힐이 "자신도 모르게 충동을 행동으로 나타내는" 레즈비언일 것이라고 추측했다. 실버먼은 또 토머스가 힐에게 데이트를 요청했을 리 없다고 말했다. 힐이 그토록 짓궂은 여자인 줄 내 어찌 알았겠는가?

이 토머스의 친구들은 내가 워싱턴에서 보낸 5년 동안 어떤 보수주의자 그룹보다도 훨씬 더 따뜻하게 받아주었고 인간적으로 대해주었다. 나는 특히 실버먼 부부와 친하게 지냈다. 그들을 대리부모처럼 생각했으며, 마음 한 구석에는 결코 만나본 적이 없는 인정 있고 박식하며 높은 교양을 지닌 유대인 부모 같다는 생각이 자리잡고 있었다.

래리(로렌스 실버먼)는 닉슨 행정부의 노동부에서 근무했던 자유주의 성향의 공화당원이었다. 그는 노동부에서 연방 고용기관에 인종별 고용 목표를 의무화한 이른바 '필라델피아 계획'을 세운 사람이었다. 1970년대 말 래리는 개종자의 열정으로 자신이 고안해낸 사회적 약자 보호정책을 공개적으로 거부하고 레이건 캘리포니아 주지사의 외교정책팀에 들어갔다. 레이건은 래리를 연방대법원 바로 다음으로 위상이 높은 연방법원(워싱턴 순회재판소) 법관에 지명했으나, 그가 수십억 달러의 현금 거래 사실을 보고하지 않아 무거운 벌금을 물었던 샌프란시스코 은행에 재직한 일과 관련해 법사위원회에서 증언해야 할 것인지를 둘러싼 논란으로 그 지명건은 잠시 지체됐다. 그러나 래리는 결국 법관 인준을 받았고, 거기서 로버트 보크, 앤토닌 스켈리어와 함께 사법계 우익 지도자로서의 지위를 확고히 굳혔다. 래리는 이란-콘트라 사건으로 올리버 노스에게 내려진 중죄 판결을 뒤엎었다. 논란을 불러일으켰던 그 결정으로 그가 연방 대법관에 지명될 수 있는 기회를 잃게 될 것이라는 추측이 나돌았다. 워싱턴의 소규모 우익 법관 서클에서는 대머리에 안경을 쓴, 나의 버클리대 교수 폴 시버리와 꼭 닮은 래리를 보크나 스켈리어만큼 영리하면서 그들보다 더 비타협적인 사람으로 여기고 있었다. 시버리 교수 이후 내게 실버먼 판사만큼 명민하고 흥미로운 교사는 없었다. 그는 나를 가르친 대학교수들보다 훨씬 더 큰 영향을 내게 미쳤다.

20여 년 동안 워싱턴 유수의 소식통이었던 래리는 종종 얼굴을 찌푸리면서 나에게 법관들은 **정치**에 관여해서는

실버먼이 거론한 것은 법관들의 정치 활동 금지를 규정한 윤리에 관한 법률 중 법관 관련 조항들이었다.

안 된다—"그건 부적절해"라고 말했다—는 말을 먼저 꺼낸 다음, 얘기를 계속했다.

래리는 〈월스트리트 저널〉 사설면의 보수주의 편집자들에게 영향을 끼친 보이지 않는 배후의 조언자로, 자유주의 언론을 신랄하게 비판함으로써 보수주의 독자들에게 기쁨을 안겨주었다. 그는 연방주의자협회 변호사들을 대상으로 한 연설에서, 〈뉴욕 타임스〉의 연방대법원 담당 기자 린다 그린하우스가 대법원 판사들에 관해 보도하면서 그들의 의견을 자유주의적 방향으로 몰아가기 위해 압력을 행사한다고 생각, 그것을 빗대어 "그린하우스 효과(기자 이름과 온실 효과라는 말을 오버랩시킨 첩어–옮긴이)"라는 조어를 만들어내기도 했다. 래리는 그런 악의적인 언론 세력들이 토머스 판사에 대한 흠집내기에 가담하고 있다고 내게 말했다.

맞춤 니트 정장에 헤르메스 펌프스 신발 차림의 리키 실버먼은 쾌활한 성격의 은발 암사자요, 우익의 어머니였다. 낮에는 외눈알 안경을 끼었던 리키는 고용기회평등위원회에서 토머스 판사의 지적 교사로 알려져 있었으며, 여성과 약자를 위한 연방의 차별대우 방지 정책 범위를 축소하기 위한 작업을 할 때 토머스가 우익 이데올로기에 푹 빠지게 만들었다. 쉽게 흥분하는 리키는 자신의 친구 클레어런스 토머스를 두들겨패는 페미니스트 패거리들(그녀는 그들을 "극단주의자들"이라고 불렀다)에 대한 복수심에 불탔다. 리키는 래리와 마찬가지로 헌신적인 코치였다. 조지타운 저택의 나무랄 데 없는 프랑스 시골풍 주방에서 내게 차와 설탕 쿠키를 내주면서 리키는 주먹을 치켜들고 "눈에는 눈이야!"라고 외치고는 애니타 힐에게 마구 욕설을 퍼부었다.

나는 그들을 실망시키지 않았다. 내가 쓴 글은 1992년 3월 '애니타 힐의 진실'이라는 제목으로 〈스펙테이터〉에 실렸다. 기사는 아프리카계 미국인(흑인)의 특징을 과장해서 그린 애니타 힐의 표지 전면 캐리커처와 함께 실렸는데, 정도가 지나쳐서 리키조차 인종차별적이라고 했을 지경이었다. 리키는 기사를 펼치자마자 그런 기색을 감추지 못했다.

수많은 예시와 인용, 주석을 단 소책자 형태의 '애니타 힐의 진실'은 이미 알려진 청문회 증언들을 다시 고쳐 써서 거짓 주장들을 토대로 토머스를 헐뜯은 자유주의자들의 음모라고 몰아붙였다. 2만 2천 단어로 이뤄진 글의 첫 장은 힐의 주요 진술과 수전 호크너의 증언을 법률 전문가처럼 분석했다. 기사는 상원의 비공개 증언 녹취록에 나오는 힐의 진술에 일관성이 없다는 점을 활용했는데, 그 녹취록은 힐이 호크너에게 성추행에 대해 불평한 것은 힐이 토머스 판사 밑에 들어가기 몇 개월 전의 일이었다는 주장을 뒷받침하기 위해 공화당 의원 서기들이 내게 몰래 넘겨준 것이었다. 나는 그 주장을 넬슨 런드에게 들었는데, 넬슨은 부시 행정부 백악관 보좌관으로 있던 연방주의자협회 회원으로 청문회 기간에 댄 퀘일 부통령 보좌관이었던 윌리엄 크리스톨과 함께 그런 주장을 만들어냈다. 나는 그것을 뒷받침하기 위해 청문회 기록을 면밀히 뒤졌다. 두 번째 장에서 내가 드러내려고 한 것은 토머스에 반대하는 힐의 정치적 의도였다. 그것은 힐 증언의 정직성과는 아무 관계가 없었지만, 나는 그 몇 주 전과 청문회 이후 힐에 관해 씌어진 모든 글을 게걸스럽게 찾아 읽었다. 나는 힐이 막연하게 페미니스트 지지 의향을 밝힌―전혀 놀라운 사실이 아니다. 특히 청문회가 끝난 상황에서는―글 하나를 찾아내 토머스를 배신한 증거로 제시했다. 결국 나는 힐이 낙태와 사회적 약자 보호정책에 대한 토머스의 입장에 동의하지 않는다는 사실을 보여주는 모호한 인터뷰에서 써먹기 좋은 노다지를 찾아낸 셈이었다. 나는 그 사실을 힐에 대한 공격 재료로 삼아서 힐이 자신의 정치적 의도를 관철하기 위해 위증을 한 사악한 좌익이라고 공격했다.

이 두 장은 왜곡된 것이었지만 문서를 그럴싸하게 해석했다. 성추행 사건이 늘 그러하듯, 힐과 그녀의 증인들의 이야기에는 약점들이 있었는데 나는 그것을 의도적인 거짓말이라고 서술했던 것이다. 그러나 나는 그 때문에 너무 지나치게 앞서갔다. 만일 토머스가 완전히 결백하다면, 전국 텔레비전에 나가 거짓 증언을 한 애니타 힐은 제정신이 아닌 사람이 된다. 힐 주장의 신빙성을 무너뜨리기 위해 할 수 있는 모든 수단을 동원하면서 해독이 불가능한 부분을 설명하기 위해 나는 산탄총을 쏘듯 무차별 공격 방식으로 토머스 진영으로부터 입수한 힐에 대한 온갖 모욕적인 주장들을 긁어모아 짜깁기했다. 힐은 야심만만했지만 토머스에 의해 승진 대상에서 제외됐다. 힐은 "괴짜"였고 남성 증오 성격을 갖고 있었다. 또한 "남자의 관심을 끌려는 비뚤어진 욕망"을 갖고 있는데다 토머스에 대해 "애증" 강박관념을 지니고 있었다. 그리고 성에 관한 "괴상망측한" 얘기를 학생들과 동료들에게 했다. 힐은 자신이 가르치는 법과 대학생들 학기말 리포트에 음모를 뿌려 돌려주었다. 힐은 "약간 돌아버린, 그리고 다소 행실이 나쁜" 여자라고 나는 썼다.

당시 가벼운 주제를 다루는 잡지에서는 공격의 목청, 특히 선정적 취향의 목청을 있는 힘껏 내지르는 것이 새 풍조로 뚜렷이 자리잡고 있었다. 노골적인 섹스 얘기를 빼고는 얘기가 안 되는 시절이었다. 그러나 평판이 좋은 잡지, 심지어 〈스펙테이터〉조차 내가 애니타 힐을 헐뜯기 위해 지어낸 성차별적인 묘사나 성적인 풍자와 같은 내용을 실은 적이 없었다. 그 두 가지는 사실과 주장, 소문, 추측, 의견, 그리고 비난을 주물러대는 요술쟁이의 마술에 필요한 요소들의 일부였을 뿐이다. 내 글을 다룬 편집자들은 그 마술을 "연구해볼 만한 저널리즘"이라고 불렀다. 그것은 정말 저널리즘처럼 보였다. 기록물의 일부를 따오고 비공개 상원 녹취록을 인용함으로써 나는 그 글이 이미 확립된 사실, 명백한 증거, 광범한 문서들을 근거로 삼고 있다는 환상을 불러일으킬 수 있었다. 편집자들은 잡지의 평판에 신경을 쓰지 않았으며, 내 개인의 평판에 대해서는 말할 것도 없었다. 편집장이었던 울라디는 내 글에 거의 아무런 이의도 제기하지 않았다. 모든 여성은 "감성적"이며, 따라서 이야기를 지어내기가 쉽다고 울라디는 말했다.

그러나 내가 하고 있다고 생각한 것—나의 의도—과 내 키보드를 통해 쏟아져나온 너저분하고 왜곡되고 중상모략적인 글들 간에는 중대한 차이가 있다. 나는 내가 쓴 모든 글들이 탄탄하고 사실에 근거한 것이라고 생각했기 때문에 집요한 수색견처럼 사건의 이면을 헤집고 다닐 수 있었다. 많은 독자들이 내가 다른 관점을 취할 수 없는 사람이라고 생각했지만, 얄궂게도 바로 그것이 정치 문제를 다루는 작가로서의 내 힘의 원천이었다. 하워드 쿠르츠가 〈워싱턴 포스트〉 인물란에 썼듯이, 나는 "젊은 전사로서의 도덕적 확신"을 갖고 있었다. 나는 내 주장을 철석같이 믿고 있었다.

사실 나는 〈워싱턴 타임스〉와 〈아메리칸 스펙테이터〉에서 매우 부적절한 기자 훈련을 받았기 때문에 좋은 보도라는 것이 어떤 것인지조차 몰랐다. 탄환이 장전된 총을 갖고 노는 아이처럼 입증된 주장과 입증되지 않은 주장 간의 차이도 판단하지 못했다. 모든 주장은 보도하기 전에 최소한 두 명의 취재원 이상의 얘기를 들어봐야 한다는 저널리즘의 가장 기본적인 철칙을 〈워싱턴 타임스〉는 강요하지 않았고, 〈아메리칸 스펙테이터〉도 요구하지 않았다. 나는 취재원들이 내게 한 말을 모두 그대로 인용했다. 나에게는 사람들이 무슨 얘기든 할 수 있으며, 특히 애니타 힐 사건처럼 선정적인 논란거리인 경우 더욱 그러하다는 사실을 깨달을 만한 판단력이 없었다. 내가 만난 취재원들은 모두 토머스가 결백하다고 생각하거나, 힐에게 음심을 품고 있었다고 생각하거나 둘 중 하나였다. 이미 토머스에 대해서는 최선의 경우를, 힐에 대해서는 최악의 경우를 생각하도록 편견에 사로잡혀 있던 나는 그들 취재원을 시험하고 그들의 동기를 의심해보는 일을 전혀 하지 않았다. 힐에 대한 대부분의 '괴짜' 인용문들은 익명이라는 방패 뒤에서 나에게 주저없이 그런 얘기를 했던 사람으로부터 들은 것이었다. 나의 무능은 무식한 편견과 당파적 시각에 사로잡힌 이해 등이 얽혀 빚어낸 결과였다. 그것은 이제 내 천성의 일부가 돼 내 작업을 왜곡하고, 진실 추구를 불가능하게 만들었으며, 그러한 사실조차 깨닫지 못하게 만들었다.

물론 보수주의 진영 바깥에 있던 사람들 대부분에게 내 글쓰기는 불신을 자초하는 것으로 비쳤다. 그러나 내 글은 발표되자마자, 확실한 영향력을 발휘했다.

감정적으로는 혼란스런 상태였음에도 불구하고 내 뇌의 인식 부위는 강철 올가미처럼 강고하게 만들어졌다. 나는 일개 유망한 공화당 수련생에 지나지 않았으나 그들의 형식주의적이고 매우 분석적인 논리들, 방어적인 궤변, 모멸적인 가십, 정치적 정보 조작을 글로 드러낼 수 있는 위치에 있었다. 그리고 나는 그것을 모두 사실인 양 발표했다. 그들 중 오직 나만이 기자라고 스스로 생각했다. 나는 명석한 기자였으며, 많은 사람들이 내 글을 읽고 믿었다.

그 글이 발표된 직후 러쉬 림보는 전국 방송망을 통해 며칠에 걸쳐 그 내용 전체를 읽어내려갔고, 수전 호크너의 쇳소리 나는 감상으로 그것을 마무리했다. 당시 라디오 쇼 최대의 시청자인 2백만 명 이상을 확보하고 있던 림보는 〈스펙테이터〉, 그리고 나를 유명하게 만들었다. 하룻밤 사이에 미국의 모든 우익이 내 이름을 알게 됐을 것이라는 생각이 들었다. 나중에 자신의 결혼식 사회를 본 토머스 판사와 친구가 되는 림보는 나의 애니타 힐 공격을 즐긴 완벽한 관전자였다. 그는 자신의 작업실에 다음과 같은 문구를 붙여놓았다. "이 작업실에서 성추행은 보도하지 않겠지만 등급은 매길 것이다." 림보는 애니타 힐을 매춘부라고 부른 나를 유명하게 만들었다.

〈스펙테이터〉외부의 몇몇 보수주의자 친구들은 성추문 소송에서 전형적으로 등장하는 '정신병자-매춘부 변론'을 일컫는 "약간 돌아버린, 그리고 다소 행실이 나쁜"이라는 어구가 천박하거나 적어도 정치적으로 어리석은 짓으로, 그것은 나를 비판하는 사람들에게 나를 두들겨팰 몽둥이를 쥐어주는 격이라고 조용히 경고했다. 그 말은 확실히 고정관념이 돼 그 이후 내 글을 둘러싸고 논란이 벌어질 때마다 공격자들은 그것을 다시 끄집어내 마음대로 휘둘렀다. 분명히 〈다트머스 리뷰〉가 보수주의에 도입했고 내가 버클리 시절에 무책임하다며 한때 거부했던 그 못난 짓을 나는 이제 쉽게 저지르게 됐다. 나는 그것을 다시 한 번 고쳐 생각해봤다. 울라디에게 그런 어구가 너무 심한 것일지도 모르겠다는 얘기를 했지만, 우리는 그것을 그대로 두기로 했다. 나는 깅그리치-림보 진영의 과격주의자들에게 동조하고 있었다. 결국 나의 "정신병자-매춘부"식 어구와 "그로테스크하고" "병든" 민주당원들이라고 비난한 깅그리치의 호언장담, 흑인과 여성에 대한 림보의 비방, 이 3자 간에 무슨 차이가 있었을까? 게다가 "정신병자-매춘부"식 어구는 자기중심주의로 가득 찬 〈스펙테이터〉의 어조상 특성과 완전히 다른 것도 아니었다. 아마 보브 타이럴은 그런 어구를 풍자적인 칼럼에서 써먹을 수 있었을 것이다. 그러나 진지한 보도와 같은 글에서는 그런 어구는 기분 좋은 것이 아니라 저속한 야유로, 용납될 수 없는 혐오스러운 것이었다.

〈스펙테이터〉로 다시 돌아가자. 편집자들은 림보가 방송에서 게스 후의 노래 '부숴진 여자'를 타이틀곡으로 삼아 띄워올린 내 글에 대한 보수파 대중들의 열화와 같은 반응을 일찍이 경험해본 적이 없었다. 판매점의 수요가 급증함에 따라 지난 호를 다시 찍은 것은 아마 그 잡지 역사상 처음 있는 일이었을 것이다. 〈내셔널 리뷰〉와 같은 구파 보수주의 잡지들은 보도 수준을 낮춰 림보의 청취자들을 선동하는 짓거리를 거부했으나, 〈스펙테이터〉는 림보의 방송을 통해 선전 광고를 내보내기 시작했으며 기부금까지 쏟아부었다. 그해가 끝나기 전에 잡지 판매 부수는 300%나 늘어난 11만 4천 부에 이르렀다. 나는 뜻하지 않게 1990년대 내내 책 출판과 라디오 토크쇼, 인터넷에서 인기를 누리면서 높은 수익을 챙긴 우익의 거대한 거짓말 기계의 탄생을 도운 공생 관계에 가담하는 중대한 실책을 범하게 된 것이다.

'애니타 힐의 진실'에 대한 독자들의 엄청난 호응에 따른 횡재를 계속 거머쥐기 위해 〈스펙테이터〉는 상투적이었던 기존의 사색적인 에세이와 학술적 비평, 그리고 유머를 버리고 무분별한 주장과 더 비열한 '유머' 브랜드로 가득 찬, 애니타 힐 스타일의 장사가 되는 방향으로 나아감으로써 우익의 지적 부패를 조장하는 선두 주자가 됐다. 그런 쪽으로의 사태 발전 조짐을 보여주는 주목할 만한 글의 하나가 〈인사이트〉에 있던 오랜 동료로 연구하는 작가였던 대니 워튼버그가 쓴 힐러리 로뎀 클린턴 인물평이었다. 〈인사이트〉는 힐러리를 "리틀 록의 여자 맥베스", "미국 정계의 위니 만델라"라고 불렀다. 그 기사는 확인되지 않은 "리틀 록의 사악한 가십거리 생산자들"이라는 증언을 담고 있었다.

힐러리 클린턴에 관한 기사가 나간 직후, 나는 보브 타이럴의 인디애나 대학 클래스메이트로 오랫동안 〈스펙테이터〉 발행자로 있던 론 버와 사무실 복도에서 이야기를 나누었다. 부잣집 아들로 태평스런 성격인 40대 중반의 론은 보브처럼 나이보다 훨씬 젊어보였는데, 잡지 영업과 후원자들로부터 지원금을 얻어내는 일을 맡고 있었다. 론은 천성적으로 천한 구석이라고는 없는 당당한 사람이었지만, 어쩔 수 없이 해야 하는 일이 있었다. 진열돼 있는 잡지 표지들을 훑어보던 그는 보수주의 대중들에게 잡지 팔아먹는 방안을 찾아냈다고 말했다. 론은 낄낄거리면서 말했다. "공격할 만한 여자를 좀 더 찾아낼 수 없겠소?"

예의 그 "매춘부" 어구와 관련해 뒤에서 수군거리는 보수주의 동료들의 비판에 나는 대꾸도 하지 않았다. 그러나 그에 대한 내 생각은 다음과 같았다. 선동적인 수사와 문학적 장치가 사람들의 관심을 이끌어낸다는 것이 분명하다면, 비록 부정적인 관심일지라도 그것이야말로 자유주의적 언론 매체들의 여론 호도를 돌파하는 요체가 아닌가? 나는 어떻게든 필요한 수단을 동원해서 그 사실을 끌어내는 데 성공했다. 내 글은 보수주의 진영을 들끓게 만들었고 지하 출판물처럼 팩스를 통해 온 마을에 광적으로 퍼져나갔다. 〈월스트리트 저널〉이나 〈코멘터리〉에 실린 음산한 에세이들과는 달랐다. 그런 것들은 엿이나 먹으라지. 나는 내가 새로운 길을 열고 있다고 생각했다.

말 그대로 단 몇 주 만에 애니타 힐이 옳다는 생각에서 힐의 주장에 대한 불가지론으로, 다시 그녀를 미친 거짓말쟁이로 믿게 된 내 입장 변화가 뜻밖이라는 느낌을 줄지도 모르겠다. 그러나 돌이켜보면 그건 그다지 놀랄 일이 못 된다. 결국 나의 출세는 당파적 논쟁 덕택이지, 독자적인 사고의 산물이 아니었다. 피노체트를 옹호하고 보크를 지지하면서 나는 이미 내 양심을 포기하고 자신의 가치를 순화시킴으로써 보수주의 운동에 참여하는 데 능력을 발휘했듯이, 이번에는 힐이 믿을 만한 증언자라는 애초의 직관을 내버렸다. 내 야망을 실현할 통로를 찾아 헤매면서 나는 타인들의 욕구, 그리고 내가 동의하지 않는 의제들을 위한 완벽한 도구로 전락했다.

어떤 면에서 나는 여전히 버클리 대학 때부터의 나 자신의 드라마, 보수주의자 다윗이 자유주의자 골리앗에 대적한다는 드라마에 집착하고 있었다. 긴니 토머스가 잡지 〈피플(People)〉에 썼듯이, 청문회를 "선과 악"의 싸움으로 보는 시각은 버클리의 "사악한" 좌익에 대항했던 나의 싸움을 떠올리게 했다. 나는 이데올로기 전사로서의 내 인생의 의미와 목적을 찾고 "적"인 민주당에 대해 깅그리치와 그로버가 했던 말들을 실현하기 위해 골몰했다. 나는 정치운동(나는 전혀 몰랐고, 또 눈곱만큼도 접촉해본 적이 없는)이 토머스에게 몹시 부당한 짓을 했다고 생각했다. 역사책에서 더럽혀진 토머스의 이름을 원상회복하고 페미니스트 물결을 되돌려놓는 일에 힘을 보태면서 이제 나는 냉전 붕괴로 생겨난 공백을 메우는 중대한 임무을 떠맡게 된 것이다. 토머스를 괴롭히는 자들은 악의 제국 편이었다. 이것은 내 주변을 온통 소용돌이치고 있던, 보수주의 운동 내의 편집증적인 정치 행태에 대한 내 나름의 시각이었다.

그렇지만 마음속에서는 공허한 느낌도 자라났다. 비록 보수주의 운동 안팎에서 모든 시간을 그것을 위해 투자했지만, 나는 그 내부에 있는 누구와도 가까운 인간적 유대를 쌓지 못했다. 그렇지 않은 척할 수도 있었지만 자의식에 시달렸고 여렸다. 그리고 운동에 깊은 불만을 품고 있었다. 나는 운동 바깥에서조차 친구가 없었다. 앤드류가 예외적인 존재였지만, 그는 저 먼 곳에 있었다. 이제 그 판을 살펴보건대 나의 정치관과 직업, 동성애적 성 정체성 등이 기묘하게 혼합된 내 존재 자체가 나의 고립을 영속화하고 있었다. 나는 저널리스트였기 때문에 비공개 공화당 우익 게이 그룹의 완전한 구성원이 될 수 없었고, 게이가 아닌 우익 동료들 사이에서는 게이로서의 본색이 드러날까 몹시 두려워했다. 그리고 지나치게 자신의 정체성을 은폐하고 우익적이었기 때문에 게이든 아니든 다른 사람들과 관계를 제대로 맺을 수가 없었다. 그것은 진정한 친구가 없다는 것과 데이트할 상대도 없이 오직 남의 눈을 피해 은밀한 섹스를 할 수밖에 없다는 것을 의미했다.

나는 이해하진 못했지만 그 당시에도 내가 왜 그토록 토머스 그룹의 절친한 동지가 되려 했는지 뭔가 이상한 느낌은 갖고 있었다. 슬픈 현실이지만 나는 해소될 수 없는 정서적 결핍을 직장 생활을 통해 충족시키려고 애썼던 것이다. 우정과 애정에 대한, 그리고 한패가 되고 싶어하는 나의 간절한 욕구를 채워주기 위해 토머스 그룹이 내게 기꺼이 부여하려고 했던 동지적 관계를 내 고독의 포로라고 생각했다. 그들을 통해 대의를 위한 동지 의식과 진실로 믿는 사람들로부터 인정받고 있다는 데서 오는 만족감과 안식처를 찾으려고 애썼다. 나는 나 자신보다는 다른 사람들에게 인정을 받고 싶어했다.

그러나 동시에 나의 동성애적 정체성으로 인해 보수주의 운동에 완전히 받아들여지지 못할 것이라고 생각해 두려워하고 있었다. 편협성이 운동의 밑바탕에 지속적으로 흐르고 있는 것(미지 덱터의 글에서부터 그의 아들 존과 나와의 관계, 뉴트 킹그리치의 토머스 폴리에 대한 비방, 보브 타이럴의 경박한 게이 비난에 이르기까지)은 그 명백한 신호였다. 내가 게이라는 사실이 원망스러웠다. 그렇다고 보수주의자들에게 내가 그것을 느낄 수 있을 만큼 내가 선하고 강하다는 인상을 심어주거나 과잉보상하거나 입증해보이겠다는 욕구와 그 사실을 연결시킨 적은 없었다. 단지 작가로서의 내 적성을 찾는 과정에서, 내 글에는 전례없이 선명한 분노가 드러나게 됐다. 이론 절대주의, 무시무시한 극단주의, 표현의 황폐성과 같은 특성들은 내가 알고 있던 다른 비공개 우익 동성애자들에게서도 어렵지 않게 찾을 수 있었다. 클레어런스 토머스로 대표되는 일부 극우 소수 세력도 마찬가지였다. 내가 본능적으로 토머스와 공감한 것도 그런 바탕이 있었기 때문일 것이다. 내 분노의 밑바닥에는 자유주의자들이 아닌 나 자신에 대한 혐오가 깔려 있었음이 분명했다. 애니타 힐에 대한 보수주의자들의 혐오를 대변해줌으로써 나는 그들이 원하든 원치 않든 동성애자를 사랑하게 만들려고 애썼다.

1992년의 애니타 힐 기사는 내가 처음 출판한 책의 토대가 됐다. 그 글이 발표됐을 때 나는 헤리티지 재단에서 의회에 관한 학술적인 책을 쓰고 있었기 때문에 내 대리인들이 하퍼콜린스 출판사에 약간의 선금을 받고 그것을 팔았다. 〈스펙테이터〉에 실린 그 글이 보수주의 서클 주변에서 대단한 호응을 받자, 나는 책 표제를 바꾸기로 했다. 애니타 힐에 관한 책은 토머스가 무죄라는 메시지를 더 많은 사람들에게 전달할 수 있을 것이라고 생각했다. 존 포드호리츠의 조언에 따라, 나는 존의 아버지 노먼과 같은 보수주의 작가들을 대변하는 틈새 시장을 발굴해낸 글렌 하틀리와 린 추 부부를 내 대리인으로 고용했다. 자신을 믿어주는 사람을 대리인으로 데리고 있다는 것은 대단한 일인데다 린과 글렌은 철저한 이데올로그들이었다. 나보다 불과 몇 살 위인 그들은 나와 마찬가지로 1970년대 말과 1980년대 초의 대학 PC 자유주의에 대한 반감으로 보수주의에 몸을 담았다. 자그마하고 맵시 있는 몸매의 린은 시카고 대학에서 공부한 변호사였는데, 때때로 내가 놀랄 정도로 페미니즘과 사회적 약자 보호정책을 심하게 비난했다. 글렌은 책 제목을 애매한 『애니타 힐의 진실』로 하기보다는 투박한 '그 여자는 왜 거짓말을 했나'로 바꾸기를 원했다.

그들은 그 책 출판 프로젝트를 하퍼콜린스의 편집자 에드 벌링에임에게 들고 갔다. 형식을 차리지 않으면서도 정중했던 벌링에임은 그들에게 애니타 힐을 비방하는 책은 내 경력에 먹칠을 하게 될 것이라고 말했다. 그것은 내가 경청했어야 할 얘기였다. 하지만 나는 주류 저널리즘에 내 시각을 짜맞추지 않는다는 것을 긍지로 삼고 있었다. 나는 그것이 나에게 커다란 행동의 자유를 주고 반대자들에게 치명적인 타격을 가하는 나의 무기라고 믿고 있었다. 불행하게도 그때 내가 두려움 없는 용기로 미화했던 것들은 생각이 모자란 짓이었음이 나중에 드러나게 된다. 에드 벌링에임이 옳았던 것이다.

린과 글렌은 다음에 어디로 가야 하는지 알고 있었다. 그들은 당시 맥밀런 출판사에 적을 두고 있던 프리 프레스의 편집자 어윈 글라이크스와 친분이 있었다. 글라이크스는 많은 단골 작가들의 책을 펴냈다. 그도 신보수주의자였다. 벨기에 앤트워프 출신으로 히틀러 치하를 탈출한 유대인 난민의 아들이었던 글라이크스는 하버드 대학을 졸업하고 컬럼비아 대학에서 영어 교수와 부학장으로 있으면서 학계에 안착했다. 그러나 1960년대 말의 학생 저항 운동을 경험하면서 다른 많은 자유주의자들처럼 자신의 정치적 신념과 관계들을 다시 생각하게 됐다. 글라이크스는 어빙 크리스톨 밑에서 출판 경력을 시작하여 '베이식 북스' 편집자가 됐고, 다시 사이먼 앤드 슈스터에서 무역 관련 책의 출판 책임자가 됐다. 1980년대 초 자신이 기획한 보수주의 책들을 출판하려 했으나 동료들이 협력하지 않자, 화가 나서 사이먼 앤드 슈스터를 떠났다. 그때의 상황을 설명하기 위해 글라이크스는 사이먼 앤드 슈스터의 영업 대표(그는 글라이크스가 누군지도 몰랐다)가 노먼 포드호리츠의 1981년 책 『현존하는 위험(*The Present Danger*)』을 파는 일에 "누구도 손가락 하나 까딱하려 하지 않았다"고 말하는 것을 우연히 들었다는 얘기를 곧잘 했다. 글라이크스는 더 이상 그곳에 있을 수가 없었다. 프리 프레스로 옮기자, 맥밀런은 그에게 자신의 마케팅 및 홍보 사무실을 내주었다.

화가 나서 부글부글 끓고 있던 글라이크스는 뉴욕 출판업계에 홀로 대항해 싸우기 시작했다. 명석하고 빈틈없는 출판업자 글라이크스는 일종의 이념 출판 같은 것을 창안해냈는데, 그것은 1980년대 말과 1990년대 초 큰 화제를 불러일으켰다. 그는 보수주의 책들에게는 없던 새로운 시장을 개척하는 데 마력을 지니고 있는 듯했다. 그는 조지 윌, 보브 보크, 앨런 블룸, 프랜시스 후쿠야마, 다이니쉬 드수자 등의 책들을 베스트셀러로 만들었다. 『애니타 힐의 진실』은 그 연장선상에 있던 또 하나의 작품으로, 나는 그 세계의 내부에서 진행되는 책략이 어떤 것인지를 지켜봤다. 글라이크스에게 돈버는 일은 곧 과자에 달콤한 설탕을 입히는 것과 같았다. 모든 책 하나하나가 운동이었다. 때마침 린과 글렌이 글라이크스에게 접근했을 때, 그는 내가 쓴 애니타 힐 기사를 몇 주 동안이나 서류 가방에 넣고 다니면서 얘기가 될 만한 사람을 만날 때마다 읽어보기를 강권했다. 글라이크스는 특히 성해방 정치에 심사가 뒤틀렸다. 그가 맥밀런 식당에서 초콜릿 케이크를 먹으면서 "쇠버팀살대를 넣은 스커트를 입은" 페미니스트들이 뉴욕 출판계를 주무르고 있다며 욕해대는 소리가 지금도 내 귓가를 맴돌고 있다. 그들에게 타격을 가하는 데 내 책을 내는 것보다 더 좋은 것이 어디 있겠는가? 그는 내가 하퍼콜린스에서 선금으로 받은 것의 열 배가 넘는 12만 달러를 내고 내 책을 계약했다. 그때까지의 내 경력을 무색하게 할 만큼 큰돈이었다.

프리 프레스에서 어윈 글라이크스는 그 책의 편집을 명석한 젊은 편집자 애덤 벨로에게 맡겼다. 그는 노벨문학상을 받은 솔 벨로의 아들이었다. 애덤의 능력은 다이니쉬 드수자가 처음 출판한 『편협한 교육(*Illiberal Education*)』의 편집으로 입증됐다. 그 책은 전국 대학의 정치적 엄숙주의에 대해 전면적인 공격을 퍼부었다. 드수자는 〈다트머스 리뷰〉가 인종차별적인 '허튼소리' 칼럼을 출판할 때 편집자로 있었는데, 그가 한 일에 빗대 '왜곡하는 드뉴사'라는 별명이 붙었다. 그러나 『편협한 교육』은 좋은 평을 받은데다 대단한 베스트셀러가 됐다. 드수자의 역사는 그 다음 굽이에서 그 본령에 도달했다. 아프리카계 미국인들이 안고 있는 사회 문제와 낮은 지능지수 간에 상관 관계가 있다는 주장을 다룬 내용으로 애덤이 편집한 그의 두 번째 책 『인종차별주의의 종말』 초판은 주제 가운데 하나가 명예훼손 시비를 촉발하는 바람에 교정쇄 단계에서 폐기처분해야 했다.

글라이크스는 나의 〈스펙테이터〉 기사를 비판한 적이 없지만, 그가 그 잡지를 거의 평가하지 않는다는 것을 나는 알고 있었다. 애덤의 작업은 그가 내게 설명해준 대로 좀더 똑똑한 독자들에 대처하기 위해 내 글을 "드라이클리닝"해서 문제의 소지를 없애는 것이었다. 애덤은 어떻게 하면 보수주의 주장에 적당히 녹을 입혀서 자유주의적 시각에 어필할 수 있는지를 아는 본능적인 재주를 지니고 있었다. 애덤이 만들어낸 가장 성공적인 작가들은 양의 탈을 쓴 늑대들이었다. 애덤은 글라이크스로부터 그가 드수자의 책을 그렇게 했듯이, 책 마케팅은 정치 캠페인처럼 해야 한다는 것을 배웠다. 당시는 책 판매에서 차지하는 우익 라디오 토크쇼의 영향력은 아직 검증되지 않았을 때였기 때문에 뉴욕 출판업자들은 러쉬 림보와 같은 속물이 독서계에 팬을 확보하고 있으리라고 보지 않았다. 그 때문에 애덤은 마치 비밀 해법이라도 되는 양, 성공의 열쇠는 노련한 우익 정치인이 동요하는 유권자들을 끌어들이듯이 미사여구의 잔재주로 중도 세력을 "장악"하는 것이라고 내게 설명했다. 보수주의적인 책의 관점이 "합리적"이라고 자유주의적이고 온건한 독자를 설득함으로써 〈뉴욕 타임스〉와 그 밖의 매체들의 호의적인 비평을 끌어낼 수도 있었다. 정중한 비평은 진지한 논픽션 책들을 사보는 대다수 자유주의적이고 도회적인 독자들을 확보하게 해줄 것이다. 드수자가 그랬던 것처럼, 책 홍보 투어 과정에서 극단적인 시각을 "합리적인" 외피로 포장할 수 있는 작가의 재주는 베스트셀러 목록에 오르게 하는 데 도움이 됐다.

1993년 책 홍보 투어에 나서기 전에 나는 글라이크스가 고용해서 내게 붙여준 언론 매체 대책 담당 트레이너와 함께 상투적인 수법을 연마했다. 자유주의 매체들이 보수주의자들을 공격하고 있었기 때문에 글라이크스는 매체의 신뢰를 얻으려면, 즉 저널리스트로 정중하게 대접받으려면 흰 것을 검다고 말함으로써 내가 정치적 의도를 갖고 있다는 사실을 불식시켜야 한다고 조언했다. 나는 잔뜩 긴장한 채 텔레비전 스튜디오에 나가 걸핏하면 그런 말을 떠들어댔고, 스스로 자기 말에 거의 도취됐다. '투데이' 쇼에 나가 효과를 높이기 위해 의자 등에 몸을 기댄 채 진행자 캐티 쿠릭을 향해 자유주의자든 보수주의자든 "인신공격은 나빠요"라고 말했다. 호텔로 돌아오자, 전화벨이 울렸다. "당신, 장외 홈런을 날렸어"라고 리키 실버먼이 외쳤다.

주류나 명망 있는 집단과 관련된 것이라면 경멸하고 보수주의 세계에서 고투하는 일에 긍지를 느끼고 있던 나로서는 글라이크스의 전술이 전혀 새롭고 처음엔 당혹스럽기까지 했다. 처음 등장하는 이름 없는 작가였던 만큼 기껏해야 내 책이 보수주의자들 사이에서나 자그마한 성공을 거둘 수 있기를 바랬다. 나는 자유주의 매체로부터 완전히 따돌림당할 것이라고 생각했지만, 그에 대해서는 전혀 개의치 않았다. 그런 내가 이제 '투데이' 쇼에 나가다니! 글라이크스와 애덤은 내게 눈높이를 더 높이라고 가르쳤다. 또한 그런 식으로 가면 돈방석에 앉을 수 있다는 생각을 불어넣었다. 그들은 조잡한 그로버 노퀴스트보다는 "문화를 장악하라"고 한 그람시류의 훨씬 더 세련된 생각을 갖고 있었다.

나는 애덤이 보수주의에 대해 어떤 입장을 갖고 있는지 전혀 알 수가 없었다. 그의 정치적 태도는 훨씬 더 강력한 의지와 확신을 지닌 자신의 출판 스승 어윈 글라이크스의 시각에 맞추기 위해 취하고 있는 포즈에 지나지 않아 보였다. 애덤은 모든 것을 글라이크스에게 기대고 있었다. 글라이크스는 애덤이 그저 솔 벨로의 아들이 아닌 전문가로 출세하게 해주었다. 애덤이 성실성이 부족하다거나 그가 워싱턴에 있는 내 친구들보다 자신의 관점을 잘 드러내지 않는다는 사실을 알았지만, 나는 우리 둘 모두에게 득이 될 만큼 충분한 영감을 지니고 있었으므로 문제가 되지 않았다. 중요한 것은 애덤이 편집일에 부인할 수 없는 재주를 갖고 있다는 점이었다.

편집 작업이 끝난 『애니타 힐의 진실』은 〈스펙테이터〉에 실린 기사와는 완전히 달라져 있었다. 가장 중요한 변화는 내가 힐을 좀더 정중하게 다루는 쪽으로 최대한 노력을 기울였다는 점이었다. 그것은 내가 처음으로 폭넓은 독자를 확보하게 될 것이라는 점과 그에 따라 비판자들이 면밀히 뜯어보게 될 것이라는 점을 알고 있던 애덤이 내게 요구한 전술이었다. "독자를 배심원으로 생각하라"고 애덤은 내게 충고했다. "글의 톤은 분노보다는 슬픔 쪽에 무게를 둬야 한다." 이런 위험 요소를 제거한 개작으로 힐은 더 이상 정신병자나 매춘부가 아니었다. 책은 힐을 공격하기보다는 토머스를 옹호하는 쪽에 더 무게를 두었다. 이제 힐은 무자비한 상원 내의 자유주의적 의원 보좌관들과 페미니스트 지지자들의 강요에 따라 상원에서 허위 증언하도록 내몰린, 가해자 아닌 피해자로 묘사됐다. 물론 나는 그들 보좌관과 페미니스트, 그리고 민주당 정치인을 한 사람도 만나본 적이 없었다. 당시 워싱턴에서 나는 그만큼 고립돼 있었다. 그러나 내 증오는 힐의 거짓말을 전국 텔레비전 방송에 내보낸 그들 상상 속의 악당들에게 다시 집중됐다.

나는 〈스펙테이터〉 기사를 쓸 때와 마찬가지로 책 역시 진실을 밝힌다는 목적을 세우고 접근했다. 그러나 편견으로 얼룩지고 흠투성이의 자료 해석을 한 내가 책에서 진실에 접근하기란 애초에 불가능했다. 사실 그 책을 쓴지 9년이 지난 1999년 이 글을 쓰기 위해 다시 읽어보니, 편집자들이 닦고 매만지고 윤을 낸 그 모든 내용들은 결국 양장본 속의 정치적 선동이 좀더 설득력을 갖도록(따라서 그만큼 더 음흉해졌다) 만든 데 지나지 않는다는 것을 알 수 있었다. 〈스펙테이터〉 기사에서처럼 나는 내 취재원들이 모두 토머스 편을 드는 당파적 인사들이라는 사실을 간과했다. 게다가 〈스펙테이터〉 기사는 내가 힐 지지자들에게 접근한 적이 없었고, 따라서 그들의 동기나 내 주장에 대한 반응을 전혀 알지 못했으며, 청문회에서 밝히지는 못했지만 그들이 수집한 토머스에 대한 온갖 유죄 증거들을 전혀 모르고 있었다는 사실을 확인해주었다. 힐로 하여금 거짓말을 하게 만들었다는 그의 내면적 특성들(야심과 의지, 심지어 양심)은 내가 토머스 진영으로부터 넘겨받아 골라낸 것들이었다. 내가 취재한 사람들은 모두 그녀를 미워했다. 매체 비평가 하워드 쿠르츠는 〈워싱턴 포스트〉에 쓴 글에서 그런 나의 약점들을 다음과 같이 재치있게 요약했다. "브록은 힐을 '믿을 수 없는', '이기적인,' '독살스러운', '호전적인 반남성주의의', '독선적인', '인종과 성 문제에 사로잡힌', '제맘대로 하는 경향이 있는', '오럴 섹스에 빠지고', '세상에서 가장 괴팍한 법률 교수인', '한몫 하는 캠퍼스 급진주의자'로 묘사한 중상 비방자들(그들 중 다수는 익명)의 말을 인용하고 있다."

그 책에는 네 사람이 주요 공동집필자로 참여했다. 우선 부시 정권의 백악관에서 일했던 리 실버먼과 마크 파올레타. 앤토닌 스켈리어의 사무원으로 일했던 리는 〈스펙테이터〉에 내가 쓴 기사가 나간 뒤 〈워싱턴 타임스〉에 있던 내게 전화를 걸어 책 내는 일을 돕겠다고 제의했다. 나는 우들리 파크의 집에서 밤낮을 가리지 않고 방대한 청문회 자료를 읽으면서 내용을 확인하기 위해 정기적으로 리에게 전화를 걸었다. 리는 내게 언제나 점잖고 사랑스러운 사람이었으나, 낙태 반대 운동에 깊이 관여한 열정적인 낙태 반대론자였다. 밤새 자료들과 씨름한 나는 종종 아침에 리에게 전화를 걸어 우리 주장의 법률적 논거를 점검했다. 대화는 짤막했다. 나는 리에게 이런저런 짧은 얘기를 해주고 자료에서 얻은 이런저런 추론을 이해할 수 있겠느냐고 물었다. 리는 즉답을 거의 하지 않았으며, 종종 몇 시간 뒤에 전화를 걸어왔다. 리는 대개 그 추론이 근거가 있다고 말했다. 그러면 나는 다시 그것을 더 밀고 나아갔다. 추론이 맞지 않을 경우에는 출발점으로 되돌아갔다. 리는 언제나 도움을 받을 수 있었지만 천성적으로 조심스럽고 냉철했다.

시간이 가면서 나는 마크와 개인적으로 더욱 가까워졌다. 마크는 나보다 몇 살 아래로 지적으로는 리만큼 대단하지는 않았지만 그가 나를 위해 일하고 있다는 생각을 갖게 했다. 맨해튼에서 자라 돈 걱정 하지 않고 예일대에 진학했던 리와는 달리, 마크는 대학 등록금 빚을 지고 있었고 명문 아이비리그 출신도 아니었다. 그는 북동부 지역 노동자 계급 출신이었다. 가끔만났던 그의 아버지는 코네티컷에 살고 있었는데, 아버지처럼 보수적인 가톨릭 신자였다. 마크는 어머니가 가족을 버렸으며, 자신을 키우기 위해 아버지와 헤어졌다고 말했다. 나와 사귄 6년 동안 그는 어머니와의 관계에 대해거의 말을 하지 않았다. 물론 나도 마크에게 내가 입양아라는 사실을 말하지않았기 때문에 우리는 실제보다 공통점이 더 많은 것처럼 생각됐다. 내 어머니는 이탈리아계 미국인으로 파올레타라는 이름의 사촌들이 있었다. 그래서마크와 나는 먼 사촌일지도 모른다고 서로 농담을 했다. 상투적인 표현을 쓰자면, 마크는 키 크고 거무스름한 피부를 가진 미남자의 표본이었다. 나는곧 그의 예쁜 아내 트리시아를 만났다. 트리시아도 공화당 변호사였다. 파올레타 부부는 여러 명의 아이들을 키웠다. 그들 가족은 모두 워싱턴의 내 집을 방문했고, 나중에 델러웨어에 있는 내 해안 별장에도 놀러갔다. 마크와트리시아도 버지니아 교외에 있는 그들의 작은 별장에서 연 만찬에 나를 초대했다. 그들은 리키와 래리가 그랬던 것처럼 앤드류가 캘리포니아에서 나를 만나러 왔을 때는 같이 그를 만나고 한자리에 끼워주었다. 마크와 나는밤낮없이 전화를 주고받았다. 하도 전화를 해서 트리시아가 나 때문에 남편이 자기를 무시한다고 농담을 할 정도였다.

리가 내 변호사 역할을 해주었다면 마크는 다른 역할을 수행했다. 힐이토머스 사무실에서 일하기 전에 사설 법률사무소에서 변변찮은 자리에 있었다는 사실을 알아내는 과정에서 마크는 말하기를 꺼리는 취재원으로부터 내가 결정적인 정보를 얻어낼 수 있도록 도와주었다. 그 취재원은 주디스 호프로, 레이건이 워싱턴 순회재판소 법관에 지명했으나 민주당이 지배하던 상원으로부터 인준을 받지 못한 저명한 공화당 변호사였다. 그 자리는 부시가 1988년 선거에서 대통령에 당선된 뒤 클레어런스 토머스가 차지했다. 토머스-힐 청문회 기간에 호프는 힐이 토머스 사무실로 가기 전에 법률사무소에서 퇴출당한 적이 없다고 한 증언이 맞는지 의심스럽다는 얘기를 보이든 그레이 등 몇 사람에게 털어놓았다. 호프는 기억하고 있는 과거 사실에 대해 증언하라는 압력을 엄청나게 받았으나, 힐의 고용과 관련해 직접적인 정보를 갖고 있지 않았고 힐이 법률사무소를 떠나게 된 정확한 이유도 확실히 몰랐기 때문에 증언대에 서지 않았다. 기본적으로 호프는 그 법률사무소에서부터 공화당 변호사 친구들에 이르기까지 힐이 했던 일에 관한 10년 전의 이야기를 숨겼다.

마크는 호프가 백악관에 전달한 구체적인 사실들을 내게 알려주었다. 마크와 나는 힐을 거짓말쟁이로 못박기 위해서는 호프를 몰아붙여서 그로부터 간접적인 증언을 얻어내 책에 실어야 한다는 데 의견이 일치했다. 나는 여러 차례 호프에게 전화를 걸어 팽팽한 신경전을 벌였으나, 그는 말하기를 거부했다. 나는 연방주의자협회로부터 전면적인 지원을 받고 있다는 점을 내비침으로써 결국 그를 어렵사리 만나 이야기를 들을 수 있었다. 내가 백악관과 그가 나눈 대화 내용을 이미 입수했고 어떻게든 그것을 출판할 것이라고 말하면서 사실을 털어놓도록 협박하자, 호프는 울음을 터뜨릴 듯한 표정을 지었다. 그렇게 해서 나는 호프의 불확실한 기억을 손에 넣었고 그것들을 엮어서 힐이 다니던 법률사무소의 고위 파트너들(그들 대부분은 정치적으로 적극적인 자유주의 민주당원들로, 힐이 공개 증언을 하기 전에 그 사무소에서 자신의 변호사들과 상의하도록 했다)이 그 사무소를 떠나게 된 힐의 경위 설명을 뒷받침해 줌으로써 힐이 위증을 하도록 사주했다는 주장을 펼쳤다.

마크 및 리와 함께 일을 하면 할수록 나는 더욱더 토머스의 단단한 핵심 그룹 속으로 끌려들어갔다. 그들은 신뢰할 만한 그룹이 아니었다. 토머스 충성분자들은 자신들만의 보이지 않는 채널을 만들어놓고 그의 대법관 인준 청문회 기간 내내 비밀 전략회의를 열었다는 사실을 나는 알고 있다. 법무부 장관 리처드 손버그는 토머스의 대법관 지명에 대해 우려를 나타냈기 때문에 그 그룹에 들어가지 못했다는 이야기를 들었다. 레이건의 참모장으로 백악관 추천을 통해 대법관 지명 전략을 조정하기 위해 그룹에 들어간 케네스 듀버스타인은 신임받지 못한 온건파 공화당원이었다. 빌 크리스톨은 언론에 너무 많은 이야기를 하는 바람에 논란 끝에 아깝게 제외됐다. 토머스의 상원 내 후원자였던 존 댄포스 상원의원마저 의심을 받았다. 실버먼 부부 역시 힐의 주장이 공개된 뒤, 마크의 말에 따르면 그들이 토머스에게 "무모한 조언"을 했다는 이유로 한 걸음 비켜나 있었다. 나는 그 조언이 어떤 것이었는지 모르지만, 어쨌든 마크는 내가 대리부모인 실버먼 부부 얘기를 할 때마다 얼굴을 찌푸렸다. 그 때문에 실버먼 부부는 리 리버먼과 공화당 변호사 빌 오티스의 결혼식을, 래리의 말대로 "보이콧"했는지도 모른다.

핵심 그룹에는 백악관의 보이든 그레이와 마크, 그리고 리 외에 세 명의 법무부 관리가 들어가 있었다. 대법관 지명 문제를 담당한 최고위 법무부 관리인 마이클 러티그, 그의 보좌관 팀 플래니건, 그리고 법무부 부장관인 존 맥케이가 그들이다. 토머스 청문회 기간에 러티그는 항소심 법관에 지명되고 인준을 받았지만, 여전히 토머스의 고문으로 왕성하게 활동했다. 그의 법무부 내 자리는 플래니건이 대신 맡았다. 이 강고한 집단을 뚫고 들어가기가 어려웠으나, 나는 또 다른 증인인 안젤라 라이트 문제에 착수하면서 그 일을 해냈다. 토머스 밑에서 일한 적이 있는 라이트는 공개 청문회에서 증언하기를 거부했지만, 상원 비공개 증언에서 토머스가 자신에게 데이트를 강요하고 험한 말을 했다고 비난했다. 토머스 충성분자들은 라이트에 대한 공격을 아마 내 책의 가장 중요한 부분으로 간주했을 것이다. 왜냐하면 싸움을 벌이던 두 당사자는 모두 라이트가 증언을 할 경우, 토머스의 대법관 지명은 물거품이 될 것이라고 생각했기 때문이다. 라이트가 왜 증언대에 서지 않았는지는 미스터리로 남았다. 청문회 기간에 여성들이 토머스에 관해 알고 있던 사실을 발설하지 못하게 협박하거나 그들에 대한 평판에 먹물을 끼얹는 토머스 충성분자들의 캠페인은 내 책을 통해 계속 이어졌다.

라이트의 이름이 떠올랐을 때 연방수사국이 그녀가 증언할 가능성이 있다고 보고 뒷배경을 조사했으며, 그 조사 보고서에 라이트의 신뢰성을 무너뜨릴 수 있는 정보가 담겨 있었다는 얘기를 마크 파올레타와 리 리버먼으로부터 들었다. 그 보고서를 공개하는 것은 범죄 행위에 해당하겠지만, 마크는 그것을 입수할 수 있는 방안을 찾기 위해 나를 연방수사국 연락관이었던 법무부의 존 맥케이에게 보냈다. 리는 내가 팀 플래니건에게 전화하고 찾아가서 그 보고서를 빼낼 방법을 논의해보도록 조처했다. 맥케이와 플래니건 모두 호의적이었다. 이런 과정을 거친 뒤, 마크는 나에게 상원의원 스트롬 서몬드의 보좌관 듀크 쇼트에게 전화를 걸도록 했다. 쇼트는 청문회 기간에 분명히 라이트 보고서를 볼 수 있었다. 마크는 또 서몬드의 책임고문으로 라이트의 상원 증언 때 반대신문을 벌였던 테리 우튼에게도 전화를 걸게 했다. 우튼은 의회 사무실에서 나를 만나겠다고 말했다. 사무실에 도착하자, 쇼트가 나를 맞이했다. 그는 우튼이 기다리고 있는, 용도를 알 수 없는 작은 사무실로 나를 안내한 뒤 사라졌다. 우튼은 문을 닫고 자리에 앉은 뒤 나와 한 시간 가량 안젤라 라이트 문제에 관해 논의했다. 우튼 앞에 놓인 책상 위에는 그가 연방수사국 라이트 보고서에서 복사한 몇 쪽의 문서 사본이 있었다. 나는 그 문서를 집으면서 전율을 느꼈다. 그의 동의 아래 나는 문서들을 집으로 갖고 와 작업을 시작했다. 우튼이 내게 넘겨준 증인 면담 자료에는 연방

수사국에 라이트에 관한 험담을 늘어놓았던 라이트의 전 고용주와 동료들 인터뷰가 들어 있었다. 나는 그 보고서의 여러 항목을 내 책에 재수록했다. 거기에는 라이트를 "복수심에 가득 차고 분노한, 그리고 설익은" 사람으로 묘사한 인터뷰와, "남자를 성적으로 도발하게 해놓고는 남자들이 자신을 덮쳤다고 떠벌이는", "꼬리치는 타입의 인간"이라는 딱지를 붙인 내용도 들어 있었다. 거르지 않고 검증되지도 않은 정보를 담은 FBI 보고서는 내가 이미 힐에게 자행했던 일을 라이트에게도 저지를 수 있게 해주었다(우튼은 그 보고서를 내게 주었다는 사실을 공개적으로 부인했다).

공화당 고위 관리들이 그 비밀 보고서를 흘린 것은 매우 이례적인 일로, 민주당원들이 저질렀다고 비난해온 비행을 공화당원 자신들이 저지른 사례의 하나이기도 했다. 청문회 때 우익은 토머스에 적의를 가진 누군가가 힐의 비공개 고발 내용을 언론에 흘리는 바람에 힐이 공개 증언을 하도록 만들었다며 격렬하게 비난했다. 나는 책의 한 장에서는 흘러나온 그 고발 내용을 공표했고, 또 다른 장에서는 그것을 흘린 민주당원을 밝혀내 사태 전체에 대한 책임을 지게 하고 우익으로부터 사악한 인간으로 영원히 모욕당하도록 할 작정이었다. 나는 그 악당을 찾아내기 위해 무척 애를 썼다. 그는 다름아닌 일리노이주 민주당 연방 상원의원 폴 사이먼이었다. 나는 사이먼이 불법적으로 힐의 상원 법사위원회 비공개 증언 내용을 언론에 흘렸다고 비난했지만, 그런 결론을 뒷받침할 어떠한 근거도 갖고 있지 않았다. 나는 단지 문서들을 읽고 그렇게 추론했을 뿐이다. 만일 사실이라면 마땅히 윤리위원회를 소집해 조사해야 했지만, 상원의원의 비리를 고발할 만한 증거 같은 것은 전혀 없었다. 1999년에 출판된 자서전에서 사이먼은 내가 그에 대해 썼던 내용들 중 많은 부분을 거론했는데, 워싱턴 순회재판소 법관이었던 패트리셔 월드를 만난 일에 대해서도 썼다. 월드는 자유주의자로, 나는 그가 사이번과 "가까운" 시이머 토머스 거부 캠페인의 공모자라고 비난했다. 내 책이 나간 뒤, 월드는 사이먼이 주관하는 소위원회 가운데 하나에 출석해서 증언하게 됐다. 월드는 증언을 시작하기 전 사이먼에게 다가가 말했다. "우리가 지금 '가까이' 있으니 인사라도 드려야겠습니다." 그 두 사람은 한 번도 만난 적이 없었던 것이다. 사이먼은 그 책에서 내가 "아직 사리 분별력은 부족하지만 더 큰 잠재력이 있는 젊은이"라고 결론지을 만큼 관대한 사람이었다.

이처럼 동료 판사인 패트리셔 월드에 관한 잘못된 정보를 내게 준 사람은 다름아닌 실버먼 판사였다. 그는 월드를 아주 싫어했다. 어느 날 저녁 '불법 정보 유출로 얼룩진 심판'이라는 제목이 붙은 장을 조지타운에 있는 실버먼의 집 우편함에 예기치 않은 선물 꾸러미처럼 밀어넣고 온 바로 뒤, 우들리 파크에 있던 집 전화기 벨이 울렸다. 리키와 래리 부부는 래리의 법관 인준 청문회 때 꼬치꼬치 물고늘어졌던 사이먼을 얽어넣은 그 글을 보고 그야말로 즐거운 비명을 질렀다. 그들은 서로 수화기를 바꿔가며 목이 터져라 내 '천재성'에 놀라움을 나타냈다. "당신이 그를 해치웠어. 못을 박은 거야. 그를 엿먹였어. 죽여버렸어." 그들은 노래를 불렀다. 그날 저녁 실버먼 부부를 들뜨게 만든 그 광적인 행복감을 일반인들로서는 상상할 수 없겠지만, 나는 신분이 올라가면서 점차 그것을(다른 사람들, 그리고 결국 나 자신 속에서) 경험하게 됐다(비슷한 예로, 리키 실버먼은 앙심을 품고 있던 페미니스트 법률 공동체인 여성법률보호기금의 주디스 리크트먼에 대한 검증되지 않은 증언 자료를 내게 넘겨주었다. 그러나 그 내용은 사실이 아니었다).

결국 나는 『애니타 힐의 진실』에서 내가 무슨 일을 저질렀는지 정확히 깨닫게 됐다. 경구는 진실에 근거를 두고 있다. 그런 경구들 가운데 가장 오래된 것 중 하나는, 작가들은 자신이 알고 있고, 보고, 그리고 직접 경험한 것에 대해서 쓸 때 비로소 좋은 글을 쓸 수 있다는 것이다. 내가 토머스-힐 청문회와 관련해 지어낸 음모론은 진실일 수가 없었다. 왜냐하면 나는 자유주의 음모가들의 짓이라고 주장한 그 어떤 것도 직접 확인한 적이 없었기 때문이다. 실버먼과 월드 사건의 경우만 하더라도 전부 그들 보수파 대결주의자들의 시각을 통해 걸러진 것이었으며, 나는 그들 모두를 믿어 의심치 않았다. 따라서 그 책에서 다룬 내용은 잘못되고 틀린 것일 뿐만 아니라, 진실과 거의 정면으로 배치되는 것이었다.

나는 상원의원 하워드 메첸봄의 보좌관 제임스 브루드니를 "명백히 이데올로기와 권력을 향한 복합적인 욕망에 사로잡힌" 사람이라며 "정치와 그밖의 분야의 대다수 도구주의자들처럼 브루드니는 욕망을 채우기 위해 윤리적인 면을 도외시한 채 마구 질주하고 인간 관계를 더럽힌 것으로 유명하다"고 주장했다. 그러나 그런 주장은 내가 잘 알고 있던 공화당 활동가들에게나 적용할 수 있는 것이지, 내가 전혀 알지도 못했던 브루드니에게 적용할 수는 없었다. 나는 니나 토텐버그에 대해서는 "게릴라 전술"을 동원하고 있다면서 그녀가 "이야기를 꾸며내기 위해 자기 직업의 윤리적 기준을 왜곡하고 있다"고 썼다. 그러나 실제로 그렇게 한 것은 나였지, 내가 한 번도 만난 적이 없는 존경받는 전문가 토텐버그가 아니었다. 그리고 공화당 적대자들로부터 '메츠'라는 별명의 비열한 상원의원으로 지목당한 사람은 누구였던가? 그것은 보이든 그레이의 '공격 기계'에 줄을 대고 있던 공화당 관리들 누구에게도 적용될 수 있지만, 그를 아는 사람이면 누구나 그가 그런 사람이 아니라는 것을 알아챌 수 있는 하워드 메첸봄은 아니었다. 나는 진정한 보도와 합법적인 조사를 한 것이 아니라 내가 우익 활동과 관련해 알고, 보고, 배웠던 것들을 무의식적으로 자유주의자들에게 투사했던 것이다.

어윈 글라이크스는 위대한 장군이 됐을지도 모르는 인물이다. 책이 출판되기 일주일 전에 출판 뒤에 나올 비평을 생각히며 신경이 날카로워진 글라이크스는 조지 윌에게 책을 전달하기 위해 워싱턴으로 직접 날아감으로써 선제 공격을 시작했다. 글라이크스는 기성 미디어 문화계에서 저명 인사가 된 우익 논평가 윌이 누구도 우익 잡지 나부랭이라고 생각지 않는 〈뉴스위크〉 내의 자기 지위를 활용해 책을 띄워주기를 기대했다. 미끼를 문 윌은 "브록은 힐이 자신의 경력과 토머스와의 관계에 대해 거짓말을 했음을 보여주는 방대한 증거들을 수집했다"고 썼다. 그 다음에는 〈월스트리트 저널〉이 책 내용을 발췌한 긴 글로 사설면 거의 전부를 채웠다. 글라이크스가 책을 출판하는 것은 〈스펙테이터〉가 출판하는 것보다 훨씬 더 큰 무게를 지니고 있었다. 그가 출판함으로써 보수주의자들이 공개적으로 내 책을 받아들였던 것이다.

보수주의자들만이 아니었다. 그 책 비평을 〈뉴욕 타임스〉의 원로 비평가 크리스토퍼 레만하우프트가 맡는다는 얘기를 듣고 나는 레만하우프트가 비록 보수주의자는 아니지만 앨런 블룸의 『아메리카 정신의 종언(*Closing of the American Mind*)』 서평을 열심히 써서 그 책을 띄워올렸다는 사실을 떠올렸다. 나는 〈뉴욕 타임스〉 야간 데스크 일을 보는 사람을 친구로 둔 사람을 친구로 사귀고 있었는데, 그가 신문이 인쇄돼 나오기 하루 전날 밤 컴퓨터 시스템을 가동할 시간이 되면 앨런이 쓴 비평 기사를 팩스로 집에 있는 나에게 미리 보내주기로 약속했다. 팩스로 기사가 왔을 때, 나는 토머스의 친한 친구인 워싱턴 변호사 리처드 리언과 그의 아내 크리스틴 두 사람과 전화 통화를 하고 있었다. 나는 내 눈을 의심했다. 이건 설마 어떤 못된 장난이겠지? 비평은 내 책에 대해 "잘 씌어진, 심사숙고한, 그리고 강력한 논리의……그 사건에 조금이라도 관심이 있는 사람이라면 누구라도 읽어봐야 할……" 책이라고 쓰고 있었다. 리언 부부와 전화를 끊고 집에 있던 애덤에게 전화를 걸 때, 눈물이 앞을 가렸다. "우리가 이겼다!"고 나는 외쳤다.

그 순간 나는 온몸이 떨려왔다. 〈뉴욕 타임스〉 비평은 거대하고 엄청난 승리였다. '승리'라는 말을 서평에 쓰는 것을 이상하게 생각할지 모르겠지만, 그것은 보수주의 동료들과 내가 실제로 생각하고 있던 바를 그대로 보여주는 단어였다. 「애니타 힐의 진실」은 우리에겐 단순한 책 이상이었다. 그것은 진행 중인 좌파와의 전쟁에서 사용할 또 하나의 장전된 무기였다. 자유주의 기득권 세력의 심장부를 치고 여론의 환호를 받아내는 데 그것보다 더 좋은 무기가 없었다. 그런 서평들로 인해 수천 권의 주문이 들어오면서 책은 한순간에 베스트셀러가 돼 10주 이상 그 지위를 유지했다.

왜 주류 비평가들 다수가 같은 입장을 취했을까? 우선 들 수 있는 이유 한 가지는, 복잡한 사실 확인 전쟁(상대를 겨냥한 양쪽의 수많은 주장들이 서로 논쟁을 불러일으키고 반박하거나 교묘하게 둘러대는)이 특히 나의 분석적인 성향에 잘 맞았다는 점이다. 나는 들쭉날쭉한 사건의 복잡한 내용을 누구보다도 잘 알고 있었다. 나는 밤낮을 가리지 않고 몇 개월 동안 내 답답한 우들리 파크의 침실에 들어앉아 그것들을 어떻게 하면 비틀고 뒤집어서 우리 쪽에 유리하게 만들 것인지를 끈질기게 궁리했다. 공화당원들이 텔레비전에서 했던 것처럼, 나는 글을 통해 내가 힐의 허위 증언 사실을 포착한 양 아주 그럴듯한 모양을 그려냈다. 내 주장은 논리적으로 탄탄했으며, 그것을 연구하거나 직접 그 사건을 보도해 보지 않은 사람들에게 쓸모 있는 증거들을 제공해주는 것처럼 비쳤다. 이 마지막 관점에서 비평가들은 기자로서의 내 신뢰성을 대단히 높이 평가해주었지만, 불행하게도 나는 그들을 실망시켰다.

만일 비평가들 일부가 의심을 유보해주었다면, 다수 비평가들이 그런 일탈을 하게 된 그럴듯한 이유로 설명할 수 있는 것은 그들(보수주의자들에게만 국

「애니타 힐의 진실」은 〈로스앤젤레스 타임스〉 선정 '좋은 책' 수상작 최종 경선에까지 올라갔다. 애덤 벨로에 따르면, 그것은 캘리포니아의 우익 싱크탱크 클레어몬트 연구소의 한 연구원이 벌인 캠페인 덕분이었다. 그는 수상작 추천위원회 위원이었다.

한되지 않는다)의 도덕 감각, 즉 입증되지 않은 성추행 주장을 갑자기 밝히는 것은 정당하지 못하며, 정치체제에 해를 끼칠 것이라는 생각 때문일지도 모른다. 또한 거기에는 토머스-힐 사이코 드라마의 라쇼몬과 같은 비일상성이 있었다. 근본적으로 이런 사건에서는 어느 쪽으로도 치우치지 않는 불편부당한 비평가란 존재하지 않는다. 모든 사람의 판단은 그들이 문화 전쟁의 어느 편에 서 있는지와 자기 삶의 체험, 다른 말로 하자면 그들이 어떤 이유에서건, 의식적이든 무의식적이든, 내가 쓴 글을 믿는 경향이 있느냐 없느냐에 따라 주관적인 영향을 받는다. 그 사건이 성문제를 둘러싼 전쟁을 촉발시켰다는 점에서, 내게 우호적인 비평가들이 대부분 남자들이었다는 사실을 지적해두는 것도 의미가 있을 것이다.

　책이 비평과 상업적인 면에서 모두 성공(우익에게는 문화 전쟁을 위한 중요한 교두보)함에 따라 나는 반격이 시작되는 것은 시간 문제일 뿐이라고 생각했다. 청문회에 관한 책을 쓰고 있던 〈월스트리트 저널〉 기자 질 에이브럼슨과 제인 메이어가 내 뒤를 이어 〈뉴요커〉에 '애니타 힐의 초현실'이라는 제목의 기사를 실었다. 그들은 다른 비평가들이 "기본적으로 사실을 무비판적으로 수용함으로써……역사에 몹쓸 짓을 하려 하고 있기" 때문에 그 문제를 조사하고 있다고 썼다. 그들은 보수주의 출판계 내의 내 뒷배경을 지적하면서 "(그는) 중립적이지 않으면서 중립을 가장하고 있다"고 공격했다. 그리고 내 책에 대해 통렬한 비평을 가했다. 그들은 내 주장을 전혀 인정하지 않았으며, 몇 가지 오류를 폭로했다. 프리 프레스는 그 가운데 내 주장을 밀고 나갈 수 없었던 한 가지 사실에 대해서는 정정문을 발표해야 했다. 나는 페미니스트 학자 캐서린 매키넌이 힐의 법률팀에 자문을 해주었다고 주장했지만, 그녀는 그런 적이 없었다.

　그 두 명의 뛰어난 탐구파 기자들이 쓴 〈뉴요커〉 비평으로 무장한 몰리

아이빈스는 '24달러 95센트를 아껴라'는 제목의 칼럼을 발표했다. 일부 독립적인 맨해튼의 서점들이 내 책의 진열대 옆에 그것을 붙여놓기도 했다. "이 책이 편향적이지 않다고 하는 것은, 리처드 닉슨이 거짓말을 한마디도 하지 않았다고 하는 것과 같다"고 몰리는 썼다. 〈뉴욕 타임스〉의 칼럼니스트 애너 퀸들런은 나의 "압도적으로 일방적인 보고"를 비난하면서 내 조사 활동을 지원한 보수주의 재단들(올린 재단과 브래들리 재단)로부터 내가 1만 1천 달러를 받았다고 지적했다. "그 책은 이데올로기 선전은 물론 그를 위해 재정 지원까지 받았다." 데어드 잉글리시는 내 책의 "수준이 너무 낮아서 제대로 된 출판사라면 손도 대지 않을 속임수이자 스캔들"이라고 결론지었다. 앨런 굿먼은 내 책이 "부제가 표방하고 있듯이 '드러나지 않은 이야기'가 아니라 '사실이 아닌 이야기'"라고 평했다. 맨해튼의 한 서적상은 『애니타 힐의 진실』을 (히틀러의) 『나의 투쟁』에 비유했다.

어느 날 아침 〈뉴욕 타임스〉를 펼치자, '각주로 위장한 천박함'이라는 제목이 또렷이 달린 앤서니 루이스의 칼럼이 눈에 들어왔다. 루이스는 "터무니없고 사악한 것들을 긁어모은 잡동사니", "중상모략 정치의 모델"이라고 격렬하게 비난했다. 문제의 '천박함'이란 힐이 메첸봄의 보좌관 제임스 브루드니와 성관계를 가졌을 것이라는 교활하고 근거 없는 암시를 했다는 부분을 겨냥한 것이었다. 그 내용을 담은 각주는 워싱턴의 아프리카계 미국인 사회에서 발행되는 한 이름 없는 토머스 지지 신문이 근거도 밝히지 않은 채 힐과 브루드니가 예일 대학 룸메이트였다고 주장한 기사를 인용한 것이었다. 루이스는 내가 단 각주를 인용했다. "(그 두사람이 성관계를 가졌다는) 결론을 뒷받침할 만한 증거는 없지만, 음모 이론가들은 이 밀접한 연계 고리들이 우연의 일치라고 보기는 어렵다는 결론을 내리고 싶어질 것이다."

그 글을 읽으면서 속이 뜨끔했다. 왠지 어지럽고 당혹스러웠다. 침대 위에서 새우처럼 웅크린 채 눈을 감았다. 몇 분 동안 내가 한 짓, "각주로 위장한 천박함"에 대해 의문이 들기 시작했다. 마음이 좀 진정되자, 맨해튼 자택에 있던 글라이크스에게 전화를 걸어 몸이 좋지 않아서 그날 아침에 예정돼 있던 책 판촉 활동을 취소하고 싶다고 말했다. 그는 마치 아이를 달래듯이 말하더니 예언자처럼 기고만장하게 "당신은 6위에서 2위로 올라갈 것"이라고 얘기했다(러쉬 림보의 『사필귀정(*The Way Things Ought to Be*)』이 1위를 차지하고 있었다). "공격당하는 것, 그것은 이런 일엔 으레 그런 거요. 그들은 당신을 무시하려 들지만 그렇게는 할 수 없지. 반격의 강도는 당신이 그들에게 입힌 타격에 비례해. '사실' 좋아하네. 당신은 전과를 올렸어."

글라이크스의 원기왕성한 말에 고무된 나는 제대로 된 비평의 가치를 무시했다. 좌파가 날리는 돌과 화살을 명예로운 훈장으로 생각하라며 그는 내게 또다시 골리앗에 대적하는 다윗처럼 싸우라고 간청했다. 글라이크스는 악평이 상업적으로 유용하다는 사실을 알고 있었기 때문에 〈뉴욕 타임스〉에 실린 전면 비난 광고들을 발췌해서 '읽어보라. 그리고 나서 결정하라'는 제목을 달아 다시 찍어냈다. 글라이크스는 "포탄"을 가지고 있다고 내 대리인들인 린과 글렌은 자랑스럽게 떠들었다. 한편 글라이크스는 수십 명의 보수주의 여론 선도자들이 뉴스에 뒤떨어지지 않도록 '애니타 힐 최신판'을 그들에게 배포하고 내가 〈스펙테이터〉에 발표했던 〈뉴요커〉 비평에 대한 간교한 반박글 복사본도 제공하면서 탄탄하게 짜여진 정치 공작의 지원을 받아야만 성공할 수 있는 일종의 기습 작전을 감행했다. 그것은 더 많은 보수주의자들 (윌리엄 버클리, 토머스 소웰, 칼 토머스, 모나 카렌, 그리고 〈뉴욕포스트〉와 〈워싱턴 타임스〉의 사설면들)이 나를 옹호하도록 고무시켰다.

논란이 벌어지던 기간에 오직 한 차례 글라이크스는 속이 뒤집혀 냉정을 잃고 흥분한 적이 있었다. 다름아닌 〈내셔널 리뷰〉가 예기치 않게 내 책을 헐뜯었을 때였다. 금요일 오후, 자신의 시골집으로 차를 몰고 가면서 글라이크스는 핸드폰으로 내게 전화를 걸어 씩씩거리며 말했다. "이 개 같은 자식을 우리 친구로 둘 필요가 있을까?" 〈내셔널 리뷰〉로서는 내가 보수주의에 도입한 저널리즘 방식이 믿을 수 없고 마음에 들지 않았을 터이니 당연히 저항했겠지만, 글라이크스와 나는 그것이 동업자에 대한 질투라고 결론지었다. 결국 처음 시도에서 주목할 만한 베스트셀러 작가가 된 나는 자만에 빠진 나머지 보수주의 출판계에서 30대 동년배들을 따돌렸을 뿐 아니라 대다수 연장자들(크리스톨, 포드호리츠, 타이럴 일파)이 꿈도 꾸지 못한 위업을 달성했다고 생각했다.

비록 가족들로부터는 헌사도 인사말도 없었지만 워싱턴의 보수주의 세력 내에서 나는 하룻밤 사이에 영웅이 됐다. 책에 대한 우익들의 찬사는 좌파들의 공격으로부터 받은 심리적 압박감을 누그러뜨려 주었지만, 나는 그 찬사를 내 개인에 대한 칭찬으로 받아들였다. 전에 경험해보지 못한 그런 찬사 덕택에 나는 자기회의나 자기혐오로부터 벗어났다. 아니면 벗어났다고 생각했다. 갑자기 스타가 되고 총아가 되자, 나는 그들의 정치적 동지로 받아들여졌다고 생각했다. 보수주의 변호사로 나중에 텔레비전 평론가이자 작가로 출세한 친구 앤 쿨터는 보수주의자들이 자리를 꽉 메운 방안으로 걸어들어가는 내 모습이 마치 록 스타 믹 재거가 당도했을 때 벌어지는 광경을 방불케 했다고 말해주었다. 앤은 농담으로 한 얘기였지만, 나는 그것을 곧이곧대로 받아들였다.

내 사교 범위는 다른 젊은 작가들, 편집자들, 그리고 의회 내의 제3세대 샌님들 수준을 훨씬 넘어서게 됐다. 서른 살도 채 되지 않았음에도 나는 이제 워싱턴 보수주의 엘리트 세계의 중견 멤버가 됐고, 공화당 의원들과 고위 법관들, 유명 칼럼니스트들이 모여 전략을 주무르고 내밀한 얘기들을 주고

받는 고급 만찬회의 인기있는 초청 인사가 됐다. 멘켄이 정기적으로 주관하던 만찬회에서 이름을 딴 '새터데이 이브닝 클럽'으로 불린 보브 타이럴의 월례 간담회도 그 가운데 하나였다. 자유기고가로 거의 관심을 끌지 못한 그저 그런 기사들을 〈스펙테이터〉에 기고한 4년 동안 한 번도 부르지 않았던 보브도 결국 나를 그 만찬회에 초대했다.

캐피틀 힐에 있는 최고급 프랑스 식당 라 브라서리 안가의 길쭉한 장방형 탁자를 가운데 두고 열린 새터데이 이브닝 클럽에서 나는 로버트 노벅, 프레드 반스, 빌 크리스톨, 랠리 웨이머스, 브리트 흄, 아리애너 허핑턴, 그리고 특정한 날을 정해 초대한 부시 행정부 각료들에서부터 공화당 의회 지도자들, 대법원 법관들에 이르기까지 다양한 그들의 만찬 게스트들과 어울렸다. 만찬이 시작되면 우리는 돌아가면서 각자 이름과 소속을 밝혔다. 헨리 키신저 전 국무부 장관이 게스트로 초대된 어느 날 저녁, 내가 이름을 밝히자 키신저는 잠시 멈칫하더니 뿔테 안경 너머로 긴 테이블 쪽을 응시하더니 특유의 귀에 거슬리는 목소리로 "아, 자네가 데이비드 브룩인가. 자네 책을 읽었네"라고 웅얼거리듯이 말했다. 나는 감명을 받았다. 보브(로버트) 노벅도 그랬던 모양이다. 노벅은 놀란 표정으로 내게 속삭였다. "키신저가 당신이 누군지 알고 있어."

벨트웨이 바깥 대학들을 돈 내 순회 강연에는 입추의 여지가 없을 정도로 많은 관중들이 몰려들었다. 앤토닌 스켈리어, 케네스 스타, 에드윈 미즈 등 저명한 보수주의자들도 강연에 동참했는데, 그들의 강연 비용은 연방주의자협회가 댔다. 조지타운의 리키 실버먼 집에서 그가 만든 렌즈콩 수프를 먹으면서 나는 그와 함께 토머스의 대법관 지명에 관한 연설문을 갈고 다듬었다. 묘하게도 리키는 한때 보브 패크우드의 연설문 작성자로 일한 적이 있었다. 리키는 연설이 〈스펙테이터〉처럼 저속하지 않고 높은 격조를 유지하기를 원했다. 다트머스에 갔을 때 〈내셔널 리뷰〉의 편집자이자 교수인 제 프리 하트는 나를 소개하면서 채퍼퀴딕 사건(에드워드 케네디의 대통령 후보 출마를 포기하게 만든 여비서 사망 사건—옮긴이)에 관해 입에 담기 힘든 거친 말 을 함으로써 리키의 노력을 수포로 돌아가게 만들었다. 예일 대학에서는 야 유를 퍼붓는 수백 명의 좌파 항의 시위자들로부터 나를 보호하기 위한 특별 안전 조처가 취해졌다. 그것은 옛 버클리 시절로 되돌아간 듯한 착각을 불 러일으켰다.

엠버시 로 리츠칼튼 호텔에서 열린 책 판촉 행사는 그해 보수주의계의 주요 사회적 이벤트 가운데 하나였다. 그러나 그때 적어도 내게 더 중요하게 생각된 것은 쏟아지는 애정과 우정이었다. 온갖 사람들이 다 찾아왔다. 댄포 스 상원의원, 데이비드 센텔리, 래리 실버먼 법관, 보크 판사와 그의 아내, 크리스톨 일가, 아노드 데 보슈그레이브, 보이든 그레이, 찰스 코로서머, 브 리트 흄, 매드 독 설리번, 그리고 누구보다 뜻깊게 여겨졌던 기니 토머스의 예상치 못했던 출현. 기니는 눈물을 흘리며 나를 껴안았다. 그 행사에 참석 하기 위해 캘리포니아에서 날아온 앤드류는 나를 잠시 불러내더니 말했다. "이런, 데이비드, 저들이 진짜 너를 사랑하고 있어."

나는 내가 원하던 모든 것(보수주의 운동 내에서 우호적이고 탄탄한 지위, 독 자적인 작가로서의 명성과 성공, 급진적 우익 주인공으로서의 역할과 정체성, 내가 원한 적이 없었지만 앞으로 내게 큰 도움이 된 것, 즉 일부 주류 언론 매체들로부터 내 일을 인정받은 것 등)을 얻었다. 앤서니 루이스의 글을 읽었을 때 느꼈던 양 심의 가책은 깨끗하게 사라졌다. 믹 재거는 다음 행동을 위한 준비 작업에 몰두했다.

6

성 전

팻 뷰캐넌이 1987년 보수적인 잡지 〈코멘터리〉에 실었던 회고록을 비평하면서 나는 반이민주의와 편협한 사회적 불관용을 부채질하려는 분파적 우익의 '성전(holy war)'이 공화당을 좀먹게 될 것이라고 경고했다. 보수주의 내부의 불화와 좌절, 그리고 실망, 불경기가 이어진 4년간의 부시 대통령 집권 기간이 끝난 뒤인 1992년, 여성과 마이너리티(사회적 약자와 소수 세력)가 얻어낸 성과에 대한 반발, '성난 백인 남성'의 해로 알려진 종교적 복고주의의 부활로 대표되는 성전이 일어났다. 조직과 순전한 수의 힘으로 종교적 우파 세력이 보수주의 운동을 장악하면서, 보수주의 운동은 공화당 정책을 좌지우지하게 됐다. 공산주의권 붕괴 이후의 요괴를 찾아 헤매던 공화당원들은 공식적으로 우익 근본주의를 자기 편으로 끌어들였다. 공화당은 정적들을 자신들의 사생활을 조사하려는 부도덕하고 반미국적인 존재로 낙인찍었으며, 사실상 반게이 프로그램에 착수했다. 나는 방황했다.

공화당 성전의 뿌리는 인종주의에 호소한 리처드 닉슨의 '남부 전략', 1970년대의 낙태 권리 및 평등권에 관한 수정법 반대 운동, 폴 웨이리치와 1979년에 미국을 '기독교 국가'로 선포한 제리 폴웰 목사의 정치 조직 작업, 그리고 1980년 로널드 레이건의 대통령 당선에서 찾을 수 있다. 그러나 공화당 정치의 물줄기가 바뀐 데는 그 누구보다도 **팻 로버트슨** 목사의 영향이 컸다. 1988년 대통령선거 후보 지명전에서 패한 로버트슨은 자신이 주창한 "도덕 재무장을 통한 미국의 위대성 회복"을 위해 자신의 지지자들을 모아 기독교연합을 결성했다. 레이건 행정부 시절 낙태 금지와 공립학교 기도 행사 공식화를 위해 의회 다수파를 확보하는 데 실패함으로써 지금은 해체되고 만 폴웰의 조직과 달리, 로버트슨의 신생 그룹은 거대 조직으로 자라나 폴 웨이리치가 10여 년 전에 발견했던 가능성을 현실화하면서 '크리스천'이라는 말을 우익 정치라는 말의 동의어로 만들었다.

기독교 근본주의 세력은 낙태와 게이 권리 반대를 '전통적 가치' 회복 운동의 핵심 요소로 삼아 세를 불림으로써 1992년에 10개 이상의 주 공화당을 장악하고, 교과과정에서부터 콘돔 사용 문제에 이르기까지 모든 것을 결정하는 지역 교육위원회 수백 개를 지배했다. 그들은 종종 복음주의 교회의 본령을 무시하고 어느 후보자가 '크리스천'의 입장을 지지하느냐 지지하지 않느냐에 따라 표를 찍게 하는 잘못된 유권자 투표 지침으로 무장하고 있었다. 기독교연합은 메인주와 콜로라도주, 오리건주(오리건주는 투표를

팻 로버트슨
미국 기독교계에서 우익을 대표하는 인물. 기독교방송 네트워크를 창설한 팻 목사는 9·11 테러도 미국이 너무 세속적이어서 하느님으로부터 벌을 받은 것이라고 주장한다. 직접 대선 후보로도 나섰던 복수 국적의 비즈니스맨이자 종교 방송인으로, 기독교도 유권자들의 표를 끌어모아 부시가 대통령에 당선되는 데 큰 도움을 줬다. 유명한 기독교 방송 프로인 '700 클럽'을 진행하고 있다.

통해 동성애를 "비정상적이고 사악한" 것으로 규정했다)에서 게이 반대 운동에 자금을 지원했으며, 아이오와주에서는 여성을 위한 평등권 수정법에 대항해서 싸웠다. 로버트슨에 따르면 평등권 수정법은 "여성이 남편을 버리고, 자신의 아이들을 죽이고, 마술을 부리고, 자본주의를 파괴하며, 레즈비언이 되게 만드는…… 페미니스트 주장"이었다.

로버트슨은 재능 있는 젊은 보수주의자요 헌신적인 기독교인인 랠프 리드를 고용해 자신의 전국 사무실을 관리하게 했다. 리드는 1984년 레이건의 대통령 재선 운동 기간에 전국 대학 공화당원 사무국장을 지냈고, 깅그리치의 수하인 그로버 노퀴스트를 위해 활동했으며, 에모리 대학에서 미국 역사 박사학위를 받았다. 리드는 나중에 기독교연합의 이미지를 부드럽게 만들 필요가 있다는 사실을 깨달았지만(실제로 그렇게 만드는 데 성공했다), 코트와 넥타이 차림에 호리호리한 몸매의 아기 같은 얼굴을 한 유약한 인상인 데 반해 그는 종종 거친 말을 하는 정치 컨설턴트들이 쓰는 전쟁 용어들을 즐겨 사용했다. 그는 애덤 벨로의 편집으로 프리 프레스에서 출판한 자서전 『적극적인 신념(Active Faith)』에 다음과 같이 썼다. "우리는 혁명가들은 아니지만, 좌파의 주장에 대항하고 그들이 자신들의 가치를 우리 가정과 교회, 그리고 가족들에게 강요하지 못하도록 지키는 반혁명가들이다." 깅그리치의 혁명가들과 마찬가지로, 리드는 자신이 경멸한 1960년대 급진주의자들의 전술을 높이 평가했다. "톰 헤이든과 좌파 민주사회를 위한 학생연합(SDS)이 1960년대와 1970년대 초 젊은 유권자들을 강력한 정치 세력으로 탈바꿈시킴으로써 미국 정치를 바꾸었듯이", "우리는 신좌파의 반대편에 설 헌신적인 보수주의자들을 양성하고자 한다." 그러면서 로버트슨은 그룹의 활동가들이 "귀신도 모르게" 정치 활동을 수행해낸다고 호언장담했다. 악명 높은 그의 말 중에는 "나는 얼굴에 칠을 하고 밤에 떠난다. 당신은 시신을 넣는 자루에 자신이 담기고 나서야 작전이 끝났다는 것을 알게 될 것이다. 당신은 투표일 밤에야 무슨 일이 벌어졌는지 알게 될 것이다"라고 한 것도 있다.

강력한 대중 조직을 자랑하던 기독교 근본주의 세력은 그에 걸맞게 1992년 휴스턴에서 열린 공화당 대회에서 대의원의 42%를 차지하는 주요 세력이 됐다. 그해에 "가족의 가치를 옹호하는 기독교인들"을 공직자로 선출하기 위한 1300만 달러 모금 운동 계획을 발표한 로버트슨은 자신의 목표가 1996년까지 공화당의 "운영을 장악"하는 것이라고 선언했다. 그에게는 휴스턴 대회 연사들 중 한 자리를 차지하는 영예가 주어졌다. 로버트슨은 그 자리에서 "미국이 본래의 기독교 뿌리로 돌아가지 않는 한……계속 남색을 합법화하고, 죄없는 아기들을 죽이고, 아이들의 정신을 파괴하며, 자원을 낭비하고. 결국 망각 속으로 사라질 것이다"라고 경고했다.

그러나 로버트슨의 연설은 행사 절정기 때 팻 뷰캐넌이 한 연설 때문에 빛이 바랬다. 뷰캐넌은 공화당 대통령 후보를 뽑는 예비선거전에서 조지 부시에 도전해 3분의 1 가까운 표를 얻었다. 보수파 가톨릭 신도인 뷰캐넌과 기독교연합 지도부는 일부 문제, 특히 외교정책에 대해 견해를 달리하고 있었으나 그가 "냉전만큼이나 장래의 미국에 결정적인 의미를 갖는……미국의 정신을 지키기 위한 종교 전쟁"을 요청한 것은 일반 대의원들로부터 좋은 반응을 얻었다. 로스앤젤레스의 아프리카계 미국인들이 일으킨 폭동에 대해 언급하면서 인종 전쟁의 망령을 불러낸 뷰캐넌은 다음과 같이 부르짖었다. "(군대가) 로스앤젤레스 거리를 이 구역 저 구역 차례차례 탈환했듯이 우리는 우리의 도시들을 탈환하고, 우리의 교회를 탈환하고, 우리 나라를 탈환해야 한다."

1990년 '증세 반대' 공약을 철회한데다 댈러스의 억만장자 로스 페로라는 제3의 후보가 출현하자, 기독교 우파를 달래야 할 필요성을 느낀 부시 대통령은 휴스턴 대회 때 팻 로버트슨을 대통령 전용석에 앉혔다. 휴스턴 대회가 끝난 지 두 달 뒤, 부시는 버지니아 비치에서 열린 기독교연합 집회에 참석해 민주당이 강령 속에 "신이라는 단어"를 사용하지 않고 있다고 비난했다. 부통령 댄 퀘일은 휴스턴 공화당 대회 때 기독교연합의 '신과 국가' 집회에서 인기있는 연사였다. 공화당 전국위원회 위원장 리처드 본드는 골든아워 연설 때 발언대에 서서 뉴트 깅그리치와 어빙 크리스톨의 남북전쟁 관련 수사를 인용하면서 "우리는 미국이다. 우리가 아닌 저들은 미국이 아니다"고 말했다. 매사추세츠 주지사 윌리엄 웰드가 대회 연단으로 걸어나가 내가 워싱턴에서 알게 된 대다수 사람들의 생각(정부가 국민들의 지갑과 그들의 침실에 간섭하지 말라)을 찬양하자, 대의원들은 힘차게 호응했다.

멩켄과 같은 보수주의자들이 한때 기독교 근본주의자들을 비판한 적이 있지만, 공화당 지식인들은 이제 팻 뷰캐넌의 종교 전쟁을 받아들였다. 일대 회오리바람을 일으킨 뷰캐넌의 입후보(러쉬 림보가 그랬듯이)를 지지했던 〈내셔널 리뷰〉의 윌리엄 맥건은 뷰캐넌의 대회 연설을 찬양하면서 오직 공화당원들만이 진정한 가족을 갖고 있음을 내비쳤다. 뷰캐넌이 "올해의 선거가 단지 두 대통령 후보 가운데 한 사람을 선택하는 것이 아니라고 지적한 것은 옳다. 그것은 미국의 정신을 위해 싸우는 두 개의 다른 문화 가운데 한쪽을 선택하는 것이다. ……민주당은 강령에 가족의 가치에 관해 한 조목 끼워넣을지 모르지만, 공화당은 현실의 가족과 함께한다." 〈월스트리트 저널〉의 사설면 편집자 로버트 바틀리도 뷰캐넌을 옹호했다. "휴스턴 대회는 판에 박힌 모습이었다. ……그러나 그(뷰캐넌)의 연설은 거침없고 선동적이어서……참말 하는 것처럼 들리지 않았을 뿐이다." 신보수주의자 어빙 크리스톨과 그로버 노퀴스트는 공화당 내 기독교 근본주의 세력의 영향력을 성원하는 기사를 썼다. 크리스톨은 보수주의 운동의 문화적 보수주의에 진심으로 동조했을 것이다. 그러나 늘 자유주의자라는 인상을 내게 주었던 그로버가 그렇게 한 것은 수적으로 많은 기독교 보수주의자들에게 빌붙는 것이라는 좀더 냉소적인 생각이 들게 했다.

1992년은 게이의 권리가 전국적인 캠페인 대상으로 처음 떠오른 해였다. 민주당 강령은 군대 내의 게이 차별을 철폐하라고 요구했고, 클린턴은 대통령 후보 지명 대회 수락 연설에서 게이의 권리에 대해 언급한 첫 대통령 후보가 됐다. 보수주의 지도자들도 게이에 대한 어조를 갑자기 바꾸었다. 공화당 지도자들은 로버트슨과 뷰캐넌을 옹호하면서 이제 게이 비판이 확고한 당 전략임을 명백히 했다. 그 뒤에는 게이 문제에 관대한 입장을 가진 것으로 내가 오해했던 뉴트 깅그리치가 도사리고 있는 것으로 알려졌다. "조지아주의 연방 하원의원 뉴트 깅그리치와 같은 일부 공화당원들은 부시 선거 운동을 위한 사적 자문기관에서 클린턴의 품성을 공격하고 게이에 대해 비난하는 공격을 통해 민주당원들의 '목을 베야' 한다고 역설했다"고 〈월스트리트 저널〉은 보도했다. 팻 뷰캐넌은 "게이와 레즈비언 커플들도 법적으로 결혼한 남녀와 똑같은 지위를 누려야 한다는 것은 도덕성이 결여된 생각"이라고 비난했다. 당의 게이 반대 입장을 정당화하기 위해 존경받는 보수주의자들은 댄 퀘일이 지적한 것처럼 동성애는 "후천적으로 습득한 행위"라고 주장했다. 〈코멘터리〉는 대다수 동성애자들이 실제로는 "양쪽을 왔다갔다하는 자들"로 어느 쪽이든 선택해서 갈 수 있기 때문에 사회적 규제를 통해 이성애적 삶을 영위하게 할 수 있다는 의심스러운 이론을 근거로 게이를 차별해야 한다고 주장하는 하버드 대학 심리학자의 글을 실었다. 그런가 하면 칼 토머스는 우익 활동가 필리스 슐래플리의 아들 존이 한 게이 잡지에 자신이 게이임을 밝힌 데 대한 신디케이트 배급 칼럼을 통해 "정신착란 치료에 이용되는 행동요법"이 슐래플리의 질환을 고칠 수 있을 것이라고 말했다.

나는 휴스턴 대회에서 한 뷰캐넌의 연설을 매사추세츠 프로빈스타운에 있는 휴양소에서 텔레비전으로 지켜봤다. 그곳은 앤드류가 캘리포니아 집 수리 기간에 여름을 보내려고 빌린 대중적인 게이 휴양소였다. 그 뒤 앤드류와 나는 밤에 프로빈스타운의 게이 바로 갔다. 나는 휴스턴 대회에 대한 솔직한 생각을 누구에게도 말하고 싶지 않았지만, 공화당에 구조적인 변화가 일어나고 있다는 사실을 알아차릴 수 있었다. 한편으로는 정부에 대한 증오를 설파하면서 다른 한편으로는 정부에게 종교적으로 규정된 개인 행동 기준을 국민들에게 강요하라고 요구하고 있었다. 공화당은 더 이상 내가 1980년대 중반에 입당했을 무렵의 공화당이 아니라는 생각이 들었다. 리 애트워터가 한때 "쓰고 남은 염색체로 만든 대중"이라고 조롱했던 국민 개념이 전수되고 있었다. 내가 알고 있던 대다수 게이 공화당원들은 아주 젊었을 때 가족이나 출신 지역에서 맺은 정치 관계를 통해 입당했고, 중년의 나이에 당원 경력을 내버릴 처지도 아니었지만 그들 중 다수는 개인적으로 클린턴에게 표를 던졌다. 다른 많은 공화당원들과 무당파 대중들은 휴스턴 대회와 그것을 말없이 지지하는 당 지도부를 보고 소름이 끼쳤을 것이다. 한 게이 공화당원 그룹은 1988년에는 당 강령에 관한 청문회 증언대에 설 수 있었으나 이제는 그럴 수 없게 됐다. 그 결과 공화당 내에서 게이의 권리를 위해 활동했던 게이 그룹 '통나무집 공화당원'은 부시-퀘일 정·부통령 파트너에 대한 지지를 거부했다. 오랫동안 윌리엄 버클리 밑에 있었던 마빈 리브먼은 휴스턴 대회에 반발해 스스로 게이임을 밝히고("나는 히틀러 군대 내의 유대인 같다는 생각이 들기 시작했다"고 말했다) 공화당 정·부통령 후보들이 그해 11월 대통령선거에서 민주당에게 패배하기를 바란다고 선언했다.

　더 이상 합리화나 부인을 할 수가 없었다. 타성으로 굳어져 내 눈을 가리고 있던 비늘이 떨어져나가기 시작했다. 나는 보수주의 운동과 나의 관계가

6장 성전　**197**

동맹 관계가 아니라 어울리지 않는 관계라는 것을 깨달았다. 그럼에도 나는 『애니타 힐의 진실』을 쓰기 위해 프로빈스타운으로 갔다. 문화 전쟁의 수사를 이용하고, 독자층이 대부분 클레어런스 토머스를 지지하는 보수주의자들인 내 첫 번째 책의 출판이 임박했기 때문에 보수주의 운동 신조를 버릴 수 없었던 것이다. 결국 그 신조라는 게 어떤 것이었던가? 나는 공화당원들이 자유주의적 사고를 하도록 만들기 위해 노력했던 공개적 동성애자들로 구성된 통나무집 공화당원이 아니었다. 나는 비공개 게이 기회주의자였다. 내게는 거론할 만한 내면 생활이라는 게 없었다. 내 관심은 오로지 나 자신, 내 경력, 내 책, 보수주의 운동 내에서의 내 지위, 보수파 친구들과 맺고 있는 현재의 탄탄한 관계에만 쏠려 있었다. 나는 자기인식, 특히 게이 남성으로서의 인식이 거의 없었기 때문에 지켜내야 할 신조라는 것도 없었다. 주사위는 던져졌다. 나는 잘못된 것인 줄 알고 있던 구호와 목적을 위해 맹목적으로 매달렸다. 내 책은 게이를 공격 목표로, 조롱의 대상으로 삼겠다고 공개적으로 선언하고 심지어 박해까지 했던 문화 전쟁의 잘못된 편에 나를 묶어 세웠다. 나는 이번에는 알면서도 또다시 양심을 저버렸다.

한 유권자로서 그 선거를 바라봤다면 나는 클린턴을 지지하는 공화당원이 됐을 것이다. 민주당을 1970년대와 1980년대의 좌파 자유주의로부터 떼어놓기 위해 노력했던 민주당 지도위원회에 몸담았던 남부 출신의 빌 클린턴은 성장 정책을 지지하는 자유무역주의자요, 이민 옹호자였다. 그는 중산층 감세를 위한 입법 조처와 재정 규율 회복, 복지 체제 개혁을 약속했다. 그는 범죄에 대해 단호한 입장을 취했으며(그는 민주당 대통령 후보 지명을 위한 예비선거전이 한창이던 때에 유죄 판결을 받은 살인자의 사형 집행을 위해 주지사로 있던 아칸소주로 돌아갔다), 이제 공산주의의 위협은 사라졌지만 걸프 전쟁을 지지하고 조지 부시가 중국에 대해 단호한 자세를 취하지 못한다고 비판했다. 나와 마찬가지로 클린턴도 시민 권리와 낙태 권리, 게이 권리를 지지하고 총기 소지에 반대한 자유주의자였다.

공화당 우파는 지난 20년간을 통틀어 가장 유능하고 인기있는 열정적인 민주당 정치가 클린턴에 맞서 싸웠다. 핵심 분야인 재정과 국방, 범죄 문제를 줄이는 동시에 보건의료 서비스와 환경, 교육 분야에서 정부 주도 개혁을 시도함으로써 클린턴은 엄청난 지적 능력 및 카리스마를 보여주면서 놀라운 도전을 대표하는 인물이 됐다. 그는 많은 보수주의자들과 그들의 재계 후원자들(담배 로비에서부터 총기 로비에 이르기까지)이 강력하게 반대하고 있지만, 개혁을 추진하기 위해 우파를 분열시키고 여론의 지지를 얻어내려 하고 있었다. 클린턴이 성공한다면 우파는 다음 한 세대 동안 권좌에서 밀려날 판이었다.

클린턴에 대한 우파의 반대는 통상적인 당파적 반대를 능가하는, 악의적인 수준이었다. 사실 2차 세계대전 직후 태어난 베이비붐 세대로 둘 다 전문직을 가진 부부인 클린턴과 그의 아내 힐러리는 1960년대에 성년이 돼 열심히 백악관을 향한 경쟁을 벌이던 사람들로, 뜻하지 않게 문화 전사가 됐다. 냉전이 끝나고 부시의 증세−소비 긴축 공약이 실패로 돌아가자, 보수주의 지도자들은 자신들을 1960년대의 "도덕적 부패"에 맞서 싸우는 존재로 규정하는 새로운 정치 전략을 택했다.

그 전략은 1992년 대통령선거 때 공화당 정치 지도부가 고안하고 우익 언론 매체들을 통해 전파됐다. 클린턴 진영은 전국의 우익 진영이 혐오했던 과거 30년간의 모든 사회적 변화를 지칭하는 은유로 자리매김됐다. 클린턴에게는 고급 술집 여가수 제니퍼 플라워스와 바람을 피우고, 마리화나를 피웠으며, 베트남 전쟁 징병을 기피했다는 비난이 쏟아졌다. 무릎이 좋지 않다는 이유로 베트남 전쟁 파병 소집을 면제받은 팻 뷰캐넌이 공화당 대회 연설 때 지적한 것처럼 클린턴은 "병역을 기피하고, 게이 권리를 지지하는 풋내기 며, 급진적 페미니스트와 결혼한 자"가 됐다. 베트남 전쟁에 참전하는 대신 주 방위군에 들어갔던 댄 퀘일 부통령의 아내 마릴린 퀘일은 "(클린턴처럼) 누구나 다 시위를 하고 대학을 중퇴하고 마약을 복용하고 성 혁명에 가담하거나 병역을 기피하는 것은 아니다"고 주장했다. 심지어 공화당 대회 때 아칸소주 대의원이 배포한 접혀진 스티커에는 "빌 클린턴과 바람을 피운 사람에게는 행운이 찾아온다"는 내용이 담겨 있었다. 일부 보수주의자들은 더 나아가 클린턴을 치안방해죄로 고소했다. 하원의원 랜디 커닝햄은 클린턴이 옥스퍼드 대학에서 공부하고 있던 1969년에 모스크바를 방문한 것을 2차 세계대전 때의 반역자 도쿄 로즈의 행위와 비교했다(덧붙인다면, 커닝햄은 민주당 하원 지도부 전체를 "일렬로 세워놓고 총살해야 한다"고 말했다). 공화당 전국위원회는 클린턴이 "(공산주의) 세력의 첩보원"으로 고용됐다고 주장했다. 그런가 하면 그 뒤 하원의원이 되는 소니 보노는 클린턴을 "공산주의자"라고 불렀다. 미국은 실제가 아니라 공화당 우파가 완전히 날조한 발명품인 '빌'과 '힐러리' 클린턴을 바라보도록 분위기가 조성돼가고 있었다. 그리하여 사실상 그들이 아칸소주에서 나온 순간부터 전국 차원의 무대로 옮겨간 뒤까지 미국은 두번 다시 진짜 클린턴 부부를 보지 못했다.

증오는 물론 감정적 반감이지, 지적인 반감이 아니다. 내 개인적 경험으로는, 클린턴 혐오자와 충분히 이야기해본 결과 그 혐오하는 사람의 정서 생활에 문제가 있다는 사실을 발견했다. 클린턴에 대한 증오는 매우 현실적인 것이었다. 그것은 극적인 효과를 위해 배치해놓은 정치적 장치가 아니었다. 클린턴에 대한 증오는 심지어 〈스펙테이터〉의 편집자 보브 타이럴과 같은 얼간이의 분노에 찬 목소리에서도 엿볼 수 있다. 보브는 클린턴에 대한 우익의 문화 투쟁에서 지도적 역할을 담당했다. 클린턴과 달리 자신의 가족을 온전히 지켜낼 수 없었던 보브는 자의식의 기색은 전혀 없지만, 자기혐오의 기색이 역력한 다음과 같은 글을 〈필라델피아 인콰이어러〉에 실었다. "이것은 문화적인 것이다. 클린턴은 나와 같은 세대로 내가 인디애나 대학에 있을 때 그와 힐러리, 그리고 그를 지지하는 자들은 위대한 미국의 제도를 파괴하고 있었다. 그들은 사회 파괴의 씨앗을 그들 속에 간직하고 있었다. 30년이 지난 이제, 내가 그때 두려워했던 것이 사실이었음을 그들은 입증했다."

이들 우익의 공격은 나의 사회적 자유주의와 어울리지 못했다. 나는 사회적 보수주의자의 옷을 입고 있었으나 그것은 내게 맞지 않았다. 다수의 미국인들처럼 나는 클린턴이 마리화나를 피우든, 군복무를 했든, 결혼 서약을 어기고 일탈했든 별 개의치 않았다. 더욱이 이 중대한 고비에 공화당과 나 사이의 이데올로기적 공통성은 내가 처음 워싱턴에 왔을 때보다 훨씬 더 약해져 있었다. 당은 나를 버렸고, 다른 많은 자유주의적 성향을 지닌 보수주의자들은 휴스턴 대회 이후 뒤로 발을 뺐다.

하지만 우익 추문 폭로 작가로서 이제 막 세상에 알려지기 시작한 경력에 집착했던 나는 천박한 인신공격으로 클린턴을 욕보이려는 자금 풍부한 우익 활동가들의 기묘하고 때로는 우스꽝스러운 시도에 함께 휩쓸렸다. 선거 운동이 본격화함에 따라 공화당 공식 조직 또는 보수주의 운동 조직 외부에서 그들과 협력하면서도 미국 국민과 언론의 눈을 용케 피해가며 추진된 그런 노력은 그 비밀주의와 집요함뿐만 아니라 증거와 원칙, 그리고 타당성과 관련한 어떤 기준에 비춰보더라도 정확성이 결여됐다는 점에서 정치 캠페인에서 전형적으로 수행된 야당 조사 활동의 수준을 훨씬 넘어서는 것이었다. 현대 미국 정치에서 전례없는 이런 활동들은 정치적 우파 세력이 향후

10년간 클린턴 진영을 파괴하기 위해 어디까지 치고 나갈 것인지 일찌감치 암시했다.

이 특별 작전의 핵심 인물은 피터 스미스라는 사나이였다. 그는 1991년 내가 자유기고가로 〈스펙테이터〉에 부시 정권 때의 국무부 장관 제임스 베이커를 공격하는 기사를 쓴 것과 관련해 내게 보충 설명을 해주겠다며 불쑥 전화를 걸어왔다. 그때 나는 처음으로 그와 이야기를 나누었다. 베이커는 실용주의적인 공화당 간부였지만, 보수주의 활동가들은 그가 레이건 대통령 때 백악관 비서실장으로 있으면서 자신들의 토대를 무너뜨렸다며 몹시 싫어했다. 국무부 장관으로서의 베이커의 실패를 분석하면서 나는 베이커가 오랫동안 함께 일했던 한 보좌관과 바람을 피웠음을 내비치는 검증되지 않은 곁가지를 덧붙임으로써 글의 신뢰성을 떨어뜨렸다. 그러나 스미스는 그 곁가지 얘기에 특히 눈독을 들였다.

베이커에 관한 기사가 나간 직후에 나는 백악관 건너편에 있는 고급 호텔 헤이애덤스에서 스미스와 아침식사를 했다. 그때 정치에 관한 잡담을 하면서 그는 나를 은근슬쩍 떠보았다. 스미스는 시카고의 고급 주택가 골드 코스트에 사는 매우 성공한 투자가라는 사실을 알 수 있었다. 뻣뻣한 흰머리에 완벽하게 다듬은 손톱, 짙은 감색 맞춤 정장에 헤르메스 넥타이를 맨 자그마한 체구의 그에게서는 충직한 공화당 백만장자의 풍모가 배어나왔다. 그는 베이커 타입의 공화당원들의 흐느적거리는 모습에 좌절감을 느낀다며 깅그리치가 공화당의 전국적인 지도자가 될 날을 기대하고 있다고 조용히 말했다. 나는 그날 아침식사를 하면서 스미스에게 언젠가는 정치 칼럼니스트이자 토크쇼 '암흑의 지배자'에 출연하는 보브 노벅과 같은 유명한 우익 기자가 되는 것이 꿈이라고 한 것을 모두 기억한다(많은 노벅 비평가들은 에번스와 노벅이 짠 보도팀을 '오류와 허위'라고 불렀다).

나는 또 스미스에게 오랫동안 내 작품의 영감을 깅그리치에게서 얻었다는 얘기도 했다. 자유기고가로서 내가 〈스펙테이터〉에 기고한 첫 기사는 깅그리치가 니카라과 지도자 다니엘 오르테가에게 보낸 편지를 토대로 한 것이었다. 깅그리치는 그 편지에서 반정부 게릴라 전쟁을 벌이고 있던 니카라과 반군들의 애국주의를 비판했다. 깅그리치의 예리한 관찰들 가운데 하나는 "싸움은 뉴스거리를 제공한다"는 것이었다. 아니나다를까 하원의장 오닐이 깅그리치의 편지를 "32년 동안 의원 생활을 하면서 본 가장 저열한 내용"이라고 비난했다.

스미스는 자기 사무실에 커피 한잔 하러 가자고 말했다. 우아한 그의 사무실 안락의자에 앉자, 스미스는 재빨리 나를 만나 말하고자 했던 본심을 끄집어냈다. 스미스는 부드럽게 얘기했지만 그 속에는 단호한 의지가 서려 있었다. 뉴트 깅그리치의 정치활동위원회(GOPAC)의 유력한 후원자 가운데 한 사람이었던 그는 언론계 내의 자유주의적 편향에 맞서 싸우기 위해 내가 〈스펙테이터〉에서 하고 있는 것과 같은 보수파 저널리즘에 돈을 대고 싶다고 말했다. 스미스는 내가 전에 〈스펙테이터〉에 썼던 기사들 몇 개에 대해서도 언급했다. 그 기사들은 자유주의적 민주당원들을 레이건의 대외정책에 딴지를 거는 빨갱이라고 공격하는 내용을 담고 있었다. 스미스는 내가 그의 그런 언론 공작에 동의하기만 하면 며칠 안에 〈스펙테이터〉에 수표를 끊어줄 기세였다. 그는 구체적인 액수까지 거론했다. 3만 달러? 5만 달러? 얼마면 될까?

나는 〈스펙테이터〉의 재정에 관해 아는 게 거의 없고, 또 그런 제의를 받아들일 만한 위치에 있지도 않지만, 〈스펙테이터〉 발행자 론 버를 만나게 해줄 수는 있다고 약속했다. 며칠 뒤 나는 스미스에게 론의 전화번호를 알려주었다. 론이 어떤 사람이고 그를 어떻게 만날 수 있는지를 알려주기 위해 스미스의 사무실에 전화를 걸 때, 나는 그가 헤어질 때 내게 준 '피터 스미스

상사'라고만 적힌 비즈니스 카드를 사용했다. 스미스는 자기와 연락을 하려면 언제나 게일이라는 보좌관을 찾으면 된다고 말했다. 스미스는 거의 언제나 게일을 통해 연락을 해왔고, 게일에게 이야기하면 몇 분 안에 그로부터 전화 연락이 왔다. 스미스에게 그가 추진하고 있던 프로젝트는 중요한 의미를 지니고 있었다. 그 프로젝트가 어떤 것인지 당시에는 몰랐지만, 스미스는 나중에 힐러리 클린턴이 "엄청난 우익의 음모"라고 말했던 그 프로젝트를 위해 나를 고용했던 것이다.

스미스는 그 뒤 1년 동안 연락이 없다가 내가 집에 틀어박혀 애니타 힐에 관한 책을 쓰고 있던 1992년 9월에 다시 나를 찾았다. 그는 친클린턴 성향의 언론이 감추고 있는 클린턴의 아칸소 시절에 관한 비밀 정보를 갖고 있다며, 그것을 내게 넘겨주겠다고 말했다. 대통령선거는 8주 앞으로 다가와 있었다. 스미스의 말에는 자신이 클린턴의 대통령 당선을 저지할 수 있다고 생각하는 듯한 긴박감이 묻어나왔다. 그러나 그는 딥 스로트(워터게이트 사건을 폭로할 때 〈워싱턴 포스트〉에 결정적인 내용을 전달한 익명의 제보자─옮긴이)가 아니었고, 나는 보브 우드워드(딥 스로트에게 비밀 정보를 건네받은 기자─옮긴이)가 아니었다.

나는 대통령선거에 관여하지 않았고, 책 집필 마감 시간에 쫓기고 있었지만, 스미스의 얘기를 듣기로 했다. 러쉬 림보가 뜨고 폭로 기사들이 〈스펙테이터〉에 등장하는 분위기 속에서 자유주의 언론이 공격을 당할 때마다 나는 훈련받은 물개처럼 튀어오르도록 길들여졌던 것이다. 애니타 힐에 관한 후속 기사를 써서 보수주의 작가로 이름을 내려 안달하고 있던 터라 나는 스미스를 만났다. 스미스는 수고비조로 내게 5천 달러를 주었다. 그것도 〈스펙테이터〉를 통해서가 아니라 애니타 힐 출판 선불 형식으로 스미스로부터 수표로 직접 받았다. 나는 돈에 팔린 매춘부였다. 저널리스트로서 그런 돈을 받는 것은 이례적이고 비윤리적인 행위였으나, 나는 올린이나 브래들리 재단과 같은 정치적 이해 당파들로부터 돈을 받는 것과 다를 바 없는 것으로 치부했다.

스미스는 언제나 정중하고 자신만만했으며 단도직입적이었다. 그는 진지한 사람으로 보였고 공화당 정치활동위원회 멤버로서, 그리고 공화당 전국위원회와 헤리티지 재단 후원자로서 확실히 안면이 넓었고 여기저기 뿌릴 만큼 돈도 많이 갖고 있었다. 나중에 안 일이지만, 스미스는 1992년 아칸소주에서 뒷조사를 통해 클린턴 진영에 타격을 가할 수 있는 재료들을 찾으려고 소규모 자문단과 조사단을 고용한 공화당의 더러운 공작에 8만 달러나 냈다.

스미스는 나에게 공화당 정치고문 에디 메이의 캐피틀 힐 사무실에서 만나자고 말했다. 메이는 1974년 깅그리치가 처음 하원의원 선거에 출마했을 때 자원봉사자로 일해준 뒤, 그의 최측근 수하가 된 것으로 알고 있었다. 대머리에 돗수 높은 안경을 낀 완고한 남부 사람인 메이는 1970년대 말 공화당 전국유세위원회 정치담당 이사로 있으면서 조 게일로드를 훈련시키고 가르쳤다. 게일로드는 메이의 공화당 전국유세위원회 자리를 물려받고 깅그리치의 가장 가까운 정치 상담자가 됐다. 한편 메이는 깅그리치의 조사교육 프로젝트인 '뉴트의 세계'를 지원한 '미국의 기회 재단'이라는 세금면제 싱크탱크를 설립했다. 그리하여 메이도 피터 스미스의 비밀 자금 제공자 명부에 이름이 올랐다. 반노동자 기구인 '일할 권리를 위한 전국위원회' 관리 출신인 휴 뉴턴도 그 집단에 참석했다. 뉴턴은 정치평론가가 됐는데, 나는 그가 단골 상담자로 있던 헤리티지 재단에서 연구원 생활을 할 때부터 알고 있었다.

스미스는 그런 부정 행위를 즐기고 있는 듯했으나, 나에게 그 모임에 대한 비밀을 지켜달라고 부탁하는 그의 말에는 초조감이 배어 있었다. 캐피틀 힐에 있는 메이의 사무실에 도착하자, 믿기 어려운 황당한 일이 기다리고 있었다. 회의 탁자 위에는 큼지막한 제목이 박힌 싸구려 타블로이드판 신문 〈글로브(Globe)〉가 펼쳐져 있었다. 그 기사는 바비 앤 윌리엄스라는 이름을 단 리틀 록(클린턴의 고향)의 한 매춘부에 관한 이야기였다. 몇 년 전 클린턴의 어머니 버지니아 켈리의 고향인 핫 스프링스에서 벌어졌던 섹스 파티 때 임신해서 낳은 아프리카계 미국인 매춘부의 아들 아버지가 클린턴이라는 터무니없는 주장이었다. 〈글로브〉는 클린턴을 빼닮았다는 한 어린 흑백 혼혈 소년의 흐릿한 사진까지 실었다. 스미스는 매춘부가 클린턴을 상대로 친자 확인 소송을 낼 것이라면서 그의 변호인을 아칸소에서 찾고 있는 중이며, 소송 계획을 발표할 기자회견도 준비하고 있다고 말했다. 메이는 '미스터 페퍼'라고만 밝힐 뿐 누구인지는 밝히지 않은 또 다른 공작원을 만나게 해주겠다고 약속했다. 그 공작원은 혼혈 소년의 사진을 몰래 찍을 때 나를 도와줄 인물이라는 것이었다. 몇 자 메모하고 사실 규명에 나서겠다고 약속(완전히 조롱이었지만) 하면서 터져나오려는 웃음을 참느라 혼났다.

그러나 스미스에게 그것은 사업이었다. 그가 왜 이런 반클린턴 공작에 앞장서는지 제대로 말한 적은 없었다. 게다가 깅그리치가 그 일에 대해 어느 정도 알고 있는지에 대해서도 밝힌 적이 없다. 그는 말수가 적은 사나이였다. 물론 그 작전에서 에디 메이가 맡은 역할은 깅그리치가 깊이 관여하고 있음을 암시해주었다. 열혈 공화당원인 스미스가 클린턴의 대통령 당선을 막기 위해 어떤 일이든 할 태세였던 것은 분명했다. 게다가 그는 자유주의적 언론이 민주당 대통령 후보인 클린턴을 보호하기 위해 그에 관한 부정적인 내용을 보도하기를 거부하고 있다며 격렬하게 비난했다. 그런 감정이 그에게 활력소가 되고 있는 듯했다. 언론의 편향에 대한 불평은 내게 새로울 게 없었다. 그것은 우익 편집증의 주요 원천이었다. 클린턴이 그토록 파렴치한 짓을 다반사로 자행하고도 멀쩡하다며 스미스가 얼굴을 붉히며 열을 내는 것을 전에는 본 적이 없었다. 아칸소주의 클린턴 중상 비방자들의 말을 빌린다면 빤질빤질한 윌리(클린턴)가 스미스를 갖고 놀고 있었다.

몇 차례 아칸소에 전화를 해본 결과 바비 앤 윌리엄스 이야기가 어디에서 비롯됐는지를 파악할 수 있었다. 앞으로 나와 친숙해지게 될 아칸소 정치계 일각에 바비 앤 윌리엄스 소문을 퍼뜨리고 다니는 사람은 로버트 세이 매킨토시라는 자였다. 그는 '클린턴이 사랑하는 아이'라는 제목에 소년의 사진까지 박은 전단을 리틀 록에 돌리고 있었다. 매킨토시는 자신의 고구마파이 사업을 떠받쳐줄 아칸소주 발전 교부금 지출을 거부하고 있는 클린턴 행정부에 대해 원한을 품고 있었다. 매킨토시의 전단을 본, 돈을 노린 한 협잡꾼이 문제의 매춘부를 바비 앤 윌리엄스로 지목한 뒤 〈글로브〉에 '클린턴이 사랑하는 아이' 이야기를 팔아먹었다. 그 기사와 함께 실린 사진의 주인공은 바비 앤 윌리엄스가 아니라 그녀의 여동생이었다. 그 이야기가 몇 년 뒤 〈워싱턴 타임스〉에 다시 나갔을 때, 진짜 바비 앤 윌리엄스가 나타나 자신은 매춘부가 아니며 빌 클린턴을 만난 적도 없다고 주장하고 나섰다. 1999년 또다른 타블로이드판 신문 〈스타(Star)〉가 매킨토시 전단에 나와 있는 소년의 친자 확인을 해본 결과 그 소년은 클린턴의 아들이 아닌 것으로 판명됐다고 보도했다. 〈글로브〉의 기사는 날조된 것이었다. '미스터 페퍼'도 소문과는 달리 신통찮은 사람이었다. 사진을 찍기 위해 소년과 만나는 일에 매달렸던 그는 몇 번이나 내게 전화를 걸었으나 결국 일을 성사시키지 못했다.

피터 스미스의 탐정놀이 촌극은 우스꽝스런 자기 풍자적 요소를 갖고 있었기에 쉽게 종결됐고, 나는 스미스가 준 5천 달러를 챙겨서 기분 좋게 『애니타 힐의 진실』 작업에 복귀할 수 있었다. '클린턴이 사랑하는 아이'로부터는 아무것도 나온 것이 없었지만, 피터 스미스와 뜻하지 않게 만나게 된 계기가 됐던 그 이야기는 곧 클린턴 시대 정치 투쟁의 면모를 바꾸는 데 일조한 믿기 어려운 일련의 사건·사고들이 쏟아져나오게 만들었다. 휴스턴 공화당 전당대회에서 터져나온 성전의 구호는 피터 스미스와 내가 시작하려고 한 반클린턴 성전에 기가 막히게 들어맞는 것이었다.

7

트루퍼게이트

『애니타 힐의 진실』이 출판된 후, 나는 그 책과 같은 스타일의 좌파 공격을 계속하는 전속 '심층 취재 작가'(그것은 내가 꿈에 그리던 직업이었다)가 돼 달라는 〈아메리칸 스펙테이터〉의 제의에 기꺼이 응했다. 그 책이 베스트셀러가 되는 바람에 나는 우들리 파크의 임대 주택을 나와 대리부모인 실버먼 부부의 집 근처에 있는 고급 주택가 조지타운 지구의 집을 한 채 샀다. 매일 아침, 나는 새로 산 검은색 대형 메르세데스의 계기판을 굽어보면서 워싱턴 키 브릿지를 건너 〈스펙테이터〉 사무실 쪽으로 미끄러져 들어갔다. 새 차는 보브 타이럴이 몰던 것보다는 약간 작은 모델이었다.

백악관에 입성한 빌 클린턴에 대한 보수주의 운동의 반감은 극에 달해 있었다. 리키 실버먼이 1993년 4월 내 책을 위해 건배할 때, 그녀는 판촉 행사 기간에 그 책에 쏟아진 평판에 대해 내가 느끼고 있던 것과 같은 내용의 이야기를 했다. 보수주의자들은 애니타 힐과 그의 페미니스트 지지자들뿐만 아니라 4개월 전 클린턴을 대통령에 당선시킨 자유주의의 승리에 대한 저항의 표시로 그 책을 사고 있다는 느낌을 갖고 있었다. 새 정부에 대한 전쟁을 선언하면서 리키는 "반혁명에 관한 역사책을 쓴다면, 그 첫 페이지는 『애니타 힐의 진실』이 될 것이다."라며 기세를 올렸다.

리키만이 호전적이었던 것은 아니다. 공화당은 지난 24년 가운데 20년 동안이나 백악관을 지배했다. 그들에게는 그게 정상이었다. 클린턴의 대통령 당선은 레이건 시대 이후 처음으로 공화당 지도부와 보수주의 운동을 단결하게 만들었다. 클린턴의 당선이 확정된 날 밤, 상원 소수파(공화당) 지도자 보브 돌은 대통령에 당선됐다고 해서 자동적으로 통치권을 갖게 되는 것은 아니라고 선언하면서 도전장을 냈다. "우리를 지지한 유권자들과 로스 페로 지지자들을 합하면 우리 쪽이 미국 국민의 다수다." 돌은 유효 투표수의 43%를 획득한 클린턴의 대통령직 수행은 정통성이 없다고 규정했다. 새 대통령은 그 자리를 강탈한 것이었다. 기독교연합은 한 걸음 더 나아가 클린턴의 취임은 "하느님에 대한 선조들의 서약을 저버린 것"이라고 주장했다. 폴 웨이리치는 선언했다. "클린턴이 통치하는 미국은 하느님의 미움을 받아 마땅하다."

보이든 그레이
과거 부시 행정부 시절 백악관 보좌관을 지냈으며, 조지 W. 부시 당선자의 정권인수위원장으로 일하다가 위원장직을 체니 부통령에게 물려줬다. 변호사인 그는 나이 때문에 자의반 타의반 아들 부시 정부에선 중책을 맡지 않았으나, 부시 진영에 영향력을 행사할 수 있는 공화당 원로 중 한 사람이다.

클린턴이 취임하기 전 몇 주 동안, 공화당 전략가들은 일반적으로 신임 대통령에 대해 의회가 초당파적으로 베풀어온 밀월 관계를 클린턴에 대해서만은 용납하지 않기로 은밀히 결정했다. 부시 정권 때 백악관 고문이었던 **보이든 그레이**는 "클린턴은 약체화할 것"이라고 예언했다. 공화당 내의 날카로운 이념적 분열과 부시의 패배를 둘러싼 상호 반박, 그리고 공화당의 장래 의제에 관한 논란들은 새로운 공통의 대의 아래 봉합됐다. 한마디로 공화당 우파는 클린턴이 대통령이 될 기회를 허용하지 않겠다는 것이었다.

반대자, 야당으로서의 반대 운동이 언제나 배짱이 더 편한 법이지만 보수주의자들은 부시 대통령을 밀어내야 하는 부담에서 벗어났다. 보수주의 운동권에 만연한 그런 분위기는 미국 전역의 대중 정치 조직가들이 보수주의 운동의 유력 정치가들이나 지식인들로부터 행군 명령을 받기 위해 워싱턴에 모이는 보수주의 정치행동위원회의 연례 집회에도 반영됐다. 집회가 열린 옴니 쇼어햄 호텔 대회의실은 "더 이상 부시 같은 허풍쟁이는 안 된다"는 구호들로 뒤덮였다. 부시 이후의 공화당 정치에서 보수주의를 이끄는 데 지도적 인물로 떠올랐던 윌리엄 베니트는 그때 또다시 민주당원들을 공산주의자들에 비유하는 진부한 격려 연설을 했다. "공산주의 붕괴 이후 보수주의자들은 온통 제각각의 방향으로 내달았다. 나는 무엇이 공화당을 단합시킬 수 있는지를 찾아냈다. 지난 하루 이틀 동안 클린턴의 정책에 반대함으로써 당이 단합하는 것을 나는 보았다."

클린턴의 초기 정책들은 모두 문화적 요소와 관련이 있었다. 그는 게이의 군 입대 금지와 의학 연구 분야의 배(태아) 세포 조직 이용 금지 조처를 폐지하려 했으며, 보건의료 체제를 전면적으로 개혁하기 위한 행정부 내 책임자로 힐러리 로뎀 클린턴을 임명했다. 그리하여 클린턴을 1960년대 급진적 자유주의 운동의 화신으로 규정한 극우 세력은 새 행정부에 대한 전쟁 태세를 갖출 수 있었다. 헤리티지 재단의 〈폴리시 리뷰〉 주최 심포지엄에서 레이건의 보좌관을 지낸 게리 바우어는 군대 내의 게이 문제와 보건의료 문제를 "유권자들의 가족지향적인 감정을 다시 불러일으키는" 무기로 활용하라고 보수주의자들에게 촉구했다. 일리노이주 출신의 백인 우월주의자 연방 하원의원 헨리 하이드는 〈폴리시 리뷰〉에 기고한 글에서 묵시록적인 경고를 발했다. "우리는 게이의 군 입대 허용과 일상생활 스타일상의 급진주의를 공격적으로 추구하는 새 행정부의 정책으로 미국 사회가 억압적인 발칸화(보스니아나 코소보 전쟁처럼 민족 · 종교 · 이념 · 문화적으로 다양한 집단들로 구성돼 항상 분쟁의 불씨를 안고 있는 발칸 반도와 같은 위험한 상태가 될 것이라는 의미—옮긴이)로 나아가는 것을 저지하기 위한 대비책을 세워야 한다. 근본적으로 그것은 건국 이후 3세기째에 접어든 미국이 건국 이래 유지해온 합당한 도덕적 · 문화적 연속성 속에서 살아갈 수 있느냐 아니냐를 결정하는 문제다." 하원 공화당 원내부총무 딕 아미는 구체적인 근거도 대지 않고 힐러리 클린턴을 마르크스주의자로 불렀다.

우익 재단들의 강고한 네트워크도 전쟁을 선언했다. 밀워키의 '린드 앤드 해리 브래들리 재단' 이사장으로 평소에 신중한 자세를 견지해온 마이클 조이스는 클린턴의 대통령 당선을 "문화적 쿠데타"로 규정하면서 "우리는 평범한 미국인들의 일상생활을 경멸하는 지배적인 자유주의 문화, 하늘을 찌를 듯한 기세의 엘리트 자유주의 제도에 맞서 싸울 것"이라고 맹세했다. 해리 브래들리의 이름을 딴 브래들리 재단은 영향력 있는 신보수주의 기관이었다. 전자부품 생산업자인 브래들리는 '존 버치 협회'의 적극적인 활동가이기도 했다. 약간의 촌지를 주면서 나의 애니타 힐 추적 작업을 격려했던 조이스는 〈내셔널 리뷰〉 후원으로 워싱턴에서 열린 보수주의자 정상회의에서 공공연하게 급진적인 정치 스타일을 옹호하는 연설을 했다. 그는 "새로운 스캔들 폭로 작가들"의 양성을 주장하면서 다음과 같이 연설을 마무리했다. "내가 이전에 우리를 당혹스럽게 만들었던 반문화적 활동을 이제 우리가 벌여야 한다고 보수주의자들에게 제안하고 있는 것처럼 들릴지 모르겠다. 사실 그렇다. 오늘날과 같은 미국 권력구조 아래서는 우리가 정말로 반문화적 존재가 됐다는 사실을 깨달아야 한다. 우리는 혁명가들이다."

클린턴 행정부와 우익 간에 벌어진 초기의 소규모 전투들 가운데는 몇몇 행정부 관리 지명자들의 인준을 무산시키기 위한 보수주의 이익집단들의 공격이 포함돼 있다. 나는 애니타 힐 추적 작업을 통해 그러한 공격을 주도하고 있는 핵심 인물들을 알게 됐다. 그들은 보크 판사와 토머스 판사 대법관 인준 청문회 때 당한 치욕에 대해 분풀이하고 싶은 욕구가 자신들의 반클린턴주의의 원동력이 되고 있다고 내게 말했다. 대머리에 오동통한 얼굴을 가진 **클린트 볼릭**도 보수주의 지도자 중 한 사람이었는데, 고용기회평등위원회 클레어런스 토머스의 특별보좌관이었던 그(토머스 판사는 그의 아이들 가운데 한 명의 대부였다)는 레이건 정권 때 법무부에 근무하면서 자유주의자들이 쟁취해낸 시민 권리 보호정책을 폐지하기 위해 광분했던 **윌리엄 브래드포드 레이놀즈** 밑으로 들어갔다. 그는 붙임성이 있었는데, 이제 여성과 소수민족을 위한 사회적 약자 보호정책에 반대하는 캔사스주의 코흐 석유가스 재벌이 지원하는 '정의를 위한 연구소'를 운영하고 있었다. 볼릭은 〈월스트리트 저널〉 논평면 기고문을 통해 클린턴이 법무부 시민권 담당 차관보로 지명한 레이니 기니어를 인종차별적인 '복지 여왕'이라는 경멸조의 수식어에 빗댄 "쿼터(할당제) 여왕"이라고 규정함으로써 거의 혼자 힘으로 그의 인준을 무산시켰다. 기니어의 관점이 "파격적이고 급진적"이라는 것을 보여주기 위해 볼릭 그룹은 기니어가 쓴 수백 개의 학술 논문을 샅샅이 뒤져 자신들의 논리 전개에 유리한 구절들을 따와 해로운 것처럼 보이게 만들었다. 볼릭은 보크와 토머스 판사 인준 청문회 때 그들에 관한 사실 왜곡과 빈정거림으로 그들이 피해자가 됐다고 주장하면서 이제 자신은 똑같은 게임을 클린턴 행정부의 지명자들에 대해 벌이고 있는 것이라고 공개적으로 시인했다.

다른 지명자들은 더 험한 대접을 받았다. 남부 침례교도들은 낙태 권리와 성교육의 필요성을 역설한 공중위생국 장관 조슬린 엘더스에게 "우생학

클린트 볼릭
'정의를 위한 연구소' 소장으로 일하면서 우익 보수 활동가들과 법률가, 법대 학생들에게 실제적이고 구체적이며 효과적인 복지정책 입안 반대 기술을 지도해왔다. 월간 〈미국의 법조인〉은 그를 미국의 젊은 최고 변호사 45명 중 한 명으로 선정하기도 했다. 보수 우익의 시각을 가지고 있는 『사회적 약자를 위한 법안은 사기다』라는 책과 『풀뿌리 제왕』이라는 책을 썼다.

자"라는 딱지를 붙였다. 상원의원 제시 헬름스는 주택도시개발부 장관에 지명된 공개적인 게이 로버타 애키텐버그를 "빌어먹을 레즈비언"이라고 불렀다. 그런가 하면 법무부 장관으로 지명된 재닛 리노가 그 전에 재직했던 플로리다주 데이드 카운티의 법률 담당자 기록에서 그럴듯한 공격거리가 발견되지 않자, 폴 웨이리치의 강력한 자유의회재단에서 법률 문제를 담당했던 톰 지핑은 플로리다주에 있는 리노의 괴짜 정적이 퍼뜨리기 시작한 소문, 즉 리노가 음주 운전을 한 전력이 있다는 얘기를 나에게 해주면서 관심을 끌려고 애썼다. 시민권 관련 정책에서부터 법관 선임에 이르기까지 모든 영역에 영향을 끼치게 될 리노의 법무부 장관 인준을 저지하기 위해 지핑과 그의 동맹 세력은 무슨 짓이든 할 준비가 돼 있었다. 몇몇 떠도는 뒷얘기들을 입수한 〈워싱턴 타임스〉가 리노의 성 정체성에 문제가 있는지를 확인하기 위해 그의 몇몇 친인척들에게 전화를 거는 소동도 있었다. 전국총기협회의 한 로비스트가 리노의 음주 운전 소문을 공화당 상원의원 보좌관들 회의 자리에 들고 와서는 연방수사국에 조사를 요청했으나, 수사국은 조사 결과 그런 소문이 "근거 없고 품위 없는" 얘기들이라는 결론을 내렸다.

클린턴 행정부 초기 시절에 공화당 지도자들

윌리엄 브래드포드 레이놀즈
예일 대학과 밴더빌트 법과대학을 나와 변호사가 됐다. 뉴욕과 워싱턴 등의 유명 법률회사에서 근무하다가 레이건 정권에서 법무부 차관을 지냈다.

은 그런 전술들을 비판했다. 상원의원 해치는 리노에 대한 공격이 "비열한 짓"이라고 비난했는가 하면, 전국총기협회는 그 로비스트를 해고했다. 그런 일화들은 내가 속해 있던 과격 활동가들 집단이 내놓은 전술이(악의적인 섹스 관련 가십거리조차) 아무런 근거도 없는 것이었음을 보여주었다. 흔히 트루퍼 게이트로 불리는 스캔들은 이런 야만적인 풍토에서 불거져나왔다. 돌이켜 생각할 때마다 아직도 모골이 송연해지지만, 도덕적 둔감성 때문에 나는 클레어런스 토머스 판사 인준 청문회와 관련해 당파적 적대 세력들이 띄워놓은 확인되지도 않은 성추문 주장들에 대해 얼마 전까지 몹시 개탄했으면서도 이번엔 빌과 힐러리 클린턴 부부를 공격하기 위해 바로 그런 수법들을 동원했다. 클린턴 부부의 도덕적·정치적 권위를 손상시키기 위한 그런 공격들은 그들이 백악관을 떠나는 마지막 날까지 계속됐다.

1993년 8월 중순, 〈스펙테이터〉 사무실에 있던 나는 다시 한 번 피터 스미스로부터 걸려온 전화를 받았다. 스미스는 아칸소주에서 클리프 잭슨이라는 변호사를 만났는데, 그가 클린턴 주지사 시절 보안대에서 근무한 뒤 클린턴의 성추문을 출판하고 싶어하는 주 경찰관들과 나를 만나게 해줄 것이라고 말했다. 경찰관들은 책을 쓸 때 협력해줄 작가를 구하고 있는데, 스미스는 잭슨에게 내가 적임자라고 추천했다는 것이다. 그는 당장 다음 비행기로 리틀 록으로 가달라고 졸랐다.

'클린턴이 사랑하는 아이'라는 황당한 사건에 나를 끌어들였던 스미스의 부질없는 짓을 경험한 뒤로 그의 비밀 첩보에 대해 냉소적인 입장이 됐지만, 민주당원들의 구린 데를 탐색하는 것은 내 본업이었다. 어쩔 수 없다고 생각한 나는 잭슨을 리틀 록 공항에서 만나기로 했다. 공항에서 왼쪽 겨드랑이에 〈워싱턴 포스트〉를 한 부 끼고 비행기에서 내리면 잭슨이 나를 알아볼 것이라는 약속이었다. 공항에서 잭슨의 낡은 메르세데스 차를 타고 근처의 홀리데이 인으로 향하는 도중에, 40대의 지방 변호사 잭슨은 자신이 보기에 폭발적인 위력을 지닌 그 추문의 개요를 알아듣기 쉽게 일사천리로 이야기해주었다. 잭슨이 경호원들이라고 부른 그 보안대 출신 경찰관들은 클린턴이 주지사로 있던 시절 여성과 관련한 여러 의혹을 살 만한 위치에 있던 지사를 지켜보았고, 이제 자신들의 옛 보스를 배신할 태세가 돼 있었다. 나는 차분히 그들의 얘기를 들었다. 하지만 1992년에 클린턴의 병역 기록 문제에 관해 보도하면서 잭슨과 함께 협력했던 〈로스앤젤레스 타임스〉 기자 빌 렘펠이 바로 전날 경찰관들을 만나 몇 시간에 걸쳐 취재한 뒤 리틀 록을 떠났다는 말을 듣기 전까지는 별다른 소득을 기대하지 않았다. 그 말을 듣고 이번만큼은 황당한 얘기로 끝나지 않을지도 모르겠다는 생각이 들었다.

그런데 호텔 숙박 체크를 하고 난 직후부터 사태가 묘하게 돌아가기 시작했다. 잭슨은 문제의 경찰관들을 부르러 나가면서 그들이 로비 쪽 현관이 아니라 바깥 계단을 통해 내 방으로 몰래 들어올 것이라고 말했다. 잭슨은 미행하는 주체가 누구인지에 대해서는 말하지 않았으나, 그 경찰관들이 미행당하고 있다고 믿고 있었다. 이렇게 해서 나는 클린턴 진영이 자신들의 정적들을 제거하기 위한 암살단을 운영하고 있다는 편집증적인 정치 공상과 처음으로 마주치게 됐다. 노크 소리가 나고 잭슨과 린 데이비스에 이어 몸집이 큰 경찰관 네 명이 들어왔다. 아칸소주 전직 경찰청장으로, 실패한 공화당 정치인이었던 린도 그들의 자문역을 맡고 있었다. 간단히 소개를 하고 난 뒤 자리에 앉은 경찰관들은 매우 적절하게도 스스로 '추잡한'이라는 수식어를 붙인 클린턴 진영에 관한 추문들을 주거니 받거니 쏟아놓기 시작했다. 그렇게 해서 나는 우여곡절로 점철될 험난한 길에 발을 들여놓게 됐다.

그들 중 두 명(키가 크고 수다스럽고 차가운 눈빛을 지닌 래리 패터슨과 뚱뚱하고 곰보 자국이 있는 검은 더벅머리의 터프 가이 로저 페리)이 특히 이야기를 많이 했다. 창백한 얼굴에 콧수염을 기른 세 번째 사나이 대니 퍼그슨, 그리고 땅딸막한 네 번째 사나이 로니 앤더슨은 단조로운 억양으로 자신들이 알고 있는 비사를 신랄하게 털어놓았지만, 자신들의 보스였던 사람에 대해 험담을 늘어놓는 것을 찜찜해하는 것 같았다. 그 직후 내가 〈스펙테이터〉에 썼듯이 그 경찰관들은 클린턴이 결혼한 이후 적어도 일곱 명(1992년 대통령 선거 유세 기간에 타블로이드판 신문 〈스타〉로부터 돈을 받고 인터뷰에 응해 자기 주장을 늘어놓은 제니퍼 플라워스를 포함해서)의 여성과 관계를 가졌으며, 자신들이 주선해주었다는 일련의 일회용 밀회도 즐겼다고 말했다. 또 그들은 두 차례 섹스 장면을 목격했다는 믿기 어려운 이야기도 했다. 한번은 지사 관저의 정원에 있는 감시 카메라를 통해 클린턴이 픽업 트럭 속에서 여자가 해주는 오럴 섹스를 즐기고 있는 장면을 보았다는 주장이고, 또 한번은 클린턴이 딸 첼시가 다니던 학교의 인적 없는 부지 안에 주차한 차 속에서 역시 오럴 섹스를 받고 있는 장면을 차 바깥에서 경호 업무를 보면서 목격했다는 주장이었다. 경찰관들은 대통령에 당선된 클린턴이 워싱턴에서 취임하기 위해 리틀 록을 떠나기 전날 밤에는 트렌치 코트와 야구 모자로 위장한 클린턴의 여자 친구 한 명을 지사 관저의 지하 밀회 장소로 데려가 이별 행사를 하도록 해주었다는 주장도 했다.

그들이 힐러리 클린턴에 대해서 한 고약한 이야기는 모순투성이였다. 한 이야기에서는 남자를 싫어하는 페미니스트 힐러리가 클린턴과 결혼한 것은 정치권력을 차지하기 위한 교활한 계약이라고 했고, 또 다른 이야기에서는 남편의 부정 때문에 미칠 듯이 괴로워하는 아내로 묘사됐다. 두 사람은 클린턴이 저지른 부정한 행실 때문에 종종 심하게 싸웠다고 그들은 주장했다. 어느 날 밤에는 힐러리가 잠이 든 뒤 클린턴이 몰래 관저를 빠져나가 그들 중 한 명의 자동차를 빌려 타고는 여자 친구에게 갔다고 실감나게 이야기했다. 한 시간 남짓 지나 힐러리가 갑자기 잠에서 깨어나 경호원들을 전화로 불러내 남편이 어디 있느냐고 물었다. "빌어먹을 개자식!"이라고 부르짖으며 힐러리는 들고 있던 전화기를 내동댕이쳤다. 로저 페리가 여자 친구 집에 가 있던 클린턴에게 전화를 걸자, 클린턴은 당황한 나머지 더듬거리면서 "오, 맙소사. (힐러리에게) 무슨 얘길 한 거야?"라고 말했다. 클린턴이 허겁지겁 관저로 돌아온 뒤 두 사람은 원색적인 일전을 벌였는데, 그때 힐러리가 악에 받쳐 소리쳤다. "일년에 못해도 두 번 이상은 해줘야 할 것 아냐!" 그들이 씨도 빼지 않고 통째로 먹어치우는 클린턴의 사과 먹는 방법, 법률사무소에서 경호원들에게 전화를 걸어 자신이 쓰는 여성용 냅킨을 가져오라고 지시하는 힐러리의 습성 등을 이야기하면서 인터뷰는 점점 익살맞은 소극처럼 돼갔다.

경찰관들이 떠들어대는 동안 나는 잠자코 있었다. 클린턴가의 은밀한 가족 비밀들을 휘갈겨 쓸 절호의 기회를 맞이했는데, 쓸데없는 얘기를 할 필요가 있겠는가! 트렌치 코트를 입은 여자들! 카메라에 잡힌 섹스 장면! 여성용 냅킨! 〈뉴욕 타임스〉가 아니라 〈스펙테이터〉에서 일하는 나에게 그런 것들은 귀중한 보도거리를 제공하는 금광과 같은 것이었다. 이야기가 거칠고 터무니없고, 심지어 박장대소할 만큼 우스꽝스럽더라도 그러면 그럴수록 오히려 더 좋았다. 미국 대통령에 대한 그런 류의 이야기가 보도된 적은 지금까지 한 번도 없었다. 그런 것이 폭로된다고 해서 이상할 게 하나도 없다.

처음부터 그런 아슬아슬한 이야기를 다루는 일을 꾸미는 데 온통 신경을 쓰고 있던 쪽은 내가 아니라 클리프 잭슨이었다. 1992년에 반클린턴 이야기로 주류 언론을 공격한 교활한 협상가 잭슨은 경찰관이 발설한 클린턴 추문을 어떻게 '포장'하면 일반적으로 언론이 보도하기 어려운 것으로 금기시하고 있는 혼외정사 부분을 두루뭉수리 섞어서 보도할 수 있는지에 대해 말했다. 그가 구상한 기사는 클린턴이 자신의 혼외정사를 주선하고 은폐하는 일에 경찰관들을 동원함으로써 지사로서의 권력을 남용하고 주의 자원을 오용했다는 것이었다. 자금 남용에 관한 뉴스라는 가짜 미끼를 단 낚시를 통해 성추문 보도를 정당화하는 방법은 나에게는 억지소리로 들렸지만 〈로스앤젤레스 타임스〉 기자는 그런 방식을 선호한다고 잭슨은 말했다. 잭슨에 따르면, 그것은 중요한 일이었다. 왜냐하면 〈로스앤젤레스 타임스〉가 그런 기사를 먼저 내보내서 돌파구를 만들면 내가 경찰관들과 협력해서 쓰기로 돼 있는 책 출판 계획의 가치가 올라갈 것이기 때문이었다.

나는 과거에 당파적 정보원들에 의존했지만, 깊이 있는 천착을 위해 그들의 품성에 대해서도 관심을 기울이고 있었다. 나는 애니타 힐을 모욕한 워싱턴의 보수파 유력자들을 믿지 않았듯이, 미덥지 못한 그들 아칸소주 사람들도 신뢰하지 않았다. 주동자 클리프 잭슨은 아칸소주에서 클린턴 비판가, 공화당 활동가로 잘 알려져 있었다. 옥스퍼드 유학 시절, 그와 클린턴과 친구였다. 클린턴은 당시 로데스 장학생이었고, 잭슨은 풀브라이트 장학생이었다. 이때만 해도 두 사람은 사이 좋은 경쟁자였다. 그러나 그들이 아칸소주로 귀향한 뒤 클린턴이 1978년 아칸소주 역사상 가장 젊은 주지사로 출세 가도를 달린 반면, 잭슨은 주 법률 담당자(검사)로 순탄치 못한 경력을 쌓다가 리틀 록에서 개인 손해배상소송 업무에 종사하면서 둘 사이의 관계가 틀어졌다.

1992년 대통령선거 때 잭슨은 1960년대 말부터 클린턴과 주고받은 개인 편지들을 언론에 공개했다. 언론은 그 편지들이 클린턴의 병역 문제에 의문점을 던져준다고 해석했다(잭슨 자신은 신체검사에서 징집유예 판정을 받았다). 대통령 후보 지명을 위한 뉴햄프셔주 예비선거 기간에 잭슨이 조직하고 피터 스미스가 일정 부분 자금 지원을 한 그룹 '독립국가 미국의 재생을 위한 동맹(ARIAS)'이 클린턴을 병역기피자로 낙인찍은 광고를 내보냈다. 잭슨이 클린턴을 떨어뜨리기 위해 병역 문제보다 훨씬 더 심한 짓도 했다는 사실을 나는 알고 있었다. 피터 스미스에 따르면, 잭슨은 예의 '클린턴이 사랑하는 아이' 사건의 리틀 록 공작원으로 은밀하게 클린턴에 대한 친자 확인 소송을 맡아줄 변호사를 물색하고 있었다.

자세히 관찰한 결과, 잭슨은 무슨 수를 써서라도 클린턴을 파멸시키기 위해 전력을 기울이고 있다는 사실을 알 수 있었다. 그것은 그의 천성이었다. 잭슨은 공화당원이었으나 클린턴에 반대한 것은 이념 때문이라기보다는 그 개인의 품성 때문으로 보였다. 클린턴의 도덕적 비열함에 대한 기독교 근본주의자 잭슨의 엉성한 공격은 사실과 부합하지 않았으며, 심지어 경찰관들의 주장과도 맞지 않았다. 클린턴과 여자들의 관계가 결코 서로 마음이 맞아서 한 것이 아니라는 경찰관들의 주장이나 잭슨의 이야기 중 어떤 것도 입증되지 않았음에도, 잭슨은 그런 클린턴의 여성 편력이 "여성들을 욕보이는 일"이라고 주장했다. 언제나 그렇듯 잭슨은 침을 튀기며 말했고, 심지어 옥스퍼드 유학 시절에 자신의 여자 친구를 배신했다는 이야기까지 꺼냈다. 클린턴은 정직성이라고는 눈곱만큼도 없고 부도덕하며 위험하다고 잭슨은 비분강개하며 치를 떨었다.

잭슨은 클린턴의 그런 감춰진 진실을 드러내는 것은 고결한 일이라고 생각했다. 그의 목표는 바로 1992년 대통령선거를 뒤엎는 것이었다. 미국민들이 사실을 알기만 한다면 클린턴은 탄핵당하게 될 것이다! 나는 선거판을 뒤엎겠다는 잭슨의 얘기에 관심이 없었을뿐더러 클린턴을 비난하는 장황한 열변에 아무런 감흥도 느끼지 못했다. 사실 그런 얘기를 들으면 들을수록 클린턴에 대한 그의 증오가 질투심에서 비롯됐다는 생각만 더욱 강해졌다. 잭슨은 클린턴의 정치가로서의 성공을 질투하고 있었을 뿐 아니라 그의 여성 편력에 대해서도 질투했다.

경찰관들의 클린턴 음해 동기도 의심스러웠다. 그들은 몇 년 동안이나 클린턴을 위해 궂은일을 했는데도("우리는 클린턴이 마누라를 속이고 그런 짓을 할 수 있도록 도와주었는데도 마치 우리를 개 취급했다"고 래리 패터슨은 말했다) 그가 워싱턴으로 출세해 가면서 그 충성에 그럴듯한 좋은 자리로 보답해주지 않은 데 대해 분개했다. 또한 그들은 힐러리 클린턴과 전문직 여성이자 열성적인 페미니스트인 힐러리가 상징하는 모든 것을 경멸했다. 그들은 힐러리를 모욕하는 일에 골몰했다. 잭슨은 그들이 클린턴을 비난한 밑바탕에는 그렇게 하면 돈을 주겠다는 제의가 작용했다는 점을 분명히 했다. 클린턴이 자신들을 아칸소주에 내버리고 떠난 직후 경찰관들은 자신들이 알고 있는 클린턴의 비리를 팔아먹기 위해 머리를 짜내기 시작했다. 1992년 클린턴의 성추문에 관해 냄새를 맡고 돌아다니던 기자들 몇 명이 그들에게 접근했지만, 그들은 발설하지 않았다. 그러나 이제 상황이 바뀌었다. 1993년 봄 그들은 자신들의 상관이었던 린 데이비스에게 자문을 구했고, 린은 그들을 잭슨에게 데리고 갔다. 그들은 잭슨이 언론에 밝아서 돈벌이가 되는 책 출판 거래를 주선해줄 것으로 기대했다. 나중에 로니 앤더슨이 밝혔지만, 린 데이비스는 그들 네 명의 경찰관에게 "250만 달러의 로열티를 받을 수 있다"고 장담했다. 그와 같은 돈벌이 약속은 클린턴에 대한 이념적 거부감과 함께 성추문 이야기를 더욱 증폭시켰다. 내가 곧 알게 된 일이지만, 아칸소주의 많은 사람들이 돈만 적당히 주면 언제라도 팔아넘길 클린턴에 관한 이야깃거리 한 가닥쯤은 갖고 있었다.

그런 이야기들을 노트에 적어 워싱턴으로 돌아온 나는 대리인들을 불러

모아 어떻게 책으로 묶어낼지를 논의했다. 그들은 별로 달가워하지 않았다. 만일 경찰관들 이야기를 토대로 책을 써서 내 이름으로 출판하게 되면, 그들 경찰관이 거래에 끼어들 여지가 없어져 말썽이 생길 것이고 책에 대한 신뢰도 떨어질 것이다. 만일 경찰관들이 자신들의 이름을 걸고 책을 낸다면, 나는 유령 작가의 역할을 둘러싼 논란에 휩싸이게 될 것이다.

9월 중순에 나는 다시 리틀 록으로 날아가 잭슨과 경찰관들을 만나서는 책 출판의 어려움에 대해 이야기했다. 하지만 나는 그 이야기를 포기하고 싶지 않았다. 욕심이 잔뜩 생겼던 것이다. 내 목표는 돈 댈 곳은 바꾸지 않고 예정대로 지불하되 그 이야기를 단행본이 아니라 〈스펙테이터〉 기사로 쓸 수 있게 해달라고 요구함으로써 그들의 불미스런 동기와 관련된 문제를 무마하는 것이었다. 나는 그들이 선불을 요구한다면, 그것은 돈에 팔려 이야기를 싸구려 허섭쓰레기로 만드는 짓이라고 주장했다. 그들의 반응을 살피면서, 책으로 출판할 계획을 밀고 나가겠다면 다른 유령 작가를 고용하라고 말했다. 다행스럽게도 잭슨이 〈로스앤젤레스 타임스〉에 기사를 내는 데 문제가 있다는 점을 내비쳤다. 층층으로 있는 편집자들을 차례로 거치다 보면 기사는 계속 검증을 받게 되고, 설사 경찰관들의 말이 믿을 만하다는 결론이 나더라도 뉴스라는 적절한 여과 장치 없이 대통령의 성생활을 폭로하는 일을 그 신문사가 꺼릴 것이라는 점은 충분히 예상할 수 있는 일이었다. 따라서 그 이야기를 기사화해야 할 정치적 이유를 갖고 있는데다 편집 규제도 거의 없는 〈스펙테이터〉가 잭슨에게는 차선책이 될 수 있었다.

잭슨과 경찰관들을 일단 설득한 나는 이제 스스로에게 질문을 던져야 했다. 과연 이 추잡한 폭탄 선언을 해야 하나? 클리프 잭슨의 말이 옳았다. 하브나 타워, 토머스의 경우처럼 공적 행위와 사적 행위 간의 경계가 모호해진 경우라 할지라도 공직자의 더러운 사생활은 입증할 만한 위선적 요소를 내포하고 있지 않는 한 뉴스로 다룰 가치가 없다고 그는 말했다. 그리하여 나는 클린턴의 혼외정사가 왜 공적인 영역과 관련이 있는지를 보여주는 몇 가지 근거들을 대충 꼽아보았다. 나는 무의식적으로 내가 하려는 일을 정당화하긴 했지만, 성실하게 그 일을 했다. 나는 앞으로 클린턴의 성추문과 관련해 다른 기자들이 되풀이하게 되는 시련을 겪으면서 입증 작업을 벌여나갔다. 제니퍼 플라워스에 대한 경찰관들 얘기가 옳다면, 클린턴은 1992년 대통령선거전에서 그녀와의 혼외정사를 부인함으로써 대중을 기만한 것이다. 클린턴의 거짓말은 합법적이었다. 몇몇 추문과 자신의 경호원들에 대한 클린턴의 경솔한 처신은 그가 신통찮은 판단력의 소유자이며, 심지어 앞뒤를 헤아리지 않는 사람이라는 생각을 갖게 했다. 나는 클린턴의 사생활에 대해 어떤 도덕적 판단도 내리지 않았으나, 여론조사는 유권자의 15%가 간통한 사람에게 표를 찍지 않겠다고 응답한 것으로 나타났다. 기자로서 내가 어떻게 그들로부터 들은 정보를 알리지 않을 수 있었겠는가?

하지만 나는 여전히 그 모든 일이 비위에 거슬렸다. 트루퍼게이트에는 좀더 높은 이념적 목적 의식 같은 것이 결여돼 있어 당시에도 기분이 좋지 않았다. 트루퍼게이트 공표를 정당화하기 위해 상세한 목록을 작성했음에도 불구하고, 그 이야기가 함축하고 있던 오직 하나의 그럴듯한 이념(클린턴은 사생활에서 도덕적 잘못을 저질렀기 때문에 미국을 지도할 자격이 없다)을 나는 믿지 않았다. 설사 그 이야기들이 사실이라 하더라도 클린턴이 법을 어긴 적은 없었다. 그는 게리 하트가 그랬던 것처럼 자신의 사생활 조사에 기자들을 끌어들이지도 않았다. 그리고 일반적으로 뉴스거리가 될 만한 위선과 관련해서도 확실히 비난받을 만한 일을 하지 않았다.

나는 〈스펙테이터〉의 보스들에게 일이 어떻게 돌아가는지 말해주지 않았다. 다만 클린턴과 관련된 비밀 프로젝트를 추진하고 있다는 얘기만 했다. 보브와 울라디가 일의 추진 방식에 대해 올바른 조언을 해줄 것이라는 믿음을 갖고 있지 않았기 때문이다. 대신에 〈스펙테이터〉 패거리들보다는 지적으로 몇 수 위인 사람들로 이뤄진 작은 그룹과 이야기했다. 나는 그들을 매우 존경했지만, 그들은 모두 맹렬한 반클린턴 당원들이었고 언론에 관한 뒷배경이 전혀 없었다. 나는 애니타 힐을 공격할 때 도와준 그 그룹과 상의했다.

지도적인 공화당 활동가 빌(윌리엄) 크리스톨도 나의 비공식 상담자 가운데 한 사람이었다. 댄 퀘일 부통령 비서실장으로 일했던 그는 브래들리 재단의 마이클 조이스로부터 창립 자금을 받아 세운 공화당의 '미래를 위한 프로젝트'라는 새 단체를 이끌고 있었다. 크리스톨이 밝힌 그 단체의 설립 취지는 공화당원들이 여러 현안들(범죄 문제에서부터 복지 개혁, IT에 대한 정책에 이르기까지)을 검증할 수 있도록 도와줌으로써 그들을 돕겠다는 것이었다. 크리스톨의 작업은 민주당 정책을 비판하는 수준을 넘어서지 못했지만, 공화당원들이 클린턴 정권 때 제기된 문제나 아이디어들을 따라잡기 위해 얼마나 고심하고 있는지를 보여주었다. "일반 생활에서처럼 정치에서도 사람이 하는 일 가운데 많은 것은 나쁜 생각들에 반대하는 것"이라고 그는 〈뉴욕 타임스〉에서 밝혔다. "반대는 그 자체로 가치가 있고, 나라를 위해서도 좋은 것이다." 공화당이 야당으로 밀려나자, 크리스톨은 클린턴의 보건의료 개혁 방안에 대해 그의 표현을 따르자면 "유쾌한 의사 방해"를 통해 큰 성공을 거두었다. 공화당 상원의원 보브 돌이 미국이 "보건의료 위기"에 직면했다는 점에서 클린턴 행정부와 인식을 같이했을 때조차 입심 좋은 크리스톨은 그 반대 슬로건을 만들어냈다. "보건의료 위기는 없다." 결국 그것은 공화당의 공식 구호가 됐다.

크리스톨의 관심은 보건의료 체제보다는 대통령을 꺾고 모욕하는 수단으로 클린턴의 정책을 좌절시키는 쪽에 쏠려 있었다. 크리스톨은 신중간 계급이라는 타이틀이 중요한 무당파 유권자들을 클린턴 지지로 쏠리게 만들지나 않을지 걱정했다. 크리스톨은 의회의 공화당원들에게 돌린 요란한 팩스 전문에서 클린턴 정책에 대한 "의회와 대중들의 거부는 대통령에게 중대한 패배를 안겨준 것"이며, 민주당의 복지국가 자유주의가 분명히 후퇴하고 있다는 명백한 증거의 하나라고 썼다. 한 인터뷰에서 크리스톨은 자신의 냉소주의적 태도를 시인했다. "솔직히 말해서 여기엔 정치적 기회가 있다. 우리가 클린턴의 정치적·정책적 의제의 핵심을 이루는 보건의료 개혁안을 무산시킬 수만 있다면, 클린턴을 전면적인 패배로 몰아갈 수 있는 토대를 쌓게 된다. 뒤집어 말하면 그것은 1995년과 1996년 선거를 위한 보수주의 개혁을 위한 의제를 설정할 수 있게 해준다."

나는 크리스톨과 개인적으로 친하진 않았지만 전화를 걸어 그에게 자문을 구했다. 크리스톨은 과격한 동조자들을 이끌고 있었지만, 내가 알고 있던 강경 우파들 가운데 정치적 판단력이 가장 뛰어났기 때문이다. 그는 냉정하고 과묵했으며 정치 세계에 대한 건강한 유머 감각을 갖고 있었다. 우리 서클 내에서는 아주 보기 드문 경우였다. 그러나 무엇보다도 그가 엘리트 언론들의 흐름에 대한 본능적인 감각을 갖고 있는데다 부시 정권 때 백악관에서 뛰어난 언론 대책 담당자라는 평판(비록 행정부에 종종 손해를 끼치면서 자신의 이익을 위해 그러긴 했지만)을 얻었다는 점에서 그를 높이 평가했다. 크리스톨은 트루퍼게이트가 함축하고 있는 잠재적인 정치적 중요성(그것은 클린턴의 입법 프로그램이라는 기계에 모래를 끼얹게 될 것이다)을 즉각 간파했으나, 사적인 섹스 관련 정보를 대통령을 곤경에 몰아넣는 일에 동원하는 데 대해서는 부정적인 생각을 갖고 있는 듯했다. 신보수주의자들은 문화 전쟁에서 누구보다 앞장섰지만, 여전히 크리스톨의 과묵함에 반영되듯이 구식 보수주의

감성이 남아 있어 더러운 일에 손을 대려 하지 않았다. 크리스톨은 보수주의자들이 클린턴 행정부에 대한 실질적인 반대에 초점을 맞춰야 한다면서, 트루퍼게이트 기사를 쓰면 타블로이드 언론인(황색 언론인-옮긴이)이라는 비난을 사게 될 것이라고 내게 경고했다.

그 다음에 나는 리 리버먼에게 전화를 걸었다. 그녀는 곧 자신과 함께 연방주의자협회 공동설립자로 미시간주 연방 상원의원에 당선된 스펜서 에이브러햄을 보좌하는 변호사로 일하게 돼 있었다. 애니타 힐 청문회 기간에 리는 토머스의 반대자들이 "인간적 파멸"을 획책하고 있다고 나를 설득했다. 그는 트루퍼게이트를 치밀하게 계산해서 출판하라고 말했다. 내가 기사의 대체적인 윤곽을 이야기해주자, 리는 곧바로 자신은 인신공격을 원칙적으로 반대하지만 워싱턴에서 "인신공격의 악순환"이 끊어지게 하려면 상대편이 "항복한다"고 소리치게 만드는 방법밖에 없다는 결론을 내렸다고 단호하게 말했다.

나는 이번에는 실버먼 부부에게 전화를 걸었다. 리키는 너무 위험하다며 그 이야기를 쓰지 말라고 내게 충고했다. 리키가 다른 무엇보다도 『애니타 힐의 진실』의 평판을 유지하는 일에 신경을 쓰고 있다는 것을 나는 알고 있었다. 리키는 내가 그 기사 쓰기를 강행한다면 남편(로렌스 실버먼)의 또 다른 보수주의 부하인 〈월스트리트 저널〉 칼럼니스트 폴 지거트처럼 내가 앞으로 평판 좋은 〈PBS방송〉의 맥닐-레러 뉴스아워의 편집부장이 될 것으로 믿고 있는 자신의 꿈이 무산될지 모른다고 걱정했다. 사실 내가 알고 있던 야심만만한 보수주의자들은 한결같이 보수주의 게토에서 빠져나와 주류에 편입되는 것이 궁극적인 목표였다. 하지만 나로서는 그것은 최악이었다. 나에게 〈스펙테이터〉 스타일의 극단주의는 명쾌했다. 지거트는 배신자였다. 나는 리키의 충고를 받아들이지 않았다.

래리(로렌스 실버먼)는 클린턴 행정부가 한쪽 당사자가 되는 사건들을 판결하는 연방 판사 자리에 앉아 있었지만, 내게 그 일을 강행하라고 강력하게 권했다. 『애니타 힐의 진실』을 쓸 때 거의 매일 나와 상의했던 그는 내가 언제든 그의 판단에 따르리라는 것을 분명히 알고 있었을 것이다. 래리는 날카로운 심리적 통찰력도 갖고 있었다. 그는 내 자부심을 자극하려고 애썼다. 래리는 트루퍼게이트가 『애니타 힐의 진실』보다 훨씬 더 큰 위력을 발휘할 것이라고 예측했다. 그 이야기가 나가면 클린턴은 '쑥대밭'이 될 것이며, 따라서 내 평판은 크게 올라갈 것이라고 말했다. 래리는 스카치 위스키 잔을 들고 자신이 애용하는 무두질한 가죽 안락의자에 앉아 로널드 레이건에 대해 그런 이야기를 썼다면 레이건도 권좌에서 쫓겨났을 것이라고 말했다. 클린턴도 그와 마찬가지로 쫓겨날 것이라고 그는 추측했다. 물론 자유주의 언론들은 클린턴을 보호하기 위해 그 이야기를 무시하겠지만, 보수주의 진영에서는 내가 왕이 되리라는 것이었다. 그 말을 듣고 나는 마음을 굳혔다. 나는 쿵쾅거리는 가슴을 안고 실버먼 부부의 집을 나왔다.

래리의 조언을 듣고 고무된 나는 그 이야기를 쓰기로 마음먹었다. 그런데 아칸소주에 가서 보니 네 명의 경찰관 중 두 명이 손을 떼려 하고 있었다. 잭슨은 로니 앤더슨이 버디 영이라는 사람이 전화를 걸어와 이야기하지 말라고 경고했다며 자신에게 와서 실토했다고 말했다. 영은 클린턴의 안전을 책임지는 경찰관들을 감독한 인물로, 당시 댈러스에서 대통령이 임명한 관직에 앉아 있었다.

그와 함께 로저 페리는 클린턴이 대니 퍼그슨에게 개인적으로 전화를 걸어 입을 다무는 조건으로 자신과 퍼그슨에게 자리를 만들어주겠다는 제의를 했다고 퍼그슨이 자신에게 얘기해주었다고 내게 말했다. 페리에 따르면, 퍼그는도 갑자기 공개적으로 나서지 않겠다는 입장을 취했다.

대통령이 전화를 걸었다는 뉴스는 간접적으로 전해들은 것이긴 해도 흥미를 불러일으켰다. 클린턴이 퍼그슨에게 전화를 걸어 거래를 제의했다는 페리의 주장이 사실이라면, 그것은 뇌물공여죄에 해당하며 탄핵 소추를 받을 만한 사안이었다. 나는 성추문을 능가하는 중대한 사실을 포착했다는 생각이 들었다. 나는 『대통령의 사람들(*All the President's Men*)』(닉슨 대통령의 하야를 불러온 워터게이터 사건을 파헤친 〈워싱턴 포스트〉 기자 보브 우드워드와 칼 번스타인이 같이 쓴 책—옮긴이)에 버금가는 이야기를 조사하고 있는지도 모른다. 너무 흥분한 나머지 나는 직접 얘기해본 적도 없는 퍼그슨과 앤더슨이 클린턴과 영으로부터 그 이야기를 발설하지 말라는 협박을 받고 있다고 믿기에 이르렀다. 나는 그 경찰관들이 내놓을 만한 확실한 정보를 갖고 있지 못했기 때문에 주눅이 들어 있다는, 마찬가지로 그럴싸한 설명이 있을 수 있다는 점을 전혀 숙고해보지 않았다. 마찬가지 이유로 클린턴은 사실이 아닌 거짓말이 퍼져나갈 것을 우려해 경찰관들에게 전화를 걸었을 수도 있었다(클린턴이 퍼그슨에게 전화한 것과 관련한 클린턴의 메모가 클린턴을 상대로 폴라 존스가 제기한 성추행 배상 소송 과정에서 공개됐는데, 그 내용 중에 다음과 같은 부분이 나온다. "변호사를 통해 교섭 중인 경찰관들—큰돈 제의. 그는 공화당이 관여하고 있다고 한다—지금 10만 달러/7년 전에 대해 얘기 중—일자리와 책에서 나오는 모든 것······ '그'와 앤더슨은 나쁜 짓이라는 것을 알고 있다. 그들은 아무것도 모른다. 모든 소문은 그들 가족이나 나에게 좋을 게 없다").

한편 입을 연 두 경찰관, 래리 패터슨과 로저 페리는 돈을 받고 이야기하겠다는 생각을 버리지 않고 있었다. 어느 날 우리가 리틀 록의 한 식당에서 저녁식사를 한 뒤 숙소인 홀리데이 인으로 돌아가는 도중에 잭슨이 편의점 앞에서 차를 세우자, 동승했던 경찰관들이 맥주를 샀다. 경찰관들이 가게에 들어가려고 차에서 내리자, 잭슨은 그들에게 지불할 돈 문제로 피터 스미스와 협상을 벌이고 있다고 내게 말했다. 클린턴의 메모를 통해서도 알 수 있듯이, 리틀 록과 스미스가 살고 있던 시카고 사이에는 팩스를 통해 다양한 제의들이 오갔다. 그 가운데는 경찰관들의 이야기가 공개돼 소송 비용이 들게 되면 변론 기금을 설치한다는 데 스미스가 동의했다는 것도 있었고, 그들이 직장에서 쫓겨나면 스미스가 그들을 다른 주로 이주시켜서 지금 직장 수준의 임금을 받을 수 있는 자리를 마련해준다고 보증하는 내용도 있었다. 또 스미스가 그들에게 직접 현금을 줄 것이라는 소문도 있었다.

나는 화가 치밀었다. 전체 계획의 신뢰성이 위태로운 지경에 처해 있었다. 머리끝까지 화가 난 나는 잭슨에게 그들 마음대로 내 평판을 손상하도록 내버려두지 않겠다고 말했다. 워싱턴으로 돌아와 시카고에 있는 스미스에게 전화를 걸어 돈이 개입되면 그 이야기는 추잡해질 수밖에 없다고 설명했다. 만일 그가 그런 협상을 그만두지 않으면 기사 쓰는 걸 포기하고, 계획 전체를 폭로하고 그에게 치명타를 가하는 다른 글을 쓰겠다고 냉정한 목소리로 협박했다.

스미스는 거래가 성사된 것은 아무것도 없다면서 예정대로 기사를 발표한다는 공동의 목적을 위해 나와 협력하겠다고 약속했다. 여름에 처음으로 나와 이야기를 나눈 이래, 스미스는 잭슨과 너무 많은 얘기를 한 탓인지 클린턴이 부정 행위 때문에 보안상의 위기에 처하고 그가 백악관에 앉아 있는 한 국가의 앞날이 나날이 위태로워지고 있다는 확신을 갖게 됐다. 실버먼 판사처럼 스미스도 기사가 발표되면 클린턴은 권좌에서 쫓겨나게 될 것이라고 생각했다.

나를 더 안심시키기 위해선지 스미스는 트루퍼게이트 일로 자신에게 자문을 해주고 있는 두 명의 변호사에게 내 생각을 이야기해보라고 권했다. 나는 윤곽을 드러내기 시작한 공화당 고위 인사들의 클린턴 축출 음모에 내가 가담하고 있었다는 사실을 그제서야 깨달았다. 스미스는 결코 독자적으로 자유롭게 활동하고 있는 것이 아니었다. 그는 내게 리처드 포터에게 전화해보라고 말했다. 리처드는 부시 정권의 백악관 고문변호사 보이든 그레이의 수하로 부시-퀘일 팀이 출마한 대통령선거 때 반대 진영 조사 작업을 맡았으며, 지금은 시카고의 커클랜드 앤드 엘리스 법률사무소에서 근무하고 있었다. 커클랜드 앤드 엘리스의 워싱턴 사무소에는 내 친구들도 있었다. 케네스 스타를 파트너로 삼고 있던 젊은 보수파 변호사 그룹 멤버들이 그들이었다. 나는 포터에게 전화해 경찰관들에게 돈을 지불해서는 안 된다는 생각을 밝혔다. 그는 다 듣고 나서도 별말이 없었다. 스미스는 워싱턴의 대리인 댄 스윌링어도 개인적으로 만나보라며 주선해주었다. 댄은 스미스를 대신해 경찰관들과의 합의문 초안을 짰다. 가지런히 다듬은 검은 콧수염에 마른 체구의 스윌링어가 자신을 공화당 정치행동위원회 소속 변호사이자 뉴트 깅그리치 개인 변호사라고 소개해 나는 깜짝 놀랐다. 스미스가 고용한 또 다른 변호사 마크 브래든은 공화당 전국위원회 고문변호사였다. 이자들이 돌았나? 이들은 '부인권(대통령 등 정부 고관들이 불법 활동과의 관계를 부인할 수 있는 권리-옮긴이)'이라는 말을 들어본 적이 없나?

이 중대한 시기에 마크 파올레타가 다시 간여하기 시작했다. 그에 앞서 8월에 피터 스미스로부터 처음 그 얘기를 듣고 곧바로 마크에게 전화를 걸어 매 단계마다 얽히고 설킨 트루퍼게이트의 세세한 얘기를 어떻게 풀어왔는지 말해주었다. 대통령선거에서 부시가 클린턴에게 패배하자(마크는 그때 격분했다), 마크는 워싱턴의 법률 및 로비 회사 오코너 앤드 핸넌에 변호사로 들어갔다. 부시가 대통령에 재선될 경우 2기 정부에서 좀더 높은 자리에 앉기를 기대했던 마크는 법률사무소에 앉아 정치적 소용돌이에서 소외당하고 있는 것을 못내 아쉬워했다. 내가 처음 마크에게 경찰관들 때문에 어려움을 겪고 있다고 이야기하자, 그는 우리 사이의 대화는 대리인과 고객이라는 특별한 관계에 의해 보호받게 되며 앞으로도 모든 대화가 그럴 것이라고 말했다. 우리는 트루퍼게이트가 어떤 것이 됐든 그것을 출판하기 위한 전략을 짜기 시작했다.

1만 1천 자짜리 기사를 작성하면서 나는 잭슨과 스미스에게 경계의 눈길을 거두지 않았다. 대통령을 다루는 일이 얼마나 위험한 것인지는 그 전부터 적어도 남들이 알고 있는 만큼은 알고 있었기에 반듯하게 쓰려고 노력했다. 『애니타 힐의 진실』을 둘러싸고 논란이 빚어졌을 때 일부 사실 오인 때문에 곤욕을 치렀던 나는 이번에는 경찰관들 이야기를 교차 검증하기 위해 두 번이나 더 리틀 록에 다녀오는 등 신경을 썼다. 그들은 몇 시간이나 앞서서 추잡한 이야기를 몇 번이고 똑같이 되풀이하면서 서로가 한 말의 아귀를 맞추었다. 그 작업은 인상적이었다. 많은 경찰관들이 재주 좋은 이야기꾼이며 종종 멋진 이야기를 만들어내기 위해 사실을 그럴듯하게 꾸미기도 한다는 사실을 나는 그때 비로소 알았다. 나는 경찰관들의 이야기에 잘못된 부분이 없는지를 살피면서 그들이 말한 모든 이름과 장소들을 상호 대조했으며, 기사에 이름이 등장하는 모든 사람들에게 전화를 걸어 코멘트를 땄다. 그러나 그날 막판에 그들이 이야기한 사건들의 구체적인 날짜나 시각을 대지 못해 그들의 주장을 검증할 수 없는 까닭에 그들의 말을 그냥 믿는 수밖에 없었다.

나는 내가 원했기 때문에 그 모든 대가를 치렀다. 전쟁을 위한 전쟁이야 말로 7년 전 워싱턴에 온 이후 내가 알게 된 실로 유일한 길이었다. 나는 내 경력도 생각해야 했다. 애니타 힐과 관련한 경험은 여전히 내 마음속에 생생하게 살아 있었다. 그것은 나를 높은 곳으로 밀어올렸다. 나는 한 명의 자유주의 골리앗을 처치했으며, 그 다음의 큰 먹이를 찾아 헤매고 있었다. 클린턴은 내가 철들고 나서 처음 등장한 민주당 대통령(비록 나는 그러지 않았지만 보수주의 운동권과 내 독자들로부터 인신공격을 받았던)이었고, 그 때문에 더 시도해보고 싶은 공격 대상이었다.

그러나 나는 클리프 재슨이나 공화당 패거리들과 달리 클린턴 부부를 미워하진 않았다. 나는 클린턴을 보통의 미국인들에게 위협적인 존재라고 보고 있던 마이클 조이스와 같은 사람들과는 분명히 생각이 달랐다. 나는 1993년 『애니타 힐의 진실』을 둘러싼 나 자신의 싸움에 너무 바빠서 클린턴이 대통령에 당선된 뒤 그들 부부에 대해 생각하거나 쓸 여유가 전혀 없었다.

그러나 감정적 차원에서는 클린턴 부부를 나에 대한 자유주의 비판자들의 대리인들로 생각했다. 애니타 힐 문제를 둘러싼 논란 때 나는 좌파의 공격으로 상처받았으며, 그 때문에 보복 심리에 빠져 있었다. 따라서 그들에 대해 정중하고 친절하게 앙갚음하고 증오를 표출하기란 불가능에 가까웠다. 오히려 토머스 인준 청문회 정도는 점잖게 비칠 정도로 야비한 성추문을 그들의 대통령이 저질렀다는 사실을 폭로할 수밖에 없는 상황이었다. 나의 당파주의는 더 이상 이론적 차원에 머물러 있지 않았다. 나는 본격적인 전투원이었고 그런 관록을 입증해줄 전장의 상처도 갖고 있었다. 나는 새로운 전율을 느끼게 해줄 또 다른 전투를 고대하고 있었다.

트루퍼게이트는 어쩌면 클린턴 부부와 관련된 것이라기보다는 『애니타 힐의 진실』(철저한 '심층 취재'를 가장한 잔인한 중상 비방)을 쓰면서 완벽하게 치러내는 방법을 알게 된 전쟁의 연장이라고 이해하는 쪽이 옳을 것이다. 나는 경솔하게도 토머스 청문회 때 공화당원들이 여성 증언자들에게 공격한 수법을 차용했던 것처럼, 병적인 여성 혐오 성향을 갖고 있는 경찰관들이 힐러리 클린턴을 대하는 수법을 차용했다. 애니타 힐을 공격하기 위해 '괴팍한' 성생활을 발명해낸 바 있는 내가 클린턴의 몇 차례의 혼외정사를 비정상적이고 이상한 것으로 조작하는 일은 식은죽 먹기였다. 나는 〈CNN〉의 '크로스파이어'에 출연해 트루퍼게이트 기사에 대해 얘기하면서 "빌 클린턴은 괴짜"라고 이죽거렸다. 그러나 성적으로 억압된 비공개 게이로서 우익의 정치적 의제를 떠받쳐주기 위해 클린턴의 부정 행위들을 늘어놓은 나야말로 괴짜였다.

애니타 힐 때와는 달리, 나는 트루퍼게이트를 발표해야 할지 말아야 할지를 두고 심사숙고했다. 그러나 내 재능은 심각하게 훼손돼 있었다. 훈련 부족, 부패한 당파주의의 영향, 서른한 살의 나이에 베스트셀러 작가가 된 데 따른 자기도취, 그리고 무엇보다도 자신의 정체성과 관련한 병적인 의식 때문이었다. 나는 이번에는 클레어런스 토머스를 명백한 불의로부터 지켜내는 일과 같은 행동을 하지 않았으며, 보수주의 운동을 페미니즘의 맹렬한 공격으로부터 보호하려고도 하지 않았다. 또 어떤 이념적 지향도 주창하지 않았으며, 보수주의 운동에 한자리 끼고 싶은 갈망을 채우려는 생각조차 하지 않았다. 그것은 『애니타 힐의 진실』을 출판함으로써 이미 성취했다고 나는 생각했다. 〈스펙테이터〉에서의 내 역할(우익의 저격수, 영락없는 살인 청부업자)은 그냥 직원이라는 차원을 넘어섰으며, 〈스펙테이터〉는 바로 나 자신이었기 때문에 나는 밀어붙였다. 나는 해낼 만한 무기를 갖고 있었다.

〈로스앤젤레스 타임스〉는 두 번째 기자 둑 프란츠를 리틀 록에 파견해 빌 럼펠과 함께 그 사건을 취재하도록 했다. 설사 〈로스앤젤레스 타임스〉 기자들이 열심히 움직이지 않고 적당히 뭉기적거린다고 해도 〈스펙테이터〉보다는 훨씬 더 많은 취재원을 확보하고 있는 일간지인 만큼, 나 정도는 눌러

버릴 것이라는 점을 분명히 느끼고 있었다. 잭슨이 〈로스앤젤레스 타임스〉에 서약한 경찰관들의 녹취록을 내게 보여준 덕분에 럼펠과 프란츠가 뒤쫓고 있는 각도와 관련해 좋은 생각이 떠올랐다. 그들은 클린턴이 주지사 시절 여자를 손에 넣기 위해 경찰관들을 동원했다거나 여자 친구를 불러내기 위해 주 정부의 관용 핸드폰을 이용했다는 따위의 혐의들을 강조하면서 "이것은 섹스에 관한 문제가 아니다"는 것을 역설한 잭슨의 기사 판촉 방향에 충실히 따랐다. 〈로스앤젤레스 타임스〉는 생생한 섹스 묘사와 다른 많은 근거 없는 흥밋거리들은 불필요한 것으로 여기고 있었다.

〈로스앤젤레스 타임스〉 기사가 먼저 나갈 경우, 내 기사는 기껏해야 2차적인 읽을거리밖에 되지 않을 것이라는 생각에 나는 경찰관들이 주워섬긴 모든 최신 흥밋거리와 추잡한 이야기들을 집어넣었다. 심지어 힐러리가 예전의 법률사무소 동업자인 빈스 포스터와 애정 행각을 벌였다는 주장과 같은, 경찰관들조차 근거 없는 추측이라고 자인한 이야기들까지 끼워넣었다. 포스터는 백악관 보좌 변호사로 워싱턴에 입성한 뒤 1993년 7월에 자살한 인물이었다. 경찰관들이 힐러리와 포스터의 관계를 입증할 근거로 내세운 것은 리틀 록의 한 대중 식당에서 포스터가 힐러리를 껴안는 모습을 봤다는 것이었다. 지나친 자기중심적 사고방식에 빠져 있던 나는 기사 가치도 없는 시시콜콜한 이야기들, 예를 들면 사과 속까지 게걸스럽게 먹었다든지, 여성용 냅킨 등 클린턴이 엘리베이터 속에서 방귀를 뀌고는 로저 페리를 나무랐다는 얘기만 빼고 온갖 것들을 다 집어넣었다. 결국 나는 내 나름의 기준을 갖고 있었다.

우익이 만들어낸 '빌(클린턴)'과 '힐러리'는 이제 그것을 뒷받침해줄 '사실들'을 확보했다. 내 기사는 '빌'을 성욕이 왕성한 반사회적인 놈팽이로, '힐러리'를 야비하고 거세된, 권력욕에 사로잡힌 욕심쟁이로 묘사하면서 그들이 사기 전략 결혼을 한 것으로 그렸다. 그 기사는 언론과 대중의 뇌리에 지울 수 없는 이미지를 남겨 방송의 뉴스 프로들을 그런 방향으로 이끌고 토크쇼 진행자 제이 리노와 '새터데이 나이트 라이브' 프로에 야유거리를 제공해 장차 대통령 부부에 대해 어떤 황당한 이야기도 마음대로 떠들고 쓰고 방송하더라도 아무 문제도 되지 않는 풍토를 만들었다. 클린턴 부부는 도덕적으로 괴물과 같은 존재가 되고 말았다.

1기 클린턴 행정부 때 〈스펙테이터〉는 클린턴 정책을 신랄하게 비판하는 데 만족했다. 그때는 클린턴 부부를 인격적으로 파멸시키려는 노력은 하지 않았다. 〈스펙테이터〉는 정치인의 사생활을 폭로하지 않았으며, 더욱이 현직 대통령에 대해서는 더욱 그랬다. 그러나 1993년 12월 내가 그 기사를 보내자, 올라디는 원고 마감 때 언제나 그랬던 것처럼 침착했다. 그는 몇 가지 형식적인 질문을 한 뒤 원고를 조판에 넘겼다. 기사가 새어나갈까 봐 우리는 할 수 있는 데까지 보브에게 교정쇄를 보여주지 않았다. 우리는 보브가 원고를 본다면 분명히 온 도시에 그 뉴스를 재잘거리며 다닐 것이라고 생각했다. 명예훼손소송에 대비해 형식적인 대책 검토가 있었지만 원고 손질은 거의 없었다.

〈스펙테이터〉는 명예훼손 문제에 신경쓰지 않았고, 사실 확인 담당 직원도 채용하지 않았으며, 세심하게 편집하지도 않았다. 그것은 트루퍼게이트 기사에 대해서도 마찬가지였다. 기사의 한 항목에 대니 퍼그슨이 기사화하지 않기로 결정하기 전에 내게 해준 일화 한 가지가 나오는데, 누구의 눈길도 끌지 못한 부분이 있다. 그 이야기는 여자를 만나기 위해 때때로 리틀 록 근처 호텔방을 확보해두는 클린턴의 행동 방식에 관한 것이었다. 퍼그슨에 따르면, 1991년 5월 어느 날 클린턴은 리틀 록 시내에 있는 엑셀시어 호텔에서 연설을 한 뒤 그곳 방 하나를 잡았다. 클린턴은 퍼그슨에게 그 호텔 로비에서 열린 공개 취업설명회 부스에 배치된 주 정부 여직원 한 명을 자신의 방까지 데려와 달라고 요청했다. 클린턴은 그 여자가 "다리를 후들거리게 만들 정도로 끝내줬다"는 말을 자신에게 했다고 퍼그슨은 주장했다. 퍼그슨은 그 여자가 폴라라고 내게 말해주었다. 그는 폴라를 안내해서 클린턴 방까지 데려다 준 뒤 한 시간 가량 문밖에서 기다렸다고 말했다. 방에서 나온 폴라는 기꺼이 클린턴의 '정부'가 되겠다고 말했다고 퍼그슨은 주장했다.

폴라 존스가 공개적으로 클린턴을 성추행 혐의로 고소하도록 부추긴 이 일화는 아마도 〈스펙테이터〉에서나 저지를 오류투성이의 치명적인 코미디를 통해 기사화됐다. 퍼그슨이 그 이야기에서 자신은 빠지겠다고 한 뒤, 나는 폴라 관련 일화를 잘라내야 했다. 왜냐하면 퍼그슨만이 그 이야기의 유일한 직접 취재원이었기 때문이다. 그러나 퍼그슨은 그 일이 있었을 당시 로저 페리에게도 그 이야기를 했다. 따라서 나는 그 이야기의 정확성을 보증해줄 인물로 제2차 취재원인 페리를 앞세워 그대로 살려두었고, 편집자와 변호사들도 거기에 대해 문제를 제기하지 않았다.

그와는 별도로 나는 경찰관들이 클린턴에게 주선해준 여자들 이름은 전혀 거론하지 않기로 결정했다. 그 여자들과 접촉해보니 그들 중 일부는 그런 주장을 부인했으며, 일부는 언급하기를 거부했다. 내 생각에 그들의 이름을 들먹이고 사생활을 침해하고 그들의 인생을 혼란에 빠뜨리는 것은 전혀 내 목적에 부합하지 않았다. 폴라 이야기를 어쩌다 내보내게 된 것은 폴라의 성이 알려져 있지 않았기 때문이다. 그 일화에 한 조각 진실이라도 들어 있었다면, 리틀 록 같은 자그마한 도시에서는 성 없이 이름만으로도 그가 누구인지 능히 알아낼 수 있을 것이라는 생각을 하지 못했다는 것이다. 성가시다는 생각에 퍼그슨에게 폴라가 성을 갖고 있는지조차 묻지 않았다. 폴라에 관해서는 그냥 별 생각 없이 한 줄 쓰고 지나간 게 전부였다.

래리와 로저에게 사실 확인을 하도록 편집된 교정쇄를 들고 리틀 록으로 갔다. 만일 그들이 내게 한 말을 끝까지 고수할 태세가 돼 있지 않다면, 나는 궁지에 빠질 수밖에 없었기 때문에 나 자신을 보호하기 위해서라도 원고를 보여주기로 했다. 원고를 읽으러 그들이 내 호텔방에 나타났을 때 로저는 총집에서 권총을 꺼내 옆 탁자 위에 놓았다. 살인을 저지르고도 적당히 수습할 수 있는 마약 담당 주 경찰관이었던 로저는 사무적인 투로 말했다. "누구든 자동차를 세우고 길가로 끌어낸 뒤 쏘아 죽인 다음 총을 던져놓고 마약을 차 안에 놓아두면 그걸로 끝이지." 그것이 로저식의 조크인 듯했다. 내 원고를 훑어보고 있는 무장한 경찰관의 어리석은 짓거리인 줄 모르지 않았으나, 그래도 그것은 신경을 곤두세우게 만들었다. 그들은 조용히 교정쇄를 읽은 뒤 몇 가지 사소한 정정을 요구하고는 떠났다.

그날 밤 늦게 잭슨이 스미스로부터 내가 그 이야기와 돈을 맞바꾸려는 거래를 망치려 하고 있다는 얘기를 들었다. 격분한 잭슨은 내게 전화를 걸어 이야기는 모두 중단됐으며, 경찰관들은 '보호' 없이는 움직이지 않을 것이라고 말했다. 3개월이나 정성을 들여온 일이 무산될지도 모를 그 중대한 고비에서 나는 〈스펙테이터〉의 내 보스에게 사태를 보고하기로 결심했다. 추수감사절 연휴 주간에 노스캐롤라이나주 키티 호크 휴양지에 가 있던 보브에게 전화를 걸어 취재원들이 돈을 요구하는 바람에 클린턴 추적 취재 일이 벽에 부딪쳤다고 말했다. 보브는 쇳소리를 내며 말했다. "그들이 얼마를 원해?" "수표를 끊어주겠어!" 도움을 기대했던 내가 잘못이지.

다음날 아침 일찍 린 데이비스가 예고도 없이 내 방으로 찾아와 래리, 로저와 인터뷰하면서 녹음한 테이프들을 달라고 했다. 나는 그 이야기를 중단하기에는 너무 늦었다고 말하고, 이렇게 소득 없는 짓을 위해 지난 3개월을 허비한 것은 아니라면서 경찰관들이 허락하든 말든 기사를 쓸 것이라고 말했다. 테이프들은 줄 수 있지만 워싱턴에 복사본이 있다고 했다. 데이비스가 떠나자, 나는 빌려 타고 온 렌트카를 버려두고 택시를 불러 공항으로 향했다. 너무 많은 시간을 음모로 가득 찬 아칸소에서 보냈다는 생각도 들었지만, 실은 로저 페리가 나를 자동차에서 끌어내 죽여버릴지도 모른다는 두려움 때문이었다.

물론 그런 결정을 할 때마다 나는 워싱턴에 있는 마크와 미리 점검을 했다. 마크는 그 이야기를 기사화하려면 경찰관들과 관련된 모든 사람들을 무시해버리라고 충고했다. 나는 그 다음 몇 주일 동안이나 플로리다 휴양지에서 잭슨, 린, 스미스와 열띤 논쟁을 벌이면서 경찰관들의 허락 없이 기사를 발표하겠다고 계속 위협했다. 나는 그들에게 내가 제정신이 아니라는 점을 확신시킴으로써 경찰관들이 움직이도록 협박하는 한편, 스미스에게 겁을 주어 그가 수표를 끊어주지 않도록 할 작정이었다. 잭슨은 내가 그의 고객들을 괴롭히고 못살게 굴고 있다고 불평하면서 협박과 강요를 금지하고 있는 아칸소주 법률에 따라 나를 범죄 혐의로 고소하는 방안을 검토하겠다는 선정적인 내용의 팩스를 보브에게 보냈다. 그 팩스를 받아본 보브가 일소에 부치자, 잭슨은 굴복하고 말았다. 잭슨은 내 뜻대로 하기로 했다. 경찰관들은 대가 없이 그 이야기를 공개하기로 한 것이다.

일단 양보를 얻어내자, 마크는 경찰관들이 내게 말해주는 대가로 돈을 받지 않겠다는 것을 보증하는 합의문을 작성해 서명을 받아냈다. 그 합의문에 상당한 허점이 있다는 것을 마크와 나는 잘 알고 있었지만, 기사를 발표하는 것 외에 달리 그것을 지켜낼 방도가 없었다. 나중에 경찰관들에게 돈을 지불하는 일은 어떻게든 잘 되겠지. 나 자신을 방어하기 위해 그 합의 사실을 나는 기사 각주에서 밝혔다. 기사가 발표되고 나서 몇 개월 뒤 피터 스미스가 합의를 깨고 경찰관 두 명에게 각각 6700달러(그들이 받는 연봉의 10%

가 넘었다)를 수표로 주었고, 린 데이비스와 클리프 잭슨에게도 각각 6600달러를 주었다는 사실을 나는 4년 뒤에야 알았다.

기사 발표를 양보하는 대신 잭슨은 그 이야기를 담게 될 〈스펙테이터〉 1994년 1월호가 1993년 12월 말 가판대에 깔리기 전에 언론에 미리 그 내용을 흘리지 않도록 해달라고 요청했다. 그것은 우리의 애초 합의에 따라 여전히 그 이야기를 둘러싸고 뜨거운 논쟁을 벌이고 있던 〈로스앤젤레스 타임스〉에게 첫 보도를 하기까지 몇 주간의 시간을 벌어주기 위해서였다. 나는 〈로스앤젤레스 타임스〉가 그 이야기를 먼저 보도한다는 것이 마뜩찮았지만 기사를 내보내기 위해서는 괜찮은 거래라고 생각했다. 〈로스앤젤레스 타임스〉가 열흘이 지나도록 그 기사를 내보내지 않고 있는 데 대해 잭슨은 그 신문사 내부에서 기사를 실어야 할지 말아야 할지를 둘러싸고 엄청난 논란이 벌어지고 있기 때문이라고 말했다. 나는 〈로스앤젤레스 타임스〉가 그 기사를 내보내지 않을 것이라고 보고, 마크를 뺀 누구에게도 말하지 않은 채 잭슨과의 약속을 깨고 내 방식대로 일을 추진했다.

『애니타 힐의 진실』을 출판한 어윈 글라이크스 밑에서 배운 바로는 우익 기사는 자유주의 언론의 혈류 속에 들어가야 효과를 극대화할 수 있기 때문에 나는 거대 언론을 끌어들여 경찰관들의 주장을 계속해서 내보낸다는 전략을 짜고 〈워싱턴 타임스〉 시절부터 알고 지내던 〈CNN〉 방송사 친구에게 내 허락이 있어야 방송할 수 있다는 조건으로 교정쇄를 건네주었다. 그 친구는 애틀랜타로 날아가는 첫 비행기를 타고 〈CNN〉 본사의 최고경영진에게 그 교정쇄를 들고 갔다. 〈CNN〉을 그토록 쉽게 끌어들일 수 있다는 사실에 나는 적이 놀랐다. 메이저 언론을 뚫고 들어가려는 내 노력은 어떤 점에서는 그 기사만큼이나 중요했다. 왜냐하면 그것은 언론이 클린턴의 추문, 심지어 그것이 명백히 편향적인 시각을 가진 쪽에서 입수한 것일지라도 그것을 보도하려

는 욕구가 강하다는 사실을 입증했고, 장벽을 무너뜨림으로써 앞으로 반클린
턴 앞잡이들이 한층 더 용이하게 활동할 수 있는 여건을 만들어주었기 때문
이다. 엠바고(조건부 보도 보류—옮긴이) 약속이 깨졌다는 사실을 깨달은 〈스펙
테이터〉 스태프들은 기사 내용을 외부로 흘린 배신자가 누군지를 찾아나섰
다. 한 편집자가 팩스 전송 사실을 찾아냄으로써 그 배신자가 나라는 사실이
드러났다. 그들의 추궁에 나는 실로 서투른 거짓말로 둘러댔지만, 일단 부인
하고 나자 사태는 금방 수습됐다. 모두들 제자리로 돌아가 전과 다름없이 나
를 대했다. 마치 나라는 사람에 대해 전혀 아는 바 없었다는 듯이.

  그러나 그 이야기는 덮어둘 수 없을 정도로 폭발력이 강했기 때문에 사
태는 곧 나의 통제 범위를 벗어나고 말았다. 기사 사본들이 〈CNN〉 방송사
를 돌아다니더니 곧 클린턴 진영으로 새나갔다. 1992년 대통령선거 때 클린
턴 유세 캠프에서 클린턴 여성 추문에 관한 잘못된 이야기들을 잠재우는 역
할(그는 그것을 "행실 나쁜 여자 단속"이라고 불렀다)을 했던 클린턴 진영의 활동
가 벳시 라이트가 그 사본 하나를 입수해서 〈로스앤젤레스 타임스〉 기자 빌
럼펠이 묵고 있던 호텔방 문 밑 틈새로 밀어넣었다. 럼펠은 그때 자신이 취
재한 그 기사를 내보내기 위해 편집자들에게 로비를 하려고 워싱턴에 머물
고 있던 중이었다. 라이트는 분명히 럼펠이 그 기사를 이제 내보낼 경우 비
열한 우익 쓰레기 기사의 뒷북이나 치는 꼴이 되니 기사 출고를 재고할 것이
라고 기대했다. 한편 〈CNN〉은 리틀 록에 기자들을 파견해 잭슨을 접촉하게
했다. 잭슨은 당시 기사가 사전에 외부로 유출된 데 대해 신경질적인 반응을
보이고 있었는데, 나는 짐짓 모른 체하고 있었다. 그는 내게 전화를 걸어 "사
실대로 얘기하는 게 좋을 거야!"라고 외치더니 쾅 소리가 나도록 수화기를
내려놓았다. 그때가 1993년 크리스마스 주간인 12월 18일 일요일 아침이었
다. 나는 집에 있던 울라디에게 전화를 걸어 팩스로 '클린턴의 애정 행각' 이

라는 제목을 단 그 기사의 교정쇄를 뿌리라고 지시했다. 그 기사를 커버스토리로 다룬 〈스펙테이터〉의 표지는 해질 녘 어둠을 틈타 얼굴이 벌개진 빌 클린턴이 주지사 관저를 발끝 걸음으로 조심조심 빠져나가는 모습을 그린 것이었다.

　　그날 저녁 6시 방송에서 〈CNN〉은 트루퍼게이트를 머릿기사로 올렸다. 보브 프랭컨 기자가 리틀 록 공항에서 워싱턴을 향해 출발하는 대통령 당선자 클린턴의 1993년 1월의 환송식 장면을 내보냈다. 프랭컨은 클린턴이 래리 패터슨에게 자신의 여자 친구 한 사람을 그 행사장에 데려오도록 요청했다는 패터슨의 주장을 인용했다. 패터슨은 녹음 테이프를 통해 행사장에 있던 힐러리가 자기 쪽으로 돌아서서 "그 매춘부가 누군지 알아. 여기서 데리고 나가"라고 지시했다고 말했다. 나는 내 눈과 귀를 의심했다. 휴일 파티장에 있던 리키와 래리 실버먼에게 전화를 걸어 수화기를 텔레비전에 갖다댔다. 나는 말 그대로 기뻐 날뛰었다.

　　며칠 동안 어딜 가든 온통 그 얘기뿐이었다. 래리 실버먼이 옳았다. 이것은 『애니타 힐의 진실』보다 훨씬 큰 건수였다. 백악관 고문 데이비드 저건은 〈CNN〉에 전화를 걸어 그 기사를 막으려 했지만, 너무 늦었다. 〈AP통신〉이 그것을 받았고 〈워싱턴 포스트〉가 월요일 조간에 실었다. 화요일 아침에는 〈로스앤젤레스 타임스〉가 그 이야기를 쏟아냈다. 그날 밤 시무룩한 표정의 〈로스앤젤레스 타임스〉 기자들의 모습이 텔레비전 '나이트라인' 프로에 비쳤다. 프랜츠는 그 뒤 곧 신문사를 그만두었는데, 일부에서는 그것을 자신의 기사가 실리지 못한 데 대한 항의 표시로 보았다. 나는 기선을 제압했던 것이다. 그들의 기사는 더 절제돼 있었고, 평판이 더 좋은 매체에 실린 더 전문적인 것이었기 때문에 클린턴 옹호자들은 그 기사를 터뜨린 모든 공(또는 비난)을 나에게 돌렸다. 텔레비전 프로에서 럼펠과 프랜츠 맞은편 자리에 앉았던 언론인 시드니 블루멘털은 교묘하게 나에게로 화살을 돌렸다. "이것은 모두 우익 데이비드 브록이 만들어낸 것이다. 나는 그를 언론인이라 부르기가 망설여진다." 백악관 크리스마스 파티에서 힐러리 클린턴은 내 기사를 "터무니없고 불쾌한" 것이라고 몰아붙이면서 남편의 정적들 소행이라고 비난했다. 하지만 힐러리는 그 내용의 대반을 모르고 있었다. 이제 자신의 결백을 입증할 수밖에 없게 된 클린턴은 라디오 방송과의 인터뷰에서 망설이는 듯한 목소리로 경찰관들의 이야기가 "터무니없고, 그리고 사실은 그렇지 않다"고 말했다.

내 기사와 〈로스앤젤레스 타임스〉가 모두 제기하고, 진지하게 받아들였던 유일한 주장(클린턴이 경찰관들에게 직업을 알선해주겠다고 제의했다는)은 언론의 추적 과정에서 신빙성이 흔들렸다. 벳시 라이트가 리틀 록으로 날아가 클린턴이 일자리 제공을 제의했다는 주장(라이트는 그것을 "클린턴을 탄핵으로 몰고 갈 수 있는" 일이라고 말한 것으로 보도됐다)에 관해 퍼그슨을 추궁했을 때, 퍼그슨의 변호사는 그 주장에서 한 발 물러서는 내용의 녹취록을 발표했다. 〈보스턴 글로브〉와 〈뉴스데이〉는 경찰관 퍼그슨이 그런 주장을 직접 언론에 말한 적이 없다는 사실을 지적했다. 럼펠, 프랜츠, 그리고 나는 그 내용을 퍼그슨이 자신에게 그렇게 말했다고 주장한 로저 페리의 이야기에 입각해서 작성했다. 독자적으로 검증될 수 있는 경찰관들 주장 가운데 어느 것도 사실로 판명된 것은 없었다. 예컨대 클린턴 여자 친구가 트렌치 코트를 입고 보안 검문소를 무사히 통과했다는 경찰관들의 주장에 대해 (대통령 경호 등의 업무를 맡고 있는—옮긴이) 재무부 특별경찰은 의문을 제기했다. 경찰관들은 힐러리가 클린턴과 제니퍼 플라워스의 밀회를 은폐하기 위해 주지사 관저 출입 기록을 파기하라고 지시했다고 주장했으나 〈아칸소 데모크래트 가제트〉

는 그런 기록을 보관해둔 적이 없다는 사실을 밝혀냈다. 이 신문은 또 포스터가 힐러리를 껴안았다는 주장도 사실이 아님을 확인했다고 보도했다. 〈AP통신〉은 경찰관들의 경비소로 기자를 보내 클린턴이 주지사 관저 뜰에 주차해둔 트럭 안에서 여자 친구의 오럴 섹스를 받고 있는 장면을 감시용 비디오 카메라를 통해 목격했다는 경찰관들의 주장을 조사해봤으나, 그 카메라로는 차 안에서 벌어지는 광경을 분명하게 포착할 수 없다는 결론을 내렸다. 마지막으로 페리와 패터슨은 밤에 술판을 벌인 뒤 음주 운전을 하다가 주 경찰서 차량을 대파시켜놓고는 자신들의 과실을 숨기고 보험회사로부터 10만 달러의 보험금을 사취하기 위해 사고 당시 상황을 거짓 보고한 혐의로 보험회사 조사관들로부터 추궁당했다는 사실도 덧붙였다.

미디어 비평가들은 경찰관들의 검증되지 않은 주장들을 보도한 결정을 입을 모아 비난했다. 〈뉴욕 타임스〉 워싱턴 지국장 애플은 냉담하게 말했다. "나는 아칸소 주지사 빌 클린턴의 성생활에 관심이 없다." 존경받은 〈로스앤젤레스 타임스〉의 미디어 비평가 데이비드 쇼는 그 신문에 다음과 같이 썼다. "그것은 강력한 유혹이겠지만, 내가 편집자였다면 내보내지 않았을 것이다." 조 클라인은 〈뉴스위크〉에 "노골적으로 말하자면, 그 기사는 쓰레기다" 라고 썼다. 그는 힐러리에 대한 경찰관들의 묘사를 "페미니스트들이 실제로 어떤 인간들인지에 관한 유인원의 공상"이라고 조롱했다. 〈뉴욕 타임스〉의 앤서니 루이스는 내가 "극우 세력을 위한 거름 주기 작업반장을 자임한 사람"이라고 비아냥댔다. 〈PBS〉 방송의 '워싱턴 위크 인 리뷰' 프로의 사회자 폴 듀크는 "빌 클린턴의 사생활에 관한 낡아빠진 주장들을 되살려낸 저 끈적끈적한 잡지 기사"를 쓴 나를 "올해의 패배자"로 불렀다. 역사가 게리 윌스는 나에게 "저속한 자일 뿐만 아니라 다른 사람들이 저속한 짓을 하도록 만드는 자"라는 딱지를 붙였다. 〈뉴스위크〉의 '속설'이란 상자 기사는 내 이름

뒤에 아래쪽 방향 화살표를 붙이고는 다음과 같은 글을 달았다. "데이비드 브룩―〈아메리칸 스펙테이터〉의 이른바 '작가'. 자신의 우익 의제에 맞는 것이라면 연못 바닥의 어떤 찌꺼기라도 삼킬 자." 〈뉴 리퍼블릭〉은 데이비드 크록(Crock : 늙어 못쓰게 된 말, 페인―옮긴이)이라는 필명으로 내 기사를 패러디했다.

비록 노먼 포드호리츠가 개인적으로 "우리의 보브 우드워드(워터게이트 사건을 파헤친 〈워싱턴 포스트〉의 기자―옮긴이)"라고 나를 추켜세웠지만, 트루퍼게이트에 대해서는 보수 기득권층으로부터도 비판이 쏟아졌다. 윌리엄 버클리가 발행하던 〈내셔널 리뷰〉의 편집장 존 오설리번은 자기라면 그 기사를 발표하지 않았을 것이라고 말했다. 프라이버시를 존중하는 전통 보수주의 가치를 숭배하는 문화 전쟁의 전사 팻 뷰캐넌조차 "독가스 여과통들"을 정치 논의 과정에 풀어헤쳤다며 나를 꾸짖었다. 뷰캐넌은 〈뉴욕 타임스〉와의 인터뷰에서 다음과 같이 말했다. "평가받는 잡지에서 이런 류의 상세한 서술을 본 적이 없다. 이것은 슈퍼마켓에서 파는 타블로이드판 황색 잡지에서나 취급할 재료다. 그것은 매우 섬뜩하고 음탕해서 NAFTA(북미자유무역협정)나 보건의료와 같은, 우리의 에너지를 쏟아부어야 할 문제들에 대한 국가적 논의의 품위를 떨어뜨리는 것이라고 생각한다." 윌리엄 크리스톨의 '공화당의 미래를 위한 프로젝트'는 성명을 통해 보수주의자들이 스캔들을 뒤쫓는 일은 중요한 정책 공방을 혼란스럽게 만들 것이라고 경고했다. 동료 대니 워튼버그의 아버지 벤과 새해맞이 축하 행사장에서 우연히 만난 잭 켐프는 내 기사가 파괴적인 선례를 만들었다는 얘기를 벤에게 했다고 전해들었다.

〈스펙테이터〉 일로 돌아가자. 『애니타 힐의 진실』을 둘러싼 논란이 계속되는 동안 나의 충실한 지지자였던 올라디는 트루퍼게이트 기사에 대한 공격이 봇물처럼 터져나오는데도 전혀 겁을 먹지 않았다. 그는 동료 보수주의자들이 자신들의 사소한 개인적 실수들 때문에 기사를 헐뜯고 있는 별도 없는 이상한 사람들이라며 그들의 이름을 나열했다. 그때까지 나는 그걸 깨닫지 못했으나 그것은 정곡을 찌른 말이었다. 만일 충실한 일부일처주의자만이 공직자가 될 수 있다는 전제조건이 붙는다면, 민주당원뿐만 아니라 공화당원들도 약점을 안고 있을 것이다. 보브는 나에 대한 이상한 옹호 논리를 펴면서 기사 게재를 강행했다. 그는 〈뉴욕 타임스〉에 나의 『애니타 힐의 진실』과 트루퍼게이트 기사가 모두 오류가 있긴 하지만(그는 경박하게도 "오류가 그토록 적다는 데 나는 놀랐다"고 말했다), 중요한 것은 "핵심 내용은 진실"이라는 점이라고 이야기했다. 나는 그 코멘트를 듣고 격분했다. 나는 중대한 오류를 범한 것이 전혀 없다고 생각했기 때문에(나는 내 기사의 오류라는 것들은 친클린턴 언론인들의 트집에 지나지 않는다고 생각했다), 〈뉴욕 타임스〉에 보브 명의로 그의 발언을 취소한다는 내용의 편지를 써서 그에게 서명하라고 요구했다. 그러나 보브는 내 작업에 관한 진상이 흘러나가도록 내버려두었다. 트루퍼게이트는 적어도 진실의 핵심(섹스 문제는 클린턴에게 아킬레스건이 됐다)을 담고 있지만 보도하기에는 적절치 않았다. 그 기사는 상세한 관찰과 소문을 뒤섞은 것으로, 어느 부분이 정확하고 어느 부분이 그렇지 않은지 누구도 구별해낼 수 없었다. 하지만 보브에게는 그게 전혀 문제가 되지 않았다. 그는 솔직하게 자신의 언론 철학을 다음과 같이 말했다. "〈스펙테이터〉의 경우 이야기의 요체만 밝혀낸다면 (사소한 내용들은 다소 틀리더라도—옮긴이) 그것으로 충분하다. 진짜 목적은 언론과 관련된 것이 아니라 정치적인 것이다."

자유주의 식자들과 우리 진영 내 독설가들의 공격에도 불구하고, 내 생활을 즐길 시간은 있었다. 〈스펙테이터〉가 다시 한 번 3판을 찍게 되자 나는 큰돈을 벌었다(앞으로 4년 동안 50만 달러를 받기로 했다.) 그리고 자유주의 패거리들과 싸우고 문화 권력에 대항하는 일에만 매달렸다. 토머스-힐 청문회 논란 기간에 정당한 비판을 무시하고 막무가내로 밀고 나가는 법을 배웠던 나는 이번에도 그렇게 할 수 있었다. 나는 크리스마스 이브에 백악관을 융단 폭격하는 공상마저 펼치고 있었다. 그것은 내가 당시 얼마나 제정신이 아니었는지를 보여준다.

아마 빌 클린턴은 시골 촌뜨기 섹스광, 그에 짝짜꿍하듯 힐러리는 모른 체하는 암캐라는 판에 박힌 평판이 이미 워싱턴 언론계에 널리 소문으로 떠돌고 있었기 때문에 주요 언론사의 어느 누구도 내 기사에 들어 있는 숱한 오류들을 골라내서 포괄적인 사실 논박을 하려고 하지 않았을 것이다. 몇 주 동안 다양한 뉴스 매체들을 통해 약간의 문제들이 표면화했다. 트루퍼게이트는 재미없고 엉뚱한 것으로 묘사됐지만, 언론계에서는 마치 사실인 것처럼 받아들여졌다. 마이클 킨슬리는 〈뉴 리퍼블릭〉에 쓴 칼럼에서 다음과 같이 지적했다. "책임 있는 언론이 브록의 주장들을 불쑥 공표했다." 나는 성공적으로 대박을 터뜨렸다. 나는 나를 비판한 보수주의자들은 비겁하다는 울라디의 생각에 동의했다. 그들은 조만간 반클린턴 성전 열기가 뜨거워지면서 트루퍼게이트에 대한 유보적 자세를 버리고 모두 내게로 돌아오게 돼 있었다.

8

커밍 아웃

캘리포니아주 오렌지 카운티 출신의 연방 하원의원으로 대단한 반클린턴 우익 인사였던 **보브 도넌**은 나의 트루퍼게이트 기사가 공표되던 날, 러쉬 림보의 방송에 출연하고 있었다. 도넌은 세 시간 내내 내 기사 이야기를 했다. 원래 라디오 쇼 구성과 달리 내가 특별 게스트로 등장하자, 스위치보드에 불이 들어왔다. 나는 유쾌하게 클린턴의 성추문에 대해 이야기했다. 내가 스튜디오에 도착했을 때 도넌의 아내 샐리(그녀는 항의하는 한 게이에게 "입 닥쳐, 동성애자야!"라고 소리친 적이 있다)가 온몸을 껴안으며 반갑게 맞이했다.

쉬는 시간에 도넌은 내가 트루퍼게이트 기사를 쓰고 있을 때 클리프 잭슨이 자기를 찾아와 경찰관들 얘기가 공개될 경우 그들을 정치적으로 지원하기 위한 준비 작업 문제를 함께 논의했다고 말했다. 나는 잭슨이 도넌에게 접근한 것은 그가 트루퍼게이트 기사에 대한 자연스런 지지층은 극우 세력, 특히 기독교 우파가 될 것이라는 점을 알고 있었기 때문이라고 생각했다. 기독교 우파는 그 기사를 클린턴 정권의 도덕적 권위를 실추시키는 데 이용할 것이다. 보수주의 운동 가운데 좀더 세속적인 세력은 트루퍼게이트를 어떻게 봐야 할지 확신이 없었으나, 기독교 우파는 클린턴을 상대로 한 정치 전쟁에 대처할 신학적인 토대를 갖고 있었다. 랠프 리드가 『적극적인 신념』에서 지적했듯이, 기독교 우파의 '기독교 국가'나 '개조론' 운동은 "구약성서에 열거돼 있는 고대 유대 율법을 입법화하는 일"에 강한 신념을 갖고 있었다. 예컨대 간음한 자들을 돌로 치고, 동성애자들을 처형하며, 심지어 식사 규범까지 지시하는 내용이었다. 이들 과격한 복음주의자들은 하느님의 이름으로 클린턴을 권좌에서 몰아내려고 애썼다.

이제 〈스펙테이터〉는 기존 거대 매체들이 자사의 기사를 보도하든 말든 상관없이 대중적 관심을 받을 수 있는 광범위하고 전국적인 우익 라디오 토크쇼 네트워크를 타게 됐다. 나는 전국의 기독교 라디오 토크, 댈러스의 말

보브 도넌
18년 동안 미 연방 하원 국방위원회 위원이었으며, 이때 'B-1' 폭격기라는 별명이 붙었다. 지금은 도넌 라디오쇼를 진행하고 있으며, 러쉬 림보쇼에 보조 진행자로도 자주 등장한다. 도넌의 거침없는 언변은 보수 우익 젊은이들에게 크게 어필하고 있다.

린 매덕스와 연간 예산이 1억 달러를 넘고 콜로라도에 자체 우편번호를 갖고 있는 기독교 우파 조직 '초점-가족'의 제임스 돕슨 목사가 이끄는 청취자 수백만 명의 토크쇼들을 누비고 다녔다. 팻 로버트슨 목사의 '700 클럽' 생방송에 출연하기 위해 버지니아 비치로 날아가기도 했다. 또 극우 조직들로부터 여러 번 강연 초청을 받고 상도 받았다. 나는 보수주의 정치행동위원회 연례회의에서 클린턴을 부도덕한 사람이라고 비난했다. 그 회의를 호의적으로 보도한 기사에 따르면, 나는 그곳에서 올리버 노스보다 훨씬 더 열렬한 환영을 받았다. 또한 워싱턴에서 열린 기독교연합의 연례 행사 '승리의 길'에 참석해 게이에 반대하는 부스들이

늘어선 곳을 지나 연단으로 걸어가면서도 그런 환호를 받았다. 나는 워싱턴 힐튼 호텔 무도회장 대형 스크린에 비치는 내 모습을 힐끗힐끗 보면서 참석한 수천 명의 기독교 활동가들이 스탬핑 춤을 추며 환호하게 만들었다.

윈스턴 처칠상을 받으러 세인트루이스에도 날아갔다. 그 상은 1981년에 다양한 종교적 우파 조직들의 활동을 조정하기 위해 설립된 일종의 우익 3자 협력위원회인 '국가정책평의회'가 "보수주의 대의를 위해 용기 있고 헌신적인 봉사"를 한 사람에게 주는 상이었다. 400여 명으로 구성된 그 조직 운영 이사회(보수주의 활동가들, 선출직 관리들, 은퇴한 군인들 참여) 참가자들의 개인 신상은 철저히 비밀에 부쳐졌다. 평의회 공동설립자에는 직접 배달 우편물을 통한 헌금 모집자 리처드 비구어리, 보수주의 간부회의의 하워드 필립스, 폴 웨이리치, 양조업계 재벌 조 쿠어스, 제리 폴웰 목사, 그리고 팀 러헤이 목사 등이 있었다. 당시 캘리포니아의 '도덕적 다수' 총재를 맡고 있던 팀 러헤이는 '미국을 염려하는 여성들' 회원이자 낙태 반대 운동가인 그의 아내 비벌리와 함께 "가정 생활을 위한 성서적 원칙들"을 고창하고 있었다. 평의회는 해마다 4~5차례 비밀 회의를 열었다. 구성원들 중에는 저명한 공화당 정치인도 여럿 있었는데, 트렌트 로트, 제시 헬름스, 존 애쉬크로프트(현 조지 부시 정권의 법무부 장관—옮긴이) 등의 상원의원과 딕 아미, 톰 딜레이, 보브 도넌 등의 하원의원이 그들이었다.

세인트루이스 회의에 참가했을 때 나는 법무부 장관이었던 에드윈 미즈, 헤리티지 재단 이사장 에드윈 퓰너, 올리버 노스, 랠프 리드, ERA(Equal Rights Amendment : 남녀평등 수정헌법 —옮긴이) 반대 운동 활동가요 존 버치 협회 회원이었던 필리스 슐래플리, 그리고 팻 뷰캐넌의 대통령선거 유세 공동의장을 하다가 뷰캐넌이 백인 지상주의자 및 반정부 반대 단체들과 손잡자 그만두어버린 래리 프랫 등과도 식사를 함께 했다. 버지니아 정계에서 오랫동안 폴웰 목사와 협력했던 머튼 블랙웰이 내게 상을 수여했다.

국가정책평의회의 초청을 받아들였을 때 나는 그것이 어떤 단체인지 전혀 몰랐으며, 언제나 그랬듯이 참석하기 전에 미리 알아보려고 하지도 않았다. 세인트루이스의 호텔방에 도착했을 때 예전 〈워싱턴 타임스〉 시절에 존 로프턴, 샘 프랜시스와 같은 우익 급진주의자들을 기피하고 팻 뷰캐넌을 공개적으로 비판했던 사실이 떠올랐다. 그러나 이제 나는 그들을 예찬하고 그들이 주는 상을 받으려 하고 있었다. 하지만 필리스 슐래플리의 벌집 같은 머리를 응시하면서 내가 국가정책평의회 연단에 앉아 있는 것이 어울리지 않는다는 사실을 깨달았다. 짤막한 수락 연설을 후다닥 해치우면서 웃음을 지어보려고 애썼으나 그렇게 되지 않았다. 비참했다. 그렇지만 그것이 내가 꾸려온 삶이었고, 나는 그런 인간이 돼 있었다. 보수주의자들은 돈으로 내 머리를 샀다.

그날 밤 국가정책평의회에 참석한 사람들 가운데 내가 토요일 밤 워싱턴에 있었다면 게이 댄스 클럽의 어두운 복도를 배회하고 있었을 것이라는 사실을 알고 있는 사람은 단 한 사람도 없었다. 림보의 방송에 나갔을 때 나를 맞이했던 보브 도넌은 내가 비공개 동성애자라는 사실을 몰랐다. 도넌은 게이들이 "당은 말할 것도 없고 국가를 파괴하고 있으며, 우리는 그들의 정체를 폭로하고 그들을 분쇄할 도덕적 의무를 갖고 있다"고 선언하면서 공화당 하원의원 스티브 건더슨을 게이라는 이유만으로 쫓아낸 사람이었다. 극도의 동성애 혐오자들인 팻 로버트슨, 말린 매덕스, 제임스 돕슨도 몰랐다. 아칸소주 대법원 판사였으며 인종차별주의에 앞장섰던 짐 존슨은 보수주의 정치행동위원회 회의에서 나와 함께 연단에 섰던 사람이다. 존슨은 클린턴을 "미국 대통령이면서 동성애 장사를 하고 매춘부를 호리는 간통자, 영아를 살해하고 마약 사용을 묵인하고 거짓말을 하는 두 얼굴의 반역자"로 몰아붙였다.

존슨의 연설이 보여주듯이, 트루퍼게이트는 동성애에 대한 기독교 근본주의의 반감에 불을 붙였다. 이제 나는 마빈 리브먼이 일찍이 자신의 처지를 한탄했듯이, 히틀러의 나치 군대 속에 있는 한 사람의 유대인이었다. 이 심각한 도덕적 갈등 속에 깊숙이 발을 들여놓고 있으면서도 나는 그것을 인정하지 않았다. 그것을 인정하는 순간, 자신의 신념에 의문을 제기하고 자기혐오에 빠질 수밖에 없었기 때문이다. 나는 오직 자기계발에만 관심을 쏟았다. 보브 도넌은 광신도가 아니라 나의 팬이었다.

트루퍼게이트가 터진 것과 거의 동시에 〈스펙테이터〉 전화 교환대에는 전국의 게이 신문사 몇 곳에서 나의 성생활에 관한 정보를 갖고 있다고 주장하는 전화가 걸려왔다. 내가 워싱턴 듀폰 지구 근처에 있는 배드랜즈라는 대중 게이 바에 자주 간다는 소문을 폭로하는 익명의 편지가 주요 일간신문에 기고하는 가십 칼럼니스트들 사이에 나돌았다. 비공개 게이였지만, 나는 지난 몇 년 동안 게이들과의 하룻밤 접촉을 위해 종종 게이 바에 나갔다. 그럴 때는 언제나 밤늦게 혼자 나갔는데, 내가 누구인지 아는 사람은 거의 없었고 아무도 신경쓰지 않았다. 트루퍼게이트로 나라 전체를 들쑤셔놓은 데 따른 응보가 이제 나에게 닥쳐왔으나, 거기에 어떻게 대처하면 좋을지 알 수가 없었다. 나는 겁이 나서 굳어 있었다.

1994년 1월 초 나는 캘리포니아에 있는 앤드류 집으로 갔다. 그곳에서 트루퍼게이트가 잠잠해지기를 기다릴 작정이었다. 어느 날 새벽 다섯 시에 전화벨이 울렸다. 손을 더듬어 수화기를 찾아서 귀에 대자, 워싱턴에 있는 보수파 비공개 게이 친구가 비명처럼 내뱉는 오싹한 소리가 들려왔다. "네가 (게이라는 사실이) 드러났어!" 그날 아침 〈뉴욕 타임스〉에 실린 칼럼을 보고 그 친구가 숨넘어가는 소리로 그 사실을 내게 알려주었던 것이다. 나는 그에게 목소리를 낮추고 팩스로 그 칼럼을 보내달라고 부탁했다. 흐릿한 눈으로 그것을 읽어본 나는 다시 침대에 몸을 던졌다.

몇 시간 뒤에 일어난 나는 프랭크 리치가 쓴 '데이비드 브록의 여인들'이라는 제목의 그 칼럼을 다시 읽었다. "실제로 그가 그렇게 행동하도록 만드는 것은 자유주의자들이 아니라 여자들이다. 여자 성 행태의 편린만 보고도 그는 광적인 여자 혐오증에 빠졌다. 브록에게 모든 여자는 똑같다. 무섭고 입이 더럽고 성적으로 문란한 존재다." 그 칼럼에 어떻게 대응해야 할지 전혀 방도가 떠오르지 않았다. 나는 내가 게이임이 드러났다는 사실을 믿고 싶지 않았다. 리치는 내가 게이라는 얘기는 하지 않고 여성 혐오자라고 했다. 여성 혐오를 동성애로 바꿔놓을 수 없고 그 반대도 마찬가지지만, 한 세대 전만 해도 일부에서는 여성 혐오를 동성애를 가리키는 상투적인 말로 받아들였다. 극도의 예민한 감수성과 인간애를 바탕으로 종종 게이 문제와 씨름했던 강력한 게이 권리 옹호자인 리치는 그 뒤 잇따라 보도된 인터뷰를 통해 그 칼럼을 쓸 때 내 사생활에 대해 전혀 아는 바가 없었다고 말했고, 나역시 그가 알 까닭이 없다고 생각했다. "일반인이든 게이든 여성 혐오자들은 있으며, 데이비드 브록이 어떤 부류의 사람인지 나는 모르며 또 개의치도 않는다"고 리치는 〈워싱턴 포스트〉에서 말했다.

그러나 캘리포니아에서 맞이한 그날 아침, 그 칼럼으로 인한 타격이 어느 정도인지 알아보기 위해 동부 지역에 여러 차례 전화를 걸어본 나는 프랭크 리치가 그 칼럼을 쓸 때 무슨 생각을 했건 중요한 것은 그것이 아니라는 점을 깨달았다. 설사 그가 의도하지 않았고 일부 사람들이 이미 내가 게이였다는 사실을 분명히 알고 있었다고 하더라도 리치의 그 칼럼은 가십거리 제조 공장인 뉴욕과 워싱턴, 특히 그곳 보수주의자들 사이에 내 성 문제에 관한 논란의 불을 지폈다. 보수주의자들은 내가 그들 누구에게도 게이라고 밝힌 적이 없었음에도, 리치가 〈뉴욕 타임스〉 칼럼을 통해 내가 게이라는 사실을 폭로했다고 재빨리 연락을 해왔다. 리키 실버먼이 전화로 고함을 질렀다. "그자가 무슨 소릴 하고 있는지 알고 있지?" 나는 더듬거리며 거의 말을 하지 못했다. 그런 개인 신상의 문제들이 제기된 데 대해 나는 분노하고 당혹스러웠다. 도대체 내 성생활이 내 언론 활동과 무슨 상관이 있다는 말인가? 왜 내 프라이버시가 침해당해야 하는가? 물론 내가 비난해야 할 사람은 다른 누구도 아닌 바로 나 자신이었다. 프라이버시? 예의? 사리분별? 트루퍼게이트가 그 모든 것을 파괴해버렸다. 나는 내가 당하고 있는 일을 자초했다.

트루퍼게이트를 발표해야 할 것인지를 고민할 때 마음 한구석에는 내가 불장난을 하고 있다는 생각이 있었다. 왜냐하면 내가 빌 클린턴의 엽색 행각을 조사하고 그것이 보도할 가치가 있는 것이라고 선언한다면, 내 사생활과 직업 생활 간의 부조화(〈아메리칸 스펙테이터〉에서 일하는 '비공개' 게이로서 클린턴의 사생활을 '공개'한 것처럼) 역시 보도할 가치가 있었기 때문이다. 나는 내 정적들이 공화당 우파에 가담하고 있던 나의 장래를 망쳐놓기 위해 내가 게이임을 폭로하는 음모를 꾸몄을 것이라고 의심했다. 나는 이미 애니타 힐 문제를 둘러싼 논란의 와중에서 폭로 위기를 벗어난 적이 있었다. 그때 페미니스트 작가 수전 팰러디가 〈베니티 페어(Vanity Fair)〉를 통해 내가 게이임을 폭로하려는 계획을 세우고 있다는 얘기를 들었으나, 결국 그 소문은 소문으로 끝났다. 에드거 후버와 조 매카시의 측근 로이 콘의 전통 속에서 비공개 우익 동성애자라는 이미지는, 좌파가 전혀 근거 없이 그렇게 하지는 않겠지만 나를 찔러대는 무기로 사용하기에 안성맞춤일 것이라고 나는 생각했다. 그러나 나 자신을 지키기 위해 트루퍼게이트 기사를 포기하는 것은 스스로를 두려움 모르는 좌파의 호적수로 내세운 자기존재 의무 부여에 어긋날 뿐 아니라 위험을 무릅쓰고라도 도전하겠다는 생각을 포기한다는 것은 내 천성에 맞지 않았다. 의식하지는 못했지만, '(게이로) 공개되는' 일이 내포하고 있는 위험성이 아마 트루퍼게이트 발표에 따르는 심리적 긴장감(스릴)을 배가시켰을 것이다.

리치의 칼럼이 나간 며칠 뒤 〈워싱턴 포스트〉의 미디어 비평가 하워드 쿠르츠가 캘리포니아로 전화를 걸어 나를 찾았다. 보수주의 언론계 내의 무법자인 나로서는 그의 전화가 언제나 난처했다. 트루퍼게이트가 불러일으킨 파장에 관심을 갖고 있던 쿠르츠는 킨슬리, 클라인 등의 잇따른 비판에 대한 내 반응을 듣고자 했다. 그가 리치의 칼럼에 대해 물었을 때 나는 조심스럽게 대응(물론 내 글에는 여성에 대한 증오가 없으며, 나의 가장 친한 친구들 중 일부는 여성들이라고 나는 그에게 말했다)했지만, 나의 보수주의자 친구들이 리치의 칼럼에서 간파해낸 내 사생활에 관한 암시는 분명히 무시했다. 인터뷰 말미에 내 학력 등에 대해 이야기하다가 쿠르츠는 갑자기 나더러 "공개적인 게이냐?"고 물었다. 쿠르츠의 말에 허점이 있다는 사실을 간파한 나는 그렇지 않다고 말했다. 왜냐하면 나는 '공개적인' 게이는 아니었기 때문이다. 쿠르츠는 내 대답에 불만을 나타냈으나(그가 예전의 내 급우들한테서 버클리 대학 시절에 내가 공개적인 게이였다는 이야기를 들었음이 확인됐다) 그 점을 추궁하지는 않았다. 우리는 그날 중에 다시 얘기하기로 하고 전화를 끊었다.

나는 수영을 하러 갔으나 쿠르츠와의 전화 인터뷰 생각으로 머리가 복잡해졌다. 쿠르츠는 내가 게이라는 얘기를 들었음이 분명했다. 아마 그는 다시 통화할 때 그 이야기를 또 한 번 꺼내겠지만, 내 뜻을 거슬러가면서까지 게이임을 공표할 것이라고는 생각하지 않았다. 이 문제는 결국 〈워싱턴 포스트〉의 일이었다. 쿠르츠는 나더러 "공개적인 게이냐?"고 물음으로써 내가 그렇다고 답해 스스로 게이임을 밝히거나, 아니라고 답해 내 성 정체성 문제를 피해갈 수 있도록 선택권을 주었다는 생각이 들었다. 나는 그 문제를 회피하는 것이 적어도 당분간은 곤경을 면하게 해줄 것이라는 결론을 내렸다.

그러나 〈스펙테이터〉 전화 교환대에 접수된 저 모든 폭로 위협들에 대해서는 어떻게 할 것인가? 조만간 그 문제와 정면으로 부닥칠 수밖에 없다는 것을 알고 있는 나는 차라리 쿠르츠에게 내가 게이라는 것을 사실대로 말해버릴까 망설이기도 했다.

게이 문제에 대한 우파 세력의 공개적 논의는 내가 1986년 워싱턴에 온 이후 점점 더 험악해지고 있었다. 수영을 하면서 쿠르츠에게 진실을 밝힐까 생각하다가 몸서리를 쳤다. 대학 때 나는 공개적인 게이로서 아무 문제도 없었고 행복했다. 그러나 보수주의 운동권에서 출세하기 위해 나는 곧 내 존재의 근본을 이루고 있는 그 문제를 억누르고 부정했다. 내 마음은 내 정치적 교사들과 동료들이 동성애에 대해 갖고 있는 생각과 경합을 벌이기 시작했다. 공산주의가 붕괴되고 기독교 근본주의자들이 공화당의 한 세력으로 성장하면서 보수주의 지도자들과 정치인들은 게이 문제를 정치적 이익을 위해 이용하는 방안을 찾고 있었다. 부활하는 광신적 게이 반대 열기의 증거는 내 주변 도처에 있었다. 공화당 정치권이라는 좀더 넓은 세계에서뿐만 아니라 내 주변의 워싱턴 보수주의자들이라는 좁은 세계에서도 그랬다. 내 첫 〈스펙테이터〉 기사에 영감을 준 뉴트 깅그리치는 게이를 알코올 중독자와 비교했다. 자신의 오랜 친구인 마빈 리브먼이 스스로 게이임을 공개 선언하기로 한 결정에 대해 언급하면서 윌리엄 버클리는 동성애가 "정상적이거나 건강한 것"은 아니라고 썼다. 뉴욕 퀸스에서 발행되는 〈코멘터리〉에 실린 한 글에서 미지 덱터(거의 아들 존은 내게 첫 일자리를 마련해주었다)는 게이에 대한 관용을 가르치고 있는 초등학교 교과과정은 학생 모집 때 동성애를 조장하는 것과 같다는 뜻을 넌지시 내비쳤다. 〈코멘터리〉에 내 글을 실게 해준 노먼 포드호리츠는 에이즈 백신의 가치에 의문을 제기하면서 그것은 동성애자들이 "의학적 형벌을 받지 않고 수백 명씩 돌아가며 남색을 계속할 수 있도록" 만들어줄 것이라고 썼다. 내가 트루퍼게이트를 쓰면서 조언을 구했던 빌 크리스톨은 〈뉴욕 타임스 매거진〉과의 회견에서 "나는 사회가 동성애를 이성애와 같은 것으로 취급할 수도 없고, 해서도 안 된다고 생각한다"고 말했다.

내가 일하던 〈스펙테이터〉의 사정은 더 좋지 않았다. 한 달에 한 번씩 쓰는 자신의 칼럼 '잇따르는 위기'에서 보브는 에이즈를 "록 허드슨 질병"이라며 게이들을 무시하고 조롱했다. 영국 작가 크리스토퍼 몽크턴은 에이즈 관련 바이러스 HIV 검사에서 양성 반응이 나온 사람들을 격리시키자고 제의했다. 〈스펙테이터〉의 칼럼니스트 톰 베설은 "게이들이 비공개 상태로 있는 한, 게이가 아닌 것처럼 보일까 걱정된다"고 썼다. 오러크는 '맨해튼 채찍'이라는 기사에서 동성애자들의 분리 수용에 반대하고 그들의 자유를 보장하는 뉴욕 법률을 비판하면서 "동성애는 하느님의 계획에 대한 소름끼치는 거역"이라고 믿는 사람들의 게이 분리 수용을 옹호했다. "그들이 그 행동을 끔찍히도 싫어하는 사람과 함께 살고 함께 일해야 하는가?" 또 한 사람의 제3세대 언론인으로 자주 〈스펙테이터〉에 기고했던 마이클 퓨멘토는 그런 논리를 좀더 끌고 나가 실제로는 에이즈가 빈곤층과 흑인 사회에서 놀라운 속도로 증가하고 있던 때에도 이성간의 섹스가 이뤄지는 공동체에는 에이즈 위기가 없다고 주장했다. 내 출판 대리인인 린 추와 글렌 하틀리의 단골 고객이었던 퓨멘토는 〈내셔널 리뷰〉에 다음과 같이 썼다. "에이즈가 1980년대의 흑사병이라면 동성애자들은 그 병원균을 옮기는 쥐들이다."

나는 또 〈스펙테이터〉가 한 보수주의 게이 작가가 가담한 논쟁의 역사를 갖고 있다는 사실을 알고 있었다. 〈스펙테이터〉의 영화 비평가였던 브루스 바워는 1993년에 출간한 책 『테이블의 한 자리(A Place at the Table)』에서 자신이 〈스펙테이터〉를 떠난 것은 연극 '키스를 위한 준비'를 비평한 글에서 동성애에 관해 쓴 부분을 한 줄 삭제하라는 지적을 받아들이지 않았기 때문이라고 밝혔다. 바워의 원고를 본, 울라디는 〈스펙테이터〉는 에이즈나 동성애에 관한 내용은 일절 싣지 않는다는 정책을 고수하고 있다고 그에게 말했다. 하지만 〈스펙테이터〉는 그 전에도 여러 번 그런 주제를 다뤘기 때문에 바워는 울라디의 말은 그 잡지가 게이를 반대하거나 동성애를 혐오하는 내용의 글만 싣는다는 걸 의미하는 것이라고 결론지었다. 내용 삭제를 놓고 둘이 맞서다가 결국 바워가 그만두었다. 나는 바워의 책을 읽은 뒤 울라디와 그 이야기를 해봤지만, 그는 어색하게 바워의 주장을 부정했다. 진상을 꼭 알아야겠다는 생각이 없었으므로 나는 포기하고 더 이상 조사하지 않았다. 이미 〈스펙테이터〉에서 출세할 만큼 했고 애니타 힐과 트루퍼게이트 논란을 거치면서 울라디에 대한 충성심도 생겼으므로 나는 그것을 울라디 본래의 모습이라고 느꼈다. 또한 내가 알지 못하는 다른 작가에 대한 편견 때문에 내 세계를 뒤죽박죽으로 만들고 싶지 않았다. 일부 게이들은 신경과민이 될 수 있다고 스스로를 타일렀다. 내가 비공개 게이로 남아 있는 한, 게이라는 사실 자체가 우파 세계 내의 내 이력을 방해하지 않을 것이다. 그것이 나의 유일한 관심사였다.

이제 나는 막연히 내 지위가 올라갈 것이라는 생각에 심리적으로 풀어져 있었다. 워싱턴에서 생활한 지 7년 동안 나는 대체로 비공개 상태로 있었으나, 누구에게도 내 성의 정체성에 관해 새빨간 거짓말을 한 적이 없었다. 하물며 이제 새삼스럽게 그렇게 하고 싶은 생각도 없었다. 보수주의 운동 내의 일반 동료들에게도 그들이 알아야 할 만큼 충분히 가까운 사이가 됐다고 생각되면, 아주 드문 경우이긴 하지만 '묻지도 말하지도 않는다'는 내 원칙을 스스로 깨기도 했다. 나는 누구에게도 비밀을 지켜달라고 요구하지 않았기 때문에 내가 해준 말이 워싱턴 여기저기 퍼졌으리라는 것을 분명히 알고 있었다. 따라서 우리 서클 내의 누구라도 내가 게이라는 사실을 알아보려고만 했다면 이미 그렇게 했을 것이다. 나는 보브나 올라디와 그 문제에 관해 이야기해본 적이 없었지만 그들이 보수주의 정보망을 통해 내가 게이라는 소문을 들었으리라는 것을 믿어 의심치 않았으며, 잡지사 내의 온갖 반게이적 요소에도 불구하고 그런 소문들이 나에 대한 그들의 신뢰를 손상시키긴 않았을 것이라고 생각했다. 나는 일부 광적인 게이 반대자들 때문에 상처를 입었다. 특히 존 포드호리츠에게서 상처를 입었지만, 나는 그가 예외적인 사람이라고 생각했다. 내가 견디기 어려울 정도로 두려워했던 것은 그 사실에 대한 내 서클 바깥의 반응이었다. 나를 게이라고 생각했을 수십 명의 보수주의권 소식통들이 있었지만, 나의 독자 대중들과 수십만 명의 〈스펙테이터〉 구독자와 기고자들, 그리고 수백만 명의 러쉬 림보 추종자들이 내가 게이임을 밝히는 공개 선언과 맞닥뜨리게 되는 일은 전혀 다른 문제였다.

나는 또 텍사스에 있는 가족이 어떤 반응을 보일까에 대해서도 매우 고민했다. 비록 애니타 힐과 클린턴 부부에 대해 내가 쏟아놓은 거친 언사 때문에 어머니가 남몰래 비탄에 잠겼다는 이야기를 나중에 듣긴 했지만, 아버지와 나의 관계는 내가 유명 보수주의자가 된 뒤 매우 가까워졌으며 내가 끊고 싶지 않았던 가느다란 유대감은 강화됐다. 뒤늦게 깨달은 것이지만, 내가 버클리 시절에 보수주의 쪽으로 기울어지게 된 출발점도 어떤 면에선 깨져나간 아버지와 나 사이의 완고한 관계를 복원하려는 무의식적인 욕구에서 비롯된 것이 아닐까 하는 생각을 종종 하게 됐다. 아버지와 나 사이의 병적인 적대감은 내가 버클리 대학에 진학하기로 결정했을 때 첫 고조기를 맞이했고, 내가 게이라는 사실을 밝혔을 때 다시 한 번 절정에 달했다. 나는 아버지가 염려했던 것처럼 좌익분자가 돼서 버클리를 졸업한 것이 아니라 내 정치적 영웅은 오히려 로버트 케네디에서 로널드 레이건으로 바뀌었다. 그것은 우리가 입장을 같이할 수 있을 것이라는 일말의 희망을 갖게 만들었다.

러쉬 림보를 가족 이름처럼 되뇌기 오래 전부터 러쉬의 방송을 들어온 아버지는 그 라디오 토크쇼 진행자가 나를 띄워올리자, 기쁨으로 전율했다. 『애니타 힐의 진실』이 출판되자, 아버지는 댈러스의 서점에 찾아가 점원들에게 그 책을 눈에 띄게 진열해달라고 요청했다. 텍사스 선거구의 연방 하원의원 딕 아미는 내 책을 칭찬하는 편지를 아버지에게 보냈다. 휴일을 맞아 내가 텍사스에 가면 아버지와 나는 여전히 정치 분야 외의 이야기는 거의 하지 않았지만, 이제는 같은 편이 돼 있었다. 우리는 다정하게 거짓말쟁이 애니타 힐과 망측한 클린턴 부부에 관한 이야기를 나누었다. 마침내 아버지는 나에게 관심을 갖고 나를 받아들이고 존중하게 됐으며, 나는 아버지에게 긍지를 심어주었다. 10년 전 버클리 시절 이후로 우리는 나의 성 정체성 문제에 관해서는 다시 이야기를 꺼내지 않았다. 하지만 아버지는 내가 동성애자임을 부인하면서, 그것은 내가 동성애자들이 많이 사는 샌프란시스코 가까이로 갔기 때문에 겪는 청년기의 통과의례와 같은 것이라는 믿음을 갖고 있었다는 이야기를 어머니를 통해 들었다. 나는 이제 다시 아버지를 괴롭혀서 잃고 싶지 않았다.

하워드 쿠르츠와 이야기를 나눈 뒤, 나는 어머니에게 전화를 걸어 내가 게이임을 밝히는 커밍 아웃을 고려하고 있다고 말했다. 어머니가 얼마나 프라이버시와 체면에 신경을 쓰고 있고, 또 나와 아버지 사이의 긴장이 정치적 상호 이해를 통해 마침내 해소된 데 대해 당신이 얼마나 안도하고 있는지를 알고 있던 나는 도움을 받을 수 있을 것이라는 기대는 별로 하지 않았다. 내가 처해 있던 곤경에 대해 얘기하자, 가족 비밀의 수호자인 어머니는 즉각 받았다. "너는 왜 클린턴처럼 그걸 감출 수 없니?" 어머니는 그러고 나서 내가 〈워싱턴 포스트〉에 무슨 말을 했건 신경쓰지 않는다고 쉿소리를 냈다. 어머니는 어쨌든 워싱턴엔 아는 사람이 아무도 없었기 때문에 체면 구길 일이 없다고 생각했던 것이다. 꼭 신뢰해서 그런 건 아니었지만, 그 대화는 순간적으로 나를 잘못된 방향으로 몰아갔다. 아마 거짓말을 하면 빠져나갈 수 있을지도 모른다. 만약 쿠르츠의 질문에 답하지 않고 게이 매체를 통해 커밍아웃한다면 주류 언론은 그 얘기를 다루지 않을지도 모르고, 설사 다룬다고 해도 단호하게 내가 게이라는 사실을 부인하면 될 것이라는 계산을 했다. 그러면 우파는 나를 충실히 옹호할 것이고, 나와 아버지의 관계는 아무 탈 없이 계속 이어질 수 있을 것이다.

어머니의 반응은 정치적 동지들에게 그 사실을 상의하려는 나에게 심한 허탈감을 안겨주었다. 그들의 조언을 구하면서 나는 자존심이나 개인적 명예를 위해 나에 대한 진실을 밝힌 것이 아니라 이젠 정치적 타격을 어떻게 수습할 것인가 하는 차원에서 그 딜레마를 얘기했다. 나는 먼저 리키 실버먼에게 전화를 했다. 리키는 이미 리치의 칼럼에 대해 논평할 때 내 문제를 꺼낸 바 있다. 리키는 소리치듯 "래리에게 전화해!"라고 말한 뒤 전화를 끊었다. 나는 실버먼 판사(래리)에게 전화를 걸어 단도직입적으로 말했다. "그렇게 하지 마"라고 래리는 말했다. 그러나 내가 게이 매체에서 밝히겠다는 위협을 가하고 있다고 말하자, 래리는 "먼저 밝히는 것"이 나을 것이라고 했다.

그러고 나서 뉴욕에 있는 어윈 글라이크스와 애덤 벨로에게 전화를 걸었다. 어윈은 자유주의 언론에 대해 격렬한 비난을 쏟아낸 뒤 나는 아직 젊으니까 그 문제가 계속 내 발목을 붙잡겠지만 이제 그것을 극복해야 한다고 말했다. 그런 뒤, 애덤에게 전화해 리치에 대해 어떻게 대응해야 할지 자문을 구해보라고 권했다. 애덤에게 전화를 걸자, 어윈과 그는 내가 게이라는 사실을 리치가 들춰냈다고 공개적으로 비판하면서 나를 리치의 편협성과 위선으로 인한 희생자처럼 보이도록 〈뉴욕 타임스〉에 역공을 가하는 공세적 입장을 취해야 한다는 쪽으로 결론을 내렸다고 말했다. 그러면서 애덤은 필요한 논평을 써주겠다고 했다. 잠시 뒤 내게 전화를 건 애덤은 보수주의자들을 함께 끌어들임으로써 내 약점을 보완하려는 다음과 같은 논평을 읽어주었다.

"나의 성 정체성은 내 언론 활동에 영향을 끼치는 요소로 작용한 적이 없으며, 앞으로도 그럴 것이다. 그럼에도 식견 있는 독자라면 누구나 리치의 칼럼이 살짝 위장된 성 정체성 폭로였다는 것을 알 수 있을 것이다. 나는 상투적인 게이 반대 입장에 아부하고 3류 심리 분석을 시도하는 언론인의 윤리를 직시해야 한다고 생각한다. 특히 〈뉴욕 타임스〉가 그런 천박한 공격을 게재했다는 것은 놀라운 일이며, 주류 언론인 그 신문이 공격 표적이 보수주의자이기 때문에 그렇게 할 수 있다고 생각하는 것인지 지켜볼 것이다."

애덤의 논평을 뜯어보면서 그쯤에서 스스로 게이임을 밝히는 것이 전술적으로 득이 되겠다는 생각이 들었다. 정직하지 못하게 초점을 리치에게 맞출 경우, 사태는 게이 권리를 옹호하는 저명한 자유주의 칼럼니스트가 한 보수주의 작가가 게이라는 사실을 과연 폭로한 것인지 아닌지를 둘러싼 논란 쪽으로 흘러가 내가 여성 혐오자라는 그의 주장으로 인한 고통에서 헤어나지 못하고 성 정체성 문제로 등 뒤에서 조롱당할 가능성이 있었다. 나는 여성들에 대해 어떤 적의도 품은 적이 없지만 보수주의 운동권 내에서 몇 년 동안 몸담고 있었던 탓에 여성 혐오자라는 이미지와 수사가 내가 쓴 애니타 힐과 힐러리 클린턴에 관한 글 모두에 각인돼 있다는 점은 의문의 여지가 없었다. 적어도 나는 무의식적으로라도 〈스펙테이터〉 발행자 론 버로부터 받은 지시("공격할 만한 여자를 좀더 찾아볼 수 없겠나?")에 따르고 있었으며, 우익 독자들의 여성 혐오 편견에 아부하고 있었다. 그리고 애덤의 영리한 말재주에도 불구하고 내 글, 그리고 내가 동성애자라는 사실 자체가 아니라 비공개 게이라는 데서 비롯된 왜곡 속에는 심리적인 문제가 밑바탕에 깔려 있었다.

법률사무소에 있는 마크 파올레타에게 전화를 걸어 내가 게이라는 사실을 밝힘으로써 성 정체성 문제를 해소하고 리치에게도 한방 먹이겠다는 계획을 이야기했다. 나는 내 성 정체성 문제가 마크에게는 뉴스거리가 못 될 것이라고 확신하고 있었지만, 그는 나의 공개 선언에 대해 신경을 곤두세우면서 가타부타 말없이 애매한 태도를 취했다. 마크는 내가 언론에 거짓말을 할 경우 들통날 가능성이 어느 정도인지 나와 함께 점검하면서, 내가 게이라는 사실을 누가 알고 있는지를 짚었다. 내가 거짓말하고 싶지 않다고 말하자, 그는 조용히 "토머스에게 전화해서 그래도 괜찮을지 물어보겠다"고 했다. 쿠르츠의 질문에 답해야 할 시간이 임박해 있었기 때문에 나는 토머스의 의견을 들어볼 시간이 없었다. 마크는 그날 밤 늦게 전화를 걸어 토머스가 "좋다"고 했다는 말을 전했다. 나는 안도했다. 토머스가 괜찮다고 생각한다면 괜찮을 것이다.

보드카 몇 잔을 들이켜고 나서 쿠르츠에게 전화를 걸어, 그에게 애덤 벨로가 쓴 글을 읽어주었다. 전화를 끊고 돌아올 수 없는 강을 건넜다고 생각하면서 숨을 깊이 몰아쉬고는 가까운 소파 위로 몸을 던진 뒤 보드카를 병째로 쥐고 마셨다. 그러나 그것으로 끝난 게 아니었다. 〈워싱턴 포스트〉는 애덤이 용의주도하게 고른 애매한 용어들의 의미를 제대로 꿰뚫고 있었다. 몇 분 뒤 전화를 걸어온 쿠르츠는 편집자가 그 논평이 핵심을 비켜갔다는 느낌을 갖고 있다며, 내가 게이라는 점을 분명하게 이야기해달라고 말했다. 나는 좋다고 말했다. 나는 이미 위험한 처지에 몰려 있었기 때문에 차라리 뛰어내리는 편이 더 나았다. 쿠르츠는 일을 신중하게 처리할 것이라고 확약했고, 실제로 그렇게 했다.

나는 울라디에게 전화로 그 사실을 알렸다. 그는 내가 잘못했다고 지적하려 애썼다. 내가 물러서지 않자, 울라디는 전화를 끊었다. 하지만 곧 다시 전화를 걸어 〈스펙테이터〉의 편집위원 프레드 반스에게 이야기했더니 그가 "방어적인 게임"을 하라는 조언을 했다고 말했다. 나는 의기소침해졌다.

다음날 아침 어머니는 상심했다. 브라이언 램이 〈C-SPAN〉에서 〈워싱턴 포스트〉 기사를 다루었고 〈뉴욕 포스트〉는 1면 머리의 전단 제목으로 그 기사를 실었던 것이다. 이제 온 세상이 알게 됐다. 나는 아버지가 그것에 대해 어떻게 생각하는지 감히 물어볼 엄두조차 나지 않았다.

워싱턴의 우파 쪽 반응은 나를 지지하는 분위기가 압도적이었다. 폴 웨이리치 조직의 맹렬한 게이 반대자로, 클레어런스 토머스의 대법관 인준을 위해 나와 함께 싸웠던 톰 지핑이 전화를 걸어 웨이리치의 새 보수주의 텔레비전 네트워크 '하느님의 권능 전국 텔레비전'에 출연해 그 문제를 이야기해보자는 제의를 했다. 빌 크리스톨과 같은 사람들로부터도 전화가 쇄도했다. 언론 플레이의 달인이었던 빌은 내가 그 문제를 능숙하게 처리했다고 칭찬했다. 나는 아직 가본 적이 없던 기독교연합 회의에도 참석해달라는 초청을 받았다. 나는 기독교연합 회의 조직 담당자에게 전화해 내가 참석하면 조직에 누를 끼치게 될 것이니 조용히 참석자 명단에서 빼달라고 했으나, 그는 회원들이 가장 선호하는 연사로 나를 지목하고 있다며 그럴 수 없다고 말했다. 어떤 상황이 벌어질지 예상하지도 못한 채 〈스펙테이터〉 사무실에 나갔더니 오래 전부터 이사직에 있던 데이비드 헨더슨이 내 앞에서 게이를 비하하는 조크를 한 데 대해 사과했다. 하지만 나는 그런 조크를 들어본 기억조차 없었다. 그만큼 내 주변에 대해 무지했던 것이다. 악명 높은 게이 반대자 윌리엄 대니메이어 캘리포니아주 연방 하원의원도 로스앤젤레스에서 열린 보수주의자 집회에 참석했을 때 내게 다가와 악수를 청하면서 내가 생각해 볼 화두를 던져주었다며 호의를 보였다.

게이 자격으로 보수주의 운동권에서 인정을 받는다는 부지불식간의 전략이 먹혀들어가는 듯했다. 별볼일 없는 보수주의 작가였다면 내 경력은 그것으로 끝났을 테지만, 애니타 힐과 빌 클린턴 폭로 작업에서 결정적인 역할을 한 탓인지 보수주의자들은 나를 감싸안았다. 프랭크 리치의 희생자 역할을 함으로써 보수주의자들이 내 주위에 집결하도록 하는 더욱 그럴듯한 명분을 제공한 셈이었다. 편집자 존 오설리번은 〈내셔널 리뷰〉 기고문을 통해 내 성 정체성을 폭로한 리치를 비난했다.

"〈뉴욕 타임스〉 논평면 칼럼니스트로 변신하기 전까지 연극 비평가였던 리치가 한 명의 스킨헤드를 만들려던 시도는 실패한 듯하다. 그러나 동성애 혐오를 둘러싼 싸움보다 더 중요한 것들이 있다. 리치에게는 힐러리 클린턴이나 애니타 힐과 같은 페미니스트 우상들을 데이비드 브록과 〈아메리칸 스펙테이터〉의 우상 파괴 작업으로부터 보호하는 일이 그런 일에 속한다."

나는 또 신좌파에서 이탈해 열정적인 신보수주의자가 된 **데이비드 호로위츠**로부터도 지지를 받았다. 호로위츠는 1960년대에 급진적인 잡지 〈램파츠(*Ramparts*)〉를 편집했으나 그 15년 뒤 작가 피터 콜리어와 함께 '레이건을 지지한 좌파들'이라는 기사를 통해 로널드 레이건의 당선에 일조했다. 나는 자그마한 체구에 나풀거리는 머리카락, 레닌 스타일의 수염을 기른 호로위츠를 1980년대 말에 만났다. 당시 그는 워싱턴에서 해마다 열리는 '다시 생각하는 모임'이라는 보수주의자들의 집회를 주관하고 있었다. 거기서 그는 뛰어난 마케팅 기술과 논쟁술을 활용해 리처드 멜런 스케이프가 관리하고 있던 재단을 비롯한 우익 재단들의 지원 아래 잘 나가는 팸플릿 작가로 성장했다. 로스앤젤레스에 정착한 호로위츠는 엔터테인먼트 산업에서 보수주의 가치와 정치를 강화하는 데 힘쓴 '대중문화센터'를 설립했다.

호로위츠는 자신의 책 『과격한 아들(*Radical Son*)』, 『파괴적인 세대 (*Destuctive Generation*)』를 통해 자신이 한때 실행했던 1960년대 급진주의자들의 과격한 교의와 폭력적인 전술을 버렸다. 호로위츠의 비극은 그 뒤 30년이 지나 이번에는 활동 대상이 또 다른 급진주의 이데올로기로 바뀌긴 했지만 여전히 폭력적인 인간으로 남았다는 데 있었다. 그는 최근 출판한 우파를 위한 마키아벨리적 정치 지침서 『전쟁과 다른 근본적 목표 추구를 위한 기술(*The Art of War and Other Radical Pursuits*)』에서 자신이 한때 불법적이고 부도덕하다고 비판했던 바로 그 전술 아래로 우파를 끌어들이려고 했다. 호로위츠는 알 카포네가 입에 담았던 다음과 같은 경구를 즐겨 인용했다. "칼을 들고 오는 자들에게는 총으로 대하라."

호로위츠는 또 보수주의 잡지 〈헤테로독시 (*Heterodoxy*)〉도 발행했다. 그 잡지는 프랭크 리치를 둘러싸고 논란이 벌어졌을 때 나를 열심히 옹호했다.

"일반적으로 동성애를 혐오하거나 게이에 반대하는 입장을 가진 보수주의자들은 자신들의 가장 저명하고 존경받는 동료들의 커밍 아웃에 대해 어떻게 생각해야 할까? 많은 우파들은 브록의 성 정체성 문제를 암시한 리치의 칼럼과 그와 관련한 결론들은 단순히 자유주의 언론이 미국에서 가장 치열한 보수주의 목소리를 내고 있는 러쉬 림보와 우파 유일의 심층취재 작가(브록)를 헐뜯기 위한 시도로만 받아들이고 있다.

데이비드 호로위츠
1960년대 자유주의자로서 극단적인 학생운동의 선봉에 섰으나 극우 보수로 진로를 바꾼 뒤 대학 캠퍼스에 좌파적 사고와 자유주의 이념을 가진 대학생이나 교수들을 공격하고 비판하는 '대중문화연구센타'라는 단체를 만들었다. 이 연구소는 우익 활동만을 지원하는 브래들리 재단과 같은 재벌들으로부터 자금을 지원받고 있는데 호로위츠는 TV나 라디오 프로그램에 자주 출연하여 좌파적 성향의 대학교수나 지식인들을 상대하는 '저격수'임을 자임하고 있다. 피터 콜리어와 함께 자신의 이념적 성향의 반전을 선언하는 책 『파괴적인 세대 : 60년대를 다시 생각하며』를 펴냈다.

……브록이 동성애자임을 폭로한 것은 정치 저널리즘계 전반에 엄청난 충격파를 몰고 왔다. ……그러나 대다수 보수주의자들은 이렇게 말하고 있다. 그래서 어쨌다는 거야?"

〈스펙테이터〉도 분명히 나를 지원하고자 했다. 〈뉴 리퍼블릭〉은 나의 커밍 아웃을 〈스펙테이터〉를 꼬집는 재료로 활용했다. 〈스펙테이터〉가 오러크와 톰 베설이 쓴 게이 반대 기사들을 게재한 역사를 갖고 있기 때문이었다. 〈뉴 리퍼블릭〉은 사설에서 〈스펙테이터〉가 "공개적 게이가 쓴 가장 최근의 대작 두 편을 게재한 선구적 출판 매체"로 떠올랐다고 지적했다. 보브는 논란을 유머로 얼버무리면서 다음과 같이 속다르고 겉다른 이야기를 했다. "성 정체성이 각 개인 고유 영역의 문제라는 것은 말할 나위도 없다. 우리는 브록, 또는 당신들, 또는 저 폴란드 스펙테이터 여직원을 성 정체성 문제로 책망한 적이 없다. 〈스펙테이터〉에 있는 우리를 동성애자로 생각하더라도 우리는 그것을 기꺼이 받아들일 것이다. 그 폴란드 직원만 빼놓고."

내가 알고 있기로는 기분 나쁜 얘기가 두 가지 있었는데, 이례적인 것이어서 기억에 남아 있다. 〈워싱턴 포스트〉에 보수주의자 회의에 관한 기사가 실렸는데, 기자는 그 회의에 참석한 내가 사인 공세를 받는 장면과 역시 그 회의에 참석한 폴 캐머런이라는 게이 반대 심리학자의 논평을 나란히 실었다. 캐머런은 나에 대해 다음과 같이 말한 것으로 인용돼 있었다. "그는 부끄러워해야 한다. 아마 여기에는 1500명 정도가 모였을 텐데, 그들 중 세 명은 어린이를 노리는 치한들이다. 그들이 그 짓을 하고 일어서서 '나는 여덟 살짜리 여자아이들과 그걸 했는데 좋았어'라고 말하지 않는 한, 나하고는 아무 상관 없는 일이다." 나는 캐머런에 대해 들어본 적도 없어 그녀가 무슨 말을 했든 그다지 신경쓸 것 없었지만, 또 한 가지 귀에 거슬리는 얘기는 인상적이었다.

쿠르츠의 기사가 실린 지 한 달쯤 뒤인 1994년 2월, 나는 〈스펙 테이터〉의 연례 만찬회에 처음으로 특별 연사로 참석했다. 그때 처음으로 한 남자를 동반하고 공개석상에 나타나 진 커크패트릭, 찰스 머레이, 마이클 조이스 등 저명 인사들과 함께 헤드 테이블에 앉았다. 같이 간 남자는 앤드류였는데, 캘리포니아에 있던 그는 우연히 워싱턴에 들렀다가 내가 어떤 사람들과 일하는지 보고 싶어했다. 당시 앤드류와 나는 그냥 친구였을 뿐이지만, 만찬회 참석자들은 앤드류가 내 데이트 상대라고 생각했음이 분명했다. 그것은 내가 원하던 바였다. 그것은 내게 보수주의 운동권 내에서 게이로서 성공할 수 있을지 없을지를 가늠하는 중요한 시험 무대였다. 내가 포시즌 무도장 연단으로 나가는 동안 보수주의 저명 인사들(국회의원들, 공화당 전직 각료들, 공화당 전국위원회 관리들 등)은 계속해서 기립박수를 보냈다. 그런 청중들과 달리 박수도 치지 않고 앉아 있던 사람이 한 명 있었다. 그는 내 친한 친구 옆자리에 앉아 있었는데, 그 친구와는 전혀 모르는 사이였다. 그 사람은 레이건 대통령의 콘트라 지원 계획 첨병이었던 엘리엇 에이브럼스로, 그는 내 친구에게 보수주의자들이 공개적 동성애자를 그토록 융숭하게 대접하는 데 대해 경악스럽다는 말을 했다는 것을 며칠 뒤에 들었다.

나는 그런 사람들은 광신적이고 관용을 모르는 극소수를 대표할 뿐이라고 평가절하하면서 그와 같은 경고 사인을 무시해버렸다. 커밍 아웃하기를 잘했다고 생각했다. 처음으로 성인으로서의 내 생활을 스스로 확인을 할 수 있었던 것이다. 그것은 결국 내가 독자적인 길을 계획하고 보수주의 운동의 손아귀에서 벗어날 수 있게 해주었다. 그러나 대부분 좋지 않은 이유에서 부정직한 방법으로 이뤄졌기 때문에 그때의 경험을 통해 도달할 수도 있었던 개인적 또는 정치적 깨달음은 덧없이 날아가버리고 말았다. 내 야심 탓이었다. 오히려 공개적인 게이로서 내가 문화 전쟁에서 옳지 못한 편에 서 있다는 사실을 깨닫기보다는 내 공적인 생활과 사적인 생활이 하나로 통일될 수 있다는 안도감을 느꼈다. 심지어 대담해지기까지 했다. (공개적인 게이로서도 아무 문제 없다는—옮긴이) 공인을 받았기 때문에, 〈스펙테이터〉가 내 뒤에 있기 때문에, 내 사생활이 보수주의 운동권 내에서의 출세를 가로막을 것이라는 두려움을 더 이상 갖지 않아도 된다는 느낌 때문에 나는 완전히 자유로워졌다고 생각했다. 게다가 게이라는 성 정체성을 이용해 우파로서의 경력을 더 굳건히 할 수 있겠다는 계산까지 했다. 하루아침에 나는 미국 유일의 공개적 게이 보수주의자가 됐다. 나는 나라는 색다른 존재를 이용해 보수주의 운동이 반게이적이라는 비판으로부터 벗어날 수 있도록 돕겠다고 작정했다. 또한 나의 색다른 지위가 오히려 언론 활동을 하는 데 더 많은 관심을 끌어모으는 재료가 될 수 있다는 생각까지 했다.

보수주의 운동권을 떠난 뒤에야 비로소 나는 동성애에 대한 우파 상층부의 진짜 입장이 어떤 것인지를 직시할 수 있었다. 그들 일부에게 반게이적 수사나 동성애 혐오는 편견을 부채질해서 워싱턴 벨트웨이 바깥의 보수주의 표밭을 확보하기 위해 고안한 정치적 제스처에 불과하다고 확신한다. 예컨대 보브 타이럴은 정말로 어느 누구에게도 개인적 편견을 갖고 있지 않은 듯했다. 나는 그가 한 번도 내가 동성애자라는 것 때문에 나를 반대한 적이 없다고 생각한다. 보브가 "록 허드슨 질병"이라는 잔인한 얘기를 한 것은 단지 림보의 청취자들을 부추기기 위해서였다.

그러나 나머지 보수주의자들은 내가 그들의 정치적 의제를 밀고 나가는 데 크게 기여하고 있었기 때문에 나를 유일한 예외적 존재로 인정하면서 기꺼이 나를 환대했다고 믿고 있다. 트루퍼게이트 때 노먼 포드호리츠는 처음으로 나에게 우익의 보브 우드워드라는 찬사를 보냈다. 분명히 나의 '남색' 정도는 눈감아줄 수 있다는 얘기였다. 커밍 아웃 뒤 내게 격려 전화를 했던 빌 크리스톨은 그 얼마 뒤 우익 학술회의에 특별 연사로 참석해 동성애는 다른 질병처럼 치유될 수 있다는 엉터리 의견을 개진하기도 했다.

　　데이비드 호로위츠와 같은 경우도 있었다. 신보수주의의 선동가였던 그는 내가 커밍 아웃했을 때 그것을 보수주의자들이 동성애에 대해 관용적이라는 것을 보여주는 사례로 이용하기 위해 서둘러 글을 발표했다. 바로 그 뒤 호로위츠는 내 친구인 한 편집자에게 게이에 대한 중상 비방을 심하게 늘어놓았는데, 그는 그 친구가 게이인 줄 모르고 있었다. 나는 그때 내 친구들과 지지자들의 진심이 어떠했는지를 직시할 의지도 능력도 없었기 때문에 그냥 지나갔다. 그런 욕설들이 나를 향해 퍼부어진 뒤에야 보수주의 운동권 내의 공개적인 게이 우상으로 자리매김하려고 애썼던 나의 노력이 허사였다는 것을 깨달았다. 그때서야 비로소 나는 스스로를 우익 게이 선전원으로 이용하게 허용함으로써 나 자신이 보수주의자들의 편협한 정치와 악취 나는 위선에 가담한 공범자가 됐다는 사실을 깨달았다.

9

폴라라는 이름의 여자

1994년 밸런타인 데이에 나는 집에서 작업을 하고 있었다. 트루퍼게이트 소동이 있은 지 6주가 지난 뒤였다. 〈스펙테이터〉의 울라디가 전화를 했는데, 안절부절못하고 있었다. 그는 이야기를 듣고 있느냐고 재차 물으면서 보수주의 정치행동위원회(CPAC)에서 기자회견이 열리는데 한 여자가 참석할 것이다, 그녀는 내가 쓴 트루퍼게이트 기사에 나오는 **폴라**이며 빌 클린턴이 자신을 성추행했다는 주장을 할 것이라고 말했다. 처음엔 울라디가 무슨 말을 하고 있는지 몰랐다. 그러다가 문득 나도 그처럼 화들짝 놀랐다. 책꽂이에서 '클린턴의 애정 행각' 사본을 꺼내서는 샅샅이 뒤졌다. 폴라가 누구더라?

마침 그 전날 옴니 쇼어햄 호텔에서 언론이 취재하는 가운데 열린 클린턴의 대통령직 수행에 관한 보수주의 정치행동위원회 토론회에 참석했으나, 폴라에 대한 얘기는 한마디도 듣지 못했다. 거기서 클린턴을 "국민의 적—

미국 역사상 총기 소지에 가장 반대하는 대통령"이라고 비난하는 소리며, 클린턴의 대통령 당선을 "외계인의 침공"에 비유하는 얘기도 들었다. 빌 베니트, 보브 돌, 텍사스주 연방 상원의원 **필 그램**, 그리고 '힐러리 탄핵'이라 쓰인 수많은 자동차 범퍼 스티커와 배지들을 보았으나 폴라에 대해서는 눈곱만큼의 암시조차 없었다.

폴라 존스
1994년 2월, 클린턴이 아칸소 주지사였던 시절 자신을 호텔로 불러 지퍼를 내리고 성행위를 요구했다고 주장하며 70만 달러(약 7억 7천만 원)의 손해배상 청구 소송을 제기했다. 그러나 4년 만에 대법원에 의해 소송이 기각됐다.

필 그램
공화당 선거대책위원장 등 중책을 두루 맡은 텍사스주 출신 상원의원으로 보수 우익의 거물. 미국의 대표적 반공주의자에다 동성애 혐오주의자인 그는 부인이 한국인 3세 웬디 그램이다.

그러나 그곳에서 클리프 잭슨과 경찰관 래리 패터슨, 로저 페리를 만났을 때는 정말 깜짝 놀랐다. 그들 삼총사는 조심스럽게 내게 접근했다. 그들과는 기사가 나간 이후, 그 기사를 내보내기 위해서 내가 구사했던 압박 전술에 대해 그들이 몹시 불쾌하게 생각했기 때문에 한 번도 만나지 못했다. 잭슨은 '트루퍼게이트 내부 고발자 기금' 설립을 발표하기 위해 그 회의에 참석했다면서 이미 800개의 가입자 전화번호를 확보했으며, 4만 달러를 모금했다고 말했다. 경찰관들은 아칸소주 '클린턴 사단'의 보복을 두려워하고 있었지만 여전히 주 경찰관 지위를 유지하고 있었고 긁어모을 수 있는 푼돈들을 다 긁어모으면서 좋은 세월을 보내고 있었다. 전국에서 참석한 그들 정치 감각이 예민한 활동가들 가운데서 삼총사는 그들의 애국심에 경의를 표한 올리버 노스와 뉴트 깅그리치가 관여하는 조직으로부터 1천 달러짜리 수표를 다발로 받았다.

나는 곧 문제의 인물 폴라가 폴라 존스라는 여자이며, 최악의 당파적 집회인 보수주의 정치행동위원회에 그녀가 출연하게 된 것은 다름아닌 클리프 잭슨의 배후 공작 덕택이라는 사실을 알게 됐다. 폴라에 따르면, 그녀는 크리스마스에 아칸소주의 친구집을 방문했는데 그때 친구인 데브라 발렌타인이 내 기사에 나오는 '폴라라는 이름의 여자' 부분을 읽어주었다. 폴라는 그 기사에 나오는 폴라가 바로 자신임을 알았다. 그러나 친구가 읽어주는 내용이 마음에 들지 않았다. 경찰관 대니 퍼그슨이 내게 말해준 이야기로는 마치 폴라가 클린턴이 묵고 있던 호텔방에서 그와 합의 하에 불륜을 저지른 것처럼 돼 있었던 것이다. 퍼그슨이 한 말을 인용한 내 기사는 폴라가 호텔방을 떠나면서 기꺼이 클린턴의 "정부"가 되겠노라고 얘기한 것으로 돼 있었다. 하지만 폴라가 주장한 그 이야기의 진상은 전혀 달랐다. 즉, 클린턴이 그녀에게 내키지 않은 섹스 제의를 했고, 폴라는 그 제의를 거절하고는 모욕당한 기분으로 호텔방을 나왔다는 것이다. 폴라는 더 나아가 퍼그슨에게 "정부" 운운한 얘기를 한 적이 없다고 주장했다. 클리프 잭슨은 폴라의 주장이 사실임을 입증하기 위해 발렌타인을 비롯한 폴라의 친구들로부터 받아낸 두 가지 진술서를 기자들에게 나누어주었다.

그러나 폴라의 **CPAC** 기자회견은 실패작으로 끝났다. 폴라와 그녀의 리틀 록 변호사 대니 트레일러는 쑥스러운 듯 머뭇거리며 클린턴이 했다는 부적절한 성행위의 구체적인 내용을 이야기했다. 클린턴과 폴라 사이에 실제로 어떤 일이 벌어졌는지에 대한 폴라 쪽의 알맹이 없는 답변이 몇 차례 이어진 뒤에, 리처드 멜런 스케이프가 자금을 대는 우익 미디어 감시 그룹 '언론의 공정성'의 회장 리드 어바인이 일어나서 클린턴이 그에게 요구했다는 성행위가 그가 옷을 입은 채 할 수 있는 차원의 것이었는지를 폴라에게 물었다. 바로 그 순간 모여 있던 기자들 사이에 신음 소리 같은 웅성거림이 일었다. 기자들은 취재 노트북을 닫고는 더 이상의 취재를 중단해버렸다. 기자들은 또 하나의 저질 아칸소판 버라이어티 쇼를 봤다는 결론을 내렸던 것이다. 〈뉴욕 타임스〉는 지면 한쪽 구석에 자그마한 기사로 그것을 다루었고, 〈워싱턴 포스트〉는 CPAC 기자회견을 도발적인 '유행'으로 다루면서 폴라를 "또 하나의 행실 나쁜 여자 화산의 폭발"이라고 깎아내렸다. 트루퍼게이트에도 불구하고(일부 기자들은 바로 그것 때문에) 기자들은 성추문이라는 진흙탕 속으로 들어가 파헤치기를 꺼렸다.

대다수 기자들이 그랬다. 그러나 〈워싱턴 포스트〉의 심층취재 기자 마이클 아이시코프는 폴라 존스의 주장을 면밀히 살폈다. CPAC에서 아이시코프는 폴라와 단독으로 만나게 해달라고 클리프 잭슨을 설득했다. 잭슨은 트루퍼게이트 때 〈로스앤젤레스 타임스〉를 이용한 것처럼 이번에는 폴라의 주장이 먹혀들 수 있도록 권위 있는 〈워싱턴 포스트〉를 이용하기로 마음먹었다. 1970년대 중반에 언론계에 입문한 아이시코프는 끈질긴 심층취재 기자로, 리처드 닉슨을 권좌에서 물러나게 만든 〈워싱턴 포스트〉의 보브 우드워드와 칼 번스타인 기자의 활약에 큰 감명을 받았다. 자그마한 키에 때묻은 안경을 낀 항만 노동자 차림의 털털한 아이시코프는 정치에는 전혀 관심이 없는 사람처럼 보였다. 그는 누구의 암소가 뿔에 받히든 그런 쪽에는 전혀 신경쓰지 않고 그 치명적인 추문을 파헤치기에 골몰했다. 사실 아이시코프는 나보다 먼저 클린턴 성추문 특종 기사를 쫓고 있었다. 1992년 7월 아이시코프는 당시 대통령 후보였던 클린턴의 선거운동 진영이 그의 불륜에 관한 소문을 진정시키기 위해 손을 쓰고 있다는 내용의 기사를 내보냈다. 원래 주요 주간지의 성추문 추적 기자였던 아이시코프가 1990년대의 우드워드 보도상 수상 기자로 부상할 수 있었던 것은 워터게이트 사건 이래 미국 언론 문화가 얼마나 바뀌었는지를 보여주는 하나의 징표라 할 수 있다.

아이시코프는 폴라의 뒤를 쫓는 데 골몰하고 있었다. 그의 취재기인 '클린턴 성추문의 진상'에 따르면, 그가 폴라 이야기를 추적해도 좋다는 〈워싱턴 포스트〉의 허락을 얻어낸 것은 그 신문의 편집자들이 클린턴을 음탕한 난봉꾼이라고 주장한 아칸소주 경찰관들의 이야기에 솔깃했던 것도 영향을 끼쳤다. 성추문 추적 열풍은 대통령의 정적들 차원을 넘어서서 주류 언론기관들까지 사로잡아가고 있었던 것이다. 폴라건에 대한 보도가 마무리되자, 〈워싱턴 포스트〉 편집자들은 아이시코프에게 클린턴의 사생활을 더 추적해도 좋다고 허락했다. 그것은 대통령의 부적절한 행위에 대한 보도 관행을 수립하기 위한 것임이 분명했다. 아이시코프는 "미국에서 가장 영향력 있는 신문들 가운데 하나가 대통령의 성생활에 대한 사실상의 무제한적인 추적을 개시했다"고 썼다. 바로 그 아이시코프의 판단에 따르면, 폴라 이후 추가 추적의 성과는 보잘것없었다. 그는 클린턴의 과거 역정에서 또 다른 신빙성 있는 성추행의 증거를 전혀 찾아내지 못했던 것이다. 그 때문에 〈워싱턴 포스트〉의 편집국장은 그가 작성한 기사를 싣지 않고 묻어두고 있었다. 트루퍼게이트 때 내가 〈로스앤젤레스 타임스〉가 그 이야기를 보류해두고 있다고 기사에 언급함으로써 그 신문사 편집자들이 그 기사를 다룰 수밖에 없도록 하는데 일조했듯이, 우익 세력은 묻어둔 아이시코프 기사에 관한 소문을 퍼뜨리면서 〈워싱턴 포스트〉가 그것을 싣도록 압박하는 공개적인 캠페인을 벌였다. 〈워싱턴 타임스〉는 '〈워싱턴 포스트〉가 클린턴의 성추문 보도를 막아'라는 제목의 1면 기사로 대서특필하기까지 했다. 리드 어바인은 〈뉴욕 타임스〉에 실린 광고들을 꺼내 보여주면서 〈워싱턴 포스트〉도 폴라 추적 기사를 내보내라고 요구했다.

아이시코프가 자신의 이야기에 관심을 갖고 있는 데 고무된 폴라는 클린턴을 상대로 성추행 배상 소송을 내기 위한 준비 작업에 들어갔다. 폴라는 먼저 클린턴에게 자신과 클린턴이 호텔방에서 만났다는 것과 〈스펙테이터〉

의 기사가 시사하고 있는 것과는 반대로 자신은 아무런 잘못된 행동도 하지 않았다는 점을 인정하는 성명을 발표하라고 요구했다. 클린턴은 그 요구를 거부했다. 물론 〈스펙테이터〉 기사를 작성한 당사자로서, 나는 왜 폴라가 그런 일이 없었다는 것을 클린턴에게 밝히라고 요구함으로써 퍼그슨과 나의 주장으로 인한 자신의 명예훼손을 보상받으려 하지 않는지 호기심 이상의 관심을 갖고 있었다. 일반적으로 명예훼손에 걸리는 말을 만들어내거나 그것을 공표한 사람은 마음을 졸이게 마련이다. 몇 년 뒤 〈CNN〉의 생방송 토크쇼 '래리 킹 라이브'에 출연한 폴라는 기사 철회를 요구하기 위해 〈스펙테이터〉에 있던 내게 전화를 했다고 말했다. 그러나 폴라가 설사 그렇게 했다고 하더라도, 그녀는 결코 나와 통화하지 못했을 것이다. 왜냐하면 폴라는 메시지도 남기지 않았고, 〈스펙테이터〉와 접촉할 변호사도 고용하지 않았기 때문이다. 폴라와 그녀의 조언자들은 나와 퍼그슨에게 그 문제를 따지는 것보다 더 중요한 일에 신경을 쓰고 있었음이 분명했다.

폴라가 어떻게 할 것인지 심사숙고하고 있는 동안 나는 〈스펙테이터〉를 명예훼손으로 제소하는 문제와 관련해 폴라 쪽에서 벌이고 있는 논의에 대한 정보를 비밀리에 전해듣고 있었다. 폴라 쪽이 그 소송을 제기한다 해도 그들에겐 매우 힘든 소송이 될 수밖에 없었다. 그것은 폴라가 CPAC에 모인 수십 명의 기자들 앞에서 내 기사에 나오는 폴라가 바로 자신이라고 주장했지만, 나는 그 폴라가 존스라고 확인해서 적시한 적이 없었기 때문이다. 그러나 내게 소송을 걸지 않은 주된 이유는 우익 변호사와 활동가 간부들이 그들의 정치적 목적을 위해 폴라의 소송을 클린턴의 대통령직 수행에 타격을 가하는 쪽으로 몰아가기로 비밀리에 공모하고 있었기 때문이었다. 그것은 곧 나에 대해서는 손을 대지 않겠다는 것을 의미했다. 트루퍼게이트의 반클린턴 삼총사, 즉 클리프 잭슨, 피터 스미스, 그리고 부시 행정부 관리였던 리처드 포터는 폴라의 아칸소주 변호사 대니 트레일러에게 '랜드마크 법률재단'과 접촉하게 했다. 랜드마크 법률재단은 리처드 멜런 스케이프가 아낌없이 돈을 대주고 있던 우익의 공익 법률사무소였다. 스케이프는 〈스펙테이터〉의 주요 돈줄이기도 했는데, 모든 문제는 바로 거기에서 시작됐다. 러쉬 림보가 그 법률재단의 자문위원회 위원으로 앉아 있었다는 것은 특기해둘 만하다.

랜드마크 재단의 워싱턴 사무실은 에드윈 미즈 전 법무부 장관의 비서실장으로 있던 **마크 레빈**이 관리하고 있었다. 대머리에 체격이 우람하여 실제 나이보다 20년은 더 늙어 보이는 레빈은 클린턴 행정부를 괴롭히기 위해 온갖 법률 소송과 윤리 문제의 십자포화를 퍼붓는다는 랜드마크의 전략을 진두지휘하고 있었다. 그것은 손해배상소송이나 재산권 같은 실질적인 문제에 관심을 쏟아왔던 그로서는 주목할 만한 변신이었다. 이처럼 클린턴 정권에 적대적인 기관인 랜드마크 재단은 폴라 소송건에 공개적으로 개입하는 것을 피했다. 초점을 흐리지 않기 위해서였다. 그러나 랜드마크 재단은 무대 뒤에서 활발히 움직였다. 나를 만난 레빈은 얼굴 근육을 끊임없이 불쾌하게 일그러뜨리면서 자신과 〈스펙테이터〉의 이사 데이비드 헨더슨과 절친한 제리 존스 랜드마크 회장은 폴라의 변호사인 트레일러에게 소송에서 보수주의 운동 세력의 지원을 받고 싶으면 〈스펙테이터〉에는 손대지 말라는 신호를 보냈다고 말했다. 바로 그 뒤 스케이프는 '활기찬 미국 정부를 위한 기금'이라는 단체를 통해 5만 달러의 현금을 폴라 소송 지원금으로 냈다. 이들 보수주의자가 그런 식으로 개입하지 않았다면 폴라는 대통령이 아니라 〈스펙테이터〉에 소송을 제

마크 레빈
미국에서 가장 영향력 있고 보수적인 법률회사로 꼽히는 랜드마크 법률재단 대표로, 레이건 행정부에서 법무부 장관을 지낸 에드윈 미즈의 비서실장을 지냈다. 〈내셔널 리뷰〉 편집위원과 〈MSNBC〉 법률자문, 그리고 〈워싱턴 타임스〉에 수시로 기고하는 한편 〈CNN〉과 〈폭스TV〉, 러쉬 림보쇼에 출연해 보수 우익의 입장을 대변하고 있다.

기했을 것이다. 만일 그랬다면 나는 법정에서 조사를 받았겠지만, 폴라 소송의 파멸적인 정치적 결과는 피할 수 있었을 것이다.

친구인 여자 변호사 **앤 쿨터**를 통해 나는 폴라 소송에 얽힌 좀더 깊은 차원의 당파적 모략과 정치조작을 들여다볼 수 있었다. 쿨터는 나중에 그 소송을 "자그마한, 복잡하게 짜여진 우익의 음모"라고 평했다. 〈스펙테이터〉에 트루퍼게이트 기사가 실린 바로 그 다음 날, 나는 사람들에게 좀더 널리 알리기 위해 자동차 운전자들을 겨냥한 인기있는 라디오 쇼 프로그램에 출연하러 뉴욕으로 날아갔다. 그 프로를 진행하던 보브 그랜트는 방송 중에 아프리카계 미국인들을 "미개인들"이라고 불러 악명을 떨친 호전적인 우익 인사였다. 방송이 끝난 뒤 나는 쿨터와 축하주를 한잔 하기로 했다. 보수주의 법률가 서클을 통해 알게 된 쿨터는 클린턴 부부에 대한 적의를 노골적으로 드러냈다. 코네티컷주의 부유한 공화당원 가문에서 자란 쿨터는 우리 대다수와 마찬가지로 전투적인 우익 캠퍼스 문화의 영향을 받았다. 쿨터는 대학을 다닐 때 〈다트머스 리뷰〉를 모방한 〈코넬 리뷰〉를 창간했는가 하면, 미시간 대학 법대에 연방주의자협회 지부를 설립했다. 보수주의 이데올로기에 집착하고 그것을 신봉했던 리키와 래리의 보수파 세대와 달리, 쿨터와 나는 그보다는 젊은 범퍼 스티커 보수주의를 대변했다. 쿨터와의 관계를 지금 되돌아보고 새삼 깨닫게 되는 것이지만, 특정한 정치적 입장이 인생의 여러 측면을 얼마나 망가뜨릴 수 있는

앤 쿨터
학생 시절부터 스케이프 재단으로부터 자금을 지원받던 〈코넬 리뷰〉에서 일했다. 스탠 에반스가 주도하던 '내셔널 저널리즘 센터'에서 칼럼니스트의 자질을 키운 그녀는 미시건 대학 법대에 다닐 때 백인 순수주의를 주장하는 '연방주의자협회' 지부를 창립했다. 졸업 후 공화당 연방 상원의원 스펜서 에이브러햄 보좌관으로 정계와 인연을 맺었으며, 〈MSNBC〉 극우 코멘테이터로 활동하며 우익을 위한 인종차별주의자 칼럼니스트로 매진하고 있다.

지 만감이 교차한다. 나중에 만나게 되는 로라 잉그러햄과의 관계처럼, 쿨터와 나는 정치는 물론이고 그 밖의 일들에 대해서도 진지하게 대화해본 적이 없었다. 대신에 우리는 실컷 담배를 피우고 술을 마셔댔으며(쿨터는 샤르도네(대표적인 백포도주—옮긴이)와 담배로만 살아가는 것 같았다), 자유주의자들과 우리 중 박복한 자들에게 온갖 욕지거리를 퍼부음으로써 분노와 비참한 심사를 배설했다. 우리는 둘 다 민감한 얘기는 피했다. 쿨터는 나의 "미친/헤픈" 얘기를 천재적인 일격이라고 평했다. 우리 사이에 의견이 일치하지 않았던 유일한 주제는 낙태 문제였다. 쿨터는 나를 "영아 살인자"라고 불렀다.

급진적 정치관에 사로잡혀 있던 쿨터는 1994년 말 중간선거에서 공화당이 의회를 장악하자, 연방주의자협회 창립자인 상원의원 스펜서 에이브러햄 밑에서 일하기 위해 워싱턴으로 갔다. 의회 생활에 금방 싫증을 느낀 쿨터는 텔레비전으로 무대를 옮겨, 잡지 〈뉴욕〉이 평했듯이 "국민군을 위한 선전원"이라는 자기에게 딱 맞는 일거리를 찾아냈다. 텔레비전에 나온 쿨터는 공공연하게 클린턴에게 "미친", "연쇄살인범 같은", "케네디보다 더 소름끼치고 끈적끈적한", "촌뜨기 호색한", "백수 건달" 따위의 딱지를 붙였다. 그녀는 "미국인들은 자신들의 대통령이 돌았는지 아닌지를 묻는 게 더 합리적인 질문이라 생각한다"고 선언하면서 "진짜 그를 제거해버리고 싶다"고 말했다. 쿨터에게 힐러리는 "매춘부"였다. 텍사스주의 아프리카계 미국인 남자인 제임스 버드의 질질 끄는 죽음에 대한 〈CNN〉 논평에서 쿨터는 "증오할 헌법적 권리가 있다"고 내뱉었다. 쿨터는 불구가 된 베트남 전쟁 참전 퇴역 군인에 관한 토론회에서 "당신 같은 사람 때문에 우리가 전쟁에서 졌다"고 말한 뒤, 결국 〈MSNBC〉 방송 논평가 자리를 떠났다. 나는 과연 무엇이 쿨터를 그토록 미쳐버리게 만드는지 이해하지 못했다.

긴 다리에 빼빼 마른 몸매를 가진 금발의 쿨터는 그녀의 신랄한 말투만큼이나 짧은 치마를 입고 다닌 것으로도 유명했다. 쿨터는 나중에 성추문과 관련해 거짓말을 했다며 클린턴의 탄핵을 요구한 베스트셀러 책으로 다시 한 번 등장하지만, 도덕적으로 클린턴에 대한 소송 사건을 맡을 수 있을 만큼 올바로 처신하지는 못했다. 〈뉴욕 업저버〉 보도에 따르면, 쿨터는 포르노 그라피 출판업으로 재산을 모은 재벌의 아들로 성추행 소송을 당해 자기 방어하기에 급급한 보브 구치오네 2세와 사귀었다. 쿨터는 또 케이블 텔레비전 쇼 프로그램 '리베라 라이브'에 나가 코카인 복용 사건과 관련해 궁지에 몰려 있던 조지 부시를 옹호하면서, 법무부 관리에 지명된 그녀의 공화당원 친구들이 마약 불법 사용 사실을 감추기 위해 연방수사국 수사요원들에게 거짓말한 사실을 눈감아주었다. "사실, 당신 친구들이, 에-, 대학 생활 내내, 알다시피, 마약 하는 걸 당신이 봤는데도, 에-, 절대로 빠져본 적이 없다고 하면, 그건, 알다시피, 일종의 농담 같은 거죠. 당신은 언제나 FBI에게 아니, 절대로 그들이 마리화나 피우는 걸 본 적도 없다고 말하잖아요." 그리고 유대인 신보수주의자 존 포드호리츠와 데이트까지 했으면서도 그녀의 반유대주의는 너무도 심해서 그녀와 개인적인 대화를 더 이상 진행할 수가 없었다. "모든 유대인들로부터 떨어져 있기 위해" 뉴욕 법률사무소를 떠나고 싶다고 한 말은 쿨터의 말투 가운데서 부드러운 편에 속하는 것이었다.

쿨터는 어느 날 자기와 친한 친구를 우리 술자리에 초청했다. 다름아닌 유력한 뉴욕 법률사무소인 '워치텔, 립튼, 로즌 앤드 캐츠'의 젊은 동업자 조지 콘웨이 3세였다. 나는 전에 뉴욕에서 쿨터와 저녁식사를 하는 자리에서 콘웨이를 두 번 만난 적이 있었다. 하버드 대학과 예일대 법대를 나온 그는 이전에 연방주의자협회의 후원자이자 워싱턴 순회재판소 항소심 판사 랠프 윈터의 법률사무원으로 일했다. 콘웨이는 나보다 한 살 적었는데, 키가 작고 통통했으며 성공한 법조인들에게서 흔히 볼 수 있는 집요한 태도를 갖고 있었다. 콘웨이는 담배회사들을 지켜주는 대가로 연간 1백만 달러를 벌었다. 쿨터의 어법에 따르면, 그는 대다수 우리와 같은 사람들보다 더 타고난 우익, 또는 "골수 우익"이었다. 쿨터처럼 콘웨이는 항상 클린턴을 지칭할 때 "비열한 놈", 또는 그보다 더 심한 말을 썼다.

우리는 콘웨이를 그의 회사 사무실에서 만났다. 플러시 천을 깔아놓은 우아한 복도를 걸어가 사무실에 들어선 뒤 문을 닫고 돌아선 우리는 클린턴 정부의 백악관 고문이었으며 싸우기 좋아하는 버나드 너스봄이 그 회사의 고위직에 있다는 사실을 알았다. 때마침 콘웨이가 받침대 위에 올려놓은 자그마한 텔레비전 채널을 〈ABC〉 저녁 뉴스에 맞춰놓고 있었는데, 거기서 트루퍼게이트 관련 보도를 하고 있었다. 클린턴이 주차된 차 안에서 오럴 섹스를 받고 있었다고 기자가 말하는 순간(그때 "오럴 섹스"라는 단어도 화면에 떴다), 콘웨이는 주먹을 머리 위로 치켜들고 승리에 도취한 듯 앉아 있던 의자에서 튀어오르듯 벌떡 일어섰다. 나도 짜릿한 기분을 느꼈지만, 콘웨이의 병적인 열광은 왜 그가 내 기사에 나보다 더 흥분하는지 의아한 생각이 들게 했다. 나는 콘웨이가 외로운 일 중독자로 쿨터와 같은 우익 철부지들과의 데이트에서 서투른 시도를 했다가 언제나 실패하고 말았다는 사실을 알았다. 그 뒤 몇 년 동안 콘웨이(가장 우수하고 명석한 젊은 보수주의자 가운데 한 사람이었다)는 나만 보면 클린턴의 성행위시 버릇과 그의 성기 크기와 모양 등에 대해 떠들어대며 다른 이야기는 거의 하지 않았다. 콘웨이의 클린턴 혐오는 어느 정도는 질투 때문이 아닐까 하는 생각도 들었다. 그 뒤 몇 년 동안 사건이 계속 이어지면서 이 욕구불만에 찬 뉴욕 변호사는 저 혼자서 대통령을 거의 죽여버렸다(2001년 콘웨이는 금발의 우익 지식인 켈리 앤 피츠패트릭과 결혼해 소원을 이루었다).

1994년 5월 폴라가 소송을 제기한 직후 콘웨이는 대니 트레일러로부터 그 소송을 넘겨받은 버지니아의 공화당 변호사 길 데이비스와 조 캐머레터를 자진해서 도왔으나, 그들은 그런 그를 별로 이해하지 못한 것 같았다. 실패한 정치가로, "전통적 도덕과 가족의 가치"를 고양하는 데 헌신한다는 취지를 내세운 버지니아 지역의 종교적 우파 그룹 '기독교 행동 네트워크' 회장이던 길 데이비스가 그 사건을 맡은 것은 갑절로 묘한 일이었다. 버지니아 정치계에서 엄청난 뚱보에 떠들기 좋아하는 그 변호사는 여자 호리기로 악명이 높았다. 어느 날 저녁 조지타운 포시즌 호텔에서 열린 리셉션에 함께 갔을 때, 데이비스는 거의 쉴새없이 성희롱을 해댔다. "저 여자 젖꼭지 좀 봐!"라며 침을 흘리는가 하면, 한 여자가 우리 테이블 옆으로 지나가자 "침대 내 옆자리에 누우면 기차겠네"라고 외쳤다.

무료 봉사는 합동법률사무소 규정에 따라 금지돼 있었으나 조지 콘웨이는 길 데이비스에게 봉사한 사실을 워치텔 동료들에게 숨겼다. 콘웨이, 쿨터, 그리고 필라델피아 법률사무소에서 일하는 연방주의자협회 회원으로 그 소송에서 익명으로 일하고 있던 또 한 명의 보수주의 변호사 제롬 마커스는 자기네들을 "개구쟁이들"이라고 불렀다. 〈워싱턴 타임스〉에 클린턴의 대통령직 수행을 국가의 "암"이라고 주장한 글을 기고한 적이 있는 마커스는 피터 스미스의 트루퍼게이트 관련 조언자 역할을 하고 있던 리처드 포터(부시 정권 때 관직에 있었음)의 지시로 그 그룹에 가담했다. 뒤에 들어온 쿨터와 함께 콘웨이와 마커스는 비밀리에 법률 전략을 짜서 폴라 사건의 주요 소송을 양산해냈다. 그 가운데는 현직 대통령도 재임중에 민사소송 대상이 될 수 있다는, 1997년 6월의 획기적인 대법원 9대 0 만장일치 판결을 끌어낸 소송도 들어 있었다. 콘웨이는 길 데이비스가 대법원에서 논증을 하기 전에 그것을 사전 검증하는 모의 법정을 열기 위해 연방주의자협회의 거물 로버트 보크와 테드 올슨을 그 소송에 끌어들였다.

그처럼 연방주의자협회의 유력 변호사들이 가담한 것은 1980년대 이후 보수주의 운동이 얼마나 과격해졌는지를 보여주는 명백한 증거였다. 연방주의자협회는 행정권은 신성불가침이며, 대통령 재임 중에 개인적 민사 문제로 그에게 소송을 제기할 수 있다는 견해는 위헌적이고, 탄핵은 누가 그 자리에 있든 독립적인 대통령 권한에 대한 위협이라는 주장을 옹호한 것으로 유명했다. 레이건 대통령과 조지 부시 대통령을 이란-콘트라 사건과 관련한 형사 고발로부터 보호하기 위해 보크, 올슨, 그리고 보이든 그레이 같은 연방주의자협회 변호사들은 자신들의 레이건-부시 행정부 변호를 강력한 대통령 권한과 폭넓은 행정기관의 특권을 변호하기 위한 것인 양 틀을 짰다. 클린턴이 당선되기 전 연방주의자들은 애니타 힐을 쓰레기 취급했으며, 최근의 성추행 관련 법이 피고 쪽 사생활에 대해 원고 쪽이 전면적인 조사를 할 수 있도록 지나치게 관대하게 규정하고 있다고 비판했다. 그랬던 그들이 이제 정권이 바뀌고 폴라 사건이 터지자, 현직 대통령을 민사소송을 통해 불구로 만들기 위해 그야말로 혈안이 됐다. 그들은 재판관이 성추문 주장과는 아무 관련이 없다는 결정을 내리게 될 클린턴의 혼외정사에 관한 정보를 소송 과정에서 밝히자는 제안을 내놓기까지 했다.

대법원에서 승소(대통령도 재임 중에 민사소송 대상이 될 수 있다는 판정-옮긴이)한 데이비스와 캐머래터는 폴라에게 합의를 통해 화해하라고 압박했다. 그렇게 하는 것이 폴라에게는 현명했다. 왜냐하면 폴라에게는 성추문을 당했다는 증거가 전혀 없었기 때문에 판사는 결국 그녀의 고소를 기각했던 것이다. 그러나 폴라 주변의 다른 조언자들(당시 폴라의 남편이던 스티브, 낙태 반대 운동가로 그의 언론 담당 조언자였던 수전 카펜터 맥밀런, 그리고 그 세 명의 개구쟁이들)은 정치적 이유 때문에 소송이 이어지기를 바랐다. 다양한 화해 제의에도 불구하고 폴라가 모두 거부하자, 데이비스와 캐머래터는 소송 진행을 포기했고 우익 '러더포드 연구소'와 협력하고 있던 변호사들이 그 소송을 대신 떠맡았다. 그 연구소는 '기독인의 권리' 소속 재건주의자인 **러쉬두니**의 지원으로 설립됐다. 러쉬두니는 '기독인의 권리' 초창기 이사였다.

리처드 멜런 스케이프한테서 기금을 받고 있던 러더포드는 댈러스에 '라이더, 캠블, 피셔 앤드 파이크'라는 이름의 법률사무소를 차리고 팀을 짰다. 돈 캠블은 텍사스주의 남색 금지법이 법정에서 위헌이라는 판정을 받은 뒤, 그것을 다시 복원하는 일을 해 유명해졌다.

데이비스와 캐머래터가 손을 뗐지만 조지 콘웨이는 댈러스 법률사무소를 통해 비밀리에 그 소송에 대한 자신의 영향력을 확대하고 있다고 내게 말했다. 폴라의 소송이 교묘하게 법관들의 환심을 사고 있는 가운데 나는 콘웨이와 접촉을 계속했다. 기억해둘 만한 한 전화 통화에서 나는 콘웨이에게 단도직입적으로 내부자 관점에서 폴라가 진실을 말하고 있다고 믿느냐고 물었다. 그 답은 자명한 것이었지만, 콘웨이는 비웃으면서 아니라고 말했다. "이것은 트루퍼게이트를 입증하기 위한 것이다." 콘웨이는 폴라 팀이 법정에서 선서한 클린턴을 불륜 문제로 집중 공략해서 그가 거짓말을 하고 있다는 사실을 드러내는 것—교묘하게 짜여진 위증죄 함정을 구상하고 있다고 내게 설명했다. 설사 클린턴이 함정에 걸리지 않더라도 그때는 증언 절차를 이용해 클린턴의 성문제에 관한 온갖 소문들을 무제한 법정에 풀어놓을 수 있고, 언론에 그 자세한 내용들을 흘려 대통령을 궁지로 몰아갈 수 있다는 것이었다. 재판 결과야 어떻든 상관없이 폴라의 소송은 클린턴의 계획을 망가뜨리고 그의 정치적·재정적 자원을 고갈시킬 것이다. 소송이 진행되면서 콘웨이는 클린턴이 다른 여자들과 벌인 불륜 증

러쉬두니 목사는 "불경한 것을 금지, 통제, 또는 제거하기 위해" 민법을 성경 속의 율법으로 대체해야 한다고 믿었다. 그는 신성모독자들, "거짓 교의를 퍼뜨리는 자들"과 마찬가지로 낙태, 간통, 남색(수간), 근친상간을 범한 자들도 사형에 처해야 한다고 주창했다. 러쉬두니는 또한 홀로코스트(유대인 대학살)도 사실이 아니라고 부인했다.

거들도 폴라 소송에서 다룰 수 있도록 해달라는 재정신청서를 직접 작성하게 된다. 본건과 직접 관계가 없는 사안까지도 심문 조사할 수 있도록 하는, 이 전면 조사를 통해 클린턴과 백악관 인턴 모니카 르윈스키 간의 불륜이 드러나게 되는 것이다.

　조지 콘웨이와 마찬가지로 나 역시 폴라의 성추문 이야기를 믿기 어려웠다. 나는 대니 퍼그슨이 내게 해준 이야기에 솔깃했는데, 그것은 만일 클린턴과 폴라 사이에 무슨 일이 있었다면 그것은 두 사람의 동의 하에 이뤄진 것임을 함축하고 있었다. 아칸소주 경찰관들과의 일을 경험한 뒤, 나도 폴라가 그렇게 움직이는 동기에 대해 의문을 갖게 됐다. 폴라가 현직 대통령을 상대로 한 극히 이례적인 민사소송을 준비하고 있다는 사실을 전한 〈워싱턴 포스트〉 마이클 아이시코프 기자의 기사를 읽고는 일이 돼가는 꼴이 전에도 본 적이 있는 듯한 진부한 것이라는 생각이 들었다. 폴라와 그녀의 변호사는 책과 영화 판권에 관한 내용을 담은 이례적인 계약서에 서명했다. 며칠 뒤 폴라의 여동생 샬로트는 폴라가 소송을 제기하기 전에 자신에게 "일이 어찌 됐든 돈 냄새가 난다"는 말을 했다고 주장했다. 깊이 생각할 것도 없이 아이시코프조차 일의 성격상 폴라와 그 여자가 말한 섹스 이야기는 모두 어떤 기록도, 목격자도 없기 때문에 입증할 수 없다는 사실을 알고 있었을 것이다. 폴라의 주장에 대해 "우리는 그것을 밝혀낼 수 없다. 사실 그 주장은 본래부터 입증이 불가능한 것이었다"고 그는 나중에 썼다.
　폴라의 진실성에 대한 내 개인적 회의에도 불구하고, 나는 부끄럼도 없이 그녀의 소송을 지지하고 폭로의 영예를 누리려고 안달하면서 보수주의의 당파적 입장에 동조했다. 〈워싱턴 포스트〉에 난 아이시코프의 기사는 추잡한 묘사들로 가득 차 있었다. 호텔방에서 클린턴은 자기 성기를 쓰다듬다가 폴라에게 "여기에 키스해줘"라고 말했다고 폴라는 주장했다. 폴라는 또 "다른 사람의 것과 구별되는 클린턴 생식기의 특징"에 대해서도 확인해줄 수 있다고 주장했다. 그러나 클린턴 주치의들은 나중에 그런 특징은 존재하지 않는다고 단언했다. 단 몇 개월 만에 비평가들이 트루퍼게이트에 대한 정당한 비판을 많이 쏟아냈음에도 불구하고, 그 이야기는 전과 달리 황색 언론화한 주류 언론이 클린턴을 공격하도록 하는 데 기여했다. 나는 사태가 그렇게 돌아가도록 일을 꾸민 데 대한 책임을 느꼈다. 나는 내가 이룬 성취를 부풀렸으며, 양복 깃에 "나는 폴라를 믿는다"는 글귀가 적힌 버튼을 달고 워싱턴 거리를 점잔을 빼고 걸어다녔다. 또 집 전화 자동응답기에 "나는 대통령을 권좌에서 밀어내는 일을 하기 위해 지금 외출 중입니다"라는 메시지를 남겨놓았다.

어느 따뜻한 봄날 밤 실버먼 부부와 나는 그들의 집에서 그 전부터 자주 해왔던 저녁식사 겸 난상 토론회를 열었는데, 거기에서도 양복 깃 버튼 자랑을 했다. 클린턴을 법적으로 옭아맬 수 있을 것이라는 기대감 때문에 폴라 소송은 워싱턴의 다른 많은 보수주의자들한테도 그랬듯이 리키와 래리를 흥분시켰다. 이들 충실한 두 보수주의자가 성추문 관련 법들이 지나치게 폭넓게 해석되는 데 반대하고, 남성과 여성 관계를 정치화하려는 페미니스트 운동을 비판하며, 행정기관의 권한 강화를 옹호하는 데 그토록 많은 노력을 기울여온 것을 애석하게 생각할 필요가 없다. 그러한 원칙들은 당파적 이해를 위한 불을 지피는 연료가 됐다. 리키는 트루퍼게이트 공표의 위험성에 대해 경고했지만 법률적 주장이 의미가 없어져버린 지금, 그녀는 보잘것없는 성추문 주장을 이용해 클린턴을 궁지에 몰아넣을 수 있다는 생각에 열광하고 있었다. 힐러리 클린턴이 1992년 미국변호사협회 모임에서 애니타 힐에게 토머스 대법관 상원 인준 청문회에서 보수파 정객들의 성차별적인 공격에 맞서 싸운 공로로 상을 수여한 일은 리키를 초조하게 만들었다. 좋아, 눈에는 눈으로 해보자!

우익 전투 사단은 바로 실버먼가의 부엌에서 출동할 준비를 갖추고 있었다. 리키는 최근 고용기회평등위원회에서 물러나 반페미니스트 단체인 '독립 여성들의 포럼(IWF : Independent Women's Forum)'을 설립했다. 포럼은 '토머스 판사를 위한 여성 모임'이 이어져온 것으로 그 후신이라 할 수 있는 단체였다. 리키는 IWF의 설립 목적이 정치적 논쟁이 벌어지는 신문 논평란이나 텔레비전 토크쇼에서 정통 보수주의 반페미니스트 주장을 거침없이 개진하기 위해 여성들을 결집함으로써 "선전 전쟁"에서 "급진적 페미니스트에 도전"하는 것이라고 설명했다. 그럴싸한 잡지들과 대중의 시선을 끄는 대변자들을 갖춘 IWF는 세련되고 최신 유행 감각을 가지고 있다는 점에서 필리스 슐래플리가 주도했던 중서부 지역 반페미니즘 운동의 1950년대적 감각과는 대조적이었지만, 그들이 설정한 의제는 하나도 다를 게 없었다. IWF 회원들은 남녀 임금 차별 시정이나 여성을 위한 사회적 약자 보호정책에 반대하고 가정 내 폭력과 성추행 희생자들을 보호하기 위한 입법 조처에 반대했다. 자신들의 주장을 정당화하기 위해 그들은 여성이 자행한 폭력 통계 수치들을 부각시켰으며, 남성들보다 종종 적은 임금을 받는다는 이유로 여성 스스로를 비난했고, 남성과 여성의 생물학적 차이를 보여주는 엉터리 자료들을 공개했다.

자연스럽게 나는 리키에게 스케이프한테 자금 지원을 부탁해보라고 권했다. 스케이프는 워싱턴의 모든 보수주의 단체와 출판계에 수백만 달러를 뿌리고 있었다. 나는 또 내가 〈스펙테이터〉에서 애니타 힐 책을 쓸 때 취재 활동 지원비로 수표를 끊어준 엘리자베스 루리와도 접촉해보라고 말했다. 스케이프는 돈을 댔고, 루리는 IWF 의장이 됐다. 딕 체니(현 부통령–옮긴이)

의 아내로 대통령 부시가 총재로 있던 '전국자선기금'의 의장이었던 린 체니, 텍사스주 연방 상원의원(필 그램—옮긴이)의 아내로 부시 행정부의 각료를 지낸 **웬디 그램**, 그리고 레이건 정권 때 시민권 담당관을 지낸 린다 차베스 등이 IWF의 각종 위원회에 참여했다.

스케이프의 지원 아래 리키는 이제 막 결성된 그 단체를 반클린턴 성전에 동원하기로 작정하고, 그 첫 번째 사업으로 클린턴이 현직 대통령임에도 민사소송을 밀고 나가겠다고 주장하고 있는 폴라 존스를 지원하기 위해 IWF가 우정의 변론 요지를 법정에 제출하는 방안을 추진했다. 리키는 변론 요지 작성 적임자로 변호사 케네스 스타를 특별히 마음에 두고 있었다. 나는 그를 분명히 알고 있었다. 연방주의자협회의 충실한 멤버인 스타는 레이건 시절에 워싱턴 순회재판소 판사로 지명됐고 부시 정권 때는 수석검사로 재직했다. 그는 대법원의 공화당 쪽 판사 지명자가 될 수 있는 인물로 종종 거론되고 있었다. 리키는 커클랜드 앤드 엘리스 법률사무소에서 거대 담배회사 등의 기업 이익을 대변하는 변호사로 일하고 있던 스타를 IWF의 폴라 지원 변론 요지 작성자로 영입하기 위해 교섭해보겠다고 말했다(담배세를 인상하고 니코틴에 대한 연방 규제를 강화하겠다는 클린턴의 제안에 반발해 담배회사들은 상당한 규

모에 이르는 그들의 정치헌금 창구를 거의 몽땅 공화당 쪽으로 옮겨버렸다).

순회재판소 항소심 판결 때의 표결 기록을 보면 스타는 로버트 보크 못지않은 보수주의적 입장을 가지고 있었고, 또 낙

웬디 그램
텍사스주 연방 상원의원인 필 그램의 부인. 한국인 3세로 미 행정부 최고위층에 진입했던 인물이다. 정치적 성향은 보수 우익이며 반페미니스트 운동을 지원한다.

태 반대 기독교 근본주의자였음에도 불구하고, 보수주의 온건파요 독립적인 법관으로 널리 알려져 있었다. 재판관직에서 물러나고서도 스타 판사로 불리기를 원했다. 조지타운의 원로 비평가 샐리 친이 〈워싱턴 포스트〉에 기고한 글에서 워싱턴 상류층을 대표할 만한 인물 중 한 사람이라고 호의적으로 평한 스타는 리키가 계획하고 있던 일에 꼭 들어맞는 이상형이었다. 스타와 워싱턴 순회재판소에서 함께 일했던 래리 실버먼(리키의 남편-옮긴이)도 동의했다. 사회적 약자 보호정책을 둘러싸고 논쟁을 벌이던 동료 판사에게 콧등을 날려버리겠다고 위협한 적도 있는 래리는 나와 이야기하면서 자신과 우익 법조계 고위층 인사들은 스타가 유약하며 보수주의 이념보다는 자기 개인의 야심을 채우는 데 더 관심을 쏟고 있는 무원칙한 기회주의자로 보고 있다고 말했다. 스타는 또 순진하고 정치에 서투른 인물로 여겨지고 있었다. 래리는 또 스타가 자신의 평판을 높이고 대법원 판사가 되려는 야심을 지니고 있기 때문에 자유주의 정치 세력 상층부와 워싱턴의 자유주의 언론들의 압력을 수용하는 자세를 보이고 있다고 지적했다. 설사 래리의 관점이 옳다고 하더라도 스타는 자신을 신뢰하지 않지만 자신을 출세시킬 수도 있고, 구렁텅이에 몰아넣을 수도 있는 보수주의 운동권 내의 후원자들의 압력도 수용할 태세가 돼 있었다. 스타의 언행을 보면, 우익이 대법원 판사가 되고자 하는 그의 오랜 열망에 상처를 쉽게 입힐 수 있는 인물임을 알 수 있었다. 폴라 소송과 관련해 스타는 보수주의 진영의 지시에 따르면서 한편으로는 비밀리에 움직이는 이중적인 자세를 취했다. IWF의 변론 요지 제출 요청은 거절했지만, 기업 쪽 이익을 대변해주고 시간당 500달러를 버는 비싼 변호사임에도 1994년 봄 내내 폴라 쪽 변호인들과 비밀리에 여러 차례 무료 전화 상담을 해주었다.

몇 달 뒤 스타는 졸지에 1994년 중간선거에서 정치적 추문을 이용해 클린턴 정권을 뒤흔들어놓으려는 공화당 상층부의 전략에서 첨병 역할을 할 핵심 인물로 선정됐다. 클린턴 정부는 (공화당의 작은 정부 슬로건과 반대되는-옮긴이) 큰 정부의 화신이라는 비방을 여전히 받고 있었지만 1993년에 군대의 동성애자 입대 허용, 보건의료, 최고 부유층에 대한 증세 등을 통해 일정한 성과를 올렸다. 이로 인해 보수주의 진영은 이념 전쟁으로는 그다지 승산이 없다는 사실을 깨달았다. 언제나 그렇지만 공화당 우파는 조정을 거쳐 이번에는 클린턴 부부가 범죄 취향을 갖고 있다는 점을 부각시키기로 작전을 짰다. 1992년 대통령선거 때 '빌'과 '힐러리'라는 자의적인 인물 조작에 이용했던 재정 부패 논란을 이번에는 스타를 앞세운 연방주의자협회 변호사 군단이 클린턴 부부와 측근들 조사에 나서는 증거찾기 소송 쪽으로 몰아간다는 작전이었다. 스타는 양극으로 대립된 클린턴 조사를 지휘하는 일이 필경 자신의 공직 생활을 끝장내게 만들 것이라는 점을 알았어야 했다. 스타를 그 자리에 앉힌 사람들은 그 점을 잘 알고 있었겠지만, 정작 스타 자신은 그것을 명확하게 깨닫지 못했다.

이 공작에도 다시 한 번 리처드 멜런 스케이프와 그의 거금이 동원됐다. 바람기 있는 빌 클린턴이 대통령에 당선되자, 좌절감과 울화증으로 시달리던 음모적 기질의 소유자 스케이프는 자신의 돈을 보수주의 이념 고양에 쏟아붓는 것을 그만두고 클린턴 부부가 범죄 신디케이트의 우두머리들이라는 의혹을 입증하는 데 쓰기로 방향 전환을 했다. 스케이프의 미망은 그의 자금 지원이 큰 역할을 해왔던 보수주의 운동 전체의 방향을 그쪽으로 재조정하는 효과를 가져왔다. 이 억만장자가 생각해낸 클린턴 부부의 가증스런 범죄 행각 중에서도 그가 특히 주목한 것은 화이트워터 사건이었다. 스케이프는 백악관 법률 담당 부보좌관이자 힐러리의 친한 친구였으나 1993년 7월에 자살한 빈센트 포스터가 사실은 1970년대 말에 클린턴 부부가 투자했다가 실패한 부동산 거래에서 파생된 화이트워터 사건과 관련한 범죄 행각을 감추려던 클린턴 부부에 의해 살해됐다고 믿고 있었다. 이례적으로 1999년(이 시기는 두 차례의 의회 조사, 두 차례의 특별검사 수사, 그리고 스케이프 자신의 조사 프로젝트 등 모든 화이트워터 사건 조사가 포스터의 죽음이 단순 자살이라는 증거는 없다는 결론을 내린 상태였다)에 잡지 〈조지(George)〉의 인터뷰 요청을 수락한 스케이프는 여전히 포스터의 죽음을 "클린턴 정권에게는 로제타 스톤(이집트 상형문자 해독의 비밀을 푸는 열쇠가 됐던 고대 이집트 비석—역주)이며……그 수수께끼를 풀기만 하면 지금까지 저질러진 모든 사실을 알게 될 것"이라고 주장했다. "빌 클린턴 행정부가 저질러온 일, 그리고 그가 아칸소 주지사였을 때 저지른 일에 관해 숨겨진 엄청난 비밀이 있다고 생각해.…… 이봐, (클린턴은) 자기 마음대로 사람들을 부릴 수 있어. 그가 연방정부 전체를 손아귀에 넣고 있는 거라구. ……맙소사, 의문의 죽음을 당한 (클린턴과 관계를 맺었던) 사람이 틀림없이 60명은 될 거야."

포스터가 죽은 뒤 우파는 그 비극을 1992년 3월 〈뉴욕 타임스〉가 처음 보도한 이래 폭발성을 지닌 채 휴면 상태에 있던 화이트워터 사건과 관련 있는 극악하고 실체를 알 수 없는 음모로 몰아가는 데 이용했다. 〈뉴욕 타임스〉 기사는 클린턴 부부가 부동산투자회사 화이트워터의 동업자로 아칸소주의 금융 사기꾼 제임스 맥두걸과 거래하면서 그와 여러 차례 이권 충돌을 빚어 었다는 사실을 보여주었다. 그때의 〈뉴욕 타임스〉 기사에는 부정 행위에 관한 내용은 나와 있지 않기 때문에 그 기사는 아무 문제가 없었다. 그리고 나서 18개월 뒤, 즉 포스터가 죽은 지 3개월이 지난 뒤인 1993년 10월 〈뉴욕 타임스〉는 미국 전역의 예대금업무(S&Ls) 단속 기관인 연방 정리신탁공사가 맥두걸 소유 은행에 대한 범죄 혐의 사실을 조사할 때 클린턴 부부를 증인으로 소환할 가능성이 있다고 보도했다. 12월에 〈워싱턴 포스트〉는 포스터의 죽음과 화이트워터를 연결지으면서 문제가 있음을 시사하는 기사를 내보냈다. 〈워싱턴 포스트〉의 보도가 나간 주에 〈스펙테이터〉가 트루퍼게이트 사건을 터뜨려 주요 언론들의 뜨거운 관심을 불러일으켰다. 우익 쪽이 발설한 그 두 가지 엉터리 뉴스가 보도되자, 주요 신문·방송 편집자들은 기자들을 대거 아칸소주에 파견해 클린턴의 과거 조사에 착수했다. 편집자들은 기자들에게 성추문에 관한 것이 아니라면 어디에 취재 초점을 맞춰도 괜찮다고 지시했다. 그들은 쌈박한 자금 추적 이야기로 추잡한 추문 관련 이야기를 대체하고 싶었고, 화이트워터는 그런 주문에 딱 들어맞았다. 우익은 정권흔들기 전략에 뜻하지 않은 우군을 만나게 됐던 것이다.

보브 돌이 이끄는 공화당 지도부는 워터게이트 사건 뒤 제정된 특별검사 관련법이 삼권분립 원칙에 위배되는 위헌적인 법이라며 늘 반대해왔으나, 이제 와서는 민주당 대통령에 대한 특별조사를 요구하고 나섰다. 이에 따라 1994년 클린턴 정권의 정부 입법 활동이 중단돼 특히 보건의료 개혁 법안이 타격을 입었으며, 그것은 공화당이 그해 중간선거에서 하원 다수 의석을 차지하는 계기가 됐다. 다시 등장한 화이트워터 관련 기사들이 언론을 도배질하자, 공화당은 화이트워터와 포스터 죽음에 대한 특별조사를 실시하라며 아우성쳤다. 당시에는 특별검사법이 존재하지 않았기 때문에 클린턴은 법무부 장관 재닛 리노에게 특별검사를 지명하라고 지시했다. 1994년 1월 중순, 재닛은 뉴욕 출신의 존경받는 공화당 변호사 로버트 피스크를 그 자리에 지명했다.

피스크는 보수주의 운동권 내에서 욕을 먹고 있었는데, 그 연원은 그가 미국변호사협회 조사위원회 위원으로 활동했던 시기로 거슬러올라간다. 그 위원회는 로버트 보크에 타격을 가함으로써 보크의 대법관 상원 인준 청문회 통과 전망을 어둡게 만들었던 것이다. 부시 정권 때 법무부 장관 리처드 손버그가 피스크를 자신의 수석보좌관으로 앉히려 했을 때, 보수주의자들은 스케이프가 자금 지원을 하던 워싱턴법률재단 주도 아래 피스크를 밀어내고 그 자리에 거물 보수주의자 윌리엄 바를 앉히도록 손을 썼다. 특별검사 피스크가 포스터는 자살했고 그의 죽음은 화이트워터와는 무관하다는 사실을 확인했다는 최종 보고서를 발표하자, 우익은 클린턴 부부를 범죄 행위에 연루시킬 기회가 사라졌다는 것을 깨달았다. 〈월스트리트 저널〉 사설면을 필두로 〈뉴욕 타임스〉 칼럼니스트 윌리엄 새파이어, 그리고 스케이프가 지원하는 단체 '미디어의 공정성' 등 우파들은 피스크 조사에 결함이 있다며 공개적으로 비판하고 나섰고, 보수주의자들은 그를 해임하라고 아우성쳤다.

1994년 여름 의회가 특별검사법의 정당성을 다시 인정하자, 보수주의자들은 독자 행동을 취했다. 특별검사는 연방대법원장 윌리엄 렌퀴스트의 주재 아래 세 명의 항소재판소 판사들이 참여해 구성하는 위원회가 임명했다. 애리조나 출신의 공화당 활동가로 리처드 닉슨 대통령에 의해 고등법원 판사로 임명된 렌퀴스트는 레이건 대통령 때 대법원장 자리에 올랐다. 1952년 당시 법률 서기였던 렌퀴스트는 국가 차원의 인종차별을 지지하는 비망록을 작성한 것을 비롯해, 1960년대 애리조나주에서 선거 기간에 사회적 약자인 유권자들을 못살게 군 공화당에서 일했다. 렌퀴스트의 상원 인준 청문회 기간에 그를 비판하는 사람들은 그의 과거 입장과 행동에 대해 상원의원들이 제기한 의문들을 그가 부정하면서 위증을 했다고 주장했다.

통상 원로 판사들에게 더 많은 기회가 돌아가긴 하지만, 렌퀴스트는 1992년 특별검사들을 지명하는 위원회 위원장직에 워싱턴 순회재판소 판사 데이비드 센텔리를 앉혔다. 레이건의 지명을 받았던 센텔리는 자신의 딸에게 대통령 이름을 따서 레이건이라는 이름을 붙였으며, 노스캐롤라이나주 연방 상원의원 제시 헬름스와 피스크 특별검사를 거세게 비판했던 로취 페어클로스의 수하로 강경 우익 인사였다. 1991년 연방주의자협회가 후원하는 〈하버드 대학 법과 공공정책 저널〉에 실린 로버트 보크의 논문 「미국의 유혹(The Tempting of America)」을 비평하면서 센텔리는 미국을 "집단주의적·평등주의적·물질주의적·인종구별적·과잉세속적인 국가, 그리고 사회적으로 지나치게 관용적인 국가"로 바꿔가려는 "좌파 이단자들"을 비난했다. 센텔리는 구약성서의 전도서를 원용해 다음과 같이 썼다. "결국 「미국의 유혹」에 기록돼 있는 것은 올바르다. 곧 진리의 말씀이다."

특별검사법이 정당성을 다시 인정받자, 센텔리 위원회는 화이트워터 조사 작업을 마무리할 특별검사로 피스크를 재임명하지 않고 해임한 뒤 스타를 그 자리에 앉혔다. 실버먼 부부나 센텔리 같은 보수파 핵심 인물들은 스타가 대외적으로는 독립적인 존재로 비칠지 몰라도 반클린턴 당파에 의존할 수밖에 없다는 것을 알고 있었던 것이다. 나중에 상원 증언대에 선 센텔리는 화이트워터 사건 조사 책임자 자리에 클린턴의 정적을 앉히기 위해 적극적으로 사람을 물색했다는 점을 인정했다. 그 조사는 그 뒤 6년 동안 클린턴 정권을 에워싸게 되는 스캔들이라는 안개를 피워올리는 데 쓸모가 있었다. 센텔리와 함께 순회재판소에서 근무했던 래리는 나와 이야기를 나누던 중, 센텔리를 얼간이로 생각한다고 말하는가 하면 때때로 그를 자신의 계략을 추진하기 위한 허수아비로 내세웠다는 뜻을 내비쳤다. 센텔리는 올리버 노스의 이란-콘트라 사건 유죄 판결을 2대 1로 뒤집은 평결에서 무죄로 되는 데 결정적 역할을 한 두 번째 표를 래리에게 선사했다. 서명이 들어 있지 않은 의견은 평의회 또는 법원의 이름으로 발표되어 래리 실버먼이라는 배후 인물의 역할을 숨겨준다. 공화당 상원의원, 그리고 아마도 대법원장 렌퀴스트조차 센텔리를 그런 식으로 이용했을까?

10

아칸소 프로젝트

폴라 존스 소송이 진행되면서 〈아메리칸 스펙테이터〉는 전국 유수의 반클린턴 잡지라는 평판을 이용했다. 애니타 힐에 관한 내 기사가 나간 뒤로 발행 부수는 3만 부에서 15만 부로 껑충 뛰어올랐고, 트루퍼게이트를 터뜨린 뒤인 1994년 초에는 다시 두 배로 뛰어 30만 부―〈뉴 리퍼블릭〉 발행 부수의 3배, 〈내셔널 리뷰〉의 2배―에 이르렀다. 이에 따라 〈스펙테이터〉는 미국의 다른 어떤 오피니언(여론 선도) 잡지들보다도 발행 부수가 많은 잡지가됐다. 이 토대 위에서 〈스펙테이터〉는 보수주의의 한 지식인 집단으로 기능해온 지금까지의 역할을 내팽개치고 수백만 달러를 투입해 클린턴 부부를모함하려는 추잡한 계략인 아칸소 프로젝트를 출범시켰다. 그 잡지사의 직원들은 모두 보수주의 운동권 내의 다른 활동가들과 함께 추적 취재기자 노릇을 하기 시작했다.

아칸소 프로젝트와의 첫 소규모 전투는 나에게 대중 매체에 모습을 드러내지 않는 은둔자 리처드 멜런 스케이프와 처음으로, 그리고 개인적 차원에서는 유일하게 만날 기회를 만들어줌으로써 행운을 예고했다. 흰 머리에 얼굴이 불그스름한 그 억만장자는 〈스펙테이터〉의 연례 만찬에 참석하기 위해 워싱턴에 와 있었다. 〈스펙테이터〉는 언제나 그를 잡지사가 건재하도록 만들어준 사람으로 소개했다. 스케이프가 1970년 이후 600만 달러에 가까운 거금을 지원했던 것이다. 스케이프는 거센 파도처럼 밀려오는 갈채에 감사의 뜻을 나타내기 위해 특유의 포즈로 자리에서 일어섰으나 한마디도 하지 않았다.

조지타운의 포시즌 호텔에서 열린 오찬회 때 스케이프와 그의 수석 보좌관인 댄 맥마이클은 나에게 아칸소주 연방 상원의원이었던 **윌리엄 풀브라이트** 추적 취재를 맡아달라고 요청했다. 풀브라이트는 빌 클린턴의 예전 스승들 가운데 한 사람으로, 클린턴은 1960년대 말 그의 사무실에 실습생(인턴)으로 가 있었다. 마치 이무기처럼 생긴 맥마이클은 일흔 살로 국제 안보와 정보 공작 분야에 관심을 나타냈는데, 여전히 냉전 시대에서 빠져나오지 못하고 있는 듯한 인상을 주었다. 몇 년 전 그는 미국이 소련을 점령하는 내용의 소설을 썼다. 그는 내게 풀브라이트가 소련 비밀경찰(KGB) 요원이었으며, 클린턴을 소련 스파이로 포섭한 것으로 믿는다고 말했다. 풀브라이트는 저명한 베트남 전쟁 참전 반대론자로, 아칸소주의 우익 인사들은 그를 공산주의자들의 도구라고 헐뜯고 있었다.

윌리엄 풀브라이트
아칸소주 연방 하원의원으로 정계에 입문하여 유엔 창설의 기반이 된 국제평화유지기구 창설을 제안했다. 1945년 상원에 진출하여 1974년까지 상원의원을 지냈다. 클린턴이 고등학생 시절 그의 사무실에서 인턴 생활을 했다. 풀브라이트 제안으로 만들어진 풀브라이트 장학재단으로 한국인에게는 친숙한 인물이다.

클린턴이 모스크바와 연결돼 있다는 맥마이클의 의심은 1992년 대통령선거 때 공화당 활동가들이 만들어낸 허위 주장의 메아리와 같은 것이었다. 하지만 그는 내가 기사로 만들어주기를 바라는 그 이야기를 뒷받침할 만한 증거를 전혀 갖고 있지 못했다. 나보고 거짓 위장을 하고 당시 90줄에 들어서서 건강이 악화된 풀브라이트를 만나 그가 소련 스파이였음을 자백하도록 유인해 보지 않겠느냐고 맥마이클이 제의했을 때, 나는 내 귀를 의심했다. 스케이프는 점심식사 내내 거의 말을 하지 않았다. 맥마이클이 말을 마치자마자, 그 자리에 같이 있었던 보브 타이럴이 열정적으로 대화에 끼어들어 내가 그 이야기를 밝혀낼 것이라고 약속했다. 나는 그에게 대들 처지가 아니었기 때문에 같은 테이블에 합석한 사람들의 비위를 맞추는 한편, 음식을 개작거리면서 나중에 그 약속을 조용히 취소하게 만들어야겠다고 생각했다.

그날 점심식사 때 보여주었듯이, 스케이프는 그의 돈을 받고 있는 사람들에게조차 수수께끼의 인물이었다. 스케이프의 자금 지원은 대부분 맥마이클과 리처드 래리를 통해 이뤄졌다. 해병대 출신의 강경 우익 이데올로기 신봉자 리처드 래리는 30여 년 동안 스케이프를 위해 일해오고 있었다. 1993년 중반 체서피크 만에서 네 명(리처드 래리, 보브 타이럴, 〈스펙테이터〉에서 오랫동안 이사로 일한 데이비드 헨더슨, 그리고 워싱턴의 변호사 스티븐 보인턴)이 보트 여행을 하면서 지금의 아칸소 프로젝트로 이어지는 이야기를 처음으로 했으며, 이 이야기는 〈스펙테이터〉 내부에서도 몇 년 동안 철저히 비밀에 부쳐졌다. 홍보 분야에서 간부로 있다가 퇴직한, 낡은 서류 가방처럼 두꺼운 피부를 갖고 있는 헨더슨은 역시 〈스펙테이터〉 이사였던 윌리엄 웨스트모얼랜드가 1980년대 초 스케이프의 자금 지원 아래 〈CBS〉를 상대로 명예훼손 소송을 제기했을 때 그 지원 업무를 맡았던 리처드 래리와 깊은 관계를 맺었다. 베트남전에 참전했던 장군 출신인 웨스트모얼랜드는 의회 내의 민주당원들과 언론들이 미국의 베트남 철수 및 그 뒤의 베트남 공산화에 대한 책임을 져야 한다고 비난했다가 〈CBS〉로부터 베트남 지상전의 긴박한 상황에 관해 워싱턴에 있던 자신의 상관들을 기만했다는 비판을 받았다. 〈CBS〉가 웨스트모얼랜드의 애국심은 한 번도 의심받아 본 적이 없다는 성명을 내는 대신 그가 화해하는 식으로 마무리된 그 소송은 우파들 사이에서는 자유주의 언론이 비뚤어진 시각을 갖고 있음을 입증한 유명한 재판 사건으로 이야기됐다. 그때 이후로 보브는 헨더슨을 〈스펙테이터〉 금고에 스케이프의 돈이 흘러들어오게 하는 자신의 "스케이프 접속 통로"로 여기게 되어, 어떤 일이건 헨더슨이 하자는 대로 따라하는 경향을 나타냈다.

딱 맞아떨어지는 것은 아니지만, 보브 등 네 명이 메릴랜드주 동쪽 연안 체서피크 만 보트 위에서 쑥덕공론을 했을 무렵 아칸소에서 권모술수가 얽힌 정치 스캔들이 발생했다. 평판이 좋지 못했던 보수주의자 데이비드 헤일이 연방 차원의 소규모 사업 지원 대출금 200만 달러를 횡령한 혐의로 연방 당국으로부터 고소를 당한 것이다. 워싱턴의 우익 인사들 간에는 헤일이 '유죄 답변 거래'(검찰 쪽이 구형량을 줄여주는 따위의 양보 및 교환 조건으로 피고가 유죄를 인정하거나 다른 사람에 대한 증언을 해주는 거래-옮긴이)의 일환으로 클린턴 대통령이 부동산투자회사 화이트워터 사업의 동업자인 짐 맥두걸의 아내 **수전 맥두걸**에게 30만 달러를 불법 대출해 주도록 자신에게 압력을 가했다는 얘기를 털어놓겠다고 제의해 대통령을 얽어넣었다는 소문이 나돌았다. 결코 입증될 수 없는 이런 주장이 특별검사 스타가 지휘한 화이트워터 사건 조사의 핵심 사안이 됐다. 헤일과 알고 지낸 지 몇 년이 된 헨더슨과 스티븐 보인턴이 리처드 래리, 보브 타이럴과 만나 아칸소 프로젝트의 자금 조달 문제

수전 맥두걸
화이트워터 스캔들의 핵심 인물인 짐 맥두걸의 아내로, 남편에 의해 클린턴의 '정부' 였음이 드러났다. 화이트워터 재판에서 실형을 선고받고 복역 중이다.

를 의논하고 있었던 바로 그 무렵, 그들(헨더슨과 보인턴)은 아칸소에서 따로 헤일을 만나 그의 소송 문제에 관해 논의했다.

따라서 아칸소 프로젝트는 그 시작부터 헤일에게 비밀 자금을 제공하는 대가로 클린턴을 범죄 사건에 연루시키는 수단이었던 셈이다. 그 프로젝트에서 보인턴이 한 역할은 헨더슨의 역할보다 더 큰 호기심을 끌었다. 얼굴이 둥그스름한 워싱턴 변호사 보인턴은 멸종위기 생물들을 보호하는 환경보호론자들로부터 공격을 당하고 있던 모피 단체들의 이익을 대변하고 있있는데, 내가 아는 한 보인턴은 단지 헨더슨과 래리의 낚시·사냥 친구였기 때문에 그 일에 끼어들게 됐다. 〈스펙테이터〉 사무실 복사기에 실수로 남아 있던 자료들을 살펴본 나는 보인턴이 〈스펙테이터〉와 아칸소 프로젝트를 연결하는 통로 역할을 한 것으로 간주했다. 〈스펙테이터〉는 최고 5만 달러에 이르는 거액의 수표들을 보인턴에게 끊어주었고, 그는 그 돈을 프로젝트 추진 비용으로 썼다. 보인턴은 〈스펙테이터〉의 법률 업무를 봐준 적이 없지만, 그 돈들은 〈스펙테이터〉 장부에서 '법률 비용' 항목으로 계상돼 처리됐다는 사실을 나는 알고 있다. 내가 보기에 그 모든 돈이 어디로 흘러가는지는 헨더슨과 보인턴, 그리고 아마도 리처드 래리 정도만 알고 있는 듯했다.

〈스펙테이터〉에서 적어도 그 돈의 일부가 헤일에게 흘러들어가고 있는 것으로 의심했던 사람은 나만이 아니었다. 나는 헤일을 만나본 적은 없지만, 1994년과 1995년 내내 헨더슨은 자신과 보인턴이 아칸소주 전역에 흩어져 있는 비밀 장소에서 헤일과 함께 많은 시간을 보내고 있다는 이야기를 내게 해주었다. 헤일은 당시 클린턴에 불리한 증언을 해준다는 교환 조건으로 특별검사 스타와 유죄 답변 거래에 합의해 스타가 이끄는 조사요원들의 보호를 받는 연방 쪽 증인이 돼 있었다. 헤일은 작가 제임스 링 애덤스가 〈스펙테이터〉에 자주 기고한 기사들의 취재원이었다. 애덤스는 프로젝트의 장부와 대금 지불을 관장하고 있던 보인턴이 "헤일에게 수표들을 주었다"고 말하는 것을 듣고는 매우 당혹스러웠다고 내게 말했다. 〈워싱턴 포스트〉의 최근 기사에 따르면, 리처드 래리는 다른 두 곳의 보수주의 재단에도 접근했다. 그러나 아칸소 프로젝트를 다루는 언론 활동에는 관여하지 않고 있던 그들 재단은 그의 요청을 거절했다. 보브는 〈스펙테이터〉가 그 프로젝트를 수용한다는 데 동의했으나, 프로젝트의 언론 활동이라는 것은 헤일에 대한 스케이프의 비밀 자금 지원을 손쉽게 은폐하는 것에 다름 아니었다.

나는 아칸소 경찰관들과의 경험을 통해 반클린턴주의의 보기 흉하고 앙심에 찬 측면들, 그리고 많은 클린턴 비난자들의 이기적인 동기들을 접했다. 그리고 때로는 헨더슨과 보인턴이 만들어낸, 또 때로는 나 자신이 주도한 클린턴의 과거 티끌들을 들춰내기 위해 아칸소 프로젝트 후원 아래 1994년과 1995년 몇 차례 더 아칸소주에 가서 그 모든 것들, 그리고 그 이상의 것들을 보았다. 반클린턴 스캔들 제조 공장은 우익 쪽의 출판업자들, 식자들, 라디오 토크쇼 진행자들에게는 매우 수지맞는 사업이었고, 〈스펙테이터〉 직원인 우리는 그 사업의 개척자들이었다. 3년에 걸쳐 250만 달러가 투입된 아칸소 프로젝트의 활동 기간에 헨더슨은 47만 7천 달러를 받았고 보인턴은 57만 7천 달러를 챙겼다. 물론 나 자신도 탐욕에 사로잡혀 저널리즘에 대해서는 아무것도 모르는 이 핵심 인물들에 동조했다. 그러나 나는 클린턴 부부가 섹스 파티에서부터 마약 장사, 살인에 이르기까지 온갖 범죄 행위를 마치 합법적인 것인 양 자행했다는 그들의 터무니없는 비난들은 받아들이지 않았으며, 그런 것들을 견제하기 위해 내가 할 수 있는 일을 했다. 그것이 내가 〈스펙테이터〉에 있으면서 한 일이었고, 그 덕에 후한 보수를 받았다. 〈스펙테이터〉에 있던 우리 모두는 많든 적든 스케이프를 속여서 돈을 울궈내고 있었다.

아칸소에서 나는 곧 아칸소 프로젝트가 몇 가지 기묘한 특징을 갖고 있다는 사실을 알았다. 웨스트 리틀 록에 있는 곧 쓰러질 듯한 허름한 단층집도 그중 하나였는데, 헨더슨과 보인턴은 자신들이 '안가'라고 부르던 그 집에서 종종 데이비드 헤일을 만났다. 그 집은 스티븐 보인턴의 친구로 아칸소 프로젝트 일로 고용돼 아칸소 지역의 '눈과 귀' 역할을 하던 파커 다저로부터 임대한 것이었다. 텁수룩한 모피 덫 사냥꾼인 50대 중반의 다저는 핫 스프링스의 캐서린 호수에서 미끼와 사냥 도구들을 파는 가게를 하고 있었다. 그는 밀고자 같아 보이지는 않았다. 그가 주로 하는 일은 '아칸소 게임·낚시 위원회'의 규제 조처들에 대항해서 싸우는 것이었다. 먼지투성이의 조그만 그 가게는 〈행운의 병사〉와 같은 총기류 전문 잡지들과 잡다한 우익 군사 인쇄물들이 어지럽게 널려 있었다.

1994년 중반 어느 더운 여름날 밤, 다저는 나를 호숫가로 데리고 가더니 아칸소주의 야생 동물들로부터 몸을 지킬 수 있도록 나에게 반자동 권총 쏘는 법을 가르쳐주려 했다. 보인턴을 안다는 것 말고 다저가 〈스펙테이터〉 사업에 가담하게 된 것은 그의 광신적인 클린턴 혐오 때문이었다. 그와 똑같은 격심한 증오를 나는 클리프 잭슨에게서도 발견했으나, 다저의 경우는 좀 더 투박하고 위선의 정도도 심했다. 처음 만났을 때 다저는 깨진 이빨 사이로 **제니퍼 플라워스**와 불륜 관계를 맺었다는 주장을 자랑처럼 내뱉었다. "나는 빌리(클린턴)가 했던 것처럼 제니퍼를 잠자리로 데려갔지."

다저의 가게를 드나들면서 나는 음모와 정신병의 온상인 아칸소 경찰 문화가 안고 있는 문제의 개요를 파악하게 됐다. 나는 정적들에 대한 모략(음탕

제니퍼 플라워스
나이트클럽 가수와 지방 방송국 리포터였던 제니퍼는 1992년 클린턴과 12년 동안 관계를 맺어왔다고 주장했다. 그 후 유명세를 타고 〈펜트하우스〉 모델 등 연예 활동을 하고 있다.

하고 기괴하면 할수록 더 좋은)이 아칸소주의 정치적 전통과 같다는 것을 이해하기 시작했다. 클린턴은 1974년 첫 공직 선거에 출마한 이후, 근거가 의심스러운 소문들에 줄곧 시달려왔다. 닉슨 대통령이 1969년 아칸소주 미식축구 경기를 관람하기 위해 페이트빌을 방문했을 때, 클린턴은 당시 영국 유학 중이었음에도 긴 머리에 수염을 기르고 닉슨 반대 포스터를 내건 신원불명의 시위자가 그였다는 이야기가 널리 나돌았다. 클린턴이 대통령에 당선되자, 이런 류의 소문은 그의 정적들에 의해 아칸소주 바깥으로 유포됐다. 정적들 중의 일부는 악의적인 소문들이 사실이라고 생각하도록 자기 자신들을 기만했으며, 또 다른 일부는 그것들이 떠돌다가 클린턴에게 상처를 입힐 수만 있다면 사실이든 아니든 상관없다고 생각했다.

상당 기간에 걸쳐 다저는 매일 아침 〈스펙테이터〉 사무실로 자신이 전화통화를 통해 아칸소주 이곳저곳에 있는 동료들로부터 긁어모은 반클린턴 최신 가십거리들을 팩스로 보냈다. 그가 통화한 사람 중엔 클리프 잭슨, 데이비드 헤일이 있었으며, 가장 자주 통화한 사람은 아칸소주 전직 최고재판소 판사로 아칸소주 클린턴 혐오자들의 할아버지격인 짐 존슨이었다. 클린턴이 정계에 발을 들여놓고 처음으로 한 일 몇 가지는 존슨 반대 캠페인과 관련된 것이었는데, 존슨은 알려진 바대로 클린턴을 미워했다. 그 이유는 인종 문제와 관련해 클린턴이 보여준 진보적인 행적 때문이었다. 달리 말하면, 워싱턴의 보수주의 지도자들이 벌인 문화 전쟁이 클린턴의 고향 아칸소주에서도 그 복사판처럼 진행되었던 것이다.

아칸소주 백인시민평의회 의장을 지낸 주 상원의원 존슨은 과거 남부연합의 북부연맹에 대한 도전을 상기시키면서 아칸소주 학교들에 대한 흑인 차별 폐지 명령에 저항하라고 촉구했다. 그는 1960년대 중반 주지사와 상원의원 선거에 출마했다가 낙선했다. 그때 존슨은 흑백 통합은 강간이나 살인보다 더 나쁜 범죄라고 선언하는가 하면, 자신의 비판자들을 "깜둥이 정부들"이라고 불렀다. 심지어 자신의 정적이 흑인 남자들과 남색 짓을 했다는 거짓 소문까지 퍼뜨렸다. 30년이 지난 뒤에도 이 섹스 매카시즘의 전통은 파커 다저의 가게에 굳건히 살아 있었다. 그곳을 방문한 사람들 가운데 그런 분위기에 젖었던 것은 나만이 아니었다. 클린턴 스캔들 전담 기자로 보수적인 〈월스트리트 저널〉의 사설면을 담당했던 마이카 모리슨도 다저의 손님이었다. 다저는 또 언론인 마이클 켈리도 〈뉴욕 타임스 매거진〉에 클린턴 프로필을 쓸 때 자기 가게에 들렀다고 자랑했다.

나는 또 우익 패거리 아칸소 프로젝트 갱이 온갖 허울 좋은 기행에도 불구하고(분노든 탐욕이든, 때로는 내게 정신분열증처럼 보였지만) 어떻게 워싱턴에서 협잡을 벌이는지도 알게 됐다. 그 프로젝트는 워싱턴 의회 내 공화당 의원 보좌관들에게 이어져 있는 직통 파이프라인을 구축해놓고 있었다. 그들 보좌관들은 화이트워터 사건을 조사하면서 언론 플레이를 하고 있었다. 그들 보좌관 가운데 가장 유명한 사람은 데이비드 보시로, 나는 그가 반클린턴 공작을 벌였던 플로이드 브라운의 '시민연합'에서 일하고 있을 때 알게 됐다. 플로이드 브라운은 상원의원 보브 돌 밑에서 일했던 선동가로, 자유주의 정치인들에 대한 음해 공작을 전담했다. 예를 들면 부시 대통령선거 진영에 있던 윌리 호턴이 마이클 듀카키스를 공격할 때, 그리고 부시 행정부가 클레어런스 토머스의 대법관 인준에 반대한 민주당 상원의원들을 공격할 때 직접 지휘했던 것이다. 1992년 대통령선거 때 브라운은 클린턴의 '급진적 사회주의 의제'에 대해 경고하는 〈클린턴 감시〉라는 소식지를 발행하기 시작했다. 브라운은 한 소식지에 "빌 클린턴의 미국은 '동성애 애인들'의 가족과, 전통적이고 일부일처주의적이고 충실한 가족 간의 차이를 전혀 인정하지 않는다. 게다가 클린턴은 민주당을 지배하고 있는 낙태 찬성 페미니스트들에게 완전히 항복했다"고 썼다. 브라운의 조직은 또 지정 전화 900번을 설치해 사람들이 이용료를 내고 전화로 제니퍼 플라워스와 클린턴의 조작된 대화 내용을 담은 테이프를 들을 수 있게 했다. 그런가 하면 내가 쓴 트루퍼 게이트를 본떠 클린턴에 대한 '포니게이트(Fornigate : 간통하다는 뜻의 fornicate와 스캔들을 지칭하는 말로 전화한 gate를 합친 조어—옮긴이)' 특별보고 서를 발행하기 시작했다.

그로버 노퀴스트와 랠프 리드처럼 한때 대학교 공화당 활동가였던 데이비드 보시는 화이트워터 사건 조사에서 주요 언론에 그 사건을 근사하게 마케팅하는 브라운의 첨병 노릇을 했다. 그는 또 클린턴이 1970년대에 아칸소 대학에서 가르친 법대 학생이었던 한 여자의 사망과 관련해 그 여자의 가족을 괴롭힌 소송 사건 때도 클린턴의 사생활을 조사했다. 보시는 사망 당시 임신 8개월이었던 그 여자가 클린턴의 아기를 배고 있었다는 소문을 추적했다. 정신 사나워진 그 여자의 가족은 보시를 설득해 손을 떼도록 했다. 그 소문은 결국 사실무근으로 밝혀졌다. 클린턴이 대통령에 당선되자, 뉴트 깅그리치와 공화당 인디애나주 연방 하원의원으로 하원의 반클린턴 조사 활동을 주도했던 댄 버튼과 밀접한 관계를 맺고 있던 보시는 공화당 하원 조사관과 같은 막강한 자리들을 차지했다. 보시는 짐 존슨 판사와 파커 다저 같은 아칸소 프로젝트 관계자들을 정기적으로 접촉했으며, 1993년 데이비드 헤일을 워싱턴으로 데려가 화이트워터 사건과 관련해 자신이 주장한 검증되지 않은 클린턴 비리 혐의들을 추적하게 했다. 1998년에 보시는 탈세죄로 형을 살고 있던 클린턴 행정부 시절의 법무부 관리 웹스터 허블의 교도소 내 대화 내용을 녹음한 테이프를 화이트워터 사건 범죄 은폐에 힐러리가 개입한 것처럼 보이도록 편집 조작을 할 때 감독을 했다는 사실이 드러난 뒤 사퇴 압력을 받고 버튼과 함께 자리에서 물러났다. 버튼 위원회는 테이프에서 힐러리가 그 사건에 전혀 개입하지 않았음을 보여주는 대화 부분을 빼버리고 편집했던 것이다. 조작된 테이프들은 보시에 의해 언론에 배포됐고, 언론은 그들의 허위 주장을 광범하게 퍼뜨렸다.

　우락부락한 성격에 뚱뚱한 몸집, 옥스퍼드 셔츠와 빨간 넥타이 차림의 의회 유니폼을 입은 젊은 보시는 안절부절못하는 듯이 보였다. 인생에서 클린턴 부부 죽이기를 빼면 아무것도 가진 게 없는 듯했던 고독한 사나이 보시는 자신이 자원봉사를 했던 교외의 소방서에서 살았다. 보시를 통해 나는 나의 공화당 동지들이 끝없이 클린턴 죽이기에 골몰하고 있는 곳은 아칸소뿐만 아니라 워싱턴도 마찬가지라는 것을 알게 됐다. 그들 중 다수가 타락의 나락에 빠져 있었다. 보시는 노스캐롤라이나의 극우파 연방 상원의원 로취 페어클로스의 화이트워터 사건 조사 고문으로 있으면서 동료 공화당 조사관으로부터 조사 통제권을 빼앗으려 했다. 어느 날 아침 보시는 내게 전화를 걸어 그 조사관이 클린턴 부부를 좀더 강하게 밀어붙이도록 협박하기 위해 필요한 정보를 찾고 있는데, 나더러 도와줄 수 있느냐고 물었다. 그 조사관은 어느 정도 전문적이고 공정하게 조사를 진행하고 있었다.

　나는 그 조사관을 취재원으로서, 그리고 친구로서 꽤 잘 알고 있었다. 나는 그를 앤 쿨터가 1990년대 초 뉴욕에서 주관한 만찬에서 처음 만났다. 그와 쿨터는 절친한 사이였다. 쿨터처럼 그도 애니타 힐 음해 공작 이후 나를 끌어들인 연방주의자 변호사들로 구성된 비밀결사의 일원이었다. 조지 콘웨이와 같은 보수주의 운동권의 믿을 만한 사람들만 참석한 쿨터의 만찬회에서 그는 자신의 과거 일을 공개적으로 이야기했다. 대학 시절에 성추문에 연루돼 징계를 받았다는 것이다.

　그 조사관은 언젠가는 상원에서 높은 지위에 임명되기를 꿈꾸면서 보수주의 운동권에서 출세하기를 열망했으나, 과거의 일이 자신을 다시 괴롭힐

지 모른다는 두려움을 안고 있었다. 나는 쿨터의 도움을 받아 그가 과거 문제로 법정에 서게 될 경우, 어떻게 대응해야 할 것인가를 함께 의논했다. 우리는 옛날 그 사건에서 그가 한 역할을 누가 정확하게 알고 있는지, 그들 중 누가 변절할 가능성이 있는지를 따져보았다. 그리고 나서 그의 역할이 드러날 경우, 그 부담을 최소화할 수 있는 다양한 회피 진술 방식을 제시했다.

그런데 보시가 그 사건의 자세한 내막을 살펴보자고 요청해온 것이다. 나는 보시의 말에 재빨리 동의하고 쿨터에게 전화를 걸어 도움을 청했다. 쿨터에게 보시가 무엇을 원하고 또 왜 그것을 원하는지에 대해 이야기하자, 쿨터는 즉각 그 사건의 특성과 사건 발생 시각에 대해 거침없이 주워섬긴 뒤 그 스캔들은 학생 신문에 의해 다뤄졌고 그 신문은 관련 자료를 보관하고 있다고 말해주었다. 나는 보시에게 전화를 걸었고, 그는 곧 관련 기사들이 어디에 보관돼 있는지 알아냈다고 내게 알려왔다. 나는 언제나 그 조사관과의 만남을 즐겼고 그를 친구로 생각했지만, 보시가 개입한 순간 그는 보수주의 운동의 목적을 달성하기 위한 희생양이 되고 말았다. 그의 친한 친구 쿨터는 그를 배신했고, 나 역시 그랬다.

보시와의 전화 통화를 끝낸 뒤 신속한 일련의 사태 전개를 생각하면서 나는 그가 협박을 하고 있다는 것을 깨달았다. 또한 쿨터가 자신의 친구를 팔아넘겼다는 사실을 알았다. 나는 보시가 취재원으로서 이용 가치가 있을지도 모르지만, 다시는 그와 이야기하지 않겠다는 생각을 했다. 뿐만 아니라 쿨터와 나의 관계도 돌이킬 수 없을 정도로 상처를 입었다. 그러나 그 사건에 내가 연루되는 것을 막을 수는 있었다.

짐 존슨 판사와 파커 다저를 통해 〈스펙테이터〉는 렉스 아미스테드라는 사설 조사관을 고용했다. 그는 35만 달러를 받고 아칸소 프로젝트에 고용된 기자들과 함께 일하게 돼 있었다. 아미스테드는 전에 미시시피 고속도로 순찰대 조사반장이었으나 지금은 사설 탐정을 하고 있었다. 미시시피주 경찰관이던 시절 아미스테드는 시민권 운동에 대한 백인 저항 운동에 앞장섰고, 사설 조사관이 되고 나서는 미시시피 주지사 선거에 출마한 민주당 후보를 동성애자로 모함하는 비밀 함정 수사에 관여했다. 1994년 가을 열전이 벌어진 의회 중간선거를 몇 주 앞두고 보브 타이럴은 나를 마이애미로 데려가 아미스테드와 만나게 했다. 예순 살쯤 돼보이는 나이에 키가 크고 건장한 체구를 지닌 아미스테드는 성격이 불 같았다. 그는 공항 근처 호텔의 썰렁한 자기 사무실로 우리를 데려가더니 빈센트 포스터의 죽음에 관해 설명했다. 그는 포스터가 클린턴 부부의 지령에 따라 암살당했다고 주장했다. 포스터의 권총에 지문이 찍혀 있지 않았다는 것, 그리고 왜 총탄이 발견되지 않았는지를 지적하는 그의 협박조 설명을 들으면서 나는 〈스펙테이터〉가 쥐구멍에 돈을 쏟아붓고 있다는 것을 알아차릴 수 있었다.

아미스테드가 말한 '단서들'은 크리스토퍼 러디라는 기자의 얘기를 긁어모은 것이었다. 러디는 피츠버그에서 발행되는 스케이프 소유의 신문 〈트리뷴 리뷰〉에 포스터의 죽음에 대한 모호한 추적 기사들을 시리즈로 내보냈다. 이런 순환 구조 아래 스케이프가 돈을 대는 한 정보원이 발설한 잘못된 정보가 또 다른 정보원에게 차례로 넘어갔다. 클린턴 조사 소동에 한몫 하고 싶어한 나와 수십 명의 보수주의자들처럼 트렌치 코트 차림에 가느다란 콧수염을 기른 러디는 클루소 경위(프랑스 파리를 배경으로 한 수사물에 등장하는 실수투성이의 경찰관–옮긴이)에 훨씬 더 가까웠지만 스스로 노련한 탐정이라고 자부하고 있었다.

스케이프는 러디가 포스터 자살 사건에 대한 기사를 실은 루퍼트 머독(〈타임〉, 〈뉴욕 포스트〉, 〈폭스 방송〉, 20세기 폭스사 등을 소유한 국제 언론 재벌–

옮긴이)의 〈뉴욕 포스트〉를 떠난 뒤 그를 고용했다. 물론 O. J. 심슨의 변호사들이 입증했듯이 모든 죽음의 현장에는 이례적인 요소들이 있다. 러디는 실낱 같은 증거조차 발견되지 않을 때는 부정한 방법을 제시했다. 텔레비전 프로그램 '식스티 미니츠'에서 러디가 증거를 조작하는 사기꾼이라는 사실을 보여주었음에도 불구하고—또는 보여주었기 때문에?—그는 우파의 영웅이 됐고, 프리 프레스 출판사를 통해 포스터의 죽음에 대한 자신의 주장을 조목조목 설명한 책을 발간했다. 러디가 열성적인 우파 독자들을 확보하고 있다는 것은 일종의 정신병적인 현상이었다. "링컨 시대의 유혈 낭자했던 남북전쟁 때보다 클린턴 시대인 지금, 미국은 훨씬 더 큰 위기에 직면하게 될 것이라는 점을 나는 여러분에게 분명히 말해두고자 한다"라고 러디는 자신의 책 판촉 행사에 보내는 편지에 썼다. "그것이 바로 내가 우리나라의 장래에 대해 두려워하는 이유다. ……이 사람(클린턴)과 그의 아내는 권력과 백악관에 대한 신뢰를 악용한 나머지 우리 삶을 위협하고 있다. ……빌과 힐러리는 닉슨보다 열 배는 더 나쁜 사람들이다. 닉슨이 대통령으로 재임하던 시절, 그리고 그가 세상을 떠날 때까지 종종 닉슨에게 이야기했던 닉슨의 극진한 친구가 왜 클린턴은 사임하거나 축출돼야 하는지를 내게 털어놓은 사실을 곰곰 생각해봐야 한다. 그는 너무 많은 사망 사건에 클린턴이 연루돼 있다고 말했다."

러디의 폭로는 우익에 커다란 반향을 불러일으켰다. 뿐만 아니라, 그것은 어느 한쪽만의 일방적인 주장에 근거를 두고 있는 것이 아니라는 잘못된 인상을 심어주었다. 러디의 책은 스케이프가 지원하는 또 다른 출판사 웨스턴 저널리즘 센터를 통해 발간됐다. 웨스턴 저널리즘 센터는 워싱턴에 있는 보수주의 운동권 활동가들이 볼 수 있도록 〈트리뷴 리뷰〉에 실린 그의 기사를 발췌해서 〈워싱턴 타임스〉에 전면 광고를 냈다. 뒤이어 팻 로버트슨의

700클럽이 "자살인가 살인인가?"라는 의문에 답하는 방송을 내보냈다. 1994년 2월에는 스탠퍼드 대학의 우익 기관 후버 연구소에 있던 레이건 대통령의 권위 있는 경제 고문 **마틴 앤더슨**이 〈워싱턴 타임스〉 논평란에 '끔찍한 백악관 고위 보좌관의 살해'에 관한 글을 기고했다(아버지가 짐 존슨 판사와 함께 '아칸소 백인시민평의회'에 관여한 아칸소 출신 웨슬리 프루던이 지금까지 〈워싱턴 타임스〉 편집자로 일하고 있다).

포스터가 버지니아 교외에 있던 힐러리 로뎀 클린턴 소유 아파트 "은신처"에서 죽임을 당했다고 러디가 주장하자, 스케이프의 자금 지원을 받고 있던 전국납세자연맹 의장이었던 제임스 데이빗슨이 자신이 발행하던 한 소식지에 그것을 실었다. 클린턴 정권 하에서 "미국 주식과 채권의 대학살"이 자행될 것이라고 예측한 『단임 대통령 이야기(*The Story of a One-Term President*)』의 저자 데이빗슨은 포스터의 죽음이 "법정 바깥의 사형 집행"이며 "초기 파시즘"의 조짐이라고 주장했다. 그 다음에는 잭 켐프의 보좌관이었던 데이비드 스믹이 자신이 출자한 소식지에 의회에서 떠돌고 있던 소문을 실었다. 러쉬 림보는 스믹의 글을 자신이 진행하던 라디오 쇼에서 인용하면서 "빈센트 포스터의 자살은 자살이 아니다"고 주장해 증시의 주가가 폭락하는 원인이 되기도 했다. 림보는 〈ABC〉 텔레비전 프로에 나와 "포스터의 죽음이 살인이라고 말한 적이 결코 없다"고 주장했지만, 1988년 대통령선거 때 부시 진영에서 일한 뒤 림보 방송의 프로듀서로 있다가 다시 루퍼트 머독의 〈폭스 뉴스〉 경영자가 된 강경파 정치 전략가 **로저 에일스**는 라디오 쇼 프로 '돈 아이머스'에 출연해 "자살을 가장한 살인일 것"이라고 한 림보의 말을 다시 띄웠다. 그러면서

마틴 앤더슨
작가이자 후버 연구소 수석연구위원, 레이건 대통령의 경제고문을 지냈다.

에일스는 "〈뉴욕 포스트〉의 뛰어난 기자였던 사나이(러디)가……처음으로 러쉬 림보 쇼에 나와 말했다.……그는 그것이 자살이라고 믿지 않았다.……지금 나는 아무런 증거도 갖고 있지 않다.……그 사람들은 증거를 감추고 파기하는 데 뛰어난 재주를 갖고 있다"고 주장했다.

포스터 사건은 〈스펙테이터〉 내부에 알력을 야기했다. 아미스테드의 설명을 다 듣고 착실히 메모까지 한 나는 워싱턴으로 돌아와 올라디에게 〈스펙테이터〉가 포스터 사건 음모론자들에게 빠지면 잡지의 신뢰도가 떨어질 것이라고 경고했다. 확고한 신념과 강한 분노를 느끼면서 아칸소 프로젝트에 반대했지만, 나는 여전히 반클린턴 사업의 목적에 대해 의문을 제기하지 못하고 렉스 아미스테드나 크리스토퍼 러디와 같은 사기꾼들로부터 사업을 지켜내려고 애썼다. 내가 고용된 자객이라면 내 표적들을 치고 싶다는 생각을 했다. 당시 막다른 골목에 다다른 그런 심리 상태에서 나는 사실의 정확성에만 신경을 쓰면서 트루퍼게이트를 썼고, 뜻하지 않게도 그것은 폴라 존스가 대통령에 대해 성추행 손해배상소송을 하도록 부추긴 꼴이 됐다. 이제 나는 〈스펙테이터〉의 평판에 이해 관계가 걸려 있었으며, 그것은 빼앗기고 싶지 않은 특권 의식으로 자리 잡았다.

로저 에일스
보수 언론의 상징인 〈폭스 뉴스〉의 사장.

울라디는 내 생각에 동의했다. 1997년 아칸소 프로젝트 추진과 관련한 한 내부 메모에서 울라디는 다음과 같이 지적했다. "언제나 숱한 비밀과 강한 낌새들은 있지만 기사를 쓸 만큼 구체적인 내용은 없다." 하지만 보브는 기사 쓰기를 고집했다. 그것은 보브가 아미스테드 주장 속에서 내가 이야기해준 내용보다 더 인상적인 것을 찾아냈기 때문이 아니라 스케이프가 포스터 사건에 특별한 관심을 갖고 있었기 때문이었다. 스케이프가 뛰라고 얘기하면 보브는 얼마나 높이 뛸지 묻는 식으로 두 사람은 주종 관계였다. 내가 기사 쓰기를 거부하자, 보브는 영국인 기자 앰브로즈 에번스-프리처드에게 의뢰했다. 앰브로즈는 1980년대에 중미 지역에서 영국 런던의 〈이코노미스트〉와 〈데일리 텔레그래프〉 기자로 활동했다. 클린턴이 대통령에 당선됐을 때, 앰브로즈는 캐나다 출신의 미디어계 보수파 거물이던 콘래드 블랙 소유의 런던 〈선데이 텔레그래프〉 워싱턴 지국장이 됐다. 그가 영국 언론에 쓴 기사들은 종종 〈뉴욕 포스트〉와 같은 미국의 보수파 언론에 인용됐고, 미국 라디오 토크쇼를 통해서도 널리 방송됐다. 그는 자칭 클린턴 부부 반대 "모반 전쟁"에 가담한 "토리(보수당) 훌리건"이었다.

포스터가 죽은 직후부터 앰브로즈는 자신이 "인류학적 탐험"이라고 부른 클린턴 부부 과거 찾기를 위해 아칸소를 돌아다니기 시작했다. 내가 만난 모든 "클린턴 열광자들" 가운데서도 앰브로즈는 가장 덜 냉소적이고 가장 열광적인 사람이었다. 그는 아칸소에 가서 며칠 동안만 쑤시고 돌아다니면 누구라도 들을 수 있는 흉한 가십거리를 사실로 믿는 것 같았다. 앰브로즈에게는 취재원들을 어느 정도 믿을 수 있는지 판단할 능력이 없는 것 같았다. 그에게는 예전에 보수파였으나 마약으로 머리가 이상해진 사람들의 얘기도 다른 사람들 얘기만큼 믿을 수 있는 것이었고, 오히려 그렇기 때문에 더 좋아하는 것 같았다. 나는 앰브로즈가 니카라과에서 너무 많은 시간을 보낸 탓이 아닌가 하는 생각이 들기 시작했다. 제3세계 독재 국가인 그곳에서는 정부나 그 요원들보다는 길거리에서 더 쉽게 진실을 수집할 수 있었다. 그는 철저히 썩었다고 생각하는 미국 정계에 줄을 대고 있는 사람은 누구도(우파든 좌파든 관계없이) 믿지 않았다. 앰브로즈의 기사는 보수주의 운동권에 아칸소가 부패하고 후진적이며 일당 독재 국가인 산디니스타 정권 치하 니카라과의 복사판이라는 생각을 갖게 만들었다.

어느 날 밤, 보브와 나는 앰브로즈의 최신 특종 애기를 들으러 메릴랜드 교외에 있는 그의 집으로 찾아갔다. 특종 중에는 클린턴이 아칸소주 형법 체제를 악용해 교도소 수감 죄수들을 자신의 성적 노리개로 이용할 수 있도록 교도관들을 압박했다는 주장도 들어 있었다. 우리가 가구도 제대로 갖춰져 있지 않은 그의 단층집에 도착하자, 그는 선글라스를 끼고는 우리더러 따라오라고 했다. 중앙정보국(CIA)이 전화를 도청하고 있고 집은 클린턴의 "죽음의 군단"에게 감시당하고 있다고 그는 확신하고 있었다. 몇 분 동안 이야기를 나누고 나서 나는 그가 가엾게도 현실 감각을 완전히 잃어버렸다는 사실을 간파했다.

나는 보브가 그때 무슨 생각을 하고 있었는지 모르겠지만(아마 그는 〈스펙테이터〉 발행 부수를 늘려서 돈줄인 스케이프를 기쁘게 해주겠다는 생각만 하고 있었을 것이다), 그 직후 앰브로즈는 포스터 살해에 관한 기사를 써달라는 청탁을 받았다. 앰브로즈는 그 기사에서 미국 정부가 포스터의 죽음에 관한 진실을 감추기 위해 거대한 음모를 꾸미고 있다는 관점을 취했다. 그가 반박할 여지가 없는 분명한 증거라고 주장한 것은 포스터의 시신이 발견된 그날 포트 마시 공원에서 산책하고 있던 패트릭 놀턴의 증언이었다. 포스터는 그날 회색 혼다 차를 몰고 있었는데, 놀턴은 그의 시신 발견 현장 가까이에 주차해 있던 혼다는 갈색이었던 것으로 기억한다고 말했다. 앰브로즈는 놀턴의 기억을 포스터가 그의 시신이 발견된 공원으로 갈 때 자신의 차를 몰고 가지 않았다는 증거로 확신하고 쾌재를 부르고 있었다. 그러나 놀턴은 자기 확신이 없는 목격자임이 드러났다. 포스터 사망 진상 규명을 위한 워싱턴 대배심에 출두하기 전에 그는 30명의 요원들로 구성된 연방수사국(FBI) 팀이 자신을 괴롭혔다고 비난했다. 수사국 요원들이 대배심 증언을 막기 위해 워싱턴 거리에서 자신을 미행하면서 겁을 주었다는 것이다. 광범한 각주와 공들인 '증빙 문서들'로 치장한 자신의 책 『빌 클린턴의 숨겨진 삶 : 알려지지 않은 이야기(*The Secret Life of Bill Clinton : The Unreported Stories*)』에서 밝혔듯이, 앰브로즈는 놀턴을 FBI의 "거리의 파시즘"으로부터 "보호"하기 위해 우산으로 무장하고 놀턴이 살고 있던 워싱턴 인근의 포기 버텀의 거리를 살피고 다녔다(앰브로즈 예찬자 가운데 한 사람인 보수파 칼럼니스트 로버트 노벅은 그 책을 격찬했다).

울라디와 나, 그리고 발행인 론 버는 앰브로즈가 쓴 기사 '죽을 수 없는 죽음'을 싣는 것에 반대했으나, 보브는 모든 사람의 반대를 무릅쓰고 기어이 싣기로 했다. 〈스펙테이터〉를 무사히 지키면서 상궤를 벗어나고 때로는 제멋대로인 보브를 몇 년 동안이나 제어해왔다고 털어놓은 론은 그 기사가 너무 조잡해서 싣는 것을 막아야 한다는 것을 알고 있었다. 울라디가 자기 사무실 문을 닫고 들어앉아 있는 동안, 론은 나더러 이사들에게 반대 의견을 제시하고 다른 〈스펙테이터〉 조언자들에게도 도움을 청하라고 격려했다.

내가 맨 먼저 전화를 건 사람은 1994년부터 〈스펙테이터〉와 밀접한 관계를 맺어왔고 친구이기도 한 **테드 올슨**이었다. 레이건 정권 때 법무부에서 근무한 뒤 유명한 '깁슨, 던 앤드 크러처 법률사무소'에 공동 경영으로 들어가 레이건 대통령의 개인 변호사를 한 올슨은 언제나 나무랄 데 없는 판단력을 지닌 착실하고 신중한 변호사의 모델처럼 여겨졌다. 분명히 그는 보수주의 노선을 위해 열심히 싸웠다. 테드는 조지 콘

테드 올슨
〈아메리칸 스펙테이터〉의 이사였으며 극우 보수주의 변호사. '아칸소 프로젝트'에서 핵심적 역할을 한 인물로, 현 부시 정부의 법무부 차관이다. 보수적 방송인이었던 부인 바바라 올슨이 9·11 테러에 희생됐다.

웨이가 폴라 존스 소송 사건의 대법원 심리에 대비하기 위한 모의 법정에 나와주기를 요청한 항소심 변호사단에도 들어가 있었다. 그러나 나는 올슨처럼 사실 관계에 깐깐한 사람이 앰브로즈 기사를 내보내는 일에 대해 더 잘 판단할 것이라고 확신했다. 아칸소 프로젝트 일을 협의하는 식당에서 함께 저녁식사를 하면서 올슨은(그의 법률 회사는 아칸소 프로젝트 기금으로부터 보수를 받고 있었다) 우리의 반클린턴 조사 활동이 범할 수 있는 형법과 윤리상의 위반죄에 관해 합당한 조언을 해주었다. 그때 연방주의자협회 워싱턴 지부 의장인 올슨이 케네스 스타의 가장 친한 친구 가운데 한 사람이며, 예전에 그의 법률 파트너였다는 사실도 알게 됐다. 스타의 보수적인 보좌관들은 포스터의 죽음을 살해 음모론으로 몰아가고 있던 우익의 일원인 나와 개인적으로 이야기를 나누는 것에 대해 매우 비판적인 태도를 취했다. 그들은 로버트 피스크가 이미 그랬듯이 음모론을 논박하는 데 많은 시간과 돈을 투자했다.

올슨은 숱이 많은 흰머리에 비행사 스타일의 안경을 낀 50대 후반의 사근사근한 성격이었는데, 내가 그의 사무실에 팩스로 문제의 기사를 보내자 전화를 걸어 그 전에 내가 한 번도 들어본 적이 없는 무뚝뚝한 어투로, 스타가 분명히 그랬듯이, 포스터는 자살했다고 믿지만 그의 죽음에 의문을 제기하는 것은 다른 스캔들이 터져나올 때까지 정부에 대한 압박을 강화해가기 위해서라고 말했다. 그러면서 그것은 〈스펙테이터〉의 사명이라고 덧붙였다. 그의 말에 나는 어안이벙벙해졌다. 정부를 괴롭히는 일에 나서고 있기는 했지만, 나는 〈스펙테이터〉가 선전·선동 기관이라는 현실을 받아들이고 싶지 않았다. 그런 형편 없는 기사를 실어야 한다는 올슨의 조언은 〈로스앤젤레스 타임스〉와 같은 주요 언론 대기업을 대변하는 일류 변호사의 것이라고는 상상하기 어려웠다. 올슨과의 통화 이후, 나와 그의 관계는 기본적으로 끝이 났다.

나는 올슨이 입증되지 않은 주장으로 사람들의 명예를 훼손시키는 워싱턴의 변함없는 조사 풍토를 누구보다도 잘 알고 있다는 생각도 들었다. 그는 이란-콘트라 사건 때 레이건 대통령을 변호했을 뿐 아니라 법무부 고위 관리였던 1980년대 중반에 많은 돈이 들어간 4년 기한의 특별검사 조사 대상자였다. 조사가 시작되자, 올슨은 행정부의 반환경 정책에 관해 의회에 거짓말을 했다는 비난을 받았다. 특별검사 보고서는 올슨의 증언이 "말 그 자체로는 사실"이며, 아무런 범죄 혐의가 없다고 평가하면서도 "정직하지 못하고 속이는" 것이라고 지적했다. 한편 올슨은 (1988년의) 모리슨-올슨 소송에서 대법원의 합헌 판결을 받은 바 있는 특별검사법에 대해 위헌 소송을 제기했다. 올슨은 모리슨-올슨 소송 경험으로부터 내가 그에게 기대했던 것과는 전혀 다른 교훈을 끌어냈다.

그 나이의 많은 보수주의자들과 마찬가지로 올슨은 원칙보다는 당파적 앙갚음 쪽에 더 관심을 쏟고 있는 듯했다. 그와의 대화를 통해 나는 워싱턴의 공화당 우파에 대해 내가 품기 시작한 불만이 어떤 것인지를 구체적으로 깨닫게 됐다. 나는 워싱턴 벨트웨이 바깥에 사는 수많은 보수주의자들이 선의와 강한 신념을 지니고 있고, 자신들이 주장하는 가치에 충실한 사람들이며, 아마도 〈스펙테이터〉와 같은 매체들을 통해 읽고 있는 하찮은 기사들을 신뢰하는 사람들이라고 믿어 의심치 않았다. 스케이프나 앰브로즈와 같은 괴짜들도 그랬다. 그러나 내가 알고 있던 워싱턴의 상류층들, 즉 테드 올슨과 같은 사람들은 클린턴 부부가 타협, 연고주의로부터 전혀 자유롭지 못하며 때때로 추잡한 냄새마저 풍기는 한편 저열한 거래의 꼭대기에 앉아 있는 다른 많은 성공한 정치인들과 하등 다를 게 없다고 생각했다. 영리한 변호사들인 클린턴 부부는 거기에 너무 가까워서 그들의 비판자들에게 너무 많은 공격거리를 제공하긴 했지만, 그들이 살인자거나 악당, 또는 윤리·도덕적으로 혐오감을 주는 사람들은 아니었다. 빈틈없는 보수파 변호사인 올슨과 같은 사람들 역시 실제로 클린턴 부부가 그런 사람들이라고는 생각하지 않았다. 클린턴 부부에게 문제가 된 것은 그들이 성공한(그렇지만 완벽한 것과는 거리가 먼) 민주당원이라는 것이었다. 공화당 핵심 세력은 자신들이 찾아낼 수 있는 온갖 약점을 과장하고 온갖 사소한 국면을 이용하면서 오직 한 가지, 그들 자신과 그들이 대표하는 우익의 사회·경제적 이익을 위한 권력만을 추구했다.

〈스펙테이터〉와 아칸소 프로젝트에 올슨이 가담하고 있었다는 것은 호기심을 불러일으켰지만 꺼림칙할 정도로 만연해 있던 '클린턴 전쟁' 현상이 어떤 것인지를 보여주는 한 사례였다. 올슨은 공화당 상류층의 정점에 앉아 있던 인물로 어느 쪽 변호사들로부터도 존경을 받았지만, 클린턴을 혐오하는 극우 세력의 상담자와 같은 이중 생활을 했다. 보수주의 운동권 바깥의 누구도 테드가 진짜 어떤 사람인지 알지 못했다. 나는 올슨에게 실망한 나머지 그 문제를 그와 친한 실버먼 부부에게 상의했다. 리키 실버먼은 본래 그렇지 않았던 올슨의 '무모함'을 그의 새 젊은 여자 친구 바바라 브래처가 끼친 악영향 탓으로 돌렸다. 하원의 한 중요한 위원회에 속해 있던 반클린턴 조사관이었던 바바라는 성질이 급한 변호사였다. 바바라는 고향인 휴스턴에서 대학을 나와 할리우드로 갔으며, 그곳에서 배우 보조원으로 일하다가 뉴욕으로 가서 법대를 다녔다. 리키에 따르면, 바바라는 1989년 공화당과의 특별한 정치적 연줄도 없고 보수 단체에 가입하지도 않은 상태에서 부시 행정부의 법률 상담실 실습생이 돼 워싱턴으로 갔다. 달변가에 맵시 있는 금발미인인 바바라는 한 번 결혼한 적이 있었는데, 실습생으로 워싱턴에 있을 때 한 법률 회의에 갔다가 그보다 나이가 훨씬 많고 두 번이나 이혼한 장래의 애인 테드 올슨을 만났다. 뉴욕에서 법대를 졸업한 뒤 워싱턴으로 다시 돌아온 바바라는 곧 보수주의 운동권의 상층부로 출세했는데, 거기에는 당시 싹트고 있던 올슨과의 관계라는 무기가 한몫 했다. 토머스 판사 인준 청문회 기간에는 애니타 힐과 다른 증인들을 공격했던 상원의원 스톰 서몬드를 지원한 변호사들에게 자원봉사를 했다. 올슨은 사설 변호사 업무와 미국 연방 지방검찰청 검사 업무를 줄이고 바바라가 의회에서 자리를 잡을 수 있도록 힘을 썼다. 바바라는 의회에서 자신의 우익 동료들에게 그들보다 훨씬 더 과격하다는 것을 보여주려 노력했다. 나는 그것이 불안정한 모방 심리를 지닌 자의 행동 양태라는 것을 잘 알고 있다. 바바라는 부족한 자질에 비해 지나친 대우를 받았다. 몇 년 뒤 애니타 힐과 관련해 내가 그녀를 취재했을 때, 바바라는 자신이 맡고 있던 소송 사건의 기본적인 사실도 설명하지 못하는 때가 종종 있었다. 나중에 올슨과 결혼하게 되는 바바라를 리키가 꺼리게 된 까닭을 나는 바바라와 의회가 파견한 떠들썩한 그녀의 공화당 조사관 동료들과 잠시 함께 지내면서 이해하게 됐다.

백악관 교통국 직원 해고 문제를 둘러싼 스캔들로 소란스러웠던 1995년 겨울 어느 날 밤 늦게 하원 조사위원회의 테드 동료들 가운데 한 사람인 바바라 컴스탁이 내게 전화를 걸었다. 위원회 주변에서 그 두 사람의 바바라는 우주선을 타고 기괴한 행성들을 여행하는 제인 폰다 주연의 1968년 우주탐험 영화에 나오는 심술쟁이 여자의 이름에서 따온 '바버렐러 자매'로 불리고 있었다. 바바라 컴스탁이 밤늦게 전화를 거는 것은 흔히 있는 일이었다. 그녀는 마치 당첨된 복권을 어디다 두었는지 몰라 뒤지듯 정부 기록물 수천 쪽을 미친 듯이 훑어 찾아낸 최신 정보들을 갖고 종종 전화를 했다. 헝클어진 적갈색 머리칼에 평범한 용모를 한 컴스탁은 언젠가 내 집에 들러 지루하기 짝이 없는 화이트워터 청문회 재방영 프로그램을 온종일 앉아서 지켜보았다. 컴스탁은 의자 모서리에 앉아 몸서리를 치면서 "거짓말쟁이들!"이라고 연신 외쳐댔다. 이 공화당 보좌관은 일이 뜻대로 되지 않고 누구로부터도 거짓 증언의 증거를 잡아내지 못하자, 클린턴 스캔들 때문에 미쳐버리겠다며 불행하게도 자기 가족도 돌보지 못하고 있다고 털어놓았다. 훈련을 통해 유능한 변호사가 된 컴스탁은 매력적이고 태평스런 남편과 아이들을 부양하고 있었다. 컴스탁은 "힐러리는 나를 닮았다. 나는 힐러리다"라고 생각하고 있기 때문에 자신의 머리 속에서 힐러리의 죄업을 떨쳐낼 수가 없는 것이라고 말했다. 이 고백에서 당시 광범위하게 퍼져 있던 '힐러리' 현상의 생생한 사례를 엿볼 수 있다. 하지만 컴스탁은 힐러리에 대해 아무것도 몰랐다. 컴스탁의 '힐러리'는 상상의 산물이었으며, 전적으로 자기 삶의 부정적인 측면들의 집합체였다.

컴스탁은 자신과 올슨이 조사 중인 백악관 교통국 스캔들의 중심 인물인 백악관 보좌관 데이비드 워트킨스의 워싱턴 집을 살펴보러 가는데 나도 같이 가자고 했다. 얼마 뒤 공화당 변호사들인 컴스탁과 올슨, 그리고 데이비드 보시와 화이트워터 조사관 크리스토퍼 바토몰루치를 비롯한 다른 의회 조사관들이 탄 다목적 스포츠용 차 SUV가 내 집 근처에서 출발했다. 나는 그들이 무엇을 하려는지 알지 못했지만(그들은 그때까지 워트킨스의 범죄 혐의를 찾아내지 못해 초조해하는 기색이 역력했다) 함께 동행했다. 올슨은 하원의원 소니 보노가 자신과 워트킨스가 살고 있던 조지타운 북서부 지구의 사설 공동체에 들어가 볼 수 있도록 손을 써주었다고 설명했다. 목적지에 도착하자, 올슨은 경박하게도 차에서 뛰어내리더니 워트킨스의 사유지에 불법 침입한 뒤 그의 집으로 이어지는 언덕을 뛰어내려갔다. 컴스탁은 집 창문을 통해 워트킨스를 관찰했다. 그는 텔레비전을 보고 있었다. 아무런 범죄 행위도 발견되지 않았다.

내가 가라앉는 우리 배를 구해줄 사람으로 테드 올슨을 선택했더라면, 그것은 분명 패착이었을 것이다. 나는 그때까지 구체적인 사정을 알지 못했지만 올슨은 1994년 초 자신의 워싱턴 법률사무소에서 열린 아칸소 프로젝트 관계자들 회의에서 반클린턴 쪽 증인 데이비드 헤일의 변호를 맡는다는 데 동의했다. 헤일은 올슨의 변론 비용을 14만 달러로 올렸다. 올슨의 법률사무소는 나중에 그 돈을 탕감해주었다. 〈로스앤젤레스 타임스〉가 나중에 보도한 바에 따르면, 아칸소 프로젝트 관련 문서들은 〈스펙테이터〉가 헤일이 청구한 돈의 일부를 지불했다는 사실을 보여주고 있다. 더욱이 올슨은 〈스펙테이터〉 앞면에 '고립, 불결, 야만, 그리고 결함'이라고 불린 위장 법률사무소 이름으로 일련의 기사들을 게재했다. 죄없는 사람들을 모함하기 위해 그들 변호사 그룹이 캠페인 차원에서 전개한 그 추악한 연재 기사들은 클린턴 부부와 그들의 '패거리'를 온갖 범법 행위를 자행하는 사람들로 비난하고, 재닛 리노 법무부 장관이 포스터의 "의문스런 죽음"에 대한 조사를 벌이지 않는다고 공격했다. 한 기사에서 올슨은 클린턴 부부에 대한 입증되지 않은 보도 내용을 인용한 뒤, 클린턴은 178년간의 징역형에 처해질 수 있고 힐러리는 47년간 철창 신세를 져야 할 "총체적 잠재 범죄 행위"를 저질렀다고 썼다. 올슨은 익명으로 쓴 한 글에서 "클린턴을 닉슨에 비교하는 것은 행정부가 안고 있는 문제의 심각성을 과소평가하는 것이며……빌 클린턴에 비견될 수 있는 인물로는 돈 코를레오네(영화 〈대부〉에 나오는 마피아 두목—옮긴이)가 적절할 것이다"라고 주장했다.

아칸소 프로젝트 자금의 일부는 CIA의 니카라과 콘트라 반군 지원 공작비로 사용됐다. 당시 아칸소 주지사였던 클린턴은 CIA가 아칸소주 메너에 있는 임시 활주로를 사용할 수 있도록 허가했고, CIA는 그 활주로를 콘트라 지원 공작의 일환으로 무기와 마약을 운반하는 루트로 이용했다. 이런 소문은 갖가지 억측을 낳아 클린턴이 코카인 밀매 이익의 일부를 받아 챙겼으며, 그 자신이 코카인 중독자가 됐다는 이야기까지 퍼졌다. 1980년대 초에 악명 높았던 마약 밀매업자 배리 실이 메너 쪽에 코카인을 반입한 것은 사실이지만, 나중에 정부 쪽 밀고자로 변신한 실의 그 반입 작전에 CIA가 개입했다는 증거는 없었고 클린턴이 거기에 개입했다는 증거는 더더구나 없었다. 1980년대에 연방 대배심에서 메너 사건에 대한 심리가 두 차례 진행됐으나 기소된 사람은 아무도 없었다.

〈스펙테이터〉의 우리 보수파 직원들은 로널드 레이건과 올리버 노스, 그리고 CIA가 코카인 밀매에 개입했다는 사실을 받아들이려 하지 않았기 때문에 메너 사건에 대해 누구도 심각하게 생각하지 않았다. 메너 사건이 1980년대에 〈네이션〉을 통해 처음 표면에 떠오르자, 보수주의자들은 찬물을 끼얹어 재빨리 진화하려고 했다. 그러나 보브 타이럴은 지적인 일관성 따위에 관심이 없었다. 트루퍼게이트가 세계적인 관심사가 되자, 보브는 자신도 반클린턴 보도 게임에 동참하기로 결심하고 메너 사건을 자신의 지침으로 삼았다. 울라디는 트루퍼게이트 기사로 나에게 관심이 집중되는 데 대해 보브가 질투심을 느끼고 있다고 말했다. 나 역시 앰브로즈가 실패한 이후 보브가 억만장자 스케이프가 아칸소 프로젝트에 쏟아붓고 있던 수백만 달러가 낭비되고 있는 것이 아니라는 점을 보여주기 위해 클린턴 공격을 강화해야 한다는 압박감에 시달리기 시작했다는 생각을 갖고 있었다. 보브는 유능한 기록자였다. 그가 1970년대 말에 펴낸 『자유주의의 추락(*The Liberal Crack-Up*)』과 1990년대 초에 낸 『보수주의의 추락(*The Conservative Crack-Up*)』은 정치적 선견지명을 지니고 있었고 아름다운 문장에 매우 유쾌한 내용이었다. 문제는 그가 심층취재를 하지 않았다는 점과 기자들의 사실 수집 기술을 경멸했다는 점이다. 보브는 사실을 바로잡는 일에는 관심이 없었다. 그가 노린 것은 선정적 관심거리를 만들어내는 일이었다. 앰브로즈처럼 보브도 클린턴 부부를 파멸시켜야 한다는 집착 때문에 경력에 상처를 입었다.

메너 사건에 대한 보브의 집착은 1994년 봄 〈스펙테이터〉에 실린 대니 워튼버그의 기사 '아칸소의 사랑과 죽음'에서 비롯됐다. 워튼버그는 또 한 사람의 아칸소 경찰관 브라운을 인터뷰했는데, 브라운은 클린턴의 성적 방종에 대한 더욱 생생한 이야기를 털어놓아 트루퍼게이트를 둘러싼 출판 대열에 한몫 끼기로 결심했다. 내가 만났던 경찰관들보다 더 나은 교육을 받고 더 영리하고 현명했던 브라운은 1980년대 중반에 클린턴 경호를 담당하면서(2년도 안 되는 기간에) 무려 "100건 이상의" 간통을 클린턴에게 주선해주었다고 주장했다. 브라운은 또 자신과 같은 유부남 경찰관들은 주지사 경호 담당자라는 지위를 자신들의 매매춘에 이용했다고 워튼버그에게 털어놨다. 그런 얘기들은 대니의 주장을 내 기사보다 더 야하고 번지르르하게 보이도록 만들었다.

워튼버그의 기사가 나간 뒤 보브는 브라운에 접근하기 위해 워싱턴에 있는 그에게로 날아가 스케이프의 돈으로 그에게 술과 식사를 대접했다. 브라운도 종종 벨트웨이 바로 바깥 버지니아 교외의 잘 가꿔진 공화당원 집단 거주지 내의 보브 집을 찾아가 저녁식사를 하곤 했다. 나는 보브와 브라운, 그리고 종종 데이비드 헨더슨이 끼고, 어쩌다 올슨 부부도 참석하는 그 만찬 자리에 대개 불려갔다. 새로 지은 보브의 집은 막다른 골목 끝에 있는 꽤 넓은 사유지에 자리잡고 있었다. 그 집의 일부는 잘 손질한 영국 신사 클럽처럼 보였으나 나머지 방들은 침침하고 간소했다. 나는 보브의 아내가 집 내부 장식이 끝나기 전에 그를 버린 것이 아닌가 하는 생각이 들었다. 카리브 지역 출신인 듯한 사교적인 여성이 소스를 치지 않은 샐러드와 쇠고기, 삶은 감자가 포함된 부드러운 아일랜드식 식사 시중을 들었다. 편하게 술을 마시면서 보브는 유머를 섞어가며 로마와 런던에서 만난 이런저런 유럽 작가들과 지식인들 이야기를 종횡무진 늘어놓으며 좌중을 휘어잡았다. 술이 오른 보브의 언성은 점점 높아지고 쇳소리를 냈으며, 결국 화제는 변함없이 음산한 아칸소 이야기로 돌아갔다.

보브가 폭로거리를 찾아 헤매자, 전문적인 보수주의 남성의 온갖 뻔뻔함을 다 갖춘 노련한 이야기꾼인 브라운은 그 요구에 맞춰주는 일을 더없이 행복해했다. 보브는 브라운이 워튼버그의 집요한 추궁에 따라 클린턴 부부에 관한 얘기 가운데 뉴스 가치가 있을 만한 것은 모조리 털어놨다는 사실에 개의치 않는 듯했다. 브라운은 곧 클린턴을 메너의 마약 밀매 의혹에 연루시키는 이야기를 보브에게 팔아먹었다. 전직 마약 담당 공무원인 브라운은 클린턴 경호팀에 근무할 때 클린턴의 격려까지 받아가며 부업으로 CIA와 고용 계약을 맺고 일해주었다고 말했던 것이다. 브라운은 CIA 일을 하는 동안 배리 실이 콘트라 반군에게 제공하려는 M-16 소총을 중미 지역으로 운반하거나 코카인이 든 자루를 메너에 밀반입하는 일을 도왔다고 주장했다. 브라운은 클린턴이 실의 불법 활동을 알고 있었으며, 클린턴이 CIA를 범법 행위로 엮어넣을까 봐 CIA가 클린턴을 암살하려는 음모를 꾸몄다는 사실도 알고 있다고 주장했다.

그러나 브라운은 자신이 한때 CIA의 피고용인이었다는 것을 입증하지 못했으며, 클린턴이 메너에서 벌어진 마약 밀매 사실을 알고 있었다며 그가 범죄의 '증거'로 제시한 클린턴의 말들은 범죄 구성에 해당하지 않는 것들이었다. 예컨대 브라운은 자신이 실과 함께 임무를 마치고 돌아왔을 때 클린턴으로부터 들었다는 애매한 대화 장면을 다음과 같이 묘사했다. "클린턴이 내게 '어때, 괜찮아?' 하고 묻길래, '예, 그런데 이건 좀 겁나는데요' 하고 말했다. 그는 '아, 알아서 처리해' 하고는 내 등을 두드려주었다. 그는 내가 그 게 무엇인지 말하기도 전에 알아차렸다. 그는 알고 있었다."

보브는 브라운과 인터뷰한 내용을 정리해 울라디에게 주면서 잡지에 싣 도록 했다. 울라디는 특히 클린턴 부부 얘기만 나오면 자신의 언론인으로서 의 기준을 엄격히 적용하지 않는 사람이었지만, 그 원고는 어떤 기준에 비춰 보더라도 도저히 출판할 수 없는 내용이었다. 보브는 브라운의 말을 나열하 긴 했으나 명료한 이야기로 엮어내지 못했고, 그 내용을 입증하기 위한 가장 초보적인 작업은 더 엉망이었다. 그 원고는 도무지 뜻이 통하지 않았다. 그 것을 읽어보고 보브가 컴퓨터 자판기 앞에 앉기 전에 환각제라도 복용한 게 아닌가 하는 생각이 들 정도였다.

메너 사건 기사를 실어야 한다는 보브의 고집은 결국 편집 위기를 불러 왔다. 보브 노벅의 딸 젤터와 결혼한 부편집장 크리스토퍼 콜드웰이 그 기사 를 편집하느니 차라리 그만두겠다며 나가더니 재빨리 보수주의 운동권 잡지 〈위클리 스탠더드〉에 들어갔다. 보브로부터 기사 내용을 입증해줄 취재원들 이 모두 죽었다는 얘기를 들은 울라디도 새 일자리를 구하려고 워싱턴 여기 저기에 전화를 걸고 있다고 말했다. 또 이 무렵 대니 워튼버그가 클린턴 스 캔들 때리기는 그만두겠다며 다른 주제의 글을 쓰게 해달라고 했다가 보브 로부터 거절당하자, 회사를 떠났다. 브라운을 한번 경험한 것만으로도 대니 는 도저히 견딜 수 없었던 것이다.

어느 날 밤 늦게 보브는 기사 편집하는 일을 도와달라며 사무실로 나오 라고 명령했다. 보브는 그런 날 밤엔 틀림없이 스카치 위스키에 취해 이성을 잃고 호전적 정신 상태가 돼 있을 터였으므로 나는 언제나 하던 대로 그를 대했다. 나는 싸움을 피하면서 좋지 않은 일이 생기기 전에 그 지겨운 순간 이 지나가기만을 바랐다. 솔직히 말하자면 나는 크리스토퍼나 대니처럼 용기가 없었다. 나는 다시는 그런 기회가 오지 않을지도 모를 수지맞는 일이 생긴 그 잡지사 자리를 지키고 싶었던 것이다. 그러나 이번만큼은 보브의 비위를 맞추려는 전략이 참담한 실패로 끝났다.

잡지사에 도착하니 〈뉴욕 타임스〉 기자였던 존 코리가 와 있었다. 한 달에 한 번 〈스펙테이터〉에 미디어 비평을 쓰고 있던 코리는 책상 위로 허리를 구부린 채 줄담배를 피우면서 문제의 기사 편집 작업을 하고 있었다. 나는 내가 왜 나와야 하는지 알았다. 자신의 말로 정치적인 이유 때문에 〈뉴욕 타임스〉를 나왔다는 뛰어난 기자요 문화비평가였던 코리가 워싱턴에 왔을 때 그는 그야말로 형편이 좋지 않았다. 그는 〈스펙테이터〉에서 재기를 준비하고 있었다. 그는 아칸소에서 벌어진 일에 대해서는 모르고 있었으므로 컴퓨터 작업을 할 수 없는데다 보브의 원고를 도무지 이해할 수도 없었다. 그는 실의에 차 있는 것처럼 보였다. 코리와 같은 경력을 지닌 사람이 이곳까지 밀려와서 그도 나도 아무 득이 되지 않으리라는 것을 잘 알고 있는 추적 기사의 인쇄 지시를 내리고 있다는 것은 참으로 슬픈 일이었다. 새 직장 찾기에 어려움을 겪거나 집에 부양해야 할 가족이 있는 울라디처럼 우리는 악과 타협하고 평화를 유지하는 쪽을 택했다. 우리는 최선을 다해 편집을 끝낸 다음 밖으로 나가 취할 때까지 술을 마셨다.

그 다음 날 나는 몸이 좋지 않았다. 기분 나쁜 숙취 때문만은 아니었다. 메너에서 벌어졌다는 희화극에 내가 얽히게 될지도 모른다는 걱정 때문에 보브가 브라운에게 매달리면서 잡지사를 온통 휘저어놓은 그 소문의 밑바닥까지 조사해보기로 작정했다. 브라운이 보브에게 얘기해준 대가로 돈을 받았다는 소문도 돌고 있었다. 그것이 사실이라면, 나는 울라디나 론 버의 반대를 무릅쓰고 잡지사 전체를 난장판으로 만들 수 있는 보브의 기사를 게재하는 일을 도운 셈이기 때문에 그 책임의 일부를 져야 했다. 그러나 보브를 다룰 때 언제나 그랬던 것처럼, 나는 우선 그를 〈스펙테이터〉의 내 사무실로 와달라고 한 뒤 문을 닫고 나서 단도직입적으로 브라운이 〈스펙테이터〉나 아칸소 프로젝트로부터 돈을 받았느냐고 물었다. 보브는 내게 아니라고 부인했으나, 순간 과자 단지에 손을 넣었다가 빼내지 못해 당혹스러워하는 아이 같은 표정으로 나를 힐끗 쳐다보았다. 당시 나는 그것을 반박할 정보를 갖고 있지 못한데다 보브가 브라운에게 돈 준 사실을 부인하는 한 나는 다치지 않을 것이라는 계산을 하고 있었다. 물론 우익에게 언론 윤리 따위는 아무 의미가 없었기 때문에 내 걱정은 근거 없는 것이었다. 나는 나중에 브라운이 보상과 비용조로 아칸소 프로젝트로부터 1만 5천 달러 가량의 현금을 받아 챙겼다는 사실을 알아냈다.

보브가 쓴 메너 사건에 관한 기사 '아칸소 마약 거래'는 〈스펙테이터〉에 대한 모든 신뢰를 무너뜨렸다. 그것은 우리가 보기에도 분명했다. 몇 달 뒤 〈CNN〉 방송은 브라운이 자신과 배리 실이 중미 지역으로 날아갔다고 주장한 그날, 배리 실이 루이지애나주 배턴 루지에서 정부 밀고자였던 자기 일생에 관한 다큐멘터리 필름을 찍고 있었다는 사실을 보여주면서 그 기사가 엉터리라는 사실을 신빙성 있게 폭로했다. 브라운은 매우 영리했으나 래리 패터슨과 로저 페리도 빠져나간 치명적인 실수를 저질렀다. 그는 보브에게 구체적인 날짜와 시간까지 제시했던 것이다. 그것은 검증을 통해 사실과 다른 것으로 확인됐다. 그 기사는 완전히 날조된 것이었다.

11

최고의 우익 엘리트

엄청난 군중의 환호에 집 창문이 모두 날아가버릴 듯했다. 1994년 11월 4일, 〈CNN〉이 막 자유주의 세력의 우상 **마리오 쿠오모**가 뉴욕 주지사 재선에 실패했다는 뉴스를 전한 참이었다. 쿠오모의 참패라, 그것도 무명의 파타키에게! 클레어런스 토머스 대법관의 서기를 지내고 보수주의 세력의 이론가가 된 **로라 잉그러햄**과 공동주최한 선거일 밤 파티는 공화당의 역사적 승리가 현실로 다가온 선거 전날 내 집 거실에서 열렸다. 우리는 클린턴 부부에게 치욕을 안겨준 이 달콤한 일이 실제로 일어나리라고는 생각하지 못했다. 어쩌면 그럴지도 모른다는 막연한 기대를 갖고 있었을 뿐이었는데, 파티를 열지 않았다면 큰일날 뻔했다. 내 집(몇몇 친구들은 애니타 힐이 지어준 집이라고 불렀다)은 이치상 당연히 파티를 열 만한 곳이었다.

나는 정원에 커다란 흰색 텐트를 쳤다. 뉴트 깅그리치 모자를 쓰고 시가 담배를 흔들어대는 사람들이 2백 명 이상 운집했다. 그들은 유명 정치인들이 아니라 워싱턴을 움직이는 연방 판사들, 의회 보좌관들, 연방주의자협회 변호사들, 텔레비전 출연자들, 작가들, 그리고 편집자들이었다. 실버먼 부부, 올슨 부부, 보브 보크 주니어와 그의 아내, 공화당 변호사들인 보이든 그레이, 리처드 리언, 폴 카푸치오, 마이클 카빈, 그리고 칼럼니스트 모너 캐런, 폴 기거트, 마이클 배런 등이 그들이었다. 우리는 〈CNN〉이 공화당이 15년 만에 처음으로 하원 다수를 장악했다는 긴급 뉴스를 내보내기 전에 의회에서 개표 상황을 모니터하고 있던 공화당의 한 수석 보좌관으로부터 전화를 받고 이미 상황을 알고 있었던 터였다. 환호성이 터져나왔다. 목구멍에서 울려나온 그것은 기쁨이나 희망의 환호성이 아니라 복수와 앙갚음의 환호성이었다. 이웃이 찾아와 불평을 했다. 그곳은 민주당원들이 많이 사는 조지타운이었다. 무시해버리기로 작정했다. 그날은 우리들의 밤이었다.

마리오 쿠오모
뉴욕 주지사로 자유주의 진보 세력의 상징이었다. 사회적 약자 보호정책, 소수민족 법안, 공립학교 재정 지원 확대, 환경보호법 강화 등에 대한 깊은 관심과 적극적인 행동으로 클린턴의 뒤를 이을 인물로 평가되었으나 1994년 중간 선거에서 부시의 동창생인 조지 파타키에게 패해 정치 역정을 마감했다.

우리들 대부분은 레이건 혁명 기간에 워싱턴에 와서 정치 훈련을 받았으나 이념적 광신과 거친 정치 스타일의 깅그리치가 실로 우리 인생을 지배했다. 그날 밤을 위해, 우리 자신의 혁명을 이루기 위해 뼈빠지게 일해온 우리는 축제 분위기에 빠져 흐느적거리고 있었다. 우리는 국가를 위해 우익 정치 목표 중에서도 가장 우편향적인 주장을 펼쳐왔으나, 우리의 개인적 가치 지향이 당 공식 이데올로기를 지배하는 바이블 벨트(주로 미국 남부 및 중서부의 프로테스탄트 정통주의를 열렬히 신봉하는 지역—옮긴이) 근본주의와 일치하는 것은 아니었다. 그날 밤 축제가 파할 무렵, 침대에 쌓여 있던 코트 더미 위로 나를 밀어붙인 뒤 내 목구멍으로 자신의 혀를 밀어넣으려 했던 저명한 보수주의 잡지 칼럼니스트를 현관 바깥까지 배웅했다.

다음날 아침 시가 연기에 정신이 들면서 공화당의 승리가 어느 정도인지 분명히 알게 됐다. 공화당은 하원에서 52석을 얻었는데, 그것은 과거 50년 동안 민주 · 공화 양당이 중간선거에서 확보한 최대 의석이었다. 집권 초기 2년간 클린턴 정권은 공화당 진영을 자극해 그들을 반정부 기치 아래 모이게 만들었다. 공개적 게이의 군 입대 허용, 보건의료 전면 확대 계획, 1993년의 증세, 범죄 예방 법안의 일환으로 추진한 공격 무기 금지 등의 클린턴 정책은 랠프 리드의 종교적 보수파, 중소 사업자, 그로버 노퀴스트가 이끈 세금 반대 활동가들, 그리고 총기 소유자들을 비롯한 공화당의 주요 반정부 유권자들을 분기시켰다. 공약을 통일하고 선거를 전국적인 차원으로 확대하면서 뉴트 깅그리치는 레이건 반공연합의 붕괴와 조지 부시 집권 기간의 당 정체성 상실 이후 처음으로 일련의 현안들에 당력을 집중, 재생시키려는 고차원적 시도인 '미국과의 계약' 구상을 마련했다. 계약에 서명하면서 공화당 후보들은 균형 예산, 장기 재임을 막기 위한 임기 제한, 대통령과 주지사의 법안 부분 거부권, 전면적인 복지 및 규제 개혁을 약속했다. 이 야심찬 의제는 1992년 대통령선거에서 민주 · 공화 양당 모두에게 등을 돌리고 독자 후보 로스 페로를 심정적으로 지지한 2천만 유권자들을 의식한 결과였다. 1992년 선거 때 당 주류에 반기를 든 팻 뷰캐넌 진영에서 일했던 직업적인 여론조사가로 빨간 머리칼에 창백한 얼굴을 한 프랭크 런츠 깅그리치 보좌관은 그런 무당파 유권자층에 대한 호소력을

로라 잉그러햄
레이건 대통령 연설문 작성자와 클레어런스 토머스 대법관 법률서기를 지냈으며, 현재는 정치평론가로 활동하고 있다. 『힐러리의 덫』을 쓴 것을 비롯해 〈폭스TV〉에도 자주 출연해 정치적 문제와 현안들에 대해 보수적 시각의 논평을 한다.

최대화하기 위한 노력의 하나로 계약상의 특정 용어를 분석하기 위해 포커스 그룹(상품 개발이나 판촉, 선거전략 등에 대해 집단 토의를 벌이는 소비자나 유권자 그룹—옮긴이)을 소집했다.

그 계약에서 특히 눈길을 끈 것은 팻 뷰캐넌, 러쉬 림보, 그리고 뉴트 깅그리치와 같은 사람들이 그토록 강조했던 사회 문제들에 대한 언급이 빠져 있다는 점이었다. 낙태와 공립학교 내의 기도 행사에 관한 항목들이 제외된 것이다. 랠프 리드가 쓴 『적극적인 신념』에 따르면, 기독교연합은 공화당 지도자들과의 협상에서 사회 문제를 집어넣을 경우 언론과 민주당이 그 계약서에 급진적 우익 공문서라는 딱지를 붙일 것이라는 깅그리치의 주장을 받아들였다. 기독교연합은 깅그리치가 하원 의장이 되면 보상을 받게 될 것이라는 묵시적 이해 속에 하원을 탈환하려는 공화당의 노력에 자금을 지원하기로 의견을 모았다. 공화당의 비밀 전략은 랠프 리드가 1993년 헤리티지 재단의 〈폴리시 리뷰〉에 쓴 글에서 기독교연합을 주류로 만들고 그것을 사회적 불관용으로 몰아가려는 반대 세력의 노력을 무력화해야 한다고 개략적으로 틀을 짠 내용과 일치했다. "가족을 지켜야 한다는 보수주의 운동의 정치적 주장(수사)은 종종 정책적인 측면은 빈약하고 가치지향적이기 십상이어서 많은 유권자들이 등을 돌리게 만들었다"고 리드는 지적했다. "가족 중시 운동은 세금, 범죄, 정부, 쓰레기, 보건의료, 그리고 재정 안정과 같은 평균적인 유권자들의 관심사들에 대해 이야기해야 한다."

깅그리치의 진짜 공약이 무엇인지에 의문을 갖고 있다면 그가 11월 중간선거 실시 몇 주 전에 헤리티지 재단에서 행한 짤막한 연설 가운데서 그 해답을 찾을 수 있다. "나는 미국의 비전을 분명히 갖고 있다. 그것은 창조주에 대한 믿음이 다시 한 번 미국인은 어떤 존재인가를 규정하는 핵심 요소가 돼야 한다는 것이다"라고 깅그리치는 선언했다. "그것은 세속적이고 반종교적인 좌파의 관점과는 근본적으로 다른 미국의 비전이다."

유권자들을 보수주의적 화두들 주변에 응집시키려는 노력은 가상한 것이었지만, 선거는 클린턴 부부를 개인적으로 중상 비방하는 전례없는 캠페인이 전개되고 있는 가운데 제2전선에서 진행되고 있었다. 댄 밸즈와 로널드 브라운슈타인이 그들이 쓴 책 『게이트 대공세 : 저항 정치와 공화당의 부활(Storming the Gates: Protest Politics and the Republican Revival)』에서 지적했듯이, 깅그리치와 공화당 지도부는 계약을 장려했지만 공화당 전국위원회의 전국적인 선전 광고와 우편배달을 통한 모금 캠페인은 "순전히……백 퍼센트 반클린턴이었다." 『게이트 대공세』에 따르면, 공화당 전국위원회의 메시지는 다음과 같은 성명 내용에 담겨 있었다. "빌 클린턴의 눈에는, 여러분이 열심히 일해서 성공하면 그의 적으로 비친다." 공화당은 광고에서 클린턴 부부가 "다양성, 다문화주의, 그리고 정치적 엄숙주의라는 기발한 사회적 개념들"을 지지하고 있다는 이유로 그들을 공격했다.

한편 과격해진 공화당 시위자들은 힐러리의 보건의료 개혁 계획에 항의하면서 힐러리의 초상을 불태웠는가 하면, 러쉬 림보는 앰브로즈 에번스-프리처드가 〈선데이 텔레그래프〉에서 클린턴을 마약 사용자라고 비난한 기사를 방송에 내보냈다. 심지어 림보는 화이트워터 사건을 취재하던 일부 기자들이 "죽었다"고 주장했다. 1994년 8월 공격 무기(총기) 소지 금지 법안에 관해 논의하는 과정에서 하원의원 딕 아미는 클린턴을 적시하면서 "당신의 대통령직 수행은 우리에게 전혀 중요하지 않다"고 말했다. 상원의원 제시 헬름스는 클린턴이 노스캐롤라이나주 군기지를 방문한다면 총을 맞을 것이라고 경고했다. 깅그리치는 선거 전에 기업 로비스트들과 만난 자리에서 클린턴을 "보통 미국인의 적"이라면서 공화당이 의회에서 다수파가 되면 일련의 윤리 문제에 대한 조사 활동을 가동해 클린턴의 대통령직을 박탈하겠다고 맹세했다. 선거 전 전국 여론조사에서 미국인 다섯 명 가운데 한 명이 이러한 선전·선동의 십자포화 속에서 클린턴을 "혐오한다"고 대답했다.

투표소 출구 조사와 투표 뒤 선거 분석에서 공화당이 반워싱턴, 반클린턴 물결을 탄 것으로 나타났다. 그것 외에 국가의 진로를 어떻게 정해야 하는지에 대한 공감대 같은 것은 거의 드러나지 않았으나, 깅그리치 혁명 동조자들은 깅그리치 혁명의 중심축이었던 '미국과의 계약'이 공화당 지지 쪽으로 유권자들을 돌아서게 한 효과가 극히 미미했다는 전문 여론조사자들의 분석에도 불구하고 선거 결과를 급진적인 보수주의, 정부 지출 삭감, 연방기관 배제, 대규모 감세에 대한 국민의 압도적 지지를 의미하는 것이라고 해석했다. 여론조사는 그와는 반대로 민주당이 '미국과의 계약'에 대한 반대 캠페인과 깅그리치주의에 대한 유권자들의 우려 때문에 더 큰 손실을 막을 수 있었으며, 그것은 선거 승리를 국민 다수에 대한 통치권 확보로 이어가려는 공화당 전략이 어려움에 부닥치리라는 점을 암시했다. 그럼에도 보수주의 운동권은 승리 분위기에 취해 있었다. 깅그리치의 수하인 그로버 노퀴스트는 국회의사당이 있는 워싱턴 캐피틀 힐 자택에서 선거 승리 자축 파티 초대장을 발송했다. 초대장은 영화 '코난'에 나오는 다음과 같은 구절을 인용했다. "적들을 무찔러 그대들 눈앞에서 저들이 내쫓기는 꼴을 보고 저들의 여자들이 비탄에 잠겨 울부짖는 소리를 듣게 될 것이다."

내 관점에서 본다면, 혁명은 보수주의 정책광 짐 핀커턴이 "화려하고 위풍당당한 단계"라고 명명한 국면으로 진입했다. 당시 상황에 관한 나의 가장 생생한 기억들은 워싱턴의 헝클어진 우익 세계가 일찍이 접해보지 못했던 매력적인 사교 생활에 관한 것들이다. 작가 제니퍼 그로스먼은 〈내셔널 리뷰〉에 기고한 글에서 "보수주의자들도 즐길 수 있다는 놀라운 발견"이라고 지적하면서 내 집에서 열린 "친밀한 만찬"에 관해 묘사했다. 고급 후추가 뿌려진 수프와 피캔 열매로 장식한 생선 요리가 차려진 연회석에서 초청객들은 서로 번갈아가며 제니퍼 플라워스의 축축한 회고록 『열정과 배신(Passion and Betrayal)』에 나오는 구절들을 드라마틱하게 읽었다. "웃음은 언제나 우리 관계의 중요한 부분을 차지했다. 그래서 우리는 우리의 은밀한 부분들에 이름 붙이기를 즐겼다. 나는 내 그것을 '귀염둥이'라고 불렀고 그의 성기는 '월라드'였다." 〈내셔널 리뷰〉는 내가 보수주의자들이 즐기는 새로운 밤의 환락에 관한 전문가라며 내 글을 인용했다. "패배자들은 좋은 파티를 열 수 없다. 워싱턴 사교계가 활기를 띠게 된 것은 권력을 장악했다는 사실이 일부 배경으로 작용했다."

내 사교 범위는 훨씬 더 넓어졌다. 깅그리치 시대에 일거에 유명해진 그 그룹은 전혀 새로운 부류였다. 그들은 매력적이고 언론에 대해 잘 알고 있었으며, 대체로 보수주의를 철학이라기보다는 마케팅 기술 정도로 생각하는 축이었다. 나는 그 전에 만났던 어두운 표정의 고민하는 순수한 신봉자들, 영원히 소외당하는 패배주의자 분위기를 풍기는 그들과 만나기보다는 이 겉만 번지르르한 무리들과 훨씬 더 친하게 지냈다. 공개적 게이로 커밍 아웃했으나 아무런 반격도 없는 듯했기 때문에 나는 내 악명을 즐겼다. 더 자유로워지고 자신감에 차 있었으며 쾌활해질 수 있었다. "누가 브록을 밝게 만들어줄 수 있을꼬?"라는 것이 내 어두운 생활 태도를 지켜본 보브 타이럴이 오래 전부터 써먹어 온 조크였다. 워싱턴 생활 8년 만에 나는 〈스펙테이터〉 집단과 클레어런스 토머스 친구들의 범주를 벗어나 최고위급 보수주의자들과 더 친숙한 관계를 맺게 됐다.

워싱턴의 새로운 공화당 권력구조 속에서 앞서간 사교계의 꽃은 **아리애너 허핑턴**이었다. 그녀의 남편인 백만장자 마이클 허핑턴 전 하원의원은 1994년 11월 중간선거에서 캘리포니아주 연방 상원의원 다이앤 파인슈타인에 도전했으나 근소한 표차로 지고 말았다. 남편의 선거 비용을 아내가 지원하도록 규정한 법률에 승복하지 않았던, 지칠 줄 모르는 아리애너는 워싱턴으로 돌아와 깅그리치 혁명의 대모로 거듭났다. 캠브리지 연맹 학생 토론회의 첫 여성 멤버로 데뷔한 이래 재치 있고 이론 정연한 이 아름다운 그리스 출신 여성은 생기발랄함으로 자신의 세계를 정복했다. 1970년대 여성운동 고조기에 유명한 반페미니즘 선언을 쓰는가 하면, 영국 지식인 버나드 레빈과 유명한 염문을 뿌리면서 런던을 들끓게 만들었다. 레이건 시대에 뉴욕으로 옮겨온 아리애너는 화려한 만찬회에서 브룩 애스터와 바바라 월터스를 접대했고, 부동산 재벌 모트 주커먼과 데이트를 했으며, 버클리가 발행하던 〈내셔널 리뷰〉에서 지적인 아성을 구축했다.

로스앤젤레스로 다시 옮겨간 아리애너는 셜리 맥클레인의 뉴에이지 신비주의에 몰두해 자신을 메시아라고 주장하는 남자가 이끌던 한 사교 집단에 들어갔으며, 좌익 대중 영합주의 정치인인 캘리포니아 주지사 제리 브라

아리애너 허핑턴
타고난 미모로 경제적 · 정치적 야망을 모두 이뤘으며, 공화당 젊은 정치인들의 대모가 되어 깅그리치 사단 탄생에 결정적 역할했다. 거물 정치인들과의 스캔들로도 유명하다.

운과 로맨틱한 관계를 맺었다. 그러다가 1985년 샌프란시스코에 있던 앤 게티의 집에서 열린 파티에서 휴스턴 석유 재력가의 상속자인 공화당원 마이클 허핑턴을 만났던 것이다. 만난 지 몇 달 만에 결혼한 그들이 워싱턴으로 신혼여행을 갔을 때, 마이클이 레이건 정권의 국방부 관리로 임명됐다. 1990년대 초 부친의 기업이 팔려 갑작스레 돈벼락을 맞은 마이클은 공화당 정치행동위원회 훈련 과정에 등록하고는, 산타바바라 지역 하원의원 선거에 후보로 나서 돈을 쏟아부었다. 그와 아리애너는 산타바바라에서 태평양이 바라다보이는 5백만 달러짜리 이탈리아식 빌라를 사서 살았다.

아리애너가 선거 유세에서 보수주의적 메시지를 다듬고 마이클을 대신해 후보 토론회에까지 나가는 열성적인 지원을 한 끝에 마이클은 정치 전문가들에게 쓴 잔을 안기고 하원 의석을 차지했다. 이 모든 과정에서 드러난 유일한 화젯거리는 아리애너의 끝없는 야망이었다. 잡지 〈로스앤젤레스〉는 이를 "사회적 등반계의 에드먼드 힐러리 경(세계 최고봉 에베레스트 산 정상에 처음 오른 사람으로 공식 기록된 영국인 등반가—옮긴이)"이라고 표현했다.

아리애너는 마이클이 처음으로 하원의원이 되어 활동할 때 뉴트 깅그리치의 눈길을 끌었다. 그 기간에 아리애너는 『제4의 본능(*The Fourth Instinct*)』이라는 책을 출판했다. 아리애너는 그 책에서 복지국가는 십일조(소득의 10분의 1을 세금이나 자선금으로 내는 것—옮긴이)나 자선을 부활시켜 대체해야 한다고 주장했다. 아리애너가 보수주의자들은 빈곤 퇴치 따위에 아무 관심도 없다고 한 말은 옳았으며, 가난한 자에 대한 그녀의 관심은 진심에서 우러나온 것으로 보였다. 내가 알고 있던 대다수 보수주의자들과 달리, 아리애너는 실로 사회 의식이 강한 여성이었다. 비록 정부 권한을 일거에 낚아채듯이 박탈해버리자는 그녀의 해결 방식은 현실성이 없고 사회적으로 무책임한 것이긴 했지만 말이다. 정치적 수사를 사용하는 데 뛰어난 재주를 지녔던 깅그리치는 곧 아리애너를 자신의 '효과적인 동정을 베푸는 센터'에 끌어들임으로써 아리애너는 깅그리치의 비공식적인 두뇌 집단의 일원이 됐다.

한편 공화당 상원 선거대책위원회 위원장인 필 그램의 종용을 받아 마이클은 하원에 들어간 지 몇 개월 만에 상원의원 파인슈타인에 도전장을 냈다. 마이클은 3천만 달러라는 전례없는 거금을 선거 비용으로 썼는데, 그 대부분은 자신이 보수주의 가치에 헌신하는 가족주의적인 사람임을 내세우고 윌리엄 베니트가 그것을 보증하는 텔레비전 광고에 들어갔다. 그러나 마이클은 그 선거에서 지고 말았다. 그는 1997년 아리애너와 이혼한 뒤에야 나와의 인터뷰에서 11년 전 아리애너가 자신의 성적인 관심이 여자가 아니라 남자에게 쏠린다는 사실을 다 알고 있는 상태에서 결혼했다고 털어놓았다. 깅그리치 시대의 이 유쾌한 보수파 부부도 보기와는 달랐던 것이다.

나는 아리애너의 실제보다 과장된 인간적 측면과 사교 범위, 그리고 놀라운 자기 계발 재능에 끌렸다. 나는 아리애너와 같은 사람이 되고 싶었다. 나는 마이클이 칵테일 파티 시중꾼 노릇을 하지 못하게 될 때 자주 그 역할을 떠맡았는데, 그때 아리애너는 놀랄 만한 면모를 보여주었다. 우리는 의도적인 파격을 멋지게 구사하기도 했다. 헤어 스프레이를 듬뿍 뿌리고 화려하게 차려입고는 손에 손을 잡고 왈츠를 추면서 미국기업연구소에서 해마다 열리는 **프랜시스 보이어 강연 만찬회**장에 들어갔던 것이다. 그 모임은 원래 검은 나비 넥타이를 맨 준정장 차림으로 참석해야 하는 보수적인 무도회로 알려져 있었다. 그때는 내가 커밍 아웃을 한 지 얼마 되지 않은 때였다. 아리애너는 나에게 출판업자 모트 주커먼, 저명한 인터뷰어 바바라 월터스, 공화당 사교계의 명사 조제트 모스배처 등을 소개해 주었다.

나는 아리애너를 완전히 신뢰하지는 않았지만 마이클은 친한 친구로 생각했다. 마이클은 불행하게도 정치인이라는 어울리지 않은 역을 맡게 됐지만(그가 상원의원 선거에 출마했다가 패한 직후 어느 만찬회에서 처음 만났을 때, 마이클은 전설적인 신문기자 **데이비드 브링클리**가 누구인지도 몰랐다), 대다수 신문 잡보란에나 실리는 그런 실속 없는 빈 깡통은 결코 아니었다. 예술에서 철학·종교에 이르기까지 대단히 박식하고 통찰력이 있었으며, 풍요로운 정신 생활을 누릴 만한 자질을 지니고 있었다. 돌이

프랜시스 보이어 강연 만찬회
'미국기업연구소'가 주관하는 이 만찬회의 초청인 명단에 들어가 있는 인사들만이 미국의 정·재계와 문화계에서 인정받는 인사라는 유명한 만찬회다. 이 만찬회에서는 해마다 국익에 도움을 준 인물을 선정하여 상을 주는데 포드 대통령, 헨리 키신저, 로버트 노벅, 진 커크패트릭, 클레어런스 토머스 등 우익 지식인들이 주로 받았다. 이것은 스미스클라인 회장이었던 전설적 기업인 프랜시스 보이어를 기념하기 위해 만들었다.

켜보건대 내가 마이클과 친해지게 된 것은 그가 감정을 상실하고 무감각해지고 진정한 자아로부터 소외당한 상태에 있었기 때문이 아닌가 생각한다. 그의 공화당 정치인 기질은 텍사스주 석유 재벌인 보수적인 아버지 로이한테서 물려받았으며, 그것은 아리애너를 만나 다시 한 번 다듬어졌다. 그리고 그와 대화하면서 분명히 알게 된 사실이지만, 그는 게이에 관심이 굉장히 많았다. 그는 공화당 우파로 활동하면서도 감춰진 자신의 성적 욕구와 고통스럽게 싸우고 있었다.

마이클이 선거에 패한 뒤 자아 탐구를 하고 있는 동안 아리애너는 에반젤린 브루스, 파멜라 해리먼, 샐리 퀸과 같은 워싱턴의 안주인들이 했던 유구한 전통에 따라 지식인과 정치인, 당 활동가들이 모이는 살롱을 차렸다. 허핑턴 부부는 워싱턴 대사관 거리 바깥의 웨슬리 하이츠 지구에 동굴처럼 생겼지만 건축학상으로는 별다른 특징이 없는 4백만 달러짜리 맨션을 구입해서 살았다. 아리애너는 그 집을 이탈리아 궁전처럼 금박으로 장식했다. 살롱 만찬에 참석한 이들 '평론가 집단'은 겉으로 보기에는 당파를 초월해서 사회 문제를 중도적 견지에서 해결한다는 입장을 취함으로써 자유주의자들과 보수주의자들 간의 간격을 좁힌다는 건설적인 취지를 표방하고 있었다. 예컨대 낙태를 주제로 한 만찬회에서는 입양과 임산부 긴급구제센터 설치를 대안으로 삼는 문제를 집중적으로 다루었다. 아리애너는 이 만찬회에서 나온 얘기들을 녹음해서 정치 브로커라는 새로운 역할을 맡아 신

데이비드 브링클리
정치평론가이자 뉴스 진행자. 노스캐롤라이나 출신의 전설적인 앵커로, 1943년 〈NBC〉에 입문하여 30년 동안 워싱턴 특파원으로 있었다. 그 후 '헌틀리-브링클리 리포트'를 24년 동안 진행하다가 1981년부터 1997년까지 주간의 정치 분야를 집중적으로 다루는 〈ABC〉 방송의 '디스 위크'를 진행했다.

문 논평란에 쓰기 시작한 칼럼의 재료로 삼았다. 그러나 아리애너의 칼럼은 만찬회 참석자들이 그나마 약간 조짐을 보여주었던 지적 감수성이나 초당파적 주제를 내팽개쳤다. 오히려 깅그리치 혁명의 반클린턴적 시대 사조를 주입하기 위해 경박하게 수다를 떨면서 교묘하게 속임수를 사용했다. 예컨대 클린턴을 "두더지 같은 시력을 갖고 있으면서 최근의 정치 컨설턴트 역할에 확신을 지니고 있는" 인물로 묘사하는가 하면, "힐러리가 유죄 판결을 받게 되면 앨 고어(클린턴 정권 때의 부통령—옮긴이)가 퍼스트 레이디 역할을 할 수 있을까?"라는 질문을 던졌다.

아리애너는 엄청난 관심을 끌었고 또 영리했으나 그녀가 쓴 파블로 피카소 전기의 출판을 둘러싸고 제기된 소송에서 표절 시비에 시달렸으며, 만찬회 대화 내용을 녹음한 문제뿐만 아니라 사교 모임에서 주워들은 얘기들과 수집한 잡다한 지식의 단편들을 자신의 글에 끼워넣음으로써 보수주의 서클 내에서도 평판이 나빠졌다. 아리애너의 칼럼 대부분은 그녀의 워싱턴 맨션에 있는 토끼장 같은 수많은 방에서 저임금을 받고 몇 시간씩 일한 대필가, 조크 전문 필자, 조사 담당자들의 도움을 받아 마이클의 동의 아래 작성된 것이었다. 그럼에도 아리애너는 곧 전국적인 신문잡지 기사 배급 회사와 손을 잡고는 50만 달러에 정치를 풍자하는 책을 쓰기로 계약을 맺었다. 또한 (영화 '포레스트 검프' 제작에 참가한 성우를 발성 코치로 고용했으나 그조차 그녀 특유의 악센트를 바로잡지 못했지만) 인기있는 텔레비전 토커가 됐다. 1996년 아리애너는 잠옷을 입고 코미디언 알 프랭큰과 함께 호화 침대 위에 앉아서 전국의 정치 집회를 풍자하는 코미디 센트럴 프로의 공동 진행자가 됐다. 깅그리치 혁명도 아리애너의 손바닥 위에서는 소극으로 변질됐다.

아리애너의 발언은 실질적인 내용과 목적이 결여돼 있었으나, 그녀는 여전히 깅그리치의 핵심 세력으로 용맹스런 전사였다. 깅그리치 측근들이 아리애너의 실패를 지적하면서 손가락질하기 시작하자, 아리애너는 조 게일로드가 하원 의장인 깅그리치에게 사람들이 접근하는 것을 차단하고 있다며 악의적인 인신공격을 퍼부었다. 1997년 초 아리애너는 게일로드가 자신이 통제할 수 없는 사람은 아무도 깅그리치 가까이 가지 못하도록 막음으로써 "혁명을 배신하고 있다"고 비난하면서 나보고 게일로드의 비리를 폭로하라고 부추겼다. 당시 남편인 마이클의 상원의원 선거를 앞두고 선거 전략가로 일했던 에드 롤린스는 아리애너를 "내가 30년 동안 만나본 정치인들 중에서 가장 무자비하고 야심만만한" 인물이라고 평했다. 아리애너가 자자 게이버(1960년대 텔레비전 드라마를 리바이벌한 코미디 영화의 등장인물—옮긴이)식 악센트로 읊조린 "게일로드를 죽여야 해"라는 말은 인기있는 후렴구로 사람들의 입에 오르내렸다.

아리애너는 게일로드의 비리를 폭로해달라며 자신이 모은 '파일'을 내게 보냈는데, 마이클은 아리애너가 사설 조사원들을 고용해 자신의 적들에 관한 비리를 수집하고 있다고 내게 종종 말했다. 그 파일은 당시 정치는 곧 전쟁이라는 자신의 메시지를 주입하려 했던 게일로드가 공화당 전국대회 참모회의에서 "군대의 사기를 높이기 위해 작은 장난감 병정들을" 배포했다고 말한 내용을 담고 있었다. 아리애너의 파일에 따르면, 게일로드는 그 회의에서 아프리카계 미국인 참모에게 다가가 "이것이 우리의 사회적 약자 보호정책"이라고 말했다는 것이다. 아리애너는 또 내게 게일로드가 동성애자라면서 그 사실을 공개하도록 종용했는데, 자기 남편에 대해서도 내가 그를 게이라고 생각하는지 어떤지에 대해 우리 둘을 모두 알고 있는 친구들에게 꼬치꼬치 캐물었다. 내가 아리애너의 요청을 거부하자, 그녀는 의회 신문인 〈롤콜(Roll Call)〉에 기고한 칼럼에서 직접 그 문제를 다뤘다. "'무소속의 자유계약 기고는 절대 허용하지 않겠다'는 것이 게일로드가 밀어붙이고 있는 정책 가운데 하나다. 그리고 깅그리치가 모습을 나타내지 않을 때도 일이 어떻게 돌아가는지 자신이 모두 알고 있다는 점을 분명히 해두기 위해 게일로드는 친한 친구인 배리 허친슨을 항상 하원 의장과 붙어다니도록 해놓았다." 아리애너는 분명히 내막을 잘 아는 사람들을 겨냥해서 그 글을 썼다. "허치슨—그는 연방선거관리위원회 보고서에 허치슨 컨설팅으로 등록돼 있었다—은 게일로드의 근거지 보호를 자신의 최우선 사명으로 여기고 있다."

우파들 중에 아리애너와 돈 관계는 말할 것도 없고 정치적·사회적 연계를 맺고 있는 세력은 거의 없었다. 아리애너에게 접근한 사람이 한 명 있었는데, 그는 길고 숱이 많은 금발에 나이가 지긋한 게이 게인스라는 인물로 깅그리치의 공화당 정치행동위원회 의장을 맡고 있던 팜 비치 사교계의 명사였다. 게인스는 깅그리치와 러쉬 림보, 윌리엄 베니트를 팜 비치 수영장 근처에 자리잡은 휴양소로 불러 접대했다. 게인스는 또 워싱턴 칼로래머 지구에 있는 뉴욕 펜트하우스 스타일의 자신의 호화 타운 하우스(귀족이나 부호들이 시골 본가 저택 외에 도시에 따로 두고 있는 집—옮긴이)에서 조촐한 만찬을 종종 베풀었는데, 공단으로 된 긴 커튼을 쳐놓고 깅그리치 혁명 사업을 논의했다.

새 의회가 개원하자, 게인스는 곧 디너 파티를 열어 나와 또 한 사람의 보수파 기자인 〈월스트리트 저널〉 사설면 편집자 존 펀드를 새로 당선된 세 명의 공화당 하원의원에게 소개했다. 조지아주 연방 하원의원 보브 바, 오클라호마주의 어니스트 이스투크, 아칸소주의 팀 허친슨이 그들이었다. 그들은 공화당 하원의원, 심지어 내가 전부터 알고 있던 보수파 의원들과도 다른 특이한 존재들이었다. 기독교 우파와 근접한 남부의 낙태 반대, 총기 소지 지지, 반게이 입법, 그리고 광신적인 반클린턴 조류를 후원하는 유력 인사인 이들 세 명의 하원의원은 4분의 1이 백인 복음주의 기독교인인 그곳 유권자들의 지지를 받아 하원에 입성한 깅그리치 혁명의 본보기였다. 새로 개원한 하원의 공화당 지도자 10명 가운데 9명이 남부 또는 서부에 있는 주들 출신이었다. 그 지역들은 종교적 우파가 지역 당 조직을 장악하고 있었고 러쉬 림보 청취자들이 득실거렸다. 내가 몇 년간 권력 주변에서 얼쩡거리다가 마침내 권력에 다가서고 그들이 묵시적으로 나를 받아들이는 데 너무 감읍한 나머지, 나는 공개적 게이로서 글자 그대로 원시인처럼 보이는 이들 겁나는 트리오와 함께 식사하고 정치 전략을 짠다는 것이 무엇을 의미하는지 자문해볼 엄두조차 내지 못했다.

　내가 워싱턴에 오고 나서 처음으로 공화당이 하원 다수를 장악한 이제 만찬 토론에서 보수파가 주도하는 정책 얘기가 전혀 나오지 않고 있다는 사실에 나는 충격을 받았다. 거기에는 '미국과의 계약'은 없고 오직 '클린턴에 반대하는 계약'만 있었다. 공화당원들은 모든 주안점을 한 사람을 반대하는 데 두었다. 깅그리치가 선거 전에 약속했듯이 이 공화당 하원의원들은 이제 의회의 조사기관들을 자기들 마음대로 클린턴 스캔들을 양산해내는 도구로 활용하는 데 매진했다. 〈스펙테이터〉의 아칸소 프로젝트가 만들어낸 소문들(트루퍼게이트에서부터 화이트워터, 트래블게이트, 메너 사건, 포스터의 죽음에 대한 병적인 추측에 이르기까지)이 새 의회의 속과 겉을 채웠다. 공화당이 지배하는 20개 상임위원회 가운데 적어도 절반 가량이 클린턴 행정부와 민주당에 대한 조사를 시작했다. 대법관 클레어런스 토머스의 아내이자 딕 아미의 고위 보좌관으로 정오의 라디오 방송에서 흘러나오는 림보의 지령을 귀기울여 듣던 지니 토머스는 클린턴 행정부 내의 "쓰레기, 협잡, 남용"과 "부정직 또는 윤리적 타락들"에 관한 정보 찾아내기에 골몰하던 상임위원회 위원장들에게 비밀 메모를 발송했다. 화이트워터 한 사건에 대해서만 수백만 달러의 비용이 들어가는 청문회가 여러 차례 열렸다. 공화당원들은 의혹투성이의 메너 사건에 대한 조사도 두 차례나 벌였다.

　게인스가 주최하는 만찬장엔 대통령에 대한 맹목적인 분노가 짙게 깔리고 그의 섹스 스캔들을 둘러싼 의혹이 최고의 화젯거리가 됐다. 인종차별 폐지에 반대하는 백인 우파 그룹에게 기본 방침을 설파한 하원 법사위원회 소속 조지아주 출신 공화당 의원 보브 바는 그 자신이 너절한 사생활의 주인공이었다. 하원 내의 낙태 반대 소위원회를 주도했던 인물 중 한 명인 바는 가족 중에 누가 강간을 당해 임신을 하더라도 낙태는 "무슨 수를 써서라도" 막겠다고 공언했으나, 세 번이나 결혼한 그의 아내들 가운데 두 번째 아내 게일은 증언 녹취록에서 자신이 낙태 수술을 했을 때 바는 전혀 반대하지 않았을 뿐 아니라 실은 자신을 차에 태우고 병원에 데려갔으며 비용도 바가 지불했다고 밝혔다. 그들의 이혼과 관련한 증언 때 바는 낙태에 반대한다고 선서했으나 "낙태에 반대한다는 그의 모든 발언은 전부 거짓말"이라고 게일은 말했다. 바는 가족 옹호를 자기 정치 활동의 중심축으로 내세웠으나, 게일은 그가 자기와 이혼한 지 한 달도 채 안 돼 세 번째 아내와 결혼했다면서 그가 간통을 했다고 비난했다. 이혼 절차를 밟으면서 바는 결혼 생활 중 게일에게 충실했느냐는 질문에 답변하기를 거부했다. 만찬회에서 바는 클린턴의 여성 편력에 대해 증언하도록 아칸소의 경찰관들을 공화당이 주도하는 법사위원회에 출두시키는 방안에 대해 어떻게 생각하느냐고 내게 물었다.

　침례교 목사로 1996년 상원의원에 당선된 팀 허친슨의 등장은 아칸소의 클린턴 혐오자들이 어떤 과정을 거쳐 유해한 집단으로 뭉치고, 공화당의 깅그리치 진영에 가담하게 되는지를 보여주는 상징적인 사건이었다. 상원 진출로 비게 된 그의 하원 의석은 동생인 애서가 물려받았으며, 허친슨은 바와 함께 공화당이 주도한 클린턴 탄핵 정국을 지휘한 원내 지도부의 일원이 됐다. 팀 허친슨은 한때 클린턴과 놀아났다는 아칸소주 지방 도시의 한 웨이트리스에 대한 소문을 추적해보지 않겠느냐고 내게 제의했다. 르윈스키 스캔들과 관련한 클린턴 탄핵 투표가 끝난 직후 허친슨은 아내와 이혼하고 자신의 비서와 결혼했다.

나와 함께 만찬회에 초대된 〈월스트리트 저널〉 사설면 편집기자 **존 펀드**는 깅그리치와는 정치적으로 가까운 한패였는데, 역시 위선적인 인물이었다. 펀드는 (낙태에 결사 반대하는―옮긴이) 기독교 우파와 같은 입장이었으나, 한때 자신의 친구였던 어린 소녀(이 소녀는 펀드의 또 다른 예전 여자 친구의 딸이었다)가 낙태를 하겠다고 하자 말리기는커녕 낙태 비용을 주겠다고 했다. 이 어린 소녀가 기자에게 건네준 전화 통화 녹취록 사본에 따르면 펀드는 "나는 생명을 존중하지만 내 나름의 판단에 따라 그 문제에 관해서는 다른 생각을 갖고 있다"고 그 소녀에게 말했다. 〈월스트리트 저널〉 기자라는 위광이 만들어준 환상에도 불구하고 러쉬 림보의 책 『사필귀정』의 대필자인 펀드는 기자라기보다는 정치활동가였다. 갈수록 허리가 굵어지던 펀드는 뉴욕의 〈월스트리트 저널〉 본사와 워싱턴의 의회 내 깅그리치 사무실 사이를 끊임없이 오갔다. 깅그리치 사무실에서는 정치적 조언을 했는데, 그런 행태는 〈뉴욕 타임스〉나 〈워싱턴 포스트〉의 사설면이라면 결코 너그럽게 봐줄 수 없는 것이었다. 그러나 우리는 여느 기자들과 달랐으며 다른 여론 담당 기자들과도 달랐다. 게인스 만찬회에서는 기본적인 룰이라는 것이 없었다. 왜냐하면 동지들끼리는 기본적인 룰이 필요없었던 것이다. 우리는 우리 자신이 독립적인 행위 주체가 아니라 〈워싱턴 타임스〉에 근무했던 초창기 때부터 내 속에 새겨진 보수주의 운동권의 사고방식을 반영하고 있을 뿐이라고 생각했다. 우리가

존 펀드
〈월스트리트 저널〉 사설면 편집기자로서 깅그리치와의 정치적 친분이 두터웠던 인물. 러쉬 림보의 책을 대필해주었다.

쓴 기사들은 보수주의 운동의 부속물로 기능하고 있었다. 우리는 반클린턴 성전의 공모자들이었다.

〈월스트리트 저널〉의 펀드 기자를 소개받은 것은 그들 세 명의 신출내기 공화당 하원의원들의 우선적 관심사가 무엇인지를 보여주는 분명한 신호였다. 왜냐하면 저널리즘에 대한 공격을 그 위풍당당한 〈월스트리트 저널〉의 사설면만큼 두드러지게 펼친 언론이 없었기 때문이다. 그 신문은 무엇보다 (레이건의) 반공주의와 공급사이드 경제학을 옹호한 것으로 유명했다. 미국에는 "가난한 사람이 한 사람도 없다. 다만 은둔자 같은 사람들만 좀 있을 뿐이다"는 얘기를 한 적이 있는 〈월스트리트 저널〉의 사설면 편집자 **로버트 바틀리**는 『풍요로웠던 7년(*The Seven Fat Years*)』이라는 책을 썼다. 공화당 경제 전문가들조차 레이건의 감세와 적자 재정 정책이 미국 경제를 망쳤다고 결론을 내렸음에도 불구하고, 그는 레이건 시대의 부자와 주요 기업들을 위한 감세 조처가 엄청난 경제 붐을 몰고 왔다는 정반대의 평가를 했다. 이념적으로 〈월스트리트 저널〉과 콘래드 블랙의 〈선데이 텔레그래프〉, 머독의 〈뉴욕 포스트〉와 같은 신문들의 편집위원회는 클린턴 행정부가 제안한 증세와 기업 규제를 반대하는 편에 섰다. 거기에는 클린턴에 대한 바틀리의 개인적인 관심도 작용했다.

로버트 바틀리
〈월스트리트 저널〉 사설면 편집 책임자로, 레이건 시대를 풍미하며 기업과 공화당 편에 서서 공급경제학 정책을 신봉했던 인물이다.

바틀리의 지도 아래 〈월스트리트 저널〉의 사설면은 클린턴이 대통령에 취임하기도 전에 부패했다는 결론을 내렸다. 국제신용상업은행(BCCI : Bank of Credit and Commerce International) 스캔들에 자극받은 바틀리는 BCCI를 "여러 면에서 개별 국가 정부들보다 강력한 광범한 국제 범죄 네트워크의 핵심에 자리잡고 있는……아랍 사기꾼 패거리"로 간주했다. 바틀리의 음모론에 따르면, 아칸소주 리틀 록의 은행가로 클린턴의 충성스런 후원자라고 그가 지목한 잭슨 스티븐스는 BCCI를 미국에 유치하는 일에 "중심적인 역할"을 했다. 스티븐스는 〈월스트리트 저널〉에 보낸 항의 서한에서 자신이 BCCI와 유착했다는 바틀리의 주장을 설득력 있게 반박하면서 "무모하고 무책임한 짓"이라고 비난했다. 또 바틀리가 스티븐스를 충성스런 클린턴 후원자라고 주장한 것도 잘못된 것이었다. 스티븐스는 어떤 선거에서는 클린턴을 지지했고 어떤 때는 클린턴 반대자들을 지지했는데, 그것은 그때 그때의 자기 이해 관계에 따라 그렇게 한 것이었다.

햇볕을 본 적이 없는 사람처럼 작고 반짝이는 눈을 갖고 있는 바틀리는 내가 쓴 트루퍼게이트 기사가 발표된 얼마 뒤 뉴욕으로 나를 불렀다. 바틀리는 말수가 적고 쓸쓸해 보였다. 그의 사무실에서 만나 세계무역센터 빌딩(2001년 9·11 테러로 붕괴—옮긴이) 꼭대기에서 점심식사까지 했지만, 그는 그긴 시간 동안 적포도주 잔을 응시하면서 거의 아무 말도 하지 않았다. 가끔 바틀리는 가늘게 눈을 뜨고는 나를 올려다보면서 '클린턴 스캔들'에 대해 수수께끼 같은 말을 했는데, 그것은 다음번에 그것을 주제로 책을 써보라는 제의였다. 나는 그때 점심식사를 한 건지 강신술 모임에 참석한 건지 헷갈렸다.

〈월스트리트 저널〉은 클린턴을 유효투표의 43%밖에 얻지 못하고도 당선된, "뜻밖에 어쩌다가 된 대통령"으로 간주했다. 클린턴 행정부를 불법적인 행정부로 여기고 있던 〈월스트리트 저널〉은 백악관 부보좌관 빈센트 포스터를 포함한 백악관 고위 보좌관들이 부패와 범법 행위를 저지르고 있다는 과장된 주장과 근거 없는 암시들을 퍼뜨리며 즉각 캠페인을 벌이기 시작했다. 포스터가 자살하기 전 몇 주일 동안 〈월스트리트 저널〉은 '빈센트 포스터는 누구인가? 라는 제목으로 클린턴을 조롱하는 내용의 사설을 시리즈로 내보냈다. 자신의 행정부 내 윤리 담당 보좌관 업무에 대한 〈월스트리트 저널〉의 공격에 정신적 충격을 받았음이 분명한 포스터는 유서에서 "결론도 없이 거짓말을 하고 있는 〈월스트리트 저널〉 편집자들"에 관해 언급했다. 포스터가 죽은 직후 〈월스트리트 저널〉은 포스터가 살해당했다는 암시를 함으로써 그 비극적인 사건에서 자신들이 한 역할에 대한 대중들의 관심을 다른 데로 돌리려고 애썼다. "그를 알고 있던 사람들은 그가 자살할 사람이 아니라고 생각한다. 우리는 그가 우울증 병력을 전혀 갖고 있지 않았다는 말을 들었다"고 〈월스트리트 저널〉은 자신만만하게 선언했지만, 그것은 그릇된 것이었다. 〈월스트리트 저널〉 사설면은 또 음모론자 크리스토퍼 러디의 포스터에 관한 보도에 대해 "은혜"를 갚겠다고 밝혔다. 한 사설은 "포스터의 죽음에 대해 제대로 조사하지 않는 한 방쿼(셰익스피어의 비극 『맥베스』에서 유령이 되어 맥베스 앞에 나타나는 살해당한 무장─옮긴이)의 유령……클린턴 행정부를 뒤따라다닐 것"이라며 자기실현적 예언 형태로 경고했다.

바틀리는 화이트워터를 클린턴이 어떤 사람인지를 보여주는 은유로 간주했으며, 결국 그 문제에 관해 쓴 〈월스트리트 저널〉의 사설들을 묶어 네 권의 책으로 펴냈다. 균형을 잡으려는 〈월스트리트 저널〉의 보도 태도에 안달하면서 바틀리는 자기 나름의 뉴스비틀기를 위해 '전언(카더라) 사설'이라는 개념을 만들어냈다. 짜깁기로 만들어낸 범죄 행위들을 잔뜩 늘어놓은 그 글들은 화이트워터에 관한 리드 사설에 덧붙인 다음과 같은 암시적인 구절들을 담고 있었다. "위에 열거된 사실들은 명백한 증거는 없지만 분명히 의혹을 불러일으키고 있다." 그런 사설들은 항상 엉뚱한 데로 빠졌으나 공화당 정계 상층부에는 큰 영향을 끼쳤다. 화이트워터의 첫 특별검사로 존경받았던 로버트 피스크의 윤리 문제에 대한 〈월스트리트 저널〉의 끈질긴 공격("피

스크 : 너무 추한 노파", "피스크의 은폐" 등)은 보수적인 판사들로 구성된 선임위원회가 피스크를 스타로 교체하도록 하는 데 영향을 끼쳤음이 분명하다.

화이트워터 사건의 열기가 고조되자, 〈월스트리트 저널〉은 한층 더 나아갔다. 바틀리는 "수수께끼의 메너"라는 표현을 즐겨 사용했다. "지금 아칸소를 돌아다니고 있는 기자들은 화이트워터나 클린턴 부부와 다소 관련은 있을지 모르나 그들이 기이한 마력을 갖고 있다는 말밖에 되지 않는 이야기들을 끌어모으고 있다"고 〈월스트리트 저널〉의 한 사설은 썼다. 보브 타일러가 메너에 관한 믿기 어려운 글을 발표하자, 〈월스트리트 저널〉은 어김없이 '메너를 조사하라'는 제목의 사설을 뒤따라 실었다.

〈월스트리트 저널〉은 클린턴 부부를 일련의 '의혹의 죽음들'에 연루시킨 터무니없는 음모론들조차 호의적으로 받아들였다. 〈월스트리트 저널〉은 '클린턴 연대기'라는 날조된 비디오 구입 주문을 할 수 있는 800번 전화(미국의 수신자 요금 부담 전화─옮긴이) 번호까지 실었는데, 거기에는 "……우리는 우리가 들은 사실들을 활자화한 데 대한 책임을 지지 않는다"는 문구까지 덧붙였다. 〈월스트리트 저널〉이 그런 주변 영역까지 개입한 또 다른 사례를 다음과 같은 사설에서 볼 수 있다. "연쇄적인 폭력 사건들을 곰곰 생각하면서 우리는 아칸소 커넥션에 대한 우리의 사고를 왜곡하는 한 가지 요소를 독자들에게 밝혀야겠다는 의무감 같은 것을 느꼈다. 특히 마약으로 인한 폭력과 돈 세탁에 관해서 그렇다. 대통령이 연루됐다는 점을 논외로 하더라도 여기에는 우리와 여러분이 주목할 만한 이야기가 있다." 〈월스트리트 저널〉의 논설위원 마이카 모리슨은 기차에 치여 죽은 두 명의 아칸소주 10대들의 죽음에 관해 일련의 글을 썼다. 우파의 들뜬 상상력에 따르면, 클린턴의 "죽음의 군단"이 메너에서 벌어진 마약 거래 음모를 은폐하기 위해 그 10대들을 살해했다. 클린턴과 10대들의 죽음을 잇는 유일한 연결고리는 그 사건이 일어났을 때 클린턴이 그 주의 지사였고 그 사건을 담당한 검시원을 지명했다는 것 뿐이었음에도, 전면을 채운 사설은 '방해와 직권남용 : 하나의 패턴' 이라는 그래픽 제목 아래 화이트워터, 폴라 존스, 트래블게이트와 같은 클린턴 스캔들과 '기차 사고 죽음들' 이라는 상자 기사를 배치했다. 불신 때문에 공화당 신문인 〈아칸소 디모크래트 가제트〉는 모리슨을 "반은 칼 마르크스, 반은 줄 베른(『80일간의 세계일주』, 『해저 3만 리』 등을 쓴 프랑스 작가—옮긴이)"에다 "우주 시대의 방문객"이라고 조롱했다.

물론 공화당을 지향점도 없이 오직 비열하고 복수심에 불타는 집단으로 비칠 지경까지 몰아가고, 잠꼬대 같은 소리로 서서히 정치체제를 망친 사람은 〈월스트리트 저널〉의 영웅 뉴트 깅그리치였다. 나중에 공개된 문서들은 공화당이 하원 다수파가 된 직후, 깅그리치의 고위 보좌관들이 클린턴 행정부의 윤리 문제를 공격하기 위해 계략을 짰다는 사실을 보여주었다. 깅그리치의 정치 컨설턴트 조 게일로드가 깅그리치 사단 간부회의에서 나온 말들을 기록한 메모에는 "클린턴 행정부를 고발하고", "민주당원들이 수세에 몰린 쪽으로 전장을 이동하며", "민주당의 윤리 문제들을 되살려내고", "깅그리치가 과거의 더러운 민주당원들과는 왜 다른지를 보여주는" 전술적 책략들이 담겨 있었다. 이러한 책략들은 위선으로 가득 찬 것이었다. 왜냐하면 클린턴 부부에 대한 공세는 부분적으로 깅그리치 자신의 윤리적 과오에 대한 하원 윤리위원회의 조사를 저지하기 위한 것이었기 때문이다. 하원 윤리위원회는 깅그리치가 정치적 목적으로 이용하지 않는다는 조건부로 면세 혜택을 받는 재단들을 정치 활동에 이용함으로써 조세법을 위반하고 위증으로 위원회를 오도했다는 사실을 찾아내 30만 달러의 벌금을 물렸다. 게일로드의 행동 세칙 가운데는 다음과 같은 것도 있었다. "클린턴 행정부에 대한 특별검사를 실시하도록 하고, 클린턴 행정부가 하원의 민주당 의원들 주장을 물리치게 만든다."

깅그리치 보좌관들이 안고 있던 윤리 문제의 심각성은 아리애너 허핑턴이 전자메일로 내게 보내준 게일로드 파일의 일부 내용에도 드러나 있다. 깅그리치 보좌관 제임스 히긴스가 1996년 말 아리애너에게 보낸 편지는 "깅그리치의 현 윤리위원회 상황은 조 게일로드가 깅그리치에 대해 끼치고 있는 악영향에 관해 쓴 당신의 칼럼을 추적 조사하도록 요구하고 있다"고 지적했다. 워터게이트 사건으로 기소돼 유죄 판결을 받은 리처드 닉슨 대통령의 보좌관 삼총사에 관해 언급하면서 히긴스는 다음과 같이 주장했다. "게일로드는 깅그리치를 위해 (닉슨 보좌관이었던) 핼드먼, 얼리치먼, 콜슨 등 세 명이 한 역할을 혼자서 했다. 그는 깅그리치의 부정적인 측면(예컨대 윤리위원회에 걸릴 문제가 전혀 없다고 부인한다)을 부추겼다."

새 하원이 개원하자, 깅그리치는 워싱턴에서 가장 강력한 인물이 됐다. 따라서 최고위급 보수주의 편집자들과 식자들이 모여 전략을 짜고 의견을 나누는 월례 만찬회에 특별 게스트로 참석해달라는 〈스펙테이터〉의 초청을 그가 수락한 것은 일종의 쿠데타와 같은 것이었다. 만찬에 앞서 나는 아리애너 허핑턴으로부터 깅그리치가 만찬에 참석하지 않는 보수주의 언론인을 배반자로 간주할 것이라고 경고했다는 말을 들었다. 다른 많은 보수주의자들과 마찬가지로 깅그리치는 언론이 공화당 지배의 하원에 대한 전쟁을 시작한 이후 언론계의 보수주의자들은 자기 편을 들어주어야 할 의무가 있다고 믿고 있었다. 부드러운 비판 칼럼을 쓴 뒤 깅그리치가 보낸 편지를 받아본 아리애너가 나에게 불만을 토로했다. 깅그리치는 그 편지에서 아리애너가 혁명에 "전략적으로 반생산적인" 자세를 취하고 있다고 꾸짖었다. 그런가 하면 '새터데이 이브닝 클럽' 만찬에서 깅그리치는 칼럼에서 인종적 편애 척결을 위한 입법 문제 처리와 관련해 부적절하게 강경 대응을 했다고 자신을 비판한 칼럼니스트 보브 노벅에게 얼굴이 붉어지도록 발끈 화를 내면서 손으로 테이블을 내리쳤다.

더욱 놀라운 것은 깅그리치가 흥분을 가라앉힌 뒤 만찬 테이블에서 진행된 대화의 방향이었다. 영원한 측근 조 게일로드가 만찬장 뒤편에 서서 모든 것을 지켜보고 있는 가운데 빈센트 포스터가 살해당했다는 앰브로즈 에번스-프리처드의 이야기에 깅그리치가 빠져들면서 앰브로즈의 바퀴가 굴러가기 시작했다는 것을 누구나 알아차렸다. 테이블에 둘러앉은 많은 보수주의자들조차 앞에 놓인 요리들을 응시하다가 은제 식기들을 이리저리 옮기는 등 당혹스러워했지만, 앰브로즈는 도깨비 같은 증언과 지문, 안가 이야기들을 떠듬거리며 계속 떠벌이고 있었다. 특별검사 피스크가 포스터의 죽음을 자살이라고 판정했음에도, 깅그리치는 곧 포스터의 죽음에 대해 공화당이 주도하는 또 한 차례의 하원 조사 활동을 벌여도 될 만큼 충분히 의심스러운 정황들이 발견됐다고 발표했다. 하원 조사 활동을 이끈 공화당 의원 댄 버턴이 포스트의 시신에서 발견된 총상의 위치를 근거로 그가 결코 스스로 총을 쏘아 자살하지 않았다고 굳게 믿고 있었던 것은 앰브로즈나 크리스토퍼 러디와 같은 엉터리 정보 제공자들이 어떻게 공화당 지도부를 음모꾼들의 손아귀에서 놀아나게 만들었는지를 보여주는 또 하나의 징표였다. 공개적으로 클린턴을 "비열한 놈"이라고 비난해온 버턴은 자신의 그런 생각을 입증하기 위해 38구경 리볼버 권총으로 수박을 쏘아 포스터가 죽음을 맞이한 당시 상황을 재연해보기도 했다.

그러한 사적인 만찬 모임들이 우리 세대의 보수주의자들이 (1994년) 11월의 중간선거에서 승리했음을 테이블 주변과 같은 소규모 단위에서 인정해준 것이라면, 우리 세대가 1990년대 중반의 정치 무대에 등장했음을 알린 훨씬 더 공개적인 징표는 언론 보도들을 통해 나왔다. 1995년 2월 〈뉴욕 타임스 매거진〉은 커버스토리로 '보라, 이제 누가 오피니언 엘리트인가' 라는 제목의 기사를 실었다. 이어지는 구절은 다음과 같았다. "그들은 젊고, 총명하며, 야심만만하다. 이들은 자유주의에 대한 전쟁에서 승리하고 영광스럽던 옛 시절을 재현한 보수주의자 호적수 그룹이다." 나는 프리 프레스 출판사 편집자 애덤 벨로, 댄 퀘일 전 부통령의 연설문 작성자로 머피 브라운을 공격했던 라이사 쉬퍼런, 러쉬 림보 방송의 프로듀서였던 젊은 아프리카계 미국인 제임스 골든, 그리고 꽉 끼는 표범 무늬의 짧은 치마를 입은 로라 잉그러햄과 함께 표지에 등장했다. 우익 재력가 윌리엄 사이먼이 1980년대부터 육성해온 "지식 계급 공작대"가 마침내 제 모습을 드러냈던 것이다.

그 기사를 작성한 **제임스 애틀러스**는 뉴욕 출신의 안경을 낀 소심한 지식인으로 자신이 인물 소개를 한 이들 낯선 '새로운 지도 그룹' 에 대해 아는 것이 거의 없었다. 그는 마치 원시 부족 사회에 대한 탐구를 떠나듯 취재를 시작하면서 나에게 전화를 걸어 20여 명의 보수주의 작가들을 만나볼 수 있는 만찬회를 워싱턴에서 주선해줄 수 없겠느냐고 요청했다. 몇 주일 뒤 우리는 내 집에서 요리를 곁들인 샴페인 리셉션을 연 뒤 조지타운이 로스앤젤레스에서 수입한 고급 식당 시트로넬로 가서 칠레산 농어와 샤르도네이 포도주를 음미하면서 애틀러스와 함께 정치 얘기를 했다. 나는 공개적 게이로서 깅그리치 혁명의 춤추는 곰이 된 것이 행복하다고 여기도록 스스로를 다잡았다.

애틀러스는 깅그리치가 선거에서 승리할 수 있게

제임스 애틀러스
바이킹과 펭귄북 시리즈의 최고 책임자를 지냈고 오랫동안 〈뉴요커〉와 〈뉴욕 타임스 매거진〉에 정기적으로 기고해왔던 인물. 이 밖에도 〈런던 리뷰〉, 〈배니티 페어〉 등 많은 잡지와 신문에 글을 쓰고 있다.

한 문화적 조망을 명확히 하는 데 도움을 준 사람들의 가치관과 시각들을 밝혀내는 폼나는 작업을 하고 있는 것으로 외부인들에게는 비쳤다. 그는 세계를 둘로 나누는 우리식의 어투("너네 편", "우리 편", "너네 사람들", "우리 사람들")를 잡아냈다. 불확실, 의심, 사실 확인, 이유 등 이 모든 것이 "이들 무리에게는 저주"와 같은 것이라고 애틀러스는 결론지었다. "이념" 얘기를 자주 하는 작가와 사색가 그룹에게 우리는 기묘하게도 모든 현실적인 사고를 박탈당한 사람들로 비치고 있다고 썼다. 우리들 중 일부는 전략가들이었고, 나머지는 기본적으로 정치평론가들이었다. 이 양자는 모두 클린턴주의를 대체할 어떤 비전도 제시하지 않은 채 정치 공격이라는 칼을 휘두르고 있었다. 애틀러스는 내가 의도적으로 홀 테이블 위에 붙여둔 "고어 대통령—힐러리를 용서하지 마시오"라는 내용의 범퍼 스티커를 우리의 림보 스타일 정치 주장을 보여주는 사례의 하나로 들었다. 애틀러스는 우리를 "엘리트"라고 묘사하면서 한 부유한 동부 연안 공화당 지도자가 우리에게 자금 지원을 하고 있다는 사실을 보여주려 했다. 애틀러스는 또 보수주의 엘리트의 문화는 우리의 가치관과는 배치되는 근본주의의 본산이라기보다는 오히려 자유주의 엘리트의 그것과 훨씬 더 유사성이 많다고 생각했다. 그런 모순이 우리에게는 문제가 되지 않았다. 한 유대인 신보수주의자는 애틀러스에게 다음과 같이 말했다. "깊이 생각하면, 약간의 반유대주의는 유대인들을 위해 좋은 것이라고 믿는다. 그것은 우리가 어떤 존재인지를 다시 생각하게 만들어준다."

애틀러스의 기사는 우리를 매우 흥분하게 만들었다. 〈내셔널 저널〉은 나를 "최고의 우파" 가운데 한 사람으로, 〈필라델피아 인콰이어러〉는 "시건방진 보수주의자들" 중 한 명으로 꼽았으며, 고리타분한 〈포춘〉 잡지가 맞춤 양복 취향(가는 세로줄 무늬에 프렌치 커프스를 달고 그들을 위해 제조된 고급 시가를 문)의 젊은 보수주의자들을 다룬 특집에서는 로라 잉그러햄과 함께 찍은 내 사진이 실렸다. 로러가 입은 그 별난 표범 무늬의 미니스커트는, 우리가 종종 농담삼아 얘기했지만, 여자들 사이에 그녀의 존재를 알리는 상징이 됐다(그럴 수밖에 없겠지만, 나는 경우에 따라 어느 정도 신뢰를 받기도 했고 비난을 받기도 했다. 로러가 텔레비전에 출연하는 명사가 되기 전에 나는 종종 축 늘어진 머리카락을 매만지거나 화장하는 일에 전혀 관심이 없는 선머슴애 같은 왈가닥 처녀 로러를 여자가 되는 방법을 모르는 사람이라고 놀렸다. 로러는 뉴욕 사진전에나 딱 맞을 정도로 너절한 레인 브라이언트 스타일의 복숭아빛 폴리에스터 수트를 입었는데, 적어도 두 사이즈 정도는 커보였다. 로러는 친구가 자기 방에 버려두고 간 표범 무늬가 새겨진 스커트도 들고 왔다. 나는 가끔 우스갯소리로 그것을 입어보라고 했다. 그녀가 입지 않으면 내가 입겠다는 얘기도 했다).

로러가 아직 작가도 텔레비전 명사도 아니었고, 내가 그녀를 안 지도 몇 개월밖에 되지 않았을 때 워싱턴 중심가 법률사무소 직원이던 이 날씬한 금발 친구를 애틀러스의 만찬회에 데리고 간 것은 강력한 개성과 귀에 거슬리는 유머를 구사하는 그녀가 만찬회장에서 이채를 띨 수 있을 것으로 생각했기 때문이다. 내가 의도한 것은 애틀러스에게 보수주의자들이 그가 상상하듯 괴상한 짓을 하는 눈 네 개 달린 흥행사들이 아니라 자신만만하고 사랑도 즐길 줄 아는 사람들이라는 것을 보여주겠다는 것이었다. 언제나 그렇듯 로러는 소양을 갖췄기 때문이 아니라, 1980년대 중반 〈다트머스 리뷰〉가 엘살바도르의 우익 군사정권을 지지하기 위해 그녀를 파견했을 때의 과장된 모험담으로 애틀러스를 매료시킨 결과 〈뉴욕 타임스 매거진〉 표지에 화려하게 등장했다. 그녀가 경박스럽게 지적했듯이, 그녀는 "수녀들을 죽이고" 있었다. 내가 로러를 애틀러스에게 소개할 당시 그녀는 내가 알고 있던 사람 가운데 한 권의 책도 소유하지 않고 신문 정기구독도 하지 않았던 유일한 사람이었음에도 법률사무소를 나와 텔레비전 정치평론가가 되는 것이 필생의 소망이었다. 〈다트머스 리뷰〉에서 일한 것이 유일한 저널리즘 경험이었으나 로러는 순전히 의지력만으로, 보수주의가 갑자기 매력적으로 다가온 순간에 안정적인 보수주의 평론가들을 확보하지 못하고 있던 텔레비전 프로듀서들이 시청자들에게 깅그리치 혁명을 해설해줄 사람들 예비 명부에 올린 일군의 평론가 대표 주자가 됐다. 금발 미인 평론가들은 환영받았으나 그들의 혁명 해설은 신통찮았다.

깅그리치, 림보, 그리고 〈스펙테이터〉는 이미 험담을 늘어놓는 대신 합리적 보수주의 담론 쪽으로 방향을 바꾸었으나 로러와 떠들썩한 모방꾼들은 깅그리치주의를 무식하고 얼빠진 것이라고 비난하는 림보류의 비열한 언설들을 수백만 미국 텔레비전 시청자들에게 쏟아놓았다. 로러는 또 여성들을 상대로 광범위한 선전 활동을 벌이려던 깅그리치 혁명이 처하게 된 난관을 상징하는 인물이었다. 로러는 흔히 페미니즘이 여성들을 불쾌하게 만들고 화를 돋운다고 공격했지만, 그녀의 말 자체가 그런 상황을 만들어내는 이율배반적인 행태를 보였다. 로러가 상투적으로 사용한 수법은 정치인들이 한 말을 엉터리로 마구 인용하는 것이었다. 어느 인터뷰 때 여우 모피를 통째로 사용한 코트를 선보인 로러는 "여우들은 살아 있을 때가 귀엽다"면서 "비명을 지르는 아기 여우들"을 조롱했다. 로러는 신문 논평란 기고문을 통해 잡지 〈피플〉 표지에 귀고리를 하고 등장한 배우 해리슨 포드의 "남성다움"에 대해 의문을 제기하기도 했다. 또 여성이 예속당하는 추세를 완화하기 위해서는 더 많은 여성들이 총기를 갖고 다녀야 한다고 주장했다. 로러는 한때 "우리들 중 일부"는 "혹평을 일삼는 편향적인 비평가가 되는 것을 긍지로 여긴다"는 말도 했다.

1999년 로러는 『힐러리 덫 : 비리로 점철된 권력 추구(*The Hillary Trap: Looking for Power in All the Wrong Places*)』을 출판했다. 50만 달러짜리 계약

서에 서명한 뒤 로러는 〈뉴 리퍼블릭〉의 재주꾼 러스 셜리트 기자로부터 그 책의 초안을 넘겨받기로 은밀히 뒷거래를 했다. 셜리트가 영리하게도 도중에 손을 뗌에 따라 클린턴 부부의 결혼을 도덕적으로 문제가 있다며 꼬치꼬치 따지고 조롱하는 것만을 목적으로 삼았던 원고는 반거들충이가 된 채 로러의 손에 남게 됐다. 로러는 "분명히 그녀(힐러리)는 여성의 좋은 본보기가 될 수 없다"고 선언하면서 "그녀의 사생활은 남편과 아내가 각기 다른 시기에 절망적으로, 그리고 건강하지 못한 방식으로 서로 의존하는 기이하고도 슬픈 관계로 변질됐다"고 말했다. 기획 의도가 그처럼 빤히 드러나는 경우를 나는 본 적이 거의 없었다.

그럼에도 내가 워싱턴에 온 후 만난 보수주의자들 가운데 가장 깊은 관계를 맺게 된 사람은 로러였다. 1994년 11월에 만난 지 몇 달도 안 돼 우리는 떨어질 수 없는 관계가 됐다. 로러는 나를 나만의 좁은 세계에서 끌어내 보수주의자들 사이에서 푸근하고 즐겁게 생활할 수 있도록 도와주었다. 로러는 나보다 훨씬 더 폭넓은 인간 관계를 맺고 있었고, 러쉬 림보나 조지 윌과 같은 사람들과도 사귀면서 때때로 그들 간의 끔찍한 신뢰에 대해 내게 털어놓았던 고약한 험구가였다. 나는 그때 커밍 아웃을 했지만 사회 활동은 여전히 극히 제한된 보수주의 정치권에 머물러 있었으며, 낭만적인 구석이라고는 도무지 없었다. 보수주의권 내에 몸을 숨기면 숨길수록 보수주의자들이 어리숙한 동성애자를 쉽게 받아들일 것이라는 생각이 더욱 굳어졌다. 로러는 여러 가지로 내 친구가 돼주었다. 우리는 사실상 거의 매일 밤 함께 시내로 나갔으며, 내 집에서 연 파티와 만찬회를 함께 주관하고, 남부 캘리포니아에서 허핑턴 부부와 휴가를 함께 보냈다. 우리는 참으로 많이 웃었다. 로라는 공식적으로 깅그리치주의의 대변자 노릇을 했지만 나는 대외적 역할 뒤에 가려져 있는 그녀의 부드러운 인간성과 상처받기 쉬운 측면도 알고 있었다. 어떤 때는 자신이 방송에서 떠드는 말을 그다지 믿지 않는다고 솔직하게 털어놓기도 했다. 정치와 정서상의 문제들(로라는 어렵게 보낸 어린 시절의 아픔, 독신 또는 결혼 중에 남자들과 맺은 고통스러운 관계 등으로 힘들어했다)로 방향을 돌리면 우리는 둘 다 스스로가 만든 업보에 걸려 헤어나지 못했다.

1995년 〈배니티 페어〉에 실린 로러의 프로필을 읽고 나는 비로소 그녀가 〈다트머스 리뷰〉를 어떻게 이용했는지를 알게 되면서 오싹한 기분이 들었다. 나는 로러가 다트머스에 있을 때 당시의 남자 친구 다이니쉬 드수자와 함께 '남색자들'이란 딱지가 붙어 있던 게이 학생들의 성 정체성을 악랄하게 폭로하는 일에 가담했다는 사실을 전혀 모르고 있었다. 게다가 그 기사에는 로러가 솔직하게 동성애를 받아들이고 있다고 한 내 말까지 인용돼 있었다. 로러는 내 앞에서 항상 그런 태도를 취했다. 나는 워싱턴의 게이 거리에 있는 술집에 로러를 몇 차례 데려갔는데, 거기서 그녀는 즐거운 것처럼 보였다. 결국 우리는 점점 술에 빠져들어갔고 밤에는 곤드레만드레가 됐다. 어느 날 밤 칵테일을 몇 잔 마시고 아는 사람이 내게 준 종류를 알 수 없는 흰 가루(나중에 고양이 진정제인 케타민으로 밝혀졌다)를 들이마신 뒤 내가 화장실에 들어가 몇 시간 동안이나 몸을 추스르려고 애쓰고 있는 사이, 로러는 곤죽이 되도록 취해 손님들이 빽빽이 들어찬 2층짜리 댄스 클럽을 두 손과 무릎으로 기어다니며 나를 찾아 헤맸다. 그녀의 지갑은 잠겨진 내 자동차 트렁크 속에 있었다. 결국 로라는 이른 아침에 친구에게 전화를 걸어 구원을 요청했다. 그리고는 우여곡절 끝에 자동차 열쇠를 즉각 주지 않으면 "우리집 창문을 모조리 부숴버리겠다"고 위협하는 일련의 험악한 메시지를 남겼다.

로러는 자신의 친구들 가운데 오직 나와 예전 다트머스에 있을 때 클래스메이트였던 데비 스톤에게만 자신을 위해 〈배니티 페어〉의 취재 요청에 응해달라고 부탁했다. 그러나 결국 내 말만 인용이 됐다. 보수주의 정치 브로커로 1992년 대통령선거 때 플로이드 브라운이 쓴 『교활한 윌리(*Slick Willie*: 윌리는 클린턴)』의 판촉 활동을 벌였던 데비에게 내가 왜 취재 요청에 발을 뺐느냐고 물었더니, 그 여자는 로러를 위해 나설 생각이 없다고 말했다. "내가 뭘 해줄 수 있을까? 남자 친구가 절교를 선언한 뒤 로러가 권총을 빼들고 그의 등에 들이댄 얘기를 해줄까?" 〈배니티 페어〉에 이야기해줄 사람이 나밖에 없다는 것은 전혀 이상할 게 없었다. 나는 내가 로러를 전혀 모르며, 끝내 그럴 것이라는 생각이 들기 시작했다.

그 기사를 읽은 뒤 나는 로러에게 이용당했다는 생각에 분한 마음이 들었지만 로러에게 따지지는 않았다. 그러나 매사추세츠주 민주당 연방 하원의원으로 공개적 게이였던 바니 프랭크는 그렇지 않았다. 워싱턴 건축 박물관에서 열린 한 연회장에서 꽉 들어찬 군중을 가까스로 헤집고 다니던 나와 로러를 알아본 프랭크가 우리에게 다가와 게이때리기에 앞장섰던 로러를 비난했다. 나는 프랭크가 장광설을 늘어놓을 때 그의 말이 모두 옳다고 생각했기 때문에 아무 말도 하지 않고 있었다. 그런데 프랭크가 갑자기 내 쪽을 보더니 "당신도 한번 나서봐"라고 말했다. 나는 아무 말도 못하고 얼굴만 벌개졌다. 물론 프랭크가 옳았지만, 내게는 그럴 만한 용기도 자존심도 없었다. 나는 동성애 남자들과만 사귀는 내 우익 여자 친구들—아리애너, 로러, 앤 쿨터의 번드르르한 잡담과 차가운 야유를 계속 즐겼다. 그 알맹이 없는 우익 서클이 당시 내가 가진 전부였다.

12

이상한 거짓말

내 친구들은 축하주를 마시고 있었지만, 나는 잊기 위해 마셨다. 공화당 승리 축하연을 열고 매스컴에 글도 기고하면서 동시에 나는 깅그리치 혁명을 하룻밤 사이에 공허한 승리로 만들어버린 글 하나에 매달리고 있었다.

제인 메이어와 질 에이브럼슨이 1994년 11월의 중간선거 몇 주 전에 『이상한 정의(*Strange Justice*)』를 발간한 것은 클레어런스 토머스–애니타 힐 소송을 둘러싼 전쟁의 마지막 전투였다. 그 소송에 대한 언론의 관심은 줄어들었으나 그들의 책은 역사적 격동기의 양편에 포진한 세력 모두에게 내 책 『애니타 힐의 진실』에 대한 답변으로 받아들여져 뜨거운 관심을 불러일으켰다. 이제 우리는 메이어와 에이브럼슨이 3년에 걸쳐 탐구해온 결과물이 담고 있는 성과들을 목도했다. 그 두 저자가 〈뉴요커〉에 실은 글로 인해 클레어런스 토머스와 그가 대변하고 있던 정치적 대의는 말할 것도 없고, 상처받은 내 평판도 기로에 서 있었다.

당시 메이어와 에이브럼슨이 기자로 근무하고 있던 〈월스트리트 저널〉 2섹션 1면이 『이상한 정의』에서 발췌한 내용을 대문짝만하게 실은 그날 아침 일찍 내게 전화가 걸려왔다(〈월스트리트 저널〉은 일반 뉴스와 달리 사설면이 우편향적 성격을 띠고 있다). 나는 10월의 그날 아침 전화 목소리에 답하기 전에 그 발췌한 기사를 찬찬히 훑어보았다. 포르노그라피에 관심을 갖는다는 것 자체는 결코 스캔들이 될 수 없지만, 토머스가 포르노그라피에 빠져 있었다는 것이 토머스로부터 성추행을 당했다는 애니타 힐 주장의 핵심 내용을 이루고 있었다. X등급 필름들을 취급하는 워싱턴의 비디오 대여점 주인과 단골손님들과의 인터뷰를 통해 저자들은 힐이 증언한 대로 토머스가 그런 종류의 포르노그라피에 광적으로 탐닉하고 있었다는 사실을 드러냄으로써 힐의 주장이 정당하다는 것을 입증했다. 그들은 또 토머스가 힐의 상관으로 있던 당시 몇 년 동안 그가 포르노에 빠져 있었다는 사실을 입증해줄 새로운 증인도 찾아냈다. 그러나 내가 아는 한 그 소송은 이미 마무리된 상태였다. 우리는 우리 나름의 진실을 갖고 있었기 때문에 그에 반하는 새로운 사실들은 거짓말이며, 토머스의 판사직을 박탈하고 자유주의 아젠다를 고취하려는 좌파들의 무자비한 캠페인이라고 생각했다.

수화기를 들자, 리키 실버먼의 목소리가 흘러나왔다. 토머스 밑에서 고용기회평등위원회 부의장을 지냈고 그의 가까운 친구였던 리키는 내가 3년 전 〈스펙테이터〉 기사를 쓰기 위한 취재 때문에 그녀를 찾아간 이래 내가 가장 신뢰하는 소식통이었다. 토머스의 인격에 대한 리키의 믿을 만한 증언, 토머스는 힐이 비난한 바와 같은 그런 일을 할 수 없는 사람이라는 그녀의 절대적 확신은 그 소송에 대한 내 초기 생각을 형성하는 데 결정적인 역할을 했다. 토머스와 함께 워싱턴 순회재판소 판사로 재직한 그녀의 남편 래리도 나의 그런 인상을 굳히게 만들었다. 나는 메이어와 에이브럼슨이 토머스에 관한 진실을 손상할 만한 어떤 새로운 것도 내놓지 못했다는 내 주장에 다른 누구보다도 리키가 동의해주기를 기대했다. 토머스의 무죄에 대한 믿음이 나의 경우 신념의 차원이었다면, 리키에게는 경험에서 나온 것이었다. 리키는 토머스를 잘 알고 있지만 나는 그렇지 못했다. "그것 읽었어?"〈월스트리트 저널〉 발췌 기사를 두고 리키가 소리쳤다. "그가 그런 짓을 했잖아?"

"그가 그런 짓을 했잖아?" 그 말은 가스용접기의 불꽃 같은 강렬함으로 내게 와 박혔다. 비록 센세이셔널하긴 했지만 그 기사가 강인한 리키를 흔들어놓았을 리는 없었다. 그런데 도대체 어떻게 된 일인가? 힐이 주장한 내용을 있을 수 없는 일이라고 내게 확신시킨 그 여자가 지금 그런 말을 하고 있는 바로 그 여자란 말인가? '토머스 판사를 위한 여성 모임'의 창설자로 상원에서 시위를 벌인 바로 그 사람이란 말인가? 그녀가 토머스가 나무랄 데 없는 사람이라고 공개 증언한 사람이란 말인가? 리키는 과연 내가 모르고 있던 것을 알고 있었던가? "도대체 당신 무슨 얘기를 하고 있는 거야? '그가 그런 짓을 했잖아?' 라니"라는 말을 하고 싶었으나 어안이벙벙해진 나는 리키에게 대들 엄두가 나지 않았다. 나는 오히려 리키의 흥분을 가라앉히고, 그 기사는 대수로울 게 못 된다, 그건 예상할 수 있는 좌파들의 수작이라고 설득하려 애썼다. 나는 내가 가장 신뢰하는 소식통 가운데 한 사람에게 그녀의 입장이 돼 이야기할 수밖에 없는 이상한 역할 전도 상황에 처해 있었다. 나는 우리가 같은 생각을 갖고 있었다는 신념을 유지하려 애쓰면서 리키를 설득하는 한편 나 자신을 납득시키려고 노력했다.

리키의 첫 반응은 분명했다. 그것은 토머스의 가장 가까운 친구들조차 그를 믿지 않았거나 믿은 적이 없다는 사실을 웅변으로 말해주고 있었다. 이 사실을 알고 내가 어떻게 토머스의 주장에 대한 믿음을 유지할 수 있단 말인가? 내 책은 완전한 거짓말이었던가? 나는 내게 있는 그대로의 진실을 말해준다고 믿었던 리키에게 당했다는 생각이 들었다.

　그러나 리키와 나는 마치 그런 전화를 한 적이 없는 양, 어두운 가족 비밀을 부인하듯 메이어와 에이브럼슨의 책을 비난하는 일에 뛰어들었다. 우리는 오전에 캐피틀 힐에 있는 폴 웨이리치의 자유의회재단 사무실에서 만났다. 그 재단은 토머스의 대법관 지명에 영향을 끼친 가장 강력한 우익 로비 단체였다. 웨이리치는 캐피틀 힐 북동쪽에 가까운 블록을 크게 차지하고 근사한 텔레비전 스튜디오까지 갖춘 현대식 건물에서 작전을 벌이고 있었다. **바바라 레딘**이 리키의 일에 합류했다. 신보수주의 활동가 레딘은 리키가 결성한 반페미니스트 그룹으로, 스케이프의 돈도 일부 포함한 '토머스 판사를 위한 여성 모임'의 지원을 받고 있던 독립여성포럼의 사무국장으로 일하고 있었다. 레딘은 이란-콘트라 스캔들 때 이란 무기 밀매에 관여한 사람으로 모습을 잘 드러내지 않았던 음모가 마이클 레딘과 결혼했다. 자신을 "히피 출신"이라고 했던 레딘은 1960년대의 좌익 과격주의의 열정을 이제는 정반대의 입장에서 내뿜고 있었다. 내가 알고 있던 많은 신보수주의자들처럼 레딘은 지난 30년간의 전면전 때 갖고 있던 정서를 그대로 유지하고 있었다. 레딘은 화가 나면 물불을 가리지 않았다.

　나는 메이어나 에이브럼슨보다 리키에게 더 화가 나 있었고 실망했다. 나는 사태를 제대로 볼 수가 없게 됐다. 그러나 나는 분노를 다른 일에 쏟았다. 히스-챔버스 소송처럼 토머스-힐 소송은 애매한 유사 사실들의 의미를 둘러싸고 자잘한 것까지 꼬치꼬치 따지는 끝없는 논쟁을 벌이고 있었다. 나는 우리 편 누구보다도 그 소송의 자초지종을 잘 알

바바라 레딘
'독립여성포럼' 사무국장으로 마이클 레딘의 부인이다.

고 있었고, 그것을 우리 쪽에 유리하게 조작하는 방법도 알고 있었다. 나는 전에 내 책에서 신념을 위해 그런 일을 했다. 그러나 이젠 내가 왜 그런 일을 해야 하는지 확신을 가질 수 없었다. 나는 그저 그렇게 하고 있을 뿐이었다. 바바라 레딘이 법정 문서에 메모했듯이, 나는 내게 요구된 기대만큼의 역할을 했다. 나는 자신의 변호사 입장이 돼 메이어와 에이브럼슨의 글을 꼼꼼히 조사·분석해서 그들이 새롭게 제기한 불리한 주장들을 하나하나 정연하게 반박했으며, 그들이 토머스의 반론을 공격해서 뚫어놓은 큰 구멍들을 이리 저리 메워 수습했다.

리키와 레딘, 그리고 나 세 명은 러쉬 림보의 정오 라디오 방송을 위한 대본 작업도 함께 했다. 우파의 다수는 메이어와 에이브럼슨이 1992년 대통령선거에서 영향력을 발휘한 '애니타 힐 효과'를 본떠 민주당 후보자들을 띄우려고 1994년 중간선거 바로 전에 책을 출판했다고 믿고 있었다. 우리는 메이어와 에이브럼슨의 주장을 물리치면서 토머스 판사를 옹호하고, 뉴트 깅그리치에게 권력을 안겨줄 선거가 임박한 상황에서 공화당 후보들을 보호하기 위해 림보를 이용했다. 우리는 팩스로 대본을 보냈다. 나는 림보의 라디오 쇼에 주파수를 맞춰놓고 그가 팩스로 전달된 대본을 사실상 글자 그대로 읽어나가는 것을 들었다. 전쟁은 계속되고 있었다! 그들 전투적 페미니스트를 통렬하게 공격하는 림보의 말을 들으면서 나는 희열을 느꼈다. 나는 메시지를 받았다. 스스로에게 저 히스테리컬한 리키 실버먼은 잊자고 타일렀다. 마치 내 세계관과 인생관이 온통 그 결과에 좌우되기라도 할 것처럼, 나는 『이상한 정의』를 침몰시키는 일에 일종의 마니아처럼 몰두했다.

과거 어느 때보다 더 열심히 일하면서 〈스펙테이터〉에 그 책의 비평을 쓰는 작업을 다시 시작했다. 그 작업을 마칠 때쯤 나는 360쪽짜리 그 책에 수백 개의 노란 메모 딱지를 붙였다. 모든 논픽션들이 갖게 마련인 사실 오

인을 일부 찾아냈고 논쟁의 여지가 있는 사건 해석에 근거한 부분들도 발견
했다. 그것만으로는 충분하지 않았다. 토머스의 무죄에 대한 내 신념이 이
제 흔들리면서(그와 함께 우익들의 정치 사업 전체에 대한 믿음도 그랬다) 저자
들이 제기한 모든 증거, 모든 주장, 그리고 모든 의문을 뽑아내 볼 필요가
있었다. 그것만이 나의 이념적 · 개인적 결실을 다시 확보하게 해줄 희망이
었다.

〈스펙테이터〉의 비평 작업을 위해 책을 썼을 때 만난 사람들을 다시 만
나 인터뷰하는 수밖에 없었다. 그들 중 한 사람이 **암스트롱 윌리엄스**였다.
그는 1980년대 초 애니타 힐이 토머스 밑에서 고용기회평등위원회에서 일
할 때 같이 있던 사람이었다. 작은 키에 몸놀림이 유연하고, 언제나 유행복
차림을 한 도전적인 윌리엄스는 자신의 능력으로 10년 뒤 인기있는 라디오
쇼(나는 거기서 『애니타 힐의 진실』을 선전했다)와 폴 웨이리치의 '하느님의 권
능 전국 텔레비전' 네트워크의 텔레비전 프로를 진행하는 저명한 아프리카
계 미국인이 됐다. 그는 〈워싱턴 타임스〉에 칼럼도 쓰고 있었다. 윌리엄스
는 웨이리치의 네트워크에서 상원의원 트렌트 로트를 인터뷰해 관심을 끌
었는데, 로트는 그때 게이를 알코올 중독자나 병적인 도벽꾼과 같은 존재로
취급했다.

『애니타 힐의 진실』에서 나는 힐과 토머스 밑에서 일한 또 한 사람의 증
인으로, 토머스가 힐에게 부적절한 행위를 했다고 주장한 안젤라 라이트의
증언을 깎아내릴 때 윌리엄스의 기억에 크게 의존했다. 윌리엄스는 특히 내
가 토머스를 성 문제에 대해 점잖은 태
도를 지닌 사람으로 묘사할 때 동원한
일화들을 제공해주었다. 윌리엄스에 따
르면, 토머스는 윌리엄스가 갖고 간 〈플

몇 년 뒤 윌리엄스는 그의 프로듀서이자 그
전에 트레이너로 일했던 사람으로부터 성추행
고소를 당했다. 그는 윌리엄스가 비즈니스 여
행 중에 자꾸 자기 입에 키스를 하고 엉덩이
와 성기를 움켜쥐었다고 주장했다. 그 소송은
법정 밖에서 당사자 합의 형식으로 해결됐다.

레이보이〉를 버리게 하고는 자신의 보좌관에게 그 잡지를 "쓰레기"라고 말했다. 나는 윌리엄스를 듀폰 지구에 있는 그의 사무실에서 인터뷰했으며, 전화 통화도 여러 차례 했다. 8개월 전 내가 〈워싱턴 포스트〉를 통해 게이 커밍아웃을 한 이후 길게 얘기해본 적은 없었지만 그와는 내 책이 출판된 뒤로도 계속 만나고 있었다. 윌리엄스는 『이상한 정의』에 대해 의논하기 위해 캐피틀 힐의 텍스–멕스 저녁식사에 나를 초청했는데, 식사가 끝나자 자신의 집으로 한잔 하러 가자고 했다.

두툼한 소파에서 나와 얼마 떨어지지 않은 곳에 앉은 윌리엄스는 『이상한 정의』에 관한 것 말고 무슨 할 말이 따로 있는 듯했다. 그는 내가 침대 위에서 그 일을 할 때 주동적인지 수동적인지에 대해 적나라한 질문을 쏟아내기 시작했다. 불편해진 나는 이리저리 뒤척거리며 딴 곳을 보거나 화제를 바꿔보려고 애썼다. 미혼이었던 윌리엄스가 점점 더 음탕한 얘기들을 늘어놓기에 나는 재빨리 대화를 중단하고 시간을 내줘서 고맙다는 인사를 한 뒤 일어나서 나와버렸다. 윌리엄스가 광적인 게이 반대자들처럼 나를 못살게 군 것인가? 아니면 나를 덮치려 한 건가? 확인할 길은 없었지만, 어쨌든 그가 클레어런스 토머스에 대해 증언하기에는 적절치 못한 인간이라는 결론을 나는 내렸다.

리키 실버먼 사건에 바로 뒤이어 그들 보수주의자들이 어떤 존재들이며, 그들이 실제로 대표하고 있는 것이 무엇인지에 관한 불쾌한 진실을 엿보게 된 나는 점차 동요하기 시작했다. "그가 그런 짓을 했잖아?" 내 세계는 무너져내리고 있었다.

내가 당파적 정치의 추악한 지시를 따르고 있거나 격심한 글 전쟁판의 전업 작가라는 개인적 자만과 입신 출세주의를 추구했거나, 아니면 전투를 위해 내 감정을 죽이면서 스스로를 단련하는 능력을 추구했거나 간에 나는 일이 어떻게 돼가든 신경쓰지 않고 좀더 고단수로 대응했다. 나는 그 전보다 더 활기차고 더 영리하게 굴면서 내 지위와 일, 원칙을 지켜냈다. 그것이 적절치 못하다는 판단이 섰을 때는 내 비판자들이 생각해온 내 본래의 모습, 즉 공화당의 추잡한 모략 집단 내에서 무슨 짓을 하는지를 알면서도 맞물려 돌아가는 톱니바퀴처럼 처신했다.

『이상한 정의』의 저자들이 토머스 진영에 대해 제기한 가장 큰 문제는 또 한 사람의 여성, 케이 새비지의 증언이었다. 청문회 1라운드에서는 새비지의 증언이 없었다. 저자들이 상원 위원회가 놓친 중요한 증거로 제시한 새비지의 주장은 다음과 같았다. 즉, 새비지는 1980년대 초 자신이 토머스의 친구였으며 당시 애니타 힐도 토머스 밑에서 일하고 있었는데, 그때 토머스의 아파트에서 〈플레이보이〉에 나온 여자들의 누드 사진을 벽에 걸어놓은 것을 보았다는 것이었다. 〈플레이보이〉 잡지 속에 접어넣은 대형 누드 사진이 혼자 사는 토머스의 아파트에서 발견됐다는 것이 곧 애니타 힐에 대한 그의 성추행을 입증하는 것은 아니었지만, 나는 널리 알려진 그 주장을 어떻게 해서든 격파해야 한다는 생각이 들었다. 새비지는 『이상한 정의』의 출판과 관련한 〈ABC 방송〉의 뉴스매거진 '터닝포인트' 프로에 나와 토머스의 부엌에서 문제의 〈플레이보이〉 누드 사진 한 장을 보았다고 말했다. 그녀는 메이어와 에이브럼슨에게 말했을 때는 누드 사진이 여러 장 토머스의 아파트 벽에 붙여져 있었다고 했으나, 거기에 대해서는 언급하지 않았다. 나는 이 명백한 불일치를 포착하고는 새비지 주장의 신빙성을 무너뜨릴 수 있으리라는 기대 속에 반격 준비를 했다.

'터닝포인트'가 방영된 직후인 그날 오전, 나는 내가 몰두하고 있던 『이상한 정의』에 대한 서평을 싣기로 돼 있던 〈스펙테이터〉에 할 일이 있다고 연락을 했다. 그리고 워싱턴 법률사무소에 있던 마크 파올레타에게 전화를 걸어 그와 새비지 건에 관해 의논했다. 내 서평 작업과 관련해 전면적인 지원을 해주고 있던 마크와 나는 새비지 문제 대비책을 세웠다. 새비지와 맞닥뜨려서 그녀가 『이상한 정의』의 저자들에게 한 얘기를 철회하도록 만들기 위해서는 그녀가 누구인지, 그리고 그녀에게 불리한 정보가 어떤 것이 있는지를 재빨리 파악할 필요가 있었다. 나는 토머스 청문회 기간에 애니타 힐과 안젤라 라이트에게 했던 방식을 새비지에게 적용해볼 심산이었다. 마크는 클레어런스 토머스에게 전화해 찾아볼 만한 것이 있는지 알아보겠다고 말했다. 나는 흥분했다. 처음으로 토머스에게 접근할 수 있는 기회가 온 것이다. 나는 토머스를 그 바로 전달 마크의 집에서 그의 아이 가운데 한 명이 세례를 받는 자리에서 처음 만났다.

그날 아침 한 시간 남짓 지나 마크가 내게 다시 전화를 했다. 마크는 내가 메이어와 에이브럼슨의 책에 대한 서평 작업을 하고 있다는 사실을 알고 있던 토머스에게 새비지의 공격을 격파할 수 있는 방법에 관한 내 요구 사항을 제시했다고 말했다. 자신의 친구였던 새비지의 명예를 실추시킬 수 있는 정보들을 갖고 있던 토머스는 마크를 통해 그것을 내게 전달했다. 마크는 토머스의 말을 그대로 인용하면서 새비지에 관한 검증되지 않은 난처한 개인 정보를 내게 전해주었다. 토머스는 새비지가 10년도 더 전에 이혼과 아이 양육 문제로 소송을 낭했으며, 그것이 비공개 법정 기록으로 남아 있다고 말했다. 내가 가능한 한 빨리 새비지에게 반격을 가하고 싶어한다는 얘기를 마크로부터 전해들은 토머스는 새비지가 어디에서 일했는지에 대해서도 말해주었다. 자신에게 불리한 증언을 한 또 한 사람의 증인을 협박하고 비방하기 위해 토머스는 명백히 법관의 정도를 벗어나는 더러운 짓을 했고, 나 역시 그랬다.

마크와의 통화를 끝낸 나는 새비지에게 전화를 걸어 바로 본론으로 들어갔다. 내가 누구라는 걸 밝힌 뒤 토머스에 관한 그녀의 진술 내용을 조사하고 있으며, 그녀의 과거에 관한 몇 가지 불미스런 일도 알고 있다고 말했다. 일격을 당한 새비지는 『이상한 정의』에 인용된 자신의 말을 견지하려 했다. 졸지에 대서특필된 민감한 문제를 기자에게 제보한 겁 많은 취재원에게는 이례적인 대응 수법이었지만, 나는 그녀를 묵사발로 만들기 위해 만나자고 압력을 가했다. 과민해진 새비지는 어쩔 수 없이 응했다.

나는 새비지가 『이상한 정의』에서 인용한 그녀의 말을 철회하도록 종용함으로써 나와 통화하면서 내보인 애매한 태도와 두려움을 유리하게 이용해 먹기로 작정했다. 워싱턴 시내 매리어트 호텔 바에 자리를 잡은 뒤 나는 드러나지 않은 그녀의 프라이버시를 폭로할 수도 있다고 위협하면서 그 중년의 아프리카계 미국인 여성을 부드럽게 구워 삶았다. 나는 새비지가 내게 협조해서 『이상한 정의』의 신뢰를 무너뜨리는 데 필요한 정보를 제공해주든지, 아니면 내가 그녀에 대해 알고 있는 개인 정보를 몽땅 폭로함으로써 증인으로서의 신뢰를 실추시키든지 하는 수밖에 없다고 말했다. 그것은 토머스에게 불리한 정보를 발설한 다른 모든 여성들의 평판을 망가뜨릴 때 내가 동원한 수법이었다.

그러나 새비지는 그런 협박을 받고도 자신의 주장을 철회하려 하지 않았다. 나는 새비지의 주장이 초래할 충격을 약화시킬 만한 것이라면 어떤 것이든 그녀에게서 끄집어내려고 갖은 압박을 다 가했다. 결국 새비지는 『이상한 정의』의 저자들이 자신의 말을 왜곡해 선정적으로 이용해 먹었다는 내용의 진술을 서면으로 써서 나에게 건네주기로 약속했다. 〈스펙테이터〉의 사무실로 돌아온 나에게 새비지는 그 진술 내용을 팩스로 보냈다. 하지만 그것은 내 의도대로 써먹기엔 내용이 너무 약했다. 그것으로는 『이상한 정의』의 평판을 무너뜨릴 수 없었다. 나는 새비지의 사무실로 전화를 걸어 메이어와 에

이브럼슨이 그녀의 말을 인용한 방식에 대해 일부 문제를 제기할 수 있는 쪽으로 진술 내용을 수정하자고 졸랐다. 내가 다시 한 번 협박을 가하면서 한바탕 입씨름을 벌인 뒤에야 새비지는 그것을 일부 수정해 팩스로 다시 보냈다. 나는 삐걱거리는 〈스펙테이터〉 복도를 뛸 듯이 달려가 다시 보내온 내용을 내 의도대로 난도질해 써먹었다. 새비지가 보내온 진술 내용은 내가 〈스펙테이터〉에 쓰려고 하는 『이상한 정의』에 관한 서평에서 마치 새비지가 자신의 말을 철회한 것처럼 보이도록 써먹기 충분한 내용을 담고 있다고 생각했다. 그러나 실제로 새비지는 그것을 철회한 적이 없었다.

기자 신분인 내가 메이어와 에이브럼슨의 증언자인 새비지의 신뢰성을 평가하기 위해 토머스가 비밀리에 제공해준 개인 정보를 확인할 의도로 새비지를 추궁한 것은 정당했다고 주장할 사람이 있을 수 있겠지만, 나는 불안정하고 심지가 약한 여성인 새비지가 내가 원했던 내용을 발설하도록 협박하기 위해 그 재료들을 정직하지 못하게 이용했다. 성추행 소송 사건에서 두 명의 기자에게 증언한 여성을 협박하는 일은 모든 수단을 동원해야 할 피고 쪽 변호사가 할 일이지 기자가, 더욱이 정치적 의도를 지닌 기자가 해서는 안 될 일이었다. 그 정도의 경력을 쌓을 때까지, 심지어 그 전부터도 나는 언제나 내가 정확한 정보를 추구하고 있다고 믿었다. 이제 나는 내가 적용해온 기준을 너그럽게 봐주고 있었다. 나는 진실이야 어찌되든 새비지의 주장이 철회되기를 바랐다.

그런 다음에 나는 토머스가 듀폰 지구의 '그래피티'라는 상호의 X등급 비디오 테이프 대여점 단골 고객으로, 1980년대 초 노골적인 말로 자신에게 수작을 걸었다고 힐이 주장한 그런 류의 X등급 비디오 테이프를 토머스가 빌려봤다는 메이어와 에이브럼슨의 글에 대한 공격에 착수했다. 토머스는 포르노 영화를 즐겨 보았느냐는 질문에는 유독 답변하기를 거부했는데,

그것은 바로 힐에게 포르노에 대해 한 번도 이야기한 적이 없다는 전면적인 부인이었다. 그래피티 대여점 이야기는 힐 소송과 관련해 그때까지 알려져 있지 않았던 또 다른 증거로, 암스트롱 윌리엄스와 같은 토머스 지지자들이 주장하고 나도 『애니타 힐의 진실』에서 거듭 묘사한 토머스의 점잖은 이미지와 정면 배치되는 강력한 타격 요소였다. 마크가 토머스와의 직통 채널을 가동하자, 나는 마크에게 토머스가 1980년대 초에 비디오 테이프 재생 시설을 집에 갖추고 있었는지를 알아봐 달라고 부탁했다. 당시는 1990년대 중반처럼 비디오 재생기를 쉽게 이용할 수 있는 세상이 아니었다. 따라서 내가 서평에서 토머스가 집에 있는 비디오 재생기로 포르노 영화를 볼 수 있는 처지가 되지 못했다는 주장을 펼 수만 있다면, 그 문제는 완전히 해소될 것이라고 계산했다.

마크는 분명한 답변을 보내왔다. 토머스는 메이어와 에이브럼슨이 묘사한 대로 애니타 힐을 부하로 두고 있을 당시 자신의 아파트에 비디오 재생기를 갖춰놓고 있었을 뿐 아니라 상습적으로 포르노 영화들을 빌려봤다는 것이다. 그것은 바로 상원 조사관들과 기자들이 청문회 기간에 찾아 헤매던 것들을 입증해주는 증거였다. 물론 마크는 여전히 토머스가 무죄라고 믿고 있었다. 그는 포르노 비디오를 빌려봤다는 사실의 중요성을 깨닫지 못하고 있었다. 마크가 볼 때, 힐은 그녀의 진실성을 보여주는 반론에도 불구하고 여전히 거짓말쟁이였다. 그러나 메이어와 에이브럼슨의 글을 읽고 나는 토머스와 일정한 거리를 두었으며 번민에 빠졌다. 그것은 힐이 주장한 이야기 전부가 훨씬 더 진실에 가까운 것임을 보여주는 것이었다. 의심할 여지 없이 지난 3년 동안 가장 신뢰할 만한 측근들만이 알고 있던 토머스 진영의 극비 사항 가운데 하나를 마크가 내게 이야기해주었을 때, 내가 어디에서 그 얘기를 들었는지 분명히 기억하고 있다. 나는 당시 추수감사절을 보내기 위해 러구너 비치에 있던 앤드류의 집 서재 린네르 소파에 앉아 있었다. 마크와의 통화가 끝나자 나는 몸을 떨고는, 앤드류에게 통화 내용에 대해 이야기해주었다. 마크와 나는 대화 내용에 관해 어떤 규약 같은 것도 만들지 않았으므로 마음만 먹으면 얼마든지 그런 정보를 공표할 수도 있었다. 그러나 충성스런 수하였던 나는 그런 극비 사항을 흘리는 어떤 시도도 하지 않았다.

결정적인 순간에 나는 토머스를 비호했다. 워싱턴으로 돌아와 긴 서평을 마감 시간에 맞춰 초고를완성하고 나서 나는 마크와 연방주의자협회 창설자로 부시 정권 때 토머스를 보이든 그레이의 부관으로 지명하는 데 조정역할을 했던 리 리버먼을 만났다. 우리는 사랑스러운 두 아이가 내지르는 명랑한 소리와 두 명의 활달한 시베리아식 쉰 목소리로 가득 찬 버지니아 교외의 자그마하고 멋진 마크의 별장에서 그를 만났다. 마크와 리는 함께 토머스의 명예를 실추시키지 않으면서 『이상한 정의』를 깎아내리기 위한 방법을 찾아내기 위해 그 책을 샅샅이 뒤졌다. 우리는 모두 결전의 각오를 다지고 있었다. 앤터닌 스켈리어 밑에서 일한 명석한 변호사인 리가 그 싸움의 이념적 사령관이었다. 이번 일은 내 생각을 할 계제가 아니었다. 리가 몇 가지 메모를 타자기로 쳤고, 나는 그것을 서평에 집어넣었다.

흰색과 푸른색으로 꾸며진 마크의 아늑한 거실에 앉아 『애니타 힐의 진실』을 쓰기 위해 취재할 때 리와 나누었던 대화를 회상했다. 리는 그때 나더러 토머스와 포르노 문제에서 "물러나 있어라"고 조심스럽게 말했다. 나는 당시 그 경고에 전혀 관심을 기울이지 않았으나, 이제 그가 무슨 말을 하려 했는지 이해했다. 부시 정권은 토머스가 그 문제에 관해 취약한 처지에 놓여 있다는 사실을 꿰뚫고 있었기 때문에 나름대로 대비책을 세웠을 것이다. 토머스에 대한 주장들이 사실로 밝혀지리라는 것을 알고 있던 리는 나에게 토머스를 변호하다가 위험한 처지에 빠지지 않도록 조심하라는 얘기를 했던 게 분명했다.

그 저주스런 보고를 접한 이제, 나는 리가 애초에 제안했던 대로 토머스와 포르노그라피에 관한 주제를 모두 피해 그래피티 대여점 얘기를 하지 않을 수 있었고 그렇게 하는 편이 나았을 것이다. 나는 서평에서 다룰 얘깃거리가 많이 있었다. 그러나 나는 그렇게 하지 않았다. 나는 여전히 의존적인 존재였다. 나는 보수주의 운동권 내의 출세를 위해 한 번 더 그럴듯한 건수를 올려야 했던 것이다. 나는 결국 전에 넘어보지 못한 선을 넘었다. 나는 메이어와 에이브럼슨의 포르노 얘기를 꼬치꼬치 물고늘어져 그들이 잘못된 인용과 믿을 수 없는 2차 취재원들의 말로 책 내용을 채웠다고 몰아세웠다. 나는 〈스펙테이터〉 서평에서 "토머스가 '상습적으로' 포르노 영화를 봤다는 것은 말할 것도 없고, 그가 단 하나의 포르노 영화 비디오 테이프라도 빌려본" 증거는 없다고 결론지었다. 그 글을 썼을 때 나는 그것이 거짓이라는 사실을 알고 있었다. 나는 거짓 기사를 썼던 것이다.

조지 오웰류의 '이상한 거짓말'이라는 제목을 단 내 서평이 〈스펙테이터〉에 실리자 메이어와 에이브럼슨, 그리고 나 사이에 또 다른 뜻하지 않은 문학적·정치적 사건들이 전개되기 시작했다. 나는 메이어와 에이브럼슨이 "최근 기억 가운데 가장 터무니없는 언론 사기극의 하나"를 저질렀다고 비난했다. 일부 주요 신문들이 그 논쟁을 다루었으며, 많은 보수주의 논평가들과 사설면들이 『이상한 정의』를 사기라고 비난한 내 서평을 인용했다. 『이상한 정의』에 대한 보수주의 세력의 반격이 방송을 탔다. 〈CNN〉에 출연한 보수주의 작가 프레드 반스는 내 서평을 "압권"이라고 평했다. 서평은 일부 고위급 자유주의 서클들이 토머스를 옹호하도록 만드는 데도 보탬이 됐다. 실버먼 판사는 클린턴이 지명한 대법관 스티븐 브레이어가 자신이 토머스에 유리한 판정을 내리도록 하는 데 내 서평이 결정적인 영향을 끼쳤다는 얘기를 법정 주변에 흘렸다는 말을 내게 해주었다.

　메이어와 에이브럼슨을 변호한 사람은 〈뉴욕 타임스〉의 칼럼니스트 프랭크 리치였다. 그는 나에게 협박을 당한 케이 새비지의 의뢰로 한 변호사를 인터뷰했다. '브록의 이상한 저널리즘'이라는 제목을 단 칼럼에서 리치는 다음과 같이 지적했다. "브록은 이번에 당파적 이해에서 비롯된 무모함으로 타블로이드 저널리즘의 상궤조차 벗어난 전술을 구사함으로써 어떤 시민이라도 기자에게 자유롭게 말하는 것을 꺼리도록 만들었다. 그는 『이상한 정의』의 취재원으로 한때 힐과 토머스의 친구였던 케이 새비지를 위협해 그녀로 하여금 그 책에서 이야기한 사실을 부인하도록 진술케 하고 거기에 서명하도록 만들었다." 리치는 칼럼에서 내가 여자를 싫어하는 사람이라고 비난하면서 내 서평 작업의 진실을 폭로하여 나를 다시 한 번 자극했다.

　나는 또다시 적절한 말로 부인함으로써 당혹스럽고 치욕스러운 상황에서 빠져나오기 위해 재빨리 움직였다. 그 부인 작업에 동참한 사람은 애덤 벨로가 아니라 마크 파올레타와 또 한 사람의 고위 연방주의자협회 변호사로 레이건 정권 때 법무부에서 일했던 백전노장 마이클 카빈이었다. 나는 내 서평 작업의 이면을 폭로한 리치에 대해 너무 분하고 화가 나서 내게 공감 혐의를 덮어씌운 데 대한 명예훼손소송을 제기하는 극적인 조처를 취해야겠다고 생각했다. 마크도 흥분해서 나를 카빈의 사무실에서 열린 회의에 불러냈다. 우리는 거기서 어떤 일이 벌어졌는지에 대해 얘기했으나, 내가 토머스에 대한 비난을 철회하도록 만들기 위해 새비지를 협박했다는 말은 카빈에게 하지 않았다. 그럼에도 카빈은 어떤 소송도 제기하지 말라고 말했다. 그는 리치가 주장하고 있는 부분에서 내가 큰 약점을 지니고 있다는 사실을 간파했으며, 소송을 제기할 경우 리치가 이미 나에게 입힌 타격보다 훨씬 더 심한 타격을 새비지가 가할 것이라고 지적했다. 우리 세 사람은 내가 〈뉴욕 타임스〉에 편지를 보내는 것이 좋겠다는 데 의견을 같이하고, 그 두 사람은 내가 어떤 부정직한 일도 한 적이 없다(거짓말은 또 거짓말을 낳게 마련이다)는 내용의 편지 초안 작업을 도와주기로 했다.

마크와 나는 매년 크리스마스 선물을 교환하고 있었다. 서평이 발표된 뒤 나는 마크에게 내 크리스마스 소원은 클레어런스 토머스가 직접 서명한 그의 사진을 받는 것이라고 말했다. 토머스는 이미 내 서평을 읽고 내가 그의 포르노 문제를 해소해주기 위해 어떤 거짓말을 했고, 새비지 주장의 신빙성을 떨어뜨리기 위해 내가 얼마나 노력했는지를 분명히 알고 있을 터였다. 마침내 사진이 도착했다. 검은 법복을 입은 토머스 사진에는 "데이비드(브록)에게, 존경과 애정을 보냅니다. 클레어런스"라는 글이 씌어져 있었다.

나는 『애니타 힐의 진실』, 트루퍼게이트, 그리고 나 자신의 성 정체성 문제를 둘러싸고 불어닥친 폭풍에도 나 자신을 지키고 나의 임무를 아무 탈 없이 수행했다. 그러나 『이상한 정의』에 대한 서평을 둘러싸고 불어닥친 폭풍만은 견뎌낼 수 없었다. 토머스 지원 캠프와 그를 지지한 그보다 더 폭넓은 정치운동권 내에서 확보하고 있던 내 도덕적 신망은 사라졌다. 나는 클레어런스 토머스와 그가 대변하고 있는 모든 것을 옹호하는 것은 옳은 것이고 좋은 것이라는 오만에 찬 환상(그것은 내가 한 번도 공유하지 못했던 강경 우파 이데올로기를 위한 또 다른 파워게임이었을 뿐이다)을 버리지 않을 수 없었다. 다른 무엇보다 한심했던 것은, 내가 나 자신을 진실을 이야기하는 자로 생각하고 있었다는 점이었다. 『이상한 정의』에 대한 서평 작업을 마친 뒤 나는 자신이 모호한 대의를 앞세운 거짓말쟁이며 사기꾼이라는 사실을 깨달았다. 내 토대는 돌이킬 수 없을 정도로 흔들렸다. 내가 의존한 취재원들의 말뿐만 아니라 힐의 증언 쪽이 그것을 전적으로 부인한 토머스의 주장보다 더 진실하다는 것을 보여준 중요한 증거를 무시했다는 명백한 사실로 보더라도, 내가 『애니타 힐의 진실』에서 구사한 보도 수법이 엉터리였다는 점을 깨달을 수 있었다. 내가 본 토머스-힐 논쟁은 잘못된 것이었으며, 그것을 진실이라고 본 내 믿음은 착각이었다.

『애니타 힐의 진실』이 범한 오류는 아마 기자로서의 부주의, 이념적 편향, 정치운동권의 지지를 얻으려는 오도된 욕구 탓이었다고 할 수 있다. 그러나 『이상한 정의』에 대한 서평에서는 나 자신과 동료들을 진실, 그리고 우리 자신의 위선과 중상·비방, 오류, 은폐로 인한 필연적 결과들로부터 보호하기 위해 의도적으로 또 적극적으로 비윤리적인 길을 택했다. 나는 애니타 힐과 그를 지지하는 자유주의자들을 계속 거짓말쟁이라고 헐뜯었다. 옳다는 것을 나 자신도 알고 있던 사실을 보도한 두 기자의 전문가로서의 명성을 손상했다. 나는 동요하는 취재원을 압박하고 의도적으로 거짓을 공표했으며 역사적 기록을 그르쳤다.

나는 보수주의 운동권 내에서 출세하기 위해 나 자신이 갖고 있던 자유주의 성향의 사회적 가치를 억누름으로써 내 경력을 쌓아나갔다. 나는 결과가 수단을 정당화한다는 깅그리치적 급진주의를 위해 절제와 예절을 중시하는 보수주의 전통들을 버렸다. 비공개 게이로서 나는 연방주의자협회의 우익 변호사들, 기독교연합, 그리고 아칸소주 출신의 최악의 우익 광신도들(인종차별적이고 동성애 공포증을 지닌 클린턴 혐오자들)을 위해 일했다. 파괴적 당파주의, 입신출세주의, 개인적 과대망상을 통해 나는 내 행위를 합리화하는 한편 러디나 스케이프, 폴웰, 보브, 펀드 같은 부류와 나는 다르며 그들보다 우월하다는 생각을 고수했다. 내가 그렇게만 되지 않았더라도 최소한 거짓말쟁이는 되지 않았을 것이다. 그러나 결국 나는 아칸소 프로젝트를 꾸민 무리와 전혀 다를 바 없었다. 이상한 거짓말을 한 쪽은 바로 나였다. 그 모든 공격, 혐오스런 수사, 어두운 동맹과 수상한 음모들, 눈에는 눈, 바보와 매춘부, 피노체트 옹호, 지뢰 투척, 백악관 융단폭격. 보브 보크, 보브 타이럴, 보브 도넌, 보브 바틀리, 보브 바―이 모든 것들이 이 지경으로 만들었다. 나는 내 영혼을 잃어버렸다.

13

힐러리 로뎀의 유혹

『이상한 정의』를 공격한 서평을 발표한 지 3개월이 지난 뒤, 나는 내 대리인들과 다음에 어떤 책을 낼 것인지에 대한 논의를 시작했다. 우익 탐정으로서 틈새시장을 만들어낸 나는 하원에서 공화당이 다수파가 되고 클린턴 부부가 정치적 곤경에 처해 있는 상황은 책으로 돈을 벌 수 있는 좋은 시기라는 생각이 들었다. 워싱턴에 상경한 이래 나는 전쟁의 긴장감을 탐하면서 아침마다 침대에서 벌떡 일어나 좌파를 무찔러야 한다는 사명감으로 전진해 왔다. 그러나 이념적 혼돈과 개인적 불안감이라는 안개 속을 헤매면서 점점 기력이 떨어져 이제는 아침에 침대에서 일어나는 것이 힘들어졌다. 또 한 권의 책을 써서 팔아보자는 욕구는 나뿐만 아니라 내 대리인들과 출판사도 갖고 있었다. 내가 응하기만 하면 교섭은 끝나게 돼 있었다.

우리는 내가 다음에 쓸 공격적인 책의 주제는 힐러리 로뎀 클린턴일 수밖에 없다는 데 모두 동의했다. 애니타 힐과 마찬가지로 힐러리는 페미니스트 운동의 우상인데다, 그때까지 그녀를 다룬 책은 할리우드 스타들을 다룬 잡지들이 늘상 그렇듯 과대포장된 것 두어 종류밖에 없었다. 그러나 우익은 힐러리를 화이트워터 범죄 조사에서 다룰 핵심 악당으로 설정했다. 게다가 힐러리가 주도한 보건의료 개혁을 둘러싼 논란은 1994년 중간선거 때 공화당 지지 유권자들을 무더기로 투표소에 달려가게 만들었다. 내 독자들에게 힐러리는 전국적으로 가장 욕을 먹는 인물이었으며, 그 정도도 남편인 클린턴보다 더 심했다. 〈뉴욕 타임스〉 칼럼니스트 윌리엄 새파이어는 힐러리를 "타고난 거짓말쟁이"라고 했고, 보브 타이럴은 "힐러리 밀하우스 클린턴(워터게이트 사건으로 대통령직을 사임한 리처드 닉슨의 이름이 리처드 밀하우스 닉슨이었으므로 화이트워터 사건 주모자가 힐러리임을 암시하는 수법으로 닉슨의 중간이름 밀하우스를 그녀의 이름에 차용해 붙인 것—옮긴이)"이라고 불렀다. 〈워싱턴 타임스〉의 편집자 웨슬리 프루든은 칼럼에서 "우리가 클린턴 대통령에게 너무 심하게 대했는지도 모르겠다"며 "그가 제니퍼 플라워스나 폴라 존스와 그짓을 한 것은 그렇다 치더라도 그를 그렇게 만든 것은 미스 힐러리 속에 있는 악마 탓도 있다. ……오랫동안 고통받아온 힐러리의 남편을 비난하기보다 집 바깥에서 밤을 즐길 수밖에 없는 사람으로 봐줘야 할 것"이라고 썼다. 비판자들은 힐러리를 레어너 헴슬리, 마 바커, 에바 브라운, 그리고 미국 이슬람교 지도자 루이스 패러컨과 비교했다. 우익 라디오 토크쇼 진행자 고든 리디는 다음과 같이 비난했다. "내 생각에 그 여자는 살인을 제외한 모든 일을 해치운다. ……이 여자가 아직까지 기소당하지 않았다는 건 놀라운 일이다." 뉴트 깅그리치의 어머니는 〈CBS〉 텔레비전의 코니 정과의 인터뷰에서 자기 아들이 힐러리를 "암캐"라고 했다는 얘기를 발설했다. 힐러리에 관한 폭로가 히트할 것이라는 점은 의심할 여지가 없었다.

새 하원 의장(깅그리치)의 책을 430만 달러에 계약하는 문제로 출판사와 협상을 막 끝낸 내 대리인들은 힐러리에 관한 책을 1백만 달러 선불 조건으로 프리 프레스에 출판 독점권을 넘기겠다는 제의를 했다. 당시 프리 프레스는 맥밀런사에서 사이먼 앤드 슈스터사로 경영권이 넘어가 있었다. 나는 아무런 조건도 달지 않았지만, 사람들은 내가 애니타 힐에서 구사해 재미를 본 방식을 따를 것이라고 생각했다. 그것은 내 독자들의 정치적 편견, 개인적 원한, 심지어 여성 혐오 감정을 부채질하는 신랄한 고발을 연출해내는 수법이었다. 나는 1996년 대통령선거에 맞춰 우파에 유리한 책 길이 분량의 '힐러리'를 만들어낼 작정이었다. 나는 사이먼 앤드 슈스터의 출판업자 잭 로마노스를 딱 한 번 잠시 만났다. 그는 1백만 달러 계약서에 서명하기 전에 한 가지 질문을 했다. 힐러리 클린턴을 레즈비언으로 생각하느냐는 것이었다. 로마노스는 그것을 알고 싶어했다. 선웃음을 흘리면서 나는 그에게 그것을 밝혀낼 사람이 바로 나라고 자신있게 말했다.

6번가에 있는 로마노스의 고급 사무실 가죽 소파에 앉아 있을 때 내가 해낼 역할이 어떤 것인지 훤히 보였다. 선웃음을 날리고 있는 이 비열한 자가 정말 나란 말인가? 며칠 뒤 내 대리인들이 계약이 마무리됐다는 소식을 전화로 알려주었다. 마음이 심란했다. 돈벌이에 우쭐해하면서도 또다시 그 쓰레기 같은 짓을 되풀이해야 한다는 사실에 의기소침해졌다.

『이상한 정의』에 대한 서평에서 저지른 악행은 죄의식을 촉발했고, 그것은 내가 깨닫지 못했던 양심의 위기 상황을 불러왔다. 혼신을 기울였던 나의 열정, 당파적 충성, 보수주의 운동에 대한 의무감, 좌파에 대한 증오와 파괴 욕구, 이 모든 것들이 벗겨져나가고 있었다. 열정이 식을수록 실체는 더욱 분명하게 이해되기 시작했다. 〈스펙테이터〉에 실린 포스터와 메너 사건에 관한 희화적인 기사들은 폴라 존스의 변호사들이 내게 털어놨듯이, 폴라의 주장을 믿지도 않았던 사람들이 꾸며낸 클린턴 '죽이기' 시도였다. 그것은 또한 데이비드 보시의 중상모략이었으며, 아칸소 경찰관들이 돈을 받고 포스터가 살해당했다는 조잡한 주장들에 힘을 실어주었다는 새로운 사실이 폭로되는 것을 막았다. 나는 술에 찌든 채 실의 속에 몇 개월을 허비하면서 굼뜬 출발을 했다. 나는 결국 오로지 한 가지 이유 때문에 작업에 착수했다. 나는 1백만 달러를 원했다.

1995년 중반 나는 그 작업을 위해 소규모 조사단을 구성했다. 워싱턴과 아칸소에는 힐러리 혐오자들이 득시글거렸다. 그때는 나 역시 그랬고, 내가 만나 얘기한 모든 사람들이 그렇다고 느꼈다. 나는 그럴 법한 단서들을 모두 조사했으며, 별 가능성이 없는 단서들도 점검했다. 여러 날 동안 바버렐러에서 보시에 이르기까지 의회의 공화당 조사관들 모두와 통화했는데, 그들은 알고 있는 것은 죄다 말해주었다. 바바라 올슨과 바바라 컴스탁은 특히 백악관 교통국 직원을 해고할 때 힐러리가 자신이 한 역할에 대해 거짓말을 했다는 점을 입증하기 위해 애썼다.

이에 앞서 1994년 봄에 나는 트래블게이트에 관한 기사를 〈스펙테이터〉에 실었다. 표지 그림에 힐러리가 빗자루를 탄 마녀의 모습으로 묘사된 그 기사는 트래블게이트 때 힐러리가 한 역할에 관해 공화당 조사관들이 무엇을 조사해야 할지에 대한 윤곽이 그려져 있었다. 그러나 두 명의 바바라가 일련의 조사를 벌인 뒤 증언한 내용들은 그들 자신에게는 어땠을지 몰라도 나머지 모든 사람들에게는 트래블게이트 때 힐러리가 무슨 대단한 악행을 저지른 게 없다는 사실을 보여주었을 뿐이다. 나는 힐러리가 해고한 전직 백악관 직원을 찾아냈다. 그는 몇 개월 동안 클린턴 부부 거처에 드나들었던 모든 사람들의 동태를 기록한 컴퓨터 디스크를 백악관에서 **빼내** 갖고 있다가 내게 건네주었는데, 나는 거기에 등장하는 사람들을 대부분 꼼꼼하게 조사했다. 힐러리가 텔레비전 '식스티 미니즈' 프로 인터뷰 때 1992년 대통령선거 당시 클린턴이 제니퍼 플라워스와 저지른 불륜과 관련해 그를 변호해주는 대신 정부의 권력을 자신에게 나눠줄 것을 클린턴에게 요구했다는 소문이 조지타운의 한 칵테일 파티에서부터 번져나갔다. 나는 몇 주일에 걸쳐 그 소문을 추적했다. 결국 그 소문의 최초 발설자를 찾아냈으나, 그는 전혀 그런 일을 알 만한 위치에 있는 사람이 아니었다. 소문은 단지 억측에 지나지 않았다. 로즈 법률회사 휴양소가 있던 리틀 록 외곽의 산간 휴양지 히버 스프링스에도 달려가 직원들을 만났다. 아칸소 경찰관들에 따르면, 그곳은 힐러리와 빈센트 포스터의 밀회 장소였다. 그러나 그곳에 있던 사람들 중 누구도 그들을 보았다는 사람은 없었다. 그곳의 멋진 이탈리아 식당에서 화이트워터 조사 책임자 앨펀스 다마토와 식사를 함께했지만, 그는 오히려 내게 무슨 정보가 없는지 물었다. 아칸소주의 공화당 회계감사관은 힐러리의 레즈비언 애인들 명단을 내게 넘겨주겠다고 약속했으나 그런 것은 없었다. 나는 또 플로리다로 날아가 1970년대 힐러리가 로즈 법률회사에 있을 때 그의 첫 비서로 있었던 여성과도 이야기했다. 그 비서로부터 들은 얘기는 당시 힐러리가 핀셋으로 눈썹을 뽑지 않았다는 것이 전부였다. 그들은 애벌레처럼 함께 자랐다.

셰필드 넬슨
선거에서 클린턴에게 패배한 뒤 깊은 적의를 품게 된 아칸소주 백만장자. 공화당 공동의장으로 클린턴 스캔들에 깊이 관여했다.

아칸소주에서 클린턴에게 아마 가장 강력한 적의를 지니고 있을 것으로 생각되는 **셰필드 넬슨**을 만나기 위해 리틀 록에 도착했을 때, 나는 아주 큰 기대를 걸고 있었다. 나는 리틀 록 중심가에 있는 그의 법률사무소에서 그를 만나 인사한 뒤, 내 책에 보탬이 될 만한 단서를 갖고 있는지 물었다. 아칸소–루이지애나 가

스회사 사장으로 백만장자인 넬슨은 호탕한 목소리에 당당한 풍채를 지닌 인물이었다. 1990년 치열했던 아칸소 주지사 선거 때 원래 민주당원이었으나 당을 바꿔 클린턴과 맞붙었다. 넬슨은 그때 선거에서 패한 뒤 몇 년이 지난 지금까지도 클린턴에 대해 퍼뜨리며 다니고 있는 것과 같은 종류의 수상한 금전 스캔들에 정작 자신이 휘말려 있었다. 넬슨은 1992년 타블로이드 신문 〈스타〉가 제니퍼 플라워스를 만나 그가 주장하는 클린턴과의 불륜에 대해 취재할 수 있도록 은밀히 주선해주었는가 하면, 〈뉴욕 타임스〉 기자 제프 거스가 부동산투자회사 화이트워터의 클린턴 동업자 제임스 맥두걸을 처음 인터뷰할 수 있도록 도와주기도 했다.

넬슨의 사무실에 들어간 지 10분이 채 안 되었을 때, 넬슨은 커다란 떡갈나무 책상 서랍에서 필립 요어컴이라는 남자가 1992년에 작성한 편지 한 통을 끄집어냈다. 넬슨에 따르면 요어컴은 자니타 브로드릭이라는 여자의 친구였는데, 자니타는 클린턴이 17년 전 아칸소주 법무장관 시절 자신을 강간했다고 주장하고 있었다. 편지지 윗부분에는 요어컴의 패이트빌 주소가 씌어져 있었다. 비난의 강도가 엄청났던 데 비하면 넬슨의 태도는 믿을 수 없을 정도로 무덤덤했다. 내가 그 이야기를 믿느냐고 묻자, 넬슨은 뱀눈을 하고 나를 쳐다보더니 어떻게 판단해야 할지 확신이 서지 않는다면서도 한번 조사해볼 가치는 있을 것이라고 말했다.

그 다음에 아칸소를 방문할 때 나는 그 민감한 작업을 도와줄 핵심 조사보조요원 베키 보더스를 데리고 갔다. 정치적 보수주의자요 클린턴 반대자였던 베키에게 아칸소 여행은 성지순례와 같은 것이었다. 베키는 두 아이의 어머니로 매력적인 몸매를 지니고 있었으며, 남편은 보수주의 거물 하원의원의 보좌관이었다. 〈스펙테이터〉의 프리랜서로도 일하고 있던 베키는 보브나 다른 아칸소 프로젝트에 관여하는 사람들이 헛것을 보고 있거나, 우리가 헛것을 보고 있다는 생각을 굳혀가고 있었다. 베키는 영락없는 클린턴 스캔들로 여겨지던 사안에 손을 댈 때마다 특유의 감식안을 발동해 사실무근이라는 것을 밝혀냈다.

아칸소주 북서쪽에 있는 대학촌 패이트빌로 가던 도중, 우리는 리틀 록에 들러 전직 아칸소주 의회 의원으로 아칸소 프로젝트 밀고자 노릇을 하고 있던 토미 미첨과 그의 동료인 경찰관 브라운을 만나 함께 저녁식사를 했다. 그날 저녁 마카로니 그릴 만찬에서 미첨은 아칸소주의 여러 정치인들과 관련된 상스러운 섹스 잡담을 쉴새없이 늘어놓았다. 식사 뒤 리틀 록 여피족이 모여 사는 고급 주거지의 재즈 바에서 미첨은 베키에게 몸을 기울이더니 "강간 테이프"에 대해 들어본 적이 있느냐고 물었다. 미첨에 따르면, 셰필드 넬슨은 클린턴이 자신을 강간했다고 주장하는 한 여성의 얘기를 담은 테이프를 갖고 있다는 것이었다. 강간 테이프라니! 나는 그럴지도 모른다고 떠들어댄 뒤 화장실로 달려가 우리의 대화 내용을 휘갈겨 썼다. 그러나 왜 넬슨이 나한테 그 테이프 얘기를 하지 않았을까 의아한 생각이 들었다. 흥분이 가라앉자, 나는 그것을 특종거리로 생각했던 내가 틀렸다는 사실을 깨달았다. 왜냐하면 미첨이 그것을 알고 있다면 이미 지난 몇 년 동안 아칸소에서 그 얘기가 돌고 또 돌았을 터인데 아무 일도 벌어지지 않았기 때문이다.

베키와 나는 알리지도 않고 패이트빌에 있는 필립 요어컴의 집으로 갔다. 성긴 붉은 머리카락에 안색이 창백한 40대 후반의 왜소한 남자 요어컴이 현관으로 나왔다. 그는 내가 〈아메리칸 스펙테이터〉로고가 박힌 명함을 내밀면서 리틀 록에 있는 셰필드를 찾아가 만났다며 그가 브로드릭에게 보낸 편지 사본을 흔들어 보이자, 놀란 기색을 보였다. 나는 "이건 마이크 월러스가 당신 거실에 나타난 것과 같을 거예요"라며 극적인 어투로 말했다. "앉아서 내게 모두 말해주세요." 검은 양말을 신은 가냘퍼 보이는 그의 아내와 함께 칙칙한 소파에 앉은 요어컴은 너덜너덜한 손수건을 팔에 걸친 채 이야기를 시작했다.

1980년대 초 요어컴은 자니타 브로드릭과 함께 요양원을 하고 있었다. 요어컴과 브로드릭, 그리고 브로드릭 밑에 있던 노마 로저스라는 간호사는 서로 친구가 됐다. 로저스가 요어컴에게 브로드릭이 클린턴과 좋지 않은 경험을 했다는 이야기를 했다. 요어컴에 따르면, 그가 브로드릭에게 그 이야기를 캐묻자 브로드릭은 다음과 같은 이야기를 해주었다. 모든 일은 1978년 밴 버렌을 뒤흔들었던 클린턴의 주지사 선거 캠페인 때 시작됐다. 그때 주지사 후보 클린턴이 브로드릭이 일하던 요양원에 들렀는데, 브로드릭의 마음을 사로잡았다. 클린턴이 리틀 록에 산 적이 있느냐고 물었을 때, 브로드릭은 그를 쳐다볼 수밖에 없었다. 얼마 뒤 브로드릭과 로저스는 리틀 록에서 열린 요양원 회의에 참석했다. 브로드릭은 클린턴에게 전화를 걸었고, 두 사람은 브로드릭이 머물던 아칸소 리버의 캐멀럿 호텔 커피숍에서 만나기로 약속했다. 약속 장소에 나가자, 클린턴은 주변에 사람들이 너무 많아 진지한 얘기를 나누기 어렵다며 브로드릭의 방에서 커피를 마시자고 제의했다. 방에 들어가자마자, 클린턴은 브로드릭을 덮쳤고 그 와중에 브로드릭의 입술을 깨물었다. 잠시 뒤 방으로 돌아온 로저스는 상처난 입술을 치료하며 울고 있는 브로드릭을 발견했다.

몇 년 뒤 요어컴은 여러 사업을 전전했으나 실패했고 브로드릭과의 관계도 끊어졌다. 1991년 클린턴이 대통령선거 출마를 선언했을 때 요어컴은 아칸소주 공화당 공동의장이던 셰필드 넬슨을 만나 브로드릭 얘기를 했다. 그러고 나서 브로드릭에게 전화를 걸었는데, 브로드릭은 처음엔 그 얘기를 하고 싶어하지 않았다. 그러나 요어컴의 설득으로 브로드릭은 결국 밴 버렌에서 요어컴과 함께 넬슨을 만났다. 요어컴은 친구인 브로드릭이 강간을 당했다는 주장을 몰래 녹음하기 위해 넬슨과 함께 녹음 장치를 하고 나타나 그 얘기를 해달라고 브로드릭에게 졸랐다.

나는 아칸소 경찰관들 얘기를 믿었듯이, 그 강간 얘기를 믿을 만하다고 생각할 온갖 동기들을 갖고 있었다. 그것은 내 독자들을 자극할 만한 선정적인 주장인데다, 특히 1996년 대통령선거철이라는 점에서 더 그랬다. 하지만 그 얘기에는 약점들이 있었다. 나는 약점을 살필 정도로 단련돼 있었다. 몇 차례의 아칸소주 취재 여행을 하고 난 뒤, 나는 클린턴 혐오자들의 활동 방식에 익숙해져 있었다. 따라서 그 주장이 사실이라면, 왜 넬슨이 클린턴에게 치명타를 날릴 수 있었던 1992년에 테이프를 공개하지 않았는지 의심스러웠다. 요어컴은 브로드릭이 그것을 공개하지 않기로 결심했기 때문이라고 설명했다. 그러나 1992년에 제니퍼 플라워스와 화이트워터 사건을 배후 조종한 넬슨과 같은, 배신을 밥먹듯 하는 클린턴 정적이 그만한 이유로 그 얘기의 폭로 계획을 중단했을까 하는 의혹을 제대로 살피지 못했다. 또한 앰브로즈 에번스-프리처드와 같은 반클린턴 광신도들에게서 흔히 보아온 요어컴의 편집증 때문에 혼란스러웠다. 요어컴 부부는 아무런 구체적인 증거도 내놓지 못했으나 1992년 요어컴이 클린턴의 강간 얘기를 폭로하도록 브로드릭을 설득하는 과정에서 자신들의 삶이 위협받았다고 주장했다. 요어컴의 아내는 "이 얘기가 그(요어컴)의 인생을 걸 만큼 가치가 있느냐?"고 내게 호소하듯이 물었다. 침묵 끝에 나는 빈정대듯이 말했다. "글쎄요." 이 중대한 때 요어컴은 그의 10대 아들이 거실 창문 밖에서 우리에게 엽총을 겨눈 채 안쪽을 들여다보며 마당에서 서성거리고 있다는 사실을 알려주었다. 베키와 나는 서둘러 그곳을 빠져나왔다.

그 기간에도 나는 매일 마크 파올레타와 접촉을 계속했다. 마크는 한편으로는 내가 『이상한 정의』에 대한 서평에서 저지른 악행을 고통스럽게 떠올리게 만들었지만, 다른 한편으로는 언제나 그랬듯이 내가 저지른 언론상의 암살 행위를 부추기는 한편 그것을 받쳐주는 변호사 역할을 계속했다. 말 그대로 그는 어떻게 하면 요어컴의 비타협적 태도를 극복하고 브로드릭 이야기를 공표하도록 만들 것인지 내게 조언을 해주었다. 마크는 내가 이미 요어컴의 말을 기록해두었기 때문에 그가 간접적으로 전해준 이야기를 더 이상의 확증 과정을 거치지 않고 마음대로 공표해도 문제는 없다고 말했다. 그는 요어컴을 납득시킬 거래(내가 테이프를 건네받는 대신 요어컴과 그의 가족이 노출되지 않도록 보호한다)를 구상했고, 그것을 위해 요어컴의 서명을 받아내는 합의서를 작성하느라 부산했다.

며칠 뒤 내가 묵던 호텔에서 아침에 요어컴을 만나 커피를 마실 때, 그는 테이프를 건네주고 노머 로저스가 있는 장소를 찾아내는 일을 도와주겠다며 대가를 요구했다. 그는 내가 책 출판으로 받을 돈의 일부를 달라고 했다. 취재원에게 돈을 주는 것은 일고의 가치도 없는 논외의 일이라고 말하자, 그는 결국 테이프를 갖고 있지 않다며 강간 얘기가 사실이 아닐지도 모른다는 암시를 했다. 그 한 가지 예로 넬슨이 그 얘기를 전혀 믿지 않고 있다고 말했다. 그리고 1978년 당시 브로드릭의 남자 친구였고 나중에 그와 결혼한 데이브 브로드릭도 마찬가지라고 말했다. 그제서야 나는 요어컴이 1992년에 브로드릭에게 보낸 편지 가운데 들어 있던 묘한 구절의 의미를 깨달았다. 요어컴은 그 편지에서 브로드릭에게 클린턴이 강간했다고 적극적으로 주장해서 남편인 데이브 브로드릭에게 자신이 "그 일과 관련해 무죄"라는 것을 입증해야 한다고 썼다. 처음 그 구절을 읽었을 때 나는 미심쩍은 생각이 들었다. 브로드릭이 클린턴과 합의 하에 불륜을 저지른 것이 아닌가 하고 데이브가 의심했기 때문에 브로드릭이 나중에 강간당했다고 주장함으로써 남자 친구 데이브와의 갈등을 해소하려 했다는 것을 그 구절이 시사하고 있다는 생각이 들었던 것이다.

베키와 나는 그 이야기를 직접 확인하기 위해 밴 버렌으로 달려갔다. 베키는 브로드릭과 마주치기를 고대하면서 녹음 장치를 준비해 브로드릭 소유의 요양원으로 돌진했으나, 금요일에는 나오지 않는다는 사실을 알았다. 우리는 자동차를 한쪽에 세워놓고 브로드릭의 집으로 전화를 걸었다. 어떤 여자가 전화를 받자, 나는 어리석게도 전화를 그만 끊어버렸다. 자동차로 뛰어들어간 우리는 전속력으로 패이트빌 교외에 있는 브로드릭의 농장으로 달려갔다. 현관에서 노크를 했으나 아무 응답이 없었다. 브로드릭이 집 안에 숨어 있다고 확신한 우리는 집 주위를 돌면서 잠시 기다렸다. 나는 브로드릭에게 책을 쓰기 위해 취재 중인 〈아메리칸 스펙테이터〉 기자라고 신분을 밝히고, 그녀와 클린턴이 관련된 개인적인 사건에 대해 조사하기 위해 왔으며 시내에 머물고 있다는 내용의 메모를 작성해서 패이트빌 호텔 전화번호와 함께 그 집에 남겨두고 왔다. 하지만 브로드릭은 전화를 걸어오지 않았고, 그뒤 며칠 동안 브로드릭 집으로 전화를 걸어도 아무 응답이 없었다.

워싱턴으로 돌아온 나는 셰필드 넬슨에게 전화를 해서 도대체 테이프 얘기는 어떻게 된 거냐고 물었다. 넬슨은 민간 지원을 받는 또 다른 클린턴 비리 조사 활동을 위해 1992년에 고용한 사설 탐정에게 그것을 넘겼다고 주장했다. 때마침 아칸소주 출신의 공화당 활동가인 그 조사관은 워싱턴의 전국 공화당 상원 선거대책위원회에서 야당의 조사 활동에 참여하고 있었다. 베키와 나는 뚱뚱하고 땀을 많이 흘리는 마티 라일에게 뚱보라는 코드명을 붙였다. 그는 나를 만나겠다고 했다. 라일은 한 개 이상의 테이프가 있다고 말해 내 가슴을 다시 두근거리게 했다. 넬슨 테이프 말고도 라일 자신이 조사 기간에 브로드릭의 말을 듣고 만든 테이프가 있었다. 둘 다 아칸소주 핫 스프링스에 있는 그의 부모 집 지하에 보관돼 있었다. 그것을 입수할 수 있겠느냐고 묻자, 라일은 그렇게 애써 손에 넣을 만한 가치는 없다고 말했다.

브로드릭은 폴라 존스가 소송을 냈을 때 존스의 변호사들에게 다음과 같이 증언했다. "클린턴이 일방적이고 달갑지 않은 것으로 여겨질 만한 성적 제의를 했다는 정보에 대해 전혀 아는 바가 없다." 그랬던 브로드릭이 나중에 존스 변호사들에 대한 자신의 증언을 번복해 1999년 일련의 인터뷰에서 클린턴이 강간했다고 주장하고 나섰다. 클린턴 스캔들의 패턴을 추적하면서 〈월스트리트 저널〉이 먼저 사설면에서 그 이야기를 다뤘고, 아마 우연의 일치가 아니겠지만 〈워싱턴 포스트〉가 그 다음 날 나름대로 그 문제를 다뤘다. 그러자 우익은 〈NBC〉 뉴스에 라이사 마이어스가 브로드릭과 인터뷰한 내용을 방영하라는 압력을 가했다. 〈NBC〉는 결국 1999년 3월에 그것을 내보냈다.

만일 1995년에 내가 브로드릭과 공식적인 인터뷰를 했다면, 그것을 내 책에 충분히 집어넣었을 것이다. 하지만 『애니타 힐의 진실』과 트루퍼게이트에서 써먹은 모호한 기준을 활용한다면, 브로드릭 얘기가 없더라도 강간 얘기를 책 속에 끼워넣는 방법은 얼마든지 있었다. 마크 파올레타는 바로 그렇게 하라고 나를 채근했다. 셰필드 넬슨과 필립 요어컴은 클린턴이 강간했다고 직접 주장할 수는 없었으나, 그들은 일반적으로 내가 놓치지 않는 그럴듯한 이야기를 공개했다. 그들은 애니타 힐을 공격한 익명의 사람들이나 아칸소 경찰관들 정도의 신뢰성밖에 갖고 있지 못했다. 나는 강간 주장을 따로 다루는 장을 설정하기로 했다. 내 속에서 뭔가 변화가 일어나고 있었다. 내가 듣고자 하는 내용을 퍼뜨리는 사람들의 진실성과 동기들에 의문을 제기할 줄 알게 되면서 나는 외관상 판단력과 균형 감각을 지닌 사람처럼 비치고 있었다. 나는 클린턴 부부에 대한 야비한 우익 캠페인을 거부하기 시작했다.

그 이야기에는 너무 많은 의문점이 있었기 때문에 정치적·상업적 이익만을 챙기기 위해 그것을 퍼뜨릴 수는 없었던 것이다. 그 얘기에 대해 조금이라도 아는 사람이라면 누구도 그것을 믿지 않는 것 같았다. 나는 그것을 쓰레기 더미 속에 던져버렸다.

워싱턴으로 돌아오자, 화이트워터 스캔들을 처음 터뜨린 보이든 그레이가 점심식사에 나를 초대했다. 부시 정권 때 백악관 법률고문을 지낸 인물로, 1992년 가을 그레이는 부시 재선을 위한 '10월 기습'을 꾸미느라 몹시 바빴다. 당시 윌리엄 바가 수장으로 있던 법무부를 비롯해 연방 수사기관들을 동원해 클린턴의 화이트워터 부동산투자회사와 동업했던 제임스 맥두걸의 예금 및 대출에 관한 범죄 혐의를 조사하는 것이었다. 그의 융통어음 발행 계획과 관련해 클린턴 부부를 증인으로 출석시킬 가능성도 거론되고 있었다. 그러나 리틀 록에 있던 공화당원 연방검사가 증거 불충분을 이유로 조사를 거부했다. 윌리엄 바의 압력을 받은 워싱턴의 연방수사국은 선거 3주 전에 거부당한 조사를 재검토하도록 지국들에 지시했으나, 연방수사국 리틀 록 지국은 증인 대상자로 거론된 사람들 중 누구도 범죄 행위를 저질렀다는 근거가 없다는 자체 판단을 굳혔다.

1995년 정리신탁공사(RTC)는 맥두걸의 자금 조사를 완료하고, 그저 화이트워터라고만 알려진 수많은 고발 사건과 관련해 클린턴 부부가 어떤 불법 행위도 한 적이 없다는 분명한 결론을 내렸다. 그러나 스타 특별검사와 워싱턴의 우익 법조계 고관들은 그대로 내버려두지 않았다. 그레이와 나는 워싱턴 시내 메트로폴리탄 클럽에서 점심때 단둘이서만 만났다. 무대 전면에 나서지 않는 음흉한 그레이는 나에게 포스터의 "의심스러운" 죽음(자살이든 아니든 상관없이)이 클린턴 부부의 감춰진 불법 자금 운용과 관련이 있다는 결론을 내리라고 촉구했다. "제임스 포레스털(프랭클린 루스벨트 정부 때의 재무부 장관) 이후 정부 관리 중에서 자살한 사람은 아무도 없어"라고 그레이는 속삭였다. 그레이는 아직 공개되지는 않았지만 스타 특별검사팀의 조사관들이 증거를 수집하고 있다면서 그것은 다가오는 선거(1996년 대통령선거)에서 클린턴 부부에게 중대한 정치적 타격을 가할 것이며, 분명히 보브 돌에게 승리를 안겨주게 될 것이라고 말했다. 그러면서 그 증거를 가지고 내게 포스터의 죽음이 클린턴 부부의 범죄 행위와 관련이 있다는 결론을 내리라고 부탁했다.

스타 특별검사의 워싱턴 보좌관인 브레트 캐버노프와 알렉스 아자르는 연방주의자 서클에서 만난 내 친구들이었다. 나는 기밀 조사 자료들을 언론에 흘리는 것은 불법으로 단죄될 수 있다는 사실을 알고 있었기 때문에 친분 관계를 이용한 거래는 피해왔다. 나는 그들에게 그레이는 거명하지 않은 채 내가 알아도 되는 것이라면 어떤 것이든 상관없지만, 특히 대중적 관심사로 아직 부각되지 않고 있던 힐러리 문제에 관해 알고 싶다고 말했다. 아자는 반색을 하며 리틀 록에 있는 스타의 수석 보좌관 **힉 어윙**과 접촉해보라고 말해주었다. 아자는 그와 친한 친구 로라 잉그러햄을 통해 만났다. 그는 다른 누구도 접촉 사실을 알 수 없도록 어윙의 직통 전화번호를 가르쳐주었다. 어윙에게 전화했을 때, 나는 사전 준비가 모두 돼 있다는 느낌을 받았다. 웨스트 리틀 록 쇼핑 몰 거리에 있는 멕시코 식당에서 그와 만나기로 약속했다.

힉 어윙
케네스 스타 검사의 수석 보좌 검사로, 클린턴 스캔들 수사 때 악명을 날렸다. 테네시주 출신으로 기독교 우파 활동가 집안에서 자란 그는 레이건 정권 때 연방 검사로 지명됐다.

케네스 스타가 특별검사에 지명된 데는 몇 가지 이유가 있었지만, 검사 경력은 고려 대상에 포함돼 있지 않았다. 스타에게는 검사 경력이 없었기 때문에 그의 휘하에 있던 검사들이 조사에 부적절한 영향력을 휘둘렀는데, 특히 힉 어윙이 심했다. 테네시주 검사로 있으면서 고위 공직자 부패 사건을 적발했던 어윙은 레이건 정권 때 연방검사로 지명됐다. 그가 법정에서 내리는 결론은 유죄인 경우도 있었고 아닌 경우도 있었지만, 그는 범죄 혐의자들을 일단 유죄로 추정한 뒤 수사에 착수했다. 어윙의 아내는 낙태 반대 운동계의 유명 인사였으며, 그의 테네시주 내 정치적 기반은 기독교 우파 활동가들이었다. 그는 자신의 검사직 수행이 신의 가호를 받고 있다고 주장했다. 오랜 시간 대화를 나눴는데, 어윙은 힐러리가 빈센트 포스터와 불륜 관계를 맺었을 것으로 추측하면서 힐러리를 위증과 재판방해죄로 기소할 계획이라고 밝혔다. 그는 힐러리가 자신의 로즈 법률사무소를 통해 화이트워터 동업자 맥두걸을 돌봐주면서 보수를 받아온 부분과 관련해 조사관들에게 거짓말을 하고 있다고 주장했다. 어윙이 내게 말해주지 않았던 것은 힐러리 기소 방침이 임박한 현안이 아니었다는 사실이다. 그는 자신의 주장을 스타 사무실의 다른 변호사들에게도 알렸으나 그들이 대배심에서 그것을 제시하도록 설득하지는 못했다. 어윙은 힐러리가 기소될 위기에 직면해 있다는 거짓 이야기를 내 뇌리에 심어주려고 애썼다.

나는 주체적으로 사고하기로 마음먹었다. 작가로서 처음으로 치우침 없이 공정하게 사건을 분석해낼 수 있다는 느낌이 들었다. 나는 내가 다루는 사안의 복잡성이 주는 묘미를 즐기게 되면서 그동안 내가 저널리즘이 무엇인지 전혀 모르고 있었다는 사실을 깨달았다. 그저 생각 없는 싸움개로 훈련받았을 뿐이었다. 책망이나 비난이 아니라 설명을 해야겠다는 욕구에서 출발해 내 독자적인 결론에 도달하고 힐러리를 복합적인 관점에서 바라보게 되면서, 나는 마치 자신이 거대한 젤라틴 통에서 빠져나와 마침내 대기를 호흡할 수 있게 됐다는 느낌이 들었다. 나는 전에는 할 수 없었던 보고 느끼는 일을 할 수 있게 됐으며, 그리고 쓸 수 있게 됐다. 나는 어윙이 내게 한 말에 회의적이었다.

리틀 록에서 워싱턴으로 돌아온 나는 어윙의 주장을 독자적으로 조사해보기로 마음먹었다. 나는 내 집 꼭대기층에 있는 침실로 갔다. 그곳에는 힐러리의 경리 기록, 정리신탁공사 보고서, 화이트워터에 관한 의회 증언 기록 등이 산더미처럼 쌓여 있었다. 나는 화이트워터에 대한 어윙의 주장에서, 내가 트래블게이트에서 올슨—컴스탁의 주장에서 느꼈던 것과 똑같은 문제점을 발견했다. 기초 자료들을 검토해본 결과, 나는 그것이 힐러리가 공화당원들이 주장해온 대로 범죄 혐의를 뒷받침해주는 것이 아니라 오히려 그녀의 무죄를 입증해주고 있다는 사실을 발견했다. 이들 스캔들에 관한 장을 어떻게 쓸지 밑그림들을 그리면서 나는 주관적인 선택이 아니라 사실을 기록하는 데 충실했다. 나는 독자들이 그것을 좋게 평가해줄 것이라고 확신했다. 나는 더 이상 나 자신을 믿을 수가 없었다. 나는 결국 힐러리가 악당이 아니라는 사실을 확인할 수 있었기 때문에 어윙의 기소 방침에 대해 전혀 언급하지 않았다.

내 첫 책은 대단한 베스트셀러가 됐다. 1백만 달러를 선물로 받은 사실로 미뤄볼 때 힐러리에 관해 쓴 책도 대성공을 거둘 것으로 전망됐다. 나는 어떻게 하면 러쉬 림보와 같은 보수주의 매체들의 협력을 얻어내고 애니타 힐 독자들을 서점으로 몰려가게 할 수 있는지 알고 있었다. 그리고 클린턴에 관한 책 가운데 많이 팔리는 것은 의식하든 의식하지 않든 우익이 클린턴 부부에 관해 듣고 싶어하는 것을 그들에게 정확하게 제시하는 책들이라는 것도 잘 알고 있었다. 출판사 마케팅 부서들은 내 원고를 보지도 않고 낸시 레이건을 자질구레하게 혹평한 키티 켈리의 30만 부 이상 팔린 책과 내 책을 비교한 '판매 예상표'를 서점가에 이미 돌리고 있었다. 나는 여전히 책을 쓰고 있었다. 나는 우익 저널리즘의 정상에 서 있었다. 직업적으로, 정치적으로, 개인적으로—내게는 그들 간에 아무런 차이도 없었다—내 모든 장래가

이 책에 달려 있었다.

제작 중인 열차의 잔해들이 보였다. 나는 그 책을 적당히 왜곡해서 보수주의자들이 떼지어 구입하는 히트작으로 만들 수 있는 능력을 내가 갖고 있다는 것을 알고 있었다. 바바라 올슨과 레이건, 그리고 부시의 연설문 작성자였던 페기 누넌은 내가 한 것보다 훨씬 처지는 조사와 보고를 토대로 일련의 힐러리 비판서들을 내놓고 있었다. 그런 작가들은 가십거리와 야유와 공상으로 채워진 잡탕 더미 속에서 이용할 수 있는 사실과 증거를 건져올려 간단하게 왜곡하고는 그것을 고약하게 꿰맞추기만 하면 됐다.

바바라 올슨은 『대가를 치르게 될 악마 : 힐러리 로뎀 클린턴의 알려지지 않은 이야기(*Hell to Pay : The Unfolding Story of Hillery Rodham Clinton*)』에서 힐러리가 "화를 잘 내고 독살스럽고 강박관념에 사로잡혀 있으며 위험하기조차 하다"고 썼다. 힐러리가 "부와 권력을 움켜쥐기 위해 범죄의 언저리까지 갔다"는 구절도 있었다. 올슨은 "힐러리의 본모습을 알게 됐다"고 썼으나 그녀는 힐러리를 알지 못했다. 나는 올슨이 힐러리에 대해 묘사한 부정적인 모습들을 오히려 올슨한테서 발견했다. 누넌의 책 『힐러리 클린턴에 대한 반론(*The Case Against Hillery Clinton*)』은 반론이 아니라 오히려 "대단한 신임을 받은 촌뜨기", "단순한 오퍼레이터", "무엇이 옳은지 깊이 생각해본 적이 없는 사람", "작달막하고 탐욕스런 여자"에 대한 개인적 적의를 나열해놓은 것이었다. 모든 페이지들이 힐러리가 "심리적으로 불안정한" "병적인 나르시시스트"임을 보여주기 위해 실제가 아니라 가공한 것임이 분명한 대화와 품위를 잃은 허구적 장면들로 도배질돼 있었다. 이들 두 책은 우익 언론 매체들의 선전 속에 주요 베스트셀러가 됐으며, 힐러리를 혐오하는 보수주의자들이 다량 구입했다. 이 따위의 책은 자면서도 쓸 수 있었다. 내가 수집한 힐러리 가십거리를 내 독자들과 후원자들이 좋아할 추잡한 흥밋거리 뉴스에 섞어넣기만 하면 됐을 것이다. 그러나 나는 더 이상 그런 작가들과 생각을 공유하지 않게 됐다.

힐러리 인생의 모든 단계를 되짚어보면서 1백 회 이상 인터뷰를 하고 힐러리의 이름이 등장하는 지난 20년간의 신문 기사들을 사실상 모두 수집해서 2년 가량 조사하고 집필 작업을 한 뒤에야 나는 힐러리에 대해 뭔가 균형 잡힌 이야기를 할 수 있게 됐다. 힐러리는 성스럽지도 악마적이지도 않으며, 열정적인 이상주의자와 대담한 거리의 전사가 한데 어우러진 보기 드문 사례였다. 나는 내가 다루는 문제에 대한 입장을 제대로 정립함으로써 실현 불가능한 이상이 아닌 현실 세계의 기준으로 힐러리를 판단하고, 그녀가 직면한 시련과 고난에 동정하며, 심지어 어려운 선택의 기로에서 자신을 지켜나가는 선한 영혼의 아름다움 같은 것을 발견했다. 나는 힐러리가 잘못된 길로 빠졌다고 내 나름대로 생각한 시기와 이유를 묘사할 때 적당히 얼버무리지도 않았지만 힐러리의 지지자들이 평가한 그녀의 장점, 이를테면 공공 서비스에 대한 확고한 헌신, 정치에서 선과 도덕을 주장하려는 강렬한 욕구처럼, 힐러리와 같은 세대의 정치인들한테서는 찾아보기 어려운 자질을 평가하기 위한 노력도 기울였다.

친구들은 내가 딜레마에 빠져 힘겨운 싸움을 벌이고 있다는 것을 알고 있었지만, 그들 모두 보수주의 운동권 내의 사람들이었으므로 그 누구에게도 실제로 어떤 일이 벌어지고 있는지에 대해 이야기해줄 수는 없었다. 나는 선이 앞으로 끌면 악이 뒤로 잡아당기는 지긋지긋한 시소 위에 매달려 있었다. 공명정대하라. 아니 그녀를 박살내라. 때때로 나는 안온했던 클린턴 비판자로 돌아가 내 독자들에게 즐거움을 선사하고 내가 이룬 지위를 활용해 잇속을 채우면서 분열된 내 세계를 다시 통합하고 싶다는 생각에 빠지기도 했다. 나는 말 그대로 머리칼을 쥐어뜯으면서 컴퓨터 키보드 앞에 앉아 있었으며, 20년 만에 처음으로 지독한 신경성 피부병에 걸렸다.

그러나 나는 내 작업에 확신을 갖고 있었기 때문에, 도중에 포기하고 싶지 않았다. 내 독립성이 기로에 서 있었다. 나는 내 자신의 편에 맞서고 있었으며, 어떤 정치운동도 나를 밀어주지 않았고, 어느 편에도 내 팬클럽은 없었다. 그 책을 출판하는 것은 내 스스로를 신뢰할 수 있느냐, 내 속에 있는 악마들을 제압하느냐, 아니면 내가 그들에게 굴복하느냐를 가르는 중요한 시험이었다. 결국 나는 내 책을 왜곡하거나 내팽개칠 수는 없었다. 나는 그 책이 나 자신을 제외한 다른 누구도 만족시키지 못하리라는 것을 알고 있었다. 그것으로 충분했다. 힐러리의 인간성을 발견하면서 나는 나 자신의 인간성을 찾아가기 시작했다.

나는 책을 편집하게 될 애덤 벨로에게 앞으로의 상황 전개에 대해 이야기함으로써 충격을 완화시켰다. 어윈 글라이크스는 1994년에 사망해 이제 애덤이 프리 프레스의 출판 책임자가 돼 있었다. 나는 애덤에게 힐러리가 범죄 행위를 했다거나 사실을 은폐했다는 주장을 뒷받침할 아무런 근거도 제시하지 않는 원고를 넘기겠다고 말했다. 애덤은 그 이야기를 놀랄 만큼 순순히 받아들였다. 다른 출판사였다면 계약상 시간이 지체된 그 책 출판을 취소하는 방안을 찾았을 것이다. 나는 힐러리 비판서를 쓰겠다고 서면으로 약속한 적은 없었지만, 내 원고는 분명히 그 출판사가 샀다고 생각한 그런 내용이 아니었다. 그럼에도 애덤은 그것을 출판하고자 했다.

애덤은 그 책이 힐러리의 자유주의 이데올로기의 정체를 드러낸다면 보수주의 독자들이 수용하는 데 별 문제가 없을 것이라고 생각했다. 마지못해 나는 여전히 힐러리의 이념을 비판하는 우익 비평가로 글을 썼고 그 책의 일부, 특히 그녀의 젊은 시절의 정치 활동에 대한 지나친 천착은 좌파의 실체를 주관적으로 바라보는 우익의 관점을 패러디한 것이었다. 애덤은 보수주의 독자들을 달래기 위해 수사를 바꿔가면서 교열 작업을 계속했다. 애덤은 힐러리가 권력의 자리에 올라가는 것을 마오쩌둥의 '장정'에 비유했으며, 빌 클린턴을 "시대에 뒤떨어진 남부의 여성 혐오자"라고 불렀다. 책의 제목은 초기에 순진무구했던 힐러리가 자신의 자유주의 이데올로기를 추진하기 위해 맹목적으로 헌신하다가 중요한 시기마다 배신당한다는 주제를 암시하기 위해 그녀의 처녀 때 이름을 따서 『힐러리 로뎀의 유혹』이라고 짓기로 했다. 물론 그 '유혹'이라는 주제는 나로서는 펼쳐나가기가 어렵지 않았다. 왜냐하면 내가 묘사한 것은 바로 내게 일어난 일이었기 때문이다.

그 책의 초고를 읽은 마크 파올레타는 보수주의 운동권 내에서 어느 누구보다도 내 개인사에 대해 많이 알고 있었다. 힐러리 책 관련 작업을 시작한 직후 초안을 잡을 때 도움을 받은 것을 비롯해, 마크는 내가 개인적으로 난처한 지경에 빠졌을 때 헤어나올 수 있도록 도와주기도 했다. 책을 쓰기로 마음먹기 전 몇 개월 동안 술에 빠져 지낼 때, 차를 집 근처에 주차시키려다가 그만 다른 차를 들이받는 사고를 낸 적이 있었다. 술을 몹시 마셨던데다 겁까지 먹은 터라 나는 다시 차를 몰고 워싱턴 키 브릿지를 가로질러 버지니아에 있는 〈스펙테이터〉 사무실까지 달려가서는 지하 주차장에 대놓고는 비틀거리며 조지타운 집까지 걸어갔다. 집에서 마크에게 전화를 걸어 벌어진 사태를 설명하자, 그는 내게 찌그러진 부분이 보이지 않도록 차를 돌려서 주차장 맨 아래층에 대놓은 다음 열흘쯤 지난 뒤에 인근 정비소로 끌고 가라고 권했다. 나는 그 권고를 따랐는데, 그날부터 마크가 나의 이념적 이탈을 막기 위한 방편으로 그 사건을 들이대지나 않을까 하는 걱정을 했다. 나는 기가 한풀 꺾였다.

마크는 내 책을 읽더니 길길이 날뛰었다. 내게 과거 노선으로 돌아오라고 압박을 가하면서, 특히 내가 자니타 브로드릭 이야기를 빼버린 데 대해 격렬하게 반응했다. 마크는 새벽까지 전화통을 붙잡고 화이트워터에 대한 결론을 바꾸게 하려고 애를 썼다. 나는 물러서지 않았다. 하지만 마크와 나는 서로 빤히 아는 처지였던 만큼 그는 나를 압박할 수단을 갖고 있었다. 그럼에도, 아니 아마 그 때문에 나는 그를 더 이상 믿지 않게 됐다.

책 작업을 마무리하면서 마크와 나는 내가 한 취재원으로부터 넘겨받은 야비한 글을 둘러싸고 격돌했다. 자신을 리틀 록의 사설 조사원이라고 소개한 아이밴 듀더라는 이름의 그 취재원은 힐러리가 남편을 감시하고 불륜을 저지를 경우 보고하라는 임무를 자신에게 맡겼다고 말했다. 그러나 듀더는 자신의 주장을 뒷받침할 만한 증거를 전혀 갖고 있지 못했을 뿐 아니라 어두운 과거를 지니고 있었고, 또 클린턴에게 적의를 품고 있었기 때문에 나는 책에 그의 말을 집어넣는 것을 매우 회의적으로 생각하고 있었다. 마크는 내가 "우익들에게 뭔가를 제공"하지 않으면 책은 완전한 실패작이 될 것이라고 했다. 나는 바로 전의 내 선한 본능을 배신하고는 듀더의 이야기가 중상·비방에 해당하지 않는지 엄밀히 검토한 끝에 수록했다.

1996년 6월에 초고를 넘기기로 하고 한창 준비를 하고 있을 때, 내 대리인인 린 추가 내용 파악차 워싱턴으로 날아왔다. 뉴욕 출신자들을 포함해 많은 보수주의자들처럼 린은 클린턴 스캔들에 너무 경악한 나머지 화이트워터 사건에 대한 왜곡과 비난투성이의 에세이를 〈코멘터리〉에 쓰고 있었다. 린이 내 책을 읽기 시작했을 때, 나는 곧 숨이 넘어갈 듯한 그녀를 되살리기 위해 각성제를 주어야겠다는 생각을 했다. 몇 개월 동안 애써 작업한 끝에 내린 나의 결론을 바꾸게 하는 데 실패하자, 린은 화를 내며 뉴욕으로 돌아가 사실상 내 책 출판 일에서 손을 뗐다. 그 한 달 뒤, 뉴욕 월도프-아스토리아 호텔의 어마어마한 방에서 열린 아리애너 허핑턴의 생일 파티에서 나는 대리인인 린과 글렌을 보게 됐다. 구석에서 몰래 나를 살피고 있던 글렌이 뷔페 식탁에 몰려 있던 참석자들 사이를 헤치며 돌진해오더니 소리쳤다. "어떻게 당신이 그 암캐를 비호할 수 있어?" 보수주의자들(심지어 내 출판 대리인들조차)은 내 책을 전혀 바라지 않았다. 그들이 바란 것은 완벽한 힐러리 비난이었다.

14
게리 올드리치 사건

『힐러리 로뎀의 유혹』에 대해 글렌 하틀리가 이상 흥분 증세를 보였지만, 그것은 그 책과 관련해 보수주의자들이 나에게 퍼부은 경고의 한 단면이었을 뿐이다. 그 책을 쓰기 위해 취재하던 중 의회의 한 공화당원 취재원이 **게리 올드리치**라는 전직 FBI 요원을 만나보라고 주선했다. 올드리치는 클린턴 정권 때 백악관에서 근무하다가 그 무렵 그만둔 사람이었다. 책 쓰는 데 귀중한 자료를 얻을 수 있으리라는 기대를 안고 1995년 여름 올드리치에게 전화를 걸었고, 우리는 알링턴의 〈스펙테이터〉 사무실 근처에서 만나 점심을 먹기로 약속했다.

뚱뚱한 체격에 붉은색이 도는 금발머리, 까다롭고 침울한 표정, 싸구려 잡화점에서 파는 플라스틱 안경을 낀 50대의 올드리치는 에드거 후버 국장의 우편분류 담당 직원으로 FBI 경력을 시작했다. 그는 부시 정권 중반기인 1990년에 백악관에 들어가 클린턴 정권 때도 그곳에 남아 있으면서 백악관 채용 직원들의 신원조사를 담당했다. 그는 자신이 백악관 내부 사정을 잘 아는, 이른바 클린턴 시대의 딥 스로트(워터게이트 사건 때 기자들에게 고급 정보를 흘린 수수께끼의 정부 관리—옮긴이)라고 했지만 핵심 인물들의 신원에 대해서는 나보다 더 모르는 것 같았다. 올드리치는 은밀하게 곁눈질을 해가며 음울한 음조로 얘기했는데 오싹한 적의를 느끼게 하는, 워싱턴에서는 드물게 보는 인물이었다. 하지만 그가 늘어놓은 것은 내가 이미 수없이 들었던 자질구레한 웨스트 윙(West Wing)식 가십거리들이었다.

나는 그래도 그가 내가 듣기를 원하던 비리들을 부러 감추고 있는 게 아닌가 하는 생각에, 그가 마음에 들어 했던 내 사무실 근처의 초라하고 자그마한 '프렌치' 카페 점심식사에 두 번, 세 번 초대해서 클린턴 부부에 대해서 내가 들었던 온갖 추잡한 소문들을 띄워올리면서 그가 덥석 물기를 기대했다. 클린턴은 자신이 만난 모든 여자들과 온갖 상황에서 물불 가리지 않고 관계를 맺었다. 힐러리도 외간 남자들과 그랬다. 힐러리는 여자들과도 그렇게 했다. 힐러리는 클린턴만 빼고 모든 사람들과 그렇게 했다. 속내를 알 수 없는 무표정한 올드리치는 내 얘기를 모두 들었지만 거의 입을 열지 않았다.

게리 올드리치
은퇴한 FBI 요원으로, 1996년 클린턴 대통령의 보좌관들이 사무실과 백악관 체육관내 샤워실에서 섹스 행각을 벌였다는 주장을 담은 책을 써 엄청난 파문이 일었다.

내가 클린턴이 밤늦게 백악관을 몰래 빠져나와 밀회 장소로 갔다는 믿을 수 없는 소문을 구체적으로 이야기해줘도 그는 알아들었다는 기색조차 보이지 않았다. 클린턴은 아마 자신이 신뢰하는 조수 브루스 린제이가 모는 세단 뒷자석에 앉아 모포를 덮어쓰고 매리어트 호텔로 갔을 것이다. 늘 그렇듯 나는 그 얘기를 의회의 공화당 조사관으로부터 들었고, 그 조사관은 주말에 놀러온 자신의 친구한테서 들었으며, 그 친구는 매리어트 호텔에서 일하고 있었다. 올드리치에게 클린턴이 그처럼 자신의 경호망을 몰래 빠져나와 매리어트 호텔에 가는 것이 가능한 일이냐고 물었더니 그는 불가능하다고 말했다. 그 말이 내가 그한테서 분명하게 들은 처음이자 유일한 대답이었다. FBI 요원이었던 그의 전력으로 미뤄볼 때 나는 그의 말이 결정적으로 중요하다고 판단해 매리어트 호텔 일은 곧 머리에서 지워버렸다.

그 뒤 몇 개월 동안 연락이 끊어졌던 올드리치는 1996년 겨울 어느 날 밤 집에 있던 내게 전화를 걸어 클린턴의 백악관 시절 이야기에 관해 자신이 책을 쓰고 있다고 말했다. 그가 나더러 매리어트 호텔 이야기에 관해 "소유권"을 행사할 생각이 있느냐고 묻기에, 어디까지가 내가 해준 이야기인지 검증할 수 없다면서 그가 그것을 확인해주면 고맙겠다고 말했다. 나는 올드리치의 책이 허황된 꿈에 지나지 않는다고 생각했다. 왜냐하면 내가 보기에 그는 그 일을 해낼 만큼 기술도 소질도 없었기 때문이다. 나는 그날의 대화를 다시는 떠올리지 않았으며, 『힐러리 로댐의 유혹』 일로 돌아가 작업을 계속했다.

알려진 대로 올드리치는 우익 출판사인 레그너리에서 1996년 7월에 발행한 그 책을 찍어내느라 바빴다. 『무제한 접근(Unlimited Access)』이라는 제목이 붙은 그 책은 1992년부터 우익이 클린턴 부부를 상대로 벌여온 문화 전쟁의 산물이었다. 그것은 클린턴 부부가 백악관에 들어올 때 함께 갖고 왔다고 올드리치가 주장한 자유주의적 관용 분위기에 대한 소화불량 상태의 침울한 소문투성이의 공격이었다. 클린턴 부부에 대한 올드리치의 적개심은 자신이 숭배한 부시 정권 때의 격식을 차리는 공화당 풍토와 그가 "애팔래치아 산맥처럼 비틀린 캘리포니아 버클리"라고 묘사한 클린턴 진영의 문화 사이에 발생한 충돌로 고조됐다. 올드리치는 그것을 러쉬 림보가 펴내던 소식지에 실린 림보와의 인터뷰에서 다음과 같이 설명했다. "그것 역시 반문화와 관련된 것이었다. 나는 1960년대에 내가 늘 조사했던 사람들을 직접 대면하게 됐다. 나는 처음엔 그게 뭔지 몰랐다. 그걸 이해하는 데 시간이 좀 걸렸다. 그러나 결국 깨달았다. 그것은 20년 전쯤에 겪었던 마약, 섹스, 그리고 로큰롤이었다."

올드리치는 클린턴 지지자들을 "어깨가 넓고 바지를 입은 여자들과 호리병 모양의 서양 배나 볼링 핀처럼 생긴 남자들"이라고 묘사했다. 클린턴 시절의 백악관에서 올드리치는 "청바지에 티셔츠와 두껍고 헐거운 스웨터를 걸치고 귀고리를 하고 말꼬리 모양으로 머리를 묶은 남자들"과 "검은색 바지와 검은 티셔츠, 검은 신발, 심지어 립스틱까지 검은색으로 칠한, 온통 검은색으로 치장한 한 젊은 여자"를 보았다. 또 한 사람의 여자 직원은 "엄청 짧은 스커트를 입고……야하게 다리를 꼬고 앉았다가 폈다가 했다." 그 책은 백악관 지하실 샤워장의 레즈비언 섹스, 클린턴 고위 보좌관들의 광범한 마약 사용, 대통령의 섹스 및 알코올 중독과 같은 축축한 "혁명"을 그렸다. 특히 올드리치를 분노하게 만든 것은 힐러리였다. 힐러리는 "정부 전체를 장악하고", 백악관 내의 누구도 자신을 직접 찾아오도록 해서는 안 된다고 명령했으며, "정상인"보다는 레즈비언에게 자리를 주는 것을 더 좋아하고, 전통적인 가족을 혐오했으며, 백악관 크리스마스 트리를 꾸밀 때는 포르노그래픽 장식을 선호했다고 올드리치는 주장했다.

50년 전 헨리 레그너리 1세가 설립한 레그너리 출판사는 **러셀 커크**의 『보수주의 정신(*The Conservative Mind*)』, 윌리엄 버클리 주니어의 『예일의 신과 인간(*God and Man at Yale*)』, 휘태커 챔버스의 『목격자(*Witness*)』, 그리고 **배리 골드워터**의 『한 보수주의자의 양심(*Conscience of a Conservative*)』과 같은 뛰어난 보수주의 고전들을 많이 출판한 것으로 유명하다. 레그너리의 아들 앨프리드가 그를 이어 실권을 장악했다. 앨프리드는 레이건 정권 때 법무부에 들어가 법무부 장관 에드윈 미즈 밑에서 포르노 추방 캠페인의 비공식 책임자가 됐다. 레그너리는 그의 아내가 한 침입자로부터 성적인 공격을 당했다고 주장함에 따라 조사를 벌이고 있던 경찰이 그의 집에서 본격 포르노 테이프를 숨겨둔 장소를 찾아냈다고 언론이 보도하기 직전 갑자기 사임했다.

러셀 커크(왼쪽)
미시건 주립대학과 듀크 대학에서 공부하고 미시건 대학 강단에 서기도 했으나 전문 강사와 작가로 전업했다. 우익을 대표하는 잡지인 〈내셔널 리뷰〉 창간에도 깊이 관여한 커크는 그 후 약 25년 동안 우익 독자들을 위한 교육 관련 칼럼니스트로 활동하면서 미국의 강경 대외정책 등에 관한 칼럼을 500편 이상 썼다. 『보수주의 정신』, 『보수주의자들을 위한 프로그램들』을 비롯해 적지 않은 저서를 남겼다. 오른쪽은 윌리엄 버클리.

앨프리드는 가업에 복귀했다. 1990년대 초에 공화당 전국위원회 후원자 명단 1백 위 안에 들어간 작달막하고 기름기가 흐르는 소식지 출판업자 톰 필립스가, 활기를 잃었지만 평판이 좋았던 그 지적인 출판사를 인수했다. 필립스와 앨프리드는 그 출판사를 완전히 당파적 활동 거점으로 바꿔버렸다. 출판사는 필립스 소유의 '보수주의 북클럽' 이라는 조직을 통해 요란스럽게 책들을 팔고 다니는 한편 팻 뷰캐넌, 딕 아미, 스티브 포브스, 공화당 전국위원회 의장 헤일리 바버, 다이니쉬 드수자, 데이비드 호로위츠, 전국총기협회 총재 웨인 래피어와 같은 보수주의 정치인과 활동가들을 전속 작가로 끌어들였다. 레그너리는 클린턴 불륜 조사 시리

배리 골드워터
애리조나 출신의 연방 상원의원으로, 공화당은 보수주의 이념이 지배하는 현대 미국 사회를 설계한 인물로 평가하고 있다. 반공 의식이 투철하여 미국의 베트남 참전을 강력하게 뒷받침했으며 소련과의 데탕트를 몹시 못마땅하게 생각하는 등 냉전적 사고로 꽉 차 있는 대표적 보수 우익 인사. 저서로 『보수주의자의 양심』과 『내가 서 있는 곳』이 있다.

즈도 내놓기 시작했다. 적어도 10여 권에 이르는 그런 류의 책들 가운데는 다음과 같은 것들이 있었다. 앰브로즈 에번스-프리처드의 『빌 클린턴의 은밀한 생활 : 알려지지 않은 이야기』, 앤 쿨터의 『중범죄와 경범죄(*High Crimes and Misdemeanors*)』, 바바라 올슨의 『대가를 치르게 될 악마 : 힐러리 로뎀 클린턴의 알려지지 않은 이야기』가 그것이다. 브라운이 꾸며낸 마약 거래 이야기를 재탕한 보브 타이럴의 『사나이 클린턴(*Boy Clinton*)』은 하도 조잡해서 프리 프레스 출판사로부터 출판을 거절당했다. 레그너리가 출판한 클린턴 시리즈의 절반 이상이 베스트셀러가 됐으나 『무제한 접근』만큼 팔린 책은 없었다. 『무제한 접근』은 최고 50만 권 정도가 팔렸을 것이다.

앨프리드는 팻 뷰캐넌의 대변인을 지낸 베테랑 보수주의 선전 전문가 그레그 밀러, 그리고 미국부흥국(NRA)과 미국보수주의연맹, 폴라 존스, 〈아메리칸 스펙테이터〉 등을 고객으로 확보하고 있던 크레이그 셜리를 고용해 판촉 캠페인 관리를 맡김으로써 『무제한 접근』을 위한 전면적인 판매 선전 활동을 벌였다. 출판 당일 밀러는 그 책 가운데서 가장 선정적인 폭로 부분(매리어트 호텔 이야기)이 〈워싱턴 타임스〉 1면에 도배질되도록 조처했다. 그해 6월 아침 커피를 마시면서 〈워싱턴 타임스〉를 읽고 있던 나를 경악하게 만든 것은 올드리치가 매리어트 호텔 이야기를 들려준 취재원에 대해 밝힌 다음과 같은 부분이었다. "교육 수준이 높고, 제대로 훈련을 받았으며, 경험이 풍부한 조사자로, 그 자신이 클린턴 부부에 대해 조사를 벌이고 있는 사람." 나는 그런 수사 어디에도 해당하는 사람이 아니었을뿐더러 내가 또 다른 엉터리 코미디 한가운데 들어가 있다는 사실에 구역질이 치밀어올랐다. 올드리치와 만났을 때 나는 내가 그를 인터뷰하고 있다고 생각했는데, 실은 그가 나를 인터뷰하고 있었던 것이다.

몇 시간 뒤 나는 〈뉴스위크〉의 마이클 아이시코프 기자로부터 걸려온 전화를 받았다. 그는 매리어트 호텔 추문에 관한 주장 때문에 달아오른 선거철 열기에 관한 기사를 쓰고 있었다. 아이시코프와 나는 좀 복잡한 관계였다. 내가 『힐러리 로뎀의 유혹』을 쓰기 위해 취재하고 있을 때, 그는 내게 클린턴의 성추문에 관한 기사를 한 묶음 넘겨주었다. 편집자들의 거부로 그것을 싣지 못하자 내가 대신 그 추문을 추적, 취재해주기를 바랐던 것이다. 나는 하지 않겠다고 했다. 이제 그와 나는 클린턴 섹스 추문 날조의 허구를 폭로하는 데 협력하고 있었다. 올드리치는 아이시코프에게 자신의 매리어트 호텔 이야기 취재원이 언론인이라고 말했다. 아이시코프와 나는 그 몇 주 전에 우연히 점심을 함께 하면서 두 사람 모두 올드리치를 취재원으로 삼고 있다는 사실을 알았다. 우리 둘 다 그가 취재원으로서는 형편없는 자라는 결론을 내렸다. 따라서 아이시코프는 내가 올드리치를 만났다는 것을 알고 있던 터라, 육감에 따라 올드리치에게 매리어트 이야기를 해준 언론인이 바로 내가 아니냐고 물었다. 그렇게 생각한다고 내가 말하자, 아이시코프는 그 사실을 공개할 것이냐고 물었다. "우하하……그래, 그래야지" 나는 아이시코프에게 자신있게 말했다. 전국적으로 방송된 그 중상모략건에 대한 일차적인 정보 제공자는 나였으므로, 나는 내가 알고 있는 모든 것을 말해야 한다는 책임감을 느꼈다.

아이시코프와 통화를 끝낸 나는 올드리치를 만나 내가 그의 취재원이었다는 점을 분명히 해둬야겠다고 마음먹었다. 나는 폴라 존스 소송 때 친구가 된 마크 레빈의 사무실에 있던 올드리치에게 전화를 걸었다. 레빈은 당시 랜드마크 법률재단 워싱턴 사무소 소장으로 있었다. 나는 올드리치가 어느 우익 단체의 법률적 대표권을 얻을 수 있도록 레빈이 도와주고 있다는 사실을 알고 있었다. 스케이프가 돈을 대는 그 우익 단체는 애틀랜타에 본부를 둔 **남동부 법률재단**으로 하원 의장 깅그리치와 긴밀한 관계를 맺고 있었다.

올드리치가 전화를 받자, 나는 매리어트 호텔 이야기의 취재원이 나였느냐고 물었다. 그는 그렇다고 대답했다. 나는 몇 개월 전에 그를 만났을 때 그에게 설명했듯이 그것을 검증할 수 없기 때문에 내가 취재원이 될 수 없다고 항의했다. 나는 그 이야기에 대한 1차 정보 또는 2차 정보마저 갖고 있지 않았다. 그것은 세 번을 거쳐 나에게 전해진 3차 정보였다. 격분한 올드리치는 "그래, 왜 당신이 취재원이 될 수 없다는 거야" 하고 다그쳤다. "당신이 기자여서?" 내가 아는 한 그것은 얘기가 안 된다고 나는 못박았다. 그러고 나서 올드리치에게 아이시코프와 그 전에 인터뷰를 했는데 그때 그것을 부정했다고 말해주었다. "당신, 나한테 무슨 짓을 하고 있는 거야?" 올드리치는 악을 썼다.

올드리치와 통화를 끝낸 바로 직후, 내가 『무제한 접근』의 정확성에 대해 공개적으로 비판한다는 얘기가 보수주의 운동권으로 퍼져나갔다. 그 주말에 나더러 입다물고 있으라고 경고하는 저명한 공화당원들의 전화가 빗발쳤다. 마크 레빈이 화가 나서 씨근덕거리며 특유의 찢어지는 듯한 고성으로 내게 말했다. "그가 침몰하면 우리 모두 침몰하는 거야." 레빈은 내가 아이시코프를 막았어야 했다며, 나더러 조지타운을 떠나 더 이상 언론에 발설하지 말라고 요구했다. 그 책을 읽지도 않은 실버먼 판사 역시 올드리치의 FBI 경력을 들먹이며 그 책을 옹호하고 나섰다. 그러면서 나더러 올드리치를 비판하지 말라고 충고했다. 보수주의 작가 라이사 쉬퍼런과도 이야기했는데, 그는 『무제한 접근』에 잘못된 얘기들이 있지만 그럼에도 그것은 클린턴에 타격을

올드리치를 고객으로 확보하고 있던 남동부 법률재단 총재는 마이클 글래빈으로, 그 역시 숱한 클린턴 중상 비방자 가운데 한 사람이었다. 글래빈은 유리집에서 살고 있었는데, 나중에 조지아주 공원을 산책하던 한 남성에게 성적 요구를 한 혐의로 두 번째 고발당한 뒤 총재 자리에서 물러났다. 글래빈은 첫 번째 고발당했을 때 언쟁을 한 적이 없다고 변명했으나 6개월 보호관찰에 벌금까지 물었다. 그는 두 번째 고발 내용도 부인했다.

가하는 것이기 때문에 지지를 받아야 한다고 단호하게 말했다. 올드리치의 책을 추켜세운 〈월스트리트 저널〉의 사설면 편집자 존 펀드는 유화적인 태도로 우리가 우리의 메시지를 사전에 '조정해서' 텔레비전 인터뷰에 함께 출연하는 것이 어떻겠느냐고 제안했다. 조지 월은 일요일 아침 일찍 나와 이야기를 나눈 뒤, 그날 데이비드 브링클리의 〈ABC〉 아침 토크쇼에 나가 올드리치를 깎아내렸다.

그러나 그것은 예외적인 일이었고, 다른 대다수 보수주의자들은 선거해를 맞아 『무제한 접근』의 내용이 정확하든 틀리든 상관없이 클린턴에게 타격을 가하기를 바라면서 그 책 지지 대열에 합류했다. 내가 근무했던 〈워싱턴 타임스〉의 '기사를 손질하는' 편집자들은 기자들이 보내온 기사들에 『무제한 접근』에 이의를 제기한 내 발언 내용이 들어 있으면 모조리 삭제했다. 러쉬 림보는 올드리치에게 "그대는 주님의 역사를 행하고 있다. ······우리는 그대가 미국에 태어난 것을 기뻐한다"고 말했다.

클린턴 스캔들을 〈월스트리트 저널〉이 어떻게 보도해왔는지 좀더 잘 파악하고 있었어야 했다. 그 신문과 존 펀드가 나를 가장 실망시켰다. 그 책이 출판되기 몇 주 전에 펀드는 책의 신뢰성을 높일 목적으로 〈월스트리트 저널〉 논평면에 올드리치를 등장시켜 그를 "심층 추적 작가"로 띄워올렸다. 올드리치의 책이 나오자, 〈월스트리트 저널〉은 즉각 발췌 요약한 내용을 실었다. 게다가 편집자들이 기사 내용에서 중대한 사실 오류를 발견해냈음에도 불구하고 일을 강행했다. 나는 그와 같은 사정을 당시 그 일을 두고 벌어진 논란에 관여했던 소식통으로부터 직접 들었다. 편집자들은 불확실한 내용의 기사 게재를 일단 보류하고 책 전체를 좀더 철저하게 검증하기보다는, 자신들이 찾아낸 중대한 사실 오류 부분을 삭제해버림으로써 기사가 균형을 취하고 있는 것처럼 급조한 뒤 2백만 독자들에게 내놓았다. 〈월스트리트 저널〉은 심지어 올드리치 자신이 매리어트 호텔 이야기가 "가설에 근거한" 것이며 "확실하지 않다"고 인정할 수밖에 없는 처지로 몰렸음에도 초지일관 올드리치에게 충실했다. 올드리치가 책 판촉 활동에 나서자, 다른 매체들이 그 내용 대부분이 날조됐음을 폭로하고 나섰지만 〈월스트리트 저널〉은 "나는 게리 올드리치를 믿는다"는 문구를 새겨넣은 캠페인 배지 그래픽까지 싣는 등 도전적인 자세를 취했다(흥분 상태가 어느 정도 가라앉자, 앨프리드 레그너리는 내게 전화를 걸어 올드리치 책에 중대한 사실 오류가 있다는 사실을 인정했다).

올드리치 사건으로 나는 대가를 치렀지만 그것은 내게 또 한 걸음의 전진이었다. 3년 전에 게이로서 커밍 아웃을 한 이래 나는 우익 친구들의 반게이 편견으로 인한 파문을 느껴본 적이 거의 없었다. 내가 그들과 같은 편에 서는 한, 나의 반클린턴 입장은 믿을 만한 것으로 인정받고 그것은 내 사생활에 대해 그들이 편협하게 헐뜯을 가능성을 억눌러주었다. 하지만 내가 그들 편에서 떠나는 순간, 게이라는 나의 성 정체성은 그들이 나를 불신하는 빌미가 됐다. 그들이 옹호하는 올드리치에 대한 나의 비판을 무력화하기 위해 그의 선전 담당자들은 내가 그 책을 비난하는 것은 내가 동성애자이기 때문이라고 주장했다. 그들은 내가 『무제한 접근』을 문제삼는 진짜 이유는 그 내용이 부정확하기 때문이 아니라 그 책의 반게이적 주제 때문이라는 말을 슬그머니 흘렸다. 물론 내가 아이시코프와 전화 통화를 했을 당시에는 〈워싱턴 타임스〉 기사만 봤을 뿐, 아직 그 책을 읽지는 못한 상태였다. 그때까지 나는 힐러리의 직원 채용 정책이 "무례한 사회적 약자와 레즈비언 여성들" 그리고 "나약한 사회적 약자와 게이 남성들"을 선호한다는 올드리치의 감정적 비방 내용을 모르고 있었다. 그 직후 영향력 있는 보수주의 칼럼니스트 한 사람이 내게 전화를 걸어 "게이 관련 문제"로 내가 올드리치에게서 등을 돌렸다는 비난에 대해 어떻게 생각하느냐고 물었다. 나는 그 전화를 끊고 나서 전에 없던 분노와 모욕감을 느꼈다.

반게이 공세는 곧바로 내가 몸을 맡기고 있던 잘못된 현실을 산산조각 냈다. 나는 명백히 스스로를 줄곧 기만해왔다. 스스로를 그토록 희생해가며 그들로부터 인정받으려고 애썼지만, 나는 결국 전혀 인정받지 못했다는 사실을 깨달았다. 몇 달 뒤 여전히 그런 상황으로 인해 상처받고 있던 나는 게이괴롭히기에 관해 친구인 **데이비드 킨**과 이야기했다. 몇 년간 상원의원 보브 돌의 가까운 보좌관으로 있었던 킨은 공공정책 분야를 관장하는 집단으로 캐리그 셜리도 대변인 역할을 했던 미국보수주의연맹의 회장이기도 했다. 거북 껍질로 만든 안경을 낀 온화한 성격의 킨은 오랫동안 워싱턴 내부 사정을 지켜본 소식통으로 그 세계에 대해 회의적인 생각을 갖고 있었다. 그는 사리사욕을 위해 술수 같은 것을 부리지 않았다. 내

데이비드 킨
미국에서 가장 오래되고 가장 폭넓은 지지층을 확보하고 있는 '미국보수주의연맹' 회장이며, 워싱턴에서 활동하고 있는 로비스트다. 닉슨 정권에서 애그뉴 부통령의 정치 비서와 버클리 상원의원의 행정보좌관을 비롯해 보브 돌의 보좌관을 지냈다. 정치 관련 토크쇼에 종종 초청 인사로 나와 보수 우익의 시각을 대변하고 있다.

가 올드리치 일과 관련해, 그리고 나중에는 힐러리 문제로 입장을 바꾸고 난 뒤에도 그는 여전히 어떻게든 나를 조용히 도와주려 했다. 백악관 맞은편 거리에 있는 윌라드 호텔에서 아침을 먹으면서 1994년 〈워싱턴 포스트〉를 통해 내가 게이라고 커밍 아웃을 한 데 대해 보수주의자들이 내심 그토록 부정적인 반응을 보일 줄 전혀 몰랐다고 말하자, 킨은 놀라움을 표시했다. 그는 내가 내 성 정체성에 대해 입을 다물고 있었더라면 보수주의자들과의 관계에 아무 일도 없었을 것이라고 담담하게 말했다. 킨은 내가 공개적인 게이면서 보수주의 운동에 가담한 유일한 미국인으로서 잠시 무모한 짓을 했던 것이라고 부드럽게 말했다. 그러나 그것은 시간 문제였을 뿐이다. 나는 성공할 가망이 전혀 없는

계획에 매달리고 있었던 것이다.

『무제한 접근』에 대한 나의 비판은 보수주의자들이 나를 배척하고 추방하는 움직임의 신호탄이 됐으며, 그런 추세는 올드리치 일이 터져나오기 바로 전에 작업이 완료된『힐러리 로뎀의 유혹』이 그 몇 주 뒤 서점에 깔리면서 더 심해졌다. 올드리치는 악의에 찬 편지를 보내 나를 협박했다. 그 편지에서 그는 자신의 동료들이 나를 괴롭히고 신용을 떨어뜨리기 위해 기회를 노리고 있다고 썼다. "내가 듣기로는, 그대가 내게 한 짓을 너무너무 역겨워하고 혐오하는 사람들이 있다." 물론 그의 말은 옳았다. 나는 곧 내가 보수주의 정치행동위원회의 연례회의 초청 연사 명단에서 빠졌다는 것을 알았다. 전국의 보수주의 정치활동가들이 워싱턴에 모여 뉴트 깅그리치, 윌리엄 베니트, 잭 켐프, 필리스 슐래플리, 올리버 노스 같은 사람의 연설을 듣는 그 모임에 나는 전에는 공개적 게이 신분임에도 연사로 초청받았다. 보수주의 정치행동위원회 기획회의에 참석했던 한 친구는 당시 내 이름이 클린턴의 대통령직 수행에 관한 토론회의 패널로 거론됐으나 변절자라는 비난이 쏟아졌다고 말해주었다. 그 토론회 패널로 나 대신 참석한 사람이 게리 올드리치라는 사실을 알았을 때 나는 웃어야 할지 울어야 할지 난감했다. 나를 추켜세웠던 방식 그대로 이젠 게리 올드리치를 추켜세우다니, 어떻게 그런 짓을 할 수 있단 말인가?

그러나 바로 그것이 사태의 본질이라는 것을 나는 나중에야 깨달았다. 보수주의 운동권에서 볼 때 올드리치가 한 일과 내가 한 일 사이에는 아무런 차이도 없었다. 그들은 『애니타 힐의 진실』과 트루퍼게이트가 저널리즘 관점에서 평가받을 만한 작품이어서가 아니라 정치적으로 이용 가치가 있었기 때문에 환영했던 것이다. 사실 얼마 뒤 한 만찬회에서 리키 실버먼은 그런 생각을 마크 파올레타에게 아주 정확하게 털어놓았다. 올드리치 편을 든 보수주의자들은 그가 자신들의 분부대로 따랐기 때문에 그렇게 한 것이며, 그들이 나에게 등을 돌린 것은 내가 갑자기 그것을 거부했기 때문이었다. 눈앞에서 나를 가장 심하게 모욕한 것은 여전히 내가 한가족으로 생각하면서 몸담고 있던 〈스펙테이터〉였다. 나는 〈스펙테이터〉가 올드리치를 축하해주기 위해 새터데이 이브닝 클럽 만찬회를 연다는 얘기를 듣고 참석하지 않기로 했다. 올드리치는 그날 만찬회에서 내 동료와 친구들 사이에 앉아 나를 "(예수를 배신한) 유다"라고 비난했다.

그 뒤 몇 개월 동안 올드리치 일을 생각하면 할수록 더 괴로웠다. 나는 보수주의 운동권이 나를 게이로서 받아들였다고 잘못 생각했다. 내 팀이 다른 팀보다 더 정직하다는 믿음 역시 착각이었다. 더욱이 보수주의자들이 안고 있는 문제가 올드리치의 거짓말을 옹호하는 차원을 훨씬 뛰어넘는다는 사실을 비로소 깨달았다. 보수주의자들은 석기 시대 이래의 온갖 문화적 편견으로 가득 찬 천박한 비난을 추켜세움으로써 자신들의 본질이 어떤 것인지를 스스로 폭로했던 것이다.

나는 여전히 그것을 인정할 만큼 자각하진 못했지만, 보수주의자들이 나와 내 글에 대해 갖고 있던 생각은 옳았다. 나는 좀더 세련된 게리 올드리치에 지나지 않았던 것이다. 그와 나는 서로 분신이었다. 『무제한 접근』은 내가 쓴 트루퍼게이트가 그랬던 것처럼, 클린턴의 대통령직 수행에 타격을 가하기 위해 혐오감과 비뚤어진 욕망을 이용했다. 올드리치와 그의 지지자들은 내가 클레어런스 토머스 소송 때 그랬던 것과 똑같이 그와 같은 목적을 위한 거짓말에 매달렸다. 사실 올드리치 일로 고통을 받은 나는 자기혐오 때문에 그를 비난했던 것이다.

15
결 별

1996년 여름 나는 바바라 브래처와 테드 올슨의 화려한 결혼식에 초대받았다. 워싱턴의 저명한 그들 보수주의 권력 커플의 결혼식에 참석할 인사들을 맞기 위한 흰색 텐트가 숲이 무성한 버지니아 교외에 설치됐다. 〈월스트리트 저널〉 사설면 편집자 로버트 바틀리, 클레어런스 토머스, 케네스 스타 등 반클린턴 유력 인사들이 거기에 총집결했다. 리셉션장에서 보이든 그레이는 스타 특별검사가 묘책을 찾아낼 것 같지 않아 보이니 클린턴의 재선을 저지할 수 있을 것인지는 곧 『힐러리 로뎀의 유혹』을 출판할 나에게 달렸다는 오싹한 농담을 했다. 나는 설핏 미소를 지어 보이고는 허공으로 시선을 돌렸다.

나는 그레이의 좌절감을 이해할 수 있었다. 1995년 새 국회 개원과 함께 공화당이 하원을 장악한 상황에서 클린턴은 '삼자 정립' 정책(오른쪽의 깅그리치 혁명 세력과 왼쪽의 민주당 하원 지도부 사이의 중간에 자신을 포진시킨다)을 채

택했다. 그는 균형예산에 서명했고 오랜 재정적자를 흑자로 반전시킴으로써 월스트리트의 공화당 지지자들의 환심을 샀다. 1996년 국정 연설에서 클린턴은 "큰 정부 시대는 끝났다"고 선언했다. 몇 개월 뒤에는 연방 차원의 복지 정책에 종지부를 찍었다. 공화당 서클들은 1994년 중간선거 승리 뒤 클린턴이 재선될 수 없다는 것을 자명한 이치로 여기고 있었으나, 클린턴은 공화당 후보 지명자 보브 돌을 손쉽게 이겼다.

사태는 공화당 쪽에 그다지 유리하게 돌아가지 않았다. 어떤 면에서 공화당원들은 자신들의 중간선거 승리로 클린턴이 중도적 입장을 취하도록 몰아감으로써 오히려 그로 인한 희생자가 되고 말았다. 하지만 클린턴이 균형예산이나 복지 개혁과 같은 인기있는 정책을 주도함으로써 정치적 성공을 거둘 수 있었던 것은 공화당 때문이 아니라 그 자신의 역량 덕택이었다. 공화당원들은 대리투표제를 폐지함으로써 상임위원회 위원장의 전제적 권력을 약화시키고 하원도 다른 일반 기관과 동일한 법률의 적용을 받도록 요구하는 하원 개혁 입법 필요성에 부응했다. 그러나 임기 제한과 균형예산을 위한 개헌과 같이 '미국과의 계약'에서 공약한 입법안들은 통과되지 못했다. 투표자들은 상무부나 교육부와 같은 부처를 폐지할 준비가 돼 있지 않았다. 학교 급식 프로그램과 공익 방송에 대한 공화당의 공격은 너무 급진적이어서 정치적 효과를 발휘하지 못했다. 그리고 공화당의 감세 주장은 경제적 호황을 누리고 있던 당시로서는 불필요한 것으로 받아들여졌으며, 특히 세입 삭감 조처는 정부의 고령자 및 장애자 의료보험비와 사회적 안전비용 삭감을 의미했다.

1995년 가을 공화당은 예산 문제를 둘러싸고 클린턴과 충돌하는 과정에서 예산안 통과를 거부해 집행을 중단시킴으로써 연방 정부 기능을 마비시켰다. 이와 같은 사태는 특히 반정부 테러범이 오클라호마시 청사를 폭파한 지 몇 개월밖에 되지 않은 시점에 발생함으로써 공화당이 내린 첫 번째 지시는 대실패로 끝나고 말았다. 퇴직 보조금 지급과 같은 정부 프로그램에 대해 초당파적 신뢰를 보내고 있던 유권자들 다수가 공화당이 지배하는 하원에 등을 돌렸던 것이다. 그 결과 깅그리치 혁명은 1년도 되지 않아 종말을 고했다. 유권자들에게 공화당은 자유주의를 제압한 이후 국가를 위한 어떤 프로그램도 신념도 비전도 갖고 있지 못한 것으로 비쳤다. 클린턴이 성공적으로 삼각 정립 체제를 가동함으로써 공화당은 인기 없는 우익 사회 문제들에 매달리는 집단으로 몰리는 신세가 됐다. 유일하게 공화당을 결속시킨 것은 곤경에 처한 반클린턴 조사와 클린턴 부부 혐오였으며, 그것은 공화당 아젠다 가운데 가장 호소력이 있던 것들을 클린턴이 채택함에 따라 지속됐을 뿐 아니라 점점 더 강해졌다.

이 시기에 보수주의 지식인들의 처지는 워싱턴의 공화당 지도부의 처지보다 더 고립되고, 관용을 상실했으며, 또한 위험했다. 사회적 약자 보호정책에서부터 이민·외교정책에 이르기까지 모든 사안들에 대한 의견 불일치로 분열된 과거 냉전의 전사들은 자신들의 문화 전쟁 주제를 극단까지 밀고 나갔다. 노먼 포드호리츠는 〈코멘터리〉에 기고한 글에서 문화가 더 이상 동성애를 "변태, 심지어 정신병"으로 간주하지 않는다고 한탄하고, "페미니즘"이 "젊은 여자들을 더욱 무서운 존재"로 만들었기 때문에 젊은 남자들이 동성애 쪽으로 빠지도록 "부추김과 교사를 당하고 있다"고 경고함으로써 반게이 강박 관념을 드러냈다. 한때 공화당 내의 낙태 반대 세력과 낙태 옹호 세력 간의 온건한 타협을 주선했던 빌 크리스톨은 이제 루퍼트 머독이 발행하는 새 보수주의 잡지 〈위클리 스탠더드〉에서 강경 매파 노선을 주장했다. "그러나 진실은 오늘날 낙태 문제가 미국 정치의 피비린내 나는 갈림길이라는 것이다. 그것은 (헌법으로부터의) 사법적 해방, (전통적인 다수의 성생활로부터의) 성 해방, (타고난 성 구분으로부터의) 여성 해방이 마주치는 곳이다." 프리 프레스가 출판한 주요 서적 중 하나로 찰스 머레이와 리처드 헌스타인이 함께 쓴 『종 곡선(*The Bell Curve*)』은 흑인은 유전적으로 열등하다고 주장했는가 하면, 다이니쉬 드수자—그는 "다소 악의적인 생각"을 품게 됐다고 고백했다—는 『인종주의의 종말(*The End of Racism*)』이란 책에서 흑인들은 문화적으로 열등하다고 주장했다. 로버트 보크 판사는 자신의 책 『고모라를 향한 경배(*Slouching Towards Gomorrah*)』에서 "힘차고 낙관적이며 정치적으로 세련된 종교적 보수주의의 발흥"을 촉구했다. 예전에 자신을 "엄격한 (법률) 해석자"로 자부해온 보크는 하원이 동의하지 않는 연방 법원의 모든 결정을 무효화할 수 있도록 해야 한다고 주장함으로써 어떤 재판정에 앉을 자격도 없다는 점을 스스로 드러냈다.

리처드 존 뉴하우스
루터파 신학자에서 가톨릭 신부로 개종한 지식인으로 〈퍼스트 싱〉의 편집장이고 '종교와 생활' 대표다. 그는 레이건 대통령에게 종교가 국가에 어떤 기능을 하고 역할을 할 것인지 청사진을 제시한 인물로, 미국에서 '일상에서의 종교'를 강조함으로써 로마 가톨릭 선교 활동 방향의 전환을 촉구했다.

아마 당시의 광기를 가장 잘 보여주는 것은 '민주주의의 종말? 정치의 사법 강탈'이라는 제목이 붙은 심포지엄 내용을 실은 보수주의 잡지 〈퍼스트 싱(*First Things*)〉일 것이다. 기고자들은 낙태, 게이의 권리, 자살 지원에 관한 최근의 자유주의적 법원 판결을 웃음거리로 매도하면서 미국의 "체제(정부의 모든 시스템)"가 "도덕적으로 불합리"한 것으로 전락했다고 결론지었다. 루터파 신학자에서 가톨릭 신부로 개종한 그 잡지의 편집자 **리처드 존 뉴하우스**는 보크 판사와 일군의 영향력 있는 보수주의 운동계 지식인들의 지지 속에 미국과 나치 독일을 비교하면서 "양심적인 시민들"이 "불응, 저항, 시민 불복종, 도덕적으로 정당한 혁명" 등의 선동 활동에 적절히 참여할 시기가 도래했다고 주장했다. 이들 보수주의자들은 "체제"에 대한 폭력 사용을 지지하면서 1960년대 스타일의 급진주의 주변 세력과 깅그리치 시대의 급진주의 간의 유사성을 명백히, 그리고 완벽하게 보여주었다.

대통령선거 몇 주 전인 1996년 10월 서점가에서 『힐러리 로뎀의 유혹』이 서점가를 강타하자, 윌리엄 새파이어는 〈뉴욕 타임스〉와 〈월스트리트 저널〉 사설면에 기고한 글에서 힐러리 클린턴이 재판방해죄로 기소─스타 특별검사팀의 검사 힉 어윙이 내 책 속에 넣어달라고 했으나 넣지 않은 바로 그 구절─당할 날이 임박했다고 예측했다. 〈아메리칸 스펙테이터〉는 힐러리가 "워터게이트 사건 이래 가장 심각한 재판방해"에 관여했다고 비난했다. 보브 타이럴은 자기 아들의 마약 남용 문제를 처리하기 위해 아칸소 프로젝트 책임자 데이비드 헨더슨을 급파한 주제에 클린턴이 마약에 빠져 있다는 증거를 찾아냈다며 "그는 마약 과잉 복용자 취급을 받아야 할 것"이라고 주장했다. 이런 사람들에게 퍼스트 레이디(힐러리)에 관해 합리적으로 쓴 책이 달가울 리 없었다.

책이 출판되던 날, 나는 내가 한때 일했던 〈워싱턴 타임스〉를 펼쳤다. 1면 머리에 '성인이 된 힐러리 비판자'라는 큼직한 제목이 달려 있었다. 격앙된 어투의 그 기사는 그 신문을 바이블로 생각하는 보수주의 운동 지도부에게 내 책이 자유주의 평론가들을 즐겁게 해주기 위해 쓴 거짓임을 고하는 말로 시작했다. 출판업자 앨프리드 레그너리는 "그(브록)가 기쁘게 해주려고 애쓰는 사람들은 그를 싫어한다"고 말했다. 그 기사는 나에게 퍼스트 레이디 "변호인"이라는 딱지를 붙이고는 우파들은 아무도 내 책에 귀기울이지 않을 것이라고 장담했다.

신보수주의 비평가 힐턴 크레이머는 머독 소유의 〈뉴욕 포스트〉에 쓴 글에서 내가 힐러리에 대해 부드러워진 이유는 『애니타 힐의 진실』과 트루퍼게 이트를 발표한 이후 좌파의 새로운 공세를 내 정신이 견뎌내지 못한 탓이라고 주장했다. "의지가 강한 언론인이 남들로부터 사랑받기를 원한다는 조짐을 보여주기 시작했다면 그것은 항상 불길한 신호다. 그러나 그것이 『힐러리 로뎀의 유혹』을 쓴 작가를 사로잡은 충동이었던 것 같다"고 크레이머는 썼다. "책은 성공한 어머니로서의 힐러리라는 사랑과 꽃의 이미지로 끝맺는다. 독자가 체하지 않고 넘어갈 강한 위장이 필요한 때는 그런 대목만이 아니다." 울라디조차 〈위클리 스탠더드〉에 '브록은 힐러리를 사랑한다'는 제목으로 실린 냉소적인 서평에서 나에게 동성애 혐오 성향이 있음을 발견했다고 했다. 미지 덱터는 결혼한 남녀간의 일은 내 이해력 범위를 넘어선 것이라는 생각을 넌지시 내비쳤다. 덱터는 나에게 "어두운 비밀을 밝히는 적합한 소임"으로 복귀하라고 훈수했다.

이러한 비평들이 쏟아져나오면서 고든 리디와 올리버 노스의 인기있는 라디오 토크쇼처럼 한때 내 책과 기사들을 추켜세웠던 보수주의 미디어들도 나를 초청하지 않게 됐다. 보수주의 운동권에 몇 년간 몸담은 뒤로 나는, 지금은 시큰둥해졌지만, 내 주장을 펼칠 수 있는 그런 미디어 토론회에 나갈 권리를 획득했다고 생각했다. 그러나 팻 뷰캐넌의 여동생으로 〈CNBC〉의 '이퀄 타임' 프로 공동진행자였던 베이 뷰캐넌은 내가 힐러리에 대한 "올바른 관점"을 가져야만 보수주의자들이 나를 받아들일 것이라고 분명히 말했다. 그로버 노퀴스트의 주관 하에 지난 몇 년 동안 나와 가깝게 지냈던 70명의 유력 보수주의 활동가들이 참여하고 있던 수요일 그룹 전략회의 가운데 한 모임이 "다른 팀을 돕는" 활동을 활발히 한 공화당원에게 주는 **케빈 필립스 상** 수상자로 그 자리에 가지도 않은 나를 지명했다.

〈아메리칸 스펙테이터〉는 내 책 가운데 힐러리의 보건의료 개혁 실패를 다룬 부분을 발췌해 실었다. 보브와 울라디는, 확실하진 않지만 나의 초기 저작들에 대한 믿음과 존중 때문에 나를 비호해주고 있는 듯했다. 그러나 리처드 멜런 스케이프는 내 목을 치기를 원했다(스케이프는 당연히 격분했다. 또한 내 고용주들에 대한 구속력을 지닌 조정회의에서는 『힐러리 로뎀의 유혹』 집필 취재 활동에 참여한 일부 〈스펙테이터〉 조사원들 월급으로 나가고 있던 아칸소 프로젝트의 일부 기금 지급을 중단하는 조처가 내려졌다).

아마 내 기분을 달래주려고 그랬겠지만, 보브는 1996년 11월 대통령선거 투표일 밤에 윌리엄 버클리와 사교계의 명사인 그의 아내 패트가 맨해튼 어퍼 이스트 사이드에 있는 그들의 아파트에서 주최한 파티에 나를 데리고 갔다. 보브는 인심 좋게도 나를 센트럴 파크 사우스에 있는 뉴욕 애슬레틱 클럽에 데리고 갔으며, 버클리의 집으로 가기 전에 다시 어퍼 이스트 사이드에 있는 작가 **톰 울프**의 집으로 데려가 함께 칵테일을 마셨다. 울프는 1960년대에 1인칭 화법과 참여주의 뉴 저널리즘을 창시한 인물로, 보수주의 문화주제들을 강조해 평단의 갈채를 받았으며 상업적으로도 성공한 『우익들(The Right Stuff)』과 『허영의 모닥불(Bonfire of the Vanities)』과 같은 소설에 독특한 문체를 도입했다. 그는 〈스펙테이터〉 편집자문위원회 위원이기도 했다. 엘리베이터를 나와 비더마이어 양식(19세기 중엽에 유행한 간소하고 실용적인 가구 양식–옮긴이)의 골동품들이 은은한 빛을 발하는 울프의 아르데코(1910~1920년대에 유행한 장식적인 디자인. 1960년대에 부활–옮긴이) 스타일의 아파트에 걸어들어가는 것은 마치 번드르르한 겉치레를 자랑하지만 미학적으로는 빈약한 『건축 요람』의 페이지 속으로 들어가는 것 같았다.

울프는 자신의 트레이드 마크인 흰색 양복 정장에 파스텔색 셔츠와 넥타

공화당 정치 전략가요 작가였던 필립스는 보수적인 남부 지역에 문화적 유인 정책을 쓴다면 공화당이 다수당이 될 수 있다는 주장을 펴 한때 명성을 얻었으나, 몇 년 뒤 공화당의 기본 경제정책을 비판함으로써 우익의 분노를 샀다.

이 차림으로 우리를 맞았다. 내가 쓴 트루퍼게이트 기사의 애독자였던 울프는 당연히 최근에 출판된 『힐러리 로뎀의 유혹』에 대한 얘기를 꺼냈다. 〈위클리 스탠더드〉에 실린 미지 덱터의 서평에 관해 언급하면서 울프는 절망할 것 없다고 내게 말했다. "그 사람들(그는 유대인 신보수주의자들로 구성된 〈코멘터리〉 서클 멤버들을 지칭했다)"은 "내 작품도 평가해준 적이 없어요. 그들은 선천적으로 부정적인 정조를 지닌 사람들입니다." 울프의 코멘트는 달갑지 않은 위로였다.

선거 결과가 클린턴에게 유리하게 돌아가자, 버클리의 파티는 침울해졌다. 자리도 여기저기 비었다. 나는 저녁 내내 빌(버클리)에게 눈길을 주지 않았지만, 보브와 내가 한 블록 전체를 다 차지하고 있는 듯한 그 으리으리한 1층 아파트에 도착했을 때 바싹 마른 패트 버클리가 손에 술잔을 들고 널찍한 현관 홀에서 마치 자신이 어디 있는지도 모르는 듯 서성거리고 있는 모습이 보였다. 나는 전에 빌을 〈PBS〉 토크쇼 프로그램인 '제1선(Firing Line)'에 출연했을 때 만났으나 패트는 만난 적이 없었다. 보브가

톰 울프
흰색 양복에 파스텔색 셔츠와 중절모를 쓰고 다니는 것이 트레이드 마크인 울프는 〈아메리칸 스펙테이터〉 편집 자문위원이기도 하다. 1인칭 화법과 참여주의 뉴저널리즘의 창시자로 유명한 우익 작가다.

친구인 타키 시오도러코풀러스를 만나러 달려가자, 패트는 나를 차가운 눈초리로 쳐다보았다. 달리 어떻게 해야 할지를 몰라 나를 소개하자, 그녀는 내가 누군지 잘 알고 있다고 말했다. 패트는 몇 주 전 일요일에 〈뉴욕 타임스〉에서 권위 있는 언론인 제임스 스튜어트가 쓴 『힐러리 로뎀의 유혹』 서평을 읽었다. 그 서평에서 제임스는 내가 "폭넓은 의미에서 주제의 정당성을 획득"하기 위해 노력했다고 평했다. 행색으로 보아 만취한 패트가 나를 거칠게 비난했다. "당신이 그걸 개판으로 만들었어!"

워싱턴으로 돌아온 나는 몇 주 동안 내가 알고 있던 보수주의 운동권 내의 어느 누구로부터도 위로와 지지는 물론 우려의 말조차 듣지 못했다. 오직 한 사람, 공화당 정치고문으로 있다가 토크쇼 진행자가 된 **메리 매털린**만이 예외였다. 메리는 내 책을 읽고 좋아했다. 메리는 클린턴 측근이었던 남편 제임스 카빌로부터 몇 년에 걸쳐 수집한 정보를 토대로 판단할 때 내 책이 진실을 담은 것으로 본다고 말했다. 그녀는 전국에 방송되는 자신의 라디오 쇼에 나를 초대해 그 문제를 다뤄보겠다고 약속했다.

우익이 내 책을 기피하리라는 것은 충분히 예상할 수 있었기 때문에 출판할 때 나는 내 책에 대한 시장의 기대를 고의로 무시하는 것은 물론, 반클린턴 광신자들을 의도적으로 멸시했다. 결국 나는 힐러리에 대한 보수주의 비판자들 몇 명의 이름까지 거론해가며 그들의 주장 속에 들어 있는 오류들을 신랄하게 지적함으로써 적절한 수준을 훨씬 넘어서고 말았다. 그리고 책 후기에서 나는 증오의 정치와 무지막지한 클린턴 두들겨패기가 현대 보수주의 운동을 훼손하고 있다고 비난했다.

출판 계약 선불금 규모와 방대한 인쇄 작업, 급격히 감소한 독자 등을 감안할 때 『힐러리 로뎀의 유혹』이 『애니타 힐의 진실』 판매 부수의 절반도 팔리지 않은 상업적 실패작이었다는 것은 놀랄 일이 못 된다(출판업계에서 작가들은 책이 실제로 얼마나 팔리든 상관없이 선불금은 계약 당시 정한 대로 받는다. 만일 판매 실적이 저조할 경우, 그 손실분은 모두 출판사가 떠안게 된다. 『힐러리 로뎀의 유혹』의 실망스런 판매 실적은 분명히 앞으로 낼 책의 선불금 액수에 악영향을 줄 것이겠지만, 나는 또 책을 쓴다는 생각은 하지 않고 있었다. 따라서 그해 10월 『힐러리 로뎀의 유혹』 출판 당일에 맞

메리 매털린
공화당 정치고문에서 라디오 토크쇼 진행자로 변신했다.

춰 선불금의 3분의 2를 받은 나는 재정적으로는 별탈 없이 안착했다).

『힐러리 로뎀의 유혹』이 나온 그 주의 금요일 밤, 공화당이 40여 년 만에 다수당 지위를 차지한 하원의 첫 회기 마감을 축하하는 파티가 올슨의 집에서 열리기로 돼 있었다. 나는 거기에 참석할 생각이었다. 올슨 부부가 기대하고 있던 참석자들은 내 집에서 종종 연 파티에 참석했던 사람들과 기본적으로 같은 사람들(공화당 변호사들, 의회 보좌관들, 그리고 보수주의 작가들)이었다. 바바라 올슨과 함께 공동주최자가 된 사람은 긴니 토머스였다. 〈워싱턴 타임스〉가 내 책을 공격한 그날, 나는 차 안 전화에 저장된 바바라의 음성 메시지를 듣고 놀란 나머지 하마터면 길 바깥으로 차를 몰 뻔했다. "상황을 보건대 파티에 오시더라도 편히 계실 수 있을 것 같지 않습니다." 바바라는 덤덤하게 말했다. 참석한 클레어런스 토머스가 열심히 나를 변호했지만, 나는 더 이상 내 서클에서 환영받지 못하는 존재가 됐다. 애덤 벨로의 낙관론에도 불구하고 나는 보수주의자들이 『힐러리 로뎀의 유혹』을 예찬하거나 서점으로 떼지어 몰려가 그것을 살 것이라고 기대하지 않았다. 내가 예상하지 못했던 것은 개인적인 기피였다. 나는 내가 썼거나 쓰지 않았다는 이유로 친구들을 잃게 될 줄은 정말 몰랐다. 순진하게도 나는 숨김없이 정직하게 썼으므로 그들이 어느 정도는 받아들일 것이라고 기대하고 있었던 것이다.

워싱턴에서는 직업적인 일과 사회적인 일이 이상할 정도로 겹친다. 나와 가까운 소수의 몇몇 보수주의 친구들이 나를 지지했다. 예컨대 마이클과 아리애너 허핑턴 부부는 내게 조촐한 책 출판 기념 파티를 열어줄 정도로 친절했다. 리키와 래리 실버먼 부부가 왔고 로라 잉그러햄, 〈스펙테이터〉의 보브와 올라디, 마크 파올레타와 리 리버먼, 그리고 아노드와 알렉산드라 데보슈그레이브도 왔다. 그런 경우 항상 그랬듯이, 아리애너는 롤러덱스에서 다른 몇 명의 추종자들을 함께 데리고 와 방을 채웠다. 그들은 〈위클리 스탠더드〉의 데이비드 프럼과 독립여성포럼 소식지 편집자인 그의 아내 대니얼 크리텐든과 같은 까다로운 신보수주의 작가들이었는데, 내가 잘 알지 못했고 또 지난 몇 년 동안 만나기를 꺼려온 사람들이었다. 파티 분위기는 침울했다. 우리는 각자 어린 양고기 조각을 핥으면서 눈을 아래로 내리깔고 있었다. 샴페인을 터뜨리며 축배를 들던 『애니타 힐의 진실』 출판 기념 파티 때와는 너무나 달랐다. 아무도 행복해 보이지 않았고 나도 그랬다.

곧 나에 대한 파문은 두 가지 방식으로 진행됐다. 내가 맺어왔던 관계들은 거의가 당파 정치에 토대를 두고 있었기 때문에 내가 일단 그 당파의 노선을 벗어나는 순간 그것을 유지할 수 있는 길은 거의 없었다. 나는 수많은 당 초청 모임에서 배제됐다. 또 한 가지는 내가 참석을 거부하는 것이었다. 보이든 그레이가 러쉬 림보를 기리기 위해 조지타운에 있는 자기 집에서 연거창한 연회 같은 경우, 나는 참석 요청을 거절했다. 1997년 1월 로라 잉그러햄이 친구들과 우들리 파크에 있는 자기 집에서 빌 클린턴의 국정연설을 함께 지켜보자며 초청한 것은 마지못해 수락했다. 내가 독신 남자의 산간 은신처로나 더 어울릴 듯한, 남서부 지역풍으로 꾸민 지나치게 큰 로러의 집에 도착했을 때는 텔레비전이 켜져 있었다. 케네스 스타의 보좌관 중 한 명인 브레트 캐버노프가 내 맞은편에 앉아 있었는데, 내가 그를 쳐다보는 순간 마침 카메라가 힐러리를 쫓아가 비추자 "암캐"라는 말이 그의 입에서 튀어나왔다. 나는 잠시 자리에서 물러나 소나무 냄새가 나는 어두운 식당 방으로 가서 담배를 피웠다. 나는 『힐러리 로뎀의 유혹』이 출판된 직후부터 다시 담배를 피우기 시작했다. 그것 외에 무얼 해야 할지 알 수 없었기 때문이다.

아리애너의 경우, 그녀가 기사배급회사와 계약해서 쓰고 있던 칼럼의 방향을 놓고 나와 의견이 엇갈렸다. 아리애너는 출발은 신통찮았으나 깅그리치 혁명에 대한 솜씨 좋은 비평가로 몇 가지 괜찮은 칼럼을 내놓았으며, 보수주의 식자들을 오염시킨 클린턴 스캔들 열병에 굴복하기를 거부하고 있는 듯했다. 1997년 브렌트우드에 있는 넓디넓은 아리애너의 집에서 크리스마스 오찬회가 열렸는데, 나도 거기에 참석했다. 아리애너는 마이클과의 이혼 합의 조건으로 두 딸을 데리고 그곳으로 갔으며, 워싱턴 집에 있던 번지르르한 내부 장식물들을 함께 갖고 가 캘리포니아 햇볕 속에 걸어놓았다. 그때 아리애너는 묘하게도 잡지 〈인사이트〉에 실린 한 이야기, 즉 클린턴 정부가 알링턴 국립묘지의 매장터를 거액의 정치자금 기부자들에게 '팔아넘기려' 하고 있다고 주장하는 기사에 사로잡혀 있었다.

익명의 소식통들로부터 나온 그 이야기는 라디오(고든 리디는 정부가 "국가를 위한 신성한 죽음을 모독하고 있다"고 비난했다)에서 의회로 급속히 퍼져 나갔다. 격분한 공화당 하원의원들은 조사를 요구했다. 그 이야기는 명백한 거짓으로 드러날 수밖에 없는 온갖 특징을 갖고 있었기 때문에 나는 그날 오찬 때 아리애너에게 그 일에 관여하지 말라고 특별히 부탁했다. 하지만 반클린턴 열병(나는 글자 그대로 그것을 질병으로 생각하기 시작했다)은 급속도로 그녀의 뇌세포로도 침투해 들어갔다. 아리애너는 공화당원들이 클린턴 정부에서 대사를 지낸 래리 로렌스가 자신의 군사적 공적을 과장한 사실을 밝혀낸 뒤 알링턴 국립묘지에 묻혀 있는 그의 주검을 파낼 것을 요구하는 맹렬한 캠페인을 벌이기 시작했다. 그 사건에서 아리애너는 로렌스가 부당하게 알링턴 묘지에 묻히게 된 것은 홀로 된 그의 아내 셰일러가 클린턴과 부정한 관계를 맺은 덕택이라고 주장했다가 명예훼손 혐의로 고소당했다.

나는 로라와 아리애너의 반클린턴주의가 적어도 부분적으로는 인터넷 가십 사이트 운영자 매트 드러지가 우리 서클에 끼친 새로운 영향 때문이라고 생각했다. 나는 허핑턴의 크리스마스 오찬회에 드러지도 참석한 사실을 알고 놀랐다. 지금 생각하면 나는 모든 기회, 심지어 크리스마스까지도 자신의 인맥을 구축하는 데 이용한 아리애너식 접대 행사에 점차 익숙해졌음이 분명하다. 그리스인인 아리애너의 늙으신 어머니가 맨발로 포도잎이 가득 담긴 큰 접시를 내밀며 별난 손님들 사이로 돌아다니는 가운데 드러지가 줄리아 필립스와 함께 들어왔다. 전에 영화 사업에 손을 댄 적이 있는 필립스는 온갖 얘기를 늘어놓은 『다시는 이곳에서 점심식사를 하지 못하리(*You'll Never Eat Lunch in This Town Again*)』라는 책을 썼다. 그때 필립스는 분명히 취한 상태였으나 아리애너는 그에게 할리우드 뒷얘기들을 쏟아놓으면서 그의 큰 잔에 샴페인을 계속 따랐다.

나는 드러지를 그 6개월 전인 1997년 6월에 처음 만났다. 당시 드러지와 전자메일 교제를 시작한 로라가 드러지를 위한 디너 파티를 워싱턴에서 함께 열자고 내게 제의했다. 그가 혼자 운영하던 인터넷 웹사이트는 정계와 언론계 종사자들 사이에 널리 읽히고 있었지만, 당시 그는 할리우드 시내의 한 작은 아파트에서 익명으로 고군분투하고 있었다. 『힐러리 로뎀의 유혹』이 나온 뒤로는 접대 행사를 벌인 적이 없었으나(도대체 접대할 사람이 없었다!), 몇몇 언론인과 정치인들을 초청해 『드러지 보고서』를 내놓은 그가 실로 어떤 인물인지 알아보자는 로라의 제안에 따르기로 했다. 참석자들은 계획에 따라, 또는 필요에 따라 예전에 내가 부른 어떤 사람들보다 엄선된 사람들이었다. 〈뉴 리퍼블릭〉의 앤드류 설리번, 루스 셜리트, 제프리 로즌, 그리고 〈CNN〉의 '십자포화' 프로 담당자 빌 프레스, 〈뉴스위크〉의 하워드 파인먼, 〈위클리 스탠더드〉의 터커 칼슨, 로라에게 구혼한 사람들 가운데 한 명인 것으로 알려진 〈시카고 트리뷴〉의 제임스 워런, 언론인 엘리자베스 드류, 공화당 하원의원 마크 폴리, 그리고 마이클 허핑턴이 그들이었다.

드러지는 자기 스스로 만들어내고 훈련하고 편집하는 인터넷 시대의 새로운 현상을 대표하는 사람이었다. 그는 자신이 그곳 선물 가게 점원으로 일했던 〈CBS〉 스튜디오에서 제작 중인 영화 프로젝트와 박스 오피스 비공개 수치, 그리고 종종 그야말로 쓰레기통에서 수집한 정보들을 전자메일로 띄우는 일로 사업을 시작했다. 전자메일 리스트가 급속히 늘어나면서 웹사이트를 개설한 그는 그 사이트를 통해 신문과 잡지, 그리고 인기있는 칼럼들을 연결시켰으며, 특히 반클린턴 가십거리들을 중심으로 한 정치 영역에까지 발을 넓혔다. 드러지는 자신이 서부 연안 지역에서 일하고 있다는 점을 교묘하게 이용했다. 전날 밤 동부 연안 지역의 신문들 웹사이트를 샅샅이 뒤져 다음날 아침 동부 연안 지역의 그 신문들에 실려 나올 뉴스들을 종종 가장 먼저 보도했던 것이다. 그런 특종들 가운데 많은 수가 힐러리가 기소당할 것이라거나 비행기 사고로 숨진 상무부 장관 론 브라운이 살해당했을지도 모른다는 등, 나중에 전혀 근거가 없는 것으로 밝혀진 악의적인 내용들이었다. 그가 전한 가장 센세이셔널한 뉴스 가운데는 클린턴 대통령의 성생활 폭로도 있었다. 예상대로 우익은 드러지를 선전 · 선동 전쟁의 최첨단 요원으로 끌어들였다. 그리하여 몇 년 뒤 드러지는 루퍼트 머독이 소유한 〈폭스 뉴스〉 채널에서 토크쇼를 진행하면서 보수주의 북클럽을 통해 책을 팔아먹었으며, 기독교 우파 조직의 존경받는 연사가 됐다.

짓궂은 악동인 **드러지**는 종종 어울리지 않는 얼룩 무늬 면직물 정장에 밀짚 중절모를 쓴 허름한 차림새로 자신의 우상이자 가십 형식의 신식 칼럼을 창안해낸 월터 윈첼 흉내를 냈다. 그는 기성의 유력 언론 매체들에 도전하고 비꼬는 일을 즐겼는데, 그것은 내가 항상 높이 평가해온 자질이었다. 그는 자신의 독자들에게 그들이 원하는 것들을 줄 수 있는 빈틈없는 재주를 지니고 있었고, 보잘것없어 보이면서도 무료함을 달래주는 인간적 매력이 있었다. 그의 정치 성향은 우익(그는 종종 팻 뷰캐넌을 지지한다고 밝혔다)이었지만, 그것을 신념으로 삼을 만큼 진지하게 생각하는 것 같지는 않아 보였다. 드러지가 클린턴 두들겨패기에 나선 것은 단지 자신의 웹사이트에 대한 관심을 끌기 위해서였다. 독불장군인 그는 사람들의 주의를 끌기 위해 잠시 격에 맞지 않는 곳에 머물고 있는 듯이 보였다. 이런 모든 점에서 나는 드러지와 서로 통했으며, 막간을 즐기면서 내가 생각했던 것보다 그와 내가 공통점을 많이 갖고 있다는 사실을 알게 되면서 그런 느낌은 더욱 강해졌다.

6월에 워싱턴의 내 집에서 만찬회를 연 뒤로 드러지와 접촉을 계속했다. 우리는 7월 말 서른다섯 번째 되는 내 생일을 기념하기 위해 내가 로스앤젤레스에 가는 길에 다시 만나 저녁을 함께 먹기로 약속했다. 드러지는 할리우드 힐스에 있는 자기 친구의 집에서 멋진 노란 장미 다발을 싣고 온 자신의 빨간색 지오 메트로에 나를 태웠다. 웨스트 할리우드의 유명한 식당에서 저녁을 먹은 뒤, 그는 산타모니카 거리의 게이 바를 섭렵하자고 제의했다. 그는 마치 프로처럼 능숙하게 그곳을 헤집고 다녔다. 레이지라는 바에서 나는 함께 춤을 추자는 그의 제의를 받아들였다. 그러나 나는 근처에서 춤추고 있던 두 명의 게이를 살피는 데 더 관심을 기울였다. 그들이 사라졌을 때, 나는 드러지에게 그 두 사람이 어디로 가는지 보았느냐고 물었다. 드러지는 "예–" 하고 소리지르더니 "일이 돼가는 꼴을 봤지. 그래서 그들을 쫓아내려고 그들의 발 하나를 꽉 밟아버렸어"라고 대답했다. 그 제스처가 신선했지만 무시무시하기도 해서 나는 재빨리 춤을 계속 추자고 말했다(그 6개월 뒤, 나는 "×××"라는 주어로 시작하는 드러지의 다음과 같은 전자메일 메시지를 받았다. "로라가 당신과 내가 죽고 못사는 단짝이 됐다

매트 드러지
인터넷 시대를 대표하는 상징적 인물로, 인터넷이 갖고 있는 신속하고 광범위한 정보를 공유한다는 특성을 이용해 뉴스를 무차별적으로 배포하여 엄청난 구독자를 확보했다. 〈드러지 뉴스〉 사장으로, 스스로 열정적인 보수 우익의 대변인이라고 말한다.

는 얘기를 퍼뜨리고 있어. 그렇게만 된다면야 행운이겠지.").

워싱턴으로 돌아온 나는 정치적으로 어느 편에도 가담하지 않는 중립을 유지했다. 『힐러리 로뎀의 유혹』이 나온 지 몇 주 뒤, 나는 거의 아무 일도 하지 않고 조지타운의 집에 혼자 칩거했다. 그 많던 우익의 귀에 거슬리는 디너 파티들을 생각하고 반추하면서 굴뚝처럼 담배를 피워댔다. 자유롭게 행동한다는 것은 참으로 기분 좋은 일이었다. 나는 논쟁을 견뎌낼 만큼 더 강해졌으며, 책 편집과 관련해 내가 내린 결정들에 대해 아무 후회도 없었다. 보수주의자들은 그렇다 치고, 전반적으로 비평가들은 『힐러리 로뎀의 유혹』이 공정하고 균형을 잘 갖췄으며 정확한 내용을 담고 있다(〈로스앤젤레스 타임스〉가 "다른 통상적인 책들보다 훨씬 균형이 잘 잡혀 있고 차분하다"고 평했듯이)는 사실을 발견했다. 나는 그 책을 자랑스럽게 생각했다.

하지만 얼마 동안 나는 나에게 밀어닥친 일들 때문에 갈피를 잡지 못했고 상처를 입었다. 나는 내 경력이 난관에 맞닥뜨리는 어려운 순간이 얼마간 있으리라고 짐작은 했으나, 내 세계를 청산하고 내가 갖고 있던 유일한 출세의 이력을 희생할 정도로 마음의 준비는 돼 있지 않았다. 나는 보수주의자들에 대해 쓰라린 실망감을 맛보았다. 그리고 아직 미성숙한 어른으로서 새로운 정서 순환 단계에 들어간 탓인지 나를 이용해 먹고 차버린 보수주의자들을 원망했다. 나는 독선적이고 정서적으로 지나치게 긴장한 상태에서 다듬어지지 않은 비판과 상처 입은 감정을 그대로 드러냈던 것이다.

『힐러리 로뎀의 유혹』이 출판되기 몇 주일 전, 나는 새해 첫 주말의 한가한 시기를 이용해 해마다 열리는 보수주의 연수회의 클린턴 부부 비판 토론회에 참석해달라는 초청을 받았다. 이에 앞서 1995년 공화당이 하원 다수파를 장악한 들뜬 분위기에서 로라 잉그러햄과 나는 민주당이 사우스캐롤라이나주 힐턴 헤드에서 해마다 열고 있던 정책 연수회 및 네트워킹 축제 행사

'주말 르네상스'에 대항하는 모임을 만들자는 구상을 했다. 클린턴 부부는 그 민주당 행사를 자유주의 서클들 내에 대중화하기 위해 많은 노력을 기울였다. 로라와 내가 내 집 거실에서 술을 마시면서 흔히 하듯 농담조로 한 대화 내용이 곧 보수주의 세력의 한 조직으로 구체화됐고, 우익의 자금 지원을 받고 언론을 통해 전국적으로 알려지면서 공화당 의회 지도부도 관심을 기울이게 됐다. 실버먼 판사는 민주당 행사에 대항하는 그 주말의 공화당 행사에 '암흑시대'라는 그럴듯한 이름을 붙였다. 웅크리고 앉아 힐러리에 관한 책을 쓰느라 1996년 마이애미주에서 열린 암흑시대의 첫 행사에 나는 참석하지 못했다. 그리고 두 번째 행사도 출판된 그 책 때문에 가든 파티에 참석해봤자 스컹크와 같은 신세가 될 게 뻔해 참석하지 않는 문제를 신중하게 고려했다. 나와 함께 그 행사의 공동 창설자인 로라와 나는 아직 관계를 단절하지 않고 있었는데, 그녀가 나에 대한 초청이 철회되지 않았다는 사실을 확인해주었다. 토론회 참석자들 면면을 훑어보고 온갖 궁리를 한 끝에 나에게 가장 적대적인 진용으로 짜놓았다는 것을 알았지만, 야수들의 골짜기 속으로 걸어들어가는 도전을 마다할 수는 없었다.

애리조나주 피닉스의 호화스런 볼티모어 호텔 로비를 걸어들어가는 것은 악몽과도 같았다. 나에 대한 보수주의 비판자들과 얼굴을 맞대는 것은 힐러리에 관한 책이 출판된 이후 처음이었다. 거기 모인 군중을 쳐다보면서 즉흥적인 평가를 했다. 누가 내게 또 할 말이 있을까? 또는 누가 가장 그렇지 않은 사람일까? 그들도 나를 응시하고 있었다. 그들은 나를 출세시켰고, 나에게 환호를 보내주었으며, 내 편에 서서 나를 지키고 싸웠다. 이제 그들은 무슨 생각을 하고 있을까? 나는 당시 술을 거의 한 방울도 마시지 않고 있었다. 또한 힐러리 책을 쓰면서 그 마지막 몇 개월 동안 엄청난 스트레스를 받아 내 집에서 깅그리치 축하 파티를 열면서 술에 흠뻑 취한 이래 약 20파운

드나 몸무게가 줄어 있었다. 로라에 따르면, 그날 행사장에 퍼진 소문은 내가 에이즈로 인한 치매 증세로 고통받고 있다는 것이었다. 하기야 내가 힐러리에게 부드러워진 변화를 그들이 어떻게 달리 설명할 수 있었겠는가?

침통한 분위기가 회의장을 무겁게 내리누르고 있었다. 그해 11월 클린턴은 프랭클린 루스벨트 이래 처음으로 재임에 성공한 민주당 대통령이 됐으며, 깅그리치의 공화당은 미국의 사회·경제적 상황에 대해 설파하지도 못한 채 하원 다수파로서의 지위를 강화하는 데 실패했다. 보수주의는 전례없이 이념을 상실한 채 표류하고 있었다. 그러나 윌리엄 베니트와 같은 영향력 있는 보수주의 논평가들은 공화당 대통령 후보 보브 돌 상원의원이 패배한 것은 그가 클린턴의 윤리 문제를 강력하게 밀어붙이는 데 실패했기 때문이라고 주장했다. 그리하여 대다수 참석자들은 전국총기협회의 호의로 케케묵은 총을 쏘며 사격장에서 오전을 보낸 뒤, 공화당의 장래 정책 방향에 관한 포럼이라기보다는 '클린턴 스캔들'에 관한 토론회라고 해야 할 그날 행사장을 가득 메웠다.

묘사하기 어렵지만, 종교적 신념과 열정으로 무장한 공화당 우파는 클린턴 스캔들이 실체를 드러내지 않는 대통령 부부의 광범위한 범죄 행위 유형을 보여주는 것이기 때문에 진실이 밝혀지는 것은 시간 문제이며, 결국 클린턴 정권은 무너지고 세상이 다시 바로잡히게 될 것이라고 주장했다. 그들은 그것을 믿는 것처럼 보였다. 아니면 적어도 그렇다고 주장하고 있었다. 그러나 그러면 그럴수록 그들은 그것을 입증해내기가 더 어려워졌으며, 약속한 대통령 부부 기소가 이뤄지지 않자 미칠 것 같은 심리 상태에 빠졌다. 나와 함께 연단에 오른 사람은 존 펀드, 바바라 올슨, 그리고 고든 리디였다. 나는 패널리스트들의 주장을 들으면서 침을 삼켰으며, 리디가 특유의 콧소리로 빈정거리면서 빈센트 포스터가 살해당했다는 황당한 주장을 늘어놓았을 때 긴장은 최고조에 달했다. 연단에 선 리디는 사격장에서 자신은 사격 표적으로 클린턴 부부의 사진을 사용했다고 큰소리쳤다. 내 차례가 돌아왔을 때, 나는 보수주의 운동권이 클린턴 부부에 대해 정직하지 못하고 정당하지 못한 공격을 가함으로써 스스로의 대의를 손상하고 있다고 비판했다. 특히 펀드와 리디를 지목하면서 "증오에 찬 엉터리 주장을 우리 정치에 불어넣는 것은, 그 표적이 누가 됐든 매우 불행한 일이다"라는 말로 마무리지었다.

대다수 청중들은, 냉랭하다고 해야 할지 모르겠지만, 어쨌든 정중하게 내 말을 들어주었다. 그러나 내 말은 그 토론장에 있던 사람들 중 적어도 한 사람에게 반향을 불러일으켰다. 내가 연단에서 내려오자, 내가 〈워싱턴 타임스〉에 있을 때 상관이었던 존 포드호리츠가 급히 달려와 축하의 말을 건네면서 내가 한 얘기를 에세이 형식으로 〈위클리 스탠더드〉에 싣게 해달라고 요청했다. 그는 그 잡지 편집을 맡고 있었다. 우익에도 내 메시지를 지지하는 사람이 있다는 것은 기쁜 일이었고 충격적이기도 했다. 나는 그런 요청에 응할 수 있게 돼 더욱 기쁘다고 말했다. 나는 반클린턴 광신자들과는 거리를 유지하고 있던 지식인층 신보수주의자들이 공화당을 제자리로 돌려놓는 데 도움이 될 수 있을 것이라고 생각했다. 나는 자신을 달리 어떻게 생각해야 할지 몰랐으므로 〈위클리 스탠더드〉에 명목상의 보수주의자로 기사를 썼다. 그러나 나는 자신이 아웃사이더라는 사실을 알고 있었다.

그 회의에서 돌아온 직후, 나는 〈에스콰이어〉 편집자 마크 워런으로부터 전화를 받았다. 그는 내게 자유기고가로 정치 프로필 기사를 써줄 수 없겠느냐고 물었다. 워싱턴 시내 메이플라워 호텔에서 만난 우리는 그가 내게 말한 기사 아이디어를 논의하기 전에 술을 한잔 했다. 나는 『힐러리 로뎀의 유혹』에 대한 보수주의 운동권의 반응과 그 때문에 내가 치러야 했던 대가가 어떤 것이었는지 그에게 말해주었다. 마크는 낭랑한 목소리와 읽힐 만한 이야깃 거리를 가려내는 편집자의 안목으로 〈에스콰이어〉에 실릴 내 첫 기사를 바로 그 내용을 쓰면 되겠다는 확신을 내게 심어주었다. 〈에스콰이어〉는 1997년 6월호에 '우익 폭로 기자의 고백' 이라는 제목을 달아 그 이야기를 실었다. 그 기사에서 나는 보수주의자들로부터 받은 공개적인 공격과 개인적 경멸에 대해 자세히 밝히면서 "워싱턴에서 은총을 잃어버린 나"의 이야기를 했다. 그러고 나서 나는 보수주의 운동권에서 떨어져나왔고, 멜로 드라마처럼 "우익의 거리의 전사 데이비드 브록은 죽었다"고 선언하면서 선을 위해 내가 쌓아온 지위를 내던졌다.

공개적으로 보수주의 '팀' 과의 결별을 선언한 것은 그에 앞서 2년 동안 경험했던 내 모든 내적 성장을 문서로 확인한 것으로서, 개인적으로 중요한 분수령이 됐다. 그 기사는 증오의 심리 상태와 증오의 정치에 관해, 숨막히는 지적 불관용과 수많은 정치 조직들이 일반적으로 안고 있는 구성원 간의 견해 차이를 해소하는 일에 관해, 그리고 워싱턴 사교 관계의 이해하기 어려운 성격에 관해 많은 진실을 담고 있었다.

그러나 의도한 것은 아니었지만, 그 이야기에는 중요한 측면이 빠져 있었다. 다름아닌 내가 보수주의 운동을 위해 희생하고 정직한 저널리즘을 위해 순교했다는 잘못된 인상을 줌으로써 이기적이고, 심지어 오도된 편향을 낳을 수 있다는 점이었다. 그 기사는 나 자신과 앞서 말한 사태들에서 내가한 역할에 관해, 그리고 흠 많은 내 글에 관해 진실을 제대로 밝히지 않았다. 『힐러리 로뎀의 유혹』이 나온 지 몇 개월밖에 지나지 않은 때여서 나에게는 자신의 행위가 실제로 어떠했는지를 살피고, 또 그에 대해 책임질 수 있는 시간적 여유가 없었다. 그 과정은 깊이 생각해야 하며, 또한 내부로부터 시작돼야 하는 것이지 편집자든 누구든 나더러 그렇게 하라고 지시할 수는 없었다. 나는 자기보호 본능과 나르시시즘이 너무 강해 진정한 나를 보지 못했으며, 공개적으로 자신을 드러낼 때의 수치심과 대면할 용기도 없을 만큼 아주 나약했다.

나는 반사적으로 『애니타 힐의 진실』과 트루퍼게이트 모두의 정확성을 지켰다. 편집 과정에서 나는 본능적으로 애니타 힐 책과 관련한 불만을 마크에게 표시했다. 그러나 그것은 사실상 표시했다고 하기 어려웠다. 망설이는 듯한 목소리, 움찔하고 빼는 말이나 진배없었던 것이다. 그런 내 모습 때문에 마크는 나를 비판하는 사람들이 내 첫 책처럼 "정치적으로 미성숙한 작품"이라고 단정할 수 있는 글은 어떤 것이든 써서는 안 된다고 말했다. 마크의 얘기는 『애니타 힐의 진실』에 꼭 들어맞는 것이었지만, 나는 내 작가적 평판을 염려해서 한 마크의 이해할 수 있는 우려를 받아들였다. 나는 내 작품에 제기되기 시작한 우려를 냉동 창고 속에 밀어넣고는 편한 길을 택했다. 과거에 기자로서 내가 저지른 죄악을 고백하는 것은 내가 의심 없이 그리고자 했던 자신의 모습, 즉 오랫동안 봐왔으면서도 잘못 본 모습—높은 인격적 완성도, 언제나 진실을 말하는 사람, 좋은 사람, 평판이 좋지 않은 정치운동에 의해 갑자기 그리고 부당하게 퇴출당한 사람이라는 거짓 이야기의 얼개에 혼란을 일으키게 될 것이었다. 이런 관점은 연출된 한 장의 전면 사진으로 뇌리에 각인돼 있었다. 그 사진에서 나는 화형대에서 불태워지고 있는 성인이 된 이단자의 초상처럼 불타는 나무더미에 허리까지 파묻힌 채 묶여 있었다. 힐턴 크레이머가 선명하게 묘사했듯이 "청바지를 입은 성요한"이었다.

〈에스콰이어〉에 그 기사를 썼을 때만 해도 나는 자신을 학대받는 사람으로 생각했지만, 나는 결코 희생자가 아니었다. 시간이 더 지남에 따라 나는 좀더 균형 잡힌 시각을 갖게 됐고, 보수주의자들이 내게 한 짓은 근거가 있는 것이었다는 사실을 알 수 있었다. 보수주의자들이 내게 힐러리를 동정하는 전기 작가라는 딱지를 붙인 것은 옳았다. 또 올드리치의 경우에도 그랬듯이, 보수주의자들은 운동이나 사교 집단처럼 행동했다. 그들은 나의 불온한 책을 처단하고, 내 인격을 비난했으며, 나를 이단자로 취급했다. 실제 나는 이단자였다. 명백히 나의 이단 행위는 아직 보수주의에 대한 거부라기보다는 보수주의자들에게 유일하게 남아 있던 신조인 클린턴 혐오에 대한 거부였다.

보수주의자들이 비공개 게이에서 공개적 게이로 커밍 아웃하고 아칸소 프로젝트와 게리 올드리치, 그리고 힐러리 클린턴과 관련해 그들과 입장을 달리하기로 한 내 결정이 각기 별개인 사건들이 아니라 자기 발견을 향한 힘들고 평탄치 않은 길의 시작일 것이라고 의심한 것은 옳았다. 나는 거의 의식하지 못하고 있었지만, 결코 내가 속해 있지 않은 보수주의 운동에서 벗어나려는 깊은 욕구를 갖고 있었다. 보수주의자들은 내 행동을 통해 내가 우선 그들과의 관계를 단절했다는 사실을 알았다. 내 책을 보이콧하고 나를 차버리면서도 그들은 내가 그렇게 하도록 자초하지 않은 일은 전혀 하지 않았다. 나는 변절자였으며, 그들은 거기에 맞춰 나를 대했다. 보수주의자들이 잘못 이해한 문제는 인과 관계에 관한 것이었다. 나는 어떻게 해서든 자신을 "바꿔야겠다고" 작정하거나, 운동에서 이탈하려 하거나, 나를 싫어하는 사람들의 마음을 움직이려고 하지 않았으며, 내 생각에 우익 세계에서 이룩한 터무니없는 출세를 되살리기 위해 무모한 계략을 꾸미지도 않았다. 사실은 오히려 정반대였다. 『이상한 정의』에 대한 서평을 쓰기 위해 의도적으로 거짓말을 하고 은폐하고 취재원들을 협박한 뒤 나는 보수주의에 가장 깊숙이 빠져들었으나, 힐러리 책 집필이 나를 변화시켰으며 내 특성을 발견하도록 도와주었다.

몇몇 불화들이 나를 고통스럽게 만들었지만 나는 워싱턴이 다른 무엇보다 정치 도시라는 사실을 깨달았다. 예컨대 나는 마크 파올레타가 나와의 관계를 의회의 공화당 동료들에게 납득시키는 데 애를 먹고 있다는 것을 알고 있었다. 의회에서 그가 맡은 일은 클린턴의 화이트워터 사건을 조사하는 것이었다. 우리는 점차 따로 떠돌게 됐다. 마크는 집에 돌봐주어야 할 아이들이 있었고 장래의 출세를 보장받고 있었다. 누가 그를 비난할 수 있겠는가? 그를 마지막으로 만난 것은 내가 〈에스콰이어〉를 통해 우익과의 결별을 선언한 뒤 버지니아 교외의 리 리버먼 저택에서 열린 일요일 저녁 만찬회 때였다. 그날 저녁은 누구도 즐거운 기분이 아닌 듯했다. 나는 리가 왜 만찬을 열었는지 궁금했다. 내가 국가 기밀을 어느 정도까지 폭로할지 알아보기 위해서일까? 내가 제정신인지 확인해보려고? 아니면 내가 겪고 있던 일과 관련해 인간적 차원에서 배려해 준 것일까?

어쨌든 내가 상실한 폭넓은 우정은 결코 우정이 아니었다. 나는 서로를 이용하는 사회에 살고 있었다. 보수주의자들은 나를 이용했다. 내가 〈에스콰이어〉에서 아직 인정할 태세가 돼 있지 않았던 것은 나 역시 그들을 이용했다는 것이었다. 우리가 서로를 더 이상 이용할 수 없거나 이용할 가치가 없어졌을 때 우정은 끝이 났다. 이제 나는 이처럼 각기 제 갈 길로 가는 것이 내 잘못이 아니듯, 그들의 잘못도 아니라는 것을 알고 있다. 사람들은 내가 나 자신을 이해하는 만큼만(우익 폭로 기자로) 나를 이해할 수 있었다. 그들은 나를 알 수 없었고 친구가 될 수 없었으며 사랑할 수도 없었다. 왜냐하면 나는 나 자신을 몰랐고 사랑하지도 않았기 때문이다. 마찬가지로 나는 우정이 무엇인지 제대로 알지 못했고 그것을 베풀 준비도 돼 있지 않았다.

몇 개월간의 끈질긴 자기검증을 거친 뒤에야 비로소 나는 이러한 현실을 깨닫게 됐고 악감정에서도 벗어날 수 있었다. 나는 전폭적인 친근감을 거부당하고 거부하는 단계를 거쳐야 했다. 솔직히 말해 나는 내 일차적인 본능의 오류에 저항해야 했다. 본능은 '우리 대 그들' 이라는 대결 의식을 택해 보수주의자들이 나를 추방한 데 대해 보복하라는 것이었다. 그러나 나는 그 대신 분리된 자아의식을 찾아내 살아가려 했다.

앤드류는 변함없이 내 마음을 든든하게 해준 존재였고, 언제나 성실한 베키 보더스도 그랬다. 나는 그런 예외적인 사람들과 말 그대로 새로운 출발을 했다. 정치에 관심이 없는 두세 명의 친구들을 빼면 내가 만난 대다수의 사람들은 새로 만난 사람들이었다. 1997년 초 몇 개월은 어둡고 외로웠지만 나는 인생의 교훈을 깨닫기 시작했다. 내가 나 자신에게 진실하게 대하는 한 홀로 되어도 문제가 없다. 다행히 나는 순식간에 10여 명의 새로운 친구를 사귀는 행운을 누렸다. 그들은 내가 그들에게 어떤 이용 가치가 있는지, 또한 그들이 내게 어떤 이용 가치가 있을지에 대해 전혀 관심이 없는 진정한 친구들이었다.

『힐러리 로뎀의 유혹』이 출간된 직후 나는 워싱턴의 침체된 생활에서 벗어나기 위해 뉴욕 웨스트 빌리지의 엘리베이터 없는 4층짜리 집 맨 꼭대기 층에 임시 숙소를 마련해 나에 대한 선입견이 별로 없는 새로운 사람들을 만나는 장소로 이용했다. 뉴욕 친구들과 카리브 해의 머스티크 섬으로 가 몇 년 만에 처음으로 휴가다운 휴가도 보냈다. 이혼한 마이클 허핑턴을 데리고 영국 런던 게이들의 밤생활을 살펴보는 여행도 했다. 나는 처음으로 중요한 것들을 성취하기 시작했다. 침술요법을 발견한 것은 큰 행운이었다. 또한 다른 사람의 복식 감각을 모방하지 않고 옷 입는 법을 배웠다. 서른다섯 살 나이에 건강한 데이트 관계를 유지하는 요령을 터득하는 것은 더 큰 모험이었지만, 그것도 마침내 해냈다. 이런 경험들은 과거 내 정신 구조와 초기 작가 경력의 토대가 됐던 그릇된 정서와 자기혐오, 완고한 고립이 빚어낸 혼돈을 제거하는 강력한 해독제였다.

1997년 거의 한 해 동안 일대 변화를 시도하면서 나는 명목상으로만 〈아메리칸 스펙테이터〉에 고용돼 비정기적으로 사무실에 출근하고 기사는 몇 편 쓰지 않았다. 나는 월급을 계속 받기 위해 〈에스콰이어〉 기사에서 〈스펙테이터〉 편집자 보브 타이럴을 비판 대상에서 제외하는 편법을 썼으나 〈스펙테이터〉에서의 상황은 점점 나빠져 갔다. 『힐러리 로뎀의 유혹』 출간으로 빚어진 문제는 내가 민주당 암흑시대 행사에서 한 발언으로 심화돼 이제는 암세포가 몸 전체로 퍼져나가는 형국이었다. 우익 스캔들 제조 군단을 공격함으로써 곧바로 〈스펙테이터〉의 존재 근거 자체를 공격한 셈이 되었던 것이다.

문제를 더 악화시킨 것은 일부 보수주의자들이 〈에스콰이어〉에 실린 내 기사를 공격하기로 작당한 것이었다. 빌 크리스톨은 〈워싱턴 포스트〉에 다음과 같이 썼다. "우파의 사고방식이라는 것이 있는데, 당신이 그 모든 것에 동의하지 않는다면 당신은 보수주의 운동에 대한 배신자다." 다른 논평가들은 그 기사를 남부끄러운 출판 곡예라고 비난했다. 그들 가운데는 유력 우익 미디어 감시 그룹인 '미디어 리서치센터' 의장 **브렌트 보즐**도 들어 있었는데, 그는 〈워싱턴 타임스〉에서 다음과 같이 주장했다. "브록은 보수주의 운동, 그리고 〈아메리칸 스펙테이터〉에서 투덜거리는 불평꾼, 은혜를 모르는 방해물이 됐다." 보수주의 작가 터커 칼슨은 〈슬레이트〉에 실린 온라인 칼럼에서 내가 그들 편에서 떨어져나간 뒤 "어느 때보다 더 잘 팔리는" 기회주의자가 됐다고 일격을 가했다. 나는 터커가 일련의 대화에서 내 기분을 달래주려 했다고 생각한다. 그는 〈에스콰이어〉에

브렌트 보즐
우익 미디어 감시 그룹인
'미디어리서치센터' 의장.

쓴 내 기사에 대해 자신이 모두 동의한다는 사실을 자기 아내가 알고 있기 때문에 그가 나를 공격했을 때 그에게 잔소리를 늘어놓았다고 말했다. 터커는 "나는 당신 주장에 정말 동의해. 하지만 나는 마누라에게 그것(나에 대한 공격)은 몇 분 만에 수백 달러가 생기는 일이야라고 말해줬지"라고 말했다.

개인적 반응은 더 격렬했다. 나는 래리 실버먼 판사가 동료들과 예전 친구들을 비판한 나의 〈에스콰이어〉 기사와 관련해 최대의 배신 행위라고 했다는 말을 그의 아내 리키 실버먼으로부터 전해들었다. 그 뒤 곧 그들 부부와 나의 관계는 끊어졌다. 그들은 다시는 내게 전화를 걸어오지 않았고 나도 걸지 않았다. 조지타운 근처를 돌아다니면서 우연히 내 대리부모인 그들과 마주칠 때가 있었는데, 그들은 그때마다 내 시선을 피하면서 보고도 모른 체했다. 나는 그런 어려운 순간에 부딪칠 때마다 몸서리를 쳤으나, 한 사교 행사장에서 내게 접근해온 실버먼 부부의 또 다른 게이 친구의 이야기를 듣고 나서 그런 증세가 없어졌다. 내가 그들로부터 떨어져나간 일에 대해 실버먼부부는 나의 동성애적 성 정체성에 내재하는 정서적 문제 탓으로 돌렸다고 그는 말했다. 분명히 나는 '레즈비언' 애니타 힐이 그랬던 것과 마찬가지로 '커밍 아웃' 한 게이였다.

올라디가 전화를 걸어 반페미니스트 단체인 독립여성포럼 회장 바바라 레딘과 이란-콘트라 사건에 관여했던 그녀의 남편 마이클 레딘(나는 그를 〈에스콰이어〉 기사에서는 비판하지 않았으나 온라인으로 터커 칼슨과 논쟁할 때 비판했다)이 내 집을 "소이탄으로 태워버리겠다"고 큰소리쳤다는 얘기를 전해주었다. 그런 배신감은 이해할 수 있었다. 그 기사를 쓴 것은 배신이었다. 나는 한때 실버먼 부부와 레딘 부부를 친구로 생각했지만, 그 기사는 친구에 대한 배신은 아니었다. 그것은 우리를 한데 묶어주고 있던 유일한 끈, 즉 보수주의 운동에 대한 배신이었다.

그 기사가 나간 지 몇 주일 뒤 보브가 나를 혼내기 위해 자키 클럽 저녁 식사 자리에 불렀다. 보브는 자신의 오메르타(omerta : 마피아 세계의 침묵의 규범) 집행자 그로버 노퀴스트를 데리고 나왔다. "이런 일들은 공개적으로 떠들기보다는 전화로 불러 조용히 해결하는 방법이 있지"라고 노퀴스트는 음산하게 경고했다. 〈스펙테이터〉에서 내가 처한 곤경은 웃어넘길 수 없었다. 내가 보수주의 운동의 지시를 거부하고 있는 이제, 그 잡지에서 내가 어떤 일을 할 수 있겠는가? 많지 않다는 것을 나는 곧 깨달았다.

1997년은 내가 만족할 만한 기사를 쓸 수 있고 편집자들이 만족스럽게 출판할 수 있다고 확신할 수 없는 상황이어서 나는 기사를 많이 쓰지 않았다. 그해 9월 나는 유타주의 보수주의 상원의원 오린 해치에 관한 프로필을 썼다. 해치는 보수주의 도그마를 고수하는 자들로부터 보수주의를 훼손하는 인물로 공격당하고 있었다. 나는 사회적 안전망이 가장 절실히 필요한 사람들을 위해 그것을 유지하는 일에 정부가 나서야 한다는 해치의 신념이 보수주의 가치와 배치되지 않으며, 사회 문제를 해결하기 위해 민주당과 기꺼이 협력하겠다는 그의 입장이 뉴트 깅그리치의 적자생존 정책보다 낫다고 주장했다. 나는 에이즈 연구를 지원하는 라이언 화이트 입법에 참여하고, 어린이 건강보험법안을 통과시키기 위해 민주당과도 손잡으려고 노력한 해치를 찬양했다. 그동안 〈스펙테이터〉에서 일하면서 나는 기사 게재 보류 처분을 받은 적이 한 번도 없었다. 왜 그 기사가 보류됐느냐고 묻는 내게 울라디는 짜증을 내며 내가 "사회주의를 옹호"하고 있는 것 같다고 말했다. 그 글은 벽에 부닥쳤다. 〈스펙테이터〉에 자유주의 두들겨패기 기사가 아닌 다른 것을 소개하려던 내 시도는 실패로 끝났다.

해치에 관한 기사가 실리지 않은 것은 그 잡지에서 나의 퇴출이 임박했음을 보여주는 불길한 조짐들 중 하나였을 뿐이다. 9월은 〈스펙테이터〉에서 반클린턴 비리 캐기 작전인 아칸소 프로젝트를 둘러싼 내부 분란이 일어난 달이기도 했다. 아칸소 프로젝트의 우선적인 관심사는 언론 활동이 아니라 스타 특별검사의 화이트워터 사건 조사 중인 데이비드 헤일에 대한 비밀 자금 지원이었으므로 〈스펙테이터〉 출판 책임자 론 버는 잡지가 당파적 활동을 금지한 비영리단체 관련 조세법과 충돌할지 모른다고 걱정했다. 그것은 〈스펙테이터〉가 세금 면제 혜택을 박탈당할 수도 있다는 것을 의미했다. 그는 또 아칸소 프로젝트가 〈스펙테이터〉의 이사이기도 한 데이비드 헨더슨과 스티븐 보인턴에게 수십만 달러를 지불하고 있고, 잡지가 보브 타이럴의 많은 개인적 지출을 감당하고 있는 상황인 만큼 "개인적 관행"에 대해서도 우려하고 있었다. 론이 보브에게 스케이프의 기금 240만 달러가 어떻게 지출되고 있는지를 밝히기 위해 독립회계법인의 회계감사를 받도록 해달라고 하자, 보브 타이럴과 테드 올슨이 작전을 개시했다.

이사회 내의 스케이프 사람인 헨더슨은 올슨의 이사회 영입을 지원했다. 론의 회계감사 계획을 저지하기 위해 보브와 올슨은 헨더슨을 잡지의 공식 경영진에 끌어들이는 술책을 꾸몄다. 1997년 5월 뉴욕의 월도프-아스토리아 호텔에서 열린 〈스펙테이터〉 이사회에서 올슨은 헨더슨의 경영진 영입을 지원했다. 론에 따르면, 이때 아칸소 프로젝트 문제에 관해 논의했으나 한 이사가 그 문제에 대한 어떤 언급도 반대하고 나서는 바람에 논의 내용은 이사회 기록에서 빠졌다. 사태는 7월 초 테드 올슨의 워싱턴 법률사무소에서 열린 회의에서 곪아터졌다. 그때 보브가 걸어들어와 스케이프 재단의 리처드 래리가 아칸소 프로젝트 기금을 론이 잘못 할당했다고 비난했다는 말을 했다.

자신이 지목당하고 있다고 느낀 론은 독립 회계감사 요구안을 내놓았다. 10월 초 론은 일요일 저녁 보브의 집에서 긴급 소집된 이사회에서 해고

당했다. 그는 이사회 멤버였으나 이사회 소집 통보를 받지 못했다. 따라서 자신에 대한 어떤 비난도 반박할 수가 없었다. 며칠 뒤 론은 나에게 전화를 걸어 올슨이 그들만의 엉터리 이사회를 열고 그를 해고시켰다는 사실을 알아냈다고 말했다. 30년 전 〈스펙테이터〉가 창립됐을 때부터 거기서 줄곧 일해온 론에게 보브는 그의 퇴직 수당 문제를 올슨과 의논해보라고 했다. 론은 〈스펙테이터〉의 사업과 아칸소 프로젝트에 관해 두번 다시 거론하지 않는다는 것을 서면으로 동의하지 않으면 퇴직 수당을 한푼도 줄 수 없다는 통보를 받았다.

그 몇 개월 전 이사회에 들어간 이래 충실하게 보브의 비위를 맞춰온 올슨이 왜 아칸소 프로젝트를 감추려고 했는지는 추측거리로 남아 있다. 나는 올슨이 그렇게 행동하게 된 핵심적인 동기가 스타 특별검사의 증인인 헤일이 스케이프가 지원하는 프로젝트와 밀접하게 연계돼 있다는 사실이 드러날 경우 입게 될 증인으로서의 신뢰성이 떨어지는 것을 막기 위해서였다고 믿고 있다. 헨더슨이 헤일의 변호사로 기용한 올슨은 14만 달러의 수임료를 받고 헤일의 증언에 대비해왔다. 헤일의 증언은 1996년 스타 법률사무소가 파산한 클린턴 부부의 부동산투자회사 화이트워터의 동업자였던 제임스 맥두걸과 수전 맥두걸 부부의 사기죄 혐의에 대한 유죄 판결을 받아내는 데 결정적인 역할을 했다. 아칸소 프로젝트가 은폐돼 있는 동안 스타는 클린턴이 헤일과의 거래에 대해 위증을 했다는 헤일의 주장을 입증하기 위해 애를 썼다. 테드 올슨의 개인적 동기가 무엇이었든 간에 〈스펙테이터〉 조직 내부에서는 올슨의 충복들을 요직에 앉혀 아칸소 프로젝트가 폭로되는 것을 저지하기 위한 몇 가지 변화가 있었다. 올슨 자신은 론 대신에 이사회 출납회계 담당 책임자로 선출됐다. 그리고 올슨과 스타의 절친한 친구인 테리 이스트랜드가 출판 책임자로 영입됐다. 론의 가까운 친구로 〈뉴욕 타임스〉 논평란에 클린턴 두들겨패기가 무모한 짓이라고 우익에 경고하는 글을 썼던 오러크는 편집자문위원회 위원직을 사임했다. 칼럼니스트 보브 노벅이 기금 이사회에 가담했고, 올슨의 새 신부 바바라 올슨도 거기에 들어갔다. 〈스펙테이터〉는 곧 회계감사가 아닌 아칸소 프로젝트 재검토 작업에 들어갔지만, 그 결과는 공개하지 않았다.

엉터리 이사회가 끝난 뒤, 나와 안면이 있는 한 보수주의 인사를 통해 내가 요청하지도 않은 메시지가 왔다. 올슨의 '깁슨, 던 앤드 크러처 법률사무소'와 가까웠던 그 인사가 전해준 메시지는 내 지위는 안전하다는 것이었다. 올슨이 모든 것을 통제하고 있었다. 나는 올슨의 특사로부터 "당신은 괜찮아"라는 메시지를 받았으나, 아칸소 프로젝트 문제에 관해 용기와 균형 잡힌 자세를 보여주었던 론의 생각은 달랐다. 론은 해고당한 지 며칠 뒤 내게 전화를 걸어 충고했다. "다음은 당신 차례야." 론은 내가 힐러리에 관한 책을 낸 이후 스케이프가 나를 자르려 한다고 말하면서 그 전 해에 자신이 내 자리를 지켜주었다는 사실을 내비쳤다.

11월에 열린 〈스펙테이터〉 연례 만찬회에서 나는 여느 때 앉았던 헤드 테이블에서 뚝 떨어진 곳에 앉았다. 대다수 참석자들이 나를 마치 유령 보듯이 쳐다보았다. 보기에 따라서는 그들이 그랬을 것으로 나는 생각한다. 다음 날 오후, 내 취재 보조원이 집에 있던 내게 전화를 걸어 내가 그 잡지 봉급 지급자 명단에서 제외됐다는 얘기를 들었다고 했다. 그 다음 날 보브가 전화를 걸어 내가 해고됐다면서, 그것은 내가 어떤 기사를 썼거나 쓰지 않았기 때문이 아니라 재정적인 이유 때문이라고 말했다. 내가 재정 삭감 때문에 나 말고 영향을 받은 사람이 또 있느냐고 물었더니 보브는 없다고 대답했다. 나는 알았다고 말하고 전화를 끊었다. 내가 알기로는 내가 판매 부수를 유지해 줄 만한 기사를 쓰지 않는 한 그 잡지가 내게 봉급을 지불할 만한 여유는 없었다. 그만큼 나는 상당한 지위에 있었다. 트루퍼게이트 기사가 실린 지 4년 동안 판매 부수는 최고 30만 부 이상까지 올라갔다가 그 절반 이하로 떨어졌다. 설사 오린 해치의 사회적 양심을 옹호한 기사가 나갔다 하더라도 그 잡지에 흑자를 안겨주지는 못했을 것이다. 나는 보브가 나를 무자비하게 잘랐다고 생각했지만, 해고 자체는 큰 충격이나 실망을 주지 않았다. 보브가 나를 해고한 것은 정당했다. 그리고 스케이프의 젖줄에서 내가 떨어져나오기 위해서도 그것은 필요했다.

그날 저녁 울라디가 집으로 전화를 했다. 그는 시종일관 나를 지켜주었으며(공화당의 주말 암흑시대 행사장에서 『힐러리 로뎀의 유혹』이 배신 행위라는 비난에 맞서 그것을 옹호하다가 과격한 데이비드 호로위츠와 주먹싸움 직전까지 가기도 했다), 그냥 떠나게 하고 싶지 않다고 말했다. 그는 떠듬떠듬 말을 더듬으며 우물쭈물하다가 내가 프리랜서로 일해주면 고맙겠다고 말했다. 우리는 감정이 다소 북받쳐 있었다. 나는 그의 따뜻한 제의에 감사를 표시했으나 더 이상 원고는 기대하지 말라고 말했다. 우리는 그 뒤로 다시는 이야기하지 않았다.

일단 보수주의 운동권에서 떨어져나온 이상 여섯자릿수 봉급과 일곱자릿수 책 출판 계약을 누리던 호시절은 지나갔다. 여러 면에서 백지로 돌아간 시기에 쉬운 일은 아니었지만 생각을 정리할 수 있게 됐을 때, 기복이 심했던 내 지난간 언론계 생활에도 불구하고 내 글을 싣겠다는 주류 언론계의 다른 잡지들이 나타났다. 그것은 또 다른 세상에 눈을 뜬 경험이었다. 내가 잡지 〈뉴욕〉으로부터 기사 메모를 제출해달라고 요청한 사실 검증 교열 담당자의 전화를 처음 받았을 때 느낀 당혹감을 나는 결코 잊지 못할 것이다. 우익 기자로 활동한 12년 동안 내 글은 한 번도 사실 검증을 받지 않았다.

해고 때문에 발생한 직업적 문제들을 다 해결했다고 하더라도 내 기분은 조금도 나아지지 않았다. 나는 6개월 전 〈에스콰이어〉에 '고백' 기사를 발표한 이후 생긴 불편함을 여전히 극복하지 못하고 있었던 것이다. 내 기사가 실린 〈에스콰이어〉가 가판대에 꽂히기를 기다리면서 나는 내 경험을 공개하는 것이 나에게 카타르시스 효과를 가져다줄 것이라고 막연히 기대하고 있었다. 내 인생은 바뀔 것이다. 기분이 좋아질 것이다. 그것은 괜찮은 생각이었지만, 물론 그런 식으로 되지는 않았다. 내 양심이 걸리적거렸기 때문이다. 나는 무엇이 문제인지, 왜 글을 쓰고 싶다거나 새 직장을 구하고 싶지 않은지, 새 책 출판 제안을 내놓고 싶지 않은 건지 여전히 모르고 있었다. 어쨌든 내가 얻은 이름을 팔고 글쓰는 입장을 바꾸는 것은 바른 길이 아니라는 생각이 들었다. 나는 꼼짝달싹도 하지 못했다.

1997년 연말 마지막 몇 주일 동안 생각이 정리되기 시작했다. 그때 나는 애니타 힐이 클레어런스 토머스의 상원 인준 청문회에서 그에 관해 증언한 경험을 정리해 출판한 『권력에 대해 진실을 말한다(*Speaking Truth to Power*)』를 읽었다. 나는 내 이름이 나오는 부분을 살폈다. 거기에는 내가 그녀를 비판한 책 『애니타 힐의 진실』에서 펼친 갖가지 주장들에 대해 언급한 부분이 대여섯 군데나 있었다. 힐이 내 주장에 대해 언급한 부분들을 읽으면서 나는 더 이상 자신의 책을 믿을 수 없다는 사실을 깨닫고 다시 한 번 충격을 받았다. 또한 그녀를 거짓말쟁이라고 악의적으로 공격함으로써 널리 선전되고 베스트셀러가 된 그 책의 주인공이었던 애니타 힐의 개인 신상에 밀어닥친 결과들에 대해 처음으로 진지하게 생각해보기 시작했다. 나는 그 여자의 인생을 살아 있는 지옥으로 만들었다. 나는 애니타의 책을 처음부터 다시 읽기 위해 앞부분을 펼쳤다. 그러나 그녀가 오클라호마주 시골에서 자랄 때의 어린 시절을 묘사한 머리글에서 더 이상 나아갈 수가 없었다. 정치적 목적 뒤에 가려진 인간 애니타 힐을 알아가는 일은 너무나 고통스러웠다.

그 무렵 나는 스포츠계의 명사 키스 올버먼이 〈MSNBC〉에서 새로 시작한 정치 토크쇼의 첫무대에 논평가로 출연하기로 돼 있었다. 나와 같이 출연하는 평론가는 〈네이션〉에 글을 쓰고 있는 도발적인 좌익 작가 크리스토퍼 히친스와 유명한 소장 페미니스트이자 베스트셀러 작가인 **나오미 울프**였다. 나는 울프를 이전에 만난 적이 없었지만 히친스에 대해서는 약간의 정보를 갖고 있었다. 내가 토크쇼가 시작되기 전 출연자 대기실로 들어서자, 히친스가 호전적인 눈길을 보냈다. 1980년대 중반 내가 처음 워싱턴에 왔을 때 자신을 좌파로 여기고 있던 영국 출신 이주자 히친스는 자주 우익, 특히 신보수주의자들의 신랄한 비판의 표적이 되곤 했다. 미지 덱터의 '자유세계를 위한 위원회' 소식지는 그를 "히치-푸"로 부르며 바보라고 조롱했다. 클린턴이 전국 무대에 등장했을 때 히친스는 복지 개혁과 범죄 문제에 관한 클린턴의 새 민주당 정책을 좌파적 관점에서 다룬, 정도를 지키는 비평가였다. 그러나 몇 년 뒤에는 훨씬 더 주목을 받는 인물이 됐다(베스트셀러가 된 반클린턴 혹평을 썼으며, B급 케이블 텔레비전 토크쇼들의 진행자가 됐다). 그것은 아마 우익이 아닌 인사로서는 추잡하고 입증되지 않은 폴라 존스와 자니타 브로드릭의 주장을 가장 맹렬하게 부추기는 사람으로 바뀌었기 때문일 것이다. 그의 책 『거짓말을 들어줄 사람이 없다 : 최악의 가족의 가치(*No One Left to Lie To : The Values of the Worst Family*)』에서 히친스는 자신을 "클린턴의 개인적 타락이 얼마나 정확하게 그의 야만적이고 기회주의적인 공직 수행 스타일과 맞물려 있는지"를 보여주는 도덕적 중재자로 자처했다. 냉소적인

나오미 울프
인기 페미니스트 작가로 1995년 클린턴 진영의 딕 모리스와 정기적으로 만나 "미국 여성들의 피곤한 삶을 이해하는 후보가 이번 선거의 승리자가 될 것"이라는 취지의 조언을 했다. 울프는 "수단으로서의 미모, 그 유혹을 이겨낼 때 아름다움이 저절로 제 역할을 찾는다"고 말하며 상품화돼가는 미인대회 폐지를 주장했던 진보적 여성.

히친스는 지금은 데이비드 호로위츠의 '대중문화센터' 후원으로 운영되는 공화당 주말 암흑시대 행사와 같은 우익 집회에 모습을 나타내기 시작하더니, 클린턴을 "진짜 심각한 사기꾼, 강간범, 전쟁범죄자, 위증자, 도둑…… 그냥 천박하거나 싸구려거나 교활한 정도가 아니라 괴물"이라고 몰아붙였다. 달리 말하자면 클린턴 시대가 마감되려 하는 시점에서 히친스와 나는 정반대의 지점에 도달하게 됐던 것이다.

언제나 그랬던 것은 아니다. 1994년 트루퍼게이트 기사가 나간 직후, 히친스는 칼로라마 끝에 있는 자기 아파트 근처의 프랑스 카페 라 푸르셰에서 연 기념 만찬회에 나를 초청했다. 나는 히친스가 어떤 사람인지 거의 몰랐지만, 이미 그때 내가 통상적으로 돌아다녔던 우익 주변을 훨씬 뛰어넘는 지점까지 성공적으로 침투해 들어간 그의 격렬한 클린턴 때리기 방식에 현혹돼 있었기 때문에 초청에 기꺼이 응했다. 그의 그런 현상을 뒷받침하는 명백한 이유들(시청률과 책 판매)만으로는 그토록 강렬한 감정을 충분히 설명할 수 없을 것 같았다.

히친스가 텔레비전에 서투른 반클린턴 논평가로 출연하기 전에 그는 먼저 『전도사(*Missionary Position*)』라는 책으로 유명해졌다. 그 책에서 히친스는 테레사 수녀가 사기꾼임을 폭로하려 했다. 그는 지독한 적의를 품고 있는 사람으로, 적어도 그날 저녁 만찬회 초반까지는 바로 그 때문에 즐거운 만찬 상대가 됐다. 40대의 보기 흉하고 너저분하며 샤워도 하지 않은 듯한 히친스는 술꾼으로도 악명 높았는데, 그날 저녁도 예외가 아니었다. 나도 웬만큼 마시지만 그처럼 자기파괴적인 술꾼은 일찍이 본 적이 없었다. 경비가 있는 호화 빌딩 안에 있는 그의 콘도미니엄으로 자리를 옮겨 우리는 계속 술을 마셨는데, 거기서 그의 매력적인 아내 캐럴 블루를 만났다. 히친스의 클린턴에 대한 관음증은 트루퍼게이트를 쓴 나조차 충격적일 만큼 탐욕스러워서 성가시고 불쾌하다는 느낌을 주었다. 느렸지만 그러나 확실하게 히친스는 너절하고 입버릇 나쁘고 비열한 도살꾼으로 변해갔다. 나는 그 뒤 몇 년 동안 그를 기피해왔다. 따라서 나는 그의 내부에 있는 어떤 악령이 클린턴을 그토록 혐오하게 하는지 찾아내지 못했으나, 그것이 무엇이든 그의 로르샤흐 검사(스위스 심리학자 헤르만 로르샤흐가 시작한 성격검사 방법—옮긴이) 대상이었을 뿐인 클린턴 부부와는 아무 상관도 없다고 확신하고 있었다(마무리를 짓느라 히친스는 지쳐빠졌다. 그는 라 푸르셰의 계산서를 내게 넘겨주었고, 나는 아칸소 프로젝트에 그 대금을 청구했다. 히친스는 나중에 〈스펙테이터〉에 기고하는 사교계 담당 기자가 됐다).

뉴저지주에 있는 스튜디오에서 생방송으로 진행된 〈MSNBC〉 토크쇼가 끝난 뒤 히친스는 슬그머니 빠져나갔으나, 울프와 나는 정답게 한담을 나눴고 차 뒷좌석에 함께 앉아 맨해튼으로 가기로 했다. 근사한 여자 울프는 내게 호기심을 갖고 있었다. 그녀는 먼저 내가 쓴 애니타 힐에 관한 책을 "증오"했다고 말했다. 나는 울프가 『이열치열(Fire to Fire)』이란 책에서 "날조된 증거"라는 말을 사용하면서 내 책을 질타한 사실을 떠올렸다. 울프는 『힐러리 로뎀의 유혹』도 읽었다며 박학하고 공정한 자세에 감명을 받았다고 말했다. 난처하게도 울프가 그 감미로운 목소리로 내 첫 번째 책(『애니타 힐의 진실』)에서 정반대의 방향으로 접근할 수도 있지 않았느냐고 물었다. 『힐러리 로뎀의 유혹』이 출간된 이후 아무도 그런 질문을 하지 않았기 때문에 나는 그 문제에 대해 생각하지 않아도 된다는 걸 다행으로 여기고 있었다. 그때 우리가 탄 차가 울프가 묵고 있던 호텔에 도착했다. 그러나 나는 대화를 끝내고 싶지 않았기에 호텔 바에서 함께 한잔 하자고 제의했다.

우리는 마가리타 칵테일 두 잔을 시켰다. 나는 칵테일이 나오기 전에 망설이는 목소리로 울프에게 그 일에 관한 진실을 쏟아놓기 시작했다. 나는

『애니타 힐의 진실』을 쓸 당시에는 그것이 정확하고 진실된 내용을 담고 있는 것으로 믿었다고 말했다. 그러나 몇 년 뒤 그 책의 정당성뿐만 아니라 보수주의 운동과 나의 협력 관계에 대해서마저 내 확신을 뒤흔드는 이야기를 토머스 진영으로부터 들었다고 덧붙였다. 이야기를 하는 동안 내 눈에서는 눈물이 솟아올랐다. 내가 토머스와 그의 지지자들에 대해 알게 된 것들을 어느 누구에게도, 심지어 새로 사귄 친구들에게도 이야기하지 않았지만 그것이 사라져버리게 하고 싶지는 않다고 말했다. 또 나 자신이 저지른 남부끄러운 행위도 잊을 수 없다. 이 모든 것을 사실상 낯선 다른 사람에게 처음으로 털어놓으면서 깨닫게 됐지만, 내가 저질렀던 행위는 내게 엄청난 고통을 안겨주었다. 나는 울프가 힐의 친구라는 사실을 몰랐지만, 그녀는 나의 그런 감정을 힐에게 전하겠다고 마음만 먹는다면 내 편지를 공개하지 않고 힐에게 전해줄 수 있다고 말했다. 나는 아무 말도 하지 않았으나 이야기를 끝내면서 해방감이랄까 평화, 아니면 아주 깊은 안도감을 느꼈다. 나는 과시적인 '고백'을 출판함으로써 대단한 성가를 올렸지만, 아직 어떤 진실한 고백도 하지 않았다는 것을 깨달았다.

여러 해를 워싱턴에서 살면서 러구너 비치에 있는 앤드류 집에 가서 크리스마스를 보낸 것은 몇 주일 정도였다. 나오미 울프와의 대화가 내 귓가에 맴돌고 있을 때 나는 마크 파올레타로부터 클레어런스 토머스가 습관적으로 포르노그라피를 보고 있다는 얘기를 전해들은 것이 2년 전 크리스마스 때 앤드류 집에서였다는 사실을 떠올렸다. 내가 그때 마크로부터 전화를 받고 그 얘기를 들었던 짙은 감색의 린네르 소파를 바라볼 때마다 감정의 소용돌이 속으로 휘말려들어갔다.

워싱턴에서 멀리 떨어진 해안가에 사는 앤드류가 『힐러리 로뎀의 유혹』

을 출판한 이후 내 인생을 덮친 혼돈과 좌절, 그리고 〈에스콰이어〉에 '고백'을 쓴 뒤에도 계속 나를 괴롭히고 있던 죄책감과 수치, 압박감을 헤아리기란 불가능했다. 나는 내 처지를 가장 친한 친구인 그에게 설명할 수 없었고, 그는 나를 위로해줄 수 없었다. 나는 너무 부끄러웠고 너무 겁을 먹은 탓에 내가 저지른 죄업을 속죄할 수도, 새로 사귄 친구들에게 내 마음을 완전히 열어놓을 수도 없었다. 나는 외로웠으며, 가망 없고 하찮은 존재라는 고통스런 생각으로 마모돼 갔다. 그 휴가 기간에 모든 것으로부터 떠나버리고 싶다는 생각을 몇 차례나 했다. 짙은 감색 소파에서 일어나 집 뒤편에 붙어 있는 차고로 걸어간다. 앤드류의 레인지 로버 자동차에 올라탄다. 그리고 엔진을 급회전시킨 다음 숨을 깊이 들이쉰다. 그렇게 해서 우익의 거리의 전사 데이비드 브록은 말 그대로 죽었어야 했다.

16

모니카, 시드니 그리고 나

내가 〈아메리칸 스펙테이터〉에서 해고당하기 바로 사흘 전, 그리고 모니카 르윈스키라는 이름이 세상에 알려지기 3개월 전인 1997년 10월 〈아메리칸 스펙테이터〉 직원들과 함께한 마지막 새터데이 이브닝 클럽에서 나는 내 앞 날이 어떻게 될지 어렴풋이 느꼈다. 그날의 특별 초청 게스트는 완고한 하원 의원 보브 바였다. 그는 클린턴 대통령에 대한 탄핵 청문회 개최를 요구하는 결의안에 대한 지지를 얻기 위해 참석했다. 그 4개월 전인 1997년 6월, 바 는 하원 법사위원회에 구체적인 사실이 적시되지 않은 "조직적인 공직 남용" 을 일삼았다며 클린턴을 비난하면서 탄핵 절차를 시작해야 한다고 주장하는 서한을 보냈다. 보수주의 활동가인 시민연맹의 플로이드 브라운과 레이건 정부 때 법무부 장관을 지내고 당시 헤리티지 재단 임원으로 있던 연방주의 자협회 변호사 에드윈 미즈가 바의 기자회견에 동석했다. 바는 그 자리에서 문제의 서한을 언론에 공개했다. 그 뒤 몇 개월 동안 그런 생각은 전혀 사라

지지 않았다.

데친 연어와 크렘 브륄레가 나온 만찬회에서 편집자들과 작가들은 탄핵을 정치 전략으로 삼을 만한 것인지를 심사숙고했다. 한 편집자가 바의 결의안에 제시된 모호한 탄핵 근거들은 헌법에 규정돼 있는 대통령을 제거할 만큼의 "중대한 범죄와 비리" 요건을 전혀 충족시키지 못하는 것이라며 반대하자, 존 펀드는 탄핵은 "법률의 문제"가 아니라 클린턴 정적들의 "정치적 의지의 문제"라며 기다렸다는 듯이 일갈했다. 당파적 목적을 위해, 선거로는 획득할 수 없는 권력을 손에 넣기 위해 어떻게 하면 헌법을 유린할 수 있을지를 숙의하는 이 유력한 공화당 보수주의자들의 얘기를 듣고 있자니 거의 신체적 거부 반응 같은 것이 일어날 지경이었다.

대통령을 탄핵해야 한다는 생각은 우리 서클 바깥에서는 거의 관심을 끌지 못했으나, 클린턴이 백악관 인턴 모니카 르윈스키와의 섹스 스캔들에 휘말려들기 1년 전부터 점차 힘을 얻어가고 있었다. 1996년 대통령선거에서 클린턴이 재선된 뒤 정치적 우파 세력은 관행대로 선거의 적법성을 인정하지 않았다. 심지어 눈이 뒤집힌 반클린턴 당파 세력을 제외한 누구의 눈에도, 화이트워터 사건 또는 클린턴 스캔들과 관련해 끊임없이 제기된 모든 비난을 조사한 스타 특별검사팀이 기소할 만한 범죄 사실을 전혀 찾아내지 못했다는 사실이 분명해졌음에도 불구하고, 우익은 클린턴을 권좌에서 몰아내라고 공화당 지배 하의 하원에 압박을 가했다. '클린턴 연대기' 비디오를 제작했던 '정직한 정부를 위한 시민들 모임'의 1997년 1월호 소식지에 윌리엄 대니메이어가 '왜 하원은 빌 클린턴을 탄핵해야 하는가'라는 제목의 글을 기고했다. 그는 다음과 같이 썼다. "개인적으로 나는 빌과 힐러리 클린턴이 어디서, 언제, 왜, 그리고 누구에 의해 포스터가 살해당했는지 알고 있다고 믿는다. 그것은 결코 자살이 아니었다……"

1997년 10월 〈월스트리트 저널〉 사설면은 신보수주의 논객이요 실패한 대통령 후보 보브 돌의 연설문을 작성했던 마크 헬프린이 쓴 '탄핵하라'는 간단한 제목을 단 장문의 논평을 실었다. 헬프린은 클린턴을 "우리가 알고 있는 대통령 중에서 가장 부패하고, 부정하며, 부정직한 대통령"이라고 몰아붙이면서, 아무 증거도 없이 클린턴이 "연방수사국 파일들을 훔치고, 정적들을 협박하기 위해 국세국(IRS : Internal Revenue Service)을 이용하고, 정부 사업을 가로막고, 마약 밀매업자들과 무기 매매업자들과 갱들을 만나고, 불법 선거자금을 모금하고, 중국인들에게 영향력을 행사하고 돈을 갈취해왔다"고 주장했다. 그러면서 다음과 같이 결론지었다. "그의 재임 기간을 에워싸고 더럽히고 물들인 수많은 범죄 행위들에 비춰볼 때 클린턴이 과연 대통령직에 적합한 사람인지 의문을 던져봐야 한다. 대통령이 법률에 복종하도록 만들어야 한다."

　　1주일 뒤 〈월스트리트 저널〉의 칼럼니스트 폴 기거트는 왜 클린턴 재선이 사기놀음인지를 입증하는 논리를 창안해냈다. 기거트는 클린턴이 선거자금법의 허점을 악용해 민주당 전국위원회가 자신의 재선에 유리한 광고 비용을 대도록 함으로써 1996년 대선을 도둑질했다고 주장했다(그런 일은 공화당도 마찬가지로 저질렀다). "이 미디어 정치 시대에 수천만 달러를 텔레비전 광고에 투입하기 위해 선거법을 위반하는 것은 도덕적으로나 실질적으로 부정 투표를 하는 것과 같다. ……우리는 보브 돌이 공화당 대통령 후보 지명 예비선거 첫무대에 등장하기도 전에 이미 선거에 지고 있었다는 것을 알고 있다"고 그는 주장했다. 같은 시기에 탄핵 운동은 세련된 〈월스트리트 저널〉의 지면을 뛰어넘어 워싱턴 거리로 뛰쳐나갔다. 워싱턴 의회 건물 인근에서 벌어진 '미국을 좋았던 시절로 되돌리자' 캠페인 집회가 클린턴 탄핵 지지 집회로 변질됐을 때, 그 자리에는 반클린턴 비디오 테이프들을 제작한 팻 매트리시애너, '구출 작전'의 랜덜 테리, 그리고 라디오 토크쇼 진행자이자 앞으로 공화당 대통령 후보로 나서게 될 앨런 키스가 모습을 나타냈다.

또 1997년 10월에는 레그너리 출판사가 보브 타이럴이 쓴 『윌리엄 제퍼슨 클린턴의 탄핵(*The Impeachment of William Jefferson Clinton*)』을 펴냈다. 그 책 표지에는 다음과 같은 선전 문구가 박혀 있었다. "당신을 금세기의 가장 뜨거운 정치 논쟁 한복판으로 인도할 '미래 역사'에 관한 대가의 솜씨를 보여주는 작품. 이것은 클린턴 탄핵이 과연 현실화할 것인가 하는 차원이 아니라, 필연적으로 현실화할 수밖에 없는 탄핵이 과연 언제 일어날 것인지를 놀라우리만큼 생생한 시나리오를 통해 생각해보게 만드는 책이다." 보브는 그 책을 익명의 작가와 함께 썼는데, 〈스펙테이터〉 내에서는 그 익명의 작가가 테드 올슨일 것이라고 생각하고 있었다. 보브는 그 책에서 1998년에 일리노이주 연방 하원의원 헨리 하이드가 의장을 맡고 케네스 스타 특별검사가 의회에 제출할 화이트워터 보고서를 바탕으로 클린턴 탄핵 청문회가 열릴 것이라고 예측했다. 그 책은 '상상력의 산물'이라는 선전 문구가 붙어 있었으나 보브는 공화당이 지배하는 하원이 탄핵 청문회를 소집한다면 대중은 "가능한 것에서 근거 있는 것으로, 그리고 다시 필연적인 것으로 점차 진행돼갈 탄핵 과정을 지켜보기 위해 몰려들 것"이라고 진지하게 주장하고 있는 듯했다. 그의 책 서문은 보브 바가 썼는데, 그는 "이 강력한 설득력을 지닌 책은 우리 정치의 건전성에 관심을 가진 이 나라의 모든 시민들이 읽어볼 필요가 있다"고 추켜세웠다. 보브의 책은 픽션으로 꾸며져 있었으나, 새터데이 이브닝 클럽에서 진행된 논의 과정은 그와 바가 사실상 클린턴 탄핵을 정치 현실로 만들기 위한 음모를 꾸미고 있었음을 보여주었다. 〈스펙테이터〉 1997년 12월호에 실린 보브 책 서평에서 로버트 보크는 한 걸음 더 나아가 보브가 제시한 "증거"로 볼 때 "닉슨 행정부가 저지른 잘못은 (클린턴 정권의 잘못에 비해—옮긴이) 상대적으로 단순하고 사소한 것으로 보이도록 만들기에 족하다"고 주장했다. 표지 그림은 치솟듯 몸을 일으킨 검은 법복 차림의 보크가 굽은 손가락으로 아래쪽의 왜소한 빌 클린턴을 가리키며 무섭게 노려보는 모습이었다. 르윈스키 스캔들이 일어나기 전의 클린턴 탄핵 운동에 대한 전직 판사 보크의 지지는 본질적으로 미국에서 쿠데타를 일으키기 위해 초헌법적 수단의 동원도 불사하는 우익의 정신 구조를 드러내 보여주었다.

　　다음달인 1998년 1월, 클린턴은 폴라 존스에 대한 성추행 소송건으로 증언대에 섰으며, 거기서 르윈스키와의 관계로 곤욕을 치렀다. 재판관은 나중에 르윈스키건이 폴라 소송과 전혀 무관하다는 데 동의했으나 증언 때 그것을 숨기려 애쓴 클린턴의 시도는 스타 특별검사가 화이트워터 사건 조사 범위를 그의 위증과 재판방해죄 혐의까지 포함하는 쪽으로 확대하도록 만들었다. 공화당은 그해를 클린턴 탄핵이라는 목적을 위해 소진하느라 중간선거를 위한 프로그램을 전혀 내놓지 못했다. 뉴트 깅그리치는 의회 보좌관과 불륜 행위를 저지르고 있었으면서도 모든 연설에서 '모니카'란 말을 사용하겠다고 맹세했다. 탄핵 논의는 보수주의 운동이 탄핵을 사회적 아젠다와 분명히 연계시킨 새 종교 십자군 전쟁인 1992년의 공화당 휴스턴 당대회 때와는 전혀 달랐다. 제리 폴웰 목사는 자신의 자유동맹 명의로 보낸 모금 서한에서 클린턴을 권좌에서 몰아내지 못한다면 "클린턴 부부, 급진 동성애자들, 반가족 페미니스트들, 신 없는 무신론자들과 자유주의 미디어가 승리하게 될 것"이라고 선언했다. 〈월스트리트 저널〉 사설은 스타 특별검사를 지칭하면서 "찬송가를 부르는 근본주의 성직자의 아들보다 클리턴을 법의 심판대에 세우는 일을 더 잘할 사람이 누가 있겠는가?"라고 썼다.

　　그들은 클린턴이 불륜을 저질러서가 아니라 거짓말과 진실 은폐를 일삼

앉기 때문에 제거해야 한다고 주장했지만, 공화당의 주장은 달랐다. 원래 클린턴의 사생활을 정치적 이슈로 만드는 전략을 택한 것은 극우 세력뿐이었다. 그런데 이제 공화당이 기본적으로 선벨트의 도덕주의에 굴복하고 있다는 조짐과 함께 공화당 지도부 전체가 성 문제와 1960년대의 기라성 같은 가치들이 미국의 잘못된 문화적 풍조라고 공격함으로써 정치적 반사이익을 노리는 쪽으로 나아갔다. 로버트 보크는 〈워싱턴 포스트〉에 기고한 글에서 스타 특별검사의 노력은 "1960년대의 해이한 도덕성을 멸종시키는 데" 유용하다고 말했다. 이미 미국의 "체제"에 대한 우익의 무장 폭동을 지지하고 있던 잡지 〈퍼스트 싱〉의 편집자 리처드 존 뉴하우스는 "우리가 탄핵을 하자면 문화적 · 정치적 · 도덕적으로 엄청난 구역질에 시달릴 것이다"라고 말했다. 그런가 하면 하원 법사위원회 소속 공화당 의원 크리스 캐넌은 다음과 같이 주장했다. "(클린턴이 한) 첫 번째 일은 동성애자들의 군 입대 문제를 거론함으로써 동성애에 관한 논란을 불러일으킨 것이다." 또한 그는 클린턴이 "조슬린 엘더스를 공중위생국 장관에 기용했다(조슬린은 마스터베이션 문제를 공론화한 뒤 장관직을 물러났다). 그 핵심 포인트는 괴상망측한 라이프 스타일로 바꾸자는 것이었다. 행정부는 괴상망측한 섹스의 공론화라는 정책 목표를 갖고 있었다"고 말했다.

엄밀히 말하면 성추문이 사회적 성 관습에 대한 상반되는 시각을 둘러싸고 진행됐기 때문에 화이트워터 사건이나 다른 클린턴 스캔들에 거의 관심을 보이지 않던 좀더 지적인 취향의 사회 전통주의자들도 반클린턴 광신자들 편에 합류했다고 할 수 있다. 언제나 신중하고 정중한 조지 윌은 한때 깅그리치를 조 매카시에 비유했지만, 이제는 "주로 클린턴 부부의 상스러운 짓에 대한 감각적 판단에 관한" 믿을 수 없는 아칸소주 경찰관들의 말을 인용하면서 그 자신이 매카시 흉내를 그대로 내고 있었다(윌이 널리 알려진 자신의 결혼 문제를 안고 있었다는 사실이 그의 도덕적 비난을 완화시킨 것 같지는 않다). '티퍼니 미지슨'의 어머니 미지 덱터는 케네스 스타의 "남성다움"을 예찬했다. 지난 10년 동안 클린턴 두들겨패기에 온 신경을 집중해온 〈내셔널 리뷰〉가 갑자기 루시앤 골드버그(르윈스키의 친구 린다 트립을 사주해 그녀와 르윈스키가 한 대화를 몰래 녹음하도록 설득함으로써 스캔들에 불을 붙였던 출판 대행업자)를 칭찬하고 무미건조한 그녀의 아들 조너까지 칼럼니스트로 고용했다. 클린턴을 이념의 전장으로 끌어들일 필요가 있다고 설파해온 윌리엄 크리스톨은 한때 나의 트루퍼게이트 기사가 위험한 것이라고 경고하고 공화당 암흑시대 주말 행사장에서 우익의 클린턴 공격의 허구성을 지적한 내 연설 내용을 공표하기도 했으나, 그 역시 방향을 바꾸었다. 그의 〈위클리 스탠더드〉는 클린턴을 "더듬기로 유명한 남자"라면서 클린턴이 "사생아"를 갖고 있다는 잘못된 소문을 기사화하고, 대통령이 불임일지도 모른다는 억측을 하기도 했다(〈위클리 스탠더드〉 편집자 프레드 반스는 흉측한 모습의 클린턴 부부 캐리커처를 표지 그림으로 싣는 것이 그 잡지를 팔아먹을 수 있는 유일한 방법이라고 말한 적이 있다).

〈위클리 스탠더드〉의 여러 작가들은 클린턴을 탄핵하기 위한 이념적 지주 노릇을 했다. 존 딜룰리오는 탄핵이 "오싹한 이단 정신"을 근절하는 길이라고 주장했다. 그는 이단 정신을 "오직 우리의 편의만을 고려하고 태아와 쇠약한 고령자를 내다버리거나 죽이도록 우리를 인도하는 것, 다수의 종교 지도자들이 성인들(오직 성인들만) 간의 혼외 섹스가 그것이 어떤 형태가 됐든 절대악이라고 선언하기를 거부하는 것, 문신을 하고 장신구를 걸치기 위해 몸에 구멍을 뚫은 온갖 아이들이 부르는 여성 혐오적 랩 음악"이라고 정의했다. 〈코멘터리〉가 주최한 한 심포지엄에서 빌 크리스톨은 이단 정신을 "낙태 권리는 결코 제한해서는 안 될 권리고, 동성애는 결코 비판받아서는 안 될 습벽이며, 따라서 합의된 혼외 섹스를 공공 도덕적 잣대로 판단하는 것은 불법이라고 생각하는 것"이라고 말했다. 클린턴주의를 "질병"이라고 한 〈위클리 스탠더드〉의 데이비드 프럼은 크리스톨의 말을 흉내내면서 "르윈스키 스캔들의 핵심 문제는 개인의 사생활을 보호받을 권리가 아니라 베이비 부머(2차대전 이후 미국이 전성기를 구가했던 1946~1965년에 태어난 세대-옮긴이)의 중심적인 도그마, 즉 상호 합의한 섹스라면 절대 도덕적 잣대로 따져서는 안 된다는 신념이다"고 썼다.

보수주의 지도자들은 탄핵 논의를 국민투표로 몰아갔으나, 대중이 탄핵에 동의하지 않자 그들을 비난했다. 압도적 다수가 클린턴의 대통령직 수행에 찬성하고 탄핵에 반대하는 것으로 나타난 투표 결과는 대중 자체가 도덕적으로 문제가 있다는 것을 보여주는 증거로 간주됐다. 뉴햄프셔주 연방 상원의원 보브 스미스는 "내 아내는 토요일 밤 올빼미들을 커밍 아웃시키는 문제에 관한 여론조사를 실시해야 한다는 얘기를 곧잘 한다"고 말했다. 데이비드 겔러트너는 "미국인들은 간통을 대단한 일로 생각하지 않기 때문에 대통령의 간통을 대단치 않게 생각한다. 현대 미국에서 간통은 기껏해야 도덕적 비행 정도밖에 안 된다. 일반적으로 그것은 불법 주차 딱지를 떼는 정도라고 생각하는 경향이 더 강하다. ……50년 전에는 달랐다. 미국인들은 전반적으로 간통 반란을 겪고 있다"고 결론지었다. 도덕군자연 하는 윌리엄 베니트는 자신의 책 『무도한 죽음(The Death of Outrage)』에서 "악마와 거래하는" 대중을 비난하면서 "그것은 부패에 관한 교훈"이라고 말했다. 베니트는 더 큰 문제는 클린턴을 제거하는 것이 아니라 미국의 "퇴폐"와 "도덕적 부패"를 근절하는 것이라고 지적했다.

그러나 베니트 자신은 퇴폐적인 인물로 잘 알려져 있었다. 내가 알고 있던 다른 수많은 보수주의자들에 비하면 그는 위선자축에도 끼지 못했지만(모든 면에서 그는 성실한 남편이었고 헌신적인 아버지였다), 몸집이 큰 베니트는 매우 도덕적인 생각을 가지고 있었으나 실천은 거의 하지 않고 말만 늘어놓았다. 1993년에 관직을 떠난 베니트는 잭 켐프, 진 커크패트릭과 함께 주로 월스트리트의 투자은행가로 〈스펙테이터〉의 후원자였던 시어도어 포스트먼의 자금 지원을 받아 '미국에게 권한을'이라는 단체를 만들었다. 대체 정부를 세우려는 것이 그들의 계획이었다. 그러나 1993년 말 베니트는 대작 『도덕책(The Book of Virtues)』을 펴냈다. 젊은이들에게 고전을 읽게 함으로써 덕성을 함양하도록 고안된 그 책은 즉시 베스트셀러가 됐으며, 베니트는 1인 제국이 됐다. '미국에게 권한을'은 방향 상실로 몰락했지만 베니트는 유료 순회 강연을 하고 『도덕책』을 수백만 달러짜리 시리즈물로 바꿔 1993년부터 1995년까지 30만 달러 이상을 벌어들였다. 베니트는 조사원들을 고용해 고전 작품을 발굴하고 그것을 도덕 시리즈물로 다시 출판했으며, 대필 작가를 고용해 시를 쓰게 하고는 대부분 자기 이름으로 출판했다. 베니트가 1998년에 클린턴 탄핵을 주도하는 가장 저명한 인물로 떠올랐을 때는 리처드 멜런 스케이프가 자금을 지원하는 헤리티지 재단에 한자리 차지하고 있었으나, 하는 일은 아무것도 없었다. 그는 또 스케이프가 아칸소 프로젝트를 지원하고 있을 당시, 스케이프 트러스트 중 하나인 사라 스케이프 재단 이사직도 갖고 있었다. 베니트가 스스로 고백한 유일한 부덕은 육식을 하고 마티니를 마시며 카지노에서 도박을 한다는 것이었으나, 열심히 일하고 겸손하라는 것을 비롯해 그가 외치고 다닌 여러 도덕이 그것들을 깨끗하게 가려주었다.

10여 년 전 로버트 보크의 대법관 지명 전쟁 때 보수주의자들은 자신들이 대변하고 있다고 주장한 미국의 주류 가치들로부터 소외되리라고는 꿈에도 생각하지 못했다. 오히려 그들은 자신들이 악의적인 정치 세력, 즉 교활한 변호사들, 자유주의 지식인들, 막강한 클린턴의 정보 조작 집단에 포위당한 희생자들이라고 생각했다. 자신들만이 법치의 수호자들이었다. 한때 "보다 높은 도덕적 선"을 주창하며 (이란-콘트라 사건의 주역인) 올리버 노스의 부정한 행위들을 변호했던 하원 법사위원회 위원장 헨리 하이드는 다음과 같이 부르짖었다. "아우슈비츠 수용소에 가본 적이 있는가? 법치가 무너지면 어떤 일이 벌어진다는 걸 알고 있는가?" 그들은 그런 얘기를 하고 또 했다. 〈CNN〉의 래리 킹 라이브 토크쇼, 〈CNBC〉의 리버러 라이브 프로, 〈MSNBC〉의 하드볼 프로, 케이블 텔레비전의 일요일 쇼들을 통해 그것을 주장했고 지칠 때까지 거듭거듭 얘기했다. 모두 보이지 않게 반클린턴 캠페인으로 연결돼 있던 활동가 군단인 그들(앤 쿨터, 바바라 올슨, 로버트 보크, 마크 레빈, 마크 브레이든, 윌리엄 베니트, 존 펀드 등)은 논평가 자격으로 거기에 등장했다. 그들의 주장이 인기가 없다는 것이 그것이 지닌 신성함을 더욱 확고하게 만들어주는 듯했다. 클린턴은 악마에, 탄핵을 고창하는 지도자들은 예수 그리스도에 비유됐다. 〈ABC〉 방송에 나간 헨리 하이드는 "보라, 예수 그리스도가 여론조사를 했다면 아마 그는 결코 복음을 전도할 수 없었을 것이다"라고 말했다.

보수주의자들이 자신들의 문화 전쟁 호소가 제대로 먹혀들어가지 않은 데 대해 실망한 것은 그럴 만한 이유가 있었지만, 스캔들에 대한 대중의 시각은 보수주의자들이 생각했던 것보다 더 복잡했다. 여론조사는 대다수 미국인이 개인의 도덕적 판단을 정치 문제에 적용하려는 사람들에 대해 드러낸 냉소적인 태도는 클린턴에 대한 냉소적 태도보다 더 강했으나 클린턴이 백악관 실습생과 저지른 불륜에 대해서도 도덕적으로 용납하지 못했다는 것을 보여주었다. 대다수 미국인 역시 클린턴이 잘못을 저질렀고 폴라 존스의 민사소송 때 법정에서 진실을 회피하는 증언을 했다고 믿고 있었다. 클린턴은 나중에 그것을 인정했다. 그러나 대중은 또한 그 문제는 개인적 차원의 비리일 뿐 국가를 상대로 한 공공 차원의 비리는 아니었으며, 따라서 헌법에 규정된 '중대한 범죄 행위와 비행' 기준을 적용해 클린턴을 대통령직에서 쫓아내는 것은 옳지 않다고 생각했다. 클린턴 편을 든 대중은 헌법을 위험에 빠뜨리는 것은 다수 미국인의 기대를 저버린 채 불충분한 근거에 입각해서 당파적 이익을 위해 탄핵을 강행하려는 공화당 지도부라고 말하고 있는 듯했다.

르윈스키 스캔들이 터졌을 때 나는 워싱턴의 정치나 언론 기득권 세력과는 다른 입장을 취했다. 전화는 그야말로 인터뷰 요청으로 불이 날 지경이었다. 내가 그랬듯이 스캔들이라는 늪에 빠져들어가고 있던 기자들과 텔레비전 프로듀서들은 내가 보도해 논란을 빚었던 아칸소주 경찰관들의 클린턴 불륜 이야기가 르윈스키 사건 폭로로 사실이었음이 입증된 것이라고 내가 이 기회에 선언하고 나서기를 기대했다. 클린턴은 결국 거짓말쟁이 섹스 중독자였다! 그런 맥락에서 걸려온 전화 가운데 〈NBC〉 뉴스 여기자 라이사 마이어스의 전화가 특히 기억에 남아 있다. 마이어스는 의회 담당 기자가 된 뒤 몇 년 동안 클린턴 부부를 추적해왔으며, 나중에는 자니타 브로드릭의 강간 주장을 보도했다. 나는 마이어스에게 어떤 인터뷰도 하지 않는다고 말했다. 그러나 마이어스는 내가 옳았다는 생각이 들지 않느냐며, 그것을 알고 싶다고 했다. 나는 전혀 그렇지 않다고 대답했다. 트루퍼게이트를 보도한 지 5년이 지난 뒤 나는 클린턴의 사생활을 그의 대통령직 수행과 연결시킬 만한 증거는 전혀 나타나지 않았다고 설명하기 시작했다. 그런데 쉰 목소리의 마이어스는 마치 내 얘기는 한마디도 듣지 않은 듯이 억지로 밀고 나갔다. 클린턴이 그토록 오랫동안 그토록 많은 거짓말을 해오다가 결국 꼬리가 잡혔는데, 엄청난 일 아닌가? 나는 전화를 끊었다.

이런 보수주의자들은 내게 좌절감을 안겨주었다. 클린턴이 간통한 사실 말고 그토록 오랫동안 거짓말을 해온 게 정확하게 무엇이란 말인가? 내 생각으로는 단지 클린턴도 인간이라는 사실만이 들통났을 뿐이었다. 나는 〈스펙테이터〉와 맺어온 오랜 관계 때문에 르윈스키 스캔들에 대해 다른 많은 언론인이 생각하고 있던 것과는 매우 다른 시각을 갖고 있었다. 마이어스가 그들의 생각을 드러내는 하나의 징후였다면 그들은 너무 쉽게 클린턴의 유죄를 믿었다. 워싱턴의 언론은 클린턴을 파멸시키기 위해 10년에 걸쳐 진행돼온 더러운 전쟁에 대해 거의 모르고 있었다.

그러나 1993년에 내가 아칸소 프로젝트 조종자인 클리프 잭슨을 처음 만난 자리에서 잭슨이 클린턴에 관한 진실이 드러나기만 하면 그는 탄핵당하게 될 것이라고 이야기했을 때, 나는 우익이 대통령선거 결과를 무효화하기 위해 오랫동안 음모를 꾸며왔다는 사실, 그리고 그것을 위해 언론을 이용해왔다는 사실을 간파했다. 마이어스의 말이 뒷받침하듯이 1998년 무렵 아칸소주의 클린턴 혐오자들, 무자비한 공화당 조사팀들, 그리고 보수주의 케이블 텔레비전 및 라디오 토크쇼 진행자들은 결코 증거를 대지는 못했지만 클린턴이 비리를 저질렀다는 인상을 광범위하게 각인시키는 데 성공했다. 오랫동안의 중상모략 끝에 마침내 섹스 스캔들이 터졌을 때 공화당 기득권 세력과 많은 정규 언론 매체들은, 비록 클린턴이 르윈스키 사건에서 실망스럽고 정직하지도 못한 모습을 보여주긴 했지만 그가 실제로 한 행위와는 앞뒤가 맞지 않는 이야기들을 과장해서 쏟아낼 만반의 준비를 갖추고 있었다.

클린턴이 적에게 자신의 목을 매달 밧줄을 스스로 건네주었다는 관찰자들의 지적은 옳았다. 그러나 나는 이야기가 그렇게 간단하지 않다는 것을 알고 있었다. 나는 폴라 존스 소송은 이용 가치가 조금이라도 있다면 정치적 목적을 위해 재판을 조작하려고 은밀히 작업한 우익 활동가들에 의해 날치

기당했다는 것을 알고 있었다. 폴라 존스 팀 비밀 법률 전략가들 중 한 사람은 몇 년 전 그 성추행 소송의 목적은 증언 과정을 통해 클린턴의 혼외정사를 조사하고 클린턴에게 그것을 추궁하는 것이라고 내게 말했다. 달리 말하면, 존스 소송은 그렇게 하지 않았다면 존재하지도 않았을 범죄 사실을 만들어내기 위한 수단이었던 것이다. 그리고 존스 팀은 그의 변호사 조지 콘웨이가 그렇게 할 것이라고 말한 대로 했다. 다름아닌 빌 클린턴과 성적 관계가 있는 여성들(결국 르윈스키가 나타났지만)을 찾아내 수없이 해왔던 대로 그 이야기를 언론에 흘렸다. 이번에는 매트 드러지에게 그것을 넘겼다(나는 콘웨이가 로라 잉그러햄을 통해 드러지에게 전자메일을 보내는 일에 은밀히 관계하고 있었다. 그 두 사람을 연결시킨 잉그러햄은 메일 가운데 일부를 복사했다. 콘웨이는 르윈스키가 등장하기 훨씬 전에 드러지의 정보제공자 역할을 했다. 콘웨이가 드러지에게 보낸 전자메일 가운데 하나에서 클린턴이 성기가 구부러지는 페이로니 병을 앓고 있다고 주장했다. 드러지는 그 허위 사실을 퍼뜨렸다).

내가 보기에 르윈스키 스캔들의 두 주역인 린다 트립과 루시앤 골드버그는 비슷한 유형의 사람들이었다. 그들은 트립이 클린턴에 관한 신변잡기 책을 쓰기 위해 백악관 비서로 일한 골드버그의 진술을 확보하려고 애쓰는 과정에서 처음 만났다. 트립은 친구였던 게리 올드리치처럼 부시 행정부에 들어갔다가 클린턴 행정부 때까지 남아 있던 호전적인 여성으로 클린턴 부부의 정책과 개인적 스타일에 거부감을 느끼고 그들을 몰아내려 한 맹렬한 트러블메이커였다. 트립은 부시 집안의 복수심을 부추겼다. 트립은 자신이 정치적 보수주의자라고 말했지만, 클린턴 부부를 향한 그녀의 적대감은 개인적 차원의 것이기도 했다. 트립이 클린턴의 백악관에 대해 화가 난 것은 그녀가 말한 적이 있듯이 조지 스테파노풀로스의 "더러운 털" 때문이었다. 트립은 그런 지독한 불평이 엄청난 정치 스캔들로 번져나갈 수 있는 미디어 시대에 어울리는 인물이었다.

트립의 책은 잠정적으로 『닫힌 문의 뒤쪽 : 클린턴 백악관 안에서 내가 겪은 일들(Behind Closed Doors : What I Saw Inside the Clinton White House)』이라는 제목이 붙여졌으며, '영부인들'과 '대통령의 여인들'과 같은 장도 들어 있었다. 백악관에서 펜타곤(국방부)으로 자리를 옮긴 트립은 백악관 실습생으로 일했던 르윈스키와 같은 여성들을 만나 사귀었다. 트립은 골드버그의 제안으로 르윈스키와의 전화 통화 내용을 몰래 녹음하기 시작했고, 르윈스키는 대통령과 자신의 관계에 대해 이러쿵저러쿵 이야기했다. 게리 올드리치 책을 출판한 앨프리드 레그너리에 따르면 골드버그가 트립의 책 출판과 관련해 그에게 접근했고, 트립은 50만 달러를 요구했다. 클린턴 스캔들을 다룬 책들에 관한 인터뷰에서 골드버그는 다음과 같이 말했다. 『에, 빈센트 포스터는 살해당했나?』 또는 에, 『퍼스트 레이디는 기소당할 것인가』를 읽는 게 훨씬 더 재미있어요."

그러나 책을 출판하려던 계획은 수포로 돌아갔다. 하지만 골드버그는 그 일에 대한 집착을 버리지 못하고 결국 르윈스키에 관한 이야기를 폴라 존스 진영에까지 들고 갔으며, 위증을 잡아내기 위한 함정을 설치했다. 자신을 "밀정"이라고 칭했던 골드버그는 한때 리처드 닉슨의 첩자 노릇을 했는데, 1972년 대통령선거 때는 조지 맥거번 진영에 침투해 들어가기도 했다. 『악몽 : 닉슨 시대의 뒷이야기(Nightmare : The Underside of the Nixon Years)』의 작가 앤서니 루커스는 다음과 같이 말했다. "그들은 정말 더러운 것을 찾고 있었다. 누가 누구와 함께 잤나, 정보요원들이 스튜어디스들과 무슨 짓을 했나, 누가 비행기 안에서 마리화나를 피웠나, 그런 따위의 일이었다." 〈뉴요커〉에 따르면, 골드버그는 닉슨이 대통령직에서 밀려난 뒤부터 민주당을 증오했다. 고급 창녀들의 생활을 그린 소설 『마담 클리오의 여자들(Madame

Cleo's Girls)』을 쓴 작가이기도 한 골드버그는 〈뉴요커〉에 "나는 그것이 엄청 매력적인 일이어서 했다. 나는 귀여운 계집애를 사랑한다. 나는 그들을 위해서 산다"고 말했다.

나에게는 르윈스키 스캔들과 대통령 탄핵 공작, 그 숨겨진 정치적 의도와 자금 동기, 그리고 그런 것을 선동하는 자들이 입에 올리는 대통령을 '죽이는' 얘기조차 내가 지난 10년 동안 가담했던 모든 일에 관한 진실을 폭로하는 결정적인 순간, 돌아갈 수 없는 지점이었다. 현실화하는 데는 오랜 시간이 걸릴지 몰라도 그것은 나의 크론슈타트(러시아 상트페테르스부르크 앞 핀란드 만의 작은 섬 코틀린에 있는 항구 도시로 발틱 함대 기지였다. 1921년 볼셰비키에 저항한 수병들의 반란이 일어났으며, 그것은 레닌의 신경제정책이 도입되는 중요한 계기가 됐다-옮긴이)였다. 누구든 『중범죄와 경범죄』의 작가 앤 쿨터의 얘기를 들어보기만 하면 안다. 그 책은 "탄핵할 것인가, 아니면 암살할 것인가"를 묻고 있었다. 또 "시민 전쟁"을 선언한 보브 바를 보라. 아니면 탄핵 명분을 공화당의 편협한 게이 반대 및 낙태 불법화 공작과 분명히 연계시키고 있는 〈위클리 스탠더드〉를 보라. 또는 클린턴이 소름끼치는 감각을 느껴보기 위해 "첼시아(그의 딸)의 성기를 손으로 애무했다"는 혼란스런 주장을 담은 루시앤 골드버그의 〈뉴욕 프레스〉 기고문을 읽어보라. 거기에는 젠 체하는 금발의 지식인들이 있었고, 그들 중 몇 명은 간통 문제와 관련해 도덕적으로 죄를 짓고도 스스로를 질타하는 일과는 거리가 먼 사람들이었다. 또한 거기에는 은밀한 탄핵 지지 공화당 하원의원들이 있었다. 그들은 정장 차림으로 참석한 워싱턴 만찬회에서 꽃병에 꽂힌 꽃을 뽑아 바치는가 하면 클린턴이 대통령의 권위를 실추시켰다고 비난하면서 술에 취해 나를 쫓아다녔다. 또한 트루퍼게이트를 쓸 때 내게 조언을 해주었던 실버먼 판사도 있었다. 그는 클린턴이 스타 특별검사 조사에 따르지 않고 오히려 내세웠다는 대통령 특권 주장들을 공격했다. 르윈스키 스캔들에 관한 독립여성포럼 회의를 주재했던 리키 실버먼은 "법, 정보 조작, 도덕의 중요성"을 토의에 부쳤다. 그 뻔뻔스러움이라니! 이런 폭력적인 언동들에 대해 공화당원 누구 한 사람도 반대의 목소리를 내지 않았다. 오직 클린턴만이 자신의 도덕적 비행과 그것을 숨기기 위한 거짓말에 대해 책임을 질 수 있겠지만, 그의 공화당 정적들의 정서와 의도, 그리고 위선은 내게 훨씬 더 우스꽝스런 모습으로 다가왔다.

스타 특별검사의 조사와 관련해, 나는 케네스 스타에 대해서는 보수주의 서클을 통해서 주변적인 사항들만 알고 있었다. 힐러리에 관한 내 책이 서점가에 나오기 몇 개월 전인 1996년 맥린에서 열린 올슨 결혼식에서 스타를 만났을 때, 당시 그는 나를 따로 불러내 우리 두 사람이 함께 있는 장면이 사진에 찍히지 않도록 주의해야 한다고 은밀하게 말했다. 한참 뒤 나는 신보수주의 역사가들로 실버먼 부부의 가까운 친구들이었던 애비게일과 스테펀 선스트롬이 공동 저술한 『흑과 백의 미국(*America in Black and White*)』의 출판 기념 파티에서 그를 만났다. 니컬러스 레먼은 〈뉴욕 타임스〉에 선스트롬의 책이 "보수주의 재단들로부터 집단적인 자금 지원을 받았으며……사회적 약자 보호정책과 아프리카계 미국인들에게 특별 혜택을 주기 위해서라는 목표를 내걸고 있는 정책들을 좌절시킬 목적"으로 씌어졌다는 글을 실었다.

파티가 열린 그날 저녁 거의 내내 스타는 한켠에 비켜서서 내가 사귀고 있던 그의 비공개 게이 보좌관 가운데 한 명과 이야기하는 데 몰두했다. 내가 그들에게로 걸어가자, 그 보좌관은 얼굴을 찡긋하며 공개적 게이인 내가 스타의 면전에서 자신을 알은 체하지 말아 달라는 신호를 보내왔다. 나는 스타의 보좌관들 중 두 사람이 같은 제3세대 보수주의자 입장에서 내가 한 일을 환영하고 있다는 사실을 알고 있었다. 또한 스타의 리틀 록 주재 수석 보좌관 힉 어윙이 내가 알고 있는 한 가장 심한 클린턴 혐오자 중 한 사람이라는 사실도 알고 있었다. 나는 스타가 클린턴에 관한 조사를 하면서도 계속 봉급을 받고 담배회사들을 위해 일하는 것을 지켜보았다. 그 또한 리처드 멜런 스케이프가 돈을 대는 법률학교 자리를 얻기 위해 사임할 것을 고려한 사실도 알고 있었다. 스타가 아칸소주 경찰관들(트루퍼)만 만나보고 트루퍼 프로젝트까지 세운 뒤 르윈스키가 등장하기 훨씬 전부터 조사 방향을 대통령의 섹스 스캔들 쪽으로 돌린 사실에 나는 놀랐고, 공개적으로 비판도 했다. "나는 그들(조사관들)이 그(클린턴)가 바람둥이임을 보여주려 한다는 인상을 받았다. ……그들이 원한 것은 여자들 얘기뿐이었다"고 스타 팀의 한 경찰관은 말했다. 게다가 그때까지 스타는 폴라 존스 소송에서 이기기 위해 공격적으로 움직이느라 본래 임무에서 한참 벗어나 있었다. 존스 소송건은 원고 쪽 근거 사실이 너무 빈약해서 곧 재판장의 약식 판결에서 기각 결정이 내려지게 돼 있었다. 나는 판단을 유보하려 했다. 이제 대통령을 모욕하고 파괴하면서 선거 결과를 뒤집으려 했으나 완전히 실패한 십자군 전쟁을 위해 스타가 정부의 검찰관들을 총동원하기로 작정했다는 사실이 명백해졌다. 공화당 지도부가 노리던 목적과 스타의 그것은 일치했다.

워싱턴에서 생활한 10여 년간의 경험에 비춰보건대 르윈스키 스캔들을 둘러싼 문화·정치 전쟁이 어렴풋이 모습을 드러내고 있는데다, 케이블 텔레비전 뉴스 논평가들이 클린턴의 즉각적인 사임 또는 탄핵을 예고하고 있는 상황에서 나는 소용돌이치는 사건 전개를 외면할 수 없었다. 나는 정치적으로 얽혀 있는 반클린턴 음모에 관해 내가 알고 있는 사실을 폭로하기로 결심했다. 내가 본 것, 내가 직접 가담했던 일은 악이었다. 나는 속죄하기 위해 내가 할 수 있는 일, 즉 대중에게 정보를 공개하고, 희망 사항이긴 하지만 사태가 좀더 올바른 방향으로 풀려나갈 수 있도록 돕고 싶었다.

클린턴 탄핵에 반대하면서 일반적으로 생각하듯이 내가 입장을 우파에서 좌파로 반사적으로 바꾼 것은 아니다. 우선 나는 15년 전 버클리에서 PC 좌파에 반발해 '보수주의자'로 자처하면서 지켜왔던 정통 자유주의 정치 가치들을 회복해가고 있었다. 다름아닌 헌법 존중, 정부 권력에 대한 회의적 태도, 프라이버시와 개인의 자유 옹호, 다양한 담론, 정중함, 그리고 자제와 같은 것들이었다. 내가 그 뒤 10년 동안 가까이서 지켜본 워싱턴의 정치 현실에서는 보수주의 운동이 종종 이런 유익한 가치들에 정면 배치되는 입장을 취했다. 그리고 나는 우익의 출세 계단을 올라가면서 그런 가치들을 대부분 재빨리 내팽개쳤다.

다수가 깊은 신념과 애국주의 열정으로 무장한 기독교 우파와 신보수주의 문화 전쟁 전사들은 분명히 자신들 나름의 정치관을 주장할 온갖 이유를 갖고 있었을 것이다. 그러나 그런 관점은 이제 내 것이 아니었다. 나는 더 이상 그들을 위해 앞장설 수 없었다. 사회적 관용, 시민 자유, 공정성, 선택, 그리고 시민 권리를 존중한다는 면에서 본다면 나는 속으로는 언제나 자유주의자였다. 심지어 보크, 토머스, 깅그리치를 옹호하기 위해 스스로를 배반하고 반클린턴 전쟁의 첫 불을 댕겼을 때조차 그랬다. 내가 애지중지했던 보수주의 운동권 내의 지위를 스스로 포기하는 순간 그동안 맹목적으로 고창해왔던 배타, 불관용, 편견, 증오로 가득 찬 잘못된 우익 이데올로기에 맞설 수 있게 됐으며, 억눌려 있던 내 양심과 신조를 되찾았다. 이제 나는 자유롭게 거기에 따를 수 있게 됐다.

얄팍한 반응, 대용품 같은 신조, 공허한 출세주의, 인정을 받으려는 비뚤어진 욕망, 그리고 방황으로 얼룩졌던 세월은 내 뒤로 멀어져가고 있었다. 나는 클린턴에 대해 대다수 미국인들처럼 여전히 다소의 역겨움을 느끼고 있었으나, 그의 운명을 당파적 또는 직업적 목적을 위해 이용할 생각은 추호도 없었다. 나는 정치 강령을 따르지 않았고, 어떤 당이나 운동에 가담하지도 않았으며, 어떤 팀에도 속하지 않았다. 나는 오직 그동안의 경험을 통해 얻은 사실과 자신의 내적 신념에만 따랐다. 보수주의자들 곁을 떠나게 된 데 대해 만족감 같은 것을 느끼는 것이 당연하겠지만, 『힐러리 로뎀의 유혹』이 나온 지 1년 반이 지난 당시, 나는 과거가 아닌 현재 속에서 내 인생을 재건하기 위해 뉴욕에서 대부분의 시간을 보내고 있었다. 내가 언젠가 자신이 과거에 저질렀던 잘못을 청산하는 길을 찾아낼 수 있다면, 좀더 나은 인생을 살아갈 수 있게 될 것이라고 생각했다. 나는 보수주의 운동에 가담함으로써 갖게 된 압박감에서 벗어나 도덕적·심리적으로 너무도 편안한 상태였기 때문에 당시 보수주의자들에게 어떤 개인적 악의도, 어떤 원한도 품을 이유가 없었다. 나는 우파나 그들 구성원을 증오하지 않았다. 또한 이념이든 문화든 또는 개인적 차원에서든 본격적인 클린턴 혐오자였던 적도 없었다. 무엇보다도 바로 그 때문에 나는 보수주의 운동을 떠나기 전 마지막 시기에 공화당 우파가 정치권력을 장악하기 위해 기소권을 남용하고 헌법의 의미를 왜곡하며 나라 전체에 도덕적 공황 상태를 야기한 사태에 꽁무니를 빼고 지켜보고만 있을 수는 없었다. 탄핵은 클린턴이나 그의 대통령직 수행과는 본질적으로 아무런 상관 관계도 없다는 것을 알고 있었기 때문이다. 문제는 오히려 공화당 우파가 우리의 정치·법률 체제를 남용하는 데 성공할 경우, 그들은 어떤 이유를 내걸든 미국인을 마음대로 파괴하는 일에 자신들의 권력을 악용할 수 있게 되리라는 점에 있다고 생각했다.

또 한 차례의 운명의 장난으로 뜻밖에도 **시드니 블루멘털**이 내 대화 상대가 됐다. 나는 블루멘털을 그의 글과 자유주의적 시각을 지닌 기자요 작가라는 평판을 통해서만 알고 있었을 뿐, 만나본 적은 없었다. 1980년대 중반에 내가 워싱턴으로 갔을 때 블루멘털은 〈뉴 리퍼블릭〉에 근무하고 있었으나 그 뒤 〈워싱턴 포스트〉로 옮겨가 매우 비판적인 관점에서 레이건 시대 보수주의 운동의 발흥 과정을 추적하고 있었다. 1990년대 초 블루멘털은 열성적으로 클린턴 부부를 지지한 기자 가운데 한 사람이었다. 클린턴이 대통령에 당선되자, 블루멘털은 〈뉴요커〉의 워싱턴 지국으로 옮겨가 새 클린턴 정부를 찬양하고 아부하는 기사를 여러 편 썼다. 스타 특별검사의 화이트워터 사건 조사 열기가 달아오르면서 주류 언론들이 거기에 깊은 관심을 기울이기 시작했다. 그러나 블루멘털은 그 스캔들의 진실성을 전혀 믿지 않았다. 그 때문에 〈뉴요커〉의 눈 밖에 나서 클린턴 비판자였던 마이클 켈리가 그의 자리를 대신 차지하게 됐다. 블루멘털은 화이트워터 사건을 우익이 날조한 기만적인 정치 스캔들로 보고 있었다. 결과적으로 보면 적어도 힐러리에 관해서는 나도 『힐러리 로뎀의 유혹』을 쓰기 위한 취재 과정에서 이미 같은 결론을 내리고 있었다. 1997년 중반 블루멘털은 클린턴의 백악관 직원으로 들어갔다. 그때 워싱턴에서는 그가 보답을 받았다는 조크가 나돌았다(그러나 아마도 블루멘털에게 신세를 진 쪽은 〈뉴요커〉였을 것이다. 〈뉴요커〉의 전 편집자 티너 브라운은 나중에 화이트워터 스캔들과 관련해 블루멘털이 옳았고 켈리가 틀렸다고 내게 말했다).

시드니 블루멘털
보수적인 레이건 정권을 비판하는 칼럼을 〈뉴 러퍼블릭〉에 이어 〈워싱턴 포스트〉에 많이 썼다. 클린턴 정권이 등장한 후 〈뉴요커〉에서 일하다가 백악관 보좌관으로 기용됐다. 그 후 '드러지'와의 소송, 르윈스키 스캔들 등을 겪으며 의회에 증인으로 불려다녔다. 클린턴 스캔들 막바지에 대배심에서 클린턴이 거짓 증언을 했다고 말해 큰 물의를 일으켰다.

큰 키에 가는 테 안경을 낀 꼼꼼한 성격의 블루멘털은 50대 초반으로 짙은 감색 양복에 흰 셔츠, 빨간 넥타이 차림으로 그럭저럭 전형적인 워싱턴 사람 복장을 하고 있었는데, 잘 맞춰 입은 옷으로 보건대 다소 유행을 타는 듯이 보였다. 그는 작은 목소리로 모르는 것이 없는 것처럼 이야기했다. 또한 자신이 뒤죽박죽 혼란스런 시카고 정가에서 환영받은 터프가이였다는 사실에 긍지를 갖고 있었다. 1997년 8월 로스앤젤레스에서 매트 드러지와 저녁식사를 함께 한 뒤 비행기로 워싱턴 집으로 돌아가고 있을 때, 드러지가 익명의 공화당 소식통의 말을 인용해 백악관 보좌관에 새로 임명된 시드니 블루멘털이 사기 결혼을 한 전력을 갖고 있다는 잘못된 주장을 자신의 인터넷 사이트에 특종으로 올렸다. 블루멘털의 전화번호는 디렉토리 정보 목록에 들어 있었지만, 그 선정적인 주장에 대한 블루멘털 또는 백악관 쪽 논평은 전혀 들어 있지 않았다. 드러지는 분명히 그 정보의 사실 확인 절차가 귀찮아서 그대로 올렸을 것이다. 다음날 블루멘털은 그 주장을 부인하고 명예훼손 담당 변호사를 고용했다. 그러자, 드러지는 자신의 주장을 철회한다고 발표했다. 하지만 블루멘털과 그의 아내 재클린은 만족할 수 없었으므로 명예훼손으로 인한 손해배상소송을 제기했다.

블루멘털에 대한 이런 공격적인 내용을 검증조차 하지 않고 공개해버리는 드러지는 게리 올드리치와 함께 반클린턴주의 가운데서도 가장 비난받아야 할 측면의 표상이라고 나는 생각한다. 언젠가 〈워싱턴 포스트〉의 미디어 담당 기자 하워드 쿠르츠로부터 블루멘털 논쟁에 관해 논평해달라는 요청을 받은 나는 드러지를 비판하면서 그를 처음 만났을 때의 일화를 소개했다. 몇 개월 전 드러지는 내가 워싱턴을 떠나 뉴욕으로 아주 옮겨갈 계획을 세우고 있다는, 악의는 없지만 잘못된 정보를 띄웠다. 드러지는 그 정보를 띄우기 전에 나와 접촉해 사실인지 아닌지를 확인했어야 했다. 드러지가 집에 찾아왔을 때 나는 그에게 전화번호를 적어주면서 앞으로 나와 관련된 정보는 공개하기 전에 사실 확인을 해달라고 했다. 드러지는 킬킬거리면서 장난하듯 말했다. "그럴 게 뭐 있어?"

블루멘털은 분명히 〈워싱턴 포스트〉를 통해 드러지를 비판한 내 기사를 읽었을 것이다. 한편 미디어 내부 사정에 밝은 소식통인 블루멘털은 로라 잉그러햄과 내가 그해 6월에 드러지를 위한 만찬을 공동주관했다는 사실을 알아냈다. 자신의 소송에 보탬이 될 만한 정보를 찾고 있던 블루멘털은 쿠르츠 기사가 나간 그날, 내게 전화를 걸어 점심을 함께 하자고 제의했다. 나는 평소 점심을 거의 먹지 않기 때문에 저녁식사를 함께 하기로 약속하고 조지타운의 내 집 근처에 새로 생긴 타호가라는 유명한 식당에서 만나기로 했다. 프런트 룸 식탁 하나를 차지한 우리는 조심스럽게 서로를 탐색하기 시작했다. 우리의 대화는 마치 소크라테스식 대화를 연상케 했다. 우리는 분명 기묘한 커플이었다. 블루멘털은 한때 가장 유명한 클린턴 부부 지지자였고, 나는 한때 가장 악명 높은 중상비방자 가운데 한 사람이었다. 그러나 우리는 닮은 점도 있었다. 우리는 각자 화이트워터 사건이나 그 밖의 스캔들에는 범죄 행위가 자행된 바 없다는 결론을 내렸고, 그 순간 각자가 속해 있던 세계로부터 모두 배척당했던 것이다. 그리고 우리는 정반대 입장에서 클린턴 스캔들과 공화당 우파 문제에 모두 관심을 갖고 있었다. 그러나 1980년대 중반에 보수주의 운동에 관한 책 『기득권층 대항 세력의 등장(*The Rise of the Counter-Establishment*)』을 쓴 블루멘털은 우익에 대해 편견을 갖고 있었다. 물론 나는 거기에 언제나 동의하지는 않았다. 나중에 보수주의 운동권에서 겪은 내 개인사가 이야깃거리로 떠올랐을 때, 시드니는 나치 독일 치하의 의사들이 어떻게 자신들의 행위를 합리화했는지에 관한 글을 쓴 나치 독일 전공 역사학자 한 사람과 얘기해보라고 권했다. '아, 그것도 그다지 나쁠 게 없겠군' 하는 생각이 들었다.

블루멘털 쪽은 분명히 고통을 당하고 있었기 때문에 나는 그 명예훼손 소송에 딱 들어맞을지도 모르는 드러지와 그의 활동 방식에 대해 내가 알고 있던 모든 것을 이야기해줄 수 있게 된 것을 다행으로 생각했다. 블루멘털은 자신의 아내를 난처하게 만든 그 소문이 내가 참석했던 만찬회에서 드러지 귀에 들어간 것으로 생각하는 듯했다. 나는 그렇지 않을 것이라고 생각했지만, 블루멘털에게 참석자 명단을 건네주었다. 드러지는 진실을 말하는 건지 아닌지 알 수가 없기 때문에 그의 말을 인용할 때는 항상 조심해야 했다. 하지만 나는 문제의 그 블루멘털 정보가 등장한 직후, 드러지가 내게 저명한 공화당원으로 부시 정권 때 대사를 지낸 리처드 칼슨이 자신의 정보원 중 한 사람이라고 말했다는 사실을 블루멘털에게 이야기해주었다. 드러지가 그 사실을 밝혔을 때 나는 칼슨과 한때 나눈 적이 있는 대화 내용을 떠올렸다. 칼슨은 나의 사교 멤버였고 가끔 〈스펙테이터〉에 기고도 하는 작가였다. 칼슨은 클린턴의 불륜에 관한 가십거리들을 내게 던져주었으며, 힐러리의 친구로 칼슨과 함께 어느 위원회에 같이 배속돼 있던 다이앤 블레어가 위원회 모임에 브래지어도 착용하지 않고 나타나는 분방한 여자라는 등 시시한 얘기도 했다. 몇 개월 뒤 허핑턴이 주관한 크리스마스 오찬 모임에서 드러지는 〈월스트리트 저널〉의 존 펀드가 그런 소문의 또 다른 진원지라고 말했다. 블루멘털 정보가 등장한 직후, 리처드 칼슨의 아들인 터커 칼슨이 나와 한잔 하기로 한 약속을 취소했다. 그 이유는 〈위클리 스탠더드〉에 펀드가 드러지의 정보원임을 확인하는 기사를 쓰는데 마감 시간에 쫓겨 시간을 낼 수 없게 됐다는 것이었다. 하지만 그 기사는 실리지 않았다. 나는 또 그 명예훼손소송에서 드러지를 지원하기 위해 모여든 우익 가운데 내가 아는 사람들의 명단도 블루멘털에게 넘겨주었다. 그들 중에는 데이비드 호로

로스앤젤레스 대중문화센터의 자금 지원자요, 〈스펙테이

스케이프도 들어 있었다. 매트 드러지 정보센터와 방위기금

　터의 사회적 약자 보호정책을 분쇄하기 위한 개인권리재단의

지원으로 운영되고 있었고, 호로위츠는 드러지 기금의 이사였다(2001년 우

익의 자금 지원을 받고 있던 드러지와 맞붙어 그동안 자신이 모아놓았던 돈을 쓰고

있던 블루멘털은 소송을 취하했다).

　블루멘털과 나는 1997년 가을과 겨울 내내 정기적으로 이야기를 나눴

으나 내가 종종 뉴욕에 가 있었던 탓에 늘 전화로 주고받았다. 내가 맺은 보

수주의자들과의 관계 때문에 블루멘털과 처음 교류할 때에는 친구 관계를

맺거나 신심을 얻을 수 있으리라는 기대는 전혀 하지 않았다. 반대로 나는

상당한 의구심, 심지어 공포감까지 가지고 그를 바라보았다. 나는 그가 보수

주의 진영에서 떨어져나온 비중 있는 변절자를 이용하려는 목적으로 나와

만나고 있는 것은 아닌가 하는 생각에 잠시도 마음을 놓지 못했다. 블루멘털

의 목적이나 가치가 실버먼 판사와 같은 사람들의 그것과는 전혀 다르다는

것을 알게 됐지만, 나는 뛰어난 지적 능력과 클린턴 부부에 대한 열성적 헌

신이 몸에 밴 시드니가 실버먼 판사의 젊은 좌익 버전이 될 소양을 갖추고

있다는 생각이 들었던 것이다. 나는 내 인생에 또 다른 스벤갈리(Svengali :

이기적이고 사악한 동기로 남을 완전히 지배하는 사람. George Du Maurier의 소설

『트릴비(Trilby)』(1894)에 나오는 사악한 최면술사—옮긴이)는 필요없다는 것을 통

절하게 깨달았다.

　내가 블루멘털에게 드러지에 관한 독점적인 정보를 제공한 것도 아닌데

(그 뒤 몇 주 동안 나는 똑같은 정보를 블루멘털−드러지 명예훼손소송을 취재하고

있던 몇몇 기자에게 문서 형태로 건네주었다), 블루멘털은 나를 자신의 우익 정

보원으로 생각하는 듯했다. 마찬가지로 나도 그를 클린턴의 백악관 내부 사

정을 전해주는 정보원으로 간주했다. 블루멘털은 클린턴 부부가 신뢰하는 친구였기 때문에 특히 몇 년간 바깥에서 클린턴 부부를 관찰하고 글을 써온 나와 같은 기자들로서는 뿌리칠 수 없는 종합적인 시각을 제공해주었다. 우리의 대화는 블루멘털 자신이 클린턴 탄핵 조사에 휘말려들어간 가운데 계속됐다. 그는 상원 탄핵 조사 심리에 증인으로 불려간 세 사람 가운데 한 사람이었다. 나로서는 누가 취재원이고 누가 기자인지 전혀 구별되지 않았으나, 우리는 일부 겹치기는 했지만 각자가 경험한 것들을 적은 내용을 서로 비교해봄으로써 상당한 정보를 파악할 수 있었다. 블루멘털은 때로는 음성 메일을 통해 단지 "내게 정보가 있음"이라고만 연락했다. 그것만으로도 내 속에 있던 기자 정신이 촉각을 곤두세웠다.

1998년 1월 르윈스키 이야기가 〈드러지 리포트〉에 뜨고 그 다음 〈워싱턴 포스트〉에 실린 주에 나는 블루멘털로부터 전화를 받았다. 그는 당시 종종 전화를 걸어 그냥 "어이, 뭐 없어?"라고만 했다. 이번에는 워싱턴 가십거리 제조 공장에서 뭔가 전할 만한 얘기를 들은 게 없느냐는 뜻이었다. 당시에는 내가 정계 연결고리에서 빠져나와 있었기 때문에 늘 그를 실망시켰다. 그날 나는 새로 들은 얘기는 없었으나 여러 가지 생각을 굴렸다. 이날과 그 뒤의 대화를 통해 나는 폴라 존스 변호사들이 클린턴을 위증죄로 옭아넣기 위해 파놓은 함정에 관해 내가 알고 있던 것들의 윤곽을 설명해주었다. 거기에는 〈워싱턴 포스트〉 제목들이 제시하고 있는 것보다 훨씬 더 풍부한 내용이 들어 있었다. 내가 속에 있던 것을 다 털어놓자 우리들 중 누가, 아마 블루멘털이었을 것이다, 그 이야기를 묘사하기 위해 "음모"라는 단어를 사용했다.

나는 블루멘털한테 아무런 대가도 바라지 않았다. 나는 우리의 대화 내용을 다른 누구에게도 발설하지 않았다. 내가 마이클 아이시코프와 이야기하면서 서로 동시에 게리 올드리치에 관한 기밀을 털어놓았을 때, 그리고 나오미 울프에게 『애니타 힐의 진실』에 관해 털어놓았을 때 경험한 의도하지 않았던 후련함, 정화 작용이 바로 그 대가였다.

그 며칠 뒤 나는 클린턴이 그를 권좌에서 밀어내려는 시도로부터 스스로를 방어하는 데 도움을 줄 수 있는 사실들을 내가 아는 대로 블루멘털에게 다 말해주기로 작정했다. 나는 시드니에게 억만장자 리처드 멜런 스케이프에 대해 이야기했다. 스케이프는 클린턴 부부에게 타격을 가할 수 있는 정보를 발굴하고 공개하기 위해 〈스펙테이터〉를 통해 2백만 달러 이상을 쏟아붓고 있었다. 그런 사실들은 그때까지 그 잡지사가 엄중히 내부 통제하고 있던 기밀 사항이었다. 아칸소 프로젝트 책임자들인 데이비드 헨더슨과 스티븐 보인턴은 화이트워터 사건 조사 과정에서 대통령에 대한 스타급 증인으로 떠오른 데이비드 헤일과 긴밀히 협조하고 그에게 최대한의 자금 지원을 해주고 있었다. 그 프로젝트에 대해 내부에서 문제가 제기되자, 〈스펙테이터〉의 이사이며 케네스 스타 특별검사의 가장 친한 친구이고 데이비드 헤일의 변호사였던 테드 올슨은 신속하게 론 버를 해고하고 론이 요구했던 독립적인 회계감사를 무산시켜버렸다. 내가 폭로했던 트루퍼게이트는 하원 의장 깅그리치가 이끌던 공화당 정치행동위원회의 주요 자금책이던 피터 스미스가 은밀히 사주한 것이었다. 또 루시앤 골드버그를 폴라 존스 팀에게 연결시켜 린다 트립이 몰래 르윈스키와의 전화 통화 내용을 녹음한 테이프가 존재한다는 사실을 그 팀이 알게 해준 사람도 스미스였던 것으로 드러났다. 나는 독립여성포럼이 존스 소송 사건의 변론 요지를 작성하기 위해 스타 특별검사에게 접근한 사실도 알고 있었다. 스타는 법무부로부터 폴라 존스 소송건의 관할권을 인수받으려고 공작을 벌였을 때 존스의 변호사들과 비밀리에 연쇄 접촉을 했다는 사실을 숨겼다.

블루멘털에게 들려준 얘기들 가운데 아마 가장 중대한 사실은, 트루퍼 프로젝트에 가담하고 있던 피터 스미스의 조언자 가운데 한 사람이 부시 행정부의 고문 변호사였던 리처드 포터이며, 그는 케네스 스타 법률사무소의 시카고 사무소에서 일하고 있다는 것이었다. 나중에 자신은 르윈스키 스캔들 전체 공작팀의 "전화 교환수" 정도였다고 고백했던 포터는 스미스의 제안에 따라 존스의 비밀 법률고문팀의 핵심 멤버들을 은밀히 끌어모으는 작업을 했으며, 나중에 그 변호사들을 르윈스키에게 붙여주었다. 나는 이른바 '개구쟁이 삼총사'로 불렸던 변호사 조지 콘웨이, 제롬 마커스, 앤 쿨터 등 세 명의 신원을 밝혔다. 그들의 존재는 존스 진영 바깥에서는 전혀 알려져 있지 않았다. 나는 변호사 폴 로젠츠위그가 스타 특별검사팀의 일원으로 존스의 개구쟁이 삼총사와 스타 특별검사를 연결하는 연락원 또는 공모자의 역할을 했다는 사실을 알고 있었다. 나중에 〈뉴욕 타임스〉에 실린 기사에 따르면, 마커스와 콘웨어는 필라델피아에서 열린 비밀 만찬회에서 로젠츠위그에게 르윈스키에 관한 이야기를 했다. 하지만 스타는 그 사실을 뒷날 의회에 제출한 르윈스키에 관한 보고서에서 빼버렸다. 또한 나는 린다 트립의 변호사 제임스 무디가 콘웨이와 쿨터의 절친한 친구였다는 사실도 알고 있었다. 쿨터는 클린턴이 존스 소송과 관련해 증언을 하기 전 휴일에 자신의 워싱턴 아파트에서 트립의 테이프들을 재생해 들었다고 내게 이야기했다. 뿐만 아니라 나는 무디가 존스 소송 사건 조정 역할을 한 랜드마크 법률재단에서 일했다는 사실도 알고 있었다. 랜드마크 법률재단은 스케이프가 자금을 대는 곳이다. 게다가 나는 르윈스키 스캔들에서 케네스 스타를 비롯해 반클린턴 진영에 가담한 대다수 변호사들이 스케이프가 자금 지원을 한 레이건·부시 행정부 때의 방대한 법조계 네트워크인 연방주의자협회 회원들이었다는 사실도 말해주었다.

블루멘털이 맡은 일은 백악관 내의 의사전달 전략을 짜는 것이었고, 그런 점에서 그가 정보를 필요한 곳에 확실히 전달할 수 있는 적절한 위치에 있었다는 사실은 중요하다. 그는 정보를 전달받자, 자기가 해야 할 일을 정확하게 해냈다. 나는 그에게 요청하지는 않았지만 블루멘털이 그 정보들을 클린턴의 변호사들과 백악관 내의 다른 정치 보좌관들, 민주당 전국위원회(이 조직은 내가 블루멘털에게 전해준 자료의 일부를 포함한 핵심 논점들을 정리해냈는데, 나는 그 사실을 몇 개월 뒤 알게 됐다), 그리고 언론에 건네줄 것이라고 생각했다. 블루멘털은 실제 그렇게 했다. 그 정보는 백악관이 르윈스키 스캔들 뒤에 숨어 있던 공작대의 정체를 드러내게 하는 데 기여했다. 그것은 클린턴 변호팀이 대적하는 상대들이 어떤 사람들인지 파악할 수 있게 해주었으며, 그들 내부의 정치·자금 거점들을 훨씬 신속하게 연결할 수 있도록 만들어주었다. 그런 정보가 없었다면 그런 작업을 하는 데 많은 시간이 걸렸을 것이다. 그리고 별난—초현실적이라고 할지도 모르겠지만—역사적 각주에나 나올 여담이지만, 블루멘털이 힐러리 가까이에 있었기 때문에 그것이 제1방위선의 단초가 될 수 있었을지도 모른다. 곧 '투데이 쇼'에 출연한 힐러리가 주장했듯이, 클린턴은 "방대한 우익 음모"의 표적이 돼 있었다(몇 년 뒤 블루멘털은 르윈스키 이야기가 터져나온 그날, 나와의 전화 통화가 끝난 즉시 "곧바로 힐러리에게 갔다"고 말했다).

언론은 힐러리의 주장을 비웃었고 백악관의 일부 동료들조차 블루멘털을 '그래시 놀(grassy knoll : 음모론이나 미스터리, 전설 등을 추적하는 단체—옮긴이)'을 뜻하는 'G. K'라고 부르며 그의 음모론을 조롱했다. 내가 '방대한'이라는 단어로 얼버무렸는지도 모르겠으나, 나는 그것이 결코 과장이 아니라는 것을 알고 있었다. 힐러리가 말했듯이, 숨어 있는 스캔들의 출처에 관해 "씌어질 차례를 기다리고 있는 또 다른 이야기"가 있었던 것이다. 그러나 언론은 그다지 관심을 기울이지 않았다. 적어도 스캔들이 터지고 나서 몇 개월 동안은 그랬다.

그 이유의 하나는 우익 음모론보다는 대통령과 백악관 실습생 불륜 이야기가 훨씬 더 선정적이었기 때문이다. 내 생각에 또 하나의 장애는 언론이 정치적 음모라는 개념을 너무 융통성 없이 받아들였다는 것이다. 그렇다면 '음모가 존재한다는 것은 클린턴이 백악관에서 저지른 모든 일탈 행위들이 그의 정적 탓이란 말인가?' 라는 식이었다. 또 한 가지 불행한 사실은 힐러리와 블루멘털 두 사람 모두 르윈스키와 별다른 관계가 없었다는 클린턴의 말에 완전히 속은 나머지, 우익이 숱하게 저지른 다른 사건들처럼 르윈스키 스캔들도 그들이 날조해낸 것이라는 자신들의 신념을 지키기 위해 '음모' 라는 개념을 사용했다는 것이다. 나는 결코 클린턴 충성분자가 아니었으므로, 그가 공개적으로 부인했음에도 불구하고 클린턴이 르윈스키에게 손을 댄 것 같다는 이야기를 듣는 그 순간부터 그가 자신과 대통령직을 더럽힌 그 짓을 실제로 저질렀다고 생각했다. 그러나 나는 또한 다음과 같은 이유에서 음모가 있었다는 것도 알고 있었다. 즉, 클린턴이 르윈스키와 개인적으로 벌인 일탈 행위가 대중적 관심사가 되고 클린턴이 정치적 · 법률적 위기에 처한 것은 그 일을 선동적인 목적에 이용하려 한 그의 적들이 주도면밀하게 간계를 꾸미지 않고서는 불가능했다는 것이다.

블루멘털에게 그러한 정보들을 알려준 뒤, 나는 어떤 기자가 요청하더라도 모두 공개적으로 그리고 기록된 형태로 그것을 제공했다. 그들 가운데 가장 유명한 사람은 블루멘털의 친구로 〈뉴욕 업저버〉에 기고하던 자유주의 칼럼니스트 조 코너슨이었다. 그는 〈아칸소 민주 가제트〉의 진 라이언스와 함께 『대통령의 사냥 : 빌과 힐러리 클린턴을 파괴하려는 10년간의 캠페인 (*The Hunting of the President : The Ten-Year Campaign to Destroy Bill and Hillary Clinton*)』이라는 제목의 책을 쓰고 있었다. 조는 르윈스키 스캔들이 드러나기 전인 1997년 10월 이전에 자신의 책을 쓰는 데 활용하기 위해 트루 퍼게이트의 배경과 〈스펙테이터〉의 편집 작업을 알아보려고 내게 전화를 걸 었다. 나는 1996년 올드리치와 내가 논쟁을 벌이고 있을 때, 조가 그것을 두 고 두 우익 동성애자 애인끼리의 말다툼이라고 익살스럽게 묘사한 칼럼을 기억하고 있었다. 그 때문에 그와 만나기를 주저했으나, 나 자신도 기자로서 지나친 짓을 한 적이 있다는 생각이 들어 문제삼지 않기로 했다. 내가 나중 에 조에게 설명해주었듯이, 나는 그가 1995년 화이트워터 사건에서 힐러리 가 한 역할에 관해 쓴 일련의 칼럼들 때문에 그가 책 쓰는 일을 도와주기로 작정했다. 내가 『힐러리 로뎀의 유혹』의 주제를 찾고 있을 때, 그 문제에 관 한 조의 해석은 내가 읽은 다른 어떤 글보다도 날카로웠다.

우리는 조지타운 구석에 있는 프랑스 식당인 브리스트로 레픽에서 만났 다. 〈빌리지 보이스(Village Voice)〉의 예전 작가를 닮은 40대 중반의 조는 숱 이 많은 반백의 머리칼에 허리와 소맷부리가 꼭 끼는 가죽 보머 재킷을 입고 있었다. 그는 로라 리니 타입의 젊은 여자 친구 엘리자베스 웨글리에게 디저 트를 먹으러 오라고 청했다. 뉴욕의 국제구호기관에서 일하는 엘리자베스는 보수주의 이데올로그들에 대해 전혀 아는 게 없어 보였다. 그 여자는 매우 호기심이 강해서 낯선 나의 철학에 대해 이것저것 물었다. 나는 조심스럽게 그녀가 보수주의 운동을 옹호하는 누군가와 이야기를 나누고 싶었다면 2년 정도 일찍 나를 만났으면 좋았을 것이라고 말했다. 그 뒤 몇 개월이 안 돼 우 리는 친구가 됐는데, 조와 엘리자베스는 내가 그들에게 가르쳐준 것보다 더 많은 것을 내게 가르쳐주었다. 그들 커플과 사귀면서 나는 "저들 팀"에도 친 절하고 관대한 사람들이 있다는 사실을 처음으로 깨달았다.

르윈스키 얘기가 표면화하자, 내가 책 쓰는 데 보탬이 되라고 조에게 준 자료들은 역사적인 관심사 이상의 의미를 갖게 됐다. 조는 내가 준 정보들에

다 다른 몇 가지 정보를 발굴해 〈스펙테이터〉의 아칸소 프로젝트를 폭로하는 일련의 칼럼들을 발표했다. 그는 또 폴라 존스 소송을 정치 문제화하는 데 우익 개구쟁이 삼총사들이 기여한 은밀한 역할도 처음으로 공개했다. 나는 인터넷 매체인 살롱 닷 컴의 기자 몇 명과도 이야기를 나누었다. 살롱은 그들 자체 취재를 통해 〈스펙테이터〉가 스케이프 기금들에서 나온 수십만 달러를 수상한 사설 조사원들에게 쏟아부었다는 사실을 입증했으며, 아칸소 프로젝트 기금이 내가 추측했던 대로 스타 특별검사의 화이트워터 사건 조사 증인인 데이비드 헤일을 돌보고 관리하는 데 들어갔다는 주장도 사실임을 밝혀냈다. 살롱의 보도들은 아칸소 프로젝트에 대한 법무부 조사를 재촉했으며, 스케이프가 직접 대배심에 출두해 증언하도록 만들었다. 법무부 조사에서 관심을 끈 것은 아칸소 프로젝트가 데이비드 헤일과 광범한 거래를 하면서 이 연방 쪽 증인과 사전에 입을 맞춘 게 아닌가 하는 문제였다. 조사는 아칸소 프로젝트에 관여한 인물들이 헤일과 협력을 했지만, 그가 클린턴에게 불리한 거짓 증언을 하도록 하지는 않았다고 결론지었다. 아칸소 프로젝트는 헤일과 그의 주장을 지원하기 위해 할 수 있는 모든 일을 다 했으나 위법 행위는 발견되지 않았다는 것이다. 불행하게도 법무부 조사 결과들은 스타 특별검사 사무실에서 열린 기자회견을 통해 발표됐으며, 보고서 내용 또한 충분히 공표되지 않았다. 그러나 스타 특별검사팀 멤버 가운데 두 명이 아칸소 프로젝트 조사 결과 밝혀진 사실에 따라 법무부로부터 징계를 받은 것으로 알려졌다. 나중에 테드 올슨의 법무부 차관 지명 문제를 둘러싸고 논쟁이 벌어졌을 때 상원이 공개한 자료에 따르면, 스타 특별검사 보좌관인 힉 어윙은 "힐러리 클린턴의 기소" 문제를 논의하기 위해 아칸소 프로젝트가 돈을 주고 고용한 사설 탐정 톰 골든과 만났다.

곧이어 몇 개의 다른 독립적 보도기관들이 방대한 반클린턴 캠페인을 검증하고 제대로 드러나지 않은 부분들을 채웠다. 〈AP통신〉은 아칸소 프로젝트에 대해 폭넓게 보도했으며, 〈워싱턴 포스트〉도 그렇게 했다. 〈뉴욕 타임스〉는 폴라 존스 소송과 관련해 연방주의자협회의 개구쟁이 삼총사가 한 역할을 다룬 **중요한 기사**들을 실었다.

나중에 탄핵에 관해 마이클 아이시코프의 『폭로 클린턴(*Uncovering Clinton*)』과 제프리 투빈의 『방대한 음모(*A Vast Conspiracy*)』라는 책 두 권이 나왔는데, 이 책들은 그 스캔들이 처음 터졌을 때 내가 블루멘털에게 대체적인 윤곽을 설명해준 연계 조직과 활동 내용에 대한 더욱 구체적인 사실들을 입증했다. 탄핵 공작 이면을 묘사하면서 두 기자는 "음모"라는 단어가 거기에 적합하다는 사실을 깨달았다.

내 마지막 작업에는 반클린턴 캠페인에서 수행한 나 자신의 역할에 대한 평가도 포함돼 있었다. 나는 클린턴에게 그의 대통령직 수행을 좌초시키기 위한 계획의 일환으로 근거 없는 트루퍼게이트를 발표한 데 대해 그에게 사과하는 공개 서한 초안을 작성하면서 〈에스콰이어〉의 내 글 편집자 마크 워런 외에는 누구와도 그 일을 상의하지 않았다. 그것은 내 두 번째 고백이었는데, 첫 번째와는 달리 이번에는 참회하는 마음으로 나 자신의 잘못에 대한 고백도 할 작정이었다. 그 편지는 내 그린위치 빌리지 아파트에서 워런과 대화하면서 구상하게 됐다. 그날은 클린턴이 언론의 전례없는 야단법석 속에 증언을 하기 위해 폴라 존스의 변호사들 앞에 불려나간 날이었다. 아직 모니카 르윈스키라는 이름을 누구도 모를 때였고, 클린턴이 정치적·법률적 궁지

그 기사들 작성에는 〈월스트리트 저널〉에 있다가 〈뉴욕 타임스〉로 옮겨간 질 에이브럼슨도 공동 집필자의 한 사람으로 참가했다. 그가 그 이야기를 취재할 때, 나는 그와 만나 커피를 마셨다. 나는 아칸소 프로젝트와 폴라 존스 소송에 관해서는 될 수 있는 한 모든 얘기를 해줄 준비가 돼 있었으나, 애니타 힐에 관해서는 그럴 생각이 아니었는데 다행히 그 얘기를 꺼내지 않아 안도했다. 나는 당시 질에게 사과할 태세가 돼 있지 않았다.

에 몰리기 전이었다. 나는 농담삼아 편집자일 뿐만 아니라 임상 의사나 성직자처럼 행세하기도 한다고 핀잔을 주던 워런에게 대법원이 현직 대통령에게 민사소송을 제기할 수 있도록 허용한 것은 옳지 않은 일로 생각한다고 말했다. 나는 우익의 보수주의 삼총사들과 대화하면서 법률적 절차가 그들 당파적 정적들에 의해 어떻게 남용되고 있는지 깨닫게 됐다. 그리고 존스 변호사들이 내가 쓴 트루퍼게이트 기사에 들어 있는 내용에 대해 문서 제출 영장을 발부하려 했던 지난 2주일 동안의 내 맥빠진 역할을 떠올렸다. 그들은 클린턴이 성관계를 맺은 것으로 추정되는 여성들의 이름을 찾고 있었는데, 그것은 사건과 직접 관계가 없는 사안들에 대해서도 조사할 수 있는 전면 조사로 이어질 수 있었다. 내가 그들의 의도에 동의하고 있다고 생각한 그 변호사들은 문서 제출 영장이 발부되기 전에 나더러 자진해서 먼저 관련 기록을 넘기라고 요구했다. 나는 그들에게 사실상 엿먹어라는 소리를 해주었다. 며칠 뒤 워싱턴의 집으로 문서 제출 영장이 도착했으나, 나는 수정헌법 1조를 근거로 응하지 않았다. 존스가 소송을 제기하는 과정에서 내가 무슨 역할을 했든 그것이 내게 자랑이 될 수는 없었다.

예상할 수 있는 일이었지만, 1998년 4월호 〈에스콰이어〉에 클린턴에게 보내는 내 공개 서한이 실리자 예전 우파 동료들이 나를 매도하고 나섰다. 그들은 당연하게도 내가 정치 전쟁의 와중에 적들을 돕고 그들에게 위안을 주었다며 격분했다. 그들의 공격은 귀에 익은 것들이었다. 내가 그렇게 한 것은 오로지 명성과 돈 때문이었다는 것이다. 나는 내가 어떻게 출세를 했든 내가 한때 기자라기보다는 정치활동가였다는 것과 내 최대의 출세작은 형편없는 것이었다는 걸 인정함으로써 그들의 공격을 피했다.

그 사과 서한이 발표된 직후, 〈인사이트〉 재직 때 내 상관이었고 지금은 〈워싱턴 타임스〉 사설면 편집자로 있는 토드 린드버그가 나를 점심식사에 초대했다. 몇 년 전 나는 토드에게 사설 몇 편을 써주었는데, 내가 〈워싱턴 타임스〉를 떠난 뒤에도 가끔씩 만났다. 토드는 내가 속했던 워싱턴 보수주의 세계에서 당시의 당파적 정치 이해를 떠나서 세상을 바라볼 수 있는 드문 인물 가운데 한 사람이었다. 내가 보수주의와 결별한 뒤에도 우리는 따뜻하고 서로 존중하는 관계를 유지했다. 토드는 워싱턴 시내에 있는 고급 이탈리아 식당 갈릴레오에서 만나자고 했다. 그는 내 서한이 발표된 뒤 주로 우익 언론을 통해 익명으로 쏟아져나온 내 헐뜯기 움직임에 자신은 가담하지 않고 있다고 말했다. 예컨대 토드의 가장 절친한 친구로 지금은 〈뉴욕 포스트〉 편집자인 존 포드호리츠는 내게 첫 직장을 구해준 어리석은 짓을 한 데 대해 미국에 사과한다는 내용의 칼럼을 발표했다. 그는 당시 내가 재정적으로 "치욕"적일 정도로 구제불능 상태였다고 말했다. "당신이 왜 그랬는지 아무도 이해할 수 없을 것"이라고 토드가 함축적인 의미를 지닌 긴 침묵 끝에 "나는 아마 당신은 그게 옳다고 생각할 것이라고 그들에게 말해왔다"며 그 문제에 관해 얘기했다.

보수주의 쪽의 그런 비판은 예상할 수 있는 일이었지만, 한 가지 예상하지 못한 모략이 있었다. 그 공개 서한이 실린 잡지가 가판대에 진열되자, 내가 클린턴에게 사과한 것은 힐러리의 언론 담당 비서였던 닐 래티모어와 관계를 맺었기 때문이라는 악의적인 소문이 우익 사이에 퍼져나가기 시작했던 것이다. 기가 막혔다. 워싱턴이 진짜 미쳐가고 있었다. 그 소문은 '그냥 친구일 뿐이라고?'라는 암시적인 제목을 단 〈뉴욕 포스트〉 6면 가십란 기사를 통해 확산됐다. 〈위클리 스탠더드〉는 다음과 같은 내용의 기사로 그런 소문이 퍼져나가는 것을 부채질했다. "하지만 브록은 래티모어와의 새로운 교제가 클린턴 부부를 염려하는 그의 전에 없던 태도와 어떻게든 관련이 있다는 사실을 부인하고 있다." 그 소문은 곧 라디오 토크쇼를 통해 전국으로 퍼졌다.

클린턴에게 보낸 내 공개 서한을 둘러싸고 케이블 뉴스 채널들이 먹이 싸움을 벌인 한 주일이 끝나갈 무렵, 여전히 계속되고 있던 폴라 존스 소송의 클린턴 쪽 변호인인 보브 베니트가 때마침 클린턴 쪽 주장을 뒷받침하는 아칸소주 경찰관들의 증언을 공개하는 기자회견을 열었다. 자기 형 빌처럼 보브 베니트도 거구였으며, 정치인들을 상대로 비싼 수임료를 받는 형사소송 변호사로서 워싱턴 바닥에서 으스대는 브루클린 출신이었다. 도덕적 거만함 때문에 감각이 무디어진 빌과 달리, 보브는 막강한 자리에 올라가서도 유머를 잃지 않았다. 워싱턴에서만 경험할 수 있는 일 중 하나지만, 나는 워싱턴의 정치 엘리트들의 연례 모임인 백악관 출입기자 만찬회에서 보브 베니트를 만나 사귀게 됐다. 4년 전 폴라 존스가 대통령을 상대로 소송을 제기한 직후였다. 북적대는 워싱턴 힐튼 호텔 복도에서 말 그대로 서로 부딪혔을 때 나는 싸우지 않으려고 검은 펌프스 구두를 터질 듯 채우고 있는 베니트의 퉁퉁한 발을 내려다봤다. "관두지 않겠어"라며 그는 으르렁거렸다. 험악한 그의 기세에 질려 위를 쳐다보니 대통령 고문변호사인 그가 내 어깨에 팔을 두르며 자신의 아내를 내게 소개하고는 내 덕택에 수임료를 잘 챙기고 있으며, 그 돈으로 아이들 대학까지 보내고 있다고 고마워했다.

베니트가 기자회견을 한 시점은 내게는 엄청난 행운이었다. 아마 천우신조였을 것이다. 나는 아칸소 경찰관들이 폴라 존스 소송에서도 증언을 했다는 사실을 모르고 있었다. 〈CNN〉 생방송에 나온 베니트를 보면서 그제서야 나는 몇 년 전 그가 내게 관두지 않겠다고 한 말의 의미를 이해할 수 있었다. 경찰관들 중 래리 패터슨과 로저 페리는 원래 자신들이 한 이야기를 대부분 고수했으나, 내가 떠도는 몇 가지 주장들을 검증할 때 의존했던 나머지 두 명의 경찰관은 법정 증언대에 불려나가자 내 트루퍼게이트 기사 전체의 신뢰도를 심각할 정도로 무너뜨렸다. 대니 퍼그슨은 클린턴이 혼외정사를 벌였는지에 대한 직접적인 1차 정보를 갖고 있지 않다며, 패터슨과 페리가 한 이야기들 가운데 많은 것들이 과장됐거나 전혀 사실이 아니라고 증언했다. 나는 트루퍼게이트 기사에서 클린턴이 퍼그슨에게 전화를 걸어 그런 이야기를 발설하지 못하게 했다고 썼지만, 퍼그슨은 그게 사실이 아니라고 말했다. 퍼그슨은 자신이 대통령에게 전화를 걸어 다른 경찰관들이 언론에 이야기하고 있다는 사실을 알려주었다고 했다. 내가 보도한 것과 달리, 퍼그슨은 또 클린턴이 자신이나 다른 경찰관에게 연방기관에 취직시켜 주겠다고 제의한 적이 없다는 증언도 했다. 로니 앤더슨은 자신이 아무런 1차 정보도 없으면서 패터슨과 페리가 나와 인터뷰할 때 한 이야기가 맞다고 내게 확인해주었다는 사실을 인정했다. 그러면서 앤더슨은 "다른 경찰관들의 얘기와 내가……〈아메리칸 스펙테이터〉에서 읽은 것들을 생각해보면 그 얘기들은 사실적 근거가 거의 없는 터무니없는 얘기"라고 증언했다. 베니트는 또 그들 경찰관의 전직 상관인 버디 영의 증언도 끌어냈는데, 그는 그 사람들(경찰관들)이 클린턴 경호원이라는 지위를 클린턴을 위해서가 아니라 자신들의 뚜쟁이 노릇에 활용했다고 증언했다.

그러한 증언 내용들을 언론에 공개하면서 베니트는 고맙게도 그 주 초에 내가 트루퍼게이트 기사에 대해 이미 사과했다는 사실을 적시했다. 베니트의 기자회견이 끝난 뒤, 폴라 존스 대변인 역할을 해온 치렁치렁한 금발의 매력적인 보수주의 활동가 수전 카펜터 맥밀런이 〈MSNBC〉에 출연해 그의 발언에 대해 반박했다. 내 사과에 대한 질문을 받고 맥밀런은 수세에 몰리자, 래티모어와 내가 연인 사이로 내 워싱턴 집에서 함께 살았다는 잘못된 주장을 펴면서 나를 헐뜯었다. 긴 드라마의 최후의 막답게 우익 중상모략의 대상이 된다는 것이 무엇을 의미하는지 나는 그제서야 깨달았다.

〈MSNBC〉를 우연히 본 친구 닐의 전화를 받고서야 나는 그 뉴스에 대해 비로소 들었다. 맥밀런은 자기 편 우익 후원자들과 일반 지지자들에게는 동성애를 혐오하는 것으로 평가받으면서 개인적으로는 게이들과도 친한—적어도 그들이 자기 팀에 있는 동안은—보수주의자였다. 몇 년 전, 나는 당시 유행했던 웨스트 할리우드식 식당에서 카펜터 맥밀런과 저녁을 함께 먹었다. 전형적인 로스앤젤레스 시민인 그녀가 어깨에 모피를 두르고 메르세데스 컨버터블을 타고 나타나 테이블로 다가오는 모습은 실로 매혹적이었다. 우리는 유쾌하게 시간을 보냈다. 식사가 끝나갈 무렵, 카펜터 맥밀런은 자기가 아는 워싱턴의 게이 친구를 소개시켜주겠다고 약속했다. 그 친구는 다름아닌 폴 웨이리치 밑에서 일하고 있다고 했다.

수다스럽고 줄담배를 피우는 30대 후반의 닐 래티모어는 노스캐롤라이나주 출신으로 상당한 재담가였다. 그가 힐러리의 언론 담당 비서로 있었을 때 나는 『힐러리 로뎀의 유혹』을 쓰고 있었는데, 그때까지는 그를 전혀 몰랐다. 내 책이 나오고 몇 개월이 지난 뒤, 그는 백악관을 떠났다. 우리 둘 모두를 아는 친구의 주선으로 만난 우리는 세 사람이 함께 듀폰 지구에 있는 한 가정집 파티에 참석했다. 닐과 나는 서로 죽이 맞았다. 우리는 급속히 가장 친한 친구 사이가 됐다. 표면적으로는 우리를 연결해준 것이 힐러리와 관련된 직업적인 연계였던 것처럼 보일지 몰라도, 우리 관계의 출발이 그랬듯이 정치적인 것과는 아무 상관이 없었고 클린턴 부부에 관해서는 거의 언급을 하지 않았으며(나보다는 그가 더 그랬다) 각자 하는 일에 대해서도 서로 지나가는 말 이상의 관심을 보이지 않았다. 어쨌든 닐이 나더러 클린턴에게 공개 서한을 쓰도록 권유했다는 발상은 난센스다. 내 공개 서한이 실린 잡지가 가판대에 진열되기까지 내가 그걸 썼다는 사실을 알고 있었던 사람은 마크 워런밖에 없었다.

그러나 내 비판자들은 닐(그는 지금 워싱턴의 대형 컨설팅 회사에 근무하고 있다)을 진흙탕 속으로 끌어들이는 데 적합한 인물로 생각했다. 증오의 캠페인이 한바탕 휩쓸고 지나가면서 내 친구에게 몹쓸 짓을 했다. 나는 다른 누구도 아닌 아리애너 허핑턴과 로라 잉그러햄에게 닐과 내가 친구라고 얘기해주었는데, 그들은 그 얘기를 그와 내가 연인 관계라는 쪽으로 받아들였는지 모르겠다. 그런 식으로 소문을 퍼뜨렸을 가능성이 있는 또 다른 한 사람이 노러 빈센트다. 나는 아직도 왜 그렇게 됐는지 모르지만, 좌우간 몇 가지 이유에서 『힐러리 로뎀의 유혹』을 출판할 때 프리 프레스 출판사 편집자로 있던 빈센트가 나를 매우 싫어하게 됐다. 〈뉴욕포스트 프레스〉로부터 출판 의뢰를 받은 빈센트가 나와 래티모어에 관한 갖가지 얘기들이 뒤섞여 있는 소문을 확인하기 위해 내게 전화를 걸어왔다. 나는 그 여자가 주워 들은 것들은 사실이 아니라고 말했고, 그는 출판을 거절했다. 그때의 얘기들이 나를 특별히 성가시게 한 것은 없었다. 나는 오래 전부터 내 성 정체성을 인식하고 있었기 때문에 그와 관련한 잘못된 얘기들은 이제 그저 한쪽 귀로 듣고 한쪽 귀로 흘려버릴 정도로 만성이 돼 있었다. 다만 자신의 성 정체성을 공개해야 할 아무런 이유도 없었던 죄없는 닐이 곁에 있다가 충격을 받았다. 나중에 그는 자기 얘기를 하던 텔레비전을 봤을 때의 심경을 〈뉴요커〉에 다음과 같이 토로했다. "혼비백산했다. 숨을 쉬려는데 어떻게 하면 허파에 공기를 들여보낼 수 있는지를 까먹어버린 꼴이었다. ……그건 마치 비워둔 당신의 집을 폭풍이 깨부수고 있는 광경을 지켜보고 있는 것과 같다." 〈NBC〉의 일요 토크쇼 프로 '언론과의 만남'에 출연하기로 돼 있던 나는 닐을 만나 우리의 교우 관계를 얘기해야 할지, 그리고 한다면 어떻게 해야 할지를 의논했다. 닐은 만일 기회가 주어진다면 그의 사생활이 더 이상 공개되는 것을 막기 위해 논쟁을 피해가기보다는 그냥 사실—우리는 친구였지 연인이 아니었다—을 있는 그대로 말하겠다는 내 생각에 동의했다.

그 프로의 사회자 **팀 러서트**는 일요 토크쇼 출연진 가운데 가장 거친 진행자로 평판이 나 있었다. 일요일 아침 8시 전에 〈NBC〉 스튜디오에 나갔더니 러서트가 출연자 대기실에 불쑥 들어왔다. 그곳은 커피와 데니쉬 과자빵이 어지럽게 널려 있었고, 전 부통령 댄 퀘일을 비롯한 그날의 출연진들이 자리를 차지하고 있었다. 러서트는 나더러 바깥 복도로 나가서 잠깐 얘기하자며 데려가더니 브록-래티모어 소문이 워싱턴을 떠들썩하게 만들고 있다고 말했다. 러서트는 내가 놀랄 정도로 예민한 태도를 보이면서 방송 중에 그 문제에 대해 언급할지 말지는 내게 맡기겠다고 말했다. 나는 기꺼이 그렇게 하겠다고 동의했으며, 그날 방송과 함께 논란은 가라앉았다.

그러나 상황이 아무리 좋더라도 사형수 총살반 앞에 서는 듯한 느낌을 주는 으스스한 '언론과의 만남' 방송 세트장에 걸어들어갈 때, 불현듯 르윈스키 스캔들이 불거지기 직전, 그리고 내가 시드니 블루멘털에게 폴라 존스 소송에 대해 얘기하고 클린턴에게 트루퍼게이트 보도와 관련해 사과할 생각을 갖기 전에 내가 했던 일이 떠올랐다. 1997년 나오미 울프와 이야기한 직후, 그리고 토머스 판사가 포르노그라피를 상습적으로 보고 있었다는 전화를 받았던 러구너 비치의 끔찍했던 크리스마스 휴가를 끝내고 워싱턴에 돌아왔을 때 나는 자신도 모르게 컴퓨터가 놓여 있는 책상 앞에 서 있었다. 내가 아무 생각 없이 가장 먼저 한 일은 애니타 힐에게 보낼 편지를 쓴 것이다. 나는 그때 내가 무슨 얘기를 썼는지 정확하게 기억하지 못하지만—내 신경은 곤두서 있었고, 그 편지의 사본도 가지

팀 러서트
'밋 더 프레스'의 진행자이고 〈MSNBC〉 앵커, 〈NBC〉 뉴스 워싱턴지사 부사장이다. 톰 브러커의 뉴스에 정치부 기자로 출연했다.

고 있지 않다—정중하게 그리고 사죄하는 심정으로 내가 그녀에 대해 쓴 책 『애니타 힐의 진실』은 2차 자료를 근거로 한 것이었다고 밝히고, 만나서 그 이야기를 한번 해보자고 제의한 것으로 기억한다. 나는 그 편지를 나오미 울 프에게 보냈다. 그때 나의 의도는 논란에 종지부를 찍고 애니타 힐과 개인적 으로 화해하고 싶다는 것이었다.

그로부터 약 10주 후 클린턴에게 보내는 공개 서한이 언론에 공개되자, 애니타 힐이 편지에 대한 응답으로 내 집에 전화를 걸어왔다. 음성 메시지였 다. 힐을 만나야 했으나, 그러기 전에 나는 클린턴 사과 편지와 관련한 논란 에 휘말리고 말았다. 내가 쓴 글 가운데 가장 널리 알려진 두 편에 대해 동시 에 사과한 그 일의 결과는 헤아릴 수 없을 만큼 끔찍한 것이었다. 나는 정신 을 수습해서 힐에게 답장을 보낼 수도 없을 지경이었다.

〈NBC〉 일요 토크쇼 방송에 들어가면서 새삼 걱정이 됐다. 만일 끈질긴 러서트가 내가 힐에게 편지를 보낸 것을 알고 있지 않을까? 클린턴에 대한 내 공개 사과 서한이 전국적으로 공개된 지 1주일쯤 된 지금, 힐이 자신에게 온 편지를 공개한다면? 이제는 내 첫 번째 책 내용의 진실성에 대해 크게 의 심하고 있기는 했지만, 몇 년 동안 나는 그 책 내용을 철회하지 않았고 그것 을 전국 방송 프로그램에서 대조하고 검증—그 결과 책 내용을 철회하거나 부인해야 될 가능성도 있었다—할 태세도 돼 있지 않았다. 러서트는 그 편 지—내가 아는 한, 힐은 개인적으로 그 편지를 지금까지 간직하고 있다— 에 대해 전혀 모르고 있었지만, 토머스-힐 소송에 관해 쓴 내 예전의 글들에 대해 질문했다. 나는 몇 년 전 『힐러리 로뎀의 유혹』을 선전하기 위해 텔레비 전에 출연했을 때 〈아메리칸 스펙테이터〉 기사에서 힐에게 "바보", "매춘부" 라고 악담한 데 대해 사과했으나 『애니타 힐의 진실』의 진실성에 대해서는 추호도 의심하지 않았다고 말했다. 그러기 위해서는 더 많은 시간과 용기와 고통이 필요했다. 나는 힐에게 전화를 걸지 않았다.

　'언론과의 만남'을 마치고 집으로 돌아왔을 때, 내 정신은 어느 때보다 고양돼 있었다. 나와 블루멘털의 대화, 그리고 클린턴에게 보낸 공개 서한이 탄핵 문제에 대한 대중의 이해력을 높이는 데 어떤 기여를 했든지 간에 나는 자백을 하면서 옳은 일을 했다고 생각했다. 워싱턴의 수많은 언론인 집단—내 과거 글들이 그런 내용을 담고 있었으므로 나의 신뢰성에 대한 그들의 문제 제기는 정당화될 수 있었다—이 내 사과를 냉소, 심지어 조소로 받아들였다고 해도 그랬다. 벨트웨이 풍문 세계의 신망 있는 선도자인 〈뉴욕 타임스〉 칼럼니스트 **모린 다우드**는 클린턴에게 보낸 내 공개 서한에 대해 언급하면서 다음과 같이 물었다. "데이비드 브록의 입에서 나온 저 설익은 감상은 도대체 뭔가?" '언론과의 만남' 출연 뒤 조지타운의 내 집 현관에 도착한 나는 계단 위에 끈적끈적한 녹색 거품이 흘러넘치는 뚜껑 열린 샴페인 병이 놓여 있는 것을 발견했다. 나는 조심스럽게 그것을 들고 안으로 들어간 다음, 안전한지 살피기 위해 집 주변을 둘러봤다. 그리고 병에 붙어 있던 질척하게 젖은 메모지를 조심스럽게 펼쳤다. "오호라, 양다리걸치기로구나. 내가 보기에 그 병은 설익은 감상으로 가득 차 있네." 메모는 울라디의 것이었다. 샴페인 병은 내가 그 1년 반 전 크리스마스 때 〈스펙테이터〉의 보스였던 그에게 준 것 가운데 하나였다. 이 섬뜩하고도 싱싱한 장난은 〈스펙테이터〉에서 출세가도를 달려온 내게 어울리는 묘비명이었다.

모린 다우드
〈뉴욕 타임스〉 독자면 칼럼니스트로 1999년에 평론으로 퓰리처상을 받았다. 1986년부터 워싱턴지국 특파원으로 있으면서 네 번의 대통령선거와 백악관을 취재했고 〈뉴욕 타임스 매거진〉에 '백악관에서'라는 칼럼을 정기적으로 실었다.

　1998년 가을 클린턴의 사생활을 구체적인 음란한 성적 묘사들로 가득 채웠지만 위증과 재판방해 혐의를 입증하지는 못한 스타 특별검사의 보고서가 의회에 제출됐다. 그 무렵, 나는 처음으로 '게이와 레즈비언의 시민권을 위해 싸우는 초당파적 인권 캠페인' 의 공식적인 연례 만찬회에 참석했다. 만찬회 프로그램의 시 낭독—마야 앤젤루가 쓴 기품 있는 시를 부통령 앨 고어가 장중하게 낭독했다—을 들으면서 꼭 4년 전 워싱턴 힐튼 호텔에서 열린 기독교인 연합의 연례회의에서 클린턴의 사생활에 관한 아칸소 경찰관들의 음란한 진술들을 화제로 삼으면서 우익 지도자들과 자리를 함께 했던 바로 그날 밤의 광경이 떠올랐다. 내게 말을 시키지도 않고 본래의 내 모습이 아닌 다른 어떤 존재가 되라고 요구하지도 않는 친구들이 둘러앉은 테이블에서 그저 군중의 한 사람으로 앉아 있으면서 나는 마침내 도덕적으로도 정서적으로도 제자리에 돌아왔구나 하는 행복감에 젖었다.

미국 정치에서 깅그리치 시대는 1998년 11월 3일로 종언을 고한 듯했다. 공화당이 선거 유세 막판에 르윈스키 스캔들에 관한 광고비를 물쓰듯 쓰면서 탄핵 문제를 심판대에 올렸던 그 중간선거에서 민주당은 하원에서 전례없이 다섯 석을 더 확보했다. 대중은 공화당 우파의 독실한 체하는 공개적 도덕 교화, 악의에 찬 스캔들 정치, 그리고 '인격' 에 관한 공허한 수사를 거부했다. 그 며칠 뒤 공화당 지도부가 얼마나 극단으로 흘렀는지를 상징했던 깅그리치는 하원 의장 자리를 내놓아야 했다. 대통령을 겨냥했던 섹스 문제의 마녀사냥은 부메랑이 돼 공화당 지도부를 향해 날아갔다. 깅그리치 뒤를 이어 단기간 하원 의장을 맡았던 보브 리빙스턴, 헨리 하이드, 댄 버턴 등의 하원의원들을 비롯한 상당수 공화당원들이 불륜 행위를 자백해야 했다. 심지어 **버턴**은 친자확인을 통해 사생아의 아버지임을 인정해야 했다(깅그리치의 불륜 행위는 몇 개월 뒤 언론을 통해 표면화했다).

샐런은 버턴의 성추행 혐의를 추가로 보고했다. "다수의 관계자들에 따르면 버턴은 의회와 선거 캠페인 여성 직원들을 상대로 한 성관계도 맺고 있었다"고 샐런은 보도했다.

레임덕에 시달리던 깅그리치의 하원은 당 정책 투표를 통해 클린턴을 탄핵했으나, 공화당이 다수 의석을 장악하고 있었음에도 상원은 하원 쪽 주장을 물리치고 클린턴에게 탄핵 면제 조처를 내렸다. 그 뒤, 이에 맞서 제소했던 신우파 지도자 폴 웨이리치는 문화 전쟁이 "아마도 실패한 듯하다"고 선언하고 보수주의자들에게 전원 정치에서 손을 떼고 "이런 문화에서 벗어나자"고 호소했다. 빌 크리스톨은 "민주주의에 대해 어느 정도 불신감을 갖고 있었던 건국 지도자들이 옳았다"고 결론지었다. 기독교 우파 지도자 제임스 돕슨 목사는 "우리 국민은 더 이상 악의 특성을 알아보지 못한다"고 선언했다. 대통령을 파멸시키기 위해 에워쌌던 방벽이 깅그리치 혁명의 몰락을 재촉했으며, 그 지도자들을 궁지로 몰아갔다.

선거일 밤 조지타운의 내 집은 어두웠다. 4년 전 공화당의 하원 다수 의석 장악을 요란하게 자축했을 때처럼 시끄럽다며 항의하던 이웃들과의 마찰도 없었다. 맹렬한 당파적 충성을 통해서만 출세할 수 있는 워싱턴에서 나는 충성할 필요가 전혀 없었다. 나는 인과응보를 지켜보면서 좋은 포도주 한 병을 마시며 홀로 저녁 시간을 보내는 생활에 만족했다. 나는 벨트웨이 안에서 혼자 그랬지만, 전국의 유권자들도 스스로 사건들에 참여하고 있다고 느꼈던 1990년대와는 전혀 다르게 공화당에 대해 똑같은 감정을 마음에 새기고 있었다. 불화를 일으키고 위선적이며 비민주적인 공화당—적어도 당시 지도부 아래서는 그랬다—은 간단히 말해 지지를 받을 자격이 없다는 것이었다. 보수주의 운동은 클린턴의 비리를 폭로하고 그를 권좌에서 밀어내는 일에 병적으로 집착했지만, 그것은 오직 스스로를 폭로하고 자격 없는 자체 지도부를 밀어내는 데로 귀착됐을 뿐이다. 매카시즘이 반공주의의 대의를 손상시켰듯이 급진적 보수주의자들은 보수주의 철학이 지닐 수 있는 모든 가치를 배반했다. 그래, 나는 결코 그들의 일원이 아니며 보수주의자가 아니다. 그런 얘기를 할 만큼 나는 자유롭다. 나는 속으로 그렇게 외쳤다.

2000년 가을 나는 소속 정당 없이 유권자로 등록하고 투표했다. 내가 투표하기 위해 등록을 했다는 사실 자체가 특기할 만했다. 학창 시절인 1980년에는 지미 카터에게 투표했고, 1984년에는 로널드 레이건에게 표를 던졌다. 그러나 1986년 워싱턴에 온 이후, 보수주의 운동 활동가로 그토록 열심히 일한 10여 년 동안 단 한 번도 투표한 적이 없었다. 나는 민주당 지지자들이 압도적으로 많은 워싱턴에 살면서 투표해봤자 사표가 될 것이라거나 기자들은 중립을 지키기 위해 투표해서는 안 된다—내 경우와는 어울리지 않는 얘기였지만—는 따위의 구실을 만들어 쓸데없는 일에 시간 낭비 할 것 없다고 자신을 구슬렀다. 그러나 사실 그것은 단지 회피 전략이었을 뿐이다. 나는 시민으로서 한 인간의 가장 진실되고 순수한 정치적 가치 표현인 투표 행위에 가담할 경우, 내가 살고 있던 정치적 허위의 세계와 맞서게 될 수밖에 없다는 사실을 알고 있었기 때문에 투표를 거부했던 것이다. 우익 아젠다를 고칠 수 있는 것이라면 할 수 있는 온갖 일을 다 하면서도 기표소 안에서 나 자신과 내 양심을 되찾는 순간 저 보브들—보브 보크, 보브 타이럴, 보브 바틀리, 보브 바—의 당을 위해 표를 찍을 수는 도저히 없었을 것이라고 나는 생각한다.

우리 선거구 투표소가 설치된 조지타운 초등학교는 금방 걸어갈 수 있는 곳에 있었다. 나는 익숙하지 않은 컴퓨터 처리 투표 용지에 어떻게 기표하는지를 잘 몰라 더듬거렸지만, 누구를 찍을 것인지 선택하는 데는 전혀 망설이지 않았다. 나는 민주당 후보와 공화당 후보가 다른 것은 레이건에서 부시와 킹그리치, 그리고 아들 부시에 이르는 공화당 후보자들이 내가 본 모든 정견 발표에서 너무나도 자주 대중의 이익에 반하는 이기적인 정치를 추구했다는 데 있다는 사실을 이 책 집필 과정에서 깨달았기 때문에 앨 고어에게 표를 찍었다. 고등학생 때 바비(로버트) 케네디의 연설문을 읽으면서 사회적 양심에 눈뜨게 됐을 때, 결국 그때의 내가 올바른 길에 서 있었던 것이다.

조지 부시가 대통령에 취임했을 때, 나는 1990년대에 우익 세계에서 내가 목격한 모든 것들은 다만 앞으로 벌어질 일들의 서곡에 지나지 않을지도 모른다는 걱정을 했다. 부시 정부에는 헤리티지 재단에서 백악관으로 옮겨 간 클레어런스 토머스의 아내 지니를 비롯해 지난날 나와 인연을 맺은 주요 인물들이 대거 자리를 잡았다. 매일 아침 부시가 새로 지명한 관리들의 이름이 실리는 〈워싱턴 포스트〉를 훑어보면서 이것이 바로 반클린턴 전쟁이라는 것이었구나 하는 느낌이 너무나 확연해졌다. 반클린턴 음모에서 핵심적인 역할을 했던 우익 변호사들이 포진했던 연방주의자협회가 사실상 부시 망명 정부였음이 드러났다. 새 정부의 부자를 위한 감세 정책, 환경보호 예산 삭감, 시민 권리의 후퇴 등은 연방주의자협회의 승인 아래 이뤄졌고, 부시가 연방 직원으로 채용한 많은 사람들도 그들의 검증을 거쳤다.

테드 올슨은 연방정부 법무부 차관에 지명됐는데, 그는 아마 출세를 위한 만반의 준비를 갖추고 있었을 것이다. 클레어런스 토머스의 인준 청문회 기간에 그의 보좌관이자 증인이었던 래리 톰슨은 법무부 부장관으로 발탁됐다. 연방주의자협회 창설자인 스펜서 에이브러햄은 에너지부 장관이 됐다. 그리고 리 리버먼은 스펜서의 법률고문이 됐다. 내가 안젤라 라이트의 연방 수사국 파일을 빼낼 때 나를 도와주었던 팀 플래니건은 백악관 법률 부고문이 돼 법관 지명자들을 심사했다. 케네스 스타의 법률사무소에 있던 브레트 캐버노프와 데이비드 워트킨스 쪽에 편승했던 크리스토퍼 바톨로무치는 플래니건 밑으로 갔다. "나는 힐러리"라고 했던 바바라 컴스탁은 공화당 전국위원회 조사 담당 책임자가 됐다. 탄핵 운동의 전사들인 존 딜룰리오와 데이비드 프럼은 백악관 고위 참모가 됐다. 데이비드 호로위츠는 유력한 부시 후견인이 됐다. 레닌과 왕뱀을 연상케 했던 그로버 노퀴스트는 부시의 감세 계획에 관한 보수주의 운동 전략회의 의장을 맡아 기독교 우파와 팻 로버트슨의 맹우 존 애쉬크로프트의 법무부 장관 지명을 둘러싼 격렬한 논쟁을 주재했다. 클린턴 탄핵 운동 때 가장 목청을 높였던 애쉬크로프트는 신남부연합(neo-Confederate : 남북전쟁 직전 노예제 폐지에 반대해 미 합중국에서 탈퇴한 남부 11개 주 연합의 전통을 이어받은 보수 우파 세력–옮긴이) 잡지와의 유착, 클린턴이 관리로 지명한 공개적 게이의 상원 인준에 반대한 일로 비난을 샀다. 애쉬크로프트는 화합이나 포용과는 거리가 먼 사람이었다. 부시의 취임식 날, 범공화당 단결을 위한 조찬 모임에 참석한 노퀴스트는 연단에 올라가 다음과 같이 선언했다. "사냥꾼들, 고압적 이상주의자들인 좌파……그들은 멍청한 것이 아니다, 그들은 악이다, 악!"

애쉬크로프트는 클레어런스 토머스 앞에서 법무부 장관 취임 선서를 했다. 토머스는 근소한 표차로 당락을 가리기 어려웠던 2000년 고어-부시 대통령선거전에서 결과를 뒤집을 수도 있었던 플로리다주 재개표에 관한 대법원 판결 때 4대 5로 재개표 중단 결정을 내리는 쪽에 한 표를 던짐으로써 부시 당선에 결정적인 기여를 해 보수주의 세력 덕에 대법관이 될 수 있었던 과거의 은혜를 갚았다. 토머스는 2001년 초 법무부 장관 취임 직후 미국기업연구소의 보수주의자들 무도회 강연에서 정치의 정중함과 금도를 모독하고, 낙태 권리와 안락사를 가리키는 "죽음의 문화"에 탄식했으며, 미국은 "시민 전쟁이 아닌 문화 전쟁"을 치르고 있다고 열을 올렸다. 공화당은 세상이 변화하면 할수록 더욱 바뀌지 않고 요지부동이었다.

부시 취임 축하 행사가 열리는 기간에 워싱턴의 한 호텔에서는 약 4백 명의 보수주의자들이 집결한 가운데 '장례식 : 클린턴 정부의 죽음을 자축하는 보수주의 기념식'이 열렸다. 제리 폴웰 목사가 기도를 했다. 보브들—보크, 타이럴, 바—도 참석했다. "나는 이 그룹을 사랑한다"고 부시의 불운한 노동부 장관 지명자 린다 차베스가 말했다. 〈아메리칸 스펙테이터〉의 울라디 플레스친스키는 한 칼럼에서 당시의 분위기를 다음과 같이 요약했다. "커다란 회의장용 스크린 두 개가 가장 눈길을 끌었던 클린턴 풍자 텔레비전 선전 광고 장면들을 비추고 있었다. 클린턴은 때로는 투옥된 모습으로, 때로는 법정 증인의 모습으로 등장했으나 거기에는 '여기 클린턴 정권(1993~2001) 잠들다(여러 번)', '이 증언은 솔직한 것이겠지만 일부 관찰자들에게는 부적절함' 따위의 화면 설명이 붙어 있었다. 그것은 1992년 대통령선거 때 클린턴이 유세 여행 중 비행기 안에서 옆자리에 앉은 스튜어디스의 허벅지 안으로 손을 밀어넣는 순간 같은 잊을 수 없는 장면들도 들어 있었다. '아이쿠! 저런 것도 있었다니', 내 뒤 테이블에 앉아 있던 누군가가 탄성을 내질렀다."

거기에 얼굴을 보이지 않은 사람은 오직 리처드 멜런 스케이프 한 사람 뿐이었다. 화가 난 스케이프는 반클린턴 음모가 시작된 우익 월간지 〈아메리칸 스펙테이터〉에 대한 돈줄을 끊어버렸다. 부시 시대에도 탈 없이 이어진 보수주의 운동권 내의 다른 조직들과 달리, 〈스펙테이터〉는 판매 부수가 떨어지고 편집 예산이 삭감되는 등 난관에 봉착했다. 스케이프의 지원 중단 조처로 보브는 잡지를 우익 경제학자 조지 길더에게 헐값에 팔아넘길 수밖에 없었다. 길더는 황당하게도 그 잡지를 정치와는 무관한 첨단기술 정책에 관한 토론장으로 만들었다. 역설적이게도 스케이프 노인은 빈센트 포스터의 죽음을 다룬 크리스토퍼 러디의 책에 대한 그 잡지의 서평 기사를 읽은 뒤 돈줄을 끊어버렸다. 서평자 존 코리는 포스터가 살해당했다는 설에 의문을 던졌던 것이다. 결국 〈스펙테이터〉는 자신이 촉발한 조병과 같은 격정에 의해 파괴당했다.

1997년과 1998년 보수주의자들과 결별하면서 나와 아버지의 관계는 1990년대 초 내가 보수주의 작가로 이름을 날리던 때보다 오히려 더 편해졌다. 1998년 봄 부모님이 벚꽃 축제를 보기 위해 처음으로 워싱턴에 왔다. 부모님은 60대 후반이 되면서 훨씬 더 가까워져 유럽 여행을 함께 떠나기도 했다는 사실을 알았다. 아니면 그 전부터 죽 그랬는데, 내가 비로소 그것을 알아차린 것인지도 몰랐다. 물론 아버지와 나와의 신경전은 여전했지만, 이젠 심각한 것이 아니라 유희적 성격이 짙었다. 내가 클린턴에게 사과하는 공개 서한을 발표한 뒤, 아버지가 내가 사과한 것에 대한 사과 편지를 케네스 스타에게 보낸 사실을 알고는 기분 좋게 웃었다. 그리고 내가 1999년 〈뉴욕 업저버〉에 칼럼을 몇 개 썼을 때 내 친구 조 코너슨이 자신의 책을 마무리짓기 위해 결근계를 냈다는 얘기를 듣고 아버지는 유쾌하게 웃었다. "네가 자유주의자가 되지 않았다는 말만 해다오"라고 아버지는 말했지만 실은 그까 짓 것 대수로울 게 못 된다는 투였다. 나는 아버지의 말투에서, 그리고 내가 부모님 집에 다니러 갔을 때 마중나온 아버지와 함께 댈러스 공항을 자동차 로 함께 오가면서 했던 우리 삶에 관한 대화를 통해 내가 어떤 입장이 됐든 상관없이 아버지가 나를 인정하고 있다는 사실을 알았다. 결국 나는 실버먼 같은 대부도 바라지 않았고, 정치운동 세력의 사랑과 인정도 바라지 않았다. 나는 내가 성숙해지고 방향을 찾고 스스로 생각하기 시작하면서 우리 두 사 람 모두 상당히 성숙해졌다고 생각했다. 그리고 아마 아버지는 당신이 죽어 가고 있다는 것을 알고 계셨던 것 같다.

내가 여동생 레기나로부터 전화를 받은 것은 1999년 6월 중순의 금요 일 저녁이었다. 그때 나는 캘리포니아에서 1998년에 뉴욕으로 이사한 앤드 류의 꼭대기층 아파트에서 조의 여자 친구 엘리자베스의 서른 번째 생일 파 티 구상을 하고 있었다. 의사들은 어머니에게 아버지가 이틀 정도밖에 살 수 없다고 얘기했다. 아버지는 임종할 정도의 시간을 허용받았던 것이다. 그 몇 개월 전 아버지는 간암과 췌장암에 걸렸다는 진단을 받았다.

토요일 아침 댈러스에 도착해 곧바로 병원으로 차를 몰았다. 그 전달에 나는 그 병원에 입원해 있던 아버지를 며칠 동안 문병했다. 그리고 영원히 감사해야 할 일이지만, 그때 우리는 마지막 대화의 기회를 갖고 그 어려운 여건에서 최선을 다해 우리의 과거와 화해했다. 병원에 도착하니 아버지는 모르핀 링거 주사를 맞고 있었다. 아직 살아 계셨으나 눈이 반쯤 감긴 채 말 을 전혀 할 수 없는 상태였다. 간호사들은 아버지가 아직은 들을 수 있을 것 이라고 말했다. 어머니와 레기나, 그리고 외삼촌과 고모가 그 자리에 함께 있었다. 저녁 8시께 아버지께 작별을 고하고 저녁을 서둘러 먹은 다음 댈러 스의 맬로즈 호텔로 가서 방을 잡았다. 나는 호텔에서 나와 근처 게이 바에서 맥주를 한잔 했다. 바 의자에 앉아서 머리 속으로 아버지를 기리며 내가 아버지에 대해 제대로 아는 게 거의 없다는 사실을 비로소 깨달았다.

자정 직전 방으로 돌아와 커튼으로 커다란 창문을 완전히 가렸다. 내가 이 사실을 밝히는 이유는 그것이 거의 전례없는 일이었기 때문이다. 나는 자명종 소리에 놀라 잠을 깨기보다는 해가 뜨면 저절로 일어날 수 있도록 언제나 차양이나 커튼을 활짝 열어젖혀 놓고 잤다. 두어 시간쯤 잤을 때 나는 커튼 사이로 들어온 듯한 밝고 흰 빛이 내 침대 발치 쪽에서 맴돌고 있는 것을 보았다. 나는 말없이 베개에서 머리를 약간 쳐들었다. 그 순간 온기와 든든함, 평화가 느껴졌다. 나는 아버지가 돌아가셨다는 것을 알았다. 나는 다시 편안하게 잠을 잤다.

아침 8시, 전화벨 소리에 나는 잠을 깼다. 프런트에 아침 8시에 깨워달라고 부탁했지만 전화를 한 사람은 다름아닌 어머니였다. 아버지는 새벽 1시 26분에 운명하셨다고 했다.

아버지가 돌아가시고 나서 나는 1994년에 내가 게이로 커밍 아웃한 뒤 아버지가 자신의 여동생 마지와 이야기하면서 놀라우리만큼 긍정적이고 인간적으로 나의 동성애를 이해하려고 애썼다는 사실을 알게 됐다. 나는 아버지와 그런 얘기를 함께 하지 못한 것이 애석했다. 나는 그런 뉘우침이 선물이 될 수 있도록 만들기 위해 노력했다. 내가 출세에 매몰돼 당파적 정치에 정신을 팔고 있던 10여 년간의 크고 작은 반목 끝에 비로소 나는 어머니의 더 좋은 아들, 여동생의 더 좋은 오빠, 그리고 여동생의 깜찍한 네 명의 아이들에게 훌륭한 사람이 되기로 작정했다. 어머니는 나를 더 가까이 두게 된 것을 행복해했지만, 투표할 때 내가 더 이상 코치를 해줄 필요는 없었다. 어머니는 몇 년 전 텍사스주 연방 하원의원 딕 아미가 하원의원 바니 프랭크를 "바니 패그(Fag : 남자 동성애자—옮긴이)"라고 부른 뒤 그에게 표 찍는 일을 스스로 그만두었다. 어머니는 신중하고 특정 사실들을 피해가는 당신의 성향을 신경쓰지 않고 내버려두기로 작정한 듯했으며, 이 책도 잘 풀려가기를 바랐다. 이 책이 인쇄에 들어가기 직전 어머니는 단호하게 말했다. "있는 그대로만 이야기해라. 조앤 크로포드의 딸도 그랬고, 낸시 레이건도 그랬다."

서른아홉 살을 넘긴 나는 이 책 출판 말고 남은 인생을 꾸려갈 계획이 많지 않았다. 아버지가 돌아가신 충격으로 나는 과거의 내 정치적 처신과 윤리적 결함을 더욱 깊이 성찰하게 됐다. 내가 우익에 가담했던 시기에 깨달은 교훈들을 좌파든 우파든 정치적 광신의 위험들에 좀더 폭넓게 적용할 수 있을지는 확신이 서지 않았다. 양쪽 모두에 정중함과 선의가 보장될 수 있는 지점으로 우리 정치가 되돌아갈 수 있으리라는 것은 거의 체념했다. 단지 나보다 더 큰 것을 추구하고 그것과 접맥하려는 욕구는 단지 정치나 저널리즘만으로는 충족될 수 없다는 것을 알았다. 나는 제임스라는 친구와 애정 어린 관계를 맺게 됐다. 그는 자기 발견은 일상의 과정이며, 앞으로 내 언행이 어떤 결과를 낳든 그것은 연민에 바탕을 두고 있어야 한다는 사실을 내가 깨닫게 해주었다.

나는 이 책을 쓰면서 그런 생각에 여러 번 사로잡혔다. 로라 잉그러햄은 내 아버지가 돌아가시기 바로 전에 암으로 어머니를 잃었다. 로라와의 예전 관계는 무너졌으나 나는 전화로 그녀와 오래 이야기했다. 몹시 어려운 상황에 처해 있는 그녀에게 내가 할 수 있는 일이라면 무엇이든 도와주겠다고 말했다. 나는 조지타운 세이프웨이에서 리키 실버먼과도 우연히 만났다. 그럴 경우 리키는 통상 외면했으나, 그때는 나를 반갑게 맞으면서 유방암 치료를 받은 후 처음으로 바깥 나들이를 했다고 말했다. 나는 그녀가 매우 보고 싶었다고 말했으나 그 순간은 서로가 어색했다. 리키가 내 말을 듣기나 했는지는 알 수 없다. 아마 좀더 이야기를 했더라면 좋았겠지만 결국 인간인 이상 모든 것은 이미 과거지사가 됐다. 그 뒤 바바라 올슨이 2001년 9월 국방부 청사(펜타곤)에 대한 테러 공격으로 희생당했다는 놀라운 소식을 들었다. 말할 수 없이 끔찍한 비극이었다.

　나는 이들 인간사를 최선을 다해 이 책에서 다루려고 애썼다. 그러나 당파적 목적을 위해 타인을 파괴하려고 했던 사람들의 위선을 그들 책임으로 돌리려고 했지만 성공했다고 자신있게 말할 순 없다. 나는 자신들의 주장만이 옳다고 오랫동안 확신해온 정치인들 주변에 있었기 때문에 내가 무엇을 쓰든 그것은 자신들을 공정하게 다루지 않았다고 생각할 것이 분명한 사람들의 또 다른 분노와 보복을 부르는 악순환을 낳기 십상이라는 사실을 알고 있다. 다만 나는 자신의 분노와 보복 욕구를 배제했기 때문에 개인적으로 편안하며, 이 책 속에 담겨 있는 도덕적 긴장은 해소됐고, 불완전하지만 가능한 한 공정함을 기하기 위해 필요할 경우 변화를 주었다는 사실만은 말할 수 있다.

　그리고 당분간 워싱턴에 머물기로 작정한 이래 해리 트루먼의 충고를 받아들여 참한 개 한 마리를 데려다 기르고 있다.

우익에 눈먼 미국
– 어느 보수주의자의 고백–

초판 1쇄 찍은날 : 2002년 12월 15일
초판 1쇄 펴낸날 : 2002년 12월 19일

펴낸이 최윤정
펴낸곳 도서출판 나무와 숲

등록 22-1277
주소 서울특별시 송파구 방이동 22 대우유토피아 1305호
전화 02)3474-1114
팩스 02)3474-1113
e-mail : namusup@chollian.net

값 13,900원
ISBN 89-88138-32-5 03840